EDGAR NOSKE

Lohengrins Grabgesang

Der Fall Hildegard von Bingen

Lohengrins Grabgesang

Kleve im Jahr 1350: Auf dem Turnierfeld zu Kleve wird der grausam verstümmelte Leichnam der Wirtstochter Anna Zwerts gefunden. Der Magistrat der Stadt macht aus der Suche nach dem Täter eine wahre Hetzjagd, und Marco di Montemagno, als ehemaliger Liebhaber Annas einer der Hauptverdächtigen, muss auf eigene Faust den wahren Mörder finden. Doch dazu braucht er die Unterstützung von Annas Schwester Elsa und einem geheimnisvollen Ritter…

Der Fall Hildegard von Bingen

Rheinhessen im Jahr 1177: Auf dem Gelände des Klosters Rupertsberg werden die sterblichen Überreste eines Unbekannten gefunden. Gegen den Willen der Äbtissin Hildegard von Bingen gelingt es ihrem wissensdurstigen Sekretär, dem Benediktiner Wibert von Gembloux, die Identität des Toten zu klären und damit einem düsteren, dreißig Jahre zurückliegenden Geheimnis auf die Spur zu kommen…

Autor

Edgar Noske, geboren 1957, studierte Italienisch, Geschichte und Philosophie, machte eine Lehre als Industriekaufmann und jobbte als Taxifahrer, Hilfskrankenpfleger, Aushilfskoch und Kellner. Außerdem betrieb er einige Zeit ein Geschäft für Hemden und Krawatten und war Vertreter für Masten von Flutlichtanlagen. Seit 1991 lebt er als freier Autor in Niederkassel.

Von Edgar Noske außerdem bei Goldmann lieferbar

Der Bastard von Berg. Ein Krimi aus dem Mittelalter (45631)

Edgar Noske

Lohengrins Grabgesang

Der Fall Hildegard von Bingen

Zwei Romane
in einem Band

GOLDMANN

Umwelthinweis:
Alle bedruckten Materialien dieses Taschenbuches
sind chlorfrei und umweltschonend.

Einmalige Sonderausgabe Juni 2007
»Lohengrins Grabgesang«

Ungekürzte Lizenzausgabe des gleichnamigen Romans
»Der Fall Hildegard von Bingen«

Ungekürzte Lizenzausgabe des gleichnamigen Romans
Umschlaggestaltung: Design Team München
Druck und Bindung: GGP Media GmbH, Pößneck
SH · Herstellung: sc
Printed in Germany
ISBN 978-3-442-13394-9

www.goldmann-verlag.de

Lohengrins Grabgesang

»Nie sollst du mich befragen,
noch Wissens Sorge tragen,
woher ich kam der Fahrt,
noch wie mein Nam' und Art!«

Richard Wagner: Lohengrin

Kleve im späten Mittelalter

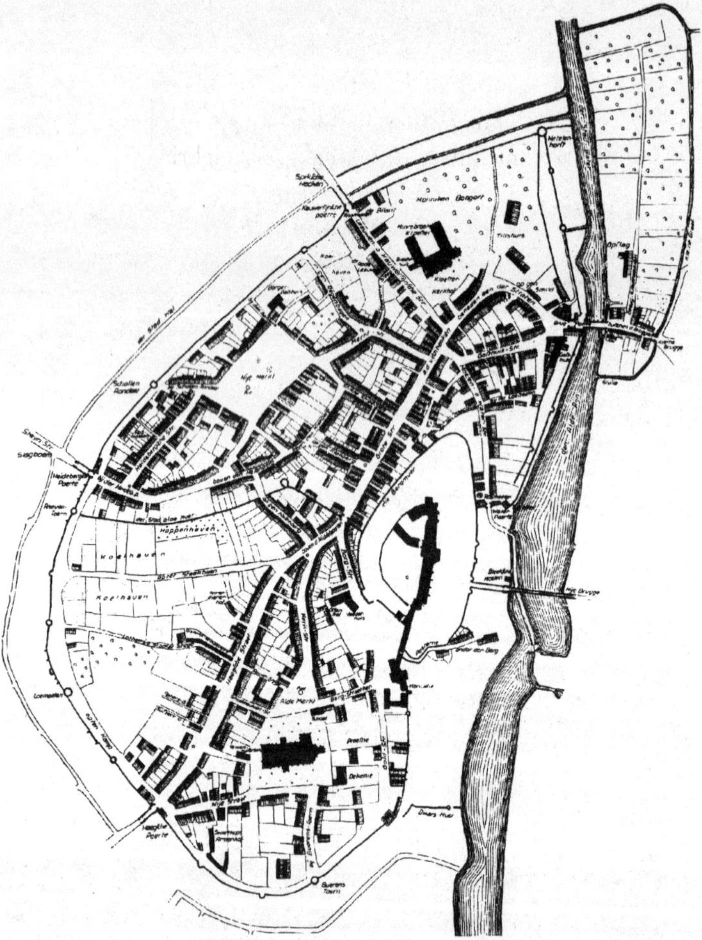

Für meinen Freund Klaus,
der mich einst den Tabakgenuss lehrte

und

für meinen Freund Achim,
dem ich verdanke, dass ich nicht mehr rauche.

Paris, November 1345

Seit zwei Wochen schüttete es ohne Unterlass, und der Regen legte den Bauzustand des Königspalastes auf der Île de la Cité schonungslos offen. Die Dächer waren löchrig wie alte Strümpfe, allenthalben drang Wasser ein. Von Stockwerk zu Stockwerk sickerte es durch, an einigen Stellen tropfte es sogar bis in den Keller. Da die Gefäße, die im Palast zur Verfügung standen, bei weitem nicht ausreichten, um all das Wasser aufzufangen, wurden in der Stadt Krüge und Kannen beschlagnahmt. Übertönt wurde das nervtötende Tropf-Tropf nur von der angeschwollenen Seine, die vor den Fenstern rauschte wie ein Wildbach.

Ein Wetter, das sich höchst nachteilig auf das seelische Befinden Seiner Majestät, König Philipp VI., auswirkte. Von Natur aus mehr der Dicht- und Sangeskunst zugetan, hatte er sich von den Staatsgeschäften seit jeher überfordert gefühlt. Erst recht, seit sein englischer Gegenspieler Edward III. vor sieben Jahren Anspruch auf den französischen Thron erhoben und damit einen zermürbenden Krieg heraufbeschworen hatte. Inzwischen reichte der nichtigste Anlass, um Philipp aus der Bahn zu werfen.

So hatte der erste Valois auf Frankreichs Thron sein Bett, seit der Dauerregen eingesetzt hatte, außer zur Verrichtung der Notdurft nicht mehr verlassen. Gleich nach dem Aufwachen begann er zu trinken, was ihn spätestens mittags zwang, das erste Mal seinen Rausch auszuschlafen. Im Laufe des Nachmittags erwachte er erneut, jedoch nur, um weiteren Wein in sich hineinzuschütten, woraufhin er meist noch vor dem Nachtmahl in den nächsten weingeistigen Tiefschlaf sank.

Seine Berater, allen voran Graf Henri de la Chapelle, seit der Thronbesteigung Philipps vor siebzehn Jahren der engste Vertraute des Königs und der gewiefteste Ränkeschmied bei Hofe, waren entsetzt. Gewiss, Seine Majestät waren schon immer wetterfühlig gewesen – schien die Sonne, gebärdete sie sich ausgelassen wie ein junger Hund, regnete es, verkroch sie sich winselnd unter der Bettdecke –, doch so arg wie diesmal war es noch nie gewesen. Der König war kaum ansprechbar, die gesamte Arbeit lastete auf de la Chapelles Schultern. Nicht dass dieser die Verantwortung gescheut hätte – Macht und Einfluss waren neben Hahnenkämpfen, an denen er sich mit seinen Tieren in den Gassen hinter St. Genevieve beteiligte, sein einziger Lebensinhalt –, aber er bevorzugte es, die Fäden aus dem Hintergrund zu ziehen, wohlwissend wie gefährlich es sein konnte, wenn man in vorderster Reihe stand.

Als de la Chapelle an diesem Morgen das königliche Schlafgemach betrat, in dem gleich zwei Kamine gegen Feuchtigkeit und Kälte anheizten, erkannte er auf den ersten Blick, dass irgendetwas vorgefallen sein musste. Statt wie gewöhnlich von dröhnendem Schnarchen empfangen zu werden, erwartete ihn Seine Majestät mit irrem Blick aufrecht im Bett sitzend. Was dem König an Haaren geblieben war, stand in alle Richtungen vom Kopf ab; das Gesicht war schweißnass. Das Frühstück, bestehend aus zwei Scheiben gebuttertem Brot und dem unvermeidlichen Krug Wein, war unberührt.

»Guten Morgen, Sire«, sagte de la Chapelle und deutete eine Verbeugung an. »Ich hoffe, Eure Majestät haben wohl geruht.«

»Wahnsinn«, murmelte Philipp. »Wahnsinn.«

»Pardon, Sire?«

»Wisst Ihr, wer hier war?«

»Wie könnte ich, Sire. Sprecht Ihr von der vergangenen Nacht? Hattet Ihr Besuch?«

»Er kam unangemeldet. Zuerst waren wir darüber erzürnt, aber dann … Einfach Wahnsinn!«

»Verzeiht, Sire, aber wer hat Eure Majestät besucht – oder soll ich sagen – belästigt?«

»Onkel Gottfried, der Bruder unserer Mutter.« Zum ersten Mal blickte der König seinem Berater in die Augen. »Sagten wir das nicht?«

»Nein, Sire.« De la Chapelle streute ein Hüsteln ein. »Darf ich Eure Majestät daran erinnern, dass der von Ihr erwähnte Gottfried von Charney vor über dreißig Jahren verstorben ist?«

»Das wissen wir selbst. Deswegen waren wir ja auch so überrascht, als er plötzlich vor uns stand. Genau da, wo Ihr jetzt steht, de la Chapelle. Er hatte sich überhaupt nicht verändert. Vor allem sah man ihm nicht an, dass er auf dem Scheiterhaufen verbrannt ist.«

»Das ist ja erfreulich. Hatte Euer Onkel ein besonderes Anliegen?«

»In der Tat. Ihm war zu Ohren gekommen, wie misslich unsere Lage ist. Vor allem, welchen Geldmangel wir leiden. Da hat er uns seine Hilfe angeboten.«

»Oh!« So weit de la Chapelle wusste, war Gottfried von Charney bettelarm gestorben; sein gesamtes Vermögen hatte er seinerzeit in den Orden der Tempelritter eingebracht. »Euer Onkel hat Euch tatsächlich Geld angeboten, Sire?«

»Mehr als das, de la Chapelle. Weit mehr als das.«

»Gold?«

Philipp winkte seinen Vertrauten heran. Der senkte seinen Kopf und atmete gleichzeitig durch den Mund, da der König sich seit Anbeginn seiner Bettlägrigkeit nicht mehr gewaschen hatte.

»Den Schatz der Templer«, hauchte Philipp.

»Potztausend!« Für de la Chapelle stand nunmehr außer Frage, dass der König sich um den Verstand gesoffen hatte. Der sagenhafte Schatz der Templer war nicht weniger ein Hirngespinst als der Heilige Gral oder der Turm zu Babel. Nichts als eine Legende. Deshalb schwang in de la Chapelles anschließender Frage auch ein spöttischer Unterton mit. »Sagt bloß, Sire, Euer Onkel hat Euch verraten, wo der Schatz versteckt ist?«

»Schafskopf!«, blaffte Philipp. »Das kann er nicht, weil er es selbst nicht weiß. Aber er hat uns bestätigt, dass es ihn gibt, und das ist mehr, als wir bisher wussten. Und er hat uns gesagt, dass Philipp der Schöne nicht einmal eines Zehntels des Vermögens habhaft geworden ist, das die Tempelbrüder angehäuft hatten. Wisst Ihr, welche Reichtümer da auf uns warten? Jetzt müssen wir ihn nur noch finden. Das wird Eure Aufgabe sein.«

»Euer Vertrauen ehrt mich, Sire. Andererseits ...«

»Wie?«

»Nun ja, Sire, seit Generationen sind Gerüchte über diesen Schatz im Umlauf. Halb Frankreich wurde deswegen umgegraben, und was ist dabei herausgekommen? Nichts.«

»Ihr werdet ihn trotzdem finden. Erwähntet Ihr nicht erst in der vergangenen Woche, dass der Sekretär des letzten Großmeisters noch am Leben ist? Wie war doch gleich sein Name?«

De la Chapelle war verblüfft, dass der König sich daran erinnerte, er hatte den Mann nur beiläufig erwähnt. »In der Tat, Sire, der Mann heißt Jean-Batiste de Verne, Comte d'Amiens. Er sitzt noch immer im Kerker zu Reims und soll sich bester Gesundheit erfreuen. Wirklich erstaunlich nach all den Jahren.«

»Lasst ihn umgehend herschaffen und foltern. Wenn jemand etwas über den Verbleib des Schatzes weiß, dann er.«

Kein Zweifel, dem König war es ernst mit der Schatzsuche. Also galt es für de la Chapelle so zu tun, als messe auch er der Sache Bedeutung bei.

»Wenn einer, dann d'Amiens, da gebe ich Euch Recht, Sire. Jedoch weiß ich nicht …«

»Was gibt es da nicht zu wissen?«

»Ich habe meine Zweifel, ob sich jemand, der mehr als dreißig Jahre Kerker überstanden hat, von einer Sitzung auf der Streckbank beeindrucken lässt.«

»Wie wollt Ihr ihn sonst zum Reden bringen?«

»Wer sagt, dass er überhaupt reden muss, Sire?«

»Ihr feixt, de la Chapelle. Heraus mit der Sprache, was habt Ihr im Sinn?«

»Schenkt dem Comte d'Amiens die Freiheit, Sire. Sollte er das Versteck tatsächlich kennen, so wird er uns zu ihm führen. Entweder um den Schatz an sich zu nehmen, oder um sich zu vergewissern, dass er unangetastet ist.«

Philipp kniff die Augen zusammen und legte den Kopf schief. »Der Mann wird auf der Hut sein, wenn er nach dreißig Jahren plötzlich freigelassen wird. Von der Folter versprechen wir uns mehr.«

»Dann begnadigt ihn nicht, sondern ordnet an, dass ihm die Flucht ermöglicht wird. Wenn d'Amiens das Gefühl hat, aus eigener Kraft entkommen zu sein, wird er weniger Misstrauen hegen.«

»Ihr seid schlau wie ein Fuchs, de la Chapelle. Wir glauben, wir sollten Euch zu unserem Leibberater ernennen.«

De la Chapelle verneigte sich leicht. »Mit Verlaub, Sire, das bin ich bereits.«

»Wenn wir sie ein zweites Mal treffen wollten, muss unsere Entscheidung ja richtig gewesen sein. – Gelingen kann Euer Plan jedoch nur, wenn der Comte lückenlos überwacht wird. Nur die besten Männer kommen dafür in Frage. Ihr habt diesbezüglich alle Vollmachten.«

»Danke, Sire, ich fühle mich geehrt. Ihr könnt Euch auf mich verlassen. Wie immer.«

»Das weiß ich doch. Und damit Ihr nicht Gefahr lauft,

wortbrüchig zu werden, stellen wir Euch von Euren übrigen Pflichten frei. So könnt Ihr die Überwachung höchstpersönlich leiten.«

Eine fürchterliche Trockenheit befiel de la Chapelles Mundraum.

»Sire«, stammelte er. »Ich müsste Paris womöglich verlassen … den Palast … meine Hähne … Euch.«

»Je schneller Ihr den Schatz gefunden habt, desto eher seid Ihr wieder da«, sagte Philipp und langte nach dem Weinkrug. »Und nun hinaus mit Euch, unser Frühstück wartet.«

Kleve, Juni 1350

Drückende Schwüle lastete auf der Stadt. Das war ungewöhnlich für den Juni, der sich meist durch angenehmes Wetter auszeichnete. Jedoch was war in diesem Jahr schon wie gewöhnlich, das Jahr, in dem nun auch der Niederrhein vom Schwarzen Tod heimgesucht wurde. Noch hatte die Geißel Kleve verschont, aber in Wesel, Xanten und Nimwegen starben die Leute bereits wie die Fliegen. Es war nur eine Frage der Zeit, bis es auch in der Stadt am Kermisdahl den ersten Pesttoten geben würde.

Die Nachricht vom Ausbruch der Seuche in Köln kurz vor Weihnachten und ihrem unaufhaltsamen Vorrücken gen Norden hatte Kleve Anfang Januar erreicht. In den ersten Wochen danach waren die Klever wie gelähmt gewesen, mit Frühlingsbeginn jedoch war es zu einem trotzigen »Jetzt-erst-recht« unter den Bewohnern der Stadt gekommen. Ein jeder wollte sein Leben genießen, noch einmal frohgemut sein, bevor die große Heimsuchung ihn womöglich dahinraffte. So soff und prasste man allabendlich, was Leber und Magen aushielten. Und das nun schon im dritten Monat.

Auch an diesem Abend, es war ein Freitag, platzte die Schankstube »Im Hemele« am Alten Markt aus allen Nähten. Um dem Andrang gerecht zu werden, hatten der Schankwirt Henrik Zwerts und seine Frau Margarethe weitere Tische und Bänke herbeigeschafft und vor dem Haus aufgestellt. So saßen die Leute denn auch unter freiem Himmel dicht an dicht und sorgten für satte Einnahmen.

Das Klingeln der Münzen im Beutel war jedoch nicht in den Ohren aller Familienmitglieder Musik. Elsa und Anna, die sechzehn- und siebzehnjährigen Töchter der Zwerts, konnten sich durchaus Angenehmeres vorstellen, als allabendlich kannenweise Bier und plattenweise Fleisch zu schleppen und sich dabei auch noch begrapschen zu lassen.

Heute war es besonders arg, was wohl auch am Wetter lag, das die Leute übermütig und reizbar machte. Anna, die zusammen mit ihrer Mutter bediente, fürchtete, ihre Kehrseite sei ein einziger blauer Fleck, so oft war sie von den Mannsleuten gekniffen worden. Da hatte es Elsa heute besser; sie besorgte das Kochen, während der Vater wie immer am Ausschank stand.

Die Sonne war bereits untergegangen, und Mücken und Motten umschwirrten die talggefüllten Lichtnäpfe, als Anna die Tür zur Küche rücklings aufstieß und einen Stapel irdener Bratenplatten hereinschleppte, auf denen nur noch Saftpfützen schwappten. Sie stellte ihre Last auf dem Hauklotz ab, auf dem der Vater nachmittags das halbe Schwein und die beiden Ochsenlenden zerteilt hatte. Obwohl nur noch ein Feuer brannte, herrschte in der Küche eine Gluthitze, die durchaus mit der des Feuers der ewigen Verdammnis mithalten konnte.

»Dafür, dass heute Freitag und Fischtag ist, haben sie ordentlich zugelangt«, sagte Anna, stützte die Hände in die Seiten und bog den Rücken durch. Anschließend betastete sie ihr Hinterteil.

»Was hast du?«, fragte Elsa, die mit einem armlangen Holzlöffel im Schwenkkessel rührte.

»Na, was schon? Die Kerle sind heute außer Rand und Band.« Anna lächelte schelmisch. »Besonders schlimm war's am Tisch der Ehrenwerten. Sogar Kaplan von Elten konnte seine Finger nicht bei sich behalten.«

»Anna! Doch nicht der Kaplan?«

»Ach, du Dummchen«, sagte Anna, umfasste ihre Schwester von hinten und legte ihr das Kinn auf die Schulter. »Er ist doch auch nur ein Kerl.«

Wange an Wange war die Verwandtschaft unverkennbar. Das dicke kastanienbraune Haar, die dunklen Augen und die hohen Wangenknochen hatten sie von ihrer Mutter, die von jenseits der Elbe stammte. Vater Henrik hingegen, käsig und flachsblond, war aus Holland und hatte ihnen lediglich sein Kinngrübchen vererbt, das Elsa sich verschandelt hatte, als sie als Kind mit dem Kinn aufs Pflaster geschlagen war. Dank der schräg verlaufenden Narbe sah das Grübchen seitdem wie durchgestrichen aus. Sonst unterschieden die Schwestern sich vornehmlich dadurch, dass Anna, obgleich zwei fingerbreit kleiner als ihre jüngere Schwester, sehr viel reifer wirkte. Ihre Gesichtszüge waren ausgeprägter, und ihre Figur war bereits die einer Frau. Kaum zu glauben, dass sie lediglich dreizehn Monate auseinander waren.

Anna küsste Elsa auf die Wange. »Tu mir einen Gefallen, Schwesterchen. Lös mich ab. Das Schlimmste ist ja überstanden, der Braten ist verputzt. Jetzt können sie bestenfalls noch Suppe bestellen. Es ist ja auch nur so lange, bis Hedwig kommt. Sie sollte schon längst hier sein.«

Hedwig arbeitete als Magd auf einem Hof am Sommerdeich am anderen Ende der Stadt und verdiente sich gelegentlich als Bedienung bei den Zwerts etwas dazu.

»Ich wusste gar nicht, dass Vater sie für heute bestellt hat.«

»Hat er auch nicht. Ich bezahle sie.«

»Du? Von deinem eigenen Geld?«

Anna ließ ihre Schwester los und drehte sich mit ausgestreckten Armen im Kreis. »Ist das nicht eine Schande? Das bisschen Freiheit, das ich habe, muss ich mir auch noch teuer erkaufen. Aber das ist es mir wert.«

»Du meinst: Er ist es dir wert.«

»Von wem sprichst du?«, fragte Anna und lachte.

»Von Marco, wem sonst«, sagte Elsa. »Du weißt, dass Mutter es nicht billigen würde, wenn du dich wieder mit ihm triffst.«

»Was Mutter sagt, kümmert mich nicht. Aber wie kommst du darauf, dass ich mich mit Marco treffen will?«

Elsa schlug die Augen nieder. »Ich hab euch gestern zusammen gesehen. Beim Fischhändler in der Großen Straße.«

»Schnüffelst du mir etwa hinterher?«

»Nein.« Elsa blickte wieder auf. »Mutter hatte vergessen, dir aufzutragen, auch Brot mitzubringen, und mich zum Bäcker am Kloster geschickt. Dabei habe ich euch gesehen.«

Anna trat vor ihre Schwester und strich ihr die schweißnassen Haarsträhnen aus dem Gesicht. »Sei ehrlich, Kleines. Bist du in den hübschen Lombarden verliebt?«

»Was geht dich das an?« Unwirsch suchte Elsa Abstand. »Aber wenn du es unbedingt wissen willst: Nein, bin ich nicht. Er ist zu alt für mich. Und außerdem ist er – schlechter Umgang.«

»Schade«, sagte Anna. »Wäre dir an ihm gelegen gewesen, ich hätte ihn dir überlassen.«

»Auf einen Kerl von deinen Gnaden kann ich verzichten!«, fauchte Elsa. »Wenn es so weit ist, werde ich mir schon einen rechten Mann zu nehmen wissen.«

»Du solltest damit aber nicht zu lange warten, sonst ergeht

es dir wie Tante Clothilde. Die war sich auch immer zu schade. Und nun ist sie eine alte Jungfer, die keiner mehr will.«

»Du kannst manchmal so gemein sein. Nur weil ich die Liebe ernster nehme als du.«

»Ich mein's doch nur gut mit dir. Genieße das Leben, solange noch Zeit dazu ist.« Anna dämpfte die Stimme, obwohl sie allein waren. »Bürgermeister van der Schuren sagte eben, die Pest wüte jetzt schon in Goch.«

»Gütiger Himmel!« Elsa schlug das Kreuz. »Dann sind wir ja vom Schwarzen Tod eingeschlossen.«

»Aber noch leben wir. Such dir einen netten Burschen und träum nicht länger von einem Sagenprinzen wie dem Lohengrin. Denn bevor der kommt, kommt der Schwarze Tod.«

»Ich weiß, ich weiß«, sagte Elsa. Das hatte sie nun schon oft genug gehört. »Außerdem ist der Lohengrin ohnehin nur eine Erfindung unseres Grafen, weil er sich über die wahre Abstammung seines Geschlechtes im Unklaren ist.«

»So ist es«, äffte Anna Elsas Tonfall nach und lachte dann auf. »Kann ich gehen? Vor dem ersten Hahnenschrei bin ich auch zurück.«

»Bist du nun mit Marco verabredet oder nicht?«

»Aber ja doch. Was ist also?«

»Was soll ich sagen, wenn die Eltern fragen, wo du bist? Du weißt, dass ich nicht gerne lüge.«

»Erzähle ihnen von mir aus die Wahrheit, mir ist es gleich.«

»Geh nur. Dich kann man ja ohnehin nicht halten.«

Anna band ihre Schürze ab, hauchte Elsa einen Kuss und ein »Lieb von dir!« auf die Wange und war durch die Hintertür wie ein Wiesel.

Als Elsa ihren ersten Krug Wein zum Honoratiorentisch trug, vermied sie es vorsichtshalber, den Herren die Kehrseite zuzuwenden. Aber ihre Sorge war überflüssig. Bürgermeister van der Schuren und Kaplan von Elten hatten die Runde bereits verlassen, und der Rest der ehrenwerten Mannsbilder war derart betrunken, dass sie sich kaum mehr auf den Bänken halten konnten.

In dem Trubel dauerte es eine Weile, bis ihre Mutter bemerkte, dass Anna verschwunden war. Auf ihre Frage, wo sie abgeblieben sei, antwortete Elsa wahrheitsgemäß, sie habe eine Verabredung. Als die Mutter wissen wollte, mit wem, log Elsa doch.

Das wisse sie nicht, sagte sie.

*

Das Krähen des Gockels riss Elsa aus einem Traum, der sie noch verwirrte, als sie schon nicht mehr wusste, was sie eigentlich geträumt hatte. Zudem war sie von Mückenstichen übersät und fühlte sich wie gerädert. Ihr Kopf schmerzte, Arme und Beine waren bleischwer.

Die Luft in ihrer Kammer unter dem Dach war aber auch zum Schneiden, die ganze Hitze des vergangenen Tages staute sich hier oben. Das Stroh, das ihr als Unterlage diente, war schon wieder feucht und roch schimmlig, dabei hatte sie es erst vorgestern erneuert. Eigentlich war es hier oben nur schön, wenn es regnete. Da das Dach mit Pech gut abgedichtet war, konnte man das Prasseln der Tropfen auf den hölzernen Schindeln ohne Reue genießen. Eingemummelt in die Schafsfelle ließ es sich dann wunderbar träumen.

Elsa setzte sich auf und trank aus dem Krug, der am Kopfende ihrer Schlafstatt stand. Das Wasser war warm und schmeckte abgestanden, obwohl es vom Vortag war. Bei der Schwüle verdarb wirklich alles. Dann lauschte sie an der Bretterwand, die die beiden Dachkammern trennte. Jenseits der Wand war es mucksmäuschenstill. Anna schlief also noch. Vielleicht war sie ja eben erst auf ihr Lager gekrochen. Aber das würde ihr nichts nützen. Langschläferei war in den Augen der Eltern gotteslästerlich und wurde nicht geduldet.

Nachdem sie ihre Strümpfe mit Sohlen angezogen und das Gewand übergeworfen und gegürtet hatte, schob Elsa den sackleinenen Vorhang zur Seite, der als Abtrennung zur Stiege diente. Ihre Schwester hatte ihren Vorhang nicht zugezogen, was sie sonst üblicherweise tat. Elsa ahnte Ungeheuerliches, und ein Blick in die Kammer bestätigte es ihr: Anna lag nicht in ihrem Bett.

Wenn das herauskam, würde es Ärger geben.

Als sie ein Stockwerk tiefer an der Schlafkammer der Eltern vorbeikam, vernahm sie das bärige Schnarchen ihres Vaters, das die Hauptschuld daran trug, dass ihre Mutter auf dem rechten Ohr fast taub war. Dann folgte ein unerwarteter Augenblick der Stille; der Alte hatte einen Atemaussetzer. Jetzt waren deutlich die Atemzüge der Mutter zu hören. Also lag auch sie noch im Bett. Das war die Gelegenheit. Wenn Elsa sich beeilte, konnte sie die Schwester heimholen, bevor die Glocke der benachbarten Stiftskirche zu schlagen begann. Die würden die Eltern gewiss nicht überhören.

Dem Hund warf sie vorsorglich einen Knochen aus den Küchenabfällen hin, damit er ihr nicht nachkläffte, dann lief sie, ohne sich am Brunnen erfrischt zu haben, durch die enge Ravensteege zur Haagschen Straße, die zusammen mit der Großen Straße die Hauptdurchgangsader Kleves bildete. Bergab ging es in Windeseile durch die beinahe menschenleere Straße. Nur Lars, der Wasserträger, war schon unterwegs, hatte unter seiner Last aber kein Auge für Elsa.

Linker Hand endete mit dem neuen Prachthaus des Ritters van Eyl die Bebauung. Dahinter erstreckte sich nach Westen eine etwa siebenhundert Fuß klevisch lange und mehr als zweihundertfünfzig Fuß klevisch breite Senke, die zur Stadtmauer hin wieder anstieg. Das war die Stechbahn, das Turnierfeld der Grafen zu Kleve. Am Ende ihrer in Terrassen ansteigenden Nordseite befand sich der so genannte Rabenturm, der schon der alten Stadtmauer als Wehrturm gedient hatte. Unterhalb des Turms stand eine Hirtenhütte, die selten genutzt wurde und deswegen bei den Liebespaaren der Stadt beliebt war. Sonst gab es noch die Fischerhütten in der Nähe der Alten Brücke, aber Elsa hoffte, ihre Schwester hier zu finden.

Das hüfthohe Gras mit beiden Armen teilend, bahnte Elsa sich einen Weg, ständig darauf gefasst, auf eine Kreuzotter oder eine Rotte Wildschweine zu stoßen. Obwohl jedes Jahr zur Jagd auf die Schwarzkittel geblasen wurde, weil sie die Gärten und Felder verwüsteten, und auch eine beträchtliche Anzahl erlegt wurde, tauchten immer wieder neue auf. Wie es den Tieren gelang, trotz der Befestigung in die Stadt einzudringen, war allen ein Rätsel. Justus, der einbeinige Nachtwächter der Stiftsfreiheit, behauptete, immer wenn zur Sonnenwende Neu- oder Vollmond herrsche, könnten Schweine fliegen, was Elsa jedoch bezweifelte.

Die Sonne selbst blieb hinter der geschlossenen Wolkendecke verborgen. Ein weiterer unerträglich schwüler Tag zog herauf, schon jetzt schlug ihr die Luft ins Gesicht wie ein nasser Lappen. Ein halbes Dutzend Krähen kreiste am fahlen Himmel, sank herab und verschwand im Gras. Endlich kam die strohgedeckte Schäferhütte in Sicht.

Die Hütte war uralt, älter als das Jahrhundert. Und genauso lange wurde sie auch schon zweckentfremdet. Hedwig wusste zu berichten, dass sich hier bereits ihre Großeltern zum Stelldichein verabredet hatten. Damals hatte die Hütte allerdings noch außerhalb der Stadtmauer gelegen, was ein aufwendiges und nicht ungefährliches Übersteigen erfordert hatte. Heutzutage war der Zugang ein Kinderspiel, weswegen die Alten dem Platz jeden Reiz absprachen, was die Jungen aber nicht im Mindesten störte.

Außerdem ging die Mär um, in der Hütte gezeugte Kinder würden blond, selbst wenn beide Elternteile dunkelhaarig waren. Deshalb munkelte man auch, das Dasein des jetzigen

Grafen, Johann des Ersten, habe dort seinen Anfang genommen. Ein geradezu freundliches Gerücht verglichen mit dem, seine Mutter habe etwas mit dem blonden Truchsess gehabt, der kurz nach Johanns Geburt unter mysteriösen Umständen vom Schwanenturm gestürzt war.

Fensterlöcher hatte die Hütte keine, es gab nur eine zweigeteilte Tür auf der Vorderseite. Deren unterer Teil war geschlossen, der obere fehlte.

»Anna?«, fragte Elsa. Und dann lauter: »Anna!«

Eine geradezu unnatürliche Stille war die Antwort, als würde die Welt den Atem anhalten. Dann flog plötzlich vom Rabenturm eine Krähe los und zog laut krächzend nur knapp über Elsas Kopf hinweg. Elsa hatte den Schrecken noch nicht ganz verdaut, da begann die Glocke der Stiftskirche zur Morgenandacht zu läuten. Das Echo durch die kleinere, hellere Glocke des Minoritenklosters am anderen Ende der Stadt folgte umgehend. Dort wurden die Brüder zum Gebet gerufen. Das nahmen auch die unter dem Strohdach nistenden Schwalben zum Anlass, sich wieder zu rühren. Nun hatte der Tag unwiderruflich begonnen.

Die Hütte bot nur Platz für einen Schäfer und einige kranke Lämmer. Im Stroh zeichnete sich eine tiefe Kuhle ab, die allerdings schon kalt war. Dafür fand Elsa das rote Band, mit dem Anna ihre Haare zusammengebunden hatte. Kein Zweifel, sie war hier gewesen. Nur wo war sie jetzt?

Hinter der Hütte waren noch die Umrisse der Beete zu erahnen, die der vom Magistrat bestellte Hirte auf der Allmende zur Eigenversorgung angelegt hatte. Im letzten Winter war er jedoch gestorben, und nun war alles von Unkraut überwuchert.

Jenseits der Beete wand sich ein Trampelpfad hinauf zur alten Stadtmauer. Elsa folgte ihm bis auf die oberste Terrasse. Von der erhöhten Warte aus zeichnete sich deutlich der Weg ab, den sie sich vorhin durch das Gras gebahnt hatte. Nur wenige Ellen daneben verlief eine zweite Spur, von der Hütte weg mitten ins Feld, wo sie unvermittelt endete. Sie war nur noch undeutlich auszumachen, weil sich die Halme größtenteils schon wieder aufgerichtet hatten.

Plötzlich stieg dort, wo sich die Spur verlor, ein Schwarm Krähen auf. Fluchtartig, als habe ein Geräusch sie aufgeschreckt. Zu hören war jedoch nichts.

Elsa rannte los, noch bevor sie wusste, warum. Die Terrassen hinab, querfeldein, in gerader Linie auf die Stelle zu. Sie lief zu schnell, strauchelte und stürzte. Disteln zerkratzten ihre Unterarme. Ohne sich darum zu kümmern, raffte sie ihr Gewand und lief weiter. Erneut kam sie ins Stolpern und schlug der Länge nach hin. Kriechend arbeitete sie sich voran, nur wenige Schritte konnten es noch sein. Ein Tier nahm vor ihr Reißaus, ein Fuchs oder ein Hund. Und dann lag sie auf einmal vor ihr.

Zuerst dachte Elsa, Anna trage eine schwarze Binde um die Augen. Aber dann sah sie, dass die Binde lebte. Ameisen, überall waren Ameisen. Elsa versuchte sie fortzuwischen. Wie von Sinnen rieb sie die Augen ihrer Schwester, aber es waren zu viele. Dann kroch ein Käfer aus Annas offen stehendem Mund. Wie irre zerrte Elsa an ihrer Schwester, um sie fortzuziehen, fort von diesen Ungeheuern, die sie auffraßen, und plötzlich steckte ihre Hand tief in Annas Leib.

Der Wasserträger war der Erste, der Elsas Schreie hörte.

Wenn Kleve tatsächlich mehr als tausend Einwohner zählte, wie der Magistrat gerne behauptete, dann war an diesem Morgen jeder fünfte auf der Stechbahn. Die meisten warfen nur einen kurzen Blick auf die Tote und wandten sich entsetzt ab. Aber sie blieben in der Nähe, scharten sich zu Grüppchen und schauten erwartungsvoll, auch wenn niemand von ihnen hätte sagen können, worauf sie eigentlich warteten. Vielleicht darauf, dass ein Blitz vom Himmel fuhr und denjenigen erschlug, der dem Mädchen das angetan hatte.

Selbst die alte Antje, die buckelige Kräuterfrau, deren Bartwuchs jedem Jüngling zur Ehre gereicht hätte, hatte sich von ihrer Kate in der Brückenvorstadt hergeschleppt. Sie streute ein gräuliches Pulver auf Annas Gesicht, das die Ameisen im Nu vertrieb. Jetzt konnte man der Toten wenigstens die Augen schließen.

Erst als Arnold Distelhuizen, der Gerichtsbote, hinzutrat, kam Ordnung in das Durcheinander. Er, der alle um Haupteslänge überragte, scheuchte die Neugierigen kraft seines Amtes hinter eine unsichtbare Grenze, die er willkürlich festlegte. Etliche murrten, hielten sich aber daran, wohl wissend, dass mit Distelhuizen nicht gut Kirschen essen war.

Bürgermeister Erasmus van der Schuren erschien in Begleitung seines nur unwesentlich jüngeren Bruders Jakob, dem vom Fürsten bestellten Richter zu Kleve. Die beiden auseinander zu halten war nicht einfach. Erasmus wie Jakob waren von massiger Gestalt, hatten eine Kartoffelnase mit eingekerbter Spitze und die Augen eines traurigen Hundes. Dazu strahlten sie jene Autorität aus, die ein hohes Amt mit sich bringt. Heute fiel die Unterscheidung allerdings leicht, da man Erasmus aus den Federn geholt hatte und er noch seine Bettmütze trug, einen ellenlangen Zipfel mit Quaste, die ihn zum Gespött der Gaffer machte.

Die Brüder van der Schuren und der Gerichtsbote begannen flüsternd, die weitere Vorgehensweise zu beratschlagen.

Zu ihnen gesellten sich schließlich Rektor Conradus Clos, der Leiter der Stiftsschule, und Schlosskaplan Gotthilf Maria von Elten, letzterer, nachdem er beim Anblick des Leichnams seinen Mageninhalt ausgespien hatte.

Margarethe und Henrik Zwerts kamen spät an den Ort des Grauens, so spät, dass Elsa schon dachte, man habe vergessen, die Eltern zu benachrichtigen. Anders als von Elsa erwartet, brach ihr Vater, sonst der sanftmütigere und empfindsamere von beiden, bei Annas Anblick nicht zusammen, auch wenn er sich seiner Tränen nicht erwehren konnte. Ihre Mutter hingegen, im Alltag energisch, bestimmend und ein Muster an Selbstbeherrschung, verlor völlig die Fassung. Sie erlitt einen hysterischen Weinkrampf und musste gestützt werden. Keiner der beiden nahm Elsa in den Arm, zu sehr waren sie mit sich selbst beschäftigt.

Und auch die anderen hielten Abstand, als habe Elsa sich durch Annas Tod eine ansteckende Krankheit zugezogen. Niemand trat auf sie zu und spendete Trost, nicht einmal ihre Freundin Nehle, die nur einen zögernden Schritt in Elsas Richtung machte und sich dann abwandte, als sei ihr plötzlich eingefallen, dass sie das Essen auf dem Feuer habe.

So saß Elsa mutterseelenallein am Fuß der Terrassen und beobachtete das Treiben, als werde vor ihren Augen ein befremdliches Schauspiel aufgeführt. Immer wieder roch sie an ihren Fingern, zwischen denen sie eine Kamillenblüte zerrieben hatte, als sei der Duft das letzte Überbleibsel der Wirklichkeit. Bisher war sie unfähig gewesen zu weinen. Das konnte sie erst, als Hedwig sie entdeckte, zu ihr hinging und sie in die Arme nahm. Jetzt löste sich Elsas Verkrampfung, und sie heulte Rotz und Wasser.

Zu guter Letzt rumpelten diejenigen mit ihrem Fuhrwerk heran, die mit dem Tod ihr Geschäft machten. Julius Heeck, der Totengräber, und Gattin Henriette; er, klapperdürr und leichenblass, als sei er selbst sein nächster Kunde; sie, flach wie eine Oblate, die Gesichtszüge von Raffgier und Geiz entstellt. Gemeinsam mit Distelhuizen lud Heeck Annas sterbliche Überreste auf den Wagen, um sie in die Rüstkammer des Domus Campane am Kloppberg zu schaffen, während Henriette die Zügel hielt und vermutlich im Kopf überschlug, was Annas Dahinscheiden ihnen wohl eintragen würde.

Mit dem Abtransport des Opfers war die Vorstellung zu Ende, und die Menge zerstreute sich. Da entdeckte Elsa die dunklen Lockenköpfe von Marco di Montemagno und seinem Bruder Pietro. Die beiden Lombarden standen abseits im Schatten der Schäferhütte. Marcos Gesicht wirkte schmerzverzerrt und versteinert zugleich, als ignoriere er mit äußerster Willenskraft ein Messer, das in seinen Eingeweiden steckte. Sein Bruder legte ihm den Arm um die Schultern, und sie verschwanden aus Elsas Blickfeld.

Sein Gesicht jedoch blieb Elsa vor Augen. Sah so ein Mörder aus? Aber was wusste sie schon von Mördern, sie hatte noch nie einen gesehen. Und falls doch, dann hatte sie es nicht gemerkt.

*

Kurz nach Mittag hatte Erasmus van der Schuren die Stadtglocke läuten lassen. Aber nicht Sturm, denn das hätte die Bürger zu den Waffen gerufen, sondern in dem Rhythmus, der zu den Magistratssitzungen lud – drei Schläge, Klöppel anhalten, drei Schläge, Klöppel anhalten und so weiter. Nun drängten sich neben den Brüdern van der Schuren, Rektor Clos und Arnold Distelhuizen drei weitere Männer von Rang und Namen in der Ratsstube über dem Mitteltor, das bis zur Stadterweiterung vor neun Jahren das südliche Stadttor gewesen war. Seitdem war es für die Verteidigung ohne Bedeutung, lag aber so, dass es für jeden bequem zu Fuß zu erreichen war.

Der Erste, der sich eingefunden hatte, war Ritter Paulus

van Eyl gewesen, ein in die Jahre gekommener, narbenübersäter, trinkfreudiger Haudegen. Tagein, tagaus, sommers wie winters lief er im Kettenhemd herum, als rechne er jeden Augenblick mit dem Einfall der Sarazenen. Sein Brot verdiente er mit dem Betrieb zweier Rossmühlen.

Neben ihm saß Diderik van Dornik, der Herr des Hofes op gen Schild am Sommerdeich, wo Hedwig als Magd diente. Er war im besten Alter, gerade mal Anfang dreißig, hatte aber bereits einen handbreiten Mittelscheitel. Sein Gesicht war kreisrund, und seine Ohren standen ab wie Henkel, weswegen die Kinder ihm »Pisspott« hinterherriefen. Seit seinem zwanzigsten Lebensjahr war er auf Brautschau.

Der Dritte war der Tuchhändler Jan van Wissel, ein humorloser Ränkeschmied. Seine Wortmeldungen waren so häufig wie Schnee im August, dagegen merkte er sich sehr genau, wer wann was gesagt hatte, um die Ratsherren bei Bedarf gegeneinander ausspielen zu können.

Zwei weitere Mitglieder fehlten, waren aber entschuldigt, da sie zur Zeit im Gefolge des Grafen Johann in Brügge weilten. Lediglich Arnold Distelhuizen, der im Beffroi den Leichnam untersuchte, wurde noch erwartet.

»Wo bleibt er nur?«, fragte Clos, der mit seiner spitzen Nase, der fliehenden Stirn und den ruckartigen Kopfbewegungen an einen Specht erinnerte. »Es ist ja nicht so, dass man sonst nichts zu tun hätte.«

»Wir wissen doch, wie gründlich Distelhuizen ist«, sagte Jakob van der Schuren, als Richter der Vorgesetzte des Gerichtsboten. »Eine Weile sollten wir ihm noch zubilligen.«

»Irgendwann musste so etwas ja passieren«, sagte von Elten, der sich als das Gewissen Kleves verstand. Klein und feist wie er war, erreichte er den Boden gerade mal so mit den Zehenspitzen.

»Wie meint Ihr das?«, fragte van Eyl.

»Der Mord ist eine Folge der zunehmenden Sittenlosigkeit

in dieser Stadt. Das beginnt schon bei der Kleidung. Überall sieht man diese bunten und bestickten Stoffe, mit denen die Träger ihrer Eitelkeit frönen. Dazu tiefe Ausschnitte und lange Schlitze, die Blicke auf Körperbereiche gestatten, auf die ich hier nicht näher eingehen will, und damit die niedersten Triebe wecken. So etwas hat es früher nicht gegeben.«

»So lange ich das Mädchen kannte, trug sie immer einfache, hochgeschlossene Gewänder«, sagte Jakob van der Schuren.

»Dennoch besteht in dieser Runde doch wohl kein Zweifel daran, was für eine sie war.«

»Eine, der man gerne mal einen hinten draufgab«, sagte van Eyl, hustete seine Bronchien frei und spie über die Schulter. Das offene Fenster verfehlte er; stattdessen traf er die hölzerne Tafel mit dem Spruch »Audiatur et altera pars«. »Ein Spaß, den sogar Ihr Euch nicht verkneifen konntet, von Elten.«

»Ich? Da müsst Ihr eine Geste missverstanden haben. Vermutlich habe ich sie wegen einer Bestellung herangewinkt.«

»Ich hab's aber klatschen hören.«

Von Elten senkte den Kopf und zog die Schultern hoch.

»Selbst wenn dem so gewesen wäre – was ich jedoch nach wie vor bestreite –, wäre dies nur ein weiterer Beweis für den zunehmenden Sittenverfall. Nicht einmal vor der Verführung eines Gottesmannes scheut die Hure Babylon zurück.«

»In einem muss ich unserem Kaplan Recht geben«, sagte Rektor Clos und legte dem neben ihm sitzenden von Elten beruhigend die Hand auf den Unterarm. »Nach allem, was man so hört, soll die Tote ein ziemlich loses Frauenzimmer gewesen sein. Es gibt wohl kaum einen jungen Burschen in der Stadt, dem sie nicht das Herz gebrochen hat.«

»Dann glaubt Ihr also, der Täter sei unter den verschmähten Liebhabern der Verblichenen zu suchen?«, fragte Jakob van der Schuren.

»Das liegt doch auf der Hand. Da wird einer nicht verkraftet haben, dass sie ihm den Laufpass gegeben hat.«

»Habt Ihr einen bestimmten Anhaltspunkt für Eure Vermutung? Vielleicht einen Namen?«

»Wie schon gesagt – es kommt da mehr als einer in Frage.«

»Mein Sohn hat ihr nachgestellt«, sagte Erasmus van der Schuren zur allgemeinen Verblüffung. »Aber für ihn lege ich die Hand ins Feuer.«

»Niemand verdächtigt Till«, sagte sein Bruder. »Ich habe Anna Zwerts zum Beispiel erst neulich mit Kaspar, dem Sohn unseres Totengräbers, sprechen sehen.«

»Ha!«, machte van Eyl. »Das wäre ja der Gipfel. Schlägt der Bengel das Mädchen tot, und anschließend verdient der Vater an ihrer Bestattung. So macht man Geschäfte.«

»Also wirklich!«, sagte van Dornik aufgebracht. »Wenn es um Geschmacklosigkeiten geht, macht Euch so schnell keiner die Krone streitig.«

»Oh, oh! Höre ich da etwa die Stimme verletzter Gefühle? Wollt Ihr Euch freiwillig in den Reigen der Verdächtigen einreihen?«

Van Dornik sprang auf, zückte seinen Dolch und lehnte sich über den Tisch. »Zügelt Eure Zunge, Ritter van Eyl! Sonst könnte es sein, dass ich sie Euch gelegentlich herausschneide!«

»Donner und Doria!« Erasmus van der Schuren schlug mit der Faust auf den Tisch. »Van Dornik! Ihr wisst genau, dass Waffen in der Ratsstube verboten sind!«

»Ohne meinen Dolch gehe ich nirgendwohin.«

»Ihr habt die Wahl: den Dolch oder Euren Platz in diesem Kreis.« Van Dornik ließ seinen Blick über die Anwesenden schweifen, stieß ein verächtliches Schnauben aus und verließ die Stube ohne ein weiteres Wort. Als er die Treppe hinunterpolterte, knurrte van Eyl: »Pisspott!«

Erneut sauste die Faust des Bürgermeisters auf den Tisch. »Und Ihr werdet Euch in Zukunft mäßigen, van Eyl! Unflat dulde ich in dieser Runde ebenfalls nicht!«

Wieder waren Schritte auf der Treppe zu hören, diesmal treppauf. Arnold Distelhuizen musste den Kopf einziehen, um nicht an den Türstock zu stoßen.

»Nehmt Platz und erstattet uns Bericht«, sagte Erasmus van der Schuren, noch immer rot im Gesicht.

Distelhuizen setzte sich, verstaute seine langen Beine unter dem Tisch und faltete die Hände.

»Die Jungfer Anna Zwerts ist hinterrücks ermordet worden«, sagte er geradeheraus, wie es seine Art war. »Daran kann nach der Untersuchung, die ich im Beisein des Totengräbers und der alten Antje vorgenommen habe, kein Zweifel bestehen. Zu Tode gekommen ist die Jungfer durch einen Streich mit einer scharfkantigen Waffe auf den Hinterkopf. Das mag ein Schwert gewesen sein, ein Dolch ist jedoch wahrscheinlicher, da die Wunde nicht sehr tief ist.«

»War es wirklich nötig, dass dieses gottlose Frauenzimmer dabei war?«, fragte Erasmus.

Der Gerichtsbote nickte knapp. »Unbedingt. Aber dazu komme ich noch. Der Verlust der Augäpfel dürfte den Krähen zuzuschreiben sein. Die Bisswunden am Rumpf wie an den Armen und Beinen stammen wahrscheinlich von dem Fuchs oder Hund, den die Schwester der Ermordeten gesehen hat. Die Öffnung des Brustkorbs hingegen wurde mit einem Schneidewerkzeug vorgenommen. An den Rippen des Opfers sind deutlich glatte Schnittspuren zu erkennen. Denkbar, dass es sich dabei um dieselbe Waffe handelt, mit der sie erschlagen wurde. Unter den Fingernägeln der rechten Hand haben wir blutige Hautfetzen entdeckt. Der Mörder dürfte durch Kratzspuren gezeichnet sein. Das sollten wir im Hinterkopf behalten.«

Distelhuizen blickte in die Runde, als erwarte er Fragen, aber niemand stellte eine.

»Nun, dann kommen wir dazu, weswegen ich auf der Mithilfe der alten Antje bestanden habe. Zunächst einmal hat sie festgestellt, dass sich die junge Frau am gestrigen Abend ... wie soll ich sagen ... keiner Sünde schuldig gemacht hat.«

»Aber das Gewand war doch in mehr als unschicklicher Weise hochgeschoben«, sagte von Elten.

»Anna Zwerts muss sich zunächst gegen ihren Mörder zur Wehr gesetzt haben, dafür sprechen die Hautfetzen unter den Nägeln. Dann ist sie vor ihm geflohen, weg von der Hütte, hinein ins Feld. Ich nehme an, dabei hat sie ihr Gewand gerafft, um besser laufen zu können. Er war jedoch schneller und hat sie überwältigt.«

»Und was hat es mit der – wie sagtet Ihr – Öffnung des Brustkorbs auf sich?«, hakte Jakob van der Schuren nach.

Distelhuizen nickte. »Das war der zweite Grund, warum ich Antje dabei haben wollte, denn gleich beim ersten Anblick der Toten hatte ich einen bestimmten Verdacht. Die Schwierigkeit ist nur, dass ich zwar weiß, wie es in einem Huhn aussieht, und ich habe auch schon mal einen Zander und einen Aland ausgenommen, aber mit den menschlichen Innereien tu ich mich schwer. Aber Antje hat meinen Verdacht bestätigt.«

»Nun macht es nicht so spannend«, drängte der Richter.

Distelhuizen atmete einmal tief durch. »Der Täter hat Anna Zwerts nicht nur ermordet und aufgeschlitzt. Er hat ihr auch das Herz herausgeschnitten.«

»Bei Gott!«, entfuhr es dem Bürgermeister stellvertretend für alle. Eine Weile herrschte betroffenes Schweigen. Dann fragte van Eyl: »Kann das Herz nicht der Fuchs gefressen haben?«

Distelhuizen schüttelte den Kopf. »Der hätte es herausgerissen, es ist aber herausgeschnitten worden. Das konnte die alte Antje deutlich sehen.«

Wieder schwieg die Runde, bis von Elten plötzlich so laut »Verdammt!«, sagte, dass sämtliche Köpfe herumflogen.

»Jawohl, verdammt sage ich. Verdammt will ich sein, wenn dieses Verbrechen kein Ritualmord der Juden ist. Hostien schänden, Brunnen vergiften und Kindern und Jungfrauen die Herzen herausreißen, das ist die Art ihres Unwesens.«

Die Gebrüder van der Schuren runzelten einträchtig die Stirn, und Erasmus sagte: »Ich warne vor voreiligen Schlussfolgerungen. In diesen Zeiten wird den Juden schnell allerlei angelastet.«

»Unser Bürgermeister hat Recht«, sagte van Eyl. »Das war ein unüberlegter Vorstoß von unserem Kaplänchen.«

»Wieso?« Von Elten wirkte gekränkt, als sei sein Sachverstand in Glaubensfragen angezweifelt worden.

Van Eyl nahm sich die Zeit, erneut abzuhusten und hinter sich zu spucken. Wieder verfehlte er das Fenster.

»Ganz einfach«, sagte er. »In Kleve gibt es keine Juden.«

Reims, Dezember 1345

Das war noch nie da gewesen. Es gab freien Wein, und das nicht nur für die Wärter, sondern auch für die Gefangenen. Jeder durfte so viel saufen, wie er wollte. Unglaublich. Aber schließlich feierte der Kommandant nicht jeden Tag Hochzeit. Blutjung war die Braut, nicht einmal halb so alt wie der Gatte, hatte der Kerkermeister verlauten lassen und dabei gezwinkert. Die einzige Bedingung, die der Kommandant an seine Gabe geknüpft hatte, war, dass die Zecher das Brautpaar bei jedem neuen Becher hochleben lassen mussten. Dem kam jeder bereitwillig nach, entsprechend war das Gegröle. So befand sich denn eine ganze Festung im Rausch – bis auf einen Mann: den Gefangenen aus Verließ Nummer VII.

Er hieß Jean-Batiste d'Amiens und war ein Nachfahre des

Eremiten Peter von Amiens, der sich anno 1066, noch vor dem ersten Kreuzzug, laut »Deus lo volt!« brüllend mit einem wild zusammengewürfelten Haufen von Gesindel aller Art auf den Weg ins Heilige Land gemacht hatte. Jeden, der Peter von Amiens dabei über den Weg gelaufen war, hatte er totgeschlagen, bis die Horde dann verdientermaßen von den Türken niedergemetzelt worden war. Ein Glaubenseifer, den der Comte von seinem Ahnen geerbt hatte. Auch er war bereits in jungen Jahren ein glühender Streiter für den Glauben gewesen und folgerichtig als Sechzehnjähriger den Pauperes Commilitones Christi templique Salomonici Hierosalemitanis beigetreten, dem 1119 von Hugo von Payens und Geoffrey de Saint Omer gegründeten Ritterorden der Templer.

In jenen Tagen jedoch hatte sich der Orden bereits im Niedergang befunden, eine Entwicklung, die spätestens mit dem Fall Akkons im Jahre 1291 offenkundig geworden war, wodurch die letzte Bastion im Heiligen Land verloren ging und die Brüder den Rückzug nach Zypern antreten mussten. Auch für den jungen d'Amiens, der seine Aufnahme nur dem außerordentlichen Nachwuchsmangel zu verdanken hatte, denn eigentlich mussten die Anwärter das achtzehnte Lebensjahr vollendet haben, begann seine Ordenszeit mit einem Misserfolg, ja einer Demütigung.

Gerade mal eine Woche war es her gewesen, dass er seinen Dienst in der Templerfestung auf Rouad vor Tortosa angetreten hatte, als die Insel von den Sarazenen angegriffen und im Handstreich genommen worden war. Die einhundertzwanzig Ritter, fünfhundert Bogenschützen und vierhundert dienenden Brüder waren jedoch entgegen ihrer Erwartung nicht hingerichtet, sondern in Schimpf und Schande nach Ägypten geführt worden. Welch eine Schmach! Anstatt wie erhofft den Heldentod zu sterben, wurden sie dem Gespött des mameluckischen Pöbels preisgegeben.

Nach der Rückkehr nach Frankreich hatte Jakob von Molay, der Großmeister des Ordens, d'Amiens völlig überraschend zu seinem Knappen ernannt. Eine Bevorzugung, die sich der junge Comte zunächst nicht erklären konnte, bis Molay eines Nachts in seiner Kammer erschien und ihm sagte, er habe eine Schwäche für blonde Haare und blaue Augen. D'Amiens war zunächst schockiert, aber Molay erklärte ihm, das Gelübde der Keuschheit beziehe sich nur auf den Umgang mit Frauen, und außerdem würden das alle machen, und er solle sich nicht so anstellen. D'Amiens zierte sich dann auch nicht länger und fand nach einer Weile sogar Spaß daran. Drei Jahre später war er der persönliche Sekretär des Großmeisters, und die beiden lebten wie ein Paar.

Ein Glück, das jedoch nur von kurzer Dauer war, denn am 13. Oktober 1307 hatte der König von Frankreich, Philipp der Vierte, genannt der Schöne, gänzlich unerwartet die Ritter des Tempels verhaften und wegen Ketzerei und anderer Vergehen in den Kerker werfen lassen. Es waren Monate quälender Verhöre und Folterungen gefolgt, bis sie schließlich gestanden hatten, was die Schergen des Königs hören wollten. Sechseinhalb Jahre verbrachten sie noch Verlies an Verlies, bis Jakob von Molay im März 1314 auf dem Scheiterhaufen endete. D'Amiens wurde daraufhin in den Kerker von Reims überstellt.

Überlebt hatte er die jahrzehntelange Qual nur, weil er noch eine Aufgabe hatte: Er wollte unter allen Umständen das Vermächtnis seines Meisters und Geliebten erfüllen. Am Morgen des Prozesstages, an dem Molay sein Geständnis widerrief, was unweigerlich sein Todesurteil bedeutete, hatte er d'Amiens seinen letzten Willen mitgeteilt. Zum einen sollte er den Heiligen Gral bergen und an einen sicheren Ort verbringen, zum anderen die Geschichte der Templer und insbesondere die wahren Hintergründe des Prozesses gegen den Orden niederschreiben und somit der Nachwelt überliefern.

Dabei wurde es mit jedem Jahr, das d'Amiens im Verlies

verbrachte, unwahrscheinlicher, dass er Molays Wünschen entsprechen konnte, so sehr er auch immer wieder die Hoffnung beschwor. Hatte er in den ersten Jahren noch Ausbruchspläne geschmiedet, hatte er dies nun schon vor über zwei Jahrzehnten aufgegeben. Nicht eine einzige Gelegenheit hatte sich ihm in all den Jahren geboten, auch nur seine Zelle zu verlassen, von der Flucht aus der Festung ganz zu schweigen. Fünf Tore galt es zu überwinden, hatte der Kerkermeister ihm einmal gesagt, und jedes war mit einem anderen Schloss gesichert. Nein, wenn d'Amiens aufrichtig zu sich selbst war, dann sah es ganz danach aus, als würde er sein Leben zwischen diesen Mauern beschließen.

Laut die Psalmen aufsagend – eine Gedächtnisübung, die d'Amiens sich regelmäßig auferlegte – schritt er mit hinter dem Rücken verschränkten Händen in seiner Zelle auf und ab. Viereinhalb Schritte hin, viereinhalb Schritte zurück, quer maß der Raum dreieinhalb, jeder einzelne Stein war d'Amiens vertraut.

»Wie lieblich ist deine großartige Wohnstätte, O Gott der Heerscharen!«, begann er den vierundachtzigsten Psalm. »Meine Seele hat sich gesehnt und auch geschmachtet nach den Vorhöfen –«

Mit einem lauten Knall flog die Zellentür auf und verfehlte den Comte nur um Haaresbreite. Breitbeinig und bedenklich schwankend stand der Kerkermeister auf der Schwelle, mit puterrotem Gesicht und stierem Blick.

»Sauf!«, brüllte er und hielt d'Amiens einen Becher Wein hin.

»Nein danke.«

»Sauf, sage ich! Oder willst du unseren ehr … ehr … ehrenwerten Kommandanten be … beleidigen?«

»Nichts liegt mir ferner«, sagte d'Amiens. »Aber nach den Jahrzehnten der Enthaltsamkeit glaube ich nicht, dass der Wein mir bekommen würde.«

»Dann sauf ich ihn eben selbst.«

Der Kerkermeister leerte den Becher in einem Zug, wobei ihm ein Gutteil übers Kinn rann. Dann erstarrte er wie Lots Weib, bis sich seinem Schlund mit qualvoller Langsamkeit ein Rülpser entrang. Schließlich riss er in maßlosem Erstaunen die Augen auf – und schlug der Länge nach hin. D'Amiens musste zur Seite springen, um nicht umgerissen zu werden.

Er fühlte den Puls des Mannes. Der Kerl lebte, er war nur besinnungslos. D'Amiens wollte sich schon wieder aufrichten, als er plötzlich innehielt. Bei seinem Eintritt hatte der Kerkermeister in beiden Händen etwas gehalten. In der rechten den Becher, der nunmehr durch die Zelle rollte.

Dafür umklammerte seine Linke noch immer einen eisernen Ring mit fünf Schlüsseln.

Kleve, Juni 1350

Das Essen ging in seine zweite Stunde, doch das war bei den Montemagnos eher die Regel denn die Ausnahme. Nach mit Olivenöl beträufelten Steinbrotfladen, einer Flusshechtsuppe, gekochten Weizengrießstreifen mit Kräutersoße und geriebenem Käse, über Buchenholz geräuchertem Aal und Hammel vom Spieß mit Semmeltorte war man nun bei der Nachspeise angekommen: in Wein gedünstete Äpfel und Schmalznudeln.

Dass die Schmalznudeln im Laufe der Jahre immer dicker geworden waren, lag daran, dass Sophia Maria, die Herrin des Hauses, die Nudeln über ihrem bemehlten linken Knie formte. Das Knie aber hatte wie die ganze Dame – die nichtsdestoweniger eine Schönheit war – nach und nach an Üppigkeit gewonnen. Was wiederum nicht zuletzt auf den regelmäßigen Verzehr immer größerer Schmalznudeln zurückzuführen war. Ein wahrer Teufelskreis, der nur zu durchbrechen gewesen wäre, hätte ein anderes Familienmitglied sein Knie zur Verfügung gestellt. Aber dafür war niemand zu begeistern.

Die Unterhaltung bei Tisch wurde an diesem Abend ausschließlich von Umberto di Montemagno, dem Herrn des Hauses, bestritten. Er war schmal und noch ein Stück kleiner als seine Frau, hatte aber die Nase und die Ohren eines mindestens doppelt so großen Mannes, wodurch er aussah, als pausiere sein Wachstum nur. Dazu war er von einer Lebhaftigkeit, die einen Marder nervös machen konnte. Vom ersten Bissen an schimpfte er gestenreich und ohne Unterbrechung über die Nachbarn auf der anderen Straßenseite, die van Bylants, Pfandleiher und Kaufleute wie die Montemagnos, nur ungleich erfolgreicher und einflussreicher. So weilte das Oberhaupt der Sippe, Benedikt van Bylant, derzeit an der Seite des Grafen von Kleve in Brügge.

»Neureiches Gesindel«, trompetete Umberto zum wiederholten Mal. »Keine zwei Jahre hier und führt sich auf, als sei die Stadt sein Eigentum.«

»Wirst du wohl leiser sein«, fuhr Sophia Maria ihn an. »Man hört dich bis auf die Straße.«

»Dann mach die Fenster zu.«

»Sollen wir ersticken, nur damit du brüllen kannst? So weit kommt es noch.«

Die übrigen Teilnehmer der Tafelrunde sagten wie schon den ganzen Abend keinen Ton, nicht einmal mit der Wimper zuckten sie. Fast konnte man den Eindruck haben, sie seien taub, was aber nur auf einen der drei zutraf: Ricciutello, den kahlköpfigen Knecht der Familie. Er, der schon Umbertos Vater treu gedient hatte, mampfte vor sich hin und schien mit sich und der Welt zufrieden. Dazu hatte er auch allen Grund, denn heute durfte er zusätzlich zu seiner auch noch Marcos Portion verdrücken, der nur geistesabwesend in seinem Essen herumstocherte.

Marco und Pietro, um einiges größer und kräftiger als der Vater und – wofür Sophia Maria dem Herrgott täglich dankte – nicht mit dessen Nase und Ohren auf die Welt gekommen, ähnelten einander nur auf den ersten Blick. Beide hatten schwarze Locken und schmale Gesichter, aber Pietro wirkte femininer als sein Bruder. Seine Züge waren weicher, und er hatte Wimpern von einer Länge und Dichte, um die ihn jede Frau beneidete. Hinzu kam, dass die Natur Marco eine Lücke zwischen den oberen Schneidezähnen beschert hatte, die ihm, wenn er lächelte, eine gewisse Verwegenheit verlieh. Pietros Gebiss hingegen hätte makelloser nicht sein können.

»Wie wurde das Stadttor neben unserem Haus all die Jahre genannt, in denen unsere Landsleute und wir dieser Stadt zu Wohlstand und Ansehen verholfen haben?«, fragte Umberto, erwartete aber keine Antwort, da er die Frage schon hundert Mal gestellt und beantwortet hatte. »Ganz richtig: Porta Lombadorum, das Tor der Lombarden. Und jetzt? Keine zwei Jahre ist es her, dass diese dahergelaufenen Kaverner sich hier breit gemacht und beim Grafen eingeschmeichelt haben, und – wupps – schon heißt es Kavernisches Tor. Desgleichen unsere Straße. Seit Urzeiten war das die Löwenstraße. Und auf einmal wird sie nur noch als Kavernische Straße bezeichnet. Und da soll ich mich nicht aufregen?«

Um seine Kehle anzufeuchten, vielleicht aber auch, um sich zu beruhigen, nahm Umberto einen Schluck Rotwein. Ein samtiger Tropfen aus der Gegend von San Gimignano, den er selbst eingeführt hatte, obwohl ihm als Lombarden der Handel mit Wein untersagt war.

»Zehn meiner besten Jahre habe ich dieser Stadt geopfert, war immer untertänig und gesetzestreu, und nun muss ich erkennen, das alles vergebens war. Aber das lasse ich mir nicht bieten. Genug ist genug. Bevor uns noch weitere Demütigungen zugemutet werden, werden wir diesen ungastlichen Ort verlassen.«

»Ich weiß gar nicht, was du hast«, sagte Sophia Maria. »Wir sind gesund, wir haben ein wunderschönes Haus, wir haben unser Auskommen, und man lässt uns in Frieden. Was erwartest du noch? Dass die Leute uns huldigen, wenn wir durch die Straßen gehen?«

»Ich sehe, du hast nichts begriffen«, sagte Umberto und fuchtelte seiner Frau mit der Hand vor der Nase herum, wobei er die Finger in Form einer Artischocke zusammenlegte. »Wir haben in dieser Stadt keine Zukunft. Unsere Geschäfte gehen den Bach runter. Spätestens nächstes Jahr werden wir uns nur noch Schmalznudeln in der Größe von Fingerhüten leisten können. Deshalb müssen wir weg.«

»Und wohin willst du? Zurück nach Strassburg?«

»Strassburg!« Umberto schlug sich mit der flachen Hand vor die Stirn. »In diese Stadt, in der man uns Verräter und Betrüger geheißen hat, weil wir angeblich nicht nur Menschen und Haustiere verschlingen, sondern auch Mühlen, Schlösser, Bauernhöfe, Wiesen, Gehölze und Wälder? In der man uns beschuldigt hat, mit einem Blatt Pergament in der einen und einer Feder in der anderen Hand den Einheimischen das Letzte wegzunehmen und uns unsere Beutel mit ihrem Silber zu füllen? In der man uns bezichtigt hat, uns mit der Not der anderen zu mästen? In die Stadt, in der man uns zuletzt wie Aussätzige, was sage ich, wie Vogelfreie behandelt hat? Aus der wir bei Nacht und Nebel fliehen mussten und nur retten konnten, was wir am Leibe trugen? Niemals!«

»Ist ja schon gut. Wohin dann?«

»Nach Köln.«

Jetzt blickten sogar die Söhne auf, und Ricciutello hörte auf zu kauen, obwohl er kein Wort verstanden haben konnte.

»Du musst des Wahnsinns sein. In Köln tobt die Pest. Jeder vierte Einwohner soll bereits gestorben sein.«

»Zweifellos ein Elend. Auf der anderen Seite hat ein solcher Kahlschlag jedoch auch sein Gutes, vergleichbar mit einem Krieg. Ist das Unheil überstanden, herrscht ein gewaltiger Bedarf an Geldmitteln, um die erlittenen Verluste an Menschen und Gütern wettzumachen. Zudem gibt es keine Konkurrenten mehr, schließlich haben die Kölner im letzten Sommer sämtliche Juden erschlagen und ihr Viertel niedergebrannt. Für uns wäre ein Umzug in die Domstadt das, was ... nun ja, was eine Eichelmast für die Schweine ist.«

Sophia Maria stand der Mund offen. »Ein wundervoller Vergleich. Langsam zweifele ich wirklich an deinem Verstand, Umberto. Aber, Gott sei es geklagt, ich habe ja damals nicht auf meine Mutter hören wollen, die mich vor dir gewarnt hat. Und diesem Wahnsinnigen habe ich auch noch zwei Söhne geboren, die er zweifellos mit ins Verderben reißen will. Und alles nur, um sich die Taschen zu füllen.«

»Köln hat noch andere Vorteile«, sagte Umberto, der gar nicht merkte, dass er sich um Kopf und Kragen redete. »Als Lombarde kann man sich dort für zehn Jahre oder auch länger die Bürgerrechte kaufen. Wir wären dann keine Geduldeten mehr, sondern vollwertige Bürger.«

»Diese Rechte ziehen aber auch einen Rattenschwanz an Pflichten nach sich. Als Bürger musst du Steuern entrichten, und ihr Männer müsst Wach- und Wehrdienst leisten. Hier in Kleve zahlen wir unser Schutzgeld an den Grafen, und das war es. Außerdem – auch auf die Gefahr hin, dass ich mich wiederhole – geht in Köln der Sensenmann um. Selbst wenn du dir das Bildnis des Märtyrers Sebastian in dein Fell ritzen ließest, würde uns das nicht vor dem Tod retten.«

»Glaubst du Närrin etwa, die Pest wird einen Bogen um Kleve schlagen?«

Sophia Maria bedachte Umberto mit einem Blick, der keine Widerrede duldete. »Bisher sind wir verschont geblieben, und vielleicht geht der Kelch ja tatsächlich an dieser Stadt vorüber. Und falls nicht, werde ich jeden Tag einhundert Vaterunser beten und das ganze Haus in eine Räucherkammer verwandeln. Aber wie auch immer es kommen mag: Wir bleiben hier.«

Ricciutello kaute unbelästigt von dem Streit vor sich hin, und Pietro langte nach einer weiteren Schmalznudel. Nur Marco guckte, als sei das Gespräch in einer ihm fremden Sprache geführt worden.

»Was ist los mit dir?«, raunzte Umberto ihn an. »Den ganzen Abend sagst du keinen Ton. Von dir als Erstgeborenem erwarte ich, dass du eine Meinung hast.«

»Nun lass ihn doch«, sagte Pietro. »Die Sache mit Anna hat ihn sehr mitgenommen.«

»Zum Teufel – wegen eines solchen Frauenzimmers flennt man doch nicht.«

Marco schoss einen Blick über den Tisch, der als Pfeil tödlich gewesen wäre. Dann sprang er auf, dass sein Hocker umstürzte, und stürmte aus dem Raum.

»Denk dran, dass du morgen Früh nach Wesel reitest, um die Anzahlung für die neue Weinlieferung zu leisten«, rief Umberto ihm nach.

»Sollte man dich eines Tages aufschneiden, würde man sich wundern, was man dort findet«, sagte Sophia Maria.

»Was meinst du?«

»Ein Herz aus Holz.«

*

Marco hatte seinen Brustpanzer angelegt und das Schwert gegürtet. Auch den Nasalhelm nahm er mit. Immerhin würde er mit einer gehörigen Summe unterwegs sein. Deshalb ritt er auch sonntags, denn nach Ansicht seines Vaters waren gerade die größten Spitzbuben die frommsten und ruhten an diesem Tag wie der Herr.

Ricciutello hatte ihm den Braunen mit der weißen Blesse gesattelt, das ausdauerndste Pferd, das sie im Stall hatten. Geräucherten Schinken, dunkles Brot und zwei Äpfel hatte die Mutter ihm eingepackt; vor dem Abend würde er nicht zurück sein.

Marco führte das Tier auf die Straße und verscheuchte einige pickende Hühner und ein Wollschweinferkel, das seinen Rüssel durch den Staub schob. Schräg gegenüber dampfte der Dunghaufen der van Bylants in den dunstigen Morgen. Ein weiterer Grund, weswegen der Vater regelmäßig in Zorn geriet, denn der Mist versperrte oft genug die halbe Straße. Marco wollte gerade aufsitzen, als ihm vor Schreck die Hitze ins Gesicht stieg. Nein, er hatte sich geirrt, das Mädchen im Schatten der Weide vor dem Minoritenkloster war nicht Anna. Dort stand Elsa. Sie hatte die Arme vor der Brust verschränkt und zitterte, obwohl es schwülwarm war. Unverwandt starrte sie ihn an. Marco zögerte einen Augenblick, leinte dann aber den Braunen am Tor an, hängte den Helm an den Sattel und ging auf sie zu. Ihre Wangen waren eingefallen, und er konnte sehen, dass sie geweint hatte.

»Es tut mir Leid, Elsa«, sagte er und verschluckte wie immer die Endungen, was seine Sprache unnötig schlampig machte. »Ich meine, was mit Anna passiert ist. Für euch muss das schrecklich sein. Auch mir geht es sehr nahe.«

Elsa entgegnete nichts, sie kaute nur auf ihren Lippen. Marco nickte ihr zu und wollte sich schon abwenden, da sagte sie:

»Ich weiß, dass ihr euch am Freitagabend getroffen habt.«

Marco war verdutzt. »Wie meinst du das? Da hab ich Anna nicht getroffen. Hatte sie dir nicht gesagt, dass wir uns getrennt hatten?«

»Du meinst, dass sie dir den Laufpass gegeben hat.«

»So kann man es auch nennen, ja.«

Da Elsa ihn weiter anstarrte, fragte er: »Wie kommst du bloß darauf?«

»Als sie ging, sagte sie mir, sie sei mit dir verabredet.« Die Erinnerung füllte Elsas Augen mit Tränen. »Sie hatte eigens Hedwig dafür bezahlt, um dich treffen zu können.«

»Das kann nicht sein. Ich habe Anna nicht mehr gesehen seit dem Tag, an dem sie unsere Liebschaft beendet hat.«

»Das ist gelogen. Ich habe euch noch am Donnerstag zusammen bei den Fischbänken gesehen.«

»Richtig«, sagte Marco. »Das hatte ich ganz vergessen. Wir sind uns zufällig dort begegnet.«

»Du warst sehr ausgelassen und hast mit ihr gescherzt.«

»Ja. Ich wollte mir nicht anmerken lassen, dass ich wegen der Trennung noch immer verletzt war.«

Elsas Augen wurden schmal. »Schwörst du bei allem, was dir heilig ist, dass das das letzte Mal war, dass du Anna gesehen hast?«

»Was soll das? Glaubst du etwa, ich hätte –«

»Schwörst du das?«

»Ist denn das so wichtig?«

»Ja.«

»Gut, dann muss es wohl sein. – Ich schwöre.«

»Du hast die Hand nicht gehoben.«

»Gott, wir sind doch hier nicht vor dem Inquisitionsgericht.«

»So ist der Schwur nichtig.«

»Was soll das, Elsa?« Marco versuchte, sie am Arm zu fassen, aber sie wich ihm aus. »Glaubst du wirklich, ich könnte Anna das angetan haben?«

Elsa musterte ihn lange und ruhig. »Ich kann nicht glauben, dass Anna gelogen hat, als sie mir sagte, sie sei mit dir verabredet. Warum hätte sie das tun sollen?«

Marco zuckte die Achseln. »Ich weiß es nicht. Vielleicht

wollte sie nicht, dass du wusstest, wer der Kerl war. Das wäre doch möglich, oder?«

Elsas Miene wurde lauernder. »Du weißt etwas, das spüre ich.«

»Das ist doch Unfug, Elsa. Was soll ich schon wissen? Du bist völlig überdreht. Geh nach Hause und ruh dich aus. Du hast bestimmt die ganze Nacht kein Auge zugetan.«

»Du verheimlichst mir etwas.«

»Elsa, bitte.«

»Wenn du mir nicht auf der Stelle sagst, was es ist, gehe ich zum Magistrat und erzähle, dass Anna mir gesagt hat, sie sei mit dir verabredet gewesen. Also – es liegt bei dir.«

Marco wandte sich ab und schickte ein Stoßgebet zum Himmel. Dann gab er sich einen Ruck.

»Nun gut, du willst es ja nicht anders«, sagte er. »Aber beschwer dich nicht, wenn die Wahrheit schmerzen sollte. Anna sagte mir einmal, du hättest die Angewohnheit, dich in eben die Männer zu verlieben, mit denen sie sich trifft. Und ganz besonders in mich. Vielleicht wollte sie dem diesmal vorbeugen.«

Die Ohrfeige kam ansatzlos, an ein Ausweichen war nicht zu denken.

»Du lombardischer Lügner!«, kreischte Elsa mit einem Gesicht, das nurmehr eine Fratze war. »Du Sohn eines gottlosen Wucherers und Halsabschneiders! Das hätte Anna niemals gesagt. Niemals! Vater hatte ganz Recht, als er uns vor euch gewarnt hat. Hoffentlich holt dich der Teufel!«

Schluchzend rannte sie davon, die Kaverner Straße hinunter, bis sie an der Ecke zur Großen Straße hinter dem Haus des Töpfers verschwand.

Marco schalt sich einen Narren, dass er den Mund nicht gehalten hatte. Einerseits, weil Elsa ihm aufrichtig Leid tat. Erst verlor sie ihre Schwester, und nun musste sie auch noch diese Demütigung ertragen. Andererseits fürchtete er jedoch auch, sie könnte in ihrer Wut zu Distelhuizen laufen und ihn anschwärzen. Und dann konnte es eng werden.

Denn die einzige Person, die hätte bezeugen können, dass er in jener Nacht nicht in der Hirtenhütte gewesen war, wäre Anna gewesen.

Die Mutter hatte ihn nicht geweckt, weil er erst kurz vor Mitternacht nach Hause gekommen war. Während im Haus und im Hof schon gelärmt wurde, lag Marco noch auf seinem Lager und beobachtete, wie an der Kammerdecke eine Kreuzspinne einen Weberknecht einsponn.

Der Ritt am Vortag war ohne Zwischenfälle verlaufen, weder Wegelagerer noch wilde Tiere hatten ihm aufgelauert. Dennoch hatte er lange gebraucht; er hatte es ruhig angehen lassen und war zumeist Schritt geritten.

Allein auf weiter Flur hatte er seinem Schmerz über Annas Tod freien Lauf gelassen. Am meisten bestürzte ihn die Endgültigkeit des Ereignisses. Obgleich Anna ihre Liebschaft beendet hatte, hatte er, solange sie lebte, die Hoffnung hegen können, sie noch einmal zu erobern. Diese Möglichkeit gab es nun nicht mehr.

Um Kalkar und Xanten hatte er, wie er es der Mutter versprochen hatte, einen Bogen gemacht. Und er hatte auch der Versuchung widerstanden, nach Wesel überzusetzen. Stattdessen hatte er in Büderich gewartet und einen Boten über den Rhein geschickt.

Stunden waren vergangen, und die Sonne hatte ihren Zenit längst überschritten, als der Wein- und Tuchhändler Sebastian von Heiden, der Zulieferer der Montemagnos, schließlich aufgetaucht war. Über das, was in Wesel vorging, machte er nur Andeutungen, aber das Wenige reichte, um Marco etliche Schauer über den Rücken zu jagen.

Die Toten bestattete man nur noch in Massengräbern, anders wurde man ihrer Zahl nicht mehr Herr, das öffentliche Leben war fast zum Erliegen gekommen. Allenthalben machte sich Faustrecht breit, was die beiden bewaffneten Begleiter von Heidens erklärte. Er selbst schien gesund, wirkte allerdings niedergeschlagen. Als sie sich verabschiedeten, kämpfte er mit den Tränen.

Eine bedrückende Begegnung, die Marcos Stimmung nicht eben hob. Zu seiner Trauer um Anna kam nun noch die Sorge, was wohl aus seiner Heimatstadt und seiner Familie würde, sollte dort die Pest ausbrechen. Die Idee seines Vaters, Kleve zu verlassen, hielt er inzwischen für gar nicht mehr so abwegig. Nur hatte der alte Montemagno die falsche Richtung vorgeschlagen. Wenn sie der Seuche entgehen wollten, blieb allein der Weg nach Friesland.

Kräftiges Klopfen an der Haustür riss ihn aus seinen Gedanken. Marco konnte es hören, obwohl seine Kammer im ersten Stock und zum Hof hin lag. Die helle Stimme seiner Mutter und eine dumpfe Männerstimme wechselten sich ab. Dann wurde nach ihm gerufen.

Als Marco kurz darauf in die Küche trat, war sein erster Gedanke: Nun hat sie mich doch verpfiffen. Kurz erwog er wegzulaufen, unterdrückte den Drang aber, denn ein klareres Schuldeingeständnis hätte er nicht liefern können. Überdies war fraglich, wie weit er kommen würde, womöglich stand ein Posten vor der Tür. Also begrüßte er seine Mutter mit einem Kuss, nickte dem Richter und dem Gerichtsboten zu, die auf der Bank unter dem Fenster Platz genommen hatten, und setzte sich ihnen gegenüber auf einen der Hocker. Sophia Maria schien ganz auf das Kneten des Brotteigs konzentriert, aber Marco sah, dass ihre Ohren zuckten. Wahrscheinlich hörte sie, dass ihm das Herz bis zum Hals schlug.

»Wir sind hier, um Euch einer Befragung zu unterziehen«, sagte Jakob van der Schuren und versuchte sich an einem strengen Blick, was ihm mit seinen melancholischen Triefaugen jedoch nur unvollkommen gelang. »Anlass ist die Ermordung der Jungfer Anna Zwerts.«

»Eine schreckliche Geschichte«, sagte Marco mit einer Stimme, die er noch nie gehört hatte. »Aber weshalb kommt Ihr zu mir?«

»Wir befragen alle jungen Burschen, die in einem besonderen Verhältnis zu dem Mädchen standen. Ein solches hat nach Aussage von Annas Eltern – wenn auch unerwünschterweise – zwischen der Ermordeten und Euch bestanden.«

»Ein Liebesverhältnis«, verdeutlichte Distelhuizen. »War dem so?«

»Es war vorbei«, sagte Marco. »Anna hatte es beendet.«

»Wann?«

»Mittwoch werden es zwei Wochen.«

»Und warum?«

»Muss ich das beantworten?«

»Es sähe besser aus.«

»Die Schwierigkeit ist – ich weiß es nicht. Wir hatten keinen Streit, das Ende kam für mich aus heiterem Himmel. Ich habe sie gefragt, ob es einen anderen gebe, aber sie sagte Nein. Unsere Zeit sei einfach vorbei, meinte sie.«

»So etwas Ähnliches haben wir heute schon einmal gehört«, sagte van der Schuren. »Nicht wahr, Distelhuizen?«

»In der Tat.«

»Von wem?«, fragte Marco.

»Das braucht Euch nicht zu kümmern«, sagte Distelhuizen kalt. »Sagt mir lieber, ob Ihr die Trennung hingenommen habt oder ob Ihr darüber in Rage geraten seid.«

»Es fiel mir nicht leicht, aber ich habe es weggesteckt«, sagte Marco und schämte sich für seine Mutter, die ihren Kopf immer weiter in Richtung Tisch reckte. »Schließlich gibt es noch andere Mädchen.«

»Wann habt Ihr die Anna zum letzten Mal gesehen?«, fragte van der Schuren.

Jetzt würde es sich erweisen, ob Elsa ihn verraten hatte oder nicht.

»Am Donnerstag, dem Tag vor ihrem Tod«, sagte Marco. »Da sind wir uns bei den Fischbänken über den Weg gelaufen.«

»Und danach seid Ihr ihr nicht mehr begegnet?«

»Lebend habe ich sie nicht mehr gesehen. Nachdem ich gehört hatte, was passiert war, bin ich natürlich zur Stechbahn gegangen.«

»Natürlich«, sagte Distelhuizen. »Wir haben Anlass zu der Annahme, dass die Jungfer Anna ihrem Mörder Kratzwunden zufügte. Entblößt also bitte Eure Arme und Euren Oberkörper.«

Wortlos erhob Marco sich und streifte langsam sein Hemd ab. Seine Mutter starrte ihn furchtsam an, als rechne sie mindestens mit den Wundmalen Christi. Distelhuizen bat Marco, sich auch umzudrehen. Aber auch auf dem Rücken hatte er keinen einzigen Kratzer.

»Eine letzte Frage: Wo habt Ihr die Nacht von Freitag auf Samstag verbracht? Und gibt es jemanden, der Eure Angabe bezeugen kann?«

»Ich«, kam es so überraschend von der Tür, dass Sophia Maria der Teig auf die gewachsten Dielen fiel.

Pietro überschritt die Schwelle, trat hinter seinen Bruder und legte ihm die Hände auf die Schultern. »Marco ist an dem Abend früh zu Bett gegangen. Er klagte über Kopfschmerzen. Das können im Übrigen auch die Eltern bestätigen.«

»So ist es«, sagte Sophia Maria mit einem Kiekser in der Stimme. »Kopfschmerzen.«

»Teilt Ihr eine Kammer?«

»Nein«, sagte Pietro. »Aber unsere Kammern liegen hintereinander. Wenn mein Bruder seine verlassen will, muss er meine durchqueren.«

»Hat die Kammer kein Fenster?«

»Nur eine Dachluke«, sagte Marco. »Durch die passt gerade mal eine Katze.«

Van der Schuren und Distelhuizen sahen sich kurz an, nickten und standen gleichzeitig auf.

»Das war es«, sagte der Gerichtsbote. »Zumindest für heute.«

Während Sophia Maria die beiden Herren hinausbegleitete, zog Marco seinen Bruder durch die Hintertür auf den Hof. Obwohl sie bis auf Ricciutello, der gerade eine frisch geschlachtete Ziege häutete, allein waren, flüsterte Marco, als stünden sie mitten auf dem Marktplatz.

»Warum hast du gelogen?«, fragte er. »Ausgerechnet du, der die Zehn Gebote sonst über alles stellt.«

»Wenn du dir die Wahl meiner Worte ins Gedächtnis rufst, wirst du erkennen, dass ich keineswegs gelogen habe«, sagte Pietro. »Ich habe mich lediglich der einen oder anderen Auslassung schuldig gemacht. Außerdem, hast du vergessen, was Großvater und Vater uns immer wieder gepredigt haben? Zuerst und vor allem anderen kommt die Familie. Nur so konnte unsere Sippe durch die Jahrhunderte sämtliche Unbill überstehen.«

»Was denkst du denn, wo ich war? Glaubst du womöglich, ich hätte etwas mit Annas Ermordung zu schaffen?«

»Ich denke gar nichts. Ich weiß nur, dass du, kaum lag ich in den Federn, noch einmal weggegangen und erst im Morgengrauen zurückgekommen bist. Bevor du dich wieder hingelegt hast, habe ich dich ein paarmal ›Was bin ich für ein Narr!‹ murmeln und leise lachen hören. Hätte ich den beiden das erzählen sollen?«

»Klingt das für dich wie das Verhalten eines Mörders?«

»Ich weiß nicht, wie Mörder sich zu verhalten pflegen«, sagte Pietro. »Ich weiß nur, wie van der Schuren es auslegen würde. Außerdem – so eine wie Anna ist es nicht wert, dass du ihretwegen in Schwierigkeiten gerätst.«

»Du redest denselben Scheiß wie Vater«, sagte Marco. »Trotzdem – Dank für den Beistand.«

*

Die Nacht zum Dienstag brachte die Erlösung. Von Westen frischte es auf, und Gewitter und Regenwolken zogen über das Land. Es blitzte und donnerte ohne Unterlass, sodass sich der Brandwächter vorsichtshalber auf seinen Aussichtsposten im Beffroi begab. Kleine Feuer hätte der Regen zwar umgehend gelöscht, wäre jedoch der Blitz in eines der Pech- oder Firnislager eingeschlagen, hätte die Wehr benachrichtigt werden müssen.

Den Frühaufstehern bot sich der Rinnstein in der Straßenmitte noch als reißender Strom dar, der zu Seen wurde, wo Unrat sich gestaut hatte. Kurzes Stochern sorgte für freien Abfluss, und man konnte daran gehen, die schlammigen Gassen mit Stroh zu bestreuen, damit die, die zu Fuß unterwegs waren, nicht bis über die Knöchel einsanken.

Die Mitglieder des Magistrats waren allesamt in hölzernen Überschuhen erschienen, die sich nun neben dem Eingang aneinander reihten, wobei die Pantinen von Erasmus van der Schuren durch ihre Beschläge aus Silberblech hervorstachen. Überhaupt hob der Bürgermeister sich wie schon seit Wochen deutlich von den anderen ab; er trug leuchtend rote Beinlinge, die ihn aussehen ließen, als sei er durch Blut gewatet. Zusammen mit seinem mit Stickereien und Borten verzierten Umhang boten sie ein Erscheinungsbild, das von Elten mit vorwurfsvollen Blicken bedachte. Neben den beiden entschuldigten Mitgliedern fehlte diesmal auch Diderik van Dornik.

Nach einem kurzen Marienlob, vorgetragen vom Kaplan, der für seine glühende Verehrung der Mutter Gottes bekannt war, eröffnete Erasmus die Sitzung. Sodann trug Distelhuizen vor, was die Befragung während der vergangenen Tage ergeben hatte.

»Zehn Burschen haben wir einem Verhör unterzogen«, sagte der Gerichtsbote und zählte die Männer namentlich auf. »Nur drei davon waren uns vom Schankwirt Zwerts und seiner Frau benannt worden. Ob sie vom Umgang mit den anderen nichts gewusst haben, oder ob sie ihre Tochter nachträglich in ein besseres Licht rücken wollten, lassen wir dahingestellt sein. Jedenfalls hat ihre Verschwiegenheit unsere Aufgabe nicht erleichtert. Mühsam mussten wir die Namen ermitteln. Bis auf einen waren alle in der Lage, einen Abwesenheitsbeweis zu erbringen, der der Überprüfung standhielt.«

»Wer war derjenige?«, fragte Rektor Clos.

Schnaufend stand Erasmus van der Schuren von seinem Stuhl auf, ging die paar Schritte zur nebenan liegenden Kammer des Schreibers, öffnete die Tür und sagte: »Komm raus.«

Unsicherheit und Trotz spiegelte sich in der Miene des Burschen, der die Ratsstube betrat. Breitbeinig trat er über die Schwelle, als habe sein Hinterteil erst kürzlich Bekanntschaft mit einem Ochsenziemer gemacht. Er mied den Blick der Anwesenden, auch den des Bürgermeisters, dem er, abgesehen von den triefenden Augen, wie aus dem Gesicht geschnitten ähnlich sah.

»Mein Sohn Till«, brummte Erasmus. »Los, erzähl den Herren, was du angestellt hast.«

»Muss das sein?«, maulte Till und zog augenblicklich den Kopf ein, weil der Vater die Hand hob. »Schon gut, schon gut. Also, es war so …«

Die Zeit verstrich, aber Till starrte nur auf die Dielen. Schließlich wurde es dem Alten zu bunt, und er knuffte seinen Sohn in die Seite. »Auf geht's«, sagte er aufmunternd. »Mist kann man bauen, aber man muss auch dafür gerade stehen.«

»Also, ich …«

Wieder kam Till über die ersten Worte nicht hinaus, sodass Distelhuizen nach einer Weile zögernd auf sich aufmerksam machte. Als sein Blick den des Bürgermeisters traf, guckte der zunächst abweisend, gab kurz darauf aber mit entmutigter Miene dem stumm vorgetragenen Ansinnen des Gerichtsboten nach.

»Distelhuizen, Ihr habt das Wort. Sonst stehen wir noch heute Abend hier. Und du, setz dich.«

Damit drückte er Till auf einen der freien Stühle am Kopfende der Tafel, während er selbst wieder seinen angestammten Platz einnahm.

Distelhuizen räusperte sich kurz. »Till van der Schuren gab zunächst an, in jener Nacht mit Kumpanen, deren Namen er angeblich vergessen hatte, irgendwo am Kermisdahl gezecht zu haben. Da niemand das bestätigen konnte, war diese Angabe als Abwesenheitsbeweis natürlich untauglich. Heute Früh, noch bevor ich das Haus verließ, meldete sich überraschend ein Zeuge, der das fragliche Gelage beobachtet hat. Nur hat es nicht wie von Till angegeben am Alten Rhein stattgefunden, sondern auf dem Friedhof am Minoritenkloster.«

»Was?«, kreischte von Elten. »Auf geweihter Erde?«

»Dafür wird er bestraft«, knurrte Erasmus. »Gnadenlos. Mindestens eine Woche Stubenarrest.«

»Wer hat das denn nun bezeugt?«, fragte van Eyl. »Und wieso erst heute?«

»Einer der Padres«, sagte Distelhuizen. »Ihn hatte der Lärm der Zecher auf den Friedhof gerufen. Während es den anderen gelang, rechtzeitig zu entkommen, wurde Till von dem Mönch erkannt.«

»Ist der Bengel bereits so ein Bleibein wie Ihr?«, feixte van Eyl in Richtung des Bürgermeisters.

In der Stille nach dieser Frage knackte Distelhuizen zunächst mit den Fingern, bevor er sagte: »Er wurde dadurch behindert, dass er die Hosen heruntergelassen hatte und sein Wasser gegen einen der Grabsteine abschlug.«

Während von Elten aufstöhnte, als sei er tödlich verwundet, machte Till den Eindruck, als würde er am liebsten unter den Tisch kriechen. Dazu zischte Erasmus pausenlos: »Ohne Gnade, ohne Gnade.«

»Ihr habt meine zweite Frage noch nicht beantwortet«, hakte van Eyl ungerührt nach. »Wieso hat der Padre sich erst heute gemeldet?«

»Till hatte ihm Prügel angedroht für den Fall, dass er ihn anzeigen sollte. Der arme Bruder war völlig verängstigt und hat zwei Tage mit sich gerungen, bis er sich gestern Abend doch seinem Abt offenbarte. Der hat ihn dann zu mir geschickt.«

»Das wird ja immer ungeheuerlicher«, fuhr Clos auf und drohte Till mit dem Zeigefinger. »Du kannst froh sein, Bürschchen, dass du die Schule bereits hinter dir hast, sonst –«

»Bitte!« Jakob van der Schuren hob beschwörend die Hände. »Zweifellos handelt es sich hierbei um einen schwer wiegenden Frevel, der geahndet gehört. Wie ich meinen Bruder kenne, wird er es an Strenge nicht missen lassen. Dennoch sollten wir nicht vergessen, welches der eigentliche Grund unserer Zusammenkunft ist. Und was das angeht, wird Till durch seine Missetat entlastet. – Till, du kannst nun nach Hause gehen und auf die Heimkehr deines Vaters warten. Und ich rate dir gut, keine Umwege zu machen. – Und Ihr, Distelhuizen, solltet mit Eurem Bericht fortfahren.«

Der Gerichtsbote wartete, bis Till die Stube verlassen hatte. Das tat er, wie er gekommen war: stumm und staksig.

»Wir haben die jungen Männer nicht nur verhört, sondern

überdies auf Kratzspuren untersucht und sind in einem Fall tatsächlich fündig geworden«, führte der Bote aus. »Allerdings ergab eine eingehendere Untersuchung, dass die Spuren von einer Katze stammen. Tja, das ist im Augenblick alles.«

»Wie?«, fragte van Wissel, wofür die Versammelten ihn anstarrten, als habe er durch ein Wunder die Sprache wiedererlangt. »Dann sind wir ja genauso weit wie vorher.«

»Das stimmt so nicht«, sagte Jakob. »Wir haben zwar noch immer keine richtige Spur, dafür aber eine falsche weniger.«

»Trotzdem ist das unbefriedigend«, sagte Erasmus. »Drei vergeudete Tage, und bereits übermorgen wird der Graf zurückerwartet. Ich hatte gehofft, der Fall sei vor seiner Rückkehr aufgeklärt.«

»Ich weiß, was du damit sagen willst. Es wäre gut, wenn wir beweisen könnten, dass wir in der Lage sind, unsere Belange selbst zu regeln.«

»So ist es.« Erasmus wandte sich an Distelhuizen. »Wie schätzt Ihr die Lage ein? Ist bis übermorgen mit einem brauchbaren Ergebnis zu rechnen?«

Der Gerichtsbote ließ seine Mundwinkel hängen und zog die Schultern hoch, sagte aber nichts. Was das heißen sollte, war allen klar.

»Dann war es wohl doch ein jüdischer Ritualmord«, sagte von Elten und blickte herausfordernd in die Runde.

Van Eyl, der des Kaplans Miene nicht mitbekommen hatte, sagte: »Mit Eurem Hirnschmalz ist es wirklich nicht weit her, verehrter von Elten. Ich habe Euch doch bereits gesagt, dass es in Kleve keine Juden mehr gibt. Der letzte war Eleasar ben Jehuda, aber der hat die Stadt im Herbst letzten Jahres verlassen, nachdem ihm zu Ohren gekommen war, was in der Bartholomäusnacht zu Köln geschehen ist. Ihr werdet Euch schon eine andere Erklärung zurechtlegen müssen.«

»Auch in eine beleidigende Form gekleidet gewinnt Eure Meinung nicht an Stichhaltigkeit. Ist Euch schon mal der Gedanke gekommen, dass Juden womöglich unerkannt unter uns leben?«

Von Elten wurde angestarrt, als habe er die Erdscheibe zur Kugel erklärt.

»Was meint Ihr mit unerkannt?«, fragte Erasmus. »Ohne Spitzhut und Judenfleck? Das wäre strafbar.«

»Warum nicht? Das wäre zudem ein Verhalten, das gut zu ihrem heimlichtuerischen Wesen passen würde.«

»Ich bezweifle, dass Ihr für Eure Ansicht eine Mehrheit finden werdet, von Elten. Das erscheint mir doch zu weit hergeholt.«

»Ich weiß nicht«, sagte Clos. »Von woanders hört man so manches, was von Eltens Überlegungen durchaus schlüssig erscheinen lässt.«

»Nichts als Schauermärchen, um den Mord an diesen Leuten zu rechtfertigen«, polterte Erasmus. »Das hat es in Kleve nie gegeben und wird es auch nie geben.«

»Ohne Juden geht das auch schlecht«, sagte van Eyl.

Jakob van der Schuren ergriff das Wort. »Sagt, von Elten, liegen Euch, abgesehen von der Art und Weise des Mordes, irgendwelche Erkenntnisse vor, die für eine heimliche Anwesenheit von Juden in der Stadt sprechen? Wie ich Euch kenne, stellt Ihr eine solche Behauptung nicht grundlos auf.«

»Mein Brunnen ist jedenfalls nicht vergiftet«, juxte van Eyl. »Ich habe noch heute Morgen daraus getrunken.«

Von Elten zog ein Leinentuch aus der Tasche, das er entknotete und auseinanderfaltete. Das nahm einige Zeit in Anspruch, da ihm von Geburt an beide Daumen fehlten. Zu Tage kamen drei Hostien. Von Elten hielt sie nacheinander hoch. Jede hatte vier kleine Löcher wie von Nadelstichen. Eine ließ er zur näheren Begutachtung herumgehen.

»Hostienschändung«, sagte Clos voller Abscheu. »Damit wird der Leib des Herrn zum zweiten Mal durchbohrt. Woher habt Ihr die? Etwa aus dem Tabernakel?«

»Gottlob sind es keine geweihten«, sagte von Elten. »Nein, der Tabernakel wie auch die Kustodia sind unversehrt, nichts wurde aufgebrochen.«

»Woher stammen sie dann?«, fragte Erasmus.

»Sie lagen geschichtet auf einer Patene in der Sakristei. Sie sind erst heute Morgen gebacken worden.«

»Haltet Ihr den Raum nicht verschlossen?«, fragte Jakob.

»Wenn ich die Kirche verlasse schon. Nach der Messe habe ich jedoch einem Dutzend Sünder die Beichte abgenommen. In der Zeit hätte gleichsam jeder –«

»Zum Teufel!«, sagte van Eyl. »Sollte der Pfaffe doch Recht haben?«

»Ich weiß nicht«, sagte Erasmus und wandte sich mit einem Hilfe suchenden Blick an seinen Bruder.

»Ein eindeutiger Beweis ist das nicht«, sagte Jakob. »Dennoch, so abwegig, wie von Eltens Überlegungen zunächst schienen, sind sie offenbar nicht. Nehmen wir einmal an, es wäre so, wie er vermutet, dann stünden wir plötzlich vor ganz neuen Schwierigkeiten. Oder hat jemand der anwesenden Herren einen brauchbaren Vorschlag, wie wir einen heimlich in der Stadt lebenden Juden ausfindig machen könnten?«

Die Folge war allgemeines Achselzucken, selbst der Kaplan wusste keine Antwort. Bis van Eyl plötzlich mit seiner Pranke auf den Tisch schlug.

»Da gibt's nur eins«, polterte er. »Alle Männer der Stadt müssen die Hosen runterlassen.«

Senlis, Dezember 1345

Zwei schwer bewaffnete Männer hatten ihren Beobachtungsposten hinter dem Erdwall direkt an der Straße nach Beauvais bezogen. In ihrer Begleitung befand sich ein Unbewaffneter, dessen kostspielige Kleidung – unter anderem ein pelzbesetzter Umhang und mit Silberbeschlägen verzierte Stiefel – seine herausragende Stellung bezeugten. Darüber hinaus hielt sich ein knappes Dutzend Reiter im Schutz eines kleinen Wäldchens zum Eingreifen bereit. Obwohl es mitten in der Nacht war, war die Sicht dank einer dünnen Decke Neuschnees ausgezeichnet.

»Wo bleibt er nur?«, flüsterte de la Chapelle, zog den Pelzkragen enger und lugte über den Wall. Erst am Vorabend war er aus Paris angereist, wo er Seiner Majestät Bericht erstattet hatte.

»Er wird wie wir irgendwo auf der Lauer liegen und das Gelände beobachten«, gab Jules de la Motte zurück, der die hauptsächlich aus Leibgardisten des Königs bestehende Truppe befehligte. Sein Schnauzbart war rostrot und gewaltig und erinnerte an einen Rosshaarbesen. »Sobald er sicher ist, dass keine Gefahr droht, wird er seine Deckung verlassen.«

»Euer Wort in Gottes Ohr.«

»Er geht sehr umsichtig vor«, ließ sich der dritte Mann vernehmen, ein gewisser Pierre de Sowieso, de la Chapelle hatte den Namen vergessen. Das einzig Auffällige an dem Mann war, dass ihm das linke Ohr fehlte. »Seit zwei Tagen hat er die Umgebung des Gutes ausgekundschaftet und war dabei von den Bauern des Dorfes kaum zu unterscheiden.«

»Pierre hat Recht«, sagte de la Motte. »Selbst ich, der ich d'Amiens nun seit über einer Woche auf den Fersen bin, hätte ihn beinahe übersehen. Wie alt, sagtet Ihr noch, ist der Comte?«

»Sechzig«, brummte de la Chapelle, woraufhin die beiden Ritter anerkennend nickten.

De la Chapelle missfiel die Bewunderung, die die beiden dem Flüchtling entgegenbrachten, und noch stärker missfiel ihm, dass sie dies zu Recht taten. Der Comte d'Amiens hatte sich keineswegs als der erhoffte einfältige Greis erwiesen, der sie schnurstracks zum Versteck des Schatzes führte. Am zweiten Tag nach seinem Ausbruch hatten sie sogar kurzzeitig seine Spur verloren, weil d'Amiens mit dem Pferd, das er in Reims gestohlen hatte, eine Zeit lang im Bett eines Baches geritten war.

Zunächst fürchtete de la Chapelle, d'Amiens habe bemerkt, dass er verfolgt wurde. Später ließ er sich jedoch gerne von de la Motte überzeugen, dass es sich nur um eine allgemeine Vorsichtsmaßnahme gehandelt hatte, wie sie ein jeder ergriffen hätte, der seine Spuren verwischen wollte. Dennoch wurde dem Bevollmächtigten Seiner Majestät im Nachhinein noch ganz flau, wenn er daran dachte, was eben diese wohl dazu gesagt hätte, hätten sie d'Amiens nicht wieder aufgespürt.

»Ihr solltet Eure Hände vor den Mund halten«, riss ihn de la Motte aus seinen Gedanken. »Sonst sieht man Euren Atem. – Wisst Ihr, wem der Gutshof gehört?«

»Einem Neffen des Königs.« De la Chapelle schnaufte in seine hohle Hand. »In früheren Zeiten war der Hof eine Komturei des Ordens.«

»Dann könnte es also sein, dass sich das, was wir suchen, hier auf dem Gelände befindet.«

Trotz der Umschreibung warf de la Chapelle dem Anführer der Truppe einen bösen Blick zu; höchste Geheimhaltung war vereinbart worden, außer dem Schnauzbärtigen war kein Mann eingeweiht. Auch nicht Pierre, dessen verbliebenes Ohr bei der Bemerkung seines Vorgesetzten gewachsen zu sein schien.

»Da ist er«, sagte de la Motte plötzlich.

»Wo?« De la Chapelle kniff die Augen zusammen.

»Bei den Stallungen. Jetzt ist er hinter dem Misthaufen in Deckung gegangen.«

»Ich sehe nichts.«

»Keine Sorge, ich habe ihn im Visier.«

In dem Moment stieß der Einohrige seinen Vorgesetzten an und deutete nach halb links.

»Er ist bereits weitergelaufen«, raunte de la Motte. »Augenblicklich befindet er sich im Schatten der kleinen Kapelle am Fuß der Mauer. Seht Ihr ihn?«

De la Chapelle hatte weder eine Bewegung bemerkt, noch vermochten seine Augen den angesprochenen Schatten zu durchdringen. Die beiden Ritter konnten ihm viel erzählen.

»Seid Ihr Euch sicher?«, fragte er deshalb.

De la Motte gab keine Antwort, jetzt war zur Abwechslung mal er verstimmt.

»Der Comte macht sich an der Tür des Kirchleins zu schaffen«, sagte Pierre.

»Seht hin, nun müsstet selbst Ihr ihn erkennen können«, sagte de la Motte. »Dort drüben.«

De la Chapelle reckte den Hals. Keine Frage, da war etwas. Aber bei seiner Sehkraft hätte es auch eine Kuh sein können, die ihr Hinterteil am Gemäuer wetzte. Zudem nahmen ihm die Stämme der kahlen Buchen einen Großteil der Sicht.

»Jetzt ist er drin«, ließ sich erneut der Einohrige vernehmen.

»Dann lasse ich meine Männer nun Stellung beziehen«, sagte de la Motte. »Sobald d'Amiens die Kapelle verlässt, werden wir ihn uns schnappen.«

»Das werdet Ihr bleiben lassen!«, fuhr de la Chapelle ihn an, jede Vorsicht vergessend. »Ihr glaubt doch wohl selbst nicht, dass der Schatz sich in dieser mickrigen Kapelle befindet. Seine Majestät und ich gehen von mehreren Wagenladungen aus!«

»Weswegen sollte d'Amiens die Kapelle denn sonst aufsuchen?«

»Was weiß ich? Vielleicht ist dort der Lageplan versteckt.«

»Ein Lageplan? – Nun, wie Ihr meint. Was schlagt Ihr als weiteres Vorgehen vor?«

»Wir warten.«

Die Zeit verging. Erneut, wie schon am frühen Abend, setzte Schneefall ein. Da kein Wind wehte, fielen die Flocken senkrecht. Eine geradezu unheimliche Stille lag über dem Land. De la Chapelle begann zu schwitzen.

»Was kann man bloß so lange in einer Kapelle machen?«, fragte er.

»Sollen meine Männer nachsehen?«, fragte de la Motte.

»Nein, nein. Wir warten noch einen Augenblick.«

Ein schwacher Wind kam auf, und das Schneetreiben wurde dichter. De la Chapelles pelzverbrämte Kappe sah mittlerweile aus, als sei sie aus Hermelin gefertigt.

»Einverstanden«, sagte der Gesandte Seiner Majestät. »Aber zunächst nur ein Mann. Er soll sich anpirschen.«

De la Motte gab seine Anweisungen an den Einohrigen, der daraufhin Harnisch und Schwert ablegte. Nur mit einem Dolch bewaffnet schlich er geduckt von Baum zu Baum, bis er die kleine Kirche erreicht hatte. Einen Augenblick verharrte er neben dem Eingang, dann verschwand er im Dunkel des Gebäudes. Nur Atemzüge später kam er wieder heraus und winkte aufgeregt.

»Kommt!«, rief de la Motte, kletterte über den Wall und eilte voran. De la Chapelle folgte ihm, so schnell er konnte. Als er die Kapelle erreichte, hatte der schnauzbärtige Anführer bereits eine Kerze entzündet und leuchtete in ein rechteckiges Loch in der Rückwand, gleich neben dem winzigen Altar.

»Hier ist er raus«, sagte er. »Ein Geheimgang. Ich habe Pierre hineingeschickt, um herauszufinden, wohin er führt.«

Der tauchte wenig später in ihrem Rücken an der Eingangstür der Kapelle wieder auf.

»Der Gang führt schnurstracks in die Stallungen«, sagte er atemlos. »Einer der Verschläge ist leer, aber der Pferdemist, der darin liegt, ist noch warm.«

»Tja«, sagte de la Motte, »diesmal haben wir ihn wohl wirklich verloren.«

De la Chapelle biss sich vor Wut auf die Lippen, weil er und kein anderer die verhängnisvolle Entscheidung abzuwarten getroffen hatte. Keine Frage, jeden anderen hätte er dafür auf der Stelle köpfen lassen.

Kleve, Juni 1350

»Es soll hier einen Hecht geben, der eine Vorliebe für Waschfrauenfinger hat«, sagte Marco.

Elsa hielt einen Wimpernschlag inne, fuhr dann aber fort, das Gewand auf dem abgerundeten Stein zu walken.

Ohne sich umzudrehen, sagte sie, wobei es unfreundlicher klang, als sie beabsichtigte: »Was willst du?«

»Mich bei dir entschuldigen.«

»Wofür? Dass du die Wahrheit gesagt hast?«

Zur selben Stunde, in der der Magistrat tagte, war Marco die Posterne zum Alten Rhein hinuntergegangen, jenen Weg, den die Frauen zum Waschen und Bleichen nahmen. Nun stand er am Ufer, unweit der Neuen Brücke. In der Vormittagssonne glitzerte der Flussarm wie flüssiges Blei. Hinter Marco ragte der Burgberg mit dem Schloss in den Himmel, eine Anlage, die von hier unten betrachtet jeden Angreifer verzweifeln lassen musste. Zwei Stege führten einige Schritte aufs Wasser hinaus. Obwohl jeder nur von einem Waschweib besetzt war, hatte Elsa einen Platz für sich allein an der Uferböschung gewählt.

»Wahrheit hin oder her, manchmal sollte man einfach den Mund halten«, sagte er. »Was ist, nimmst du meine Entschuldigung an?«

»Kümmert dich das wirklich?«

»Sonst wäre ich wohl kaum hier.«

Elsa zog den Stoff noch einmal durchs Wasser und wrang ihn aus. Da er für ihre Hände zu dick war, musste sie das Gewand verknoten, um die restliche Nässe herauszupressen. Dann hängte sie es neben die anderen Kleidungsstücke auf das hölzerne Trockengestell. Sie sah krank aus, gezeichnet. Ihr Gesicht war noch knochiger als vor zwei Tagen, und die schwarz umrandeten Augen lagen viel zu tief in den Höhlen.

»Gut«, sagte sie. »Ich nehme deine Entschuldigung an. Aber unter einer Bedingung – dass du mir im Gegenzug die Ohrfeige verzeihst. Ich hasse es, derart die Selbstbeherrschung zu verlieren.«

»Geschenkt«, sagte Marco und strich sich über die Wange, als glühe sie noch immer. »Ich würde gerne deine Eltern aufsuchen, um ihnen mein Beileid auszusprechen. Nur weiß ich nicht, wie sie das auffassen würden. Ich stehe bei ihnen ja in keinem besonderen Ansehen.«

»Das lässt du besser. Sie wüssten damit nichts anzufangen.«

Die Unterhaltung kam ins Stocken.

»In der Stadt wird erzählt, dein Vater will die Schankwirtschaft verkaufen und mit euch die Stadt verlassen«, sagte Marco schließlich.

»Wer sagt das?«

»Meine Mutter hat es beim Bäcker aufgeschnappt.«

»Das ist Unfug. Wohin sollten wir denn gehen? Du weißt doch, dass überall um Kleve herum die Pest wütet.«

»Eben.« Marco ließ seinen Blick über das Flachland jenseits des Kermisdahl schweifen. »In gewisser Weise sitzen wir hier in einem Gefängnis.«

»Dasselbe hat Anna einen Tag vor ihrem Tod auch gesagt«, sagte Elsa und schluckte. »Aber dann verbesserte sie sich und sagte, in einem Gefängnis der Glückseligen, denn noch lebten wir ja unbeschwert. Ihr war es gegeben, die Dinge leicht zu nehmen. Darum habe ich sie oft beneidet.«

Ohne ein Wort oder Zeichen der Verständigung setzten sie sich in Bewegung und gingen langsam in Richtung Brücke. Der Uferpfad war breit genug, um nebeneinander zu gehen.

»Ihr Frohsinn war wirklich ansteckend«, sagte Marco. »Man konnte ihr nur schwer böse sein. Deshalb will mir auch nicht in den Kopf, wie jemand ihr das antun konnte. Derjenige muss sie unbändig gehasst haben. Hat Anna einmal erwähnt, dass sie vor irgendwem Angst hatte?«

»Angst? Nein. – Manche mochte sie nicht. Den Kaspar Heeck zum Beispiel, der war ihr unheimlich. Eine Zeit lang hat er ihr nachgestellt und sie dabei aus dunklen Gassen oder Winkeln heraus angesprochen. Hässlich wie der arme Tropf ist, hat er sich wahrscheinlich nur nicht ans Licht getraut.«

»Hat er sie mal bedroht?«

»Das kann ich mir nicht vorstellen. Kaspar ist zwar sonderlich, aber nicht gefährlich. Einmal allerdings ist er von hinten an Anna herangeschlichen und hat ihr an die Brüste gefasst. Dafür hat sie ihm eine geknallt, und er hat sich getrollt. Das war aber auch alles.«

»Immerhin. Und was ist mit Till van der Schuren?«

»Wie kommst du auf den?«

»Mit ihm war Anna doch vor mir zusammen, oder nicht?«

»Aber nur für wenige Tage. Der Kerl ist ein Grobian, hat sie gesagt. Ich weiß allerdings nicht, wie sie das gemeint hat.«

Marco schnaubte. »Als Knabe hat er lebende Kaninchen an

die Stallwand genagelt. Wie der Herr am Kreuz, hat er gesagt und gelacht. Zum Schluss hat er sie gepfählt, indem er den armen Viechern einen kleinen Pflock mitten durchs Herz getrieben hat.«

»Das ist ja teuflisch!«

Unter der Brücke war es feucht und kühl wie in einer Grotte. Laut gluckste das Wasser ans Ufer. Jenseits der Brücke schufteten Zimmerleute am Dachstuhl der neuen Wassermühle.

»Mit wem war sie denn früher noch zusammen?«, fragte Marco eine Spur lauter, um das Hämmern zu übertönen. »Dir hat sie es doch bestimmt erzählt.«

»Quäl dich nicht damit«, sagte Elsa. »Sie hatte dich wirklich gerne, solange ihr zusammen wart. Das weiß ich.«

»Daran zweifele ich nicht. Auch wenn sich die Stärke unserer Gefühle gegenläufig entwickelte.«

»Was meinst du damit?«

»Ich glaube, dass Anna gleich am ersten Tag am heftigsten in mich verliebt war, wobei dieses Gefühl schon kurz darauf wieder abebbte. Ich hingegen war anfangs nur stolz, sie erobert zu haben, und habe mich erst im Lauf der Zeit richtig in sie verliebt. Tragischerweise empfand ich am stärksten für sie, als sie die Beziehung beendet hat.«

»Und jetzt?«

»Mich schmerzt zutiefst, was ihr widerfuhr. Deshalb will ich auch wissen, wer sie umgebracht hat.«

»Darum kümmert sich schon Distelhuizen. Gerade jetzt sitzen sie in der Ratsstube zusammen. Vielleicht wissen sie bereits, wer es war.«

»Das glaube ich nicht. Dem Gerichtsboten kann man einiges vormachen.«

Elsa blieb stehen. »Warum sagst du das jetzt? Weil ich dich nicht an ihn verraten habe?«

»Nein. Ich denke nur daran, wie er mich befragt hat. Mir

wäre es ein Leichtes gewesen, ihm etwas vorzulügen. Bei den anderen wird es nicht anders gewesen sein.«

»Er sucht aber auch nach Kratzspuren. Die kann keiner verbergen.«

Darauf ging Marco nicht ein. Stattdessen fragte er: »Gehen wir zurück?«

Als sie erneut unter der Brücke waren, sagte Elsa: »Eigentlich kommt jeder Gast in Frage, dem Anna mal schöne Augen gemacht hat, und das konnte sie weiß Gott. Dabei hatte sie es nur aufs Trinkgeld abgesehen. Aber das haben die Mannsbilder nicht verstanden. Am letzten Abend, sagte sie, hat ihr sogar der Schlosskaplan einen Klaps gegeben.«

»Von Elten?« Marco lachte kurz auf, dann schüttelte er angewidert den Kopf. »Das muss ich meinem Bruder erzählen. Der hält nämlich große Stücke auf den kleinen, dicken Pfaffen.«

»Nimmt er noch Unterricht bei ihm?«

»Zweimal die Woche treffen sie sich zum gemeinsamen Bibellesen.«

Zu den beiden Waschweibern hatte sich eine dritte Frau gesellt. Sie war fett und hatte offene Beine. Aufgeregt schnatternd standen sie beieinander.

»Habt ihr es auch schon gehört?«, rief die Neuangekommene Elsa und Marco zu. »Sie wollen alle Männer untersuchen. Gleich heute fangen sie damit an.«

»Was soll das heißen?«, fragte Marco.

Die Frau kam ans Ufer gewatschelt. Marco kannte sie vom Sehen, ihr Mann war Diener beim Magistrat.

»Gerade ist die Ratssitzung zu Ende gegangen«, sagte sie kurzatmig. »Es wurde beschlossen, dass alle Männer, ohne Ansehen der Person, untersucht werden.« Sie zeigte hoch zur Burg und kicherte. »Nur den Grafen werden sie wohl ausnehmen.«

»Er ist gar nicht da. Ihr habt noch immer nicht gesagt, weswegen die Untersuchung stattfinden soll. Hofft der Richter, so den Mann mit den Kratzern zu finden?«

Verschwörerisch beugte die Fette sich vor und senkte die Stimme. »Die Juden waren's, die Eure Schwester auf dem Gewissen haben. Das hat zumindest unser verehrter Kaplan gesagt. Wegen der Sache mit dem Herzen; außerdem sind durchstochene Hostien gefunden worden. Mindestens einer von denen muss heimlich in der Stadt sein. Den wollen sie durch die Untersuchung ausfindig machen. Die Stadttore sind schon geschlossen, da kommt keine Maus mehr durch.«

Elsa guckte verständnislos zwischen Marco und der Frau hin und her.

»Ach, du junges Ding«, sagte die Alte. »Die Juden haben doch keine Haut mehr an ihrem ... wie sagt man gleich ...«

»Sie sind beschnitten«, sagte Marco.

»Genau, das suchen sie. Einen Beschnittenen.«

Auf dem Heimweg trug Marco Elsa die Wäsche hinauf ins Kirchdorf. Die ganze Zeit ging er gekrümmt und sagte keinen Ton, was aber nicht an dem mehlsackschweren Wäschekorb lag.

Vielmehr war ihm, als habe ihn jemand in den Unterleib getreten.

*

»Porca miseria!«, schrie Umberto di Montemagno. »Wo bist du nur mit deinen Gedanken? Weißt du, was ein einziges Gran Safran kostet?«

Marco schob mit den Händen zusammen, was ihm aus dem Beutel auf die Erde gefallen war, und legte die gelben Blüten zurück in die Waagschale.

»Madonna! Mit all dem Dreck! Ich werde sämtliche Kunden verlieren!«

»Ich werde die Flusen rausklauben«, sagte Marco.

»Geh weg, das mache ich selbst«, sagte Umberto, drängte seinen Sohn zur Seite und wischte dabei mit dem Ärmel den vollen Beutel von der Waage. Wie gelber Schnee breiteten sich die getrockneten, aromatisch riechenden Blütennarben auf den Dielen aus.

Wenn man nicht daran denkt, welches Vermögen da liegt, sieht es sehr schön aus, dachte Marco, hütete sich aber, dergleichen auszusprechen. Sein Vater stand auch ohne eine derartige Bemerkung kurz vor einem Schlagfluss. Umso erstaunlicher war es, dass er nicht losbrüllte, sondern seinen Sohn lediglich um Fassung ringend ansah.

»Was ist los mit dir, Marco? Seit dieses Weibsbild umgebracht wurde, machst du einen Unfug nach dem anderen. Und jetzt hast du mich auch noch angesteckt. Soll das ewig so weitergehen?«

»Lass uns erst den Safran einsammeln. Sonst bläst der Wind ihn noch zur Tür hinaus.«

»Ach, was kümmert mich der Safran«, sagte Umberto und führte Marco auf den Hof. »Das sollen dein Bruder und Ricciutello machen. Pietro und du, ihr werdet einmal in meine Fußstapfen treten und das Geschäft übernehmen. Bisher warst immer du der Tüchtigere von euch beiden. Dir habe ich zugetraut, das Geschäft zu führen. Aber seit dem Tod dieser Anna ... Benedetto dio! Wie soll das weitergehen? Ich mache mir ernste Sorgen.«

Marco ließ sich erschöpft auf den Hauklotz fallen, auf dem Ricciutello die Holzscheite zu spalten pflegte. So wie er aussah, konnte man meinen, er habe den ganzen Tag Steine geschleppt.

»Was ist?«, fragte Umberto. »Du wirst doch nicht krank werden?«

»Mit mir kannst du nicht mehr rechnen«, sagte Marco. »Pietro wird das Geschäft übernehmen müssen.«

Umberto fiel die Kinnlade runter, so weit, als habe er beim Gähnen die Muskulatur überdehnt.

»Hast du es denn noch nicht gehört?«, fragte Marco.

»Was soll ich gehört haben?«

»Was der Rat beschlossen hat.«

»Caro mio, wenn ich wüsste, wovon du redest, wäre mir wohler.«

Marco seufzte und ließ die Schultern noch mehr hängen. »Angeblich hält sich in der Stadt unerkannt ein Jude auf, der Annas Mörder sein soll. Deshalb hat der Rat verfügt, sämtliche Männer auf Beschneidung zu untersuchen.«

»Aber was hat das mit dir ... Gütiger Himmel!« Umberto schlug die Hand vor den Mund. »Wenn der Pöbel einen Beschnittenen zu fassen kriegt, wird er nicht lange fragen, ob derjenige wirklich ein Jude ist. Weiß deine Mutter das schon?«

»Nein.«

»Gut so. Sie würde sich umbringen vor Sorge.« Umberto legte die Stirn in Falten und begann mit hinter dem Rücken verschränkten Händen um den Hauklotz zu laufen. »Ich werde unverzüglich um eine Audienz beim Fürsten bitten. Es wird mich wahrscheinlich eine Kleinigkeit kosten, aber ... Ich bin mir sicher, wenn ich ihm die Angelegenheit darlege, wird er seine schützende Hand über dich halten.«

»Der Graf ist in Brügge, das weißt du doch. Außerdem – glaubst du ernsthaft, er würde sich gegen die gesamte Bürgerschaft stellen, wenn die erst einmal Blut geleckt hat?«

»Dann wirst du ein paar Sachen packen und zu deinem Onkel Angelo nach Aachen reiten. Dort bist du sicher.«

»Der Rat hat die Stadttore bereits schließen lassen.«

»Dann steigst du über die Mauer.«

»Und das Pferd wirfst du mir hinterher, wie? Nein, nein, das lasse ich bleiben. Wegzulaufen käme einem Geständnis gleich.«

Umberto blieb vor Marco stehen. »Ja, verdammt, was

willst du denn dann tun? Willst du hier sitzen bleiben wie ein Kaninchen beim Anblick der Schlange?«

»Ich weiß es nicht«, sagte Marco und stand auf. Die wirren Vorschläge seines Vaters hatten ihm frisches Vertrauen in seine eigene Stärke gegeben. »Aber mir fällt schon noch etwas ein.«

»Gut, dass ich euch beide treffe«, sagte Pietro, der durch das Tor auf den Hof kam. »Ich muss mit euch sprechen.«

»Jetzt nicht«, sagte Umberto. »Such Ricciutello und sag ihm, er soll dir beim Aufsammeln des Safrans helfen.«

»Welcher Safran?«

»Der Boden des Kontors ist voll davon. Nun mach schon.«

»Einen Satz wird das noch warten können, oder?«

»Na, meinetwegen. Was gibt es?«

Pietros Miene bekam etwas Feierliches, als wolle er verkünden, dass er die Frau fürs Leben gefunden habe. Und so etwas Ähnliches war es dann auch.

»Ich habe beschlossen, mein Leben künftig ganz dem Herrn zu weihen und dem Orden des Heiligen Franziskus beizutreten«, sagte er.

Umberto di Montemagno sank zu Boden, bevor einer seiner Söhne ihn auffangen konnte.

Sie saßen unter einem Apfelbaum im Monniken Bongert, der nicht nur jedermann offen stand, sondern in dem auch die Magistratswahlen abgehalten wurden. Die Sonne hatte sich für heute bereits verabschiedet, aber der glutrote Balken, den sie am Horizont zurückgelassen hatte, spendete noch so viel

Licht, dass man gut ohne Kerze hätte lesen können. Es war die Stunde des Abendbrotes bei den Montemagnos, doch weder Marco noch Pietro machten Anstalten, heimzugehen. Hin und wieder gab es Wichtigeres als Schmalznudeln.

»Warum?«, fragte Marco.

»Weil nur die uneingeschränkte und vorbehaltlose Rückbesinnung auf Gott die Menschheit noch retten kann«, sagte Pietro. »Sieh dich um: allenthalben Sittenverfall, Unzucht und Gottlosigkeit. Selbst solche, von denen man vor kurzem noch dachte, sie seien fromm und gottesfürchtig, führen sich mittlerweile auf wie die Bewohner von Sodom und Gomorrha.«

»Nun übertreib nicht.«

»Ich übertreibe keineswegs. Es soll jedoch auch Menschen geben, die ihre Augen bewusst vor dem Schmutz verschließen, der sie umgibt.«

»Das klingt schrecklich nach Mutter, wenn wir unsere Schuhe nicht abgetreten haben.«

»Dein Spott wird dir nicht helfen, mein Bruder. Die Geißel Gottes naht unaufhaltsam. Das halbe Land hat sie bereits verheert.«

»Du scheinst Ursache und Wirkung zu verwechseln, Pietro. Die Pest ist nicht die Strafe für die Ausschweifungen. Die Leute prassen und huren erst, seit sie wissen, dass der Schwarze Tod auf sie zurast.«

»Du leugnest die göttliche Vorsehung.«

»Hat das von Elten gesagt?«

»Nein, das sage ich. Was nicht heißt, dass von Elten und Clos nicht meiner Meinung wären.«

»Clos? Sag bloß, ihr steht noch immer in Verbindung?«

»Er stößt ab und an dazu, wenn ich mit dem Kaplan studiere. Er wohnt ja gleich nebenan. Meistens entwickeln sich dann hochinteressante theologische Dispute.«

»Das kann ich mir lebhaft vorstellen«, sagte Marco und

verdrehte die Augen. »Bisweilen frage ich mich, ob wir nicht doch aus verschiedenen Ställen stammen.«

»Nur weil du zeitlebens Schwierigkeiten mit Lehrern hattest, muss es mir doch nicht ebenso ergehen.«

»Nicht mit allen, nur mit einem.«

»Was sich gleich bleibt, da wir nur den einen hatten.«

»Du vergisst den alten van Houten. Der Mann hat mir gefallen.«

»Den hatten wir nur drei Wochen. Und davon war er zwei Wochen krank.«

»Eben.«

Conradus Clos hatte sie bereits in Strassburg unterrichtet. Bei ihm hatten sie neben Lesen, Schreiben und etwas Rechnen auch ihre Grundkenntnisse in Latein erworben, hatten zum Beispiel Ovids »Ars amandi« studiert. Schon damals hatte es zwischen Clos und Marco, der unbegründete Bevormundungen nur schlecht ertrug, ständig Reibereien gegeben. Kein anderer hatte auch nur halb so viele Schläge mit dem Rohrstock kassiert wie der ältere der Montemagno-Brüder. Nach der Flucht aus dem Elsass waren sie in Kleve auf die neu gegründete Lateinschule des Stifts gegangen, zunächst bei Bernard van Houten, dem Gründungsrektor. Nach dessen baldigem Ableben war, wie es der Teufel wollte, ausgerechnet Conradus Clos zu seinem Nachfolger ernannt worden. Warum auch er hatte Strassburg verlassen müssen, wusste Marco bis heute nicht. Damals glaubte er, einzig um ihn weiter verprügeln zu können. Hätte sein Vater ihn damals nicht gezwungen, durchzuhalten, hätte Marco den Bettel hingeschmissen.

»Für dich bedeutet Rückbesinnung also, ins Kloster zu gehen«, sagte Marco. »Ist das auch auf Clos' Mist gewachsen?«

»Ich mag es nicht, wenn du in dieser abfälligen Art über ihn sprichst«, sagte Pietro. »Clos mag seine Fehler haben, aber er ist sittlich über jeden Zweifel erhaben. Das gilt im Übrigen auch für sein Verhältnis zu dir. Ein kleiner Rat: Suche hin und wieder den Fehler bei dir selbst. Aber, um auf deine Frage zurückzukommen, den Entschluss, dem weltlichen Leben zu entsagen, habe ich nur in Zwiesprache mit dem Herrn getroffen. Auch wenn ich das Vorhaben selbstverständlich mit von Elten und Clos besprochen habe.«

»Also doch!« Marco riss ein Büschel Halme aus. »Gott hat dir einen eigenen Kopf gegeben, Bruderherz, warum benutzt du ihn nicht? Ich verstehe nicht, wie du dich von diesen alten Narren derart beeinflussen lassen kannst.«

»Du tust ja gerade so, als hätten die beiden einen Gewinn davon, mich hinter Klostermauern zu sehen.«

»Sie werden sich davon schon etwas versprechen. Eine Seele dem Herrn zuzuführen, macht nach ihrer Rechnung bestimmt fünf bis sechs Schandtaten der Sorte ›Weibsbilder aufs Hinterteil hauen‹ wett.«

Marco spürte, wie Pietro sich versteifte. Zudem wurde es merklich kühler, was nicht nur an der vorgerückten Stunde lag. Marco spannte einen Grashalm zwischen seine Daumen und ahmte das Zirpen einer Grille nach, ihr Erkennungszeichen aus Kindertagen. Aber das Spiel von einst verfing nicht, Pietros Antwort blieb aus. Also versuchte Marco es noch einmal mit Worten.

»Hättest du den Entschluss auch gefasst, wenn du der Erstgeborene wärst?«, fragte er.

»Ich pflege mich nicht mit müßigen Gedanken zu beschäftigen.«

»Dann frage ich anders. Was hat für dich Vorrang: Gott zu dienen oder das Wohl der Familie?«

»Was bezweckst du mit deiner Frage? Willst du mich in die Enge treiben? Du bist der Erstgeborene, und damit geht die Verantwortung für die Familie auf dich über.«

»Was wäre, wenn ich ausschiede?«

Ohne zur Seite zu sehen, wusste Marco, dass Pietro ihn anblickte.

»Willst du dich drücken?«

»Nein! Aber es könnten Umstände eintreten, die mich daran hindern, meiner Verantwortung gerecht zu werden. Dann müsstest du nachrücken.«

»Könntest du dich etwas verständlicher ausdrücken?«

Marco berichtete von dem Beschluss des Rates, die männliche Bevölkerung auf Beschneidung untersuchen zu lassen. Pietro lauschte nachdenklich.

»Deshalb ist Vater also in Ohnmacht gefallen«, sagte er, nachdem Marco geendet hatte. »Ich dachte schon, meine Nachricht allein habe das bewirkt.«

»Es war ein bisschen viel auf einmal. Erst der Safran, dann ich, dann du.«

»Hör mir bloß auf mit dem Safran. Guck dir meine Hände an.«

»Piss drauf und reibe sie mit Sand ab, dann sind sie in drei Tagen wieder weiß.«

»Wenn du meinst«, sagte Pietro, war mit den Gedanken aber schon woanders. »Nimm es mir nicht übel, Marco, aber mir leuchtet noch nicht ein, wieso deine Lage so bedrohlich sein soll. Gesucht wird ein Jude, der auf Grund seiner Beschneidung überführt werden soll. Du bist zwar beschnitten, aber du bist nicht mosaischen Glaubens, was alle Welt bezeugen kann. An deiner Stelle würde ich den ersten Schritt tun und Distelhuizen und den Richter aufsuchen und den Sachverhalt klären. Mit den Männern kann man doch reden.«

»Sicherlich, das hat der arme Landstreicher, den der Pöbel vor zwei Jahren aufgeknüpft hat, auch gedacht.«

»Wovon redest du?«

»Vom Mord am Krämer van der Bruggen, kannst du dich daran nicht mehr erinnern? Am Tag nach der Tat wurde dieser Herumtreiber dabei erwischt, wie er den Dolch des Ermordeten versilbern wollte. Stein und Bein hat der arme Teufel geschworen, er hätte die Waffe gefunden, aber geglaubt hat ihm niemand. Nachts hat ihn der Pöbel dann unter Mithilfe der Stadtknechte aus dem Verlies geholt und am nächsten Baum aufgehängt. Van der Schuren und Distelhuizen tauchten erst auf, als der Kerl schon steif war. So läuft das hier.«

»Ja, ich erinnere mich wieder. Hat sich später nicht herausgestellt, dass van der Bruggen von seinem Nachbarn erschlagen worden war?«

»Genau so war es. Da haben dann alle betretene Gesichter gemacht, was dem Landstreicher jedoch nichts mehr genützt hat.«

»Ich verstehe, worauf du hinauswillst. Wenn bekannt werden sollte, dass du beschnitten bist, würde niemand mehr danach fragen, ob du Jude bist oder nicht. Nun, dann bleibt dir nur eins, Bruder: Du selbst musst deine Unschuld beweisen.« Pietro rückte von dem Baumstamm ab und setzte sich Marco gegenüber. »Fangen wir damit an, wo du in jener Nacht warst, als Anna ermordet wurde.«

»Lassen wir es dabei, dass ich zu Hause war. Alles andere macht mich nur noch verdächtiger.«

»Wenn ich dir helfen soll, musst du mir die Wahrheit sagen.«

Marco legte den Kopf in den Nacken und sah zum Himmel auf. Mit aberwitzigen Flugbewegungen war ein Schwarm Schwalben auf Insektenjagd. Fern im Osten stand bereits der volle Mond am Himmel.

»Ich war mit Anna verabredet«, sagte er, nachdem er tief durchgeatmet hatte. »Unten bei den Fischerhütten. Aber sie ist nicht gekommen.«

»Woraufhin du sie gesucht hast.«

»Ich bin zur Stechbahn gegangen, weil ich dachte, sie sitzt womöglich mit einem anderen Kerl in der Schäferhütte. Gleich am Anfang der Bahn habe ich jedoch wieder kehrtgemacht.«

»Warum?«

»Weil ich mir plötzlich wie ein streunender Kater vorkam. Die Genugtuung, mich so zu sehen, wollte ich ihr nicht gönnen. Ich bin zurück zu den Fischerhütten und habe dort bis zum Morgengrauen geschlafen.«

»Hat dich unterwegs irgendjemand gesehen?«

Marco schüttelte den Kopf. »Nein.«

»Hast du denn deinerseits jemanden gesehen? Oder ist dir irgendetwas Verdächtiges aufgefallen?«

»Nichts. Rein gar nichts. – Doch, warte. Da war etwas. Nicht wirklich verdächtig, aber eigenartig. Ich habe Flötenklänge gehört. Es hat jemand Flöte gespielt, mitten in der Nacht.«

»Wo hast du das gehört?«

»Als ich am Rand der Stechbahn stand. Aber woher die Melodie kam, konnte ich nicht ausmachen.«

»Was war das für eine Melodie?«

»Ich weiß es nicht, irgend so ein Geträller. Tirili-tirila oder so.«

»Würdest du sie wieder erkennen?«

»Ich denke schon.«

Pietro zog die Brauen hoch. »Trotzdem, wir sollten besser dabei bleiben, dass du deine Kammer seit dem frühen Abend nicht verlassen hast.«

»Meine Rede.« Marco rupfte den Grashalm in Stücke. »Allerdings löst diese Lüge nicht das Problem der Beschneidung.«

»Da hast du leider Recht.« Zum wiederholten Mal kratzte Pietro sich an der rechten Hand.

»Was hast du?«

»Einen Mückenstich oder –« Unvermittelt stöhnte Pietro auf. Gleichzeitig presste er die Hände an die Schläfen, als müsse er seinen Schädel am Zerspringen hindern.

Marco fuhr herum und ging neben seinem Bruder auf die

Knie. Pietros Gesicht war zu einer Fratze verzerrt, als plagten ihn unerträgliche Schmerzen.

»Um Himmels Willen!« Hilflos berührte Marco Pietros Arme. »Sag mir, wie ich dir helfen kann.«

»Lass nur«, sagte Pietro gepresst. »Es ist gleich vorbei.«

Langsam entspannten sich seine Züge, aber erst als die Pein aus seinem Gesicht gewichen war, wagte er, die Hände von den Schläfen zu lösen. Schweiß perlte auf seiner Stirn, und in seinen Augen spiegelte sich Misstrauen, als rechne er mit der Wiederkehr des Schmerzes.

»Meine Güte«, sagte Marco und atmete durch. »Hast du mir einen Schrecken eingejagt. Hast du das öfter?«

»Nein, nur hin und wieder. Es kommt immer völlig überraschend.«

»Hast du Mutter davon erzählt? Vielleicht kennt sie ein Heilmittel.«

»Ich werde sie fragen.« Dann schüttelte Pietro den Kopf, als sei er soeben aus einem Tagtraum erwacht. »Wo waren wir stehen geblieben?«

»Ich weiß es nicht mehr«, sagte Marco. »Doch – dein Mückenstich. Zeig mal her.«

In der Dunkelheit war kaum etwas zu erkennen. Marco fuhr mit dem Finger über die Stelle; sie war aber nicht geschwollen.

»Du wirst dich an einem Dorn gestochen haben«, sagte er und ließ die Hand seines Bruders wieder los. »Da fällt mir ein: Wieso müssen die Hautfetzen unter Annas Nägeln eigentlich von dem Mörder stammen? Vielleicht ist sie ja auf dem Weg zu ihrem Stelldichein von jemandem belästigt worden und hat sich zur Wehr gesetzt.«

»Den Gedanken solltest du lieber für dich behalten.«

»Du hast Recht. Meine einzige Aussicht auf Erfolg besteht darin, dass ich den Mörder finde, bevor ich vor dem Magistrat die Hosen runterlassen muss.«

»Das könnte knapp werden. Die Stadtknechte stehen womöglich schon morgen vor unserer Tür.«

»Eben. Deshalb bin ich auf deine Hilfe angewiesen.«

»Was hast du vor? Hast du irgendeinen Verdacht?«

»Till.«

Pietro hob die Arme. »Vergiss ihn. Du hast sicher gehört, dass die Padres ihn in jener Nacht auf dem Klosterfriedhof erwischt haben. In der Stadt spricht man von nichts anderem. Er kann es nicht gewesen sein.«

»Das glaubst du. Und vielleicht Distelhuizen. Aber ich nicht.«

»Willst du damit andeuten, die Padres hätten gelogen?«

»Natürlich nicht.« Marco gestikulierte mit zusammengelegten Fingerspitzen, eine erblich bedingte Geste. »Aber wann haben sie ihn gestellt? Bei Tagesanbruch. Und wo war er vorher?«

»Mit seinen Saufkumpanen zusammen, deren Namen er nicht nennen will, die aber jeder kennt.«

»Eben. Halunken, die für Till jeden Meineid schwören würden, weil er sie regelmäßig freihält. Durchaus denkbar, dass Till sich für einige Zeit von ihnen abgesetzt hat, um sich mit Anna zu treffen, und später wieder zu ihnen gestoßen ist.«

Pietro wirkte alles andere als überzeugt. »Selbst wenn dem so wäre, bräuchtest du sein Geständnis.«

»Das werde ich mir schon zu besorgen wissen.«

»Willst du es aus ihm herausprügeln?«

»Ich sehe, du denkst mit.«

Pietro winkte ab. »In dem Augenblick gesteht er vielleicht. Später widerruft er jedoch. Das Ganze wird dir mehr schaden als nützen.«

»Trotzdem«, sagte Marco, erhob sich und streckte seinem Bruder die Hand hin. »Irgendwo muss ich anfangen. Was ist nun? Bist du dabei?«

Es dauerte einen Moment, aber dann schlug Pietro ein und ließ sich hochziehen.

»Ich bin dabei, fratello mio«, sagte er. »Wider besseres Wissen.«

*

Als sie den Bongert durch den gemauerten Torbogen verließen, raunte Marco seinem Bruder zu: »Wir werden verfolgt. Geh weiter und tu so, als wäre ich bei dir. Ich schnapp ihn mir.«

»Bist du sicher, dass es nur einer ist?«

»Ich denke schon.«

Während Pietro plaudernd und gestikulierend die von Dungstätten gesäumte Straße entlangschritt, zog Marco seinen Dolch und presste sich neben dem Tor in den Efeu, der die Mauer überwucherte. Es dauerte keine fünf Atemzüge und der durch den tief stehenden Vollmond überlange Schatten eines Menschen fiel durch den Bogen. Ob es sich um einen Zwerg oder einen Riesen handelte, war nicht auszumachen. Vorsichtshalber rechnete Marco mit Letzterem.

Die Person, die schließlich zaghaft durch das Tor trat, war einen ganzen Kopf kürzer als Marco. Das einfache Gewand und der Gugel wiesen sie als Bauer aus. Mit einem Satz war Marco hinter dem Burschen, schlang ihm den Arm um den Hals und setzte ihm die Spitze des Dolches unter den Rippenbogen. Gleichzeitig stieß er einen leisen Pfiff aus; das Zeichen für Pietro. Der kam umgehend zurück.

»Lass sie los«, sagte er. »Es ist Elsa.«

Marco lockerte den Griff, und Elsa entwand sich ihm. Wütend riss sie sich den Gugel vom Kopf und schüttelte ihr Haar.

»Behandelt man so eine Frau?«, fauchte sie.

»Der Habicht, der gackert, darf sich nicht wundern, wenn

er in der Suppe landet«, sagte Marco ungerührt. »Was soll die Verkleidung?«

»In Kleve treibt ein Frauenmörder sein Unwesen«, sagte sie trotzig. »Hast du das vergessen?«

»Und da dachtest du, einem Bäuerlein geht's weniger schnell an den Kragen. Nicht dumm. – Und warum verfolgst du uns?«

»Ich verfolge euch nicht. Ich muss mit dir reden.«

»Du hättest mich nur anzusprechen brauchen. So hast du dich unnötig in Gefahr gebracht. Ich hätte dich niederschlagen können.«

»Ich muss dich allein sprechen.«

»Wenn es um Anna geht, habe ich vor meinem Bruder kein Geheimnis.«

»Trotzdem.«

»Schon gut«, sagte Pietro. »Ich gehe so lange auf die Brücke und sehe nach, ob der Alte Rhein noch in seinem Bett liegt.«

Nachdem er verschwunden war, sagte Marco: »Was soll das? Pietro kannst du vertrauen.«

»Das ist es nicht«, sagte Elsa. »Dein Bruder ist so … so edel. Seine Tugendhaftigkeit würde mich hemmen. In seiner Gegenwart brächte ich kein Wort heraus.«

»Na, das muss ja was sein. Aber lass uns lieber wieder in den Bongert gehen. Wenn die Tore geschlossen sind, könnten die Stadtknechte auf ihrem Rundgang sein. Im Augenblick wäre es nicht gut, wenn man uns zusammen sähe.«

Im Schutz der Obstbäume zerrte Elsa eine kleine Rolle Pergamente aus dem Kittel und hielt sie Marco wortlos hin.

»Was ist das?«, fragte er.

»Liebesgedichte, zum Teil sehr schmutzige. Ich habe sie in Annas Truhe gefunden.«

Marco nahm die Rolle entgegen, als könne sie zerbröseln. Es handelte sich um ein knappes Dutzend Pergamente, keines größer als eine Dachschindel.

»Weißt du, wer sie verfasst hat?«

»Nein. Aber es ist immer dieselbe Schrift. Unterzeichnet sind sie alle mit zwei ineinander verschlungenen Herzen.«

Marco überflog die Zeilen im fahlen Mondlicht. Da war die Rede von »Wonne und Schmerz«, aber auch von »Liebkosungen der weißen Schenkel und der saftigen Backen«. Ungewollt schoss ihm die Röte ins Gesicht.

»Abstoßend, nicht wahr? So stelle ich mir die Liebe nicht vor. Aber hier.« Elsa blätterte vor, ohne Marco die Rolle aus der Hand zu nehmen, und ihre Stimme begann zu zittern. »Hier, in diesem Gedicht spricht er davon, dass er ihr am liebsten das Herz herausreißen möchte.«

»Kann nicht mehr ohne das Pochen sein, möcht dir dein Herz entreißen, auf dass es ewig sei mein«, murmelte Marco und starrte entgeistert.

»Verstehst du?«, fragte Elsa. »Das muss der Mörder geschrieben haben. Man kann ihn anhand seiner Schrift überführen.«

»Ich weiß nicht ...«

»Was gibt es da nicht zu wissen? Ich werde die Gedichte gleich morgen Früh zu Distelhuizen bringen, oder noch besser zum Richter, und dann –«

»Nein«, sagte Marco und zog die Pergamente weg, als Elsa danach greifen wollte. »Zu keinem von beiden. Sonst weiß es kurz darauf die ganze Stadt.«

»Aber das spielt doch keine Rolle. So kommen wir dem Täter auf die Spur.«

Da Marco nichts entgegnete, fragte sie. »Warum sträubst du dich? Befürchtest du, die Worte könnten Annas Andenken beschmutzen?«

Als er noch immer nichts sagte, fragte sie scharf: »Oder bist du etwa eifersüchtig?«

»Nein«, sagte Marco mit belegter Stimme. »Nein, das ist es nicht. Es ist nur ...

»Was?«

»Es tut mir Leid, Elsa. Ich habe diese Verse verfasst.«

»Wie?«, stieß sie hervor. »Du? Sag, dass das nicht wahr ist.«

»Doch. Das mit dem Herz herausreißen hat jedoch nichts zu bedeuten. Das ist nur übertragen gemeint, verstehst du?«

»Nein«, stammelte Elsa kopfschüttelnd und wich zurück. »Nein. Nein.«

Als ihr die Tränen in die Augen schossen, wandte sie sich um und rannte davon. Und Marco beschlich wie schon vor zwei Tagen das ungute Gefühl, ihr auf Gedeih und Verderb ausgeliefert zu sein.

»Wie konntest du nur behaupten, diesen liederlichen Unsinn geschrieben zu haben?«, fragte Pietro und schlug mit der flachen Hand an die Pergamente, die er in Händen hielt. »Das Mädchen ist im Stande und läuft auf der Stelle zu Distelhuizen und erzählt ihm das.«

»Sie sind die einzige Verbindung zum Täter.«

»Das ist doch gar nicht erwiesen. ›Herz herausreißen‹ meint der Verfasser eindeutig sinnbildlich, so viel solltest selbst du von der Dichtkunst verstehen.«

»Danke für die Belehrung. Aber was wäre, wenn sich herausstellte, Till hätte die Verse geschmiedet? Dann hätte ich ein höchst wirksames Druckmittel in der Hand, um ihn zum Reden zu bringen.«

Pietro schüttelte verständnislos den Kopf. »Für meine Begriffe bist du mit deiner Behauptung ein unnötiges Wagnis eingegangen. Du hättest Elsa vertrauen sollen. So wie sie dir vertraut hat, indem sie dir als Erstem die Verse gezeigt hat.«

»Dein Gejammer bringt uns nicht weiter.« Marco nahm seinem Bruder die Pergamente aus der Hand, rollte sie zusammen und schob sie in den Ärmel seiner Tunika. »Auf, lass uns dem Sohn des Bürgermeisters einen Besuch abstatten.«

»Nicht so eilig«, sagte Pietro, der noch immer rücklings am Brückengeländer lehnte. »Till ist nicht der Einzige, der des Schreibens mächtig ist.«

»Was willst du damit sagen?«

»Kaspar Heeck, der Anna unheimlich war, wie du mir gesagt hast, führt seinem Vater die Bücher. Und auch vom Sohn des Küfers, der Anna ebenfalls nachgestellt haben soll, weiß ich, dass er schreiben kann.«

»Wir können doch nicht die halbe Stadt abklappern. Im Übrigen ist das die Schrift eines Geübten, die traue ich dem Küferbengel nicht zu.«

»Kaspar schreibt täglich. Und das Anwesen der Heecks liegt gleich da vorn. Außerdem ist der Hund taub.«

Unter ihnen floss der Alte Rhein mit der Bedächtigkeit eines Altarms gen Norden. Sein leises Rauschen wurde übertönt vom Schnarchen der Schildwache, die das Tor an der kleinen Brücke bewachen sollte. Mit andächtiger Miene lauschte Marco dem säumigen Posten.

Pietro deutete mit dem Kopf zum Tor. »Erwägst du, die Gelegenheit zu nutzen und zu fliehen?«

»Das wäre verlockend, nicht wahr?« Marcos Lächeln war das eines Kranken, der wusste, dass seine Krankheit ihn überall hin begleiten würde. »Aber ich bleibe. Machst du den Wachposten?«

»Wie früher beim Äpfelklauen.«

Das Heecksche Anwesen lag genau in der Gabelung von Kloster- und Gasthausstraße. Der Zugang zum Hof wurde von einem Tor aus Weidengeflecht versperrt, das nur mit einem um den Pfosten geschlungenen Seil geschlossen war. Sie schlüpften hindurch.

»Ist der Hund wirklich taub?«, raunte Marco.

»Ja, man glaubt es kaum, aber die Heecks halten sich tatsächlich einen tauben Hund«, flüsterte Pietro. »Das ist der Geiz in Vollendung. Das Kontor liegt übrigens gleich rechts neben dem Stall. Wenn du um den Misthaufen herumschleichst, kann der Hund dich nicht einmal riechen.«

»Du kennst dich hier aus, als würdest du regelmäßig zum Essen eingeladen.«

»Zu trocken Brot und Flusswasser, nein danke. Die meisten Leute halten mich für vertrauenswürdig. Sie erzählen mir viel.«

Geduckt schlich Marco die Hauswand entlang, sorgsam darauf achtend, keinen Eimer oder anderes Gerät umzutreten. Erst im Schutz des Misthaufens wagte er, seinen Kopf zu recken. Pfoten und Schnauze des Hundes ragten aus der kleinen Hütte neben dem Stalltor. Im Laufschritt überquerte Marco den Hof und flüchtete in den Nachtschatten des überstehenden Dachs. Geduckt schob er sich unter dem Fenster des Kontors hindurch, dann stand er vor der Tür.

Sie war wie erwartet abgeschlossen. Allerdings hatte sie unter den Jahren und der Witterung gelitten, sodass Marco keine Mühe hatte, den Dolch zwischen Türblatt und Rahmen zu zwängen. Als er die Klinge unter den Riegel gesetzt hatte, benutzte er die Waffe als Hebel und drückte den Riegel hoch. Ein Knirschen, und die Tür schwang auf.

Die Finsternis einer Drachenhöhle empfing ihn, und es dauerte eine Weile, bis seine Augen sich an die bescheidenen Sichtverhältnisse gewöhnt hatten. Der buckelige Boden bestand lediglich aus festgestampftem Lehm, und auch sonst hätte das Kontor in Sachen Bequemlichkeit gut und gerne mit einer Einsiedelei mithalten können. Ein Stehpult, ein Tisch, ein Stuhl und eine Truhe, das war alles. Letztere diente vermutlich zur Aufbewahrung der Bücher und Frachtpapiere; neben der Totengräberei und der kleinen Landwirtschaft zur Eigenversorgung betrieben die Heecks auch noch ein einträgliches Fuhrunternehmen.

Die Truhe war verriegelt, aber durch kein Schloss gesichert. Als Marco den Deckel hob, schlug ihm muffiger Geruch entgegen, als sei das gute Stück seit langem nicht mehr geöffnet worden. Die Staubschicht, die die zusammengerollten, dicht gedrängt stehenden Pergamente bedeckte, verstärkte den Eindruck noch. Marco zog wahllos eines heraus, pustete den ärgsten Staub herunter und trat ans Fenster. Das Mondlicht reichte knapp, um einige Zeilen zu entziffern.

Spitze, kerzengerade Buchstaben, wie mit einem Schnitzmesser bearbeitet, kündeten von Frachtaufträgen nach Nimwegen, Tiel und Antwerpen. Malz, Tuche und Seile unterschiedlicher Stärken waren als Waren aufgelistet. Am Ende einer jeden Zeile war ein Datum notiert. Alle stammten aus Mai und Juni 1339. Da war Kaspar gerade mal sieben gewesen, mithin konnte das nicht seine Schrift sein.

Marco steckte die Rolle zurück und machte noch einige Stichproben, aber alles, was er fand, stammte aus den dreißiger und frühen vierziger Jahren, die neuesten waren von 1345. Kaspar führte seinem Vater die Bücher jedoch sicherlich erst seit zwei, bestenfalls drei Jahren. Irgendwo musste es also neuere Aufzeichnungen geben.

Unter der Schreibfläche des Stehpults entdeckte Marco eine Schublade. Sie klemmte, und er musste heftig rütteln, um sie herausziehen zu können. Der Lärm, den er dabei veranstaltete, ließ ihn den Atem anhalten. Aber da war offenbar niemand, der den Radau gehört hatte. Die Lade beinhaltete einige unbeschriebene Blätter und eine dicke, schweinsledergebundene Schwarte. Marco wuchtete das Buch auf die Schreibfläche, schlug es auf und blätterte, bis er die Seite mit den neuesten Eintragungen gefunden hatte.

Sein Urteil stand gleich fest, aber um sicher zu gehen, trug er das Buch ans Fenster. Den Daten zufolge hatte Pietro Recht, Kaspar schrieb tatsächlich beinahe täglich. Aber alle Regelmäßigkeit half nichts, seine Schrift war die eines Schwachsinnigen. Die Buchstaben kippten nach links und rechts, waren abwechselnd winzig und riesig, mit sinnlosen Kringeln versehen und wanderten in schöner Regelmäßigkeit unter die Hilfslinie. Marco brauchte die Verse gar nicht zum Vergleich heranzuziehen. Die beiden Schriften waren sich so ähnlich wie Schwan und Schwein.

Er packte das Buch wieder weg, schloss die Schublade und öffnete die Tür. Vor der Schwelle stand der taube Köter und knurrte. Im ersten Schreck warf Marco die Tür wieder zu, was den Hund zu bellen veranlasste – da er sein eigenes Bellen nicht hören konnte, zu einem besonders lauten. Marco griff den Stuhl, riss die Tür auf und hielt den Hund damit auf Abstand. In seiner Wut verbiss der struppige Köter sich derart in eines der Stuhlbeine, dass Marco ihn über den Hof zerren musste.

Aus dem Wohn- wie auch aus dem Gesindehaus erschollen plötzlich Rufe. Das fehlte noch, dass ihm einer der Fuhrknechte mit einer Mistgabel auf den Leib rückte. Also überließ Marco dem Hund den Stuhl und gab Fersengeld.

Glücklicherweise war der Köter nicht nur taub, sondern auch begriffsstutzig. Bevor er nach Marcos Wade schnappen konnte, hing der über dem Tor und schwang die Beine hoch. Pietro wartete an der Hausecke, und gemeinsam rannten sie los.

Erst als das einzige Haus in der Grote Straat, das mit der Traufe statt dem Giebel zur Straßenseite stand, in Sicht kam, minderten sie die Geschwindigkeit.

*

Das eindrucksvolle Haus hatte Erasmus van der Schuren vor zwei Jahren auf Drängen seiner Frau Elli bauen lassen, obgleich das alte Haus, das nebenan stand und seitdem vermietet war, sich noch in ausgezeichnetem Zustand befunden hatte. Elli hatte es jedoch nach mehr Bequemlichkeit gedrängt, und da sie als erste Frau am Ort gewisse Ansprüche hatte, war an nichts gespart worden.

So gab es denn nicht nur Scheiben aus Glas – im Gegensatz zu den kaum lichtdurchlässigen Schweinsblasen, die die meisten Klever vor ihre Fensterlöcher gespannt hatten – sowie einen überdachten Gang vom Haus zu dem im Garten gelegenen Abtritt, wodurch die Verrichtung der Notdurft auch bei Regen trockenen Fußes erfolgen konnte. Nein, Elli hatte auch, und das war eine wirkliche Neuerung, in jeder Traufe eine hölzerne Rinne anbringen lassen, die mit einem leichten Gefälle seitwärts das Regenwasser abführte, das dann in Fässern gesammelt wurde. Die Gattin des Bürgermeisters schwor nämlich auf die gesundheitsfördernde Kraft des himmlischen Nass und nahm täglich mehrere Schöpfkellen davon zu sich. Leider hatte diese Anwendung nicht verhindern können, dass sie nur ein knappes halbes Jahr nach Bezug des neuen Heims an plötzlich auftretender Schwindsucht verstorben war.

Ein Verlust, den Erasmus bis heute nicht verwunden hatte, vor allem, da dieser Schicksalsschlag Sohn Till vollends aus der Bahn warf. Von der Mutter maßlos verwöhnt, war Till schon immer ein schwieriger Bursche gewesen, der nur mühsam die Schule und die anschließenden Lehrjahre im väterlichen Handelsunternehmen durchgestanden hatte. Seit ihrem Ableben jedoch trieb er sich nur noch mit Pack herum, soff, zettelte Schlägereien an und geriet ein ums andere Mal in Schwierigkeiten, die ihm nur auf Grund der Stellung seines Vaters nicht zum Verhängnis wurden. Das nächtliche Gelage auf dem Friedhof der Brüderschaft stellte dabei einen neuen Höhepunkt seiner Schandtaten dar.

Marco und Pietro hatten auf der gegenüberliegenden Straßenseite hinter einem Stapel Eschen- und Ulmenholzlatten Schutz gesucht, die vor dem Haus des Rechenmachers lagerten. Esche verwendete der Mann für die Stiele und Zinken, Ulme für die Häupter, da Ulmenholz nicht splittert. Neben seinen Rechen stellte er auch Heugabeln her und war sich in schlechten Zeiten nicht einmal zu schade, Besen zu binden, um über die Runden zu kommen – immerhin hatte er acht Mäuler zu stopfen.

»Weißt du, wo Till seine Kammer hat?«, fragte Pietro leise.

»Nein«, gab Marco ebenso gedämpft zurück. »Ich weiß nur, wie man ins Haus hineinkommt. Till hat damit einmal geprahlt. Zuerst auf den Karnickelstall, dann auf das Dach des Hühnerstalls, von da aus auf den Pferdestall, und dann steht man bereits vor dem Fenster der Magd.«

»Wunderbar. Und was wird die machen, wenn du an ihrem Fenster erscheinst? Sie schreit die Nachbarschaft zusammen.«

»Unsinn. Im ersten Augenblick wird sie mich für Till halten. Und wenn sie mich dann erkennt, wird sie erst recht nichts sagen. Bei den van der Schurens steht nämlich die kleine Rijpen im Dienst.«

»Maria Rijpen? Deine erste große Liebe?«

»Wieso meine? Doch eher deine.«

»Warum sagst du das?«, stotterte Pietro.

Marco schlug seinen Bruder gegen die Schulter. »Weil du jedes Mal, wenn ihr euch begegnet seid, rot geworden bist bis unter die Haarspitzen. Was sie übrigens sehr süß fand, wie sie mir sagte.«

»Ihr habt euch über mich lustig gemacht!«

»Red keinen Unsinn. Wärst du ein bisschen verwegener gewesen, hättest du mit Sicherheit Glück bei ihr gehabt. Sie macht es einem nicht besonders schwer.«

»Dann wäre sie ohnehin nichts für mich gewesen«, sagte Pietro, und in seiner Stimme schwang Trotz mit.

»Aber deine verschmähte Liebe zu ihr ist nicht der Grund, warum du ins Kloster gehst, oder?«

»Hör auf zu frotzeln, ich mag das nicht. Mach lieber, dass du wegkommst.«

»Gehst du nicht mit?«

»Ich bleibe hier und halte die Straße im Auge. Wenn du den Schrei eines Käuzchens hörst, droht Gefahr.«

»Mach ein anderes Tier nach. Im Beffroi nistet ein Käuzchen. Nachher ist es auf Jagd, und ich gehe umsonst in Deckung.«

»Was willst du denn hören?« Im Nachahmen von Tierstimmen war Pietro unschlagbar.

»Wolfsgeheul.«

»Wenn ich das mache, rufen die Wachposten die Bürger zu den Waffen.«

»Das gibt ein Durcheinander, in dem ich wunderbar entkommen kann. Nur du solltest dann machen, dass du wegkommst. Sonst ziehen sie dir das Fell über die Ohren.«

»Danke für den brüderlichen Rat.«

Der Himmel war zweifellos auf ihrer Seite, denn wie gerufen schoben sich dicke Wolken vor den Mond. Marco nutzte die Gunst des Augenblicks, lief über die Straße und flankte über die Gatterhürde, die einzige nicht von Kalksteinmauern eingefasste Stelle des van der Schurenschen Grundstücks. Hinter dem Ziehbrunnen ging er zunächst in Deckung, aber weder Hundegebell noch wütende Rufe meldeten sein Eindringen.

Gebückt eilte er weiter und erklomm über einen Stoß aufgeschichteten Brennholzes das Dach des Kaninchenstalls. Der windschiefe Verhau ächzte und schwankte unter seinem Gewicht, dass die Rammler in heller Aufregung durch ihre Käfige rasten. Wie der Stall Tills Gewicht aushalten konnte, war Marco schleierhaft.

Der weitere Weg entsprach Tills Beschreibung, wobei die

Gebäude zunehmend solider wurden. Entsprechend zügiger betrieb Marco seinen Aufstieg. Auf dem First des Pferdestalls bewegte er sich bereits mit der Sicherheit eines Seiltänzers vorwärts, bis einer der Gäule unvermittelt wieherte, woraufhin er um Haaresbreite abgestürzt wäre. Die Wolken gaben den Mond wieder frei, und ein Blick in den Abgrund belehrte Marco, wie viel Glück er gehabt hatte: Unmittelbar an den Stall schloss sich die Sickergrube an.

Bei den van der Schurens lebten sogar die Dienstboten hochherrschaftlich, denn auch das Fenster von Marias Kammer war aus Glas. Der Einblick blieb Marco allerdings verwehrt, denn die Scheibe war völlig verdreckt. Seit der Hausherrin Tod ging wohl alles drunter und drüber. So war ihm denn doch ein wenig mulmig zu Mute, als er anklopfte.

Sein Ansinnen hatte keinen Erfolg. Er versuchte es erneut, diesmal etwas stärker, jedoch mit dem gleichen Ergebnis. Möglicherweise hielt Maria sich nicht in ihrer Kammer auf.

Das Fenster maß zirka anderthalb mal eine Elle und war in sechs kleine Scheiben unterteilt. Mit dem Heft des Dolches schlug Marco eine der untersten Scheiben ein, langte hindurch und ertastete den Vorreiber. Oben am Rahmen gab es jedoch einen zweiten, sodass erst eine weitere Scheibe zu Bruch gehen musste, ehe Marco das Fenster aufziehen konnte.

Das Bett war zerwühlt, aber kalt. Maria hatte ihre Schlafstatt also schon vor längerer Zeit verlassen. Marco lauschte. Von der anderen Seite des Hauses drang ein nicht einzuordnendes Geräusch zu ihm. Der Verursacher musste Till sein, denn um die Zeit saß der alte van der Schuren noch im Hemele und trank sich die nötige Bettschwere an.

Die Tür zum Stiegenhaus war nur angelehnt. Als Marco sie öffnete, ertönte das Geräusch erneut, und diesmal war es unverkennbar. Ein Stöhnen, das aus der gegenüberliegenden Kammer kam. Genauer gesagt ein zweistimmiges Stöhnen, begleitet vom Ächzen eines Bettgestells. Till versüßte sich also seine Strafe mit Maria. Besser hätte es nicht kommen können, dachte Marco. Solange die beiden beschäftigt waren, konnte er ungestört das Haus durchsuchen.

Seine Hoffnung, dabei auf ein von Till verfasstes Schriftstück zu stoßen, war nicht unberechtigt. Erasmus van der Schuren gehörte zu jener aussterbenden Art von Kaufleuten, die ihre Geschäfte mittels Handschlag und Ehrenwort abwickelten. Den lästigen Pergamentkram, wie er ihn nannte, mied er, wo er nur konnte, obwohl er – anders als der alte Heeck – des Schreibens durchaus mächtig war. Auch hatte er nie ein Kontor eingerichtet, seine Geschäfte betrieb er von der Stube aus.

Andererseits gab es Bestimmungen, die auch Erasmus nicht umgehen konnte. So wurde von ihm als ordentlichem Kaufmann erwartet, dass er seine Abgabenerklärung an den Fürsten schriftlich einreichte. Deren Umfang richtete sich nach dem Geschäftsaufkommen, was bei den van der Schurens beachtlich war. Eine Zeit raubende, lästige und mithin unbeliebte Arbeit, die die Kaufleute gerne ihren Ehefrauen oder Kindern aufhalsten, wie Marco aus eigener leidvoller Erfahrung wusste. Kaum anzunehmen, dass das bei den van der Schurens anders war, zumal man munkelte, Tills Fähigkeiten reichten gerade mal für die Schreibarbeit.

Flackerndes Licht wies Marco den Weg. Im Flur, gleich neben der Haustür, brannte eine Kerze in einer Wandhalterung. Eine nützliche Vorkehrung, damit der Hausherr die Treppe nicht verfehlte, wenn er mit Schlagseite heimkehrte. Für den Augenblick lieh Marco sie sich aus und betrat die Stube.

Beherrscht wurde der Raum von einem gewaltigen Tisch, an dem leicht zehn Personen Platz finden konnten. Der Stuhl mit der höchsten Lehne, zweifellos der des Hausherrn, stand am Kopfende mit dem Rücken zum Kamin. So konnte Erasmus sich winters seine alten Knochen wärmen. Mitten über dem Tisch schwebte ein wagenradgroßer Leuchter, der mit einem Dutzend oder mehr Kerzen bestückt war. Der Boden war bis auf den unmittelbaren Bereich vor dem Kamin mit Dielen ausgelegt, die im Kerzenlicht glänzten, als seien sie erst kürzlich gewachst worden. Teppiche dienten als Wandbehang, und dazwischen hingen zu Marcos Verblüffung eine Laute und eine Viole nebst Bogen. Kopfschüttelnd versuchte er sich Vater oder Sohn beim Musizieren vorzustellen.

Ein halbhoher Schrank, auf dem eine Reihe zinnerner Krüge stand, war das einzige Möbel, das möglicherweise Schriftliches beherbergte. Marco öffnete nacheinander die drei Türen, entdeckte aber nur tönerne Schüsseln, Trinkgefäße, Bratenplatten, Essbretter, Messer, Löffel und zweizinkige Gabeln. Wo auch immer es Unterlagen geben mochte, hier jedenfalls nicht.

Die Küche war hinsichtlich Größe und Ausstattung dem Haus angemessen, in Sachen Reinlichkeit herrschte jedoch erheblicher Handlungsbedarf. Der Herd war verkrustet wie der Boden davor, Töpfe und Pfannen klebten vor Fett, und Abfälle und Unrat türmten sich in den Ecken. Als er den mit Intarsien verzierten Schrank öffnete, wurde ihm beinahe übel. Brot- und Käsestücke waren von einer dicken Schimmelschicht überzogen. Marco musste an seine Mutter denken. Die hätte bei diesem Anblick der Schlag getroffen.

Und noch einmal musste Marco an seine Mutter denken. Sie hatte den Familienschmuck der Montemagnos im Keller versteckt. Und sicherlich besaß auch das van der Schurensche Haus einen. Nur wo war der Zugang?

Marco leuchtete den Boden ab, wobei er allenthalben Wachs verkleckerte. In der Küche gab es keine Luke. Die entdeckte er erst im Flur, nachdem er eine Binsenmatte zur Seite gerollt hatte.

Der Abstieg war steil, und der Keller derart niedrig, dass Marco den Kopf einziehen musste. Zudem war er so vollgestellt, dass er sich kaum drehen und wenden konnte. Wein-

und Bierfässer stapelten sich neben Fässchen mit eingelegten Gurken und saurem Weißkraut. Zwei Säcke Mehl stützten das einzige Regal, das mit Käselaiben, Schmalztöpfen und Eiern voll gestopft war, während von der Decke geräucherte Schinken, getrocknete Würste und ein mausetoter Fasan baumelten. Erasmus hatte Vorräte angelegt, als erwarte er eine Hungersnot. Nur ein Behältnis zur Aufbewahrung von Schriftstücken konnte Marco nirgends entdecken.

Er hatte gerade den Fuß auf die unterste Stufe der Stiege gesetzt, als die Luke mit einem lauten Knall zufiel. Der Luftzug, der dabei entstand, blies die Kerze aus. Die Schwärze einer Neumondnacht umfing ihn, während gleichzeitig im Flur ein Lachen anhob, das in seiner Dreckigkeit jedem Treidelknecht zur Ehre gereicht hätte.

»Vielen Dank dafür, dass du mich vor den Ratsherren bloßgestellt hast«, vernahm Marco Till höhnen. »Jetzt kannst du am eigenen Leib erfahren, wie es ist, eingesperrt zu sein.«

Dann wurde ein Möbel auf die Luke gerückt, Schritte entfernten sich, und schlagartig kehrte eine beängstigende Stille ein.

Marco saß in der Falle.

Das war keine Dunkelheit, an die das Auge sich gewöhnen konnte. Das war die endgültige Finsternis, wie sie sonst wohl nur im Sarg herrschte.

Eigentlich nur zur Bestätigung dessen, was er vermutete, versuchte Marco die Falltür zu öffnen. Sie hob sich gerade mal einen Fingerbreit. Immerhin. Aber eine echte Möglichkeit, die Luke samt dem darauf lastenden Möbel hochzudrücken, würde er nur haben, wenn er seine Kraft besser umsetzen konnte. Dazu und vor allem anderen brauchte er Licht.

Vorsichtig tastete er sich die Wand entlang, bis er an das Regal stieß. Die Bretter waren knochentrocken; der Vorteil eines Felsenkellers, in dem es nie feucht ist. Mit dem Dolch schälte er einige Späne ab und ging auf die Knie, seinen Schatz sorgsam in den Händen bergend. Dann nahm er die einzigen Utensilien aus der Tasche, die er neben Dolch und Trinkhorn stets bei sich trug: Zunder und zwei Feuersteine. Den Schwamm hatte er selbst an Birken und Buchen auf dem Heideberg gesammelt. Zu Hause hatte er ihn dann gekocht und gewalkt, in Salpeterlösung getränkt und getrocknet.

Schon beim zweiten Funkenschlag begann der Zunderbrösel zu glimmen. Marco legte die Holzspäne auf den Schwamm und setzte sie durch gleichmäßiges und ausdauerndes Pusten in Brand. Schließlich loderte ein kleines Flämmchen auf, an dem er die Kerze wieder entzündete.

Das Weinfass war noch randvoll und mithin teuflisch schwer. Da der Hausherr meist auswärts zechte, wurden die häuslichen Vorräte kaum angetastet. Marco rollte das Fass unter die Falltür. Das Aufstellen war Schwerstarbeit. Er quetschte sich den Fuß und fluchte wie ein Flößer. Diese Nacht würde er so schnell nicht vergessen.

Es war, wie Marco gehofft hatte: Als er auf dem Deckel des Fasses hockte, berührten seine Schultern die Tür. Er pumpte seine Lungen voll Luft, atmete aus und stemmte sich gegen die Luke. Diesmal öffnete sie sich eine Handbreit. Weiter jedoch nicht, dann stieß sie gegen einen Widerstand, den er beim besten Willen nicht überwinden konnte. Marco versuchte es noch ein zweites Mal, aber es blieb dabei. Genauso gut hätte er versuchen können, einen Amboss hochzustemmen. Mit seinem Schicksal hadernd stieg er vom Fass und trat dabei in die Kerze. Wieder wurde es Nacht.

Marco wiederholte den Arbeitsgang von vorhin. Nur konnte er die Kerze diesmal nicht so ohne weiteres anzünden, er hatte sie fast zu Brei getreten. Mühselig erwärmte er die einzelnen Klumpen über dem Feuerchen, formte sie und knetete sie um den Docht. Als die Kerze wieder halbwegs ansehnlich war, verglomm der letzte Span.

Leise fluchend begann Marco neue Späne vom Brett zu schnitzen, als plötzlich die Dielen über seinem Kopf knarrten. Dann ertönte ein schauderhaftes Quietschen: Jemand machte sich an dem Möbel zu schaffen, das auf der Luke stand. Entweder wollte Till seinen Vater aus Mitleid wieder freilassen, oder aber er hatte seinen Irrtum erkannt, weil der Alte nach Hause gekommen war. Im ersten Fall hätte Marco die Überraschung auf seiner Seite. Im zweiten würde es für ihn brenzlig werden, denn Till war mit Sicherheit bewaffnet, wenn er überhaupt allein war. Marco tastete sich durch den Keller und duckte sich neben die Stiege.

Knarrend öffnete sich die Falltür, und im flackernden Schein einer Kerze erschien ein Holzschuh auf der obersten Stiegenstufe. Dann ein zweiter, und ein dünnes Stimmchen rief:

»Gnädiger Herr, Ihr könnt herauskommen. Er ist weg.«

Es war Maria, die ihren Dienstherrn befreien wollte. Marco grunzte.

»Gnädiger Herr?«

Jetzt stöhnte Marco, als läge er mit gebrochenen Knochen am Boden. Maria kam die Stufen vollends herunter und leuchtete in alle Ecken. Als sie Marco gewahrte, wollte sie aufkreischen, aber er war schneller. Sie packen, an sich ziehen und ihr den Mund zuhalten, war eins. Vor Schreck ließ sie die Kerze fallen, und zum wiederholten Mal ertrank der Keller in grottenschwarzer Finsternis.

»Wenn du versprichst, nicht zu schreien, lass ich dich los«, sagte Marco.

Da Maria nicht reden konnte, nickte sie. Langsam löste er seine Hand von ihren Lippen. Ihr Atem ging stoßweise.

»Was hast du hier zu suchen?«, japste sie. »Wolltest du Schinken stehlen?«

»Wieso ausgerechnet Schinken?«

»Das ist das Erste, woran ich gedacht hab.«

»Unsinn.«

»Was denn dann?«

»Gar nichts. Wir haben selbst genug zu essen.«

»Aber du bist doch nicht ohne Grund hier.«

»Das ist eine lange Geschichte, die jetzt nichts zur Sache tut. Sag mir lieber, wo Till steckt.«

»Warum sollte ich?«, gab sie zurück.

»Weil ich dich sonst hier unten einsperre.«

»Das würdest du nicht wagen!«

»Willst du es darauf ankommen lassen?«

»Könntest du wirklich so niederträchtig sein? Schließlich habe ich dich befreit.«

»Versehentlich, Maria. Nur versehentlich. Also, raus mit der Sprache: Wo ist Till?«

»Aus dem Haus gegangen, um sich mit seinen Kumpanen zu treffen.«

»Dann sind wir also allein?«

»Im Augenblick, aber der Alte kann jederzeit nach Hause kommen.«

»Lass uns erst einmal aus diesem Loch klettern.«

Oben angekommen verschwand Maria in der Küche und kehrte mit einem brennenden Talglicht zurück. Jetzt erkannte Marco auch, was die Luke versperrt hatte. Der Küchenschrank stand quer im Flur. Er war nur unwesentlich niedriger als der Raum. Als Marco ihn hochgedrückt hatte, war er an die Decke gestoßen. So hätte er sich ewig abmühen können.

»Weißt du, wo die van der Schurens ihre Schriftsachen aufbewahren?«, fragte er.

»Ich wüsste nicht, was dich das anginge.« Auf einmal begriff Maria und guckte verschlagen. »Du hast die Pergamente im Keller gesucht.«

Marco fasste sie am Arm. »Wo sind sie?«

»Aua, lass mich los! Du tust mir weh.«

»Den Teufel werd ich, ich hab nicht viel Zeit. Also?«

»Kein Sterbenswort wirst du von mir erfahren, du hundsgemeiner Einbrecher. Lass mich sofort los, oder ich schreie um Hilfe.«

»Van der Schuren wird dich auf der Stelle hinauswerfen, wenn ich ihm sage, dass du meine Gehilfin bist.«

»Wie?« Maria blieb der Mund offen stehen.

»Kaum war Till aus dem Haus, hast du mich hereingelassen, damit wir gemeinsam unseren verehrten Herrn Bürgermeister bestehlen können.«

»Das ist gelogen!«

»Du wirst das Gegenteil nur schwerlich beweisen können. Nirgendwo gibt es Einbruchsspuren.«

»Bei Gott!« Offenkundig hatte Maria das eingeschlagene Fenster in ihrer Kammer noch nicht entdeckt. »Wie bist du denn ins Haus gekommen?«

»Die Haustür war nur angelehnt.«

»Oh, dieser Hornochse.« Wen sie damit meinte, blieb unklar. »Du willst mich also erpressen?«

»Sag mir, wo die Schriftsachen sind, und du bist mich auf der Stelle los.«

»Sie werden merken, wenn etwas fehlt.«

»Nichts wird fehlen, ich will sie mir nur ansehen.«

»Nur ansehen? Ist das wahr?«

»Ja«, knurrte Marco. »Wenn du noch lange trödelst, kommt einer der beiden zurück, und dann wird es ungemütlich für uns.«

Zweifel spiegelte sich in Marias Augen, aber schließlich gab sie nach. »In der Treppe.«

»In der – wo? Willst du mich narren?«

»Keineswegs. Die untersten vier Stufen lassen sich hochklappen.«

Ein erstklassiges Versteck. Marco hätte die Hohlräume vermutlich nie entdeckt, zu fein und unauffällig waren die Scharniere gearbeitet. Er begann bei der obersten Stufe. Sie enthielt mehrere Kladden mit eingebundenen Pergamenten. Marco schnappte sich die erstbeste. Der Einband wirkte abgegriffen.

»Ist das ausnahmslos Geschäftliches?«, fragte Marco.

»Woher soll ich das wissen?«

»Sag bloß, du hast deine Nase noch nie hier reingesteckt?«

»Das hätte ich schon – wenn ich lesen könnte.«

Die Kladde gab Auskunft über Art und Umfang des im letzten Jahr gehandelten Getreides. Dinkel, Gerste, Hafer, Kleie, Roggen und Weizen; die van der Schurens hatten keine Getreidesorte ausgelassen. Und das in Maltermengen, die Marcos Vater hätten erblassen lassen. Die Montemagnos erwirtschafteten mit allen Geschäften nicht ein Zehntel dessen, was Erasmus allein an seinem Getreidehandel verdiente. Aber das kümmerte Marco im Augenblick wenig. Er begutachtete die Schrift und wurde an diesem Abend zum zweiten Mal enttäuscht – wieder gab es keine Übereinstimmung.

»Wer hat das geschrieben?«, fragte er Maria und hielt ihr die Kladde unter die Nase. »Till oder sein Vater?«

»Ich kann doch nicht lesen.«

»Um das zu wissen, musst du nicht lesen können. Wer führt denn die Bücher?«

Maria starrte auf das Geschriebene, als habe Marco von ihr verlangt, aus einer Schlammpfütze die Zukunft zu lesen. Hilflos zuckte sie die Schultern.

»Mal der, mal der. Meist Till. Ob das jedoch seine Schrift ist, weiß ich nicht. Dazu müsste ich die andere zum Vergleich sehen.«

»Herrje noch mal!« Wütend schlug Marco die Kladde zu.

Dabei rutschte ein kleineres Stück Pergament heraus und glitt zu Boden. Als er es aufhob, war ihm, als trete ihn ein Pferd. »Oh du mein Honigmund«, stand da, sonst nichts. Eindeutig von der Hand geschrieben, die auch die Verse an Anna verfasst hatte. Zu erkennen an den Häkchen, mit denen das »H« verziert war.

»Wer hat das geschrieben?«, fragte Marco. »Denk nach.«

Maria legte ihre Stirn in Falten.

»Nun?«

Sie biss sich auf die Unterlippe. »Ich glaube …«

»Ja?«

»Das da hat Till geschrieben.«

Marco atmete auf. Maria hatte auf den Honigmund gewiesen. Jetzt hatte er ihn.

In dem Moment flog die Haustür mit einem lauten Knall auf, und die Stimme des betrunkenen van der Schuren dröhnte: »Ja, was geht denn hier vor?«

Maria und Marco fuhren herum und erstarrten. Schwankend und mit einem Gesicht, das die Farbe von Ochsenblut hatte, stolperte der Bürgermeister über die Schwelle. Dabei stocherte er mit seinem Gehstock in der Luft herum, als müsse er sich eines Schwarms Fledermäuse erwehren. Marco war wie gelähmt, unfähig, auch nur einen Finger zu rühren.

»Ja, da soll euch doch …«, rief van der Schuren und kam auf sie zugetorkelt.

Er war nur noch eine knappe Gehstocklänge entfernt, als der Erdboden ihn plötzlich verschluckte. Es tat einen gewaltigen Rums, und eine Staubwolke stieg aus dem Kellerloch auf. Dann senkte sie sich, und eine geradezu klösterliche Stille kehrte ein.

Marco nahm Maria das Talglicht aus der Hand, trat an den Rand des Abgrunds und leuchtete in sein vormaliges Verlies. Erasmus van der Schuren saß am Fuß der Stiege, das mächtige Haupt gegen das Weinfass gelehnt. Gerade als Marco hinabsteigen wollte, um nachzusehen, ob der Bürgermeisters sich vielleicht das Genick gebrochen habe, begann der mit einem Röcheln, das an fernes Donnergrollen erinnerte, zu schnarchen.

»Dein Herr«, sagte Marco und reichte das Licht zurück.

Erst als er das Haus auf der rückwärtigen Seite verließ, fiel ihm auf, dass er kein Wolfsgeheul vernommen hatte.

*

»Bitte nicht, Vater«, flehte Nehle. »Nicht im Dunkeln. Ich fürchte mich doch so.«

»Gott hast du zu fürchten, und mich und sonst niemanden.« Unbarmherzig zeigte Piet Wannemeker zur Tür. »Nimm die Kanne und geh jetzt endlich.«

»Du darfst die Nehle nicht schicken.« Philipp, Nehles sechs Jahre jüngerer Bruder, hängte sich an des Vaters Arm. »Den Mörder von der Anna haben sie doch noch nicht gefasst. Schick mich, ich geh statt ihrer.«

»Ich bestimme, wer geht!«

Der Schlag traf Philipp aufs Ohr, dass er jaulend zu Boden stürzte. Nehle half ihm auf und führte ihn zu dem Strohlager jenseits des Spinnrades und der Wollkörbe, das sie mit ihm teilte.

»Hör auf, ihn zu schlagen«, sagte sie zu ihrem Vater. »Ich gehe.«

Als sie die Hand ausstreckte, damit er ihr den benötigten Heller gab, sagte er: »Zwerts soll anschreiben.«

»Er wollte das letzte Mal schon nicht mehr anschreiben.«

»Du hast gehört, was ich gesagt habe.« Der Alte hob die Hand. »Und wage es nicht, ohne Bier nach Hause zu kommen.«

Nehle nahm die Kanne und machte, dass sie hinauskam, während Philipp leise weinte.

Die strohgedeckte Kate der Wannemekers lag zusammen mit einem halben Dutzend weiterer außerhalb der Stadtmauer an der Weberstraße, die sich zwischen Heideberger Tor und Kavarinertor erstreckte. Ausnahmslos Lohnweber hausten hier, die alle für Jan van Wissel schufteten. Ihr karges Brot verdienten sie nur, wenn jedes Familienmitglied mitanpackte. Bei den Wannemekers war Philipp für das Kardätschen der Rohwolle zuständig, während Nehle am Spinnrad saß. Piet bediente den an der Wand hängenden Webrahmen. An dem zweiten Spinnrad, das in der Ecke stand und verstaubte, hatte Piets Frau Lisbeth gearbeitet, bis sie im vorletzten Winter an Schwindsucht gestorben war.

War der Alte schon immer unleidlich und jähzornig gewesen, so war er seit Lisbeths Tod unerträglich geworden. Unentwegt predigte er Gottesfurcht, obwohl er selbst keine besaß. Zwar arbeitete er zwei Drittel des Tages, aber genauso lange soff er auch. Folglich reichte das Geld vorne und hinten nicht, oft konnte Nehle nur Küchenabfälle auf den Tisch bringen, die sie zusammengebettelt hatte. Wäre Philipp nicht gewesen, hätte sie den Vater längst verlassen, aber die Mutter hatte ihr auf dem Sterbebett das Versprechen abgenommen, für den Kleinen zu sorgen. Und so ertrug sie stumm ein Martyrium, das schon lange nicht mehr zu ertragen war.

Zu den immer wiederkehrenden Unannehmlichkeiten gehörten die Gänge ins Kirchdorf, um Bier oder – wenn van Wissel gerade mal gezahlt hatte – Wein zu holen. Schickte der Vater sie tagsüber, war es nicht ganz so schlimm, nach Einbruch der Dunkelheit jedoch waren die Stadttore bereits geschlossen. Dann kam Nehle nur am Wächter vorbei, wenn sie ihm schöne Augen machte. Dazu kam seit Annas Ermordung die Angst bei jedem Schatten und jedem Geräusch.

So war es auch heute. Nehle hatte nicht die Abkürzung über das Stechfeld genommen – nicht für tausend Goldstücke hätte sie den Turnierplatz allein betreten –, sondern den Weg über den Hasenberg gewählt. Bedrückend eng standen die Häuser hier zusammen. Zwar schien der Mond und erhellte den Weg, oft aber verschwand er hinter den Wolken, und dann presste Nehle die Bierkanne fest an sich und biss die Zähne aufeinander, damit sie nicht klapperten.

In der Höhe der Böttcherwerkstatt schoss plötzlich laut fauchend eine Katze über die Straße. Nehle stockte der Atem. Kaum war der Schreck überstanden, hörte sie Schritte. Erst entfernt, dann rasch näher kommend. Nehle warf einen Blick über die Schulter, konnte jedoch niemanden entdecken. Dass aber auch keine Menschenseele außer ihr unterwegs war! Endlich kamen ihr zwei Gestalten entgegen. Kaum hatten sie Nehle entdeckt, steuerten sie torkelnd und lallend auf sie zu. Nehle rannte den Rest der Strecke wie ein Pferd, dem man ein brennendes Strohbündel an den Schweif gebunden hat.

In den vergangenen drei Tagen war es ruhig geworden im Hemele. Zwar hatte Zwerts alle Tage hindurch geöffnet, aber die Gäste mieden das Gasthaus am Alten Markt, sei es aus falsch verstandenem Mitgefühl, sei es, weil sie fürchteten, die Stimmung sei verdrießlich. Vielleicht auch, weil sie Anna vermissten. Vor dem Haus saß niemand, und die Gaststube war nur zu einem Drittel besetzt. Nehle schlich gleich durch bis in die Küche.

»Du schlotterst ja am ganzen Leib«, sagte Elsa, als sie die Freundin gewahrte. »Ist dir ein Gespenst begegnet?«

Nehle suchte Halt an Elsas Arm. Ihre Hände waren eiskalt.

»Er ist da draußen«, stammelte sie. »Ich weiß es.«

»Wovon redest du? Meinst du den, der Anna …«

Nehle nickte.

»Hier vor dem Hemele?« Elsa griff nach dem Auslösemesser.

»Wo auch immer. Er wartet auf mich. Ich bin sein nächstes Opfer.«

»Hast du denn jemanden gesehen?«

»Seine Schritte hab ich gehört. Er war gleich hinter mir.«

»Und dann?«

»Bin ich gerannt. Von der Rossmühle bis hier.«

Elsa ließ den Messergriff wieder los. »Vielleicht hatte es gar nichts mit dir zu tun.«

Ich wollte, es wäre so.«

»Willst du Bier holen?«

»Ich hab aber kein Geld.«

»Das macht nichts«, sagte Elsa. »Warte hier.«

Kaum war Nehle allein, säbelte sie ein Stück von dem übrig gebliebenen Braten herunter. Das würde sie Philipp zustecken, wenn sie unter der Decke lagen. Sie selbst leckte sich nur die Finger ab.

Als Elsa zurückkam, ließ sie die Freundin einen Blick in die hölzerne Kanne werfen, bevor sie den Deckel schloss. »Fast voll. Ich schreib's an.«

»Gott möge es dir vergelten. Würde ich ohne Bier heimkommen, würde Vater mich zu Brei schlagen.«

»Habt ihr denn genug zu essen?«

»Es langt.«

»Komm, ich geb dir eine Scheibe Fleisch für dich und den Philipp mit. Du brauchst deinem Vater ja nichts davon zu sagen.«

Nehle wurde rot vor Scham, steckte das Fleisch aber dennoch ein. Eigentlich wäre es nun an der Zeit gewesen, aufzubrechen, aber sie zögerte.

»Hast du noch immer Angst?«, fragte Elsa. »Im Schankraum sitzt der Lars. Bitte ihn doch, dich zu begleiten. Bis zum Heideberger Tor habt ihr den gleichen Weg.«

»Und wenn er es ist?«

»Lars? Du spinnst ja!«

»Jeder kann es sein.«

»Lars sitzt schon den ganzen Abend hier. Die Schritte, die

du gehört hast, können also nicht seine gewesen sein. Wenn da überhaupt welche waren.«

»Was willst du damit sagen? Hältst du mich für übergeschnappt?«

»Wir alle sind zur Zeit sehr angespannt, Nehle. Da bildet man sich schon mal was ein.«

Nehle packte die Kanne an Henkel und Tülle und hielt sie wie einen Schild vor sich. »Ich geh dann jetzt.«

»Ich lass dich hinten raus«, sagte Elsa. »Der Vater muss nicht sehen, dass ich dir Bier gegeben habe.«

Nehle ging, ohne sich noch einmal umzudrehen.

Als sie in den Hasenberg einbog, schoben sich erneut Wolken vor den Mond. Unheimlich wie eine Höhle lag die Gasse vor ihr. Nehle musste allen Mut zusammennehmen, um weiterzugehen. Sie hatte knapp die halbe Gasse geschafft, als sie wieder Schritte hörte. Huschende, eilige Schritte dicht hinter ihr. Und diesmal entdeckte sie etwas, als sie sich umblickte – die Umrisse eines Menschen, der gebückt an den Häuserfronten entlangschlich.

Erneut rannte Nehle, was ihre Beine hergaben. Sie hatte den Durchbruch durch die ehemalige Stadtmauer beinahe erreicht, als ihr plötzlich ein zweiter Mann den Weg verstellte. Sie wollte ausweichen, aber er machte einen Schritt in die gleiche Richtung – und sie prallten zusammen. Nehle stürzte und ließ die Bierkanne fallen. Das Bier lief aus und verströmte sauren Geruch. Noch benommen wurde sie von kräftigen Händen gepackt und auf die Beine gestellt. Genau in dem Augenblick brach der Mond durch die Wolkendecke, und Nehle erkannte, wer ihr da gegenüberstand. Sie riss sich los und jagte davon.

Ricciutello schüttelte den Kopf. Sicherlich, die meisten jungen Mädchen machten einen Bogen um ihn, weil er nicht richtig sprechen konnte, sondern mehr knurrte und grunzte. Zusammen mit der Glatze und der breiten Narbe auf der Stirn war er ihnen natürlich unheimlich. Aber eine Aufgeregtheit wie eben hatte er noch nie erlebt. Das Weibstück hatte sich ja aufgeführt, als sei er der Leibhaftige.

Obwohl er bereits volltrunken war, bückte er sich nach der Bierkanne. Ein, zwei Becher waren noch drin. Die würde er sich auf dem Nachhauseweg gönnen, als kleine Entschädigung für den Zusammenprall.

Nemesos, Juli 1347

Im Dormitorium des Klosters Lamos in den Bergen oberhalb der zypriotischen Hafenstadt herrschte die vorgeschriebene Nachtruhe. Jedoch nur im übertragenen Sinn, denn nicht wenige der Mönche schnarchten zum Gotterbarmen. Aber immerhin schliefen sie – bis auf einen.

Bruder Jean-Batiste lag lang ausgestreckt auf seiner Pritsche, die unmittelbar am Fenster stand, und genoss die hereinströmende frische Nachtluft. Zum letzten Mal, denn noch in dieser Nacht würde er das Kloster, das ihm seit über einem Jahr Heimstatt gewesen war, verlassen. Aber erst, wenn der Wächter ein weiteres Mal unter dem Fenster vorbeigekommen war, und bis dahin dauerte es noch eine Weile.

D'Amiens' Gedanken kehrten zurück zu seiner Flucht aus dem Kerker von Reims. Sie lag nun schon mehr als achtzehn Monate zurück, aber seitdem hatte er keinen Tag versäumt, dem Herrn für diese Fügung zu danken. Einunddreißig Jahre und neun Monate eingesperrt in diesem stinkenden Loch – die Jahre in Paris gar nicht mitgerechnet –, bar jeder Hoffnung, jemals wieder das Tageslicht zu erblicken, und dann diese wunderbare Rettung. Lautlos formten d'Amiens' Lippen ein Dankgebet.

In der ersten Zeit nach seinem Ausbruch hatte der Comte sich ständig beobachtet, ja verfolgt gefühlt. Er schrieb das dem Umstand zu, dass er es nicht mehr gewohnt war, unter Menschen zu sein, dass ihm jeder Blick, jede Geste verschwörerisch, wenn nicht gar feindselig vorkam. Trotzdem, dass ihm nachgesetzt wurde, war nicht auszuschließen. Deshalb hatte er hin und wieder einen Haken geschlagen, um mögliche Verfolger abzuhängen.

So auch in Senlis, wo er die Kapelle auf dem Gelände der ehemaligen Komturei aufgesucht und einer verborgenen Nische Gold und Silber entnommen hatte. Eines jener Geheimverstecke, deren Einrichtung Jakob von Molay nur wenige Wochen vor der Verhaftung der Templer landesweit verfügt hatte, gerade so, als hätte er eine Vorahnung gehabt. Das Versteck enthielt zwar kein Vermögen, bei sparsamem Umgang jedoch sollte es zur Bestreitung von d'Amiens' Ausgaben ausreichen. So brauchte er nicht zu arbeiten, was ihn Zeit gekostet hätte, die er nicht mehr hatte.

Verlassen hatte er die Kapelle durch einen geheimen Gang, der zu den Stallungen führte und dessen Existenz er einer in Leder geschnittenen Nachricht entnommen hatte, die sich ebenfalls in dem Versteck befand. Eine reine Vorsichtsmaßnahme, nur für den Fall, dass ihn jemand beim Betreten des kleinen Gotteshauses gesehen haben sollte. Außerdem war er so ohne Mühen zu einem frischen Pferd gekommen.

Seine weitere Reise hatte ihn über Marseille und Malta nach Zypern zum Kloster von Lamos geführt. Dort musste d'Amiens feststellen, dass der ehemalige Ordenssitz keineswegs wie erhofft verwaist war, sondern dass sich in seinen Mauern die Franziskaner breit gemacht hatten. Schnell war klar, dass in diesem Fall Gewalt zu nichts führen würde; d'Amiens blieb nichts anderes übrig, als dem Konvent beizutreten und das braune Habit mit dem weißen Strick anzulegen.

Zu allem Unglück hatten die Bettelbrüder das Kloster auch noch mehrfach umgebaut, Molays Angaben zum Versteck des Grals waren somit hinfällig geworden. Aus dem einstigen Olivenhain war ein Friedhof mit dazugehöriger Kapelle geworden. D'Amiens befürchtete schon, die Brüder könnten beim Ausschachten der Fundamente oder beim Ausheben eines der Gräber auf den Becher gestoßen sein, aber diese Sorge erwies sich als unbegründet. Umrechnungen und Nachmessungen ergaben, dass das Versteck des Grals zwischen der Kapelle und der ersten Grabreihe lag, mit ungefähr zehn Schritten Abstand zu beiden. Das herauszufinden hatte d'Amiens mehr als ein Jahr gekostet, da er nur mit größter Heimlichkeit hatte vorgehen können. Nun aber war es endlich so weit, die Erfüllung des ersten Teils von Molays Testament stand unmittelbar bevor.

Auch auf Zypern fühlte d'Amiens sich bisweilen beobachtet. Nicht im Kreis der Brüder, sondern nur, wenn er nach Nemesos ging, um dort milde Gaben zu erbitten oder auf dem Markt im Klostergarten gezogenes Gemüse zu verkaufen. Erst vor zwei Wochen hatte er sich aus einem Pulk von Fischern heraus angestarrt gefühlt. Als er zurückgeblickt hatte, entdeckte er zwischen den bekannten Gesichtern einen Mann, der bis auf ein zusätzliches Kopftuch wie die anderen gekleidet war, jedoch durch seine ungewöhnlich helle Haut auffiel. Danach war d'Amiens noch zwei Mal in der Stadt gewesen, der Mann war ihm aber nicht wieder begegnet.

Der Klosterwächter, ein alter Grieche, schlurfte mit seinem Hund unter dem Fenster des Dormitoriums vorbei. Da er ausgesprochen pünktlich war, bedeutete das, es war Mitternacht; das nächste Mal würde der Grieche erst wieder zur Matutin auftauchen. Zeit genug für Bruder Jean-Batiste, den Gral zu bergen und zu verschwinden.

Der Morgen graute bereits, als d'Amiens im Hafen von Nemesos an Bord eines Seglers auf die Überfahrt nach Kreta ging. Dabei war er derart trunken vor Glück, eine der kostbarsten Reliquien der Christenheit in seinem Besitz zu haben, dass er keinen Gedanken an mögliche Verfolger verschwendete. So bemerkte er auch nicht den Mann, der sich auf einigen auf der Mole gestapelten Getreidesäcken ausgestreckt hatte und den seine Kleidung als Fischer auswies.

Ein für die Gegend sehr hellhäutiger Mann, der diesmal kein Kopftuch trug, sodass man sehen konnte, dass ihm ein Ohr fehlte.

*

Paris, September 1347

»Seht Ihr das, de la Chapelle?«, rief Philipp VI. »Wir treiben schon wieder auf!«

Seine Majestät lag in der königlichen Badewanne, einem riesigen hölzernen Ungeheuer auf schmiedeeisernen Füßen, das so schwer war, dass es der vereinten Kraft von zehn Dienern bedurfte, um es zu bewegen – wenn sich kein Wasser darin befand. Im Augenblick war die Wanne voll, wobei die Wassertiefe bestimmt drei Ellen betrug. De la Chapelle stand daneben und beobachtete belustigt, wie Seine Majestät zu ihrem maßlosen Unwillen an der Oberfläche trieb wie ein Baumstamm.

»Gewichte müssen her!«, rief Philipp. »Bringt uns Gewichte!«

Die vier anwesenden Diener rannten wie aufgescheuchte Hühner los und guckten in alle Ecken, ohne zu wissen, wonach genau sie suchen sollten. De la Chapelle hielt sich den Bauch vor Lachen.

»Was gibt es da zu gackern?«, schimpfte der König. »Macht lieber sachdienliche Vorschläge.«

»Sehr wohl, Sire.« De la Chapelle wischte sich die Tränen

aus den Augen und räusperte sich. »Diener – schöpft so lange Wasser aus der Wanne, bis Eure Majestät nur noch eine Handbreit bedeckt ist!«

»Was soll denn dieser Unfug?«, empörte sich Philipp, aber de la Chapelle bedeutete den vieren, das zu tun, was er geheißen hatte. Bottich für Bottich füllte sich mit Badewasser und wurde durch das Fenster entleert. Als der Pegel de la Chapelles Vorstellung entsprach, hob er die Hand.

»Genug! – Wie ist es nunmehr um den Auftrieb Eurer Majestät bestellt?«

Philipp war verblüfft. »Wir liegen auf dem Boden, Auftrieb ist nicht mehr zu spüren. Ihr seid ein Genius, de la Chapelle.«

»Ihr seid wie immer zu gütig, Sire.«

»Ja, das sind wir wirklich. – Was führt Euch eigentlich her? Wir hoffen doch, nur beste Neuigkeiten.«

De la Chapelle setzte die Leidensmiene eines Magenkranken auf. »Ich fürchte nein, Sire.«

Aus dem königlichen Antlitz wich sämtliche Farbe. »Haben wir schon wieder eine Schlacht verloren?«

Seit der Niederlage bei Crécy im Vorjahr war eine erneute Demütigung auf dem Schlachtfeld Philipps beständigster Albtraum.

»Gewissermaßen, Sire. Ich mache es kurz: Calais ist in die Hände der Engländer gefallen.«

»Calais? Ihr meint das Calais am Kanal?« Als de la Chapelle nickte, lachte Philipp auf. »Nein, so was!«

De la Chapelle war verwirrt, und auch die Diener machten besorgte Gesichter. Seine Majestät wurde zunehmend schrulliger.

»Was macht Ihr für ein betrübtes Gesicht, de la Chapelle?«, fragte Philipp. »Das mit Calais ist doch halb so wild. Wir dachten nämlich, die Stadt sei bereits im Besitz des Feindes.«

»Wie?« Langsam wich die Anspannung aus de la Chapelles Zügen. »Eure Majestät dachte, Calais sei bereits …«

»Ja, ja, ja!«, rief der König. »Kopf hoch! Für uns ist das keine Neuigkeit, versteht Ihr? Und schon gar keine schlechte.«

»Und ich dachte …«, sagte de la Chapelle kopfschüttelnd. »Aber sei es drum. Ich hoffe nur, die gute Nachricht, die ich Euch zum Ausgleich für die vermeintlich schlechte mitgebracht habe, ist Euch nicht auch schon bekannt.«

»Eine gute Nachricht? Darauf sind wir stets begierig. Lasst nur hören.«

»Es wäre allerdings vielleicht besser, wenn …« De la Chapelle warf einen Seitenblick auf die Diener.

»Natürlich«, sagte Philipp. »Hinaus mit euch! Wer lauscht, den lassen wir vierteilen oder Schlimmeres.«

Als die vier Diener den Raum verlassen hatten, sagte de la Chapelle mit Verschwörermiene: »Unsere Männer haben die Spur des Comte d'Amiens wieder aufgenommen.«

»D'Amiens? Der, der uns zum Schatz der Templer führen soll?«

De la Chapelle nickte.

»Wo?«

»Auf Zypern. Zumindest war er da. Inzwischen ist er weitergereist.«

Der königliche Berater berichtete die Einzelheiten, wie d'Amiens sich auf der Mittelmeerinsel dem Orden der Franziskaner angeschlossen und dort länger als ein Jahr in einem ihrer Klöster gelebt hatte, eine Anlage, die bis zur Auflösung des Ordens den Templern gehört hatte. Dann erzählte er, wie d'Amiens von einem Tag auf den anderen verschwunden war, nachdem er nachts auf dem Friedhof ein mannstiefes Loch ausgehoben hatte, in das am nächsten Morgen der Abt auf dem Weg zum Abtritt gestürzt war und sich ein Bein gebrochen hatte. Inzwischen war der Comte auf Kreta eingetroffen, wo er sich nach Schiffsverbindungen nach Sizilien erkundigt hatte.

»Zypern, Kreta, Sizilien«, murmelte der König. »Was will

er da? Und wozu hat er dieses Loch ausgehoben? War an der Stelle etwa der Schatz vergraben?«

»Keinesfalls, Sire. Unser Mann, der im Kloster Nachforschungen angestellt hat, meint, der Größe des Lochs nach könne dort lediglich eine Schatulle oder bestenfalls eine kleine Kiste versteckt gewesen sein.«

»Wer ist der Mann? De la Motte?«

»Nein, dieser Pierre de ... de ... verzeiht, Sire, aber ich kann mir den verflixten Namen nicht merken.«

»Ist ja auch gleich. Weiter!«

»Die Vermutung liegt nahe, dass sich in der Schatulle, oder was auch immer auf dem Klosterfriedhof vergraben war, der genaue Lageplan des Schatzes befunden hat.«

»Lageplan!«, rief Philipp. »Das habt Ihr schon einmal behauptet, nachdem d'Amiens Euch in Senlis durch die Lappen gegangen war.«

»Wir haben seine Fährte aber wieder aufgenommen.«

»Nach anderthalb Jahren und nachdem Ihr die halbe Welt habt absuchen lassen. Wir möchten nicht wissen, was diese Nachforschungen gekostet haben. Ist denn nun sichergestellt, dass d'Amiens Euch auf Kreta oder Sizilien nicht wieder entwischt?«

»Selbstverständlich, Sire. Dieser Pierre de ... Ihr wisst schon, wen ich meine, Sire, folgt dem Comte auf dem Seeweg, während de la Motte bereits auf dem Weg nach Sizilien ist, um ihn dort abzufangen.«

»Nicht zu vergessen Ihr, de la Chapelle«, sagte der König und erhob sich aus der Wanne. »Reicht uns das Tuch – nein, das andere – danke. Auch Ihr werdet Euch unverzüglich nach Sizilien begeben, und diesmal haftet Ihr mit Eurem Leben, dass der Kerl Euch nicht wieder auskommt. Haben wir uns klar und unmissverständlich ausgedrückt?«

De la Chapelle bekam derart weiche Knie, dass er sich auf den Wannenrand stützen musste. Sein Kopf brummte bei der fieberhaften Suche nach einem Ausweg. Sizilien, das hätte ihm gerade noch gefehlt. Am Samstag hatte er für vier Hahnenkämpfe gemeldet. »Klar und unmissverständlich, Sire«, stammelte er. »Ich möchte jedoch zu bedenken geben, dass dem Comte d'Amiens in Senlis nur deshalb die Flucht gelingen konnte, weil ich in Unkenntnis solcher Angelegenheiten eine falsche Entscheidung traf. Deshalb könnte meine Anwesenheit in Sizilien unter Umständen genau das Gegenteil dessen bewirken, was Eure Majestät eigentlich bezwecken wollen. Wenn Ihr versteht, was ich meine, Sire.« Dann fiel ihm noch etwas ein. »Außerdem kann ich auch hier mit meinem Leben haften, Sire.«

»Ihr geht leichtfertig mit diesem Gottesgeschenk um, de la Chapelle.«

»Ich habe vollstes Vertrauen in de la Motte und seine Männer.«

»Nun gut«, sagte Philipp und stieg aus der Wanne. »Wir werden unserem Onkel davon berichten. Wir denken, er wird einverstanden sein.«

»Gottfried von Charney?«, fragte de la Chapelle vorsichtig. »Steht Ihr noch immer in Verbindung mit ihm, Sire?«

»Er kommt gelegentlich vorbei, wenn er Zeit hat«, sagte Philipp. »Schön, dass wir ihm endlich mal etwas Erfreuliches mitzuteilen haben. Er war schon sehr erbost, dass wir den Schatz noch nicht aufgetan haben.«

Damit verließ Seine Majestät den Raum.

»Keine Frage«, murmelte de la Chapelle, nachdem die Tür ins Schloss gefallen war. »Frankreich wird von einem Verrückten regiert.«

Kleve, Juni 1350

So üppig das Abendbrot bei den Montemagnos auszufallen pflegte, so karg war das Frühstück. Ein Stück Brot, das in eine Schale Milch getunkt wurde, musste reichen. An diesem Morgen war Marco selbst das zu viel, übernächtigt und gereizt saß er am Küchentisch. Bis zum Morgengrauen hatte er wachgelegen und Pläne geschmiedet, wie er Till beikommen wollte, um sie dann doch wieder zu verwerfen. Plötzlich hob hinter dem Haus Gezeter an.

»Keinen Wein!«, fauchte Sophia Maria. »Du wirst dich gefälligst an die Gesetze halten, Umberto. Denkst du, ich habe Lust, dass man uns in diesen Zeiten wegen deiner krummen Geschäfte aus der Stadt jagt?«

»Madonna! Was glaubst du eigentlich, wovon wir schon seit Monaten leben? Vom Weinhandel und von nichts anderem! An den vermaledeiten Pfandleihen ist derzeit nichts zu verdienen.«

»Versuch nicht, mich für dumm zu verkaufen, Umberto. Das Pfandleihgeschäft läuft wie eh und je. Nur verdient sich das Geld anders leichter, weil die Leute augenblicklich mehr Wein als Wasser saufen.«

»Ecco! Ich wäre ein schlechter Kaufmann, würde ich mich nicht auf die veränderte Lage einstellen.«

»Leise!«, war überraschend Pietro zu vernehmen. »Sibert van Bylant kommt gerade mit einigen Reitern die Straße herauf. Wenn er das hört, verrät er uns beim Grafen.«

»Dieser verdammte Halunke!«

Marco konnte förmlich sehen, wie sein Vater die Faust reckte. Dennoch siegte die Vernunft. Gedämpft setzten die Eltern ihren Streit fort, während Pietro in die Küche kam.

»Guten Morgen, Bruderherz«, sagte er und schlug Marco auf die Schulter. »Nun, wie war's? Bist du fündig geworden?«

»Wo warst du?«, knurrte Marco.

»He, was ist denn das für eine Begrüßung?« Pietro nahm

auf der Bank unter dem Fenster Platz. »Im Gottesdienst war ich. Wo sonst?«

»Ich rede nicht von heute Morgen, sondern von vergangener Nacht. Ich habe den Wolf vermisst.«

»Es tut mir Leid, Marco, aber ich konnte dich nicht warnen. Irgendwann musste ich mein Wasser abschlagen, und ausgerechnet in dem Augenblick kommen van der Schuren und der Rechenmacher Arm in Arm nach Hause, als seien sie die dicksten Freunde. Ich habe noch versucht, wenigstens das Käuzchen zu machen, aber selbst das bekomme ich mit einer Hand nicht hin. Vom Wolf ganz zu schweigen. Kaum hatte ich die Hose zugeschnürt, stand der Rechenmacher auch schon vor mir, das Messer in der Hand, vermutlich hat er mich für einen Dieb gehalten. Da hab ich Reißaus genommen.«

»Und warum warst du nicht zu Hause, als ich kam?«

»Ich habe mich nicht hierher getraut. Ich war nicht sicher, ob er mich nun erkannt hatte oder nicht. Also habe ich es dir gleich getan und in einer der Fischerhütten übernachtet. Von dort aus bin ich zur Frühmesse. – Nun schau nicht so grimmig. Ich kann nichts dafür. Wie ist es denn nun dir ergangen?«

Noch immer brummig und anfangs nur schleppend berichtete Marco, was ihm widerfahren war. Als er kundtat, dass Till der Verfasser der Gedichte war, nickte Pietro anerkennend.

»Dann hast du mit deiner Vermutung richtig gelegen. Ob das jedoch reicht, ihn zu überführen?«

»Es muss reichen«, brauste Marco auf. »Ich habe nämlich nichts anderes als diese verdammten Gedichte.«

»Hm. Auf jeden Fall wird die kleine Zwerts sich freuen.«

Marco plumpste das Brotstück in die Milch. »Wie kommst du jetzt auf Elsa?«

»Sag bloß, du willst ihr das nicht sagen? Wenn jemand ein Recht darauf hat, es als Erste zu erfahren, dann sie.«

»Nicht bevor ich mir Till vorgeknöpft habe.«

»Mach das nicht im Alleingang. Ich hab eben van Bylant

gesehen, also ist auch Graf Johann wieder in der Stadt. Du solltest ihm den Fall vortragen. Er war immer auf unserer Seite, wenn es darauf ankam. Wenn du dich jedoch selbst zum Richter machst, wird er sich kaum vor dich stellen.«

»Ich weiß nicht.«

»Vater wird sicherlich als dein Fürsprecher mit dir kommen.«

»Darum geht es nicht«, sagte Marco unwirsch. »Mein Anliegen kann ich selbst vorbringen.«

»Also geht es um Elsa. Ich verstehe. Du schämst dich, weil du dich ihr gegenüber als der Verfasser dieser Verse ausgegeben hast.«

»Wie würdest du dich dabei fühlen, he?«

Pietro feixte. »Tja, mein Lieber, dann sieh mal zu, wie du das krumme Ding wieder gerade gebogen kriegst.«

»Verbindlichsten Dank«, sagte Marco. »Das einzig Gute daran ist, dass ich diesmal nicht auf deine Hilfe angewiesen bin.«

*

Auf dem Schwanenturm wehte das Banner derer von Kleve, das Zeichen für die Anwesenheit des Grafen. Ein Umstand, den Marco zur Kenntnis nahm, ohne sich etwas davon zu versprechen. Seiner Einschätzung nach war Graf Johann ein Wirrkopf, auf den man, wenn es hart auf hart kam, nur bedingt zählen konnte.

Während er die Große Straße im Schein der Morgensonne hinaufging, nahm er seine Überlegungen wieder auf, in denen er durch das Gekeife seiner Eltern gestört worden war. Till aufzulauern und erst recht ihm ein Geständnis abzupressen, war alles andere als ungefährlich. Nicht nur, dass Till drei Jahre älter und Marco an Körperkraft überlegen war, er war auch nur selten allein anzutreffen. Ständig schwirrte ein halbes

Dutzend Katzbuckler und Speichellecker um ihn herum, die er befehligte wie sein persönliches Heer. Gesindel, das kein Augenblinzeln lang zögern würde, Marco auf Tills Geheiß in Stücke zu hauen.

Eingedenk dieser Gefahr hatte Marco erwogen, Erasmus van der Schuren die Gedichte zu zeigen. Ein Gedanke, den er dann jedoch wieder verworfen hatte, denn im Zweifelsfall würde Erasmus sich vor seinen Sohn stellen, Recht hin oder her. Zudem war Marco sich nicht sicher, wie viel Erinnerung der Bürgermeister an ihre Begegnung vom Vorabend hatte. Und schließlich war da noch Maria, auf deren Unterstützung Marco keinen Heller wetten würde. Nein, ihm blieb nur, Till zu packen und die Wahrheit notfalls aus ihm herauszuprügeln. Wann und wo sich das am besten bewerkstelligen ließ, musste er noch auskundschaften.

Als er das Haus der van der Schurens passierte, kamen ihm plötzlich die Worte seines Bruders in den Sinn, dass Elsa ein Recht darauf habe zu erfahren, dass Till Annas Mörder war. Da er schätzte, dass der Bürgermeister und sein Sohn zu so früher Stunde ohnehin noch in den Federn lagen, beschloss Marco, ausnahmsweise einmal einen von Pietros Ratschlägen zu befolgen.

Er griff sich die erstbeste Rotznase, einen schielenden rothaarigen Gassenjungen, der vermutlich aus der Brut des Rechenmachers stammte. Ihm versprach er ein Stück Honigkuchen, abzuholen bei Maria Sophia, und schickte ihn mit einer Nachricht für Elsa zum Gasthaus der Zwerts. Dann machte er sich auf zum Narrenhäuslein, wo die Hand voll Geisteskranken der Stadt untergebracht waren.

Das Narrenhäuslein lag im Schatten des Bauernturms, im äußersten Süden der Stadt, dort wo die Stiftsfreiheit von der Stadtmauer begrenzt wurde. Eine Gegend, die von den meisten Bürgern gemieden wurde, gelang es doch hin und wieder einem der Irren, auf die Straße zu flüchten. Und vor nichts hatten die Leute mehr Angst als vor dem, was sie nicht verstanden.

Als Marco schon nicht mehr mit Elsas Kommen rechnete, näherte sich eiligen Schritts eine bis zur Unkenntlichkeit vermummte Gestalt. Erst als sie vor ihm stand, nahm sie die Kapuze ab. Elsa war noch immer erschreckend blass, jedoch strahlten ihre Augen wieder mehr Lebendigkeit aus. Marco löste sich aus der Mauernische neben dem Turm. Als er ihren Arm nehmen wollte, wich sie ihm aus.

»Was steht diesmal an?«, fragte Elsa kühl. »Wieder eine Entschuldigung?«

»Eine Erklärung. Anschließend wirst du vieles verstehen. Aber zunächst einmal danke, dass du überhaupt gekommen bist.«

»Ich weiß noch nicht, ob ich gut daran getan habe. Lass hören, was du zu sagen hast.«

Marco räusperte sich. »Ich habe die Gedichte nicht geschrieben, Elsa.«

»Ach, was du nicht sagst? Warum sollte ich dir das glauben?«

»Weil ich inzwischen herausgefunden habe, wer sie verfasst hat.«

»Du kannst mir viel erzählen, Marco di Montemagno. Kannst du deine Behauptungen auch belegen?«

Marco reichte ihr die Pergamente mit den Versen sowie das Pergament, das aus der Kladde gefallen war.

»Hier, sieh selbst. Es handelt sich um dieselbe Schrift.«

Ein Blick genügte Elsa zum Vergleich. »Das beweist gar nichts. Auch die anderen Worte könnten von dir geschrieben sein.«

»Wenn dem so wäre, wäre ich dann jetzt hier?«

»Vielleicht hast du Recht«, sagte Elsa, obwohl ihr noch immer der Zweifel ins Gesicht geschrieben stand. »Woher hast du das?«

Marco berichtete von seinem Eindringen in das Haus des Bürgermeisters, seiner Gefangensetzung, der Befreiung durch Maria und der Entdeckung des Pergaments zwischen den Geschäftspapieren der van der Schurens. Als er sagte, Maria habe die Schrift als die Tills erkannt, blitzte für einen Moment blanke Mordlust in Elsas Augen auf.

»Also doch er. Weiß Distelhuizen es schon?«

»Nein. Ich wollte es zuerst dir sagen.«

»Danke. Ich begleite dich zu ihm, wenn du willst.«

»Das ist zu gefährlich. Ich werde mir den Kerl allein vorknöpfen.«

»Ich spreche von Distelhuizen, Marco. Du willst doch nicht etwa das Recht in deine Hand nehmen?«

»Ohne Tills Geständnis sind die Gedichte wertlos.« Marco hielt die Pergamente hoch und tat, als wolle er sie vom Wind davontragen lassen. »Dass er Anna umgebracht hat, beweisen sie nämlich nicht.«

Elsa maß ihn mit einem langen, ruhigen Blick. »Deine Weigerung, dich Distelhuizen anzuvertrauen, hat jedoch noch einen anderen Grund, oder?«

Marco ärgerte sich, nicht in der Mauernische geblieben zu sein. Da hätte Elsa nicht gesehen, dass er rot wurde.

»Nun ja, weißt du …«

»Ich glaube beinahe«, sagte Elsa, »es hat damit zu tun, dass du beschnitten bist.«

Um Haaresbreite hätte Marco seine Zunge verschluckt. »Bei Gott! – Woher weißt du davon?«

»Von Anna. Ich wusste nur nicht, dass das die Sache ist, die man Beschneidung nennt und die an den Juden vorgenommen wird. Jedenfalls an den männlichen.«

»Ja. Ich meine, so ist es. Das ist der Grund, wollte ich sagen.«

»Aber wie kam es dazu? Du bist doch kein Jude, oder?«

»Und wenn ich einer wäre?«

»Mir wäre das gleich. Nur solltest du dann schleunigst aus

der Stadt verschwinden, denn dann wärest du genau der Mann, den sie suchen.« Elsa schlug die Hand vor den Mund. »Jesus Maria! Jetzt begreife ich erst! Den wahren Mörder zu finden ist für dich eine Sache auf Leben und Tod. Und ich dachte …«

»Ja?«

»Ich dachte, der Grund sei Hahnenstolz. Dass du es nicht ertragen konntest, dass Anna auch mit anderen Männern Liebeleien hatte.«

»Bei mir kommt vieles zusammen, weißt du. Als ein mit Anna ehemalig Verbändelter bin ich der Eifersucht und als Lombarde des Jähzorns verdächtig. Überdies kann ich nicht beweisen, wo ich in der Mordnacht war.«

»Hat nicht dein Bruder bestätigt, dass du zu Hause gewesen bist?«

»Weil er mein Bruder ist, ja.« Marco erzählte ihr, dass er in jener Nacht tatsächlich mit Anna verabredet gewesen war, sie ihn aber versetzt hatte. »So befinde ich mich in der unmöglichen Lage, dass nur das Opfer beweisen könnte, dass ich, der Verdächtige, nicht der Täter bin.«

»Dann war dein Schwur doch kein Meineid.«

»Wovon sprichst du?«

»Von Sonntag, als ich dich vor eurem Haus abgepasst habe.« Zum ersten Mal seit Tagen huschte ein Lächeln über Elsas Gesicht. »Da wolltest du die Hand nicht heben. Dabei hast du Anna bei den Fischbänken wirklich das letzte Mal gesehen.«

»Ja, nur beweisen kann ich es wie gesagt nicht. Und dann bin ich zu allem Überfluss auch noch beschnitten. Das reicht, um mindestens drei Mal am Galgen zu enden.«

Elsa schlug die Augen nieder. Leise sagte sie: »Ich würde schon gerne wissen, warum.«

»Warum ich beschnitten bin?«

Sie blickte wieder auf und nickte.

»Die Haut meines ... meines Gliedes war zu eng. Ich konnte kaum Wasser lassen. Da hat sich Ricciutello auf Bitten meines Vaters der Sache angenommen. Als meine Mutter davon erfuhr, ist sie im Nachhinein in Ohnmacht gefallen.«

»Wieso?«

»Weil Ricciutello seine Kenntnisse auf diesem Gebiet einzig und allein durch das Entmannen von Ebern erworben hatte.«

Elsa schlug die Hände vor den Mund.

»Und einiger Ziegenböcke, nicht zu vergessen.« Marco lachte. »Es ist aber noch alles dran, das schwöre ich.« Und diesmal hob er die Hand.

Fern, so fern, als käme es aus einer anderen Stadt, hob Glockenläuten an. Dem Klang nach konnte es sich nur um die Glocke des Magistrats handeln. Dass sie so leise klang, lag am Höhenunterschied und daran, dass der Wind aus Süden kam. Was Elsa und Marco jedoch verwirrte, war die abenteuerliche Geschwindigkeit, in der sie geläutet wurde. Sturm, Sturm, Sturm, als stünden die Sarazenen vor den Toren.

Sie überquerten den Friedhof vorbei an der Stiftskirche, deren Ostchor noch immer im Bau war. Auf dem Alten Markt war das Läuten deutlich lauter zu vernehmen. Aus allen Häusern strömten Menschen und eilten die Kirchstraße hinunter. Unwillkürlich begannen auch Elsa und Marco zu laufen. Zunächst verhalten, dann mit den anderen immer schneller werdend. Das rasende Schlagen der Glocke wirkte wie ein Sog.

Marco sah zu Elsa hin, und sie erwiderte seinen Blick. In ihren Augen las er, dass sie dasselbe dachte wie er.

Was sie erwartete, wusste keiner von ihnen. Aber ihnen schwante Fürchterliches.

Ein Gerücht besagte, es gebe im ganzen Schloss keinen Spiegel, damit den Grafen bei seinem eigenen Anblick nicht der Schlag treffe. In Wirklichkeit gab es selbstverständlich Spiegel, insgesamt zwei, und beide standen in den Gemächern der Gräfin. Das änderte jedoch nichts daran, dass Johann I. ein selten hässlicher Vogel war.

So saß der Kopf mit der niedrigen Stirn, deren geringe Höhe durch eine unglückliche Frisur, einen so genannten Pottschnitt, noch betont wurde, unmittelbar auf den Schultern. Aus diesem Grund konnte der Graf keine Gewänder mit Kragen tragen. Die blassblauen Augen standen handbreit auseinander, die Nase war die eines Schweins, der Mund der eines Frosches. In Folge dauerhaften, krankheitsbedingten Zahnfleischblutens waren die Zähne ständig rötlich verfärbt. Der Rumpf wurde von einem mächtigen Wanst beherrscht, den der Gürtel in zwei Wülste teilte wie die Spur eines Wagenrades einen riesigen Maulwurfshügel. Getragen wurde das Ganze von zwei spindeldürren säbelförmigen Beinchen, deren zerbrechliches Erscheinungsbild der Graf gerne durch eng anliegende Beinlinge unterstrich. An der Seite seiner bildschönen und erlesen gekleideten Gattin wirkte er wie ein Hofnarr.

Die ersten fünfundfünfzig Jahre hatte sich Johanns Leben weitgehend ereignislos im Dienste des Herrn abgespielt. Ohne besonderen Ehrgeiz an den Tag gelegt zu haben, hatte er es dabei zum Dekan und Archediakon in Köln gebracht, während sein älterer Bruder, Dietrich IX., die Grafschaft regiert hatte. Es wäre wohl ewig so weitergegangen, hätte das Schicksal vor drei Jahren nicht Johanns kleine Welt mit einem Doppelschlag auf den Kopf gestellt: Zuerst war unerwartet Graf Dietrich verstorben, ohne einen männlichen Erben zu hinterlassen, und noch in der gleichen Woche war Johann der damals zweiundzwanzigjährigen Mechthild von Geldern begegnet, dem heißesten Feger des Niederrheins.

Gewissermaßen über Nacht wurde er zu einem Mann der

Tat. Zuerst einmal schnappte er seinen drei Nichten das Erbe weg und ließ sich von Kaiser Ludwig mit den Reichslehen und wenige Tage später auch mit den kölnischen Lehen belehnen. Dann hielt er, vom Johannistrieb um den Verstand gebracht, um Mechthilds Hand an, die zum Entsetzen – oder zumindest zur völligen Verblüffung – aller Verwandten und Bekannten einwilligte, und beantragte seine Zurückführung in den Laienstand. Seitdem lebte er mit seiner jungen Frau auf dem Klever Schloss und versuchte vergeblich Nachkommen zu zeugen. Medizi aller Herren Länder, Kräuterkundlerinnen, Wunderheiler und Geisterbeschwörer gingen bei Hof ein und aus, aber keine der verordneten Maßnahmen wollte fruchten. In der Stadt wurde getuschelt, bei Ostwind seien nachts bisweilen die Seufzer der unglücklichen Gräfin zu hören.

Da sein häusliches Leben ihm nicht die gewünschte Befriedigung bescherte, suchte Graf Johann umso nachhaltiger Erfüllung in seinen Amtsgeschäften und darüber hinaus. Das bedeutete, dass er sich ständig in alles und jedes einmischte, ganz gleich, ob es ihn etwas anging oder nicht, und vor allem, ob er etwas davon verstand oder nicht. Der Magistrat und insbesondere Erasmus van der Schuren konnten ein Lied davon singen, wie Johann mit seinen eigenmächtigen Eingriffen Verwirrung stiftete, wenn nicht gar Unheil anrichtete.

Erst unlängst hatte der Graf die Anfertigung neuer Gewänder für die Stadtknechte verfügt, da ihm die bisherige Bekleidung nicht geschmackvoll genug erschienen war. Kaum waren die Stoffe bestellt und die Schneider beauftragt worden, besann er sich, als er erfuhr, was der Spaß kosten sollte, eines Besseren und machte die ganze Angelegenheit wieder rückgängig. Zwischenzeitlich hatten jedoch einige der Knechte ihre alten Gewänder veräußert und standen nun ganz ohne da. In Folge musste seitdem jeder selbst für seine Ausstattung sorgen, wodurch aus der Truppe ein kunterbunter Haufen geworden war.

Auch vor tief gehenden Eingriffen scheute Johann nicht

zurück. Zwar stand ihm das Recht zu, den Richter zu ernennen, aber die acht Schöffen, die zusammen mit dem Richter das Gericht bildeten, wurden eigentlich von den Bürgern gewählt. Durch massive Einschüchterung und Bestechung war es dem Grafen jedoch gelungen, die ihm genehmen Kandidaten durchzusetzen. Damit konnte er sicher sein, fortan die Urteile in seinem Sinn zu beeinflussen.

Abseits von alledem verstand Johann sich als Förderer der Künste. Dabei hatte er einen besonderen Narren an Joseph von Krefeld gefressen, der seit einigen Jahren in Kleve wirkte und allgemein als Wirrkopf galt. So fertigte Joseph, der sich selbst einen Künstler der Tat nannte, seine Skulpturen bevorzugt aus Talg oder Honig, was ihnen stets dann, wenn sie zu nahe an den Ofen gerückt wurden, spätestens jedoch im nächsten Sommer, zum Verhängnis wurde. Sein neuestes Werk war ein Bildnis des Pestheiligen St. Sebastian, das er aus Holz geschnitzt und mit verfilzter Wolle überzogen hatte. Vor diesem überlebensgroßen Gebilde, das im Rittersaal des Schlosses seinen Platz gefunden hatte, warteten an diesem Morgen die Gebrüder van der Schuren, von Elten und Distelhuizen auf den Grafen, der sie als Repräsentanten des Magistrats einbestellt hatte.

»Filz«, sagte Erasmus und berührte erneut den Arm der Statue. »Es ist tatsächlich aus Filz.«

»Lass die Finger davon«, sagte Jakob. »Nachher geht noch was entzwei.«

»Ist das nicht Gotteslästerung?«, fragte von Elten.

»Was?«, fragte Distelhuizen.

»Das Abbild eines Heiligen aus verfilzter Wolle zu fertigen. Wer weiß, was ihm als Nächstes einfällt.«

»Vielleicht macht er ein Karnickel aus Gold«, sagte Erasmus und lachte über seinen eigenen Einfall, bis ihm ein Stich ins Gehirn schmerzlich in Erinnerung rief, dass er an dem Kater seines Lebens litt.

Jakob sah, dass sein Bruder ins Wanken kam, und führte ihn zu einem Stuhl in einer der Fensternischen, bevor der Filzheilige Schaden nehmen konnte. Dann zog er sein Schnupftuch aus dem Ärmel und fächelte Erasmus Luft zu.

»Jetzt haben wir genau das Ungemach, das ich verhindern wollte«, sagte der Richter so leise, dass von Elten und Distelhuizen ihn nicht hören konnten. »Wäre der Graf wie beabsichtigt erst übermorgen zurückgekommen, hätten wir unsere Untersuchung bequem beenden können und den Mörder unter Umständen schon dingfest gemacht.«

»Bei dem Gedanken daran ist mir gar nicht wohl. Besteht denn keine Möglichkeit, diese Untersuchung noch zu verhindern?«

»Wohl kaum. Aber keine Sorge, Erasmus, ich werde persönlich die Leitung übernehmen. Du solltest dir lieber Gedanken darüber machen, wie wir den Grafen daran hindern können, sich einzumischen und damit womöglich wer weiß was heraufzubeschwören.«

»Glaubst du denn, er weiß schon davon?«

»Wovon? Von dem Mord an der Tochter von Zwerts?«

Erasmus nickte.

»Worauf du Gift nehmen kannst. Der Graf hat seine Zuträger überall in der Stadt, sogar im Magistrat. Ich vermute, es ist van Wissel.«

»Der Langweiler?«

»Zum Auskundschaften muss man nicht unterhaltsam sein. Gute Ohren und angeborene Heimtücke sind da wichtiger.«

Erasmus gab seinem Bruder ein Zeichen, sich zu ihm hinunterzubeugen. »Ich habe munkeln hören, der Graf trage sich mit dem Gedanken, die Steuern zu erhöhen.«

»Von wem?«, flüsterte Jakob.

»Kaldewey, der Hausmeister, hat gewisse Andeutungen gemacht. Beschlossen soll aber noch nichts sein.«

»Wenn das stimmt, dann gute Nacht. Dann wird der Graf

von uns verlangen, den Mord noch heute aufzuklären, um für Ruhe in der Bürgerschaft zu sorgen.«

»Entscheidend ist, welche Laune er hat.«

In dem Augenblick schwangen die Flügel der den Rundbögen des Deckengewölbes angepassten Tür auf. Zwei Diener besetzten die Flanken, zwischen ihnen schritt Johann von Kleve nebst Gattin Mechthild hindurch. Ein Blick in des Grafen Gesicht genügte, um den Wartenden klar zu machen, wie es um seinen Gemütszustand bestellt war: entsetzlich.

*

»O Maria«, sang Gotthilf Maria von Elten. »Erfülle meinen Mund, o Maria, mit der Gnade Deiner Milde. Erleuchte meinen Verstand, Du, die Du mit der Gnade Gottes erfüllt worden bist. – Also werden meine Zunge und meine Lippen heiter Dein Lob singen und besonders den Engelsgruß, Du Verkünderin des Heils der Welt, Heil und Schutz aller Menschen. – Habe also die Güte, mich anzunehmen, Deinen kleinen Diener! Ich lobe Dich und sage Dir immer wieder leise: ›Freu Dich, Maria, voll der Gnaden.‹ Amen.«

»Amen«, brummte der Chor.

Wie immer bei Zusammenkünften im Schloss war es Kaplan von Elten erlaubt worden, zunächst ein Marienlob zu beten. An der Stelle mit dem kleinen Diener hatte er gewohnheitsgemäß kurz aufgeblickt, ob einer feixte, aber hier hatten sich alle im Griff. Im Religionsunterricht der Stiftsschule sah das schon anders aus. Da machten die Schüler aus der zweiten Zeile der dritten Strophe schon mal gerne ›Deinen kleinen dicken Diener‹, wofür es Stockhiebe oder, wenn die Weidenrute nicht zur Hand war, Backpfeifen setzte.

Während die schöne Mechthild sich daran machte, ihre Fingernägel mit einem Seidentüchlein blank zu reiben, warteten die Herren darauf, dass Graf Johann das Wort ergriff. Wie man es von anderen Einbestellungen kannte, würde er sich entweder lang über die Beschwerlichkeit seiner Reise auslassen, oder er würde geradewegs und mit bohrenden Fragen auf die anstehenden Schwierigkeiten zu sprechen kommen. In dem Fall hieß das die bisher erfolglose Suche nach dem Mörder der Anna Zwerts. Und sein missmutiger Blick sprach für Letzteres.

Vielleicht wollte er aber auch zuerst seine Einschätzung über das Fortschreiten der Pest geben. In Städten wie Brügge mit ihren weit verzweigten Handelsbeziehungen war die Nachrichtenlage natürlich eine andere als in Kleve. Aber so sehr sie ihn auch anstarrten, er sagte keinen Ton. Außer Erasmus van der Schuren, dessen Hals staubtrocken war und der sich verzweifelt nach etwas Trinkbarem umsah, begannen alle, unruhig auf ihren Stühlen herumzurutschen. Schließlich hielt der Richter es nicht mehr aus.

»Hattet Ihr eine erfolgreiche Reise, Graf Johann?«, fragte er. »Waren Eure Bemühungen zur Vereinheitlichung des Münzwesens von Erfolg gekrönt?«

»Nun ja«, sagte Johann und machte auf einmal einen munteren Eindruck. »Ich habe vieles gelernt. Reisen bildet, wie es so schön heißt. Hahaha.«

Pflichtschuldig nickten die vier, obwohl keiner wusste, was er meinte.

»Das Prägewesen?«, wagte sich Jakob erneut vor. »Schrot und Korn der Münzen?«

»Humbug!«, bellte der Graf. »Ich spreche von Seife.«

Allen außer Erasmus, dem die Zunge am Gaumen klebte, fiel die Kinnlade herunter.

»Was hatten wir in Brügge für schöne Seife, nicht wahr, Liebste?«

»Hmm«, machte die Gräfin, ohne von ihren Nägeln abzulassen.

»Zartblau und nach Lavendel duftend«, fuhr Johann fort.

»Oder rötlich, mit dem Duft von Rosmarin. Ein Genuss, sage ich Euch. Ich habe mich natürlich sofort eingehend über die Herstellung unterrichten lassen. Ein Verfahren, das ich auch hier zu Lande einzuführen gedenke.«

Johann faltete die Hände auf dem Bauch und hob den Blick zur Decke; das war seine Art, sich zu sammeln.

»In Brügge bohren sie zuerst Löcher in den Boden eines Fasses, schütten eine Schicht Kieselsteine hinein und decken Stroh darüber. So wird eine gute Ableitung gewährleistet, versteht Ihr? Als Nächstes wird das Fass mit Hartholzasche gefüllt, auf die man Wasser gießt. Jetzt braucht man nur noch zu warten, bis Flüssigkeit aus den Löchern im Fassboden zu rinnen beginnt. Die fängt man auf und kocht sie so lange, bis sie eine Festigkeit erreicht hat, dass ein frisches Ei auf ihrer Oberfläche schwimmt. Fertig ist die Lauge. So war es doch, Liebste, oder?«

»Ich war nicht dabei.«

»Doch, doch, so war es. Ich bin mir ganz sicher. Als Nächstes braucht es Fett, jede Menge Fett. Am besten Rindertalg, Schaffett tut es indes auch. Das Fett kocht man mit der gleichen Menge Wasser, lässt es auskühlen und hebt es ab. Sechs Becher der Lauge und sieben Kellen voll Fett – oder waren es sieben Becher Lauge und sechs Kellen Fett? Ich weiß es nicht mehr so genau, ist ja auch gleich. Jedenfalls werden Fett und Lauge zusammen drei Stunden lang unter gelegentlichem Umrühren gekocht. Dann werfen die Brügger ein Scheffel Salz hinein und gießen die Lösung in eine mit einem feuchten Tuch ausgelegte Holzschale. Am nächsten Tag ist die Seife hart, und man kann sie in Stücke schneiden. Was sagt Ihr dazu?«

»Ich bin ... beeindruckt.« Jakob räusperte sich. »Ihr erwähntet eingangs Farbe und Duft.«

»Farben und Düfte!« Johann warf die kurzen Ärmchen hoch. »Wie konnte ich euch vergessen! Natürlich, bevor die Masse erstarrt, setzt man Rote-Bete-Saft für den Blauton hinzu, oder, falls man einen roten Ton erzielen möchte, Möhrensaft. Ebenso die Kräuteröle für die Duftnoten. Zitronenmelisse kann man übrigens auch nehmen. Das riecht besonders frisch, nicht wahr, Liebste?«

»Aber ja doch.«

In dem Moment sprang Erasmus auf, riss die Blumen aus der zinnernen Vase, die auf dem Tisch stand, setzte die Vase an die Lippen und soff sie in einem Zug leer. Dann stopfte er die Blumen zurück und ließ sich wieder auf seinen Stuhl fallen.

»Verzeiht«, sagte er und wischte sich mit dem Handrücken über den Mund. »Ich hatte scheußlichen Durst.«

Alle, diesmal Mechthild eingeschlossen, waren starr vor Schreck und Fassungslosigkeit. Dabei hatte der Graf sich noch gar nicht geäußert. Der besann sich kurz und behandelte den Vorfall dann auf die geschicktest mögliche Weise – er überging ihn.

»Wie mir bereits gestern Abend, als ich unweit der Stadt lagerte, zugetragen wurde«, sagte er und stützte den Kopf mit der Hand, indem er den Daumen unters Kinn schob und Zeige- und Mittelfinger an die Wange legte, »hat sich während meiner Abwesenheit ein wahrhaft verabscheuungswürdiges Verbrechen zugetragen. Eine Untat, wie sie Kleve noch nie erlebt hat. – Wer war eigentlich die Ermordete?«

»Hat man Euch ihren Namen nicht mitgeteilt?«, fragte Jakob.

»Doch, doch, allein er sagt mir nichts.«

»Die ermordete Anna war die Tochter des Henrik Zwerts, der die Schankstube ›Im Hemele‹ am Alten Markt betreibt.«

»Ah ja, jetzt dämmert's. Dünnes Bier, glaube ich. Wie dem auch sei, mich verlangt zu wissen, wie weit die Dingfestmachung des Mörders gediehen ist.«

Jakob fasste für den Grafen die bisherigen Ergebnisse zusammen. Als er erwähnte, dass Kaplan von Elten es gewesen war, der den Verdacht hatte, heimlich in der Stadt lebende Juden seien mit großer Wahrscheinlichkeit für das Verbrechen verantwortlich – zumal in der Sakristei durchstochene Hostien gefunden worden waren –, ließ Mechthild zum zweiten Mal von ihren Nägeln ab. Ganz Ohr war sie dann, als der Richter zum Ende seines Berichts auf die geplante Reihenuntersuchung der männlichen Bevölkerung zu sprechen kam.

»Wer soll die Begutachtung denn vornehmen?«, fragte sie.

»Das entscheidet der Magistrat«, würgte Johann ihr Interesse ab. »Warum habt Ihr mit der Untersuchung noch nicht begonnen?«

»Wir wollten just heute Morgen anfangen, als ich jedoch von der Rückkehr Eurer Grafschaft erfuhr, wollte ich nicht beginnen, ohne Euch vorher in Kenntnis gesetzt zu haben. Es wäre schließlich denkbar gewesen, Ihr hättet Einwände gegen die Maßnahme.«

»Das hört sich ja an, als mischte ich mich regelmäßig in Eure Belange. Keineswegs, meine Herren, das ist Ihr Feld, beackert es. Und zwar geschwind, bevor sich ein weiteres Unheil ereignet.«

In dem Augenblick begann für alle unüberhörbar die Stadtglocke zu läuten. Was heißt geläutet, geschlagen wurde sie, dass man Angst um den Klöppel haben musste. Verblüffung stand allen ins Gesicht geschrieben, insbesondere Erasmus, der sich nicht erinnern konnte, eine entsprechende Weisung erteilt zu haben.

»Ja, was geht denn da vor sich?«, fragte der Graf, erhob sich und trat ans Fenster. »Das ist doch kein vorschriftsmäßiges Läuten.«

Die Tür schwang auf, ohne dass ein Klopfen zu hören gewesen wäre, und ein Diener stürzte herein, atemlos und schreckensbleich.

»Verzeiht, Eure gräfliche Hoheit«, keuchte er. »Es ist entsetzlich. Es wurde wieder ein Leichnam eines ermordeten Frauenzimmers gefunden.«

Die noch saßen, sprangen von ihren Sitzen auf.

»Auch mit …?«, fragte der Graf und deutete ein herausgerissenes Herz an.

Der Diener nickte nur.

»Ja, zum Teufel, wo denn?«

»Auf dem Friedhof der Minderen Brüder.«

»Weiß man schon, wer diejenige ist?«

»Sehr wohl, Eure gräfliche Hoheit«, japste der Diener. »Die Tochter eines der Hausweber namens Wannemeker.«

Das Geschehen ähnelte in gespenstischer Weise dem von vor vier Tagen auf der Stechbahn. Wieder hatten sich weit über hundert Menschen versammelt, die Menge wirkte jedoch erdrückender, da sie sich in der Straße vor und hinter dem Mitteltor staute. Jeder schubste und drängelte, so gut er vermochte, um wenigstens einmal nach vorne zu gelangen und einen Blick auf die sterblichen Überreste zu werfen. Kinder heulten, weil sie getreten wurden oder ihnen die Schürzenzipfel der Mütter entglitten; Frauen kreischten, weil ihnen im Gewühl ihre Kopfputze heruntergerissen wurden oder die Kinder abhanden kamen. Einige Männer waren kurz davor, sich auf die Nasen zu hauen, was jedoch daran scheiterte, dass es zum Ausholen zu eng war.

Um wen es sich bei dem Opfer handelte, wurde raunend vom einen zum anderen weitergegeben, und so dauerte es eine Weile, bis die schreckliche Gewissheit bei den weiter hinten Stehenden anlangte. Marco spürte, wie Elsa die Beine versagten, als sie den Namen ihrer Freundin hörte. Er stützte sie und nahm sie in den Arm. Ihr Haar duftete wunderbar. Dass er das in dem Augenblick und unter diesen Umständen wahrnahm, verblüffte ihn. Er schloss die Augen und barg sein Gesicht noch tiefer in ihren Haaren. Selbst die Geräusche schienen auf einmal fern. Ein Augenblick des Entrücktseins, so flüchtig wie ein Windhauch.

Als Distelhuizen mit den Stadtknechten anrückte, kam Bewegung in die Menge. Offenbar hatte der Gerichtsbote angeordnet, rücksichtslos vorzugehen, denn die Knechte knüppelten auf diejenigen ein, die nicht gleich beim ersten Anruf zur Seite sprangen, als gelte es, einen Aufstand niederzuschlagen. Marco musste seine Hände schützend über Elsas Kopf halten, damit sie verschont blieb, was ihm ein geprelltes Handgelenk eintrug. Den höhnisch grinsenden Knecht, der dafür verantwortlich war, merkte er sich.

Allerdings zogen sie auch ihren Vorteil aus dem rüden Vorgehen der Stadtknechte. Indem sie hinter ihnen herliefen, gelangten sie durch die freigeprügelte Schneise nach vorne bis in den Schatten des Mitteltors. Kühl war es hier, und ein Frösteln überfiel sie, was aber auch an dem Anblick lag, der sich ihnen bot.

Auf einem zweirädrigen Handkarren, den die Mönche die Große Straße hinaufgeschoben hatten, lag mit verdrehten Gliedmaßen, was der Mörder und die Tiere von Nehle übrig gelassen hatten: ein ausgeweidetes und blutverschmiertes Bündel, das auf entsetzliche Weise an den zerfetzten Leib Annas erinnerte. Marco spürte, wie Elsa in seinem Arm zusammenzuckte, und ihm selbst war, als greife eine eiskalte Hand nach seinem Herzen.

Der alte Wannemeker kniete neben dem Karren, hob immer wieder die Arme zum Himmel und heulte Rotz und Wasser. Wie echt die Trauer war, wusste keiner, abzusprechen wagte sie ihm jedoch niemand. Der kleine Philipp stand daneben, stumm und unfähig zu begreifen, was geschehen war.

Elsa erinnerte sich ihres eigenen Entsetzens beim Anblick Annas, löste sich von Marco und nahm den Kleinen in den Arm. Philipp brach in Tränen aus, ein Bild, bei dem auch Marco feuchte Augen bekam und das die kalte Wut, die er in sich spürte, noch steigerte.

Distelhuizen sprach mit den beiden Padres, die Nehle hergebracht hatten. Den Gesten nach zu urteilen erklärten sie gerade, wo sie sie gefunden hatten. Wieder trafen der Richter, der Bürgermeister und der Kaplan ein. Die Knechte drängten Marco und die Umstehenden weiter zurück; was blieb, war ein erlesener Zirkel, in dem nur dem alten Wannemeker, Elsa und Philipp Verbleib gewährt wurde.

Nachdem Distelhuizen die Befragung der Mönche beendet hatte, erteilte er Anweisungen. Zwei seiner Leute wurden beauftragt, den Karren zum Beffroi zu schaffen. Piet Wannemeker klammerte sich an eines der Räder und schrie wie am Spieß. Zunächst versuchten die Knechte, seine Finger behutsam zu lösen, als er jedoch noch immer nicht loslassen wollte, verpassten sie ihm ein paar Rippenstöße, der eine mit dem Ellbogen, der andere mit dem Knauf seines Knüppels. Schließlich ließ Piet ab und warf sich in den Dreck. Der Karren rumpelte davon.

Die Leute wollten sich bereits zerstreuen, als Distelhuizen plötzlich im Torhaus verschwand, um nur Wimpernschläge später am Fenster der Ratsstube wieder aufzutauchen. Marco musste aus dem Torbogen treten, um ihn sehen zu können. Distelhuizen stand auf dem Sims, fast so, als wolle er sich hinunterstürzen, und forderte die Menge mit Gesten zum Schweigen auf. Es dauerte eine Weile, schließlich jedoch ebbte das Raunen und Zischen ab.

»Bürger von Kleve«, rief Distelhuizen. »Zum zweiten Mal innerhalb weniger Tage wurde in den Mauern unserer Stadt ein Mord verübt, wie er verabscheuungswürdiger nicht denkbar ist. Erneut wurde eine junge Frau in der Blüte ihrer Jahre ein Opfer eines Unholdes, dessen Entlarvung, Dingfestmachung und Verurteilung nun unser oberstes Ziel ist.«

»Wärt Ihr mal gleich in die Hufe gekommen, dann würde die Nehle noch leben«, rief einer aus der Menge, und die Umstehenden echoten: »Genau! Genau!«

Distelhuizen winkte ab. »Was den Täter betrifft, hegt der Magistrat bereits einen Verdacht. Diesem Verdacht wird ab sofort mit einer groß angelegten Untersuchung der männlichen Bevölkerung nachgegangen, und zwar ausnahmslos.«

»Verdacht ist gut«, lachte der Rufer von vorhin, und ein anderer grölte: »Gilt das auch für deinen Schwanz?«

Dreckiges Gelächter gefolgt von Unmutsrufen war die Folge. Erst als Distelhuizen den Stadtknechten Handzeichen gab, für Ordnung zu sorgen, kehrte wieder Ruhe ein.

»Eine Abordnung des Stadtrates wird deshalb ab heute Mittag von Haus zu Haus gehen und alle männlichen Einwohner in Augenschein nehmen. Begonnen wird im Süden der Stadt. Ihr werdet deshalb aufgefordert, zu Hause zu bleiben und Euch zur Verfügung zu halten. Wer nicht angetroffen wird, wird morgen vorgeführt, notfalls mit Gewalt.«

»Und unsere Arbeit?«, rief einer.

»Die wird für heute ruhen.«

»Die Kühe müssen aber gemolken werden!« – »Was mich das kosten wird!« – »Warum auf die Abordnung warten? Lassen wir doch gleich hier die Hosen runter, dann haben wir es hinter uns!« – »Genau! Wer nichts zu verbergen hat: Hosen runter!« – »Sollte er unter uns sein, knüpfen wir ihn gleich im Torbogen auf!« – »Jawohl, wir wollen ihn hängen sehen!« – »Hängen! Hängen! Hängen!«

Zur Besonnenheit mahnende Worte einiger älterer Bürger gingen in dem Tumult unter, die Menge geriet zunehmend außer Rand und Band. Marco wurde mulmig zu Mute. Sollte sich der Volkszorn weiter aufschaukeln, musste er mit allem rechnen. Er versuchte, sich auf die andere Seite des Tors durchzukämpfen, wo er Elsa zuletzt gesehen hatte, aber das Gewühl war zu dicht. Zurück konnte er jedoch auch nicht, von der Haagschen und der Burgstraße drängten ständig Menschen nach. Er saß in der Falle und konnte nur hoffen, dass ihm keiner die Beinkleider herunterriss.

Plötzlich hob wildes Gekreische an, und die Menge wogte zurück. Marco sah, wie über den Köpfen der Vordersten die Knüppel geschwungen wurden. Erneut geriet die Masse in Bewegung, schob Marco zur Seite und quetschte ihn in einen Hauseingang. Der Druck, der auf seinen Rippen lastete, war unbeschreiblich. Mit dem Rücken gegen die Tür gepresst, versuchte er zu atmen, aber genauso gut hätte er zwischen zwei Mühlsteinen nach Luft schnappen können.

Ihm wurde bereits schwarz vor Augen, als der Mühlstein in seinem Rücken plötzlich verschwand. Mit einer Rolle rückwärts kugelte er in die Stube des Hauses und kam kurz vor der Feuerstelle wieder auf die Beine. Neben der Tür stand eine zahnlose Alte, die er vom Sehen kannte. Weitere Menschen flüchteten vor den nachsetzenden Knechten in den Raum.

»Hinten raus«, rief die Alte und zeigte auf die Tür in der Rückwand. »Sonst knüppeln sie euch zu Mus.«

Marco war der Erste, der in den Hof stürmte. Gackernd und federnlassend stob eine Schar Hühner auseinander. Mit drei Sätzen war Marco an der Flechthürde, flankte hinüber und landete im Schweinetrog des Nachbarn. Eine Sau und ihre Hand voll Ferkel quiekten lautstark, während der Nachbar mit einer Mistforke in der Hand in der Tür erschien. Dadurch zusätzlich angespornt, rappelte Marco sich hoch, setzte in Windeseile über das nächste Gatter und stand auf einmal vor der ehemaligen Stadtmauer. Doppelt mannshoch war sie an dieser Stelle, aber der Mörtel zwischen den Steinen war größtenteils herausgebrochen, sodass der Aufstieg ein Kinderspiel war, obwohl die geprellte Hand schmerzte.

Auf der Mauerkrone lief Marco ein Stück in Richtung Hasenberg, bis er einen Heuhaufen entdeckte, der ihm eine einigermaßen weiche Landung bescherte. Im Zickzack durch etliche Gärten gelangte er zum Kloppberg und lief von da aus zurück zur Großen Straße.

An den Tumult von eben erinnerte nur noch eine Wolke Straßenstaub, die in der Luft hing. Von Elsa sowie von Vater und Sohn Wannemeker war nichts zu sehen. Da sie sich aber im Dunstkreis der Angesehensten der Stadt befunden hatten, nahm Marco an, dass sie unversehrt geblieben waren. Er selbst stapfte rauf zum Mitteltor, wo einer der Knechte damit befasst war, einen Anschlag an der Torhaustür anzubringen. Es war der gleiche grobschlächtige Bursche, dem er sein blau angelaufenes und anschwellendes linkes Handgelenk verdankte.

Marco überlegte gerade, wie er es dem einen Kopf größeren Kerl heimzahlen könnte, als er erstarrte. Der Anschlag, der wiedergab, was Distelhuizen vom Ratsstubenfenster aus verkündet hatte, war von derselben Hand geschrieben wie die Gedichte an Anna. Nicht nur die auffälligen Häkchen am »H«, das gesamte Schriftbild ließ keinen Zweifel zu. Sollte etwa Till den Anschlag geschrieben haben? Ungläubig schüttelte Marco den Kopf.

»Was gibt's zu glotzen?«, schnauzte der Stadtknecht ihn an.

»Wer hat das geschrieben?«, fragte Marco.

»Was geht Euch das an?«

»Wer das geschrieben hat, will ich wissen!«

»Macht, dass Ihr weiterkommt, Freundchen, sonst setzt es was.«

Genug war genug. Marcos aufgestaute Wut entlud sich in einem Faustschlag mitten ins Gesicht des Kerls. Der Stadtbüttel ging auf die Knie. Blut rann aus seiner Nase, dessen Fluss er vergeblich mit den Händen aufzuhalten versuchte. Marco packte ihn an den Haaren.

»Ich frage Euch zum letzten Mal: Wer hat das geschrieben?«

»Bei Gott, das werdet Ihr büßen.«

Marco zog den Kopf des Knechts nach hinten und hielt ihm die Faust vors Gesicht.

»Schon gut, schon gut«, stammelte der und hob abwehrend die Hände. »Der Bürgermeister hat das geschrieben. Das ist sein Vorrecht.«

Marco war, als habe er sich einen Huftritt eingehandelt. Er ließ von dem Büttel ab und ging wie betrunken die Straße hinunter, während der Kerl ihm die wildesten Verwünschungen nachrief. Zum Teufel, es war ohnehin nicht viel gewesen, was er gegen Till in der Hand hatte, und nun hatte er gleich gar nichts mehr. Die dumme Kuh von Maria hatte die Handschriften verwechselt. Waren Marcos Aussichten, seine Unschuld zu beweisen, bisher schon nicht rosig gewesen, so waren sie nunmehr kohlrabenschwarz.

Plötzlich zuckte ihm ein ungeheuerlicher Gedanke durch den Kopf: Wenn der Bürgermeister die Gedichte verfasst hatte, konnte es nicht sein, dass er auch der Mörder war?

*

Schon von weitem erkannte Marco, dass das vor dem elterlichen Haus angeleinte Pferd der Schecke Distelhuizens war. Sofort blieb er stehen, und ein flaues Gefühl machte sich in seinem Magen breit. War der Gerichtsbote seinetwegen gekommen? Führte er die Untersuchung etwa persönlich durch? In dem Augenblick hob Distelhuizen, der mit seinen Eltern und Pietro im Hof stand, den Kopf und sah Marco geradewegs in die Augen. An eine Flucht war nicht mehr zu denken.

Mit weichen Knien ging Marco auf die kleine Versammlung zu. Distelhuizen würdigte ihn jedoch keines weiteren Blickes.

»Wo ist er?«, hörte Marco ihn fragen, als er dazutrat.

»Ich hab ihn heute noch nicht gesehen«, sagte Umberto und hob die Schultern. »Weißt du, wo er steckt?«

Pietro, an den die Frage gerichtet war, schüttelte den Kopf.

»Seht doch in seiner Kammer nach«, sagte Sophia Maria. »Vielleicht schläft er noch.«

»Dio mio, es ist bald Mittag«, rief Umberto. »Ein Knecht hat mit den Hühnern aufzustehen.«

»Vielleicht ist er krank«, sagte Marco und wandte sich dann leise an Pietro. »Was will er denn von Ricciutello?«

»Der Herr Gerichtsbote sucht alle männlichen Gehörlosen der Stadt auf, um sie persönlich über die bevorstehende Untersuchung zu unterrichten. Den Herold können sie ja nicht hören.«

Distelhuizen zeigte sich erbost über das fruchtlose Gerede. »Wo ist denn nun die Kammer?«

»Kommt, ich zeige sie Euch«, sagte Pietro und ging voran. »Ricciutello schläft gleich neben dem Stall.«

Bereits an der Tür war offenkundig, wieso der Knecht noch im Stroh lag. In der Kammer stank es wie in einem Maischebottich. Gedämpft war Ricciutellos Schnarchen zu hören; er hatte sich den Strohsack, der eigentlich als Kissen dienen sollte, übers Gesicht gezogen. Als Pietro den Sack zur Seite nahm, zitterten die Wände.

»Gütiger Himmel«, sagte Distelhuizen. »Der ist ja voll wie ein Ochsentreiber. Hoffentlich versteht er überhaupt, was Ihr ihm sagt.«

»Verstehen tut er gar nichts«, sagte Umberto und stellte die Bierkanne, die neben der Pritsche gestanden und die er umgetreten hatte, zur Seite. »Er ist doch taub. Ich muss ihm Zeichen machen.«

»Ja, ja, schon gut. Weckt ihn erst einmal.«

Die Methode war ebenso wirkungsvoll wie gemein. Umberto klappte dem Knecht die Kinnlade hoch und hielt ihm Mund und Nase zu. Im ersten Augenblick geschah überhaupt nichts. Dann aber bäumte Ricciutello sich auf wie ein bockiger Gaul und schlug mit den Armen um sich. Als er die Augen aufriss, ließ Umberto ihn los.

Es war offensichtlich, dass Ricciutello nicht einschätzen konnte, was hier geschah. Er schien jedoch das Schlimmste anzunehmen, was auch immer das für ihn sein mochte. Unruhig flitzten seine trüben und vom Schlaf verklebten Augen von einem zum anderen. Umberto machte ihm ein Zeichen, sich zu beruhigen.

»Was genau soll ich ihm nun sagen?«, fragte er über die Schulter. Als er keine Antwort erhielt, wandte er sich um. Auch die anderen richteten ihre Blicke auf Distelhuizen, der die beiseite gestellte Bierkanne in die Hand genommen hatte. Angelegentlich betrachtete er den Boden des Gefäßes und fuhr prüfend mit dem Finger darüber.

»Wo habt Ihr die her?« Distelhuizens Frage galt Umberto.

Der nahm die Kanne in die Hand. Es handelte sich um eine gewöhnliche Bierkanne mit einem Klappdeckel, wie sie ein Böttcher anzufertigen pflegte. Umberto hob die Brauen, und Sophia Maria verneinte durch Kopfschütteln.

»Aus meinem Haus stammt sie nicht«, sagte sie.

Umberto befeuchtete seine Lippen und wandte sich wieder Ricciutello zu.

»W-o-h-e-r h-a-s-t d-u d-i-e K-a-n-n-e?«, fragte er stumm, aber mit überdeutlichen Mundbewegungen und zeigte gleichzeitig auf das Behältnis.

Die Antwort ließ auf sich warten. Als Ricciutello schließlich doch reagierte, tat er es auf eine Weise, mit der niemand gerechnet hatte. Ansatzlos sprang er auf, stieß seinen Dienstherren und den Gerichtsboten zur Seite und stürzte hinaus.

»Zum Teufel!«, brüllte Umberto. »Was ist denn in den gefahren?«

»Das will ich Euch sagen«, sagte Distelhuizen, der über den Hocker gestürzt war und bei seiner Länge Mühe hatte, wieder auf die Beine zu kommen. »Das ist die Kanne, die die kleine Nehle vergangene Nacht bei sich hatte. Ich denke, Ihr versteht, was das bedeutet.«

»Woher wollt Ihr das wissen?«, stammelte Umberto fassungslos. »Solche Kannen gibt es in Kleve im Dutzend.«

»Im Boden sind die Buchstaben ›P‹ und ›W‹ eingekerbt – Piet Wannemeker.«

»Das ist ausgemachter Blödsinn«, mischte Sophia Maria sich ein. »Ricciutello tut keiner Fliege –«

»Und warum ist er dann getürmt?« Distelhuizen schob die Montemagnos zur Seite und ging sein Schwert ziehend nach draußen, wo Marco und Pietro warteten. »Wo steckt er?«

»Was wollt Ihr mit dem Schwert?«, fragte Marco. »Dass Ihr die Kanne bei Ricciutello gefunden habt, beweist noch nicht seine Schuld.«

»Komm mir jetzt nicht mit Spitzfindigkeiten, Bursche. Also, wohin ist er geflüchtet?«

Pietro deutete mit dem Kopf zum Stall. »Aber gebt Euch keine Mühe. Er hat das Tor verrammelt.«

Während Distelhuizen auf das Stalltor zustapfte, zischte Marco seinen Bruder mit funkelnden Augen an: »Was soll das? Seit wann wird ein Mitglied der Familie verpfiffen?«

»Welche Aussichten hätte Ricciutello denn, würde er fliehen? Sie würden ihn wie einen tollen Hund jagen und totschlagen. Geht er jedoch freiwillig mit, erhält er Gelegenheit, seine Unschuld zu beweisen.«

»Merda!«, schnauzte Marco. »Ich war eben am Mitteltor, mitten im Pöbel! Ich habe gesehen, wie gierig die Leute darauf waren, irgendwen hängen zu sehen. Jawohl – irgendwen!«

»Genau das meine ich«, sagte Pietro und legte seinem Bruder besänftigend die Hände auf die Schultern. »Solange Ricciutello in Distelhuizens Obhut ist, kann ihm niemand etwas anhaben. Begreifst du das denn nicht?«

Marco begriff sehr wohl, schüttelte aber die Hände seines Bruders dennoch ab. Atemlos vor Zorn ging er zum Brunnen, wo er sich auf den Rand stützte und in die schwarze Tiefe starrte. So heftig und gleichzeitig ohnmächtig war seine Wut, dass ihm die Tränen in die Augen schossen.

»Aufmachen!« Distelhuizen trat mit seinen eisenbewehrten Schuhen gegen das Tor. »Gib auf, Ricciutello, so machst du alles nur schlimmer.« Und dann rief er laut »Scheiße!«, wohl weil ihm einfiel, dass der Angerufene ja taub war.

»Habt Ihr irgendetwas, das man als Ramme verwenden könnte?«, fragte er Umberto. »Einen Baumstamm vielleicht?«

»Sehe ich aus wie ein Waldbesitzer?«

»Gut, dann schickt einen Eurer Söhne zum Bürgermeister. Er soll ihm von mir ausrichten, dass ich ein halbes Dutzend Stadtknechte und eine Ramme benötige. Und zwar umgehend.«

»Santa Madonna, Ihr zerstört mir das ganze Tor!«

»Habt Ihr einen besseren Einfall?«

Umberto hob den Blick zum Himmel, aber der strahlte nur blau, einen guten Rat gab es dort nicht. »Ich könnte ...«

»Ja?«

»Es gäbe da eine Möglichkeit. Man kann vom Heuschober aus in den Stall gelangen. Wenn Ihr wollt ...«

»Und wie ich will«, sagte Distelhuizen und schob sein Schwert zurück in die Scheide. »Wer von Euch geht?«

»Ich rede selbst mit ihm«, sagte Umberto. »Schließlich bin ich sein Herr. Es reicht, wenn einer von euch mir die Leiter hält.«

Während Umberto und Pietro in der Scheune verschwanden, stellte Distelhuizen sich so, dass er gleichzeitig das Scheuneninnere und das Stalltor im Auge hatte. Marco ging zu seiner Mutter und legte beruhigend den Arm um sie. Als Umberto die Leiter hochstieg, bekreuzigte sie sich.

Geraume Zeit verstrich, etwa so lange, wie Marco für gewöhnlich brauchte, um sein Pferd zu striegeln. Distelhuizen trat bereits unruhig von einem Fuß auf den anderen. Auf einmal hörte man, wie der hölzerne Querriegel entfernt wurde. Der eine Flügel des Tors schwang auf, und zögernd, als befinde er sich in sumpfigem Gelände, trat Ricciutello ans Licht, gefolgt von Umberto, der ihm aufmunternd auf die Schulter klopfte. Distelhuizen ging ihnen entgegen, bedeutete dem Knecht, sich umzudrehen, und band ihm die Hände auf den Rücken. Dann führte er ihn vom Hof. Zum Abschied drehte Ricciutello sich um, grinste und zwinkerte.

»Was hast du ihm erzählt?«, fragte Marco misstrauisch. »Er schien ja geradezu begeistert, mitgenommen zu werden.«

»Nichts.« Umberto zuckte die Achseln. »Was soll ich ihm schon erzählt haben?«

»Genau das wollen wir hören«, sagte Sophia Maria und baute sich vor ihm auf, die Hände in die üppigen Hüften gestemmt. »Also, wie hast du ihn zum Mitkommen überredet?«

»Da gab es nichts zu überreden, verdammt. Ricciutello hat einfach eingesehen, dass es besser so ist.«

»Besser für wen?«

»Was wollt ihr eigentlich von mir? Immerhin habe ich verhindert, dass aus unserem Stall Kleinholz gemacht wird. Und außerdem – wurde die Kanne etwa bei mir gefunden?«

»Ricciutello glaubt, Distelhuizen habe ihn lediglich wegen des Diebstahls der Kanne mitgenommen, stimmt's?«, fragte Marco. »Von der Sache mit Nehle weiß er gar nichts. Er weiß überhaupt nicht, dass er eines Mordes verdächtigt wird.«

Umberto wand sich wie ein Aal beim Häuten.

»Trifft das zu?«, fragte Sophia Maria mit einer Stimme, die im Winter geboren war. »Und wage nicht, mich anzulügen.«

Umberto log nicht, er schwieg einfach. Als Sophia Maria sich ihrer Sache sicher war, spie sie ihm vor die Füße und ging ins Haus. Marco ließ sich zu keiner Kränkung hinreißen, verließ aber den Hof, ebenso Pietro.

Kaum war er allein, begann Umberto hemmungslos zu heulen.

Messina, Oktober 1347

Die Sonne war soeben in einem glutroten Inferno hinter den Monti Peloritani versunken, was auf jemanden, der das Schauspiel zum ersten Mal sah, wirkte, als stünden die Berggipfel in Flammen. Einer der letzten heißen Tage des Jahres neigte sich seinem Ende, fürderhin würde es kühler werden, insbesondere in den Nächten.

Noch aber herrschte in der kleinen, schäbigen Kammer, die in einer Seitengasse des Geflügelmarktes lag, eine Hitze wie in einem Backofen. Deswegen saß der Comte d'Amiens auch lediglich mit einem Hüftwickel bekleidet auf seiner selbst gezimmerten Pritsche. Die Mühe hatte er sich gemacht, nachdem er zum zweiten Mal von einem Skorpion gestochen worden war. Das war auch der Grund, weswegen die Pritsche mitten im Raum stand, die Tiere krabbelten nämlich an den Wänden hoch. Einmal am Werk, hatte er gleich unter der Liegefläche ein geräumiges Staufach eingebaut, in dem er das Wertvollste aufbewahrte, das er besaß – einen Becher und acht Rollen eng beschriebenes Pergament.

D'Amiens hatte seine bevorzugte Sitzhaltung eingenommen, mit über Kreuz untergeschlagenen Beinen. Vor ihm ausgerollt lag das neunte Pergament, auf das er einen steilen, schnörkellosen Buchstaben neben den anderen setzte. Zum

Schreiben verwendete er einen Gänsekiel und selbst gefertigte Tinte. Zu ihrer Herstellung hatte er bereits im Frühjahr an den Knospen und jungen Trieben verschiedener Eichenarten die kleinen birnenförmigen Galläpfel gesammelt, die er dann in einer Eisensalzlösung abgekocht hatte. Die so erhaltene Tinte war in hohem Maße lichtbeständig, jedoch wasserlöslich, weswegen d'Amiens seinen Oberkörper aufrecht hielt, als habe er einen Stock verschluckt; so verhinderte er, dass Schweiß auf den Bogen tropfte.

Vor etwas mehr als vier Wochen war er in der sizilianischen Hafenstadt aus Kreta kommend eingetroffen. Die Überfahrt war ausgesprochen stürmisch verlaufen, und zum ersten Mal in seinem Leben war d'Amiens seekrank geworden. Halb tot hatte er sich in Messina an Land geschleppt und mehrere Tage gebraucht, bis er so weit genesen war, sich dem zweiten Teil des Vermächtnisses Jakob von Molays zu widmen. Dabei überraschte ihn, wie leicht ihm das Schreiben von der Hand ging, bis er sich vor Augen hielt, wie viele hundert Male er das Buch in den zurückliegenden Jahrzehnten schon im Geiste geschrieben hatte. Pergamentrolle für Pergamentrolle füllte sich, während er auf ein Schiff wartete, das ihn nach Spanien bringen würde.

Wegen der Hitze spielte sich das Leben in Messina vorzugsweise in den Morgen- und Abendstunden ab, so auch heute. Mit zunehmender Dämmerung stieg der Geräuschpegel im Geflügelmarktviertel, Händler schoben ihre Karren durch die Gassen und priesen lauthals ihre Waren an, Zechbrüder schwärmten in die umliegenden Tavernen aus und verliehen ihrer Vorfreude mit Gesängen Ausdruck, Frauen standen zusammen, um die Neuigkeiten des Tages auszutauschen oder sich anzukeifen, dazwischen erschollen Kinderkreischen und Hundegebell.

Plötzlich ertönte irgendwo, noch fernab, ein Ruf, der schnell wie vom Wind getrieben bis in den letzten Winkel drang. D'Amiens trat ans Fenster und streckte den Kopf hinaus. Was die Menschen vor dem Haus sich zuriefen, verstand er nicht, er hatte Schwierigkeiten mit der ungewöhnlichen Aussprache, die man hier pflegte. Aber einen Begriff hatte er verstanden: »una galera genuesa«. Offenbar war die seit langem erwartete Galeere aus Kaffa am Schwarzen Meer eingetroffen. Dort herrschte Krieg, die Tataren belagerten die Stadt, für jede Neuigkeit war man dankbar.

Der Comte zog seine Aba über, schlüpfte in die Sandalen und verließ das Haus in Richtung Hafen. Was auf der Krim passierte, kümmerte ihn wenig, vielleicht jedoch würde die Galeere weiter nach Spanien segeln, dann wollte er gleich heute eine Anzahlung für die Überfahrt leisten. Sein Weg führte ihn über den Geflügelmarkt, vorbei an den Schlachtbänken und der Badeanstalt. Eine seltsame Unruhe hatte die Menschen erfasst, Gerüchte schwirrten durch die Luft wie aufgescheuchte Insekten, d'Amiens vermochte sich keinen Reim darauf zu machen. Was wollten sie schon wissen, das Schiff hatte doch noch nicht einmal angelegt. Aber als er die Kaimauer betrat, sah auch er, dass etwas nicht stimmte.

Wie ein verwundetes Tier schleppte sich die Galeere in den Hafen. Niemand ruderte, nur das vordere der Lateinersegel war gesetzt, Flaggen waren keine gehisst. Stand sonst beim Einlaufen die halbe Mannschaft an der Reling, sah man heute nur drei, vier Gestalten an Deck.

Rufe schallten vom Kai zum Schiff und wurden erwidert, aber wieder verstand d'Amiens zunächst nicht, worum es ging. Plötzlich schnappte einer ein Wort auf und gab es weiter, ein entsetztes Raunen lief durch die Menge, d'Amiens blickte nur noch in Gesichter starr vor Angst. Hatte da jemand »la peste« gesagt? Wirklich »la peste«?

Der Comte wollte weg, fort vom Kai, aber er war in der Menschenmenge eingekeilt. Wenn es stimmte, dass das Schiff die Pest an Bord hatte, konnte es hier schnell lebensgefährlich werden. Ihm klangen noch die grauenhaften Schilderungen der Brüder in den Ohren, die die Seuche in Antiochia und Aleppo überlebt hatten. Keine drei Tage dauerte es von der Ansteckung bis zum Tod. Nur jeder zweite war seinerzeit davongekommen. Eigentlich müsste man der Galeere verbieten anzulegen, aber weit und breit war niemand, der diese Entscheidung treffen wollte.

Das Schiff machte fest. Kurz darauf bildete sich eine Gasse, und auf einer Bahre wurde einer der Siechen vorbeigetragen. D'Amiens konnte einen kurzen Blick auf ihn erhaschen und zuckte zusammen wie unter einem Peitschenhieb. Nicht jedoch weil der arme Teufel schwarze Flecken im Gesicht und auf den Armen hatte und der Gestank von Fäulnis und Verwesung von ihm ausging.

Der Grund war vielmehr, dass es sich bei dem Mann um den hellhäutigen Fischer von Nemesos handelte. Er musste der Galeere während des Zwischenaufenthaltes in Kreta zugestiegen sein. Keinen Wimpernschlag lang glaubte d'Amiens, dass die Anwesenheit des Mannes auf Sizilien ein Zufall war.

Sich den Ärmel vor Mund und Nase haltend machte er, dass er wegkam. Zurück in seiner Kammer raffte er hastig seine Sachen zusammen und zahlte dem Wirt, was er schuldig war.

Noch am gleichen Abend verließ der Hüter des Heiligen Grals Messina mit einem Fischerboot, das ihn nach Reggio in Kalabrien brachte.

Kleve, Juni 1350

Ein Netz müsste man haben, dachte Marco.

In einer Gumpe im Kermisdahl, keine fünf Fuß vom Ufer, stand ein Schwarm silbrig glänzender Lauben. Auf dem Rost gebraten, mit Salz und Kräutern bestreut, schmeckten sie ausgezeichnet. Man musste sie nicht einmal ausnehmen. Seine Mutter wendete sie jedoch meistens in Ei und Mehl und gab sie dann kurz in siedendes Öl. Marco bevorzugte die erste Art der Zubereitung. Ricciutello auch, und damit war er wieder bei dem, was ihn am meisten beschäftigte.

Für die Montemagnos war der Kahlköpfige mit den toten Ohren nicht einfach ein Knecht – wobei sich die Frage stellte, ob das auch für Umberto noch galt. Bereits länger als vierzig Jahre, seit Marcos Großvater den damals sechsjährigen Knaben in seine Dienste genommen hatte, war er ein Mitglied der Familie. Stets hatte er ihnen die Treue gehalten, selbst in den schwierigsten Zeiten, in denen nicht nur das Brot knapp, sondern die Sippe handfester Verfolgung ausgesetzt gewesen war. Der Gedanke, dass diesem Freund nun womöglich ein Ende am Richtseil drohte, war Marco unerträglich.

Andererseits musste Marco zugeben – ein Gedanke, für den er sich zutiefst schämte –, dass es für ihn gar nicht besser hätte kommen können, verschaffte ihm die Verhaftung Ricciutellos doch erst einmal Zeit. Er war sich sicher, dass der Magistrat jetzt, da ein Verdächtiger im Kerker saß, die geplante Untersuchung der männlichen Bevölkerung abblasen würde. Somit befand er sich nicht mehr in unmittelbarer Gefahr. Trotzdem wollte sich kein Frohmut einstellen. Um sich Luft zu machen, schleuderte er einen Kiesel ins Wasser. Damit verjagte er den Fischschwarm, kam der Antwort auf die Frage, wie er den wahren Mörder finden könnte, jedoch keinen Fingerbreit näher.

»Wartest du auf mich?«, ertönte plötzlich Elsas Stimme.

Marco blickte über die Schulter. »Ich habe dich gar nicht kommen hören.«

Elsa setzte ihren Waschkorb ab und ließ sich neben ihm nieder. Ihr Gesicht war hohlwangig, und ihre Augen sahen verweint aus. Es schien, als habe sie den Verlust Annas noch einmal durchlitten.

»Ich habe mich aber nicht angeschlichen«, sagte Elsa. »Du warst wohl in Gedanken.«

Marco machte eine vage Handbewegung, die aber auch einer Fliege gegolten haben konnte. »Wie geht es dem kleinen Philipp?«

»Er ist bei meiner Mutter. Sie trösten sich gegenseitig.«

»Und der alte Wannemeker?«

»Der hat sich von jedem einen ausgeben lassen und ist dann nach Hause getorkelt. Ein ekelhafter Kerl, der das Mitleid der anderen ausnutzt. – Aber sag, warum sitzt du hier? Ich dachte, du wolltest Till zur Rede stellen. Oder hast du es dir doch anders überlegt?«

»Ich wollte, es wäre so«, sagte Marco und berichtete ihr, was geschehen war, seit sie sich in dem Tumult aus den Augen verloren hatten. Dass nunmehr feststand, dass der Bürgermeister die Gedichte geschrieben hatte, wollte Elsa zunächst nicht glauben.

»Niemals hat Anna sich mit dem alten Ekel eingelassen!«

»Vielleicht war es ja gerade das, was van der Schuren zum Mörder werden ließ – dass er nicht zum Zuge gekommen ist.«

»Und Nehle soll er auch auf dem Gewissen haben?«

»Wann war sie denn bei euch? Saßen der Bürgermeister und der Rechenmacher da noch in der Gaststube?«

»Das weiß ich nicht, ich habe auf die beiden nicht geachtet. Aber als Nehle in die Küche kam, war sie völlig außer sich. Sie sagte, jemand habe sie verfolgt.«

»Konnte sie denjenigen beschreiben?«

»Kein Gedanke. Sie hat nur seine Schritte gehört. Von der Rossmühle bis in den Hemele ist sie gerannt.«

»Mist! So oder so bleibt der Bürgermeister der Hauptverdächtige.«

»Till als Täter wäre ja schon schlimm gewesen, aber nun sein Vater. Wie um alles in der Welt willst du dem denn beikommen?«

»Ich weiß es nicht. Dabei ist das noch nicht alles.« Marco erzählte von Ricciutellos Verhaftung. Aber Elsa reagierte völlig anders, als er erwartet hatte.

»Was ist, wenn er es wirklich war? Wenn er vielleicht sogar beide auf dem Gewissen hat?«

Marco starrte sie an, als hätte sie behauptet, er habe zwei Nasen im Gesicht. »Bist du närrisch?«

»Immerhin wurde bei ihm die Bierkanne gefunden.«

»Das heißt doch überhaupt nichts.«

»Nein? Das sehe ich aber anders.«

»Das hört sich ja an, als sei dir Ricciutello als Täter lieber als unser ehrenwerter Herr Bürgermeister.«

»Du weißt, dass das nicht wahr ist. Aber es bringt auch nichts, die Augen vor den Tatsachen zu verschließen. Wo war Ricciutello denn in der Nacht, als Anna ermordet wurde?«

»Das weiß ich nicht.«

»Vielleicht solltest du dich darum mal kümmern.«

»Einen Dreck werde ich!«, rief Marco und sprang auf. »Das ist doch völlig abwegig!«

»Zumindest ist, was gegen euren Knecht spricht, gewichtiger als das, was du gegen den Bürgermeister in der Hand hast. Das musst du zugeben.«

Marco stapfte ein Stück des Wegs in Richtung Dwarsmauer, die Daumen im Gürtel eingehängt. Natürlich hatte Elsa Recht, das leuchtete ihm ein, auch wenn er Ricciutello nach wie vor für unfähig hielt, die Verbrechen begangen zu haben. Aber wie das Ganze auf Distelhuizen und den Magistrat wirken musste, war offenkundig. Den Knecht konnte nur noch ein Wunder retten. Und auf einmal verstand Marco auch seinen Vater. Der hatte die volle Tragweite der Entdeckung der Kanne bei Ricciutello gleich begriffen und gewusst, dass ihm nur die Wahl zwischen Pest und Lepra blieb. Entweder er rettete den Sohn oder den Knecht, eine dritte Möglichkeit gab es nicht.

Als Marco sich umdrehte, sah er, dass Elsa Gesellschaft bekommen hatte. Hedwig hockte neben ihr, und die beiden jungen Frauen steckten die Köpfe zusammen. Er wollte schon einen Bogen um sie machen, als Elsa ihn heranwinkte. Unschlüssig blieb er neben den Frauen stehen, aber Elsa zog so lange an ihm, bis er sich hinkniete und auf seine Fersen setzte.

»Wiederhol noch mal, was du mir eben gesagt hast«, sagte sie zu Hedwig und klang dabei so aufgeregt, als habe die Freundin ein großes Geheimnis preisgegeben.

Hedwig schien davon wenig angetan. Sie zog einen Flunsch.

»Nun mach schon.«

»Ich will aber nicht, dass van Dornik davon erfährt«, sagte Hedwig. »Sonst ist es aus mit meinem Nebenverdienst.«

»Versprich ihr, dass du van Dornik nichts sagst«, sagte Elsa zu Marco. »Sonst wird das nie was.«

»Ich weiß zwar nicht, worum es geht, aber bitte.« Marco hob die rechte Hand zum Schwur. »Hiermit gelobe ich feierlich –«

»Ach, lasst das doch!«, sagte Hedwig. »Ich bin auch überfallen worden, darum geht es.«

Marcos Mund war schlagartig trocken, als habe er den ganzen Tag über vergessen zu trinken. »Wann? Wo? Von wem?«

»Auf den Tag genau eine Woche, bevor Anna umgebracht wurde. Am Mitteltor.«

»War es nur einer? Oder waren es mehrere?«

»Ein einzelner Kerl war's.«

»Groß? Klein? Jung? Alt? Erzähl alles, woran du dich erinnern kannst.«

»Viel ist nicht zu berichten, es war stockdunkel. Ich weiß nur, dass er einen weiten Umhang anhatte, wie ihn der verstorbene Schäfer immer getragen hat.«

»Und sonst? Hast du sein Gesicht gesehen?«

»Ja. Aber auch wieder nicht.«

»Was soll das heißen? War er vermummt?«

»Er hatte sein Gesicht geschwärzt.«

»Geschwärzt?«

»Ja. Mit Asche eingerieben oder so.«

»Wie groß war er? Hat er dich überragt?«

»Ich glaube ja.«

»Herrje, so etwas weiß man doch!«

Hedwig machte ein beleidigtes Gesicht.

»Marco hat es nicht so gemeint, Hedwig«, sagte Elsa und tätschelte Hedwigs Hand. »Erzähl einfach, was genau geschehen ist.«

Hedwig fuhr sich mit der Zungenspitze über die Lippen, während sie ihre Gedanken ordnete. Marco hielt es vor Ungeduld kaum noch auf den Knien. Elsa, die seine Anspannung bemerkte, ermahnte ihn mit einem Blick, sich zu beherrschen. Endlich war Hedwig so weit.

»Es war ein Freitag, ich hatte mal wieder im Hemele ausgeholfen. – Das ist es, was van Dornik nicht wissen soll. Er nähme es mir übel, erführe er, dass ich nebenbei arbeite. Sicher würde er mir das Geld abnehmen. Dabei ist es doch für den Hausstand, falls ich mal heirate.«

Marco stöhnte auf.

»Du verdirbst es noch«, zischte Elsa.

»Es war schon nach Mitternacht, als ich mich endlich auf den Heimweg machen konnte«, fuhr Hedwig fort. »Eilig hatte ich's, denn mit dem Federvieh muss ich ja schon wieder raus, auch wenn ich weniger Schlaf brauch als andere. Das hat die Mutter – Gott hab sie selig – immer schon gesagt. ›Hedwig‹, hat sie immer gesagt, ›du bist ein –‹«

»Hedwig, bitte!«, sagte Elsa mit besorgtem Blick zu Marco, dem die Mordlust in den Augen loderte. »Schweif nicht ab. Es ist wichtig.«

»Also, wie gesagt, ich war auf dem Heimweg, als ich plötzlich Schritte hinter mir hörte. Ich dachte, da hat vielleicht einer den gleichen Weg, und man könnte zusammen gehen. Ich fürchte mich zwar nicht so schnell, aber manchmal ist es nachts in den Gassen doch unheimlich. – Schon gut, Elsa, schon gut. – Gerade, als ich mich umdrehen will, packt das Mannsbild mich von hinten und dreht mir die Luft ab. Ich, nicht feige, keile aus, woraufhin er loslässt. Ich fahre herum und erschrecke fast zu Tode, sah der Kerl doch aus wie ein Mohr aus dem Orient. Nur die Augen und die Zähne haben geleuchtet. Ich bin noch halb gelähmt vom Schreck, da greift er mir erneut an den Hals. Diesmal hab ich aber richtig zugetreten, dahin, wo es die Mannsbilder am meisten schmerzt. Er ließ von mir ab und humpelte davon.«

»Hast du nicht um Hilfe gerufen?«

»Hilfe brauchte ich da nicht mehr.«

»Hat er während des Überfalls etwas gesagt?«

»Keinen Ton. Nicht mal, als ich ihn in den Unterleib getreten hab. Das war schon merkwürdig.«

»Wie – er hat keinen Schmerzenslaut von sich gegeben?«

»Nein, sag ich doch.«

»Ist dir sonst etwas im Gedächtnis geblieben?«

»Was meinst du?«

Marco musste selbst überlegen, bevor ihm etwas einfiel. »Ein Geruch, zum Beispiel. Manche Leute riechen unverwechselbar. Der Fischhändler, der Lohgerber, was weiß ich, wer noch.«

»Nichts hab ich gerochen. Ich hab doch schon seit Wochen diesen Sommerschnupfen.«

»Der Geruch war auch nur ein Beispiel«, sagte er und setzte, da er so nicht weiterkam, alles auf eine Karte. »War der Angreifer vielleicht unser Bürgermeister?«

»Warum sollte unser Bürgermeister so etwas –«

»Könnte er es gewesen sein?«

Hedwig blies die Backen auf. »Ich bilde mir ein, den hätte ich erkannt, aber ... Ausschließen kann ich das nicht.«

»Sonst ist dir nichts aufgefallen? Bitte, denk nach.«

»Das tu ich doch die ganze Zeit«, sagte Hedwig beleidigt. »Aber da war nichts weiter. Soll ich mir etwa was ausdenken, bloß damit du zufrieden bist?«

»Natürlich nicht«, sagte Marco und rang die Hände.

»Augenblick«, sagte Hedwig mit gespitzten Lippen, schüttelte dann aber den Kopf. »Ach nein, das hat nichts zu sagen.«

»Was hat nichts zu sagen?«

»Es ist nur, weil es in der gleichen Nacht war. Es hatte aber nichts mit dem Überfall zu tun.«

»W-a-s w-a-r i-n d-e-r g-l-e-i-c-h-e-n N-a-c-h-t?«

»Auf dem restlichen Weg hat mich ein Lied begleitet«, sagte Hedwig. »Jemand hat Flöte gespielt. Weit weg, aber doch sehr klar. Ich dachte, das Spiel käme von der Stechbahn.«

»Kannst du das Lied summen?«

»Sicher.« Hedwig legte den Kopf schief. »Tü-ti-tü-tü-tü-tü-tiiiii-ti-ti-tü-ti-tü-tü-tü-tü-tüüi-ta-ta ... Schön nicht?«

»Ja, das ist es«, sagte Marco und wiederholte die Melodie, um sie nicht wieder zu vergessen.

*

»In van der Schurens Haus hab ich eine Laute und eine Viole gesehen«, sagte Marco.

»Keine Flöte?«, fragte Elsa.

»Keine Flöte.«

Sie waren für einen Moment allein, da Hedwig zwischen

den Haselnusssträuchern verschwunden war, um ihre Notdurft zu verrichten. In ihrer Gegenwart wollte Marco den Bürgermeister nicht noch einmal erwähnen, wer weiß, was sie sich dabei denken würde. Und vor allem, wem sie davon erzählen würde, denn für ihre Redseligkeit war sie bekannt. Dann wäre es nur noch eine Frage der Zeit, bis auch van der Schuren zu Ohren käme, dass Marco ihn verdächtigte.

»Aber du bist sicher, dass es die gleiche Melodie war, die du in der Nacht gehört hast, als Anna ermordet wurde?«

»Ganz sicher. Schade, dass Pietro nicht hier ist. Der braucht ein Lied nur einmal zu hören, schon kann er es nachspielen.«

Hedwig kehrte zurück und setzte sich wieder.

»Weißt du noch«, sagte sie zu Elsa, »wie wir hier geschwommen sind? Das ist noch gar nicht so lange her. Und nun leben schon zwei von uns nicht mehr.«

Elsas Augen weiteten sich wie bei einer plötzlichen Erkenntnis.

»Anna, Nehle, du und ich«, zählte sie mit dem Daumen beginnend bis zum Ringfinger auf. »Dass ich darauf nicht eher gekommen bin. Natürlich! Marco, irgendwer hat uns dabei beobachtet, als wir da vorne bei den Kopfweiden gebadet haben.«

»Stimmt«, sagte Hedwig. »Unsere Gewänder hat er uns gestohlen, als wir im Wasser waren. Als wir sie schließlich wieder gefunden haben, hatte er draufgepisst.«

»Gemach«, sagte Marco. »Wo genau war das?«

»Ein Stück weiter, als du eben warst«, sagte Elsa und zeigte flussaufwärts. »Unmittelbar an der Dwarsmauer. Dort kann man sich an den ins Wasser hängenden Ästen der Weiden festhalten. Vom Weg aus kann man die Stelle nicht einsehen. Brombeerbüsche und ein stark wuchernder Knöterich versperren die Sicht.«

»Trotzdem hat euch jemand entdeckt.«

»Er muss unser Gejauchze gehört haben, als wir uns gegenseitig nassspritzten. Als es in den Büschen raschelte und sie sich bewegten, wussten wir, dass da jemand war. Anna hat ihn angerufen, ziemlich herausfordernd sogar, aber er hat sich nicht zu erkennen gegeben. Zuerst dachten wir, es sei der Rektor der Stiftsschule gewesen.«

Marco war froh, nichts im Mund zu haben, er hätte es glatt sonst wohin gespuckt. »Clos? Conradus Clos?«

»Genau.«

»Wieso ausgerechnet er?«

»Weil er uns bereits ein paar Tage zuvor beim Baden überrascht hatte. Er hatte Hedwigs Gekreisch für die Hilferufe einer Ertrinkenden gehalten und sich durch das Gebüsch gekämpft.«

»Hat er euch belästigt?«

»I wo. Er hat uns nur ermahnt, nicht zu weit rauszuschwimmen, weil es dort Strudel gebe. Das war alles, dann ist er wieder gegangen. Er war sehr freundlich, obwohl er sich sein Wams zerrissen hatte.«

»Der und freundlich.«

»Ich weiß, dass du mit ihm über Kreuz liegst, aber wir können uns nicht über ihn beklagen.«

»Wann genau war das?«

»Keine zwei Wochen, bevor mir der Kerl am Mitteltor aufgelauert hat«, sagte Hedwig. »Noch vor der großen Schwüle.«

»Habt immer ihr vier gebadet? Anna, Nehle und ihr beiden?«

Elsa und Hedwig nickten.

»Dann heißt es jetzt wachsam sein«, sagte Marco. »Ganz besonders für dich, Elsa.«

»Willst du mir Angst machen?«

»Nichts liegt mir ferner. Aber Anna und Nehle sind tot, und auf Hedwig wurde ein Anschlag verübt.«

»Ich weiß noch immer nicht, warum gerade ich mich vorsehen soll.«

»Bist du so blöd, oder willst du nicht begreifen?«, fragte Hedwig und stieß Elsa an die Schulter. »Du bist wahrscheinlich die Nächste, auf die er es abgesehen hat.«

Der Magistrat tagte noch am gleichen Abend. Bis auf Sibert van Bylant, der mit einer Sommergrippe darnieder lag, hatten sich alle eingefunden, so auch Mattes von Donsbrüggen, der wie van Bylant den Grafen nach Brügge begleitet hatte. Er war ein freundlicher, harmloser Hänfling, der zu allem Ja und Amen sagte. Seinen Lebensunterhalt bestritt er von Ersparnissen, die er während einiger Jahre im Orient erwirtschaftet hatte und über deren Umfang es märchenhafteste Mutmaßungen gab. Und noch einer saß wieder an seinem Platz: Diderik van Dornik – ohne Dolch. Allerdings hatte nicht seine Vernunft obsiegt, sondern Neugier und Geltungsbedürfnis waren schlichtweg stärker gewesen als sein Starrsinn.

Kaplan von Elten war verärgert. Nicht so sehr, weil die Brüder van der Schuren ihm – um gleich zur Sache zu kommen – mit ihrer geballten Amtsmacht das übliche Marienlob zu Beginn der Sitzung verweigert hatten. Vielmehr kränkte ihn, dass niemand dies zu bedauern schien, ja, dass er eigentlich rundum nur in zufriedene Gesichter blickte. Der einzige, der ihm Trost spendend zunickte, war Conradus Clos, aber das war schließlich das Mindeste, was man von einem Freund erwarten durfte.

»Was hat denn nun die Befragung dieses italienischen Knechtes ergeben?«, fragte Ritter van Eyl quer über den Tisch und rülpste, dass die vor ihm stehende Kerze erlosch.

»Leitet neuerdings Ihr die Ratssitzungen?«, fuhr ihn Jakob van der Schuren an. »Überdies stinkt Ihr zum Erbarmen. Was habt Ihr bloß getrieben, van Eyl?«

»Nichts Besonderes. Ich hab lediglich mein Kettenhemd geschmiert.«

»Womit?«, fragte van Dornik. »Mit Schweinescheiße?«

»Ich werde Euch gleich Schweinescheiße geben, Ihr Psspott!«

»Kreuzdonnerwetter!«, brüllte Jakob. »Werdet Ihr diese Unflätigkeiten gefälligst unterlassen? Alle beide! Sonst lasse ich Euch von Distelhuizen hinauswerfen.«

»Zunächst einmal habt Ihr hier so wenig zu sagen wie jeder andere«, wehrte sich van Eyl. »Wenn ich mich recht entsinne, hat nämlich Euer Bruder die letzte Wahl zum Bürgermeister gewonnen.«

Zu diesem sahen nun ausnahmslos alle hin, besonders weil er kein Machtwort sprach. Zu Beginn der Zusammenkunft noch halbwegs munter, hing er nunmehr gekrümmt und mit aschfahlem Gesicht auf seinem Stuhl wie ein Bengel, der entgegen dem Rat seiner Mutter Pflaumen gegessen und Wasser getrunken hatte.

»Was ist los mit dir?«, fragte Jakob.

»Ich weiß auch nicht«, sagte Erasmus. »Mein Magen. Übernimm du den Vorsitz. Ich gehe heim und lege mich ins Bett.«

Während der Ratsdiener Erasmus hinausbegleitete, schnappte Jakob sich den Holzhammer des Vorsitzenden, schlug zweimal auf den Tisch und sagte: »Seht Ihr, van Eyl, so schnell können die Dinge sich ändern. Tut uns allen die Güte und setzt Euch ans Fenster, auf dass das, womit auch immer Ihr Euer Hemd geschmiert habt, uns nicht länger in die Nase sticht.«

Nachdem van Eyl seinen Stuhl versetzt hatte, erteilte der Richter Distelhuizen das Wort. Der erhob sich, hüstelte kurz in seine Faust und gab seinen Bericht ab. Ein wenig Stolz spiegelte sich in seiner Miene, als er schilderte, wie ihm im Alleingang die Festsetzung des mutmaßlichen Mörders gelungen war. Der saß nun mit freundlicher Genehmigung des Grafen im Schlosskerker ein. Zwar verfügte auch der Rat über zwei Arrestzellen, eine im Domus Campane und eine im Untergeschoss des Mitteltors, beide galten jedoch als nicht ausbruchsicher. Im vergangenen Herbst war es dem närrischen Roland, einem stadtbekannten Trinker und Tunichtgut, gelungen, innerhalb von zwei Tagen hintereinander aus beiden Verliesen zu entkommen. Die Eisenstäbe der Zelle im Mitteltor hatte er kurzerhand mit seinen Holzschuhen herausgeschlagen, so mürbe war das Gemäuer. Als er einen Tag später erneut aufgegriffen worden war, steckte man ihn in den Beffroi. Dort sprang er in einer feuchten Ecke der Arrestkammer so lange herum, bis der morsche Bretterboden nachgab und er in die darunter liegende Wachkammer stürzte. Damit war seine Flucht allerdings auch beendet, er brach sich bei dem Sturz beide Beine. Seitdem saßen Eingekerkerte im Schloss ein.

»Hat er gestanden?«, fragte Conradus Clos hastig dazwischen, als Distelhuizen kurz innehielt.

Durch die Frage aus dem Tritt gebracht, wusste der Gerichtsbote nicht gleich zu antworten. Jakob van der Schuren sprang ihm bei.

»Nein, er streitet beide Morde ab.«

»Welche Erklärung hat er denn dafür, dass die Bierkanne sich in seinem Besitz befand?«

»Zuerst hat er angegeben, sich an nichts erinnern zu können, was in jener Nacht geschah, auch nicht daran, wie er in den Besitz der Bierkanne gelangt ist. Später hat er behauptet, die Kanne gefunden zu haben. An dieser Stelle möchte ich darauf hinweisen, dass die Vernehmung dieses Ricciutello, die Distelhuizen und ich gemeinsam durchgeführt haben, sich als äußerst schwierig erwies. Der Mann ist nämlich taub. Und nicht nur das, seine Rede ist nur schwer verständlich. Mit seiner Herrschaft unterhält er sich in einer Art Zeichensprache, die uns jedoch nicht geläufig ist.«

»Dann holt Euch doch einen von diesem Lombardenpack als Übersetzer«, sagte van Dornik.

»Der Gedanke ist uns auch gekommen, van Dornik, was glaubt Ihr wohl? Nur, wer bürgt dafür, dass der Mittler auch wirklich das übersetzt, was wir fragen? Oder anders herum, die Antworten Ricciutellos wahrheitsgemäß wiedergibt?«

»Es ist noch gar nicht so lange her, da wurde auch in dieser Stadt Lügnern die Zunge herausgeschnitten. Vielleicht sollte man diesen leider aus der Mode gekommenen Brauch wieder einführen. Zumindest für diese lombardischen Wucherer.«

»Dass Ihr Euch bei diesen Leuten wegen Eurer Pferdezucht bis über beide Ohren verschuldet habt, ist Eure eigene Sache, van Dornik«, sagte der Richter kühl. »In Zukunft bitte ich doch um sachdienlichere Vorschläge.«

Zornig blickte van Dornik in die Runde, doch von allen Seiten schlug ihm nur hämisches Grinsen entgegen. Also verhielt er sich, wie man es von ihm gewohnt war: Er sprang auf und stürzte aus dem Saal. Als dic Tür ins Schloss krachte, rutschte der Schlüssel heraus und landete mit einem glockenhellen »Pling!« auf dem Boden. Distelhuizen betrachtete das als Aufforderung, fortzufahren.

»Zu seinem Aufenthalt in der Nacht von Freitag auf Samstag befragt, der Nacht, in der die Jungfer Zwerts ermordet wurde, konnte Knecht Ricciutello keine klaren Angaben machen. Angeblich hatte er auch da einen gehörigen Rausch, sodass sein Erinnerungsvermögen erhebliche Lücken aufweist. Wir haben ihn natürlich auch auf Kratzspuren untersucht, allerdings ohne Ergebnis. Andererseits hatten der Richter und ich uns darauf verständigt, dass dies nicht unbedingt ein Entlastungsgrund ist; die Jungfer Zwerts könnte an jenem Abend durchaus einer anderen Person, die nicht zwangsweise der Mörder sein muss, die Kratzer zugefügt haben.«

»Habt Ihr nachgesehen, ob er beschnitten ist?«, fragte von Elten.

»Er ist es nicht«, sagte Distelhuizen. »Aber das ist jetzt ohne Bedeutung.«

»Ohne Bedeutung? Ich denke, wir suchen einen heimlich unter uns lebenden Juden!«

»Da irrt Ihr, von Elten«, mischte Jakob van der Schuren sich ein. »Wir suchen einen Frauenmörder.«

»Wollt Ihr damit sagen, Ihr wollt von der Untersuchung der männlichen Bevölkerung auf Beschneidung absehen?«

»Allerdings. Für diese Maßnahme gibt es nach der Verhaftung des Ricciutello keinen Grund mehr.«

»Und was ist mit den durchbohrten Hostien?«

»Unterhalten wir uns hier über zwei heimtückische Morde oder die Beschädigung von Gebäck?«, rief van Eyl dazwischen.

»Gebäck!« Von Elten japste nach Luft. »Habt Ihr das gehört? Ritter van Eyl bezeichnet die Hostien als Gebäck.«

»Sie waren noch nicht geweiht, das habt Ihr doch selbst gesagt.«

»Gemach, die Herren, gemach.« So wie Jakob van der Schuren seine Nase mit dem Zeigefinger bearbeitete, musste sie gewaltig jucken. »Ich denke, sollte Ricciutello der Morde überführt werden, können wir davon ausgehen, dass der Mann ebenso für die Hostienschändung verantwortlich ist. Dann hätte er nämlich mit viel Geschick eine falsche Spur gelegt, auf die wir beinahe hereingefallen wären. Denn noch durchtriebener, als den Verdacht auf einen anderen zu lenken, ist es, ihn auf jemanden zu lenken, den es gar nicht gibt.«

Von Elten widersprach kopfschüttelnd. »Was heißt hier durchtrieben? Wäre dieser Ricciutello wirklich so gerissen, hätte er wohl kaum die Bierkanne mit nach Hause genommen.«

Zustimmendes Gemurmel waberte durch den Raum, aber van der Schuren bat sich mit erhobenen Händen Ruhe aus. »Dieser Schnitzer ist ihm nur unterlaufen, weil er kräftig einen über den Durst getrunken hatte. Sollte die Gerichtsverhandlung entgegen meiner Erwartung mit einem Freispruch enden, können wir noch immer auf Eure Vermutung eines Ritualmordes zurückkommen, von Elten.«

»Pah! Was muss denn noch alles passieren? Wollt Ihr riskieren, dass Seuchen ausbrechen, weil der Jude uns die Brunnen vergiftet?«

»Ihr solltet bei der Wahl Eurer Worte ein wenig vorsichtiger sein, von Elten. Das einzige, was Ihr mit Euren haltlosen Vermutungen erreicht, ist die Bevölkerung zu verunsichern und damit die öffentliche Ordnung zu gefährden.«

»Darf ich Euch daran erinnern, verehrter Richter, was seine gräfliche Hoheit uns mit auf den Weg gaben? Er riet uns, geschwind zu handeln, bevor weiteres Unheil geschieht.«

»Ich weiß selbst, was der Graf gesagt hat. Das war aber noch vor der Verhaftung des Verdächtigen. Jetzt würde er gewiss anders urteilen.«

»Glaubt Ihr das wirklich? Wenn dem so ist, dann lasst doch seine Hoheit die Entscheidung treffen, ob die Untersuchung stattfinden soll oder nicht.«

»Ihr habt es doch immer mit Zitaten, von Elten. Dann erinnert Ihr Euch auch sicher daran, dass der Graf sagte, der Fall sei unser Feld, das wir selbst zu beackern hätten. Und genauso gedenke ich zu verfahren. Im Übrigen, werter Kaplan, kann ich mich des Eindrucks nicht erwehren, dass ihr nur verstimmt seid, weil sich Eure Theorie als unhaltbar erwiesen hat.«

»Nichts ist erwiesen! Gar nichts! Euch liegt nur daran, den Fall schnellstmöglich abzuschließen. Ich werde mich beim

Grafen beschweren, dass Ihr pflichtsäumig seid, jawohl.« Damit stand von Elten auf, was ihn jedoch auch nicht größer machte. »Höchstpersönlich und auf der Stelle.«

»Tut, was Ihr nicht lassen könnt«, sagte der Richter und ließ den Hammer auf die Tischplatte sausen. »Hiermit erkläre ich die Sitzung des Magistrats für beendet.«

*

Zur Dämmerstunde sah man besser als zu jeder anderen Zeit, wo Geld wohnte. Man brauchte nur auf die Fenster zu achten. Waren sie vom Kerzenschein erleuchtet, konnte man sicher sein, dass dort ein van Bylant, ein von Donsbrüggen, ein van Wissel oder einer der anderen Wohlhabenden zu Hause war. Der Rest der Bevölkerung, namentlich die Handwerker und die Lohnschaffenden, verrichteten die letzten Handschläge ihres Tagewerks im Düsteren und verdarben sich die Augen. Mit Ausnahme des Schmieds, dem sein Feuer leuchtete, was ihn deswegen aber nicht zu einem reichen Mann machte.

Elsa und Marco hatten den Umweg durch die Wasserpforte vorbei an einer von van Eyls Rossmühlen gemacht, in der zum Stumpfsinn verdammte Pferde den ganzen Tag im Kreis liefen, und gingen nun langsam die Große Straße hinauf.

»Sollten wir nicht lieber einen Schritt zulegen?«, fragte Marco. »Deine Mutter wird sich sorgen, wo du bleibst.«

»Sie hat doch den kleinen Milchbart zur Gesellschaft. Außerdem muss sie die Schankstube herrichten. Kaum anzunehmen, dass sie Zeit hat, mich zu vermissen.«

»Als Mutter einer Tochter in deinem Alter hätte ich nach den Geschehnissen der letzten Tage keine ruhige Zeit mehr.«

»Nur als Mutter oder auch als Vater?«

»Als Vater würde ich dich nicht allein aus dem Haus lassen. Ich würde dich auf jeden Fall begleiten.«

»Das tust du ja bereits.«

»Nur, dass ich nicht dein Vater bin.«

»Der würde auch kaum meinen Wäschekorb tragen.«

»Na, wenn das alles ist, was ihn und mich unterscheidet.«

»Dummkopf!«

Ein Huhn ohne Kopf flatterte über die Straße, und ein Mann mit einem blutigen Beil lief fluchend hinterher. Weil sie ihm nachblickten, stolperte Marco über ein Schwein, das in den Abfällen auf der Straße wühlte. Der Korb rutschte ihm von der Schulter, er konnte jedoch gerade noch verhindern, dass die Wäsche herausfiel.

»Das hätte noch gefehlt«, sagte Elsa. »Die Arbeit eines ganzen Nachmittags wäre für die Katz gewesen.« Und nach einer Weile: »Glaubst du eigentlich auch, was Hedwig gesagt hat? Dass der Mörder es nunmehr auf mich abgesehen hat?«

»Damit rechnen musst du. Erst recht, wenn der Mörder der gleiche ist, der auf eure Gewänder gepinkelt hat. Wobei ich noch immer nicht begreife, was er damit bezwecken wollte.«

»Vielleicht erträgt er den Anblick nackter Frauen nicht.«

»Was gibt es denn daran nicht zu ertragen?«

»Nun, möglicherweise hält er es für eine Sünde, wenn eine Frau sich unbekleidet zeigt.«

»Das könnte ich nachvollziehen, wäret ihr nackt durch Kleve gelaufen. Aber der Bursche musste sich erst durch dichtes Gestrüpp kämpfen, um euch überhaupt zu gewahren. Wer in dem Fall gesündigt hat, ist doch wohl unstrittig.«

»Es ist auch möglich, dass er krank im Kopf ist, dann denkt er ohnehin nicht wie wir.« Elsa blieb stehen und sah Marco geradewegs in die Augen. »Wenn dem wirklich so ist, dass ich die nächste sein soll, dann könnten wir den Spieß doch auch umdrehen, oder?«

»Was meinst du damit?« Marco nutzte den Halt, um den Korb einen Moment abzusetzen. Dann begriff er, worauf Elsa hinauswollte. »Das kommt überhaupt nicht in Frage! Dir geht es wohl zu gut.«

»Nicht so voreilig, Marco di Montemagno. Ich glaube nicht, dass ich ein besonderes Wagnis einginge, wären Distelhuizen und – sagen wir – ein oder zwei weitere Männer in meiner Nähe.«

»Du vergisst, dass Distelhuizen einen Verdächtigen hat. Er wird den Teufel tun, dir bei deinem Vorhaben Schutz zu gewähren.«

»Dann machen wir es eben allein.«

»Und wer sollen deine Leibwächter sein?«

»Du und dein Bruder.«

Marco schüttelte den Kopf. »Das ist zu gefährlich, Elsa. Sind wir zu nah bei dir, kommt er nicht. Halten wir genügend Abstand, können wir nicht rechtzeitig eingreifen. Dein Leben wäre von Zufällen abhängig.«

»Ich wäre dennoch bereit, den Lockvogel zu machen. Anna zuliebe, und auch Nehle. Und es geht ja auch um dich. Denk an die Untersuchung der Männer, die heute beginnen sollte.«

»Ich bin überzeugt, dass sie nicht stattfinden wird, jetzt, da Ricciutello im Kerker sitzt.«

»Und was wird aus ihm?«

»Ich glaube kaum, dass er damit einverstanden wäre, wenn er wüsste, dass ein junges Mädchen sich für ihn in Lebensgefahr begäbe.« Marco wuchtete den Korb wieder auf die Schulter. »Ich werde mir was anderes einfallen lassen, um ihn herauszuholen.«

Elsa erhob keinen weiteren Einwand, aber Marco spürte, dass sie sich weiter mit ihrem Plan beschäftigte. Er nahm sich vor, sie, sobald sie das elterliche Gasthaus erreicht hatten, schwören zu lassen, nichts zu unternehmen. Denn er traute ihr durchaus zu, mutterseelenallein die Begegnung mit dem Mörder zu suchen.

Als sie das Mitteltor passierten, hörten sie, dass es in der Ratsstube zur Sache ging. Marco erkannte die Stimmen von Ritter van Eyl und Jakob van der Schuren, wenn er auch nicht verstand, worum es ging. Zu gerne hätte er Mäuschen gespielt, aber vor der Tür standen zwei Stadtknechte. Gottlob war nicht der darunter, mit dem er vormittags aneinander geraten war.

Die Schankwirtschaft war schon gut besucht. Sie verabschiedeten sich vor dem Hemele, und Elsa versprach ihm tatsächlich, nichts auf eigene Faust zu unternehmen. Im Weggehen erkannte Marco durch eines der Fenster Till inmitten seiner Saufkumpane, die einen der Ecktische besetzt hatten. Nüchtern war von ihnen keiner mehr.

Auf dem Rückweg, kurz jenseits des Mitteltors, tauchte plötzlich eine bekannte Silhouette vor ihm auf. Ein Mann, den man im Dunkeln wegen seines massigen Umfangs für einen Heuhaufen halten konnte – Erasmus van der Schuren. Zweifellos war der Bürgermeister auf dem Heimweg, wobei er immer wieder stehen blieb, die Hand auf den Magen presste und sich krümmte. Ein ums andere Mal entfuhren ihm dabei donnernde Darmwinde. Keine Frage, der Mann war nicht in bester Verfassung. Und Till war nicht daheim.

Das war die Gelegenheit, auf die Marco gewartet hatte.

Völlig unvermittelt war der Bürgermeister verschwunden. Keine zwanzig Schritte vor Marco hatte er sich befunden, und von jetzt auf gleich war er nicht mehr da, als habe ihn der Erdboden verschluckt. Ins Haus geschlüpft konnte er noch nicht sein, denn Ellis Prachtbau war erst das übernächste. Entweder war van der Schuren mit dem Teufel im Bunde, oder es gab eine ganz einfache Erklärung, auf die Marco im Augenblick nur nicht kam.

Vorsichtig, als wimmele es am Boden von Natterngezücht, setzte Marco einen Fuß vor den nächsten und wäre doch beinahe mit van der Schuren zusammengestoßen, als der plötzlich keine Armlänge vor ihm wieder auf der Straße stand.

»Ihr müsst entschuldigen«, hörte Marco ihn sagen. »Die Macht der Gewohnheit.«

»Nicht doch, nicht doch«, flötete eine Frauenstimme aus der offenen Haustür einen Schritt voraus. »Das kann doch jedem mal passieren. Eine angenehme Ruhe wünsche ich.«

»Danke, möget auch Ihr wohl ruhen.«

Van der Schuren hatte sich im Haus geirrt. Anstatt in sein jetziges Haus war er in sein vormaliges Heim eingetreten. Gottlob drehte er sich nicht um, sondern stapfte weiter, einen weiteren Furz in die Nacht blasend, dass Marco es vorzog, durch den Mund zu atmen.

Erneut verblüffte der Bürgermeister seinen Verfolger. Er schritt an der Vordertür seines Heims vorbei, folgte der weiß getünchten Mauer und betrat seinen Grund und Boden durch die Gatterhürde, die er hinter sich sorgfältig wieder schloss. Dann verschluckte ihn die Dunkelheit zwischen den Obstbäumen.

Marco wartete einen Moment, um sicher zu gehen, dass Erasmus nicht wieder auftauchte. Dann stieg er über die Hürde, gerade noch rechtzeitig, um einer Gruppe von Reitern auszuweichen, die sich im Schein zahlreicher Fackeln die Große Straße hinaufbewegte.

Den Lärmschild aus Hufgetrappel und Schnauben nutzend überquerte Marco den Hof im Laufschritt, bis er den Karnickelstall erreicht hatte. Er lugte um die Ecke. Für einen Moment lockerte die Bewölkung auf, und ein milchiger Mond erhellte den Hof. Von van der Schuren war kein Rockzipfel zu sehen. Ehe die Wolkendecke sich wieder schloss, prägte Marco sich schnell die Lage der Sickergrube ein, um sie sicher umrunden zu können.

Die Hintertür des Hauses war abgesperrt. Marco wollte sich gerade mit dem Dolch am Schloss zu schaffen machen, als ein Stöhnen ihn herumfahren ließ. Van der Schuren war noch gar nicht im Haus, er hockte auf dem Abort. Wieder stöhnte er auf wie ein Ochse, dessen Schlagader der Schlachter auch im zweiten Anlauf verfehlt hat. Dann quietschte die Tür des Abtritthäuschens in ihren Angeln. Marco duckte sich hinter eines der Fässer, in denen noch immer Regenwasser gesammelt wurde, auch wenn niemand mehr damit kurte. Nur schemenhaft konnte er sehen, wie van der Schuren das Häuschen verließ und zur Hintertür schlurfte. Dabei meinte er zu erkennen, dass dem Bürgermeister die Hose in den Kniekehlen hing.

Es dauerte eine kleine Ewigkeit, bis der schwere Mann den Schlüssel gefunden und ins Schloss gefummelt hatte, begleitet von Blähungen und lautem Stöhnen. Dann schleppte er sich ins Haus und zog die Tür hinter sich zu. Marco spitzte die Ohren, aber das Einschnappen des Riegels hörte er nicht.

Und tatsächlich – die Tür war unverschlossen. Marco schlich durch die Küche bis zur Wohnstube. Besondere Mühe, leise zu sein, brauchte er sich nicht zu geben, der Radau, den der Hausherr veranstaltete, übertönte alles. Wahrscheinlich fielen gerade die Nachbarn aus den Betten.

Als Marco die nur angelehnte Zimmertür einen Spalt weit öffnete, stocherte der Bürgermeister gerade im Kamin und legte einen Scheit nach. Dann stieg er aus seiner Hose, legte sich der Länge nach auf den Tisch und faltete die Hände über dem Bauch. Marco traute seinen Augen nicht.

Nicht etwa, weil der Bürgermeister hüftabwärts unbekleidet auf dem Tisch lag, nein, es war eine körperliche Besonderheit, die Marcos Verblüffung hervorrief. Hatte er bisher geglaubt, er sei der einzige Einwohner Kleves, der beschnitten war, wusste er nun, dass es mindestens noch einen gab.

*

Marco trat an den Tisch, auf dem der Bürgermeister wie ein riesiger Braten lag.

»Wer seid Ihr?«, fragte Erasmus van der Schuren erschrocken und versuchte, mit den Händen seine Scham zu bedecken.

»Seid Ihr krank?«

»Wie? Ja, mein Bauch. Er ist ganz hart und heiß. Ich habe das Gefühl, er platzt jeden Moment. Zudem habe ich fürchterliche Blähungen.«

Marco legte seine Hand auf van der Schurens Wanst. Der war so prall wie eine aufgeblasene Schweinsblase und glühte zugleich wie eine fiebrige Stirn.

»Was habt Ihr denn gegessen?«

»Nichts Außergewöhnliches. Ich fürchte, das kommt von dem Blumenwasser, das ich getrunken habe.«

»Ihr trinkt Blumenwasser?«

»Das war eine Ausnahme. Ein Notfall sozusagen.«

»Was waren das für Blumen?«

»Weiß ich nicht«, stöhnte van der Schuren. »Aber die gleichen wachsen neben der Sickergrube.«

Marco nahm eine der Kerzen vom Fensterbrett, entzündete sie am Kaminfeuer und verließ den Raum. Keine zehn Atemzüge später war er wieder da.

»Sonnenwolfsmilch«, sagte er. »Die ist giftig.«

»Bei Gott, ich werde elendig verenden!« Van der Schuren kullerten wahrhaftig Tränen über die Wangen. »Kann man denn gar nichts tun? So holt doch den Bader!«

»Habt Ihr nur das Wasser getrunken?«, fragte Marco.

»Ja, zum Teufel! Glaubt Ihr etwa, ich hätte die Blumen auch noch gefressen?«

»Dann überlebt Ihr die Vergiftung. Ein bisschen Hirschzunge könnte dabei hilfreich sein. Wo ist Maria?«

»Was weiß ich, wo das verdammte Frauenzimmer ist. Die macht doch ohnehin, was sie will.«

Marco ging in Marias Kammer. Die Magd lag zusammengerollt wie eine Katze auf ihrem Bett und schnarchte leise. Marco meinte, den Geruch von ingwergewürztem Wein wahrzunehmen. Sie musste reichlich davon getrunken haben, denn alles Rütteln half nichts. Marco musste ihr zwei Ohrfeigen verpassen, damit sie aufwachte.

»Geh zu meiner Mutter und sag ihr, sie soll Hirschzunge aufkochen, der Bürgermeister hat sich vergiftet«, erklärte Marco ihr, während er die Schlaftrunkene die Treppe hinunterführte. »Das dauert eine Weile. So lange wartest du und bringst die Medizin gleich mit. Verstanden?«

»Hirschzunge ... aufkochen ... vergiftet?«

»Genau das sagst du ihr. Sie weiß dann schon, was zu tun ist.« Als sie an der offenen Stubentür vorbeikamen, machte Maria große Augen. »Was macht der denn auf dem Tisch? Noch dazu ohne Hosen?«

Ohne eine Erklärung abzugeben, schob Marco sie auf die Straße hinaus und ging zurück zu van der Schuren. Der blickte ein wenig entspannter drein, da er wusste, dass Hilfe nahte. Aber nur für einen Augenblick.

»Legt mir doch die Beinlinge über, ich schäme mich sonst«, sagte er, um dann mit misstrauisch verengten Augen fortzufahren: »Ihr habt mir noch immer nicht gesagt, wer Ihr seid, junger Freund. Irgendwie kommt Ihr mir bekannt vor, wenn ich auch nicht weiß, wo ich Euch schon mal begegnet bin.«

Marco hob die zweiteilige Hose auf und legte sie über des Bürgermeisters Unterleib. Dann drehte er einen Stuhl herum und setzte sich rittlings darauf.

»Wer ich bin, ist nicht wichtig«, sagte Marco. »Entscheidend ist, wer Ihr seid.«

»Sagt bloß, Ihr kennt mich nicht?« Erasmus wirkte belustigt. »Ich bin der Bürgermeister und bekannt wie ein bunter Hund.«

»Das ist die Vorderansicht. Die ist mir wohl bekannt. Die Frage ist, wie es dahinter aussieht.«

»Der Sinn Eurer Rede ist mir so verständlich wie die Geheimnisse der Alchimie. Hättet Ihr vielleicht die Güte, Euch ein wenig deutlicher auszudrücken?«

Marco entnahm dem Ärmel seines Gewandes die Pergamente mit den Gedichten und wedelte damit. »Im Nachlass der ermordeten Jungfer Anna Zwerts wurden Liebesgedichte gefunden, zum Teil rechte Schmachtverse. Darf ich Euch eine Kostprobe geben?«

Obwohl van der Schurens Gesicht im Schatten lag, war unverkennbar, dass er kreidebleich wurde. Nervös leckte er seine Lippen. »Seid so gut und holt mir ein wenig Wasser.«

»Ich seh hier keine Vase.«

»Verdammt, mir ist nicht nach Scherzen. Seht Ihr denn nicht, wie ich leide?«

Marco erwog kurz, das Wasser als Druckmittel einzusetzen, um van der Schuren zum Reden zu bringen, entschied sich dann aber dagegen. Der Wassereimer stand in der Küche neben dem Herd, die Schöpfkelle lag auf dem Tisch. Marco füllte sie und trug sie zurück in die Stube. Erasmus hatte sich inzwischen aufgesetzt und hielt ein Messer in der Hand. Kein besonderes, was die Länge anging, aber mit hübsch ziselierter Klinge.

»Ich bin bewaffnet«, sagte er und furzte.

»Macht Euch nicht lächerlich«, entgegnete Marco. »Der Dolch in meinem Gürtel ist dreimal so lang. Legt den Zahnstocher weg und trinkt erst einmal. Ich öffne derweil das Fenster, Euren Blähungen mangelt es nämlich an Wohlgeruch.«

Nach kurzem Zögern gab van der Schuren klein bei und legte das Messer weg. Marco nahm es vorsichtshalber an sich, um es nicht aus Versehen ins Kreuz zu kriegen. Als er die Laden aufdrückte, atmete er erst einmal tief durch. Erasmus trank unterdessen wie ein Kreuzritter, der sich im Ödland verlaufen hat.

»Mehr«, sagte er.

Marco füllte die Kelle erneut, diesmal darauf gefasst, den Bürgermeister bei seiner Rückkehr mit blankem Schwert anzutreffen, aber van der Schuren war wohl zur Vernunft gekommen. Er guckte nicht einmal böse. Als er zu Ende getrunken hatte, nahm Marco ihm die Schöpfkelle ab und setzte sich wieder.

»Jetzt weiß ich auch, wer Ihr seid«, sagte van der Schuren. »Ihr seid der ältere Sohn des Lombarden Umberto di Montemagno, habe ich Recht? Und Ihr wart eine Zeit lang mit der Anna Zwerts befreundet. Mein Bruder erwähnte, dass Ihr zu dem Kreis der Befragten gehört habt.«

»Dann versteht Ihr ja sicher, dass mir daran gelegen ist, den Mord an Anna aufzuklären.«

»Gewiss, das wollen wir doch alle. Eine schreckliche Geschichte, die mich ganz krank macht. Dennoch – warum Ihr deswegen mich aufsucht, mag sich mir nicht recht erschließen.«

Marco hielt ihm erneut die Pergamente unter die Nase. »Habt Ihr die Gedichte schon vergessen? Die schwülstige Minne eines liebestollen alten Mannes für ein Frauenzimmer, das dem Alter nach seine Tochter hätte sein können. Wusste Anna eigentlich, dass Ihr der Verfasser seid, oder habt Ihr Euch ihr nicht zu erkennen gegeben?«

Van der Schuren musterte ihn feindselig, aber Marco hielt seinem Blick stand. Als er schon fürchtete, der Bürgermeister habe klammheimlich ein Schweigegelübde abgelegt, rührte der sich doch noch.

»Wie alt seid Ihr, Montemagno? Habt Ihr schon zwanzig Lenze erlebt? Vielleicht gerade mal, ich schätze Euch nicht älter als meinen Sohn, und der zählt zweiundzwanzig.«

»Neunzehn.«

»Seht Ihr, ich habe einen Blick für Menschen. Ich zähle beinahe fünfundsechzig, mehr als das Dreifache von Euch. Und so viel mehr wiegt auch meine Erfahrung. Angesichts dessen könnt Ihr doch nicht ernsthaft glauben, Ihr könntet mich mit Eurem Geschwätz ins Bockshorn jagen, oder?«

»Ich stochere nicht im Nebel, werter Bürgermeister. Das hier ist Eure Handschrift, wie sich leicht beweisen lässt. Dazu kommt der Vers, dass Ihr der Angebeteten gerne das Herz herausreißen würdet. Und –«

»Das ist Minne!«, rief van der Schuren. »Reinste Minne! Das hat doch nichts mit den Morden zu tun.«

»Ich denke, man würde Euch so manch unangenehme Frage stellen, würde dies Geschreibsel bekannt. Und dann seid Ihr zu allem Überfluss auch noch beschnitten. Das allein hat andere schon den Kopf gekostet.«

»Pah! Glaubt Ihr Narr, mein Bruder gäbe etwas auf Euer Gerede? Euch ist wohl nicht klar, wer in dieser Stadt die Zügel in der Hand hat.«

»O doch«, sagte Marco, erhob sich und stopfte die Pergamente zurück in den Ärmel. »Darüber mache ich mir keine falschen Hoffnungen. Deswegen dachte ich auch weniger an Euren Bruder als an den Grafen.«

Van der Schurens Gesichtszüge gefroren, aber er sagte nichts. Also wandte Marco sich ab und ging zur Tür. Er hatte den Riegel schon in der Hand, als der Bürgermeister sich besann.

»Wartet«, sagte er. »Man kann doch über alles reden.«

»Nicht über Mord.«

»Ich habe niemanden getötet. Schon gar nicht Anna.«

Langsam ging Marco zurück, blieb diesmal aber neben dem Stuhl stehen. »Fangen wir damit an, dass Ihr mir erzählt, wie es dazu kam, dass Ihr diese Verse geschmiedet habt.«

»Könnt Ihr Euch nicht vorstellen, dass mir das unangenehm ist?«

»Doch.«

»Aber Ihr besteht darauf?«

Marco nickte, sagte aber nichts. Seufzend fügte van der Schuren sich.

»Seit Ellis Tod bin ich ein einsamer Mann. Achtzehn Monate ist es her, dass sie von uns ging, und ich habe es noch immer nicht verwunden. Nun ist niemand mehr da, mit dem ich reden kann, mit dem ich meine Sorgen besprechen kann oder auch nur die Nichtigkeiten des Alltags. Till ist da kein Ersatz, der lebt sein eigenes Leben, und das ist auch gut so. Manche Leute werden über so was fromm, aber mir liegt das nicht. Um wenigstens abends nicht allein daheim zu hocken, bin ich regelmäßig in den Hemele gegangen. Der Honoratiorentisch kann kein Eheweib ersetzen, aber besser als die Einsamkeit ist er allemal.«

Er trug das als nüchterne Feststellung vor, einen weh- oder selbstmitleidigen Unterton vernahm Marco nicht.

»Als ich Anna sah, war es Zuneigung auf den ersten Blick. Ich spreche nicht von Liebe, denn die habe ich nur für meine Elli empfunden, aber eine tiefe Zuneigung war es schon, auch wenn sie einseitig war. Sie war immer fröhlich, freundlich, sie hatte immer ein gutes Wort, für mich mehr als für andere – zumindest bildete ich mir das ein. Vielleicht lag es aber auch an den guten Trinkgeldern, die ich ihr dagelassen habe, wahrscheinlich sogar. Jedenfalls hatte ich jemanden, an den ich denken konnte, wenn ich allein war. Jemanden, auf den ich meine brachliegenden Gefühle richten konnte, so närrisch das auch war. Völlig neu eingekleidet habe ich mich, auch wenn ich mich damit zum Gespött der anderen Ratsherren gemacht habe. Ich war ein Jüngling von fünfundsechzig!«

Er lachte kurz unfroh über sich, dann saß er da wie ein Läufer, dem die Luft ausgegangen war.

»Warum habt Ihr die Verse verfasst?«, fragte Marco.

»Weil ich so voller Zuneigung war, und die musste heraus,

sie hätte mich sonst erstickt«, brauste van der Schuren regelrecht auf. »Nie hatte ich vor, sie ihr zu geben, aber eines Tages haben wir uns unterhalten und – ich weiß schon gar nicht mehr, wie wir darauf kamen – jedenfalls sagte sie, ihr habe noch nie ein Mann ein Liebesgedicht gewidmet. Da habe ich ihr, ohne meinen Namen preiszugeben, zukommen lassen, was ich verfasst hatte. Heute ist mir das peinlich – es war zum Teil ein elendes Geseire.«

Beinahe hätte Marco zugestimmt, er konnte sich aber gerade noch zurückhalten. Stattdessen fragte er: »Nach dem Gespräch muss Anna doch gewusst oder zumindest geahnt haben, dass die Verse Eurer Feder entstammten.«

»Ich habe einige Tage verstreichen lassen, bevor ich das erste Gedicht mittels Boten übersendete. Aber dennoch, Ihr könntet natürlich Recht haben. Sie hat sich jedoch nie etwas anmerken lassen, und schon gar nicht hat sie gespottet.«

»Wo wart Ihr in der Nacht, als sie ermordet wurde?«

»Ich …« Van der Schuren schlug die Augen nieder.

»Was ist?«

»In jener Nacht war ich mit ihr verabredet.«

Marco war so baff, dass er sich blindlings setzte. Er hatte Glück, der Stuhl stand noch an derselben Stelle. »Anna und Ihr? Dann muss sie ja doch gewusst haben …«

»Nein, sie wusste nicht, wen sie treffen würde. Wieder bediente ich mich eines Boten, der ihr die Einladung zum Stelldichein überbrachte.«

»Dass sie sich darauf eingelassen hat!«

»Sie war wahrscheinlich begierig zu erfahren, wer der Dichter war.«

»Und was habt Ihr Euch davon versprochen?«

Erasmus warf in einer hilflosen Geste die Arme in die Luft. »Ich weiß es beim besten Willen nicht mehr. Es hatte mich einfach überkommen. Dabei bin ich sonst nicht so … so vorschnell.«

»Ich nehme an, Anna hat nicht schlecht gestaunt, dass Ihr derjenige wart.«

»Sie hat es nie erfahren, denn ich bin nicht hingegangen. Am Rand der Stechbahn hat mich plötzlich der Mut verlassen. Bei Gott, dachte ich, welchen Narren machst du aus dir! Also bin ich schnurstracks nach Hause geeilt, habe mich ins Bett gelegt und mir die Decke über den Kopf gezogen.«

»Sprecht Ihr auch die Wahrheit?«

Erasmus feuchtete Zeige- und Mittelfinger an und hielt sie gespreizt hoch. »Das schwöre ich bei meiner Elli.«

Vorne wurde geklopft. Marco ging zur Tür und öffnete. Maria hatte vor Zorn rote Flecken im Gesicht.

»Da«, sagte sie und drückte ihm eine kleine Amphore in die Hand, nicht größer als eine Birne. »Ich Närrin! Erst auf dem Rückweg ist mir eingefallen, dass irgendwo da draußen ein Frauenmörder lauert. Und da schickst du mich auf die Straße. Der Teufel soll dich holen!«

Damit lief sie die Treppe hinauf. Dass Ricciutello im Kerker saß, hatte ihr offenbar noch niemand mitgeteilt. Marco trug die Medizin zu van der Schuren.

»Nehmt davon dreimal täglich einen Fingerhut voll«, sagte er. »Dann seid Ihr bald wieder auf den Beinen.«

»Ich wusste gar nicht, dass Eure Mutter sich auf Heilkunde versteht. Richtet ihr meinen verbindlichsten Dank aus.«

»Sie rührt die Arzneien nur an. Die Rezepte sind von Ricciutello. Er ist der Kundige.«

Van der Schuren guckte betreten auf die Amphore, als sei sie das letzte Stück Brot, das er einem Bettler weggenommen hatte.

»Er ist so unschuldig, wie Ihr behauptet zu sein«, sagte Marco. »Sorgt für einen gerechten Verlauf des Prozesses, damit er das auch beweisen kann. Das ist der Preis für die Medizin.«

»Heißt das, Ihr glaubt mir?«

»Das kann Euch doch gleich sein.«

»Und die Gedichte?«

Marco nahm sie heraus und warf sie auf den Tisch. Dann machte er auf der Ferse kehrt und ging.

Erst als er in seinem Bett lag, fiel ihm ein, dass er van der Schuren gar nicht gefragt hatte, wieso er beschnitten war.

Er stand auf einem Leiterwagen, angekettet an einen Pfahl, den sie auf dem Wagen befestigt hatten. Blutig waren Kinn und Hals, qualvoll schnitt das rostige Eisen der Halsfessel bei jedem Schaukeln des Fuhrwerks in sein Fleisch. Seine Hand- und Fußgelenke waren wund gescheuert, Arme und Beine völlig gefühllos. Hätte man ihn losgebunden, wäre er auf der Stelle zusammengebrochen.

Bekleidet hatten sie ihn mit einem weißen Gewand, das auf der Vorderseite ein Loch aufwies, durch das sie sein beschnittenes Glied gezogen hatten. Auf das starrten nun alle, die sich links und rechts der Straße drängten, wie auf den Pferdefuß des Teufels. Ein mehrere Hundert Köpfe zählendes grölendes, johlendes, klatschendes und kreischendes Menschenmeer. Ohne Unterlass wurde er von Abfällen, Fäkalien und Steinen getroffen. Wären die Wachen nicht gewesen, der Pöbel hätte ihn vom Wagen gezerrt und zerrissen wie eine Meute wilder Hunde ein waidwundes Reh.

Hin und wieder konnte er einzelne Menschen erkennen in der ansonsten gesichtslosen Masse. Richter van der Schuren und Distelhuizen mit ihren selbstgefälligen Mienen. Kaplan von Elten und Rektor Clos, erst tuschelnd, dann hämisch grinsend. Henrik Zwerts und Piet Wannemeker, jubilie-

rend, weil für sie endlich der Tag der Genugtuung gekommen war.

Aber auch die, die bis zuletzt auf seiner Seite gewesen waren, waren gekommen. Seine Eltern, sein Bruder, Ricciutello – Gott sei Dank, sie hatten ihn freigelassen – und Elsa. Und Anna.

Anna!

Sie war gar nicht tot. Alles war nur ein Irrtum. Gütiger Himmel, Anna lebte!

Aber warum führten sie ihn dann zum Richtplatz? Warum um alles in der Welt wollten sie ihn am Galgen aufknüpfen, wenn Anna doch am Leben war? Vielleicht hatten sie sie nur noch nicht bemerkt. Vielleicht hatte niemand gesehen, dass sie zurückgekehrt war. Er musste ihnen nur sagen, dass sie wieder da war, und alles würde gut werden.

»Seht, da steht sie!«, rief er ihnen zu.

Das heißt, das war, was er ihnen zurufen wollte. Hervor brachte er nur ein Gurgeln, ähnlich den Tönen, die Ricciutello von sich zu geben pflegte. Er versuchte es erneut, schrie, aber was er hervorstieß, blieb selbst ihm unverständlich. Da endlich fiel ihm ein, dass sie ihm die Zunge herausgeschnitten hatten, gleich zu Beginn des Prozesses. Sie hatten ihn seiner Stimme beraubt, damit er nicht die Wahrheit sagen konnte.

Sein Schicksal war besiegelt.

Anna verschwand aus seinem Blickfeld, und im nächsten Moment wusste er schon nicht mehr, wie sie ausgesehen hatte. Dann trübte sich sein Blick. Erst lösten sich alle Umrisse auf, das Bild verschwamm, dann wurde es zunehmend dunkler, schließlich war alles schwarz. Gleichzeitig ebbte der Lärm um ihn herum ab. Die Geräusche entfernten sich, verloren sich immer mehr, bis nur noch Stille herrschte.

Marco war blind und taub.

*

»Marco!«, hörte er eine ihm vertraute Stimme raunen. »Hurtig, erheb dich! Du musst verschwinden.«

Marco schlug die Augen auf, verwirrt, noch halb gefangen in seinem Albtraum. Pietro hatte ihn an den Schultern gepackt und schüttelte ihn.

»Nun mach schon«, sagte er drängend. »Die Garde des Grafen steht vor dem Haus. Sie hat die Untersuchung der männlichen Einwohner übernommen.«

Halb richtete Marco sich auf, halb zog Pietro ihn hoch. Die Schecke mit Kapuze, sein Umhang und die Schnabelschuhe lagen bereit. Dazu Gürtel, Gürteltasche, Dolch und Kurzschwert.

»Wieso? Sie haben doch Ricciutello. Und wieso überhaupt die gräfliche Garde? Was hat die denn damit zu tun?«, fragte Marco verdattert.

»Was weiß ich. Beeilung. Mutter hält sie hin. Du musst dich über die Dächer davonmachen.«

Endlich begriff Marco den Ernst der Lage. Rasch schlüpfte er in seine Kleider und zog sich die Schuhe an, zuerst auf dem einen, dann auf dem anderen Bein hüpfend. Den Dolch steckte er ein, das Schwert ließ er liegen.

»Zu unhandlich«, sagte er, und als sie in Pietros Zimmer am Fenster standen: »Mein Gott, der Morgen graut ja gerade mal.«

»Dein Vorteil. Solange du keine Schindel lostrittst, werden sie dich auf dem Dach nicht bemerken.«

Marco war bereits mit einem Bein durchs Fenster, als er innehielt. »Wenn die Sache hier ausgestanden ist, musst du Elsa benachrichtigen. Sag ihr, ich erwarte sie am Badeplatz.«

»Badeplatz?«

»Sie weiß schon, wo das ist.«

»In Ordnung. Aber nun mach, dass du rauskommst.«

Marco packte die Traufe, setzte den Fuß auf die Fensterlade, stieß sich ab und zog sich hoch. Dann kletterte er über die

Dachschräge zum First, darauf bedacht, nur ja kein Geräusch zu verursachen. Im Schutz des Kamins wagte er einen Blick auf die Straße.

Ein halbes Dutzend Reiter drängte sich vor dem Haus. Marco erkannte Adolf Kaldewey, den gräflichen Hausmeister, und zu seiner Überraschung Kaplan von Elten, den er noch nie im Sattel gesehen hatte. Nie hätte er gedacht, dass es für so kurze Beine überhaupt Steigbügel gab. Die Männer unterhielten sich gedämpft. Dann wurde die Haustür geöffnet, und Marco vernahm, wie seine Mutter die Männer hereinbat. Alle stiegen ab, sogar von Elten, dem einer der Gardisten vom Pferd half.

Kaum war die Truppe im Haus verschwunden – nur ein Mann war zur Bewachung der Pferde zurückgeblieben –, glitt Marco zurück in die Traufe und balancierte auf ihr bis zum Ende des Hauses. Dort stieß er sich kräftig ab und landete mit einem weiten Satz auf dem Scheunendach. Das überquerte er, vorbei an dem Storchennest, das in diesem Jahr unbesetzt war, und stieg in die Kastanie, die die Rückseite der Scheune beschirmte. Der Baum war ihm seit jeher vertraut, selbst in völliger Finsternis hätte er sich in dem Geäst zurechtgefunden. Nur wenige Herzschläge später hatte er festen Boden unter den Füßen.

Der erste Teil seiner Flucht konnte als geglückt bezeichnet werden. Blieb die Frage, wie es nun weitergehen sollte. Die eine Möglichkeit war, über den Hügel hinter dem Anwesen den Weg entlang der Heideberger Mauer zu nehmen. Dabei würde er sich jedoch in den Umkreis von Macellum und Gewandhaus begeben, wo selbst zu dieser frühen Stunde oft genug rege Betriebsamkeit herrschte. Zudem bedeutete diese Richtung einzuschlagen, die Stadt später durchqueren oder sie entlang der Mauer umrunden zu müssen. Ein weiter Weg und viel Gelegenheit, den Weg der Schergen zu kreuzen.

Dagegen wirkte die andere Möglichkeit, nämlich einfach an

Ort und Stelle zu verharren, nur scheinbar wagemutig. Hinter der Scheune würden sie ihn kaum vermuten, und außerdem gab es ein paar Männer mehr zu untersuchen als die drei Montemagnos. Marco war sich sogar sicher, dass sie oder die van Bylants die Ersten waren, die Kaldewey und von Elten sich vorgeknöpft hatten, und dass die Stadt nun von Norden nach Süden durchkämmt werden würde. Im Laufe des Vormittags würde damit der direkte Weg zum Alten Rhein frei werden. Bis dahin galt es, sich in Geduld zu üben.

*

Der Deiwelschitt wuchs so dicht und verschlungen, dass Marco kein Durchkommen sah. Also ging er weiter bis zur Dwarsmauer und an ihr entlang zum Altarm. Dort zog er die Schuhe aus, rollte die Beinlinge hoch und glitt von der Uferböschung in den Kermisdahl. Klar und kühl war das Wasser. Über große runde Kiesel watete er in Richtung des Röhricht, der die Badestelle von dieser Seite abschirmte. Der Grund wurde schlammig, und Marco sank bis zu den Knöcheln ein. Eine Brasse, die sich zwischen den Halmen versteckt hatte, suchte das Weite. Und dann steckte Marco auf einmal fest.

Er war in einen Rasen von Wasserknöterich geraten, der im Schlamm wurzelte. Das war ihm als kleines Kind schon einmal passiert, seinerzeit noch in einem Seitenarm des Rheins bei Strassburg, und damals hätte ihn das Teufelszeug beinahe das Leben gekostet. Wie heute war er mit den Füßen in dem dichten Pflanzengewirr hängen geblieben, hatte dabei das Gleichgewicht verloren und war mit dem Kopf unter Wasser geraten. Befreien hatte er sich nicht können. Im Gegenteil, da er voller Panik gestrampelt hatte, hatte er sich immer mehr in dem Gestrüpp verfangen. Wären sein Vater und Ricciutello nicht gewesen, die in der Nähe geangelt hatten, wäre er ertrunken.

Diesmal, fünfzehn Jahre später, bewahrte er Ruhe. Mit Hilfe des Dolches durchtrennte er die Fußfesseln. Dann schlug er einen Bogen um den Rasen, wobei er in eine Gumpe geriet und bis zu den Achseln versank. Einige wenige Schwimmzüge brachten ihn zu der Weide, an deren Ästen er sich ans Ufer zog.

Der Platz war wirklich geeignet. Er maß ungefähr zehn mal zehn Schritte. Die Büsche und Stauden ringsum bildeten eine regelrechte Mauer. Wie Clos da durchgekommen war, war Marco schleierhaft. Nachdem er Beinlinge, Wams und Umhang zum Trocknen aufgehängt hatte, streckte er sich auf dem stoppeligen Untergrund aus.

Zu gerne hätte er ein paar Minuten gedöst, denn er fühlte sich erschöpft, aber sein Geist wollte nicht zur Ruhe kommen. Wie schon während der letzten Stunden, als er unter der Kastanie gewartet hatte, bis die Luft rein war, kreisten seine Gedanken um die neuerliche Wendung, die der Fall genommen hatte.

Wieso in drei Teufels Namen wurde die Untersuchung durchgeführt, obwohl mit Ricciutello ein Verdächtiger in Haft saß? Wieso zog die gräfliche Garde statt der Stadtknechte von Haus zu Haus? Und was hatte von Elten dabei zu suchen? Fragen, auf die Marco beim besten Willen keine Antwort fand. Eines stand jedenfalls fest, den Zeitgewinn, den ihm Ricciutellos Verhaftung verschafft hatte, gab es nicht mehr. Ganz im Gegenteil, ihm musste noch heute etwas Brauchbares einfallen.

Im Gebüsch zu seiner Linken raschelte es. Wenn es ein Tier war, dann war es ein großes. Marco griff nach seinem Dolch.

»Ich bin's«, hörte er Elsas Stimme.

Zunächst sah er nur einen Wäschekorb, der durch das Gebüsch geschoben wurde. Marco zog den Korb heraus; dahinter tauchte Elsas Kopf auf. Wie eine Schlange wand sie sich zwischen Liguster, Waldrebe und Knöterich hindurch.

»Das ist der einzige Zugang«, sagte sie und klopfte sich den

Schmutz vom Gewand. »Wie bist du hierher gekommen? – Ach, ich sehe schon.«

»Ich häng mir den Umhang um.«

»Nun sei nicht albern, ich hab schon mal einen Mann in Unterkleidern gesehen. Wartest du schon lange?«

»Nicht der Rede wert. Hast du heute wieder Waschtag?«

»Irgendeinen Vorwand brauchte ich, sonst hätte die Mutter mich nicht gehen lassen. Sie hat sich ohnehin gewundert, weil ich mich sonst vor dem Waschen drücke, wo ich nur kann. Da hab ich ihr gesagt, ich will das Wetter ausnutzen, wer weiß, wie es morgen wird.«

Als sie saßen – Elsa auf ihren Fersen, Marco im Schneidersitz –, sagte er: »Was hat Pietro erzählt? Wie ist es gelaufen?«

»Dein Vater und er mussten sich entkleiden, und dann haben Kaldewey und von Elten ihnen zwischen die Beine geguckt. Pietro sagte, es sei entwürdigend gewesen, er sei sich vorgekommen wie ein Stück Vieh bei der Fleischbeschau. Natürlich haben sie auch nach dir gefragt. Deine Mutter hat ihnen erzählt, dass du hin und wieder anderswo übernachten würdest, vermutlich hättest du eine Liebschaft, sie wisse aber nicht, um wen es sich dabei handele. Trotzdem wollten sie deine Kammer sehen und haben auch sonst im Haus herumgestöbert, sind dann aber abgezogen. Jedenfalls sollst du dich noch heute in der Ratsstube im Mitteltor melden und begutachten lassen.«

»Und wenn nicht?«

»Werden sie vermutlich nach dir suchen.« Elsa zeigte auf das jenseitige Ufer. »Dann bleibt dir nur noch, rüberzuschwimmen.«

»So weit sind wir noch nicht. Hat Pietro herausgefunden, wieso von Elten und die Garde die Untersuchung durchführen?«

»Pietro nicht, aber ich; Richter van der Schuren war nämlich heute Morgen im Hemele und hat einen Krug Wein bestellt. Das habe ich noch nie erlebt, dass der schon vormittags trinkt. Deshalb habe ich gelauscht, als er sich mit dem Vater unterhalten hat. Seinen Ärger müsse er runterspülen, sagte er. Habe der verdammte Pfaffe doch den Grafen beschwatzen können, die Untersuchung durchzuführen. Und wie stehe er – van der Schuren – nun da? Wie ein Trottel, der in der eigenen Stadt nichts zu sagen habe.«

»So viel dazu, wer die Zügel in der Hand hält.«

»Wie?«

»Schon gut. Der Richter war also dagegen?«

»Er hält euren Ricciutello für den Mörder. Deshalb hatte er die geplante Untersuchung abgeblasen. Darüber war der Kaplan beleidigt, war das mit den Juden doch seine Idee, und ist zum Grafen gelaufen.«

»Man glaubt manchmal nicht, von welchen Eitelkeiten Gedeih und Verderb abhängen.«

Eine Weile saßen sie nur da, jeder mit seinen eigenen Gedanken beschäftigt. Schließlich fiel Marcos Blick auf Elsas Hände, die in ihrem Schoß ruhten. Lange, schlanke Finger hatte sie, und groß waren die Monde der Nägel. Dann wanderte er ihre Arme hinauf, streifte ihre Brüste, ihren Hals, das Kinngrübchen mit der Narbe, ihre Lippen und traf sich zuletzt mit ihrem Blick. Elsas Augen waren nicht braun, sie waren schwarz. Wie ein See im Moor, dachte er.

»Woran denkst du?«, fragte sie.

»An die Moore, die ich einmal auf einer Reise nach Friesland durchquert habe.«

Elsa runzelte die Stirn. »Wie kommst du denn jetzt darauf?«

»Nur so ein Gedankensprung.« Marco pflückte ein Gänseblümchen und hielt es ihr hin. »Ich wollte dich um etwas bitten.«

Elsa nahm das Blümchen und schnupperte daran. »Hast du es dir anders überlegt?«

»Was?«

»Die Sache mit dem Lockvogel.«

»Du wirst mir langsam unheimlich. Kannst du hellsehen?«

»Ich hab das zweite Gesicht«, sagte sie und schnitt eine Grimasse. »Aber ernsthaft. Siehst du ein, dass das die einzige Möglichkeit ist, die uns bleibt?«

»Wohl ist mir dabei nicht, das kannst du mir glauben.«

»Du vergisst, dass das mein Einfall war. Sollte etwas missglücken, brauchst du dir keine Vorwürfe zu machen.«

»Es würde mich umbringen«, sagte Marco und nahm ihre Hand. »Danke.«

»Ist das alles?«

Der erste Kuss, den er ihr gab, war sehr zart, beinahe schon schüchtern, der zweite eine Spur leidenschaftlicher. Dann brachte Elsa ihre Zunge ins Spiel, worauf Marco willig einging. Als sie zur Seite sanken, konnte eine Eidechse gerade noch vor ihnen Reißaus nehmen.

»Die haben es gut«, sagte Marco.

»Wieso?«

»Die können bei Gefahr ihren Schwanz abwerfen. Ich wollte, das könnte ich auch.«

»Das wäre aber schade«, sagte Elsa.

Rom, September 1348

Fast ein Jahr war seit der Flucht d'Amiens' aus Sizilien vergangen. Via Policastro und Neapel war er im Frühjahr in Rom eingetroffen, inzwischen bar jeder Mittel und gezwungen, Arbeit anzunehmen. Das Geld, das er für die Überfahrt nach

Spanien zurückgelegt hatte, musste er für ein Pferd sowie Waffen und Panzerung einsetzen. Die Reise ohne Reittier hatte sich schnell als zu beschwerlich erwiesen, und das Schwert und die Rüstung waren unabdingbar angesichts der bewaffneten Horden, die in jenen Tagen den Süden Italiens unsicher machten.

Unterwegs war es mehrfach zu Auseinandersetzungen gekommen, die er nahezu ohne Verwundungen überstanden hatte. Fast erstaunte es ihn selbst, in welch ausgezeichneter Verfassung er sich noch immer befand, bei einer Gelegenheit hatte er es mit fünf Wegelagerern gleichzeitig aufgenommen und allen die Köpfe abgeschlagen. Erfolge, die sein Vertrauen in sich derart stärkten, dass er es wagte, sich in Rom als Leibwächter zu verdingen, eine gut bezahlte Tätigkeit, wenn auch nicht ungefährlich.

Sein Arbeitgeber war ein durch Kräuter- und Gewürzhandel reich gewordener Sizilianer namens Camilleri, der zusammen mit seiner sechsköpfigen Familie einen Palazzo an der Via Flaminia bewohnte. Im ganzen Haus duftete es wunderbar nach den auch hier gelagerten Handelswaren, ein nicht zu unterschätzendes Stück Lebensqualität in einer Stadt, in der es in weiten Teilen stank wie auf dem Abtritt. D'Amiens war zunächst eine stickige Kammer unter dem Dach zugeteilt worden, bis er darauf hinwies, dass man ihn als Leibwächter sinnvollerweise in der Nähe des Eingangs unterbringen sollte. Das war umgehend geschehen. Die Kühle des Erdgeschosses bescherte ihm die notwendige geistige Frische, um wenigstens halbe Nächte seine Geschichte fortzuschreiben, tagsüber blieb ihm dafür meist keine Zeit.

Seine Aufgabe bestand vornehmlich darin, Camilleri auf seinen Wegen durch die Stadt zu begleiten, sei es zu Lieferanten oder Kunden oder einfach nur ins Kontor, und ihm dabei Bettler und Straßenräuber vom Hals zu halten, von denen es in Rom nur so wimmelte. Jeder, der mehr als einen Groschen in der Tasche hatte, schwebte in ständiger Lebensgefahr, angeblich waren schon Leute für weniger erschlagen worden. Der Sizilianer war gutmütig, zahlte ordentlich und pünktlich, und da d'Amiens anspruchslos war und Verpflegung und Unterkunft frei hatte, konnte er binnen kurzer Zeit ein nettes Sümmchen zurücklegen. Er rechnete damit, dass die Ersparnisse spätestens zum Jahresende für die Reise nach Spanien reichen würden.

Noch wichtiger für den Comte war jedoch, dass er knapp einen Monat nach seiner Ankunft in der Stadt auf Ordensbrüder gestoßen war. Fünf Männer, alle in seinem Alter, die ein Hospitium mit angeschlossener Taverne in einer Seitenstraße der Via Lata, unweit des Palazzo Doria, betrieben. Natürlich trugen auch sie nicht mehr das klassische Habit, die weiße Kutte mit dem roten Tatzenkreuz, schließlich war der Orden durch Papst Clemens' Verfügung auch in Italien aufgelöst worden. Aber im Gegensatz zu Frankreich hatte man die Brüder hier zu Lande nicht eingekerkert, geschweige denn gefoltert oder umgebracht. Die meisten waren den Johannitern beigetreten, wo man sie allein schon wegen ihres Geldes mit offenen Armen empfangen hatte.

So auch die fünf vom Hospitium, die sich aber dennoch insgeheim zu den Brüdern des Christusordens in Portugal, dem einzig legitimen Nachfolger des Templerordens, bekannten. D'Amiens hatte das gleich anlässlich seiner ersten Einkehr in der Taverne herausgefunden. Bruder Benedetto, dessen Verstand schon dem Alter Tribut zollen musste, hatte sich verplappert. Während die übrigen noch heftig leugneten, legte der Comte seinerseits ein Bekenntnis zum Orden des Tempels ab, woraufhin sie sich in die Arme fielen und d'Amiens begrüßten wie den verlorenen und wieder gefundenen Sohn.

Getrübt wurde das unverhoffte Kennenlernen durch eine schlechte Nachricht, die die Brüder für ihn hatten, als sie seinen Namen erfuhren: D'Amiens wurde gesucht, es war gar eine nicht unbedeutende Belohnung für denjenigen ausgesetzt, der Kunde über seinen Verbleib geben konnte. Allerdings nicht von römischen Stellen, sondern von einem Ausländer mit einem gewaltigen rostroten Schnauzbart, der das Hospitium erst letzte Woche aufgesucht und gefragt hatte, ob einem der Brüder ein gewisser Comte d'Amiens bekannt sei. Da sie nie von ihm gehört hatten, war der Fremde unverrichteter Dinge abgezogen und ward seitdem nicht wieder gesehen. Von anderen Herbergsbetreibern hatten die Brüder erfahren, dass der Ausländer auch dort Erkundigungen eingezogen hatte.

Es war der neunte September, als der Comte wie jeden Morgen die Basilika der Zwölf Apostel aufsuchte, um zu beten, freie Zeit, die Camilleri ihm von Anfang an gewährt hatte, war er doch selbst ein frommer Mann. Die Kirche lag nur unweit des Palazzos, der Weg war mühelos zu Fuß zu bewältigen. Wundervolle Fresken schmückten das Gewölbe, das prächtigste zeigte Jesus und die Jünger am See Genezareth. D'Amiens fand, dass Markus, der dritte von links, ihm ähnlich sah, behielt das aber für sich.

Er war gerade niedergekniet, als die Erde zu beben begann. Ein Blick nach oben zeigte ihm, dass Matthäus und Markus durch einen armbreiten Riss getrennt waren, Putz in der Größe von Fladenbroten regnete herab, dann fielen die ersten Steine. Schwankend wie ein Volltrunkener torkelte der Comte zum Portal, ein Stein streifte seinen Kopf, warm rann Blut seine Schläfe hinab. Er stand noch auf der Treppe, als das Seitenschiff einstürzte. Staub hüllte ihn ein wie Nebel, nahm ihm Sicht und Luft. Sich nur auf seinen Orientierungssinn verlassend begab er sich, um sich von den zusammenbrechenden Gebäuden fern zu halten, in die Straßenmitte. Dort stieß er mit einem Mann zusammen.

Sich gegenseitig an den Oberarmen packend wie zwei Ringkämpfer gaben sie einander Halt auf dem schwankenden

Untergrund. Der Mann hatte in etwa d'Amiens Größe, war aber um einiges jünger und entschieden kräftiger gebaut. Beherrscht wurde sein Gesicht von einem gewaltigen roten Schnäuzer, der den ganzen Mund überwucherte. Und plötzlich überfiel d'Amiens eine unheilvolle Ahnung: Bei Gott, wenn das nicht der Ausländer war, der sich im Hospitium nach ihm erkundigt hatte.

Ob d'Amiens sich durch seinen Gesichtsausdruck verriet, oder ob der andere ihn früher einmal gesehen hatte und daher wieder erkannte, jedenfalls weiteten sich auch die Augen des Schnauzbärtigen bei der Erkenntnis, wem er gegenüberstand. Wild stieß er den Comte von sich, wankte einige Schritte zurück, zog sein Schwert und rief etwas, das d'Amiens nicht verstand. So blieb auch dem Comte nichts weiter, als nach seinem Gehenk zu greifen. Der Griff ging jedoch ins Leere. Er hatte sein Schwert in der Kirche abgelegt, und da lag es noch, begraben unter den Trümmern.

Plötzlich riss das Pflaster unter den Füßen des Schnauzbärtigen auf und ließ ihn in einen gähnenden Abgrund stürzen, so schnell, dass ihm nicht einmal die Zeit blieb, überrascht zu gucken, geschweige denn zu schreien. Dann schloss sich die Spalte, wie sie sich aufgetan hatte; es war, als habe es den Mann nie gegeben. Und im selben Augenblick war alles vorüber.

Von jetzt auf gleich bot die Erde wieder sicheren Stand, der Staub verzog sich, nur die Stadt war nicht mehr die gleiche. Jedes vierte Gebäude lag in Trümmern, die Hälfte der übrigen wies Risse oder Schlimmeres auf. Von überall her ertönten Schreie und Wehklagen. D'Amiens half einer alten Frau auf die Beine, die unweit von ihm gestürzt war, dann eilte er zum Palazzo.

Äußerlich war der prächtige Bau unversehrt, im Inneren aber war vieles zerstört. Ungleich schwerer wog jedoch, dass der Hausherr das Beben nicht überlebt hatte. Eine umstürzende Säule hatte ihn beim Frühstück erschlagen, einem Stück

Lendenbraten, das er – die Freude war ihm wenigstens noch vergönnt gewesen – fast bis auf den letzten Bissen verzehrt hatte. Auch d'Amiens hatte einen herben Verlust zu beklagen: Der Schrank, in dem er die Pergamente aufbewahrt hatte, war von herabgestürzten Deckenteilen zermalmt worden. Die Arbeit eines ganzen Jahres war verloren, er würde die Niederschrift der Geschichte des Ordens von vorne beginnen müssen.

Die Nacht verbrachten d'Amiens und die Überlebenden der Familie in Zelten auf dem freien Feld hinter dem Palazzo, einige leichte Nachbeben raubten ihnen den Schlaf. Das Morgengrauen brachte ein weiteres schweres Beben, diesmal stürzte der Palazzo in sich zusammen, aber nicht nur er. St. Paul war ein einziger Trümmerhaufen, der Lateran büßte seinen Giebel ein, und der berühmte Turm der Milizen stand nur noch zur Hälfte.

D'Amiens deutete das Beben und die wundersame Rettung vor dem Schnauzbärtigen als Zeichen Gottes, seine Reise fortzusetzen. Zwei Tage blieb er noch und half der Witwe Camilleris und den Kindern, eine würdige Unterkunft zu finden. Dann verabschiedete er sich und verließ die Stadt am Morgen des Dreizehnten durch die Porta Aurelia Nuova.

Kleve, Juni 1350

Angetan mit einem weiten, schwarzen Umhang, einem breitkrempigen Strohhut und dem mehr als körperlangen, gekrümmten Stab sah Marco aus wie einer jener Wanderhirten, die sich gelegentlich in der Stadt aufhielten. Die langen Schatten des späten Nachmittags geschickt ausnutzend, bewegte er sich weitgehend unbemerkt entlang der westlichen Stadtmauer bis zum Rabenturm, trat durch den Schlupf, den man vor acht Jahren in die alte Mauer geschlagen hatte, und stieg hinab zur Stechbahn. Auf dem weiten Feld war er eine Zeit lang gut auszumachen, bis seine Gestalt mit dem Schatten der ehemaligen Schäferhütte verschmolz.

Als Elsa endlich eintraf, hatte die Sonne sich bereits verabschiedet, aber ein Streifen Himmel über dem Horizont stand noch in Flammen und spendete warmes, rötliches Licht.

»In Honig gebackene Zwiebeln«, sagte sie und zeigte auf die erste von drei irdenen Schalen, die sie mitgebracht hatte. »Ein Stück Fischpastete mit Würzkräuterfüllung und überkrusteter Wildschweinrücken mit Weinbeeren. Lass es dir schmecken.«

Marco fächelte sich den Duft des Schweinerückens zu, der noch warm war. »Offenbar denken alle, jede Mahlzeit könnte meine letzte sein. Als ich heute Nachmittag kurz zu Hause war, um mir Ricciutellos Umhang und Hut zu holen, hat meine Mutter mich schon genötigt, mir den Bauch voll zu schlagen. Und jetzt rückst du noch mit Mengen an, an denen ich üblicherweise drei Tage essen würde.«

»Das ist nicht für dich allein, ich habe schließlich auch Hunger. Außerdem dachte ich, dein Bruder sei hier.«

»Zu Hause hab ich ihn nicht angetroffen. Mutter wollte ihm aber ausrichten, dass er hierher kommen soll. Er ist bereits überfällig.«

»Ich habe auch Wein mitgebracht. Willst du?«

»Einen Schluck. Schließlich haben wir noch etwas vor.«

Das Essen war so köstlich, dass sie es schweigend genossen. Ein Drittel ließen sie für Pietro zurück. Wegen der Ameisen deckte Elsa die Schalen wieder ab.

»Schaudert dich nicht, an diesen Platz zurückzukehren?«, fragte Marco.

»Hier bei der Hütte geht es. Aber unmittelbar an die Stelle, wo ich Anna gefunden habe, könnte ich, glaube ich, nicht gehen. Noch nicht.«

»Haben deine Eltern keine Schwierigkeiten gemacht?«

»Einen Abend in der Woche habe ich frei.« Elsa schien froh über die Wendung des Gesprächs. »Und der ist heute. Ich war nur in Sorge, dass meine Mutter mir ansieht, dass ich mich dir hingegeben habe.«

»Woran sollte sie das denn merken?«

»Man sagt, dass Mädchen andere Augen bekommen, wenn sie ihre Unschuld verloren haben.«

»Das ist doch Humbug. Wer hat dir das erzählt?«

»Hedwig. Sie bedient im Übrigen heute Abend bei uns.«

»Auch das noch. Hoffentlich kommt sie uns nicht in die Quere.«

»Ich konnte es nicht verhindern. Was hätte ich meinem Vater denn sagen sollen? Dass er heute ohne Hedwig auskommen muss, weil zwei Lockvögel zu viel sind?«

»Komm, setz dich zu mir.«

Elsa wechselte den Platz und schmiegte sich in Marcos Armbeuge. Wohlige Wärme durchflutete ihn, sammelte sich in seinen Lenden und stiftete seine Hand an, sich vorzutasten. Elsa ergriff die vorwitzige rechte, küsste sie und legte sie auf ihre Brust, hielt sie aber fest.

»Was denkst du, wo sollen wir den Köder auslegen?«, fragte sie. »Anna wurde hier überfallen, Nehle auf dem Friedhof der Brüderschaft und Hedwig am Mitteltor. Drei gänzlich verschiedene Orte. Und doch haben die Überfälle eines gemeinsam: Die Opfer kamen alle aus dem Hemele. Vermutlich ist der Täter ihnen von dort gefolgt.«

»Also beginnen wir am Alten Markt und bewegen uns dann die Kirchstraße hinunter.«

»Ja. Aber erst, wenn Pietro kommt.«

»Und was ist, wenn er nicht kommt?«

»Er muss einfach, allein ist das nicht zu bewältigen. Einer

von uns muss dir vorausgehen, der andere folgt dir in größerem Abstand. Nur so kann es gelingen.«

»Noch ist ja Zeit.« Elsa verschränkte ihre Hand mit Marcos. »Weißt du, was mich die ganze Zeit beschäftigt? Die Frage, was Nehle auf dem Friedhof der Minoriten zu suchen hatte. Der liegt doch gänzlich abseits ihres Heimwegs.«

»Darüber habe ich auch schon nachgedacht. Ich fürchte nur, auch das ist ein Umstand, der Ricciutello zum Nachteil gereicht. Denn sein Heimweg führt dort vorbei.«

»Was ist, wenn heute Nacht niemand über mich herfällt? Spräche das nicht auch gegen ihn?«

»Ich weiß es nicht. Ich weiß bald überhaupt nicht mehr, was ich denken soll. Lassen wir es einfach auf uns zukommen.«

Plötzlich fröstelte Elsa.

»Halt mich ganz fest«, sagte sie. »Dann wird alles gut.«

*

Das Wetter war, wie Marco befürchtet hatte. Wolken zogen auf und sperrten Mond und Sterne aus. Die Sichtweite betrug kaum zwanzig Schritte. Aber das war nicht das einzige Problem: Pietro hatte sie versetzt.

»Sagtest du nicht, man könne sich ganz und gar auf ihn verlassen?«, fragte Elsa, während sie Marcos Gesicht und Hände mit einem Stück Holzkohle schwärzte, das sie von zu Hause mitgebracht hatte.

»Üblicherweise schon. Ihm muss etwas dazwischengekommen sein. Wir lassen die Sache lieber sein.«

»Kommt überhaupt nicht in Frage. Hast du vergessen, dass du dich bereits heute melden solltest? Spätestens morgen früh werden sie nach dir suchen. Uns bleibt nur diese eine Nacht, den Mörder zu stellen.«

»Das Wagnis ist zu groß. Zudem ist fraglich, ob der Kerl überhaupt unterwegs ist.«

»Wenn nicht, kann mir ja nichts geschehen. Marco, ich würde es nicht ertragen, wenn du eingesperrt würdest. Ich liebe dich doch.«

»Ich liebe dich auch, Elsa.« Marco nahm sie in die Arme. »Eben deshalb will ich nicht, dass du dich dieser Gefahr aussetzt. Selbst mit Pietro wäre es eine Sache auf Messers Schneide geworden, aber ich allein … Das ist purer Leichtsinn.«

»Dann sind wir eben leichtsinnig. – Hier.«

»Was ist das?«

»Spürst du es nicht?«

»Aua! Ein Messer. Was stichst du mich denn in die Rippen?«

»Ich kann sehr gut damit umgehen. Du vergisst überdies, dass ich weiß, was mich erwartet. Anna, Nehle und Hedwig sind blind in ihr Unglück gerannt.«

Marco betrachtete angelegentlich die Schnäbel seiner Schuhe. Schließlich wurde es Elsa zu bunt.

»Jetzt müsstest du sie eigentlich unter hundert ähnlichen Paaren herausfinden können«, sagte sie.

»Wie?«

»Ich warte auf eine Antwort.«

Marco seufzte. »Wir müssen für dich ein helles Schultertuch besorgen, damit ich dich besser im Auge behalten kann.«

Elsa verschwand in der Hütte und kam mit dem Tuch zurück, mit dem sie die Speisen im Korb abgedeckt hatte. »Hell genug?«

Marco schickte sie zwanzig, dann vierzig, zuletzt sogar sechzig Schritte voraus. Das Dreieck schrumpfte und wurde von einem weißen zu einem grauen, aber es blieb sichtbar.

»Gehen wir«, sagte er. »Ich will am Hemele sein, bevor dein Vater zusperrt.«

*

Die Schankwirtschaft am Alten Markt war so belebt wie das Schlachtfeld bei Worringen am Abend des fünften Juni 1288. Nur noch einige wenige Talglichter flackerten, und außer den ewig Letzten, die mit dem Kopf auf dem Tisch schnarchten, war die Stube leer. Weder von den Zwerts noch von Hedwig war etwas zu sehen. Marco schloss die Vordertür, die er spaltweit geöffnet hatte.

»Hier ist rein gar nichts los«, sagte er. »Gibt's woanders was umsonst?«

»Du vergisst die Untersuchung«, sagte Elsa. »Wer noch nicht begutachtet wurde, wird sich nicht aus dem Haus wagen.«

Marco sammelte eine Hand voll kleiner Steine auf und steckte sie in die Tasche.

»Was willst du damit?«, fragte Elsa.

»Kommt ein Stein geflogen, bleibst du stehen. Kommt wieder einer, gehst du weiter. Wir versuchen das gleich mal.«

»Versuch bitte, daneben zu werfen.«

Marco ging die Kirchstraße hinunter bis zu dem hexenfingerschmalen Haus des Holzschuhmachers, in dem nur die Kinder bis zum zehnten Lebensjahr quer schlafen konnten. Als er sich umdrehte, war von Elsa nur noch ein handtellergroßer heller Fleck zu sehen. Er warf den ersten Stein. Den Aufschlag hörte er nicht, aber Elsa musste ihn vernommen haben, denn sie setzte sich in Bewegung.

»So wird das nichts«, sagte sie, als sie bei ihm war. »Ich kann mich doch nicht auf Steinchenbefehl bewegen, da wird der Mörder gleich wittern, dass es sich um eine Finte handelt.«

»Hast du einen besseren Vorschlag?«

»Ich gehe voraus, und zwar in üblicher Geschwindigkeit, als hätte ich ein bestimmtes Ziel, und du folgst mir mit dem größtmöglichen Abstand und am besten unsichtbar.«

»Dann kann ich dich ja gleich allein laufen lassen.«

»Marco – sonst hat es überhaupt keinen Sinn. Was gibt es da zu lachen?«

»Ich habe mir nur vorgestellt, dass der Kerl uns schon die ganze Zeit beobachtet und sich fragt, was wir hier eigentlich aufführen.«

»Genau, wenn wir noch lange so weitermachen, können wir den Plan vergessen.« Elsa rückte ihre Leinenhaube zurecht und zog das Tuch straffer um die Schultern. »Ich gehe jetzt.«

»Sei vorsichtig.«

Ihr Kuss schmeckte salzig. Während Marco sich noch mit der Zunge über die Lippen fuhr, hatte Elsa sich bereits zwanzig Schritte entfernt. Er wartete, so lange er es verantworten konnte, dann drückte er seinen Strohhut tiefer in die Stirn und folgte ihr.

*

In gleich bleibender Entfernung wippte das graue Dreieck des Schultertuchs auf und ab. Erst die Burgstraße hinunter, dann durchs Mitteltor und weiter talwärts über die Große Straße. Niemand kreuzte ihren Weg, alle Fenster und Laden waren geschlossen, nicht einmal ein Schnarchen oder Husten drang aus einem der Häuser. Kleve wirkte wie ausgestorben.

Während Elsa sich in der Straßenmitte hielt, gleich neben dem Rinnstein, schlich Marco dicht an den Häusern entlang. Dort hieß es Acht geben, allenthalben stand Werkzeug oder Gerümpel herum. So erschrak er nicht schlecht, als er über einen Eimer stolperte. Der Lärm war beachtlich und weckte einen Hund, dessen Kläffen ihn bis zum Haus des Bürgermeisters verfolgte.

Für Marcos Empfinden ging Elsa viel zu schnell. Er musste schließlich nicht nur sie im Auge behalten, sondern auch die Straße hinter sich überwachen. Dazu kam, dass er, um weitgehend unsichtbar zu sein, jede Nische und jeden Mauervorsprung als Deckung nutzte. Dabei erwies sich der Hirtenstab zunehmend als störend. Also steckte er ihn an der Ecke zur nächsten Gasse in einen Holunderbusch, um ihn später wieder abzuholen.

Er musste sich sputen, um Elsas Vorsprung aufzuholen. Weiter ging es in einer Schleife vorbei an der Brückenpforte, die Gasthausstraße entlang und über die Marktstraße hinauf zum Neuen Markt. Marco fühlte sich an die Sägespanjagden erinnert, die sie als Kinder veranstaltet hatten. Einer war mit den Taschen voller Späne vorausgestürmt und hatte eine Fährte gelegt, der die anderen mit zeitlichem Abstand gefolgt waren. Besonderer Beliebtheit hatte sich dabei erfreut, die Spur durch die Werkstatt des Schreiners, des Böttchers oder des Stellmachers zu ziehen, woran die Verfolger regelmäßig verzweifelt waren.

Eine tief fliegende Fledermaus, die ihn nur knapp verfehlte, riss ihn aus seinen Erinnerungen und mahnte ihn, dass die heutige Jagd kein Kinderspiel war. Elsa überquerte den Neuen Markt; Marco schlich außen herum. Wieder verlor er entscheidende Mannslängen. So ging das nicht weiter, sie musste ihre Geschwindigkeit drosseln. Als sie den Platz in Richtung Hasenberg verlassen wollte, warf er einen Stein, jedoch zu kurz. Bis er einen zweiten in der Hand hatte, war sie schon verschwunden. Fluchend hastete er hinter ihr her, zum ersten Mal, ohne auf seine Deckung zu achten.

In Sachen Dunkelheit konnte es der Hasenberg wahrhaftig mit van der Schurens Keller aufnehmen. Auch hier konnte Marco kaum die eigene Nasenspitze sehen, von Elsas Schultertuch ganz zu schweigen. Er verfluchte seine Voreiligkeit, den Hirtenstab zurückgelassen zu haben; hier hätte er ihn gut zum Vortasten gebrauchen können. So stolperte er nahezu blind durch die abfallende Gasse und verließ sich notgedrungen mehr auf seine Ohren als seine Augen.

Ein Hüsteln ließ ihn innehalten. Aus welcher Richtung es gekommen war, konnte er jedoch nicht sagen. Als er es erneut vernahm, fuhr er herum. Diesmal war er sich sicher, dass jemand hinter ihm war, zwanzig, höchstens dreißig Schritte entfernt. Mit ausgestrecktem Arm bewegte er sich lautlos zur Seite, während er mit der anderen Hand den Dolch zückte. Bis zur Hauswand konnten es nur wenige Ellen sein, die Häuser standen hier besonders eng zusammen, manche Giebel berührten sich sogar. Aber statt auf Holz zu stoßen, ertasteten seine Finger ein Gesicht.

Gleich in den ersten Schrecken hinein wusste Marco, dass es Elsa war. Auch sie blieb ruhig, vermutlich hatte sie seine Hand an dem Holzkohlegeruch erkannt. Schützend stellte er sich vor sie. Eine beinahe unmerkliche Luftbewegung verriet das Näherkommen des Verfolgers. Marco hielt die Luft an. Ein einzelner Schweißtropfen löste sich zwischen seinen Schulterblattern und rann sein Rückgrat hinunter.

Und dann war der Verfolger plötzlich da. Er stand direkt vor ihnen. Völlig lautlos hatte er sich genähert. Marco konnte ihn nicht sehen, er hörte ihn nicht atmen, er roch auch nichts, und doch spürte er die Gegenwart des anderen. Die Luft zwischen ihnen vibrierte, als entlade sie sich jeden Augenblick in einem Blitz.

Plötzlich und unerwartet ging der Mann weiter. Nahezu unhörbar, lediglich ein leises Klackern, als er ein Steinchen ins Rollen brachte, verriet ihn. Marco atmete langsam aus und dann so lang und tief ein, als habe er mit einem Hecht um die Wette getaucht.

»War er das?«, hauchte Elsa.

»Ja«, flüsterte Marco mit einer Bestimmtheit, die ihn selbst verblüffte. »Du bleibst hier und rührst dich nicht von der Stelle. Ich bin gleich zurück.«

»Du kannst ihn doch überhaupt nicht sehen!«

»Aber meine Nackenhaare stellen sich auf, wenn ich in seine Nähe komme.«

Bevor Elsa weitere Einwände erheben konnte, drückte Marco ihr seinen Hut in die Hand und ließ sie stehen. Mit äußerster Wachsamkeit und dennoch flink bewegte er sich in die Richtung, in die der andere davongegangen war. Alle seine Sinne waren aufs Äußerste geschärft.

Wieder war es nur ein Gespür, das Marco verharren ließ. Er fühlte sich unbehaglich, als würde er beobachtet, obwohl gerade das unmöglich war. Es sei denn, sein Gegner kam aus der Hölle, was manches andere gleich mit erklärt hätte. Marco war sich sicher, dass der andere stehen geblieben war und sie nur wenige Schritte trennten. Im ersten Augenblick erwog er sogar, ihn einfach anzuspringen, aber die Vorstellung, dabei in ein gezücktes Messer zu laufen, ließ ihn den Gedanken wieder verwerfen.

Jetzt wich der Gegner aus. Geräuschlos wie ein Fisch im Wasser schlug er einen Bogen um Marco. Der folgte der Bewegung und drehte sich auf der Stelle. Es war ein gespenstischer, beinahe lautloser Tanz, der dort zwischen den Häusern am Hasenberg aufgeführt wurde. Die Frage war nur, wer als erster einen Fehler machen würde.

Die Umkreisung wurde schneller. Die Schritte waren kaum zu hören, aber Marco spürte den Luftzug, den der Umhang des anderen verursachte. Sprungbereit federte er in den Knien und spannte seine Muskeln an. Die Entscheidung war nur eine Frage von Wimpernschlägen.

Plötzlich ließ ihn ein Flügelschlag unmittelbar neben seinem Ohr zusammenzucken. Eine verdammte Fledermaus! Marco duckte sich weg und kam aus dem Rhythmus. Der andere sprang weiter und stand unvermittelt hinter ihm. Marco spürte förmlich seinen Atem im Nacken und wollte sich noch zur Seite werfen, doch da ging bereits ein Funkenregen nieder.

Nicht vor seinen Augen, sondern dahinter. Gleichzeitig

wurde ihm kalt, vom Kopf abwärts, als werde er mit Eiswasser übergossen. Als er auf dem Boden aufschlug, meinte er noch, Erde zu riechen. Doch da war er bereits besinnungslos.

Er hatte den Geschmack von Blut und Eisen im Mund. Vorsichtig ließ er die Zunge über die Zähne gleiten. Sie schienen vollzählig zu sein, auch wackelte keiner. Dafür hatte er einen tiefen Riss in der Oberlippe, und im Mundwinkel hing ein Klumpen verkrustetes Blut.

Seine Augenlider waren schwer, als hingen Gewichte an ihnen. Die Augen waren verklebt, das linke war zudem zugeschwollen. Überhaupt hatte er das Gefühl, seine linke Gesichtshälfte sei verrutscht. Als er sie betasten wollte, merkte er, dass er seine Arme nicht bewegen konnte.

Mit einem reinen Willensakt gelang es ihm dann doch, wenigstens sein rechtes Auge zu öffnen. Das Ergebnis war niederschmetternd. Um ihn herum war es stockfinster. Oder er war blind, ein Gedanke, der ihm augenblicklich eine heiße Angstwoge durch den Leib jagte. Ruckartig drehte er den Kopf zur Seite und hätte beinahe geschrien, weil ihm dabei ein glühendes Eisen ins Gehirn fuhr.

Es dauerte lange, bis der Schmerz nachließ. Zurück blieben ein stetes Pochen und eine Übelkeit, die ihn in Wellen durchflutete. Wenn er sich jetzt übergeben musste, würde er an seinem eigenen Erbrochenen ersticken, das wusste er. Keinesfalls hätte er die Kraft zu würgen.

Nach und nach überprüfte er seinen Körper auf Vollständigkeit. Er spürte sein Gesäß, und er spürte seine Beine, obwohl auch die fixiert waren. Nur die Füße konnte er bewegen. Zum wiederholten Male fragte er sich, wo er eigentlich war. Auf der Suche nach einer Antwort schlief er wieder ein.

Ein Fiepen auf der gesichtsabgewandten Seite weckte ihn. Wie lange hatte er geschlafen? Marco hatte jedes Zeitgefühl verloren.

Unendlich langsam drehte er den Kopf, und trotzdem loderte ein Schmerz in seinem Schädel auf, dass er beinahe die Besinnung verlor. Ein schmaler Streifen Tageslicht fiel durch eine vergitterte Schießscharte in der gegenüberliegenden Wand. Bei Gott, er war nicht blind! Vor Dankbarkeit kamen ihm die Tränen. Außerdem war er nicht allein. Unterhalb des Fensterschlitzes zeichnete sich der Umriss eines kauernden Menschen ab. Neben dessen Füßen nagte eine Ratte an einem Stück Brot.

Er wollte den anderen anrufen, aber seine Kiefer klemmten. Als er dann doch einen Ton zwischen den Lippen hervorpresste, klang es wie der Schrei einer Katze, der man auf den Schwanz getreten hatte. Der Laut war erbärmlich und ohne Bedeutung, genügte aber, um die Ratte zu vertreiben. Auch der Mann an der Mauer hätte ihn hören und auf ihn aufmerksam werden müssen, wenn er nicht tot war.

Oder taub.

Und auf einmal wusste Marco, wo er war. Er lag im Kerker, und der Mann war Ricciutello.

*

Das Schlimmste an den Handfesseln war die Kette, die so schwer war, dass Marco nicht vernünftig gestikulieren konnte – für einen Lombarden beinahe so dramatisch, als habe man ihm die Zunge herausgeschnitten. Abgesehen davon wollte Marco sich jedoch nicht beschweren, wenigstens hatten sie ihn nicht an die Wand gekettet. So konnte er sich frei in dem ungefähr zwanzig mal zwanzig Fuß großen Raum bewegen, wenn auch nur kriechend, da er zu schwach war, aufzustehen.

Es gab weder Pritschen noch eine Sitzgelegenheit außer dem felsigen Boden. Die einzigen Gegenstände, die Marco entdeckte, waren ein Eimer Wasser und eine hölzerne Schöpfkelle. Das Wasser schmeckte brackig, trotzdem trank er mit einer Gier, wie er sie bisher nicht gekannt hatte.

Ein Loch im Boden, dicht bei der Außenwand, diente zur Verrichtung der Notdurft. So blieb ihnen wenigstens erspart, in ihren eigenen Ausscheidungen zu liegen. Aber auch so stank es in dem feuchten Gemäuer zum Gotterbarmen. Das kam hauptsächlich von dem Schimmel an den Wänden, dessen Farbe Marco an den Weichkäse erinnerte, den seine Mutter so meisterlich zu fertigen verstand.

Unter lautem Rasseln der Hand- und Fußketten kroch er an Ricciutellos Seite und weckte ihn mit einem Rippenstoß. Auch der Knecht lag in Ketten, was die Umarmung schwierig gestaltete. Aber er sah gut aus, zumindest in Anbetracht der Umstände. Offenbar wurde er nicht geschlagen und bekam ausreichend zu essen. Warum man hingegen ihn so zugerichtet hatte, verstand Marco nicht. So war das auch die erste Frage, die er an Ricciutello richtete. Der hatte Mühe, die Worte von Marcos aufgeplatzten Lippen abzulesen. Schließlich verstand er aber und antwortete mit seinen Lauten.

»Du willst wissen, woran ich mich erinnere?«, fragte Marco, und Ricciutello nickte eifrig. »Ich weiß nicht – doch, warte. Ich war am Kermisdahl und habe in der Sonne gelegen. – Aber nicht allein. Elsa war bei mir. – Dio mio, Elsa! Natürlich! Was ist mit ihr?«

Ricciutello sah ihn fragend an.

»Elsa. Ich war mit ihr unterwegs. Wir wollten dem Mörder eine Falle stellen. Irgendetwas muss dabei missglückt ein.« Marco betastete vorsichtig die Schwellung an seinem Hinterkopf. Sie fühlte sich an wie Fallobst. »Genau weiß ich nicht, was geschehen ist, aber ich habe den Verdacht, dass ich niedergeschlagen wurde.«

Ricciutello nickte zustimmend.

»Das weißt du also? Was weißt du denn sonst noch?«

Aus dem Stakkato von Lauten, das Ricciutello in Verbindung mit seinem großartigen Mienenspiel und einigen Gesten von sich gab, reimte Marco sich Folgendes zusammen: Bei Anbruch des Tages hatte Lars, der Wasserträger, ihn ohnmächtig und mit um die Knöchel schlabbernden Hosen am Hasenberg gefunden. Durch Lars' Rufen aufgescheucht waren die Menschen aus den Häusern gestürzt, hatten gesehen, dass er beschnitten war, und ohne zu zögern auf ihn eingeprügelt. Nur Distelhuizens zeitigem Eintreffen hatte er es zu verdanken, dass der Pöbel ihn nicht aufgeknüpft hatte. Als sie ihn in den Kerker warfen, hatte Ricciutello um frisches Wasser und ein sauberes Tuch gebeten, um Marcos Wunden zu reinigen, aber man hatte es ihm verweigert. Inzwischen war es beinahe Mittag.

»Sagtest du, Lars hat mich mit heruntergezogenen Hosen gefunden?«, fragte Marco, und Ricciutello bestätigte das.

»Das kann nur bedeuten, dass derjenige, der mich niederschlug, mich entkleidet hat. Aber warum? Um mich ans Messer zu liefern? Aber woher, zum Teufel, wusste er, dass ich beschnitten bin?«

Ricciutello begann unter Zuhilfenahme seiner Finger eine Aufzählung. Bei vier war Schluss.

»Anna wusste es auch, und auch Elsa weiß davon«, sagte Marco und raufte sich die Haare. »Verdammt, wenn ich nur wüsste, was aus ihr geworden ist. – Woher weißt du eigentlich so gut Bescheid?«

Die Laute, die er ausstieß, unterstrich Ricciutello mit einer Geste, als schließe er eine Tür mit einem schweren Schlüsselbund ab.

»Einer der Wärter«, sagte Marco, und als Ricciutello sich selbst die Hand gab: »Du hast dich mit ihm angefreundet?«

Der Knecht nickte leicht, dann folgte ein Schwall von Lauten, die Marco nur teilweise zu deuten vermochte. Das Wichtigste begriff er jedoch: Der Wärter war Ricciutellos alter Freund Anselmo, ein gebürtiger Bologneser, der sich in Kleve mit allerlei Hilfsarbeiten durchs Leben schlug. Marco kannte ihn jedoch nicht von Angesicht.

»Meinst du, er wird uns helfen? – Ich verstehe, freilassen kann er uns nicht. Es genügt schon, wenn er herausfindet, was mit Elsa geschehen ist. Und er muss die Eltern und Pietro benachrichtigen. Womöglich wissen sie noch gar nicht, dass ich hier bin.«

In dem Moment wurde die Tür entriegelt und aufgestoßen. Herein trat ein Berg von einem Mann mit einem schwarzen Bart. Ricciutello legte Marco die Hand auf den Unterarm. Marco verstand; der Riese war nicht Anselmo.

»Auf mit Euch, Bursche«, sagte der Wärter. »Der Richter erwartet Euch schon.«

*

Genau genommen erwarteten sie ihn zu dritt. Jakob van der Schuren, Distelhuizen und der Schreiber, ein leberkranker Kerl, den man, wäre er ein Pferd gewesen, als Falben bezeichnet hätte. Für Verhörzwecke war ihnen ein unbenutztes Gemach im ersten Stockwerk des Schlosses überlassen worden. Wandteppiche mit wüsten Jagdszenen erfreuten das Auge und dämpften die Geräusche.

Marco, der noch nie auf dem Schloss gewesen war, war beeindruckt von der Aussicht, die man von hier oben über das Land hatte. Kein Wunder, dachte er, dass man, wenn man mit solch einem Weitblick aufwuchs, gewohnt war, in anderen Maßstäben zu denken.

Der Wärter drückte ihn auf den Schemel vor dem Tisch. Marcos Hoffnung, dass sie ihm vielleicht die Fesseln abnehmen würden, erwies sich als trügerisch. Andererseits, wenn er bedachte, welcher Verbrechen sie ihn verdächtigten, musste er froh sein, nicht auf der Streckbank verhört zu werden. Aber was nicht war, konnte noch werden. Zumindest wenn man van der Schurens Blick zum Maßstab nahm, denn der guckte, als wäre es ihm ein Vergnügen, Marco zu foltern.

»Ihr würdet das Verfahren außerordentlich vereinfachen, würdet Ihr gleich zu Beginn ein umfassendes Geständnis ablegen«, eröffnete der Richter das Verhör, und der Schreiber brachte die Worte seines Herrn mit kratzender Gänsefeder zu Pergament.

»Was soll ich gestehen? Dass ich mir selbst auf den Kopf geschlagen habe?«

»Die Morde an den Jungfern Zwerts und Wannemeker und die Überfälle auf die Jungfern Held und Zwerts«, sagte van der Schuren schneidend.

Mit dem Namen Held konnte Marco zunächst nichts anfangen, bis er sich sagte, dass das wohl Hedwig sein musste, deren Familiennamen er noch nie gehört hatte.

»Ich habe niemanden überfallen, und erst recht habe ich niemanden getötet. Ich möchte, dass das ausdrücklich festgehalten wird.«

»Falls Ihr glaubt, mit Eurer Verstocktheit irgendetwas zu erreichen, dann lasst Euch gesagt sein, dass Ihr Euch damit auf dem Holzweg befindet, Marco di Montemagno. – Was hattet Ihr in der vergangenen Nacht am Hasenberg zu suchen?«

»Wir wollten dem Mörder eine Falle stellen.«

»Wir? Wer ist wir?«

»Elsa Zwerts und ich.« Als Marco gewahrte, dass van der Schuren und Distelhuizen sich einen viel sagenden Blick zuwarfen, fragte er besorgt: »Wo ist sie überhaupt? Wie geht es ihr?«

»Sie ist in Sicherheit«, sagte Distelhuizen. »Die Jungfer hat einen großen Schreck erlitten und ist in einen fiebrigen Schlaf gefallen. In einigen Tagen wird sie wieder genesen sein.«

»Gott sei Dank«, sagte Marco. »Ich fürchtete schon …«

»Ja?«, fragte der Richter.

»Es hätte immerhin sein können, dass der Kerl, der mich niedergeschlagen hat, auch ihr etwas angetan hat.«

»Was versucht Ihr uns weiszumachen, Bursche? Dass Elsa Zwerts sich mit Euch zusammengetan hat, um einen Unbekannten dingfest zu machen?«

»Genau so war es. Sie hatte sich bereit erklärt, den Lockvogel zu machen. Mir war das nicht recht, aber da alle anderen Spuren, die ich verfolgt hatte, im Sand verlaufen waren, habe ich schließlich zugestimmt.«

Van der Schuren straffte die Schultern und guckte noch eine Spur strenger. »Mir ist wahrlich schon manche Dreistigkeit untergekommen, aber was Ihr hier aufführt, ist nun wirklich der Gipfel. Glaubt Ihr ernsthaft, diese offensichtliche Verdrehung der Tatsachen kauft Euch irgendjemand ab?«

»Aber es ist die Wahrheit!«

»Sprecht Ihr mir nicht von Wahrheit!«, rief der Richter und drohte zu jedem Wort mit dem Zeigefinger. »Jetzt werde ich Euch einmal schildern, was sich wirklich zugetragen hat: Mit der gleichen Heimtücke, mit der Ihr bereits zwei Morde begangen und einen weiteren versucht habt, habt Ihr in der vergangenen Nacht der Jungfer Zwerts nach dem Leben getrachtet. Ihr habt ihr aufgelauert und seid über sie hergefallen, aber diesmal hattet Ihr Pech, die junge Frau hat sich nämlich höchst wirkungsvoll zur Wehr gesetzt – indem sie Euch niederschlug. Wollt Ihr das nun endlich zugeben?«

»Wie kommt Ihr auf solchen Unfug? Hat Elsa das behauptet?«

»Ihr habt doch gehört, dass die Jungfer im Fieber liegt. Sie konnte noch nicht befragt werden.«

»Tragt Ihr Eure Annahme vor, wenn sie wieder bei Kräften ist, und sie wird Euch auslachen.«

»Das könnte Euch so passen. – Wie erklärt Ihr Euch eigentlich, dass Ihr wieder erkannt worden seid?«

Marcos Kinnlade klappte runter. »Von wem?«

»Von der Jungfer Held«, sagte van der Schuren und genoss es sichtlich, Marco überrascht zu haben. »Sie hat Euch eindeutig als denjenigen benannt, von dem sie überfallen wurde.«

»Mir hat sie gesagt, sie konnte den Angreifer nicht erkennen, da er sein Gesicht geschwärzt hatte.«

»Eben daran hat sie Euch wieder erkannt. Ihr seid ja jetzt noch kohlrabenschwarz.«

»Das ist doch wohl ein Scherz! Werft Euch einen dunklen Umhang über und reibt Euer Gesicht mit Holzkohle ein, dann wird sie Euch für den Angreifer halten.«

»Langsam beginnt mir Euer unbotmäßiger Ton zu missfallen«, rief van der Schuren. »Mäßigt Euch, oder ich lasse Euch die Knute spüren.« Dann gab er sich wieder gütig: »Nehmen wir einmal an, es hätte sich tatsächlich so zugetragen, wie Ihr behauptet, warum habt Ihr Distelhuizen nicht in Eure Pläne eingeweiht? Dann wäre Eurem Vorhaben gewiss mehr Erfolg beschieden gewesen.«

»Ich wollte nicht unnötig Aufmerksamkeit auf mich lenken, schließlich bin ich beschnitten.«

»Dieser Umstand spielt bei der Betrachtung Eures Falls keine Rolle, da ich von Anfang an nicht an Ritualmorde geglaubt habe. Distelhuizen kann das bestätigen. Zudem ist bekannt, dass Eure Familie christlichen und nicht mosaischen Glaubens ist.«

»Dem Pöbel hat das genügt, um mich aufknüpfen zu wollen.«

»Auch das hätte sich vermeiden lassen, hättet Ihr das Recht nicht in die eigene Hand genommen.«

»Wie Ihr.«

Van der Schurens Gesicht lief rot an. »Was wollt Ihr damit sagen?«

»Obwohl es sich nach Eurer Meinung nicht um Ritualmorde handelte, wurden die männlichen Einwohner Kleves untersucht.«

»Das geschah gegen meinen Willen«, presste der Richter hervor.

»Ich weiß«, sagte Marco. »Ihr habt versucht, die Untersuchung zu verhindern, um Euren Bruder zu schützen. Das nenne ich ebenfalls das Recht in die eigene Hand nehmen.«

Distelhuizen und der gelbliche Schreiber starrten ihren Vorgesetzten von der Seite an. Der wirkte wie versteinert.

Schließlich fragte er tonlos: »Wie habt Ihr davon erfahren?«

»Hat er Euch nicht erzählt, dass ich es war, der seinen Blähbauch kuriert hat?«

»Davon ist mir nichts bekannt.«

»Dann wisst Ihr also auch nicht, dass er Anna Zwerts Liebesgedichte geschrieben hat? In einem heißt es: ›Kann nicht mehr ohne das Pochen sein, möcht dir dein Herz entreißen, auf dass es ewig sei mein.‹«

»Schweigt!«, zischte der Richter. »Euer niederträchtiger Ablenkungsversuch wird Euch nichts nützen.«

»Ich will Euch damit nur beweisen, wie leicht man in Verdacht geraten kann. Selbst wenn man unschuldig ist.«

»Was auf meinen Bruder zutrifft, gilt für Euch noch lange nicht.«

»Warum ist er beschnitten? Er ist doch so wenig Jude wie ich.«

Wären sie allein gewesen, hätte Marco wohl niemals eine Antwort bekommen. Aber den durchdringenden Blicken Distelhuizens und des Schreibers vermochte der Richter sich nicht zu entziehen.

»Erasmus wurde als Knabe von einem Hund im Schritt gebissen«, sagte er unwirsch. »Nur der Heilkunst der alten Antje ist es zu verdanken, dass ihm seine Männlichkeit erhalten blieb. Die Vorhaut konnte aber auch sie nicht retten. – Und welche Erklärung gibt es für Eure Versehrtheit?«

Marco trug den Grund für seine Beschneidung in einem Satz vor und fügte an: »Da Ihr anscheinend wild entschlossen seid, mir die Morde anzulasten, könntet Ihr wenigstens Ricciutello freilassen. Schließlich kann es ja nur einer von uns beiden gewesen sein.«

»Bei ihm wurde die Bierkanne der Wannemekers gefunden«, sagte Distelhuizen.

»So ist es«, sagte van der Schuren. »Wer sagt uns, dass ihr die Morde nicht gemeinschaftlich begangen habt? Solange der Fall nicht aufgeklärt ist, bleibt der Knecht, wo er ist.«

Auf ein Kopfnicken van der Schurens hin packte der Wärter Marco unter den Achseln und stellte ihn auf die Beine.

»Ich hoffe, Euch ist wirklich an einer umfassenden Aufklärung gelegen«, sagte Marco. »Denn noch läuft der Mörder der Mädchen frei herum. Gebe Gott, dass er nicht noch einmal zuschlägt.«

»Was Euch doch zupass kommen müsste, dann spräche nämlich ausnahmsweise einmal etwas zu Euren Gunsten«, sagte der Richter. »Schafft ihn zurück in den Kerker, Wärter.«

*

Gleich beim Betreten des Kerkers merkte Marco, dass etwas vorgefallen sein musste. Ricciutello gebärdete sich aufgeregt wie ein junger Jagdhund. Noch ehe Marco sich hingehockt hatte, begann der Diener zu gestikulieren.

»Langsam, langsam«, sagte Marco und hielt Ricciutellos Hände fest. »Ich verstehe kein Wort.«

Ricciutello atmete tief durch und begann noch einmal von vorne.

»Welche Nacht meinst du?«, hakte Marco nach. »Ich verstehe, die Nacht, in der Nehle ermordet wurde. – Ihr seid zusammengestoßen? Nehle und du? Wo?«

Ricciutello zeigte einen Hügel und machte einen Hasen nach.

»Auf dem Hasenberg? Aber sie wurde doch auf dem Minoritenfriedhof gefunden.«

Achselzucken war alles, was Ricciutello dazu zu sagen hatte.

»Schon gut«, sagte Marco. »Erzähl weiter.«

Die nächsten Gesten waren eindeutig.

»Bei dem Zusammenprall hat Nehle sich erschreckt und die Bierkanne fallen lassen, die du dann mitgenommen hast. Und das alles ist dir erst jetzt wieder eingefallen?«

Ricciutello machte das Zeichen für Trinken und verdrehte die Augen. Den weiteren Lauten und Gebärden entnahm Marco, dass Nehle sich auf der Flucht befunden hatte.

»Du meinst, sie lief vor jemandem davon, als ihr zusammengestoßen seid? – Hast du denjenigen gesehen, der sie verfolgte?«

Marco musste seine Frage wiederholen, da seine Lippenbewegungen noch immer zu undeutlich waren. Diesmal verstand Ricciutello und bestätigte. Dann hielt er sich die Hände vors Gesicht und deutete einen verhüllten Körper an.

»Es war zu dunkel? – Er war vermummt? – Er stand im Schatten! Er stand im Schatten unter einem Schuppendach.«

Jetzt hielt Ricciutello seine Hände hoch und klappte die Daumen weg, dass insgesamt acht Finger übrig blieben.

»Was hat es mit dieser Acht auf sich? Ich weiß nicht, was du meinst.«

Der Diener packte den Daumen seiner Linken und tat, als reiße er ihn ab. Ebenso verfuhr er mit dem Daumen der anderen Hand. Dann hielt er wieder nur die übrigen Finger hoch.

»Keine Daumen? – Du hast nur die Hände des Mannes gesehen, und er hatte keine Daumen, stimmt das?«

Ricciutello nickte wild.

»Bist du dir sicher?«

Als Antwort bekreuzigte Ricciutello sich und hob die Hand zum Schwur.

»Schon gut«, murmelte Marco und schüttelte ungläubig den Kopf.

Ein Paar fette, daumenlose Hände nahm vor seinem geistigen Auge Gestalt an. Hände, mit denen sich ihr Besitzer auf die Brüstung einer Kanzel stützte. Marco wurde schwindlig.

Der einzige Mensch, von dem er wusste, dass er keine Daumen hatte, war Kaplan von Elten.

Im Hemele herrschte Volksfeststimmung. Kein einziger Platz war frei, weder drinnen noch draußen. Im Gegenteil, auch ein weiteres Dutzend Tische und Bänke wäre ohne weiteres zu besetzen gewesen. Ganz Kleve war auf den Beinen und feierte zum zweiten Mal innerhalb von drei Tagen die Dingfestmachung eines Frauenmörders, die sich im Laufe des Tages wie ein Lauffeuer herumgesprochen hatte.

Auch am Honoratiorentisch war man bester Dinge. Zwar fehlte Erasmus van der Schuren, der seine Koliken noch immer nicht ganz überstanden hatte, dafür hatte sich zu aller Erstaunen Jan van Wissel eingefunden. Ausgerechnet er, über den man spottete, er habe sich in der Schänke zuletzt zur Zeit des Normannensturms blicken lassen. Ob er gut daran tat, seine Gewohnheit ausgerechnet an diesem Tag zu ändern, war fraglich, denn er fühlte sich inmitten der lärmenden und schunkelnden Masse sichtlich unwohl. Auch war er kein geübter Trinker; seit mehr als einer Stunde nippte er am selben Bier.

Gerade brachte Henrik Zwerts eine neue Runde.

»Die geht aufs Haus«, sagte er und stellte eine Reihe Krüge auf den Tisch. »Wo der Kerl jetzt gefasst ist, kann ich da endlich meine Anna beerdigen?«

Jakob van der Schuren nickte. »Morgen noch nicht, aber ich denke am Sonntag. Was meint Ihr, von Elten? Ihr müsst die Messe lesen.«

»Jederzeit«, sagte der Kaplan mit Schaum vor dem Mund. »Soll die kleine Wannemeker gleich mit …«

»Sicher.«

Zwerts zog sich erleichtert zurück, und van Wissel ergriff zum ersten Mal an diesem Abend das Wort.

»Es ist wirklich ein Segen, dass der Mörder endlich hinter Schloss und Riegel sitzt«, sagte er. »Man hat sich ja des Nachts schon nicht mehr aus dem Haus getraut.«

»Na, na, na, über Euch wäre er wohl kaum hergefallen«, sagte Ritter van Eyl, der schon beim zehnten Bier war und schielte. »Aber ich versteh Euer Kümmernis, van Wissel. Vor allem, dass die Stadttore so zeitig geschlossen wurden, muss Euch hart angegangen sein.«

»Wie meint Ihr das?«, fragte Rektor Clos, während van Wissel sein Gesicht im Bierkrug versenkte.

»Unser guter van Wissel schleicht doch nachts immer zu den Leineweberweibern«, trompetete van Eyl in einer Lautstärke, dass auf dem Alten Markt jeder, der wollte, mithören konnte. »Bevorzugt zu denen, die im Rückstand sind. Die können die fehlenden Ellen Tuche dann anderweitig abarbeiten.«

Van Wissels Gesicht tauchte krebsrot wieder auf. »Das ist übelste Verleumdung.«

»Der kleinen Wannemeker soll er auch nachgestellt haben.« Van Eyl wandte sich um zum Nebentisch, wo Piet sich mit aufgesetzter Leidensmiene freihalten ließ. »Übrigens mit der Zustimmung ihres Vaters, dieses alten Schweinekopfs.«

Die Beleidigung kam an. Wannemeker sprang auf und baute sich vor van Eyl auf. »Nehmt das zurück, Ihr Hundsfott! Ihr werdet meine arme Nehle nicht besudeln. Auf mit Euch, wenn Ihr den Mut dazu habt!«

Im Sitzen schlug van Eyl dem aufgeschwemmten Leineweber vor die Brust, dass der umkippte und keine Luft mehr bekam. Zwei Mann eilten herbei und hoben Wannemekers Beine an. Der japste zum Gotterbarmen.

»War das nötig?«, fragte van der Schuren.

»Mich widert solches Pack an«, polterte van Eyl. »Der da, der sein eigen Fleisch und Blut für einen Humpen Bier verschachert, und der da, der die Abhängigkeit dieser armen Teufel unbarmherzig ausnutzt. Aber beides eifrige Kirchgänger, nicht wahr, Kaplänchen?«

»Gottes Haus steht jedermann offen«, sagte von Elten. »Selbst solch einem gottverlassenen Kerl, wie Ihr einer seid, van Eyl.«

»Das muss ich mir nicht sagen lassen«, sagte van Wissel verspätet. »Nicht von einem wie Euch, van Eyl, den man schon hinter einer Ziege kniend gesehen hat.«

»Das geht doch gar nicht«, sagte van der Schuren. »Die laufen doch weg.«

»Nicht, wenn man sie mit den Vorderbeinen in Stiefel steckt«, brummte van Eyl. Und dann sagte er: »Ach, Scheiße!«

Mindestens einmal musste jeder der Anwesenden schwer schlucken. Von Elten war der Erste, der Worte fand, obwohl er ein Gesicht machte, als sei er aufgefordert worden, eine Kröte zu küssen.

»Wollt Ihr damit sagen, Ihr habt tatsächlich den Akt mit einer Ziege ...?« Von Elten bekreuzigte sich.

»Nun gebt Euch nicht so scheinheilig!«, brüllte van Eyl, dem nun offensichtlich alles einerlei war. »Als ob Ihr unter Eurer Albe nicht an Euch herumspielen würdet!«

»Potztausend!«, rief Rektor Clos erbost. »Van der Schuren, wollt Ihr diesem Pöbler denn nicht Einhalt gebieten?«

»Dies ist zwar keine Ratssitzung«, sagte der Richter. »Dennoch, van Eyl, als Tischältester fordere ich Euch auf, Eure jedweder Grundlage entbehrenden Anfeindungen zurückzunehmen.«

»Ihr könnt mich alle mal.« Van Eyl erhob sich schwankend, warf ein paar Münzen auf den Tisch und torkelte davon. »Und zwar kreuzweise!«

Van Wissel nutzte die Gelegenheit, um sich ebenfalls zu verdrücken, wenn auch in die andere Richtung. Damit waren sie nur noch zu dritt.

»Ich weiß, wie Euch nach diesen Beleidigungen zu Mute sein muss, bester Freund«, sagte Clos zu von Elten. »Am besten, wir wechseln das Thema.«

»Nichts lieber als das«, sagte der Richter. »Clos, dieser Lombarde ist doch Euer Schüler gewesen, wenn ich recht unterrichtet bin. Mich würde interessieren, welchen Eindruck Ihr dabei von ihm gewonnen habt.«

»Marco war ohne Zucht, starrsinnig und aufbrausend. Ich hatte selten einen Schüler, der mir derart viele Schwierigkeiten bereitet hat. – Ihr schaut so zweifelnd. Teilt Ihr meine Einschätzung etwa nicht?«

»So ist es. Auf mich machte er bisher einen – insbesondere für sein Alter – ausgesprochen besonnenen Eindruck. Er wirkte wie ein Täter, der überlegt handelt.«

»Verstellen kann er sich fürwahr, der krumme Hund, wenn es vonnöten ist.«

»Wie man es von einem Lombarden erwartet, wollt Ihr sagen.«

»Nein, gerade das sage ich nicht. Sein Bruder ist nämlich

von ganz anderem Gemüt. Ein aufgeweckter, folgsamer junger Mann mit hervorragenden religiösen Ansätzen.«

»Wahrhaftig«, sagte von Elten. »Er könnte beinahe einer von uns sein.«

»Wie meint Ihr das?«, fragte van der Schuren.

»Nun, ich rechne damit, dass er beizeiten den Wuchergeschäften seines Vaters abschwören und damit Teil unserer christlichen Gemeinschaft werden wird.«

Mit einem Kopfrucken stimmte Clos zu. »Für ihn muss es entsetzlich gewesen sein zu erfahren, dass der Unhold der eigene Bruder ist. Von Elten, wir sollten uns seiner jetzt verstärkt annehmen, denkt Ihr nicht auch?«

»Auf meinen Beistand kann er jederzeit zählen.«

»Auf jeden Fall ist der Verhaftete kein Jude«, sagte van der Schuren. »Da habt Ihr mit Eurer Theorie falsch gelegen, von Elten.«

»Partim partim, verehrter Richter. Beschnitten ist der Lombarde immerhin auch.«

»Eine Versehrtheit, die nichts mit den Morden zu tun hat.«

»Was zählt, ist das Ergebnis, und das ist erfreulich.«

Clos beugte sich über den Tisch und senkte die Stimme. »Wie man hört, hat er noch nicht gestanden. Könnt Ihr das bestätigen?«

Van der Schuren nickte.

»Denkt Ihr nicht, es wäre sinnvoll – nur, um auch die letzten Zweifel auszuräumen –, wenn ein Geständnis vorläge?«

»Sicher.«

»Dann setzt ihm doch zu.« Clos schlug auf den Tisch. »Packt ihn hart an. Das hat früher schon gewirkt.«

»Das klingt ja geradezu, als wolltet Ihr Eure Dienste als Folterknecht anbieten.«

»Wenn es der Gerechtigkeit dient, könnt Ihr immer auf mich zählen, das wisst Ihr. – So, nun wird es aber Zeit für mich. Begleitet Ihr mich, von Elten?«

»Gewiss. Morgen muss ich beim ersten Hahnenschrei aus den Federn.«

»Da seid Ihr nicht allein«, sagte van der Schuren und erhob sich ebenfalls. »Gute Nacht, die Herren.«

»Gute Nacht.«

Clos und von Elten hatten es nur einen Steinwurf weit. Das Schulgebäude befand sich gleich am Anfang der Stiftsfreiheit, quer über den Alten Markt. Im Anbau wohnte der Rektor. Zwei Häuser weiter, ebenfalls über den Friedhof zu erreichen, wohnte von Elten im ersten Stockwerk des Pfarrhauses.

Stille lag über dem Gräberfeld. Zur Rechten ragte die schwarze Silhouette der Stiftskirche wie ein Felsmassiv in den Nachthimmel. Ein Windhauch fuhr durch das Laub der jungen Kastanien, die zwischen den Gräbern gepflanzt worden waren.

»Richtiggehend unheimlich«, scherzte Clos, als sie sich die Hände reichten und sich eine angenehme Ruhe wünschten. »Fehlt nur noch der Schrei eines Käuzchens.«

Der blieb zwar aus, aber von Elten schauderte auch so. Er hatte als Kind zu viele gruselige Geschichten gehört, als dass er nachts unbefangen über einen Friedhof hätte gehen können. Gott sei Dank waren es keine hundert Schritte, die er allein gehen musste.

Das Knacken eines trockenen Zweiges unter seinem Fuß bescherte ihm fast einen Herzstillstand. Als er sich wieder gefangen hatte, schob sich vor ihm eine Kugel über den Weg. Ein Igel. Von Elten machte, dass er weiterkam.

Endlich stand er vor der Haustür. Er zog den Schlüssel aus der Tasche und war nahe daran, über sich selbst zu lachen, als sich aus dem Nichts eine Hand auf seine Schulter legte. Justus, der Nachtwächter, konnte es nicht sein, der konnte sich, angewiesen auf eine Krücke, nicht lautlos bewegen. Mit butterweichen Beinen drehte von Elten sich um, darauf gefasst, dem Leibhaftigen ins Angesicht zu blicken. Vor ihm stand ein

Mann, den er irgendwo schon einmal gesehen hatte, er kam jedoch nicht auf den Namen.

»Was wollt Ihr?«, fragte der Kaplan betont barsch.

»Der Gefangene will beichten.«

»Das hat doch wohl Zeit bis morgen.«

»Nein«, sagte Anselmo und packte den Kaplan am Überrock. »Jetzt gleich.«

*

»Heilige Maria, Mutter Gottes, gebenedeit bist du unter den Frauen, und gebenedeit ist die Frucht deines Leibes!«, murmelte von Elten und ließ ein weiteres Dutzend Perlen des Rosenkranzes durch seine Finger gleiten.

Kalt und feucht war es in dem grottenfinsteren Gewölbe, durch das Anselmo ihn führte. Die Stufen waren glitschig, mehrmals war er bereits ausgeglitten, und die Orientierung hatte er schon lange verloren. Dazu verbreitete die rußende Fackel, die der Wärter trug, einen Gestank, der ihm den Atem nahm. Zum wiederholten Mal fragte von Elten sich bang, worauf er sich da eingelassen hatte.

Zunächst hatte er sich gesträubt, war dann aber angesichts der Beharrlichkeit und des selbstsicheren Auftretens des Wärters unsicher geworden, ob nicht womöglich der Graf seine Zustimmung zu der nächtlichen Beichte erteilt hatte. In dem Fall wäre natürlich der Wunsch Befehl, und so hatte er sich gefügt. Erneut knickte der Gang ab, diesmal nach links. Dann wieder nach rechts, noch einmal nach rechts, und zu guter Letzt wieder nach links. Das Labyrinth des Minotaurus konnte kein größeres Rätsel aufgeben.

Völlig unerwartet blieb Anselmo stehen, sodass von Elten ihm in die Hacken trat. Schlüssel klapperten, eine Tür wurde aufgesperrt, dann drückte Anselmo dem Kaplan auch schon die Fackel in die Hand und schob ihn in die Zelle. Kaum hatte er die Schwelle überschritten, fiel die Tür ins Schloss, und der Riegel wurde vorgelegt.

»Was sperrt Ihr denn ab?«, rief von Elten.

»Vorschrift«, drang es dumpf durch die Tür. »Aber keine Sorge, sobald Ihr klopft, öffne ich.«

Im flackernden Schein zeichneten sich zwei Gestalten ab, die ihre Augen mit den Händen gegen das Licht abschirmten. Von Elten machte einen zögerlichen Schritt auf sie zu, als habe man ihn gewarnt, die Leute seien bissig.

»Hier bin ich«, stotterte er. »Ihr wollt Euer Gewissen erleichtern, sagte man mir.«

»Tretet näher«, sagte Marco. »Die Fackel könnt Ihr in die Ecke stellen.«

Die Fackel fiel um. Von Eltens zweiter Versuch endete ebenfalls so, nur dass der Kaplan sich diesmal zusätzlich noch die Finger verbrannte. Also ließ er die Fackel liegen. Zu den Gefangenen hielt er nach wie vor Abstand.

»Wollt Ihr Euch nicht setzen?«, fragte Marco.

»Kommt Ihr zu mir«, sagte von Elten. »Der andere braucht nicht zu hören, was Ihr zu beichten habt.«

»Er ist taub.«

»Richtig, ich erinnere mich. Trotzdem, kommt her.«

Marco stand auf und blieb auf Armeslänge vor von Elten stehen. Der nestelte an seinem Überrock.

Als alles saß, fragte er: »Seid Ihr nicht auch der Meinung, wir sollten gleich den Richter hinzuziehen? Dann braucht Ihr alles nur einmal zu erzählen, da Ihr doch nun endlich ein Geständnis ablegen wollt.«

»Welches Geständnis?«

»Nun, welches Geständnis wohl? Die Morde an den Jungfrauen natürlich. Weswegen habt Ihr mich denn sonst rufen lassen?«

»Deswegen jedenfalls nicht. Ich habe keine der beiden Frauen ermordet.«

»Was in aller Heiligen Namen wollt Ihr dann beichten? Ihr wollt mich doch nicht etwa zum Narren halten?«

»Das würde ich mir nie erlauben, Hochwürden. In gewisser Weise habt Ihr sogar recht geraten, ich möchte tatsächlich einen Mord gestehen. Allerdings einen, den ich noch nicht begangen habe.«

Von Elten glotzte wie ein Schaf. »Wie soll ich denn das verstehen? Erwartet Ihr etwa, dass ich Euch Absolution für eine Sünde erteile, die Ihr erst noch zu begehen gedenkt? Ihr müsst verrückt sein! – Wärter!«

»Nicht doch«, sagte Marco und verstellte von Elten den Weg. »Wollt Ihr denn gar nicht wissen, wer mein Opfer sein wird?«

»Die Fantastereien eines Übergeschnappten interessieren mich nicht.«

»Das Opfer ist ein Priester.«

Von Eltens Kinnlade sackte noch tiefer. »Ihr wollt einen Mann Gottes töten? Seid Ihr des Wahnsinns? Wer um alles in der Welt soll das sein?«

»Er befindet sich in diesem Raum.«

Von Elten sah sich tatsächlich um. Aber außer den Gefangenen, ihm selbst und den Schattenspielen an der Wand war da niemand. Erst als er Marco wieder in die Augen blickte, begriff er.

»Bei Gott, Ihr seid ja völlig übergeschnappt«, stammelte er und wich zurück. »Ihr habt mich in eine Falle gelockt. – Wärter! Wärter!!« Marco keinen Moment aus den Augen lassend, machte er erst ein paar Schritte zur Seite und flitzte dann zur Tür. Mit den Fäusten hämmerte er gegen das Holz und brüllte dazu aus Leibeskräften: »Macht auf! Er will mir ans Leben!«

Die Fußkette über den Boden schleifend, schlurfte Marco ihm hinterher. Als von Elten sein Näherkommen bemerkte, steigerte er sein Hämmern zu einem wilden Trommeln, handelte sich damit jedoch lediglich blutige Knöchel ein. Schluchzend rief er um Hilfe, schrie, man möge ihn retten, aber die Tür blieb für ihn geschlossen wie dereinst vermutlich auch die Pforte zum Himmel. Marco legte ihm schwer eine Hand auf die Schulter. Eine Berührung, unter der der Kaplan schlagartig verstummte.

»Hier hört Euch niemand«, sagte Marco. »Nicht Gott, nicht der Teufel und schon gar kein Mensch. Also lasst das Geschrei und spart Euch den Atem für Euer Geständnis.«

Von Elten fuhr herum und lachte irre.

»Geständnis? Ich? Weswegen, verdammt? Ihr seid doch der Mörder.«

»Dass ich kein Mörder bin, wisst Ihr besser als jeder andere, Hochwürden. Ihr seid nämlich in der Nacht, in der Nehle ermordet wurde, gesehen worden.«

»Das muss eine Verwechslung sein.«

Marco packte von Eltens Hände und bog die Handflächen nach oben.

»Diese Hände sind einmalig. Oder kennt Ihr sonst jemanden, der keine Daumen hat?«

Von Elten starrte auf seine Hände, als falle ihm das Fehlen der Gliedmaßen zum ersten Mal auf. Dann riss er sich mit einem Ruck los und ging auf Abstand.

»Ich warne Euch, solltet Ihr Euch an mir vergreifen, wird Euch das den Kopf kosten.«

»Eure Drohung ängstigt mich wie der Anblick einer Raupe«, sagte Marco und rasselte mit der Kette. »Es geht um meinen Kopf, ich habe ohnehin nichts mehr zu verlieren.«

»Bei Gott, Ihr werdet in der Hölle schmoren, denn ich habe mit dem Tod der Frauen nichts zu schaffen.«

»Sagt mir die Wahrheit, dann schone ich Euch – vielleicht.«

»Welche Wahrheit? Ich kann nichts gestehen, was ich nicht getan habe.«

»Was hattet Ihr in jener Nacht auf dem Hasenberg zu suchen?«

Von Elten leckte seine Lippen und fasste sich an den Hals, brachte aber keinen Ton heraus.

»Redet, verdammt!«

»Ich … ich …«

»Was?«

»Ich …«

»Woher wusstet Ihr, dass ich beschnitten bin?« Marco schlug mit der Kette dicht neben von Eltens Kopf gegen die Wand, dass die Funken flogen und kleine Steinsplitter wie Geschosse durch die Luft sausten. »Sperrt endlich Euer Maul auf!«

»Das wusste ich doch gar nicht«, wimmerte der Kaplan.

»Die Vermutung, dass der Täter beschnitten ist, ist auf Eurem Mist gewachsen.«

»Ja, aber das hatte nichts mit Euch zu tun. Ich dachte, der Täter sei ein Jude. Auch wegen der Hostien.«

»Zurück zur ersten Frage: Was hattet Ihr in der bewussten Nacht auf dem Hasenberg zu suchen?«

»Bei Gott, was wollt Ihr denn hören?«

»Die Wahrheit!«, brüllte Marco und drosch erneut die Kette an die Wand. Diesmal verfehlte sie von Eltens Kopf nur um Haaresbreite. »Die Wahrheit, habt Ihr das verstanden?«

»Die Wahrheit, die Wahrheit. Manchmal ist die Wahrheit weit schlimmer als die Lüge, wisst Ihr das nicht?«

»Kommt mir jetzt nicht mit irgendwelchen Besenbinderweisheiten, sonst prügele ich sie aus Euch heraus.«

»Das könntet Ihr fraglos.« Von Elten gelang es, ein wenig Trotz in seine Worte zu legen. »Ob Ihr allerdings mit dem, was Ihr erführet, etwas anfangen könntet, ist sehr zweifelhaft.«

»Das lasst mal meine Sorge sein.« Marco verkürzte den Abstand zwischen ihnen um einen weiteren Schritt. »Vielleicht rette ich ja so meinen Hals.«

Das erneute Schwingen der Kette veranlasste von Elten, abwehrend die Arme zu heben.

»Wie Ihr wollt. Aber ich habe Euch gewarnt.« Wieder schnellte seine Zunge über die Lippen. »Ich bin in jener Nacht einer gewissen Person gefolgt.«

»Wem?«

»Wie sich später herausstellte, dem Mörder Nehles.« Wie aus dem Nichts kullerte eine Träne über von Eltens Wange.

»Also doch.« Triumph funkelte in Marcos Augen. »Dann wisst Ihr also, dass ich unschuldig bin?«

»Ja.«

»Wer ist es?«

Von Elten schluchzte auf.

»Wer?«

»Euer Bruder.«

Der Schlag kam ansatzlos und traf von Elten in den Magen. Marco konnte riechen, was der Kaplan zu Abend gegessen hatte. Fisch und geröstete Zwiebeln.

»Ihr Dreckschwein!« Marco richtete den zusammengeklappten Geistlichen wieder auf. »Wenn Ihr glaubt, mich auf diese Weise außer Gefecht setzen zu können, dann habt Ihr Euch –«

»Bei Gott, es ist die Wahrheit!«, schrie der Kaplan. »Die Wahrheit, die Wahrheit, die Wahrheit! Und die wolltet Ihr die ganze Zeit hören, oder nicht?«

Marco ließ die Faust, die er erhoben hatte, wieder sinken. Dann packte er von Elten am Überrock und zog ihn so dicht zu sich heran, dass er jedes einzelne Äderchen in dessen gelblichen Augäpfeln erkennen konnte. Minutenlang standen sie sich unbeweglich gegenüber, bis Marco von Elten regelrecht von sich schleuderte. Der Geistliche flog gegen die Wand und sank zu Boden.

»Alles will ich wissen«, sagte Marco. »Jede Einzelheit. Habt Ihr das verstanden?«

»Jawohl«, jammerte von Elten. »Fragt, was immer Ihr wollt.«

Der Morgen graute bereits, als Marco seine letzte Frage stellte. Auch die beantwortete der Kaplan ohne Umschweife.

»Er wird es wieder tun«, war Marcos trostlose Feststellung, »und nichts und niemand kann ihn aufhalten.«

»Das muss nicht sein«, sagte von Elten. »Es gibt eine Möglichkeit, das zu verhindern.«

»Und welche?«

»Ich könnte es für Euch bewerkstelligen, wenn Ihr mir vertraut. Und selbstverständlich müsstet Ihr Euren Teil dazu beitragen.«

»Ich verstehe.«

»Vertraut Ihr mir?«

Ohne zu antworten stand Marco auf, ging zur Tür und gab Anselmo das vereinbarte Klopfzeichen. Auf der Schwelle hielt von Elten noch einmal inne. Er schwankte vor Müdigkeit wie ein Betrunkener.

»Kann ich noch irgendetwas für Euch tun?«

»Geht.«

Ricciutello, der die Unterhaltung der beiden größtenteils verschlafen hatte, sah fragend auf, aber Marco winkte ab und streckte sich auf dem Boden aus. Die ersten Sonnenstrahlen fanden bereits ihren Weg zwischen den Gitterstäben hindurch, als er endlich in einen unruhigen Schlaf fiel.

Paris, Februar 1349

Klirrende Kälte lag über der Stadt und der gesamten Ile de France. Wie eine geschlagene Armee schleppte sich der Trauerzug noch vor Sonnenaufgang durch die Porte St. Victor.

Acht jeweils zu Pärchen angespannte Rappen zogen den eigens angefertigten Wagen, auf dem sich unter dem riesigen Leichentuch die sterblichen Überreste wie ein Gebirge abzeichneten.

Den Tross der Trauernden führte Seine Majestät Philipp VI. höchstpersönlich an. Mit Achtungsabstand folgten dahinter einige entfernte Verwandte, der Klerus und der Hofstaat, an dessen Spitze Leibberater de la Chapelle schritt. Selbstredend hatte de la Chapelle Seiner Majestät angeboten, an ihrer Seite zu gehen, um sie bei Bedarf stützen zu können, aber das hatte Philipp abgelehnt. Im Nachhinein war de la Chapelle froh darüber, konnte man weiter hinten doch eher mal einen Finger in die Nase stecken, um die gefrorenen Härchen aufzutauen.

Die Strecke, die zurückzulegen war, kam de la Chapelle endlos vor. Bereits jetzt waren seine Füße taub vor Kälte, dabei hatten sie noch nicht einmal die Stelle erreicht, wo Beauregard seine letzte Ruhe finden sollte, und zurück mussten sie nach der Beisetzung schließlich auch wieder. Blieb nur zu hoffen, dass sich für den Rückweg eine Mitfahrgelegenheit finden ließe.

Endlich war die kleine Anhöhe mit dem Birkenwäldchen zu sehen, und der Zug kam zum Stehen. De la Chapelle drängte nach vorne, da ihm hinten die Sicht verstellt war. Die Grube, die zwischen den Bäumen ausgehoben worden war, maß gut und gerne drei auf drei Mannslängen bei vielleicht anderthalb Mannslängen Tiefe. Eine unvorstellbare Schinderei bei dem gefrorenen Boden; zwei Arbeiter waren dabei an Entkräftung gestorben.

Das Leichentuch wurde entfernt, und Philipp schluchzte laut auf. Auch wenn de la Chapelle nicht eine Spur von Trauer empfand, so musste er doch zugeben, dass Beauregard ein schöner Hengst gewesen war. Ein Schimmel weiß wie Milch, ohne den geringsten Makel. Die armlange Mähne war kunstvoll geflochten worden, ebenso der Schweif.

Kardinal Lusigard löste sich aus der Menge und sprach ein paar mitfühlende Worte. Dem Wunsch des Königs, einen Psalm zu lesen und ein Gebet zu sprechen, hatte er sich widersetzt, obgleich er damit riskierte, dass die notwendigen Ausbesserungsarbeiten an Notre-Dame weiter aufgeschoben wurden. »Nicht für ein Pferd«, hatte er gesagt, »auch nicht für das Erste im Reich«, und hatte de la Chapelle damit Respekt abgenötigt.

Der Wagen wurde so lange hin und her gefahren, bis er genau am Grubenrand stand. Dann wurden Seile um den Pferdekörper geschlungen. Ein Dutzend Männer packte an und zog mit vereinten Kräften, während noch einmal annähernd die gleiche Zahl von der anderen Seite schob. Langsam setzte der Pferdekörper sich in Bewegung, rutschte über den Rand der Ladefläche und stürzte in die Grube. Einen Augenblick waren alle bass erstaunt, dann lief ein Raunen durch die Menge. Der Schimmel war auf dem Rücken gelandet, alle vier Beine ragten in den Himmel. Mit einem Satz sprang der König in die Grube.

»Er ist steif!«, hörte man ihn brüllen, auch wenn niemand ihn sah. »Er ist gefroren! Vermaledeites Stallburschenpack! Wir hatten doch befohlen, dass in Beauregards Stall Tag und Nacht ein Feuer zu brennen habe!«

Hilfreiche Hände streckten sich Seiner Majestät entgegen und halfen ihr aus der Grube. Kaum war Philipp wieder aufgetaucht, brüllte er: »Köpfen werden wir sie! Jeden Einzelnen!«, woraufhin die Menge zurückwich, als sei sie gemeint. Dann verdrehte er die Augen und verlor die Besinnung. Das geschah in dieser Woche bereits zum dritten Mal.

De la Chapelle befahl, den König auf den Wagen zu heben, auf dem kurz zuvor noch dessen Pferd gelegen hatte, und nahm selbst neben dem Kutscher Platz. Nun hatte er seine Mitfahrgelegenheit.

*

»Sind wir schon wieder umgekippt?«, fragte Philipp.

Noch immer besinnungslos hatten ihn die Diener in sein Schlafgemach getragen und aufs Bett gelegt. De la Chapelle blieb bei ihm, bis er die Augen aufschlug. Wie auch die vorangegangenen Male wirkte der König seltsam entrückt, als kehre er nur unwillig aus einer anderen Welt zurück.

»So ist es, Sire«, sagte de la Chapelle, der am Fußende des Bettes stand. »Bei der missglückten Beisetzung Beauregards. Vermögt Ihr Euch zu erinnern?«

Philipp blinzelte, als blende ihn die Sonne. Dabei war der Himmel verhangen, in dem Gemach war es entsprechend düster. Zum Lesen hätte man eine Kerze gebraucht.

»Bruchstückhaft.« Der König runzelte die Stirn. »Beauregard war steif gefroren. Wir haben uns über die Stallburschen aufgeregt, war es nicht so?«

»In der Tat, Sire. Dabei meinten die Burschen es nur gut. Im Warmen hätte sich der Bauch des Hengstes gebläht, möglicherweise wäre er sogar geplatzt.«

»Ja, ja, schon gut. Wie kommen nur diese Ohnmachtsanfälle zu Stande? Habt Ihr dafür eine Erklärung, de la Chapelle?«

»Es geschieht immer, wenn Ihr Euch aufregt, Sire. Dann schwinden Euch die Sinne.«

»Früher konnten wir uns aufregen, wie wir wollten, konnten brüllen und toben, und nichts ist passiert. Heute jedoch – ein kleiner Wutanfall, und schon liegen wir da. Dazu ständig dieser Druck im Kopf, als platze er jeden Augenblick.«

»Ihr steht im sechsundfünfzigsten Lebensjahr, Sire, wie auch ich. Da kann so etwas schon einmal vorkommen.«

»Widerfährt Euch das auch?«

»Nein, Sire, mich zwickt es dafür an anderen Stellen.«

»Aber nicht mehr an der linken Hand«, lachte der König.

»Nein, Sire, die habt Ihr mir ja vorsorglich abhacken lassen.«

»Beschwert Euch nicht, de la Chapelle, Ihr hattet mit Eurem Leben gehaftet, dass Euch dieser Comte d'Amiens nicht wieder entwischt. Ihr solltet dankbar sein, dass ich nicht auf Eurem Kopf bestanden, sondern mich mit einer Hand zufrieden gegeben habe.«

»Eure Gnade beschämt mich noch immer, Sire.«

»Übrigens – habt Ihr Neuigkeiten von de la Motte? Hat er diesen vermaledeiten Templer endlich aufgestöbert?«

De la Chapelle verzog das Gesicht, als leide er an Verstopfung. »Keine Neuigkeiten sind ja in gewisser Weise auch Neuigkeiten. Ich habe Euch bisher nur nichts davon gesagt, weil ich unter allen Umständen vermeiden wollte, dass Ihr Euch erneut aufregt, Sire.«

»Schon gut, lasst hören.«

»Sind Eure Majestät sich sicher, dass –«

»Verdammt, nun spuckt schon aus, was auch immer es sei!«

Mit einem Hüsteln brachte de la Chapelle seine Stimmbänder in Form. »De la Motte ist verschollen. Schon seit langem bleiben die vereinbarten monatlichen Berichte aus. Es steht zu befürchten, dass ihm etwas zugestoßen ist.«

»Von wo hat er sich zuletzt gemeldet?«

»Aus Rom. Die Nachricht stammte von Ende August, hier traf sie vier Wochen später ein. In der Ewigen Stadt soll es Anfang September ein schweres Erdbeben gegeben haben. Zudem wütet in Italien die Pest, wie Ihr wisst, Sire. Dieser Pierre de Sowieso, unser Einohr, ist ihr ja als einer der Ersten zum Opfer gefallen.«

»Dass de la Motte d'Amiens aber auch auf Sizilien verpasst hat!«

»Um ganze zwei Tage«, sagte de la Chapelle und betrachtete seinen Armstumpf. »Eine Tragödie.«

»Was unternehmt Ihr weiter in dieser Sache?«

»Ich habe bereits in den ersten Tagen des Jahres Emissäre in alle größeren Städte entsandt und sie dort Belohnungen für Hinweise auf d'Amiens ausloben lassen. Falls ihm nicht auch etwas zugestoßen ist, wird das über kurz oder lang Früchte tragen.«

Philipp zog die Mundwinkel nach unten. Sein Missfallen war unübersehbar. »Wir haben Euren Plan von Anfang an für eine Weingeistidee gehalten. Der Kerl führt Euch doch an der Nase herum. Wenn es diesen Schatz überhaupt gibt.«

De la Chapelle hatte angesichts dieses gänzlich unerwarteten Sinneswandels das Gefühl, als trete ihn ein Pferd. »Ihr zweifelt an der Existenz des Templerschatzes, Sire?«

»Ihr etwa nicht?«

Der Leibberater hob die Schultern. »Was sagt denn Euer Onkel Gottfried von Charney dazu, dass Ihr die Suche aufgeben wollt?«

»Der war schon ewig nicht mehr da, ich vermute, dass er gar nicht mehr lebt«, sagte Philipp. »Trotzdem. Solltet Ihr jemals wieder von d'Amiens hören, wollen wir, dass Ihr persönlich zu ihm reist, ihn verhaftet und herschafft. Das ist jetzt eine Sache der Ehre. Wir werden uns doch nicht von so einem vorführen lassen.«

»Selbstverständlich, Sire, so sehe ich das auch. Eine Sache der Ehre. Ich hoffe nur, Ihr werdet mich, wenn es so weit ist, auch entbehren können.«

»Wir werden Eure Abwesenheit nicht einmal bemerken.«

De la Chapelle klappte die Kinnlade runter. »Pardon, Sire? Wie darf ich das verstehen?«

»Wir werden Paris verlassen und uns nach Nogent-le-Roi zurückziehen«, sagte Philipp leichthin, als verkünde er, ausnahmsweise außerhalb des Palastes zu speisen. »Die frische Luft und die Ruhe werden unserem Befinden zuträglich sein. Die Diener sind bereits angewiesen zu packen.«

De la Chapelle war wie vor den Kopf geschlagen. »Aber Sire! Was soll aus mir werden?«

»Kümmert Euch um meinen Sohn, diesen Pupser«, sagte Philipp. »Bringt ihm Manieren und das Einmaleins der Staatsgeschäfte bei, damit habt Ihr genug zu tun. So, und nun lasst uns allein, wir möchten ein wenig ruhen.«

De la Chapelle wollte noch etwas sagen, aber der König schloss kurzerhand die Augen. Bald darauf zeigten tiefe und gleichmäßige Atemzüge an, dass er schlief. De la Chapelle blieb nichts anderes übrig, als sich zurückzuziehen.

Als er im Flur stand, brach er in Tränen aus.

Kleve, Juni 1350

Als Elsa aufwachte, fühlte sie sich erfrischt, als habe sie sich nach einem langen heißen Tag mit kühlem Brunnenwasser übergossen. Sie hatte während der Nacht geschwitzt, und die leichte Brise, die der beginnende Tag durch die Dachluke trieb, ließ sie nun frösteln.

Als sie zur Seite blickte, erschrak sie. Neben ihrer Schlafstatt saß eine zusammengesunkene Gestalt, die nur aus einer verfilzten, grauweißen Mähne zu bestehen schien; von ihrem Gesicht war nichts zu sehen. Das musste die alte Vettel aus dem Nachbarhaus sein, die nur die Rote genannt wurde, weil sie als junge Frau rote Haare gehabt hatte, und die früher, als die Mädchen noch zu klein gewesen waren, in der Schankstube geholfen hatte. Noch heute war sie im Viertel als Hebamme gefragt oder eben als Nachtwache am Krankenlager.

Sie schien gespürt zu haben, dass Elsa aufgewacht war, und setzte sich aufrecht.

»Lange mach ich das nimmer«, nuschelte sie zahnlos und streckte den Rücken. »Mein Kreuz wird immer ärger. – Wie geht's, Kindchen? Hast dich fein gesund geschlafen?«

»Welchen Tag haben wir?«, fragte Elsa.

»Den Tag willst du wissen?« Die Rote lachte, was jedoch eher einem Husten gleichkam. »So ist die Jugend. Immer will sie den Tag wissen. Dass ihr es immer so eilig habt, ihr Kinderchen. Das Ende kommt noch früh genug. Aber lass mich nachdenken.« Mit Hilfe ihrer Finger, deren Nägel so lang wie Hühnerkrallen waren, zählte sie ab. »Demnach hätten wir heute den Samstag, Kindchen.«

Elsa setzte sich auf. »Bist du sicher? Dann hätte ich ja den ganzen Freitag … Oh, mein Gott!«

»Was hast du?« Die Rote legte Elsa die Hand auf die Stirn. »Das Fieber ist weg, gelobt sei der Herr.«

»Wo ist Marco? Was haben sie mit ihm gemacht?«

»Erinnerst du dich doch? Ach, und wir hatten schon gehofft, du hättest alles vergessen. Hättest dir damit einen Gefallen getan, Kindchen, glaub mir. Zu viel mit sich rumschleppen hat –«

Elsa stieß die Hand der Alten weg und schwang die Beine über die Pritschenkante. Ein leichter Schwindel überfiel sie, der aber gleich wieder verflog.

»Am Hasenberg waren wir unterwegs, in stockfinsterer Nacht. Marco ist dem anderen nachgeschlichen, und dann … und dann … Hilf mir doch! Du musst doch wissen, was danach passiert ist. Wie habt ihr mich gefunden?«

»Ach, Kindchen!«, seufzte die Rote. »Sei froh, dass du es überstanden hast und dem Scheusal ausgekommen bist. Hast es aber auch herausgefordert. Nachts allein durch die Gassen zu laufen. Tut man doch nicht, als so junges Ding. Wenn ich alte Schindmähre –«

»Rote, bitte!« Elsa griff nach den Händen der Alten. Die fleckige Haut fühlte sich an wie Pergament. »Was ist aus Marco geworden?«

»In den Kerker hat man ihn geworfen, und aufknüpfen wird man den Bengel, wie er es verdient hat, jawohl.«

Diesmal war das krächzende Bellen der Alten wirklich ein Husten. Elsa hatte das Gefühl, als beginne sich die Kammer zu drehen. »Wieso ihn? Was ist denn aus dem anderen geworden?« Plötzlich tauchte ein rußgeschwärztes Gesicht vor ihrem geistigen Auge auf. »Auf einmal stand er vor mir, jetzt weiß ich es wieder. Geräusche hatte ich gehört, wie von einem Kampf. Dann stürzte einer zu Boden, und Schritte kamen näher. Ich dachte, es sei Marco, und dann war es der andere. Seine Augen haben geleuchtet wie glühende Kohlen. Es war entsetzlich. In dem Augenblick müssen mir die Sinne geschwunden sein. – O Rote, sie haben den Falschen ergriffen! Marco ist unschuldig!«

»Kindchen, was redest du da? Verwirrst mich ja völlig.«

»Begreifst du denn nicht?« Elsa packte die Alte an den Schultern und schüttelte sie, dass ihr fast die Augen aus dem Kopf traten. »Marco und ich waren unterwegs, um dem Mörder von Anna und der Nehle eine Falle zu stellen, und anstatt dass wir ihn erwischt haben, hat er den Marco niedergeschlagen. Und nun sitzt Marco im Kerker, und alle denken, er sei der Mörder, wo er zu allem Überfluss doch auch noch ... Oh, Herr im Himmel!«

»Kindchen!« Die Rote nahm Elsa in die Arme, die völlig haltlos zu schluchzen begann. »Du und der Lombarde? Ja, was bedeutet das denn?«

»Ihm darf nichts geschehen, ich liebe ihn doch so!«

»Ach, verdrehte Welt«, murmelte die Alte, während sie Elsa über den Kopf strich.

*

»Das sind die rot geweintesten Augen, seit Maria Magdalena um Jesus trauerte«, sagte Umberto di Montemagno mit einem Blick auf seine Frau, die am Herd stand, während er mit Pietro am Küchentisch saß.

Vor ihnen stand das unberührte Frühstück, das wie immer aus Milch und altbackenem Brot bestand. Die Katzen strichen ihnen schon in der Hoffnung um die Beine, dass die Schälchen beizeiten hinuntergestellt würden.

»Als ob du mit deinen verquollenen Augen besser aussähest«, sagte Pietro. »Nur heulst du nicht in unserem Beisein, sondern wahrscheinlich heimlich, im Kontor.«

Sophia Maria trug eine Pfanne mit sechs in Schmalz gebratenen Eiern auf.

»Ihr müsst etwas essen«, schniefte sie. »Schon gestern habt ihr keinen Bissen zu euch genommen. Ihr fallt noch vom Fleisch.«

»Du isst doch selbst nichts«, sagte Pietro vorwurfsvoll, worauf seiner Mutter zum wiederholten Mal an diesem Morgen die Tränen in die Augen schossen.

Umberto legte beruhigend seine Hand auf ihre. »Nun setz dich erst einmal, Weib.«

»Ach, nimm deine Finger weg, du zitterst ja.« Sophia Maria ließ sich auf die Bank fallen und schnäuzte geräuschvoll in ihre Schürze.

Umberto streckte seine Hände aus. Sein Zustand hätte jeden Tattergreis beschämt.

»Denkst du, die Sache geht mir nicht an die Nieren?«

»Was dir an die Nieren geht, ist der Wein. Das denke ich nicht nur, das weiß ich.« Sophia Maria wies mit dem Daumen über die Schulter und wandte sich an ihren Zweitgeborenen. »Deswegen sitzt er den ganzen Tag im Kontor, um sich einen Krug nach dem anderen auf die Nase zu gießen. Von wegen heimlich heulen. Derweil zermartern wir uns hier den Kopf, wie wir Marco beistehen können.«

Wild aufstöhnend warf Umberto sich in die Brust, fasste in den Ausschnitt seines Leinenhemdes und riss es bis zum Bauchnabel auf. Ein Teppich grauer Löckchen ähnlich dem Fell eines alt gewordenen Persianerschafs kam zum Vorschein.

»Ich war es!«, rief er voll Pathos. »Ich war es, der gestern versucht hat, gegen alle Widerstände zu Marco vorzudringen. Habt ihr das etwa vergessen?«

»Wie könnten wir. An den Reinfall werde ich mich wohl bis ans Ende meiner Tage erinnern. Mit solch einem Mundwerk« – Sophia Maria zeigte mit weit auseinander gehaltenen Händen, wie groß es ihrer Meinung nach gewesen war – »losgezogen und sooo kleinlaut« – diesmal reichten Daumen und Zeigefinger als Begrenzung – »zurückgekehrt. Der Herr, der den Grafen bei Bedarf um den kleinen Finger wickeln kann. Pah! Heute werden wir die Sache selbst in die Hände nehmen und diesen Anselmo um Hilfe bitten, nicht wahr, mio piccolo angelo? – Was hast du da?«

Pietro entwand seine Hand dem Zugriff der Mutter, als sie seinen Handrücken begutachten wollte.

»Ein Mückenstich vermutlich«, sagte er und kratzte sich.

»Hoffentlich kein Flohbiss. – Du gehst am besten gleich nach dem Frühstück zu Anselmo und bittest ihn her. Gemeinsam mit ihm werden wir einen Weg finden, wie wir zu deinem Bruder Verbindung aufnehmen können.«

»Ich weiß nicht ...«

»Was gibt es da nicht zu wissen, he?«, fragte Umberto. »Du hast doch gehört, was deine Mutter gesagt hat.«

Pietro blickte ernst vom einen zum anderen, und als er schließlich sprach, tat er es mit Bedacht.

»Ist euch eigentlich noch nie der Gedanke gekommen, dass Marco entgegen all unseren Hoffnungen ... schuldig sein könnte? Können wir das wirklich ausschließen?«

»Bist du übergeschnappt?«, entfuhr es Sophia Maria.

»Mutter! Nichts wünsche ich mir mehr, als dass ich mich irre, aber es gibt Anhaltspunkte, die kaum einen anderen Schluss zulassen.«

»Wovon redest du? Was weißt du, was wir nicht wissen?«

Pietro faltete die Hände, als suche er Kraft im Gebet.

»Die Nacht, in der Anna ermordet wurde«, sagte er. »Ich habe später falsches Zeugnis abgelegt. Marco war entgegen meiner Angaben nämlich nicht die ganze Nacht in seiner Kammer.«

»Ja und?«, fragte Sophia Maria.

»Angeblich hat er in einer der Fischerhütten übernachtet.«

»Das gleiche hast du von der Nacht behauptet, in der Nehle Wannemeker ermordet wurde. Halte ich dich deswegen für verdächtig?«

»Und wo war Marco in jener Nacht?«

»Das solltest du am besten wissen, ihr wart doch zusammen unterwegs.«

»Wir haben uns kurz nach Mitternacht verloren.«

»Nach Hause gekommen ist er im Morgengrauen.«

»Die Stunden dazwischen sind genau die, in denen Nehle zu Tode gekommen ist. Und nun die Geschichte mit Elsa. Und wieder ist Marco –«

»Was bist du?«, fauchte Umberto dazwischen. »Marcos Ankläger vor Gericht oder sein Bruder? Was glaubst du eigentlich, wie unsere Familie durch die Jahrhunderte hindurch überlebt hat, he? Indem jeder bedingungslos für den anderen eingestanden ist. Das war so, und das wird auch jetzt so sein. Deshalb verbiete ich dir, weiterhin Verdächtigungen gegen deinen Bruder zu verbreiten.«

»Vater, du kannst mich nicht zur Lüge zwingen.«

Umberto kniff ein Auge zu, was ihm ein unvermutet gefährliches Aussehen verlieh. »Was willst du damit sagen?«

Pietro krallte die Fingernägel seiner Rechten derart in den linken Unterarm, dass bereits das Zusehen schmerzte. »Auch wenn Marco mein Bruder ist, ich kann keinen Mörder decken. Ich würde Gottes Gebot mit den Füßen treten.«

»Als du den Richter bezüglich Marcos Aufenthalt belogen hast, hast du auch gegen Gottes Gebot verstoßen.«

»Aber da hielt ich Marco noch für unschuldig!«

»Pietro!«, rief Sophia Maria. »Du wurdest aus dem gleichen Leib geboren wie Marco. Stellst du dich nun gegen ihn, wirst du nicht nur ihn töten, sondern auch einen Teil von dir selbst.«

»Mein Maßstab muss sein, was ich vor Gott verantworten kann.«

»Vor Gott verantworten!«, höhnte Umberto. »Solche hehren Worte führt einer im Mund, der dabei ist, seinen eigenen Bruder ans Messer zu liefern! Eine gottlosere Tat ist wohl kaum vorstellbar.«

»Erzähl du mir nichts über Gottlosigkeit, du Wucherer, einer von denen, die Jesus zusammen mit den Spielern aus dem Tempel des Herrn geworfen hat!«

Umberto schnellte in die Höhe und beugte sich weit über den Tisch. Die Ohrfeige fegte Pietro vom Hocker. Sophia Maria schlug die Hände vor den Mund.

»Hinaus mit dir!«, brüllte Umberto. »Hinaus aus meinem Haus, du Kain!«

Wortlos, lediglich seiner Mutter einen kurzen Blick zuwerfend, machte Pietro, dass er auf die Beine kam, und verließ die Küche. Als die Haustür ins Schloss fiel, stammelte Sophia Maria: »Das ist das Ende.«

Umberto sagte gar nichts und ging ins Kontor. Dort schlug er sich die Faust ins Gesicht, dass seine Nase brach.

Selbst bei strahlendem Sonnenschein wurde es in dem Zimmer nicht richtig hell, das Fenster war einfach zu klein. Einmal hatte von Elten leichtsinnigerweise sein Haupt hinausgestreckt, weil er dachte, jemand hätte an die Haustür geklopft. Als er den Kopf wieder einziehen wollte, war der unerklärlicherweise größer als zuvor, und er war stecken geblieben. Endlos lange hatte er um Hilfe gerufen, bis schließlich ein zufällig vorbeikommender Kanoniker auf ihn aufmerksam geworden war und ihn mit Hauruck befreit hatte. Ein Beistand, den von Elten mit zerschrammten Ohrmuscheln büßte.

Dennoch liebte der Kaplan die schummrige Stube, die er liebevoll »mein Marienzimmer« nannte. Alle vier Wände waren dicht an dicht mit Mariendarstellungen behängt, teils mit, teils ohne Kind. Mal war die Mutter Gottes auf Holz gemalt, mal auf Stein oder Leder, es gab jedoch auch Schnitzereien aus Holz und Bein, kleine Steinmetzarbeiten und Figürchen aus gebranntem Ton. Oft stand von Elten andächtig in der Zimmermitte und seufzte: »Ach, wären doch alle Frauen wie Maria!«, um sogleich mit finsterer Miene anzuschließen: »Aber nein, wie Eva sind sie! Eva mit der Schlange!«

Besonders stolz war von Elten außerdem auf seine Reliquiensammlung, die er in einer kleinen Truhe sorgfältig unter Verschluss hielt. Die meisten Sammelstücke, überwiegend Asche, Gebeinstücke und Kleiderfetzen, stammten von männlichen Heiligen. Aber es fand sich auch das eine oder andere Stück, das einer Frau zugeschrieben wurde, so zum Beispiel ein Eckzahn der Hildegard von Bingen. Und – gesondert aufbewahrt in einer winzigen Schatulle – eine blonde Locke, die vom Haupt der Mutter Gottes stammte. In dem Glauben hatte von Elten sie zumindest für teures Geld von einem fahrenden Reliquienhändler erworben, bis Rektor Clos ihn darauf aufmerksam gemacht hatte, dass Maria wie nahezu alle Frauen im damaligen Galiläa schwarzhaarig gewesen war. Die Locke wegzuwerfen hatte von Elten jedoch nicht übers Herz gebracht, er holte sie aber auch nicht mehr jeden Abend heraus, um in ihrer Gegenwart zu singen.

Bewacht wurde der Schatz von einem Stieglitz, der sein Dasein in einem viel zu kleinen Käfig fristete, der gleich neben dem Fenster von der Decke baumelte. Von Elten hatte den Finkenvogel vor zwei Jahren flügellahm auf einem Spaziergang entdeckt, mitgenommen und gesund gepflegt. Den Käfig hatte er ihm eigenhändig aus kleinen Eschenholzzweigen gebaut.

Es gab aber noch einen zweiten Grund, weshalb von Elten das Marienzimmer schätzte. Von dem zu klein geratenen Fenster aus hatte er einen unverstellten Blick auf die Ostseite der Stiftskirche und konnte so den Fortschritt der Arbeiten am Ostchor des Gotteshauses verfolgen. Später würden die Türme errichtet werden, nach und nach würde man so die alte Kirche ausbauen. Dabei empfand er das Hämmern der Steinmetze im Gegensatz zu vielen anderen – allen voran Rektor Clos, den der Lärm angeblich bei seinen so genannten Gesinnungsübungen, auf die von Elten sich keinen rechten Reim machen konnte, störte – als Musik. Geradezu fasziniert war er zudem von der Behändigkeit, mit der sich die Arbeiter auf dem wackeligen Gerüst bewegten. Sicher, hin und wieder stürzte einer ab, aber dann sagte von Elten sich, wo gehobelt wird, fallen Späne, schlug das Kreuz und machte sich auf, dem armen Teufel die letzte Ölung zu erteilen.

An diesem Morgen stand die Sonne bereits am Himmel, als von Elten im Nachthemd und noch bettwarm sein Lieblingszimmer betrat, in der Hand einen Becher Milch, den er auf dem Fensterbrett abstellte. Mit zwei Fingern fischte er den Rahm und eine tote Fliege aus dem Becher und stopfte beides dem namenlosen Stieglitz in den Fressnapf, der heute einen merkwürdig starren Blick hatte. Selbst als von Elten an den Käfig klopfte, rührte das Tier sich nicht. Schließlich zwängte er einen Finger zwischen den Zweigen hindurch und stupste den Vogel an. Das Tier war steif. »So ist das Leben«, murmelte der Geistliche, nahm den Käfig mit einem Seufzer vom Haken und warf ihn samt Inhalt aus dem Fenster. Nach dem

Reinfall würde er sich ohnehin keinen Vogel mehr anschaffen. Dann stützte er sich auf die Fensterbank, blickte auf die Baustelle und schlürfte seine Milch.

Gerade mal sechs Stunden war es her, dass er heimgekehrt und in sein Bett gekrochen war. Zerschlagen hatte er sich gefühlt und gleichzeitig so aufgedreht, dass er trotz aller Erschöpfung nicht in den Schlaf fand. Die Gedanken wirbelten in seinem Kopf wie Schneegestöber, keinen einzigen vermochte er zu fassen. Später war er doch eingenickt, aber nur, um nach wenigen wirren Traumfetzen senkrecht im Bett zu sitzen. Aber diese Augenblicke vermeintlichen Schlafs hatten ihm gereicht, um ihm aufzuzeigen, wie die Lösung des Problems aussehen könnte.

Jetzt, als er am Fenster stand, erinnerte er sich daran. Erneut durchströmte ihn das warme Glücksgefühl, als ihm klar wurde, dass er auf diese Art gleich zwei Seelen auf einmal retten konnte. Ergriffen reckte er die Arme zum Himmel und stieß dabei seinen Milchbecher aus dem Fenster. Vor dem Haus sagte jemand: »Aua!«

Von Elten widerstand der Versuchung, aus dem Fenster zu gucken, und lief stattdessen eilig zur Tür. Auf dem Absatz stand Adolf Kaldewey, milchbekleckert und mit den Scherben des Bechers in der Hand. Von Elten zog sein Schnupftuch aus dem Ärmel und versuchte Kaldeweys Harnisch abzutupfen.

»Lasst das doch, Euer Hochwürden!«, sagte der Hausmeister des Grafen unwirsch. »Hier, nehmt lieber die Scherben an Euch, bevor jemand hineintritt.«

»Wollt Ihr nicht hereinkommen?«

»Keine Zeit, ich muss weiter. Ich habe Euch nur Mitteilung zu machen, dass der Graf den Prozess gegen den Frauenmörder Marco di Montemagno bereits auf morgen Vormittag angesetzt hat. So kann die Hinrichtung noch am gleichen Tag, spätestens jedoch am Montag stattfinden. Noch Fragen?«

Von Elten schüttelte verdattert den Kopf. Dann fiel ihm doch eine ein. »Weiß Richter van der Schuren schon Bescheid?«

»Von ihm komme ich gerade. Er trifft bereits alle Vorbereitungen.«

»Und was wird aus der Beerdigung?«

Kaldewey guckte verständnislos. »Natürlich erst nach der Hinrichtung, was dachtet Ihr denn?«

»Natürlich.«

Die unerwartete Einmischung des Grafen bedeutete, dass er keine Zeit mehr zu verlieren hatte. Umgehend musste er mit Pietro sprechen. Flink eilte er die Treppen hinauf in seine Kammer und kleidete sich an. Nachdem er sich zuletzt seinen breitkrempigen Strohhut in die Stirn gedrückt hatte, blickte er noch einmal aus dem Fenster des Marienzimmers. Dann setzte er seinen Hut wieder ab.

Die hoch gewachsene schlanke Gestalt, die quer über den Friedhof auf von Eltens Haus zukam, war Pietro di Montemagno.

*

»Verzeiht die Störung, ehrwürdiger Vater.«

»Nicht doch, nicht doch, tritt ein, mein Sohn. Geh schon vor in die Stube, du kennst ja den Weg. Darf ich dir einen Becher Milch bringen?«

»Nein danke, sehr liebenswürdig.«

Pietro stand noch unschlüssig herum und fragte sich, ob er sich ohne Aufforderung setzen sollte, als von Elten schon wieder auftauchte.

»Setz dich, mein Sohn.« Der Kaplan wies auf einen der beiden Stühle, die unter dem Fenster standen und auf denen er spätnachmittags, die letzten Sonnenstrahlen nutzend, in der Heiligen Schrift zu lesen pflegte. »Was führt dich zu mir? –

Du brauchst nichts zu sagen, Pietro, ich sehe es schon. Die Verzweiflung darüber, dass ausgerechnet dein Bruder derjenige sein soll, der diese Untaten begangen hat, steht dir ins Gesicht geschrieben.«

Pietros Augen spiegelten Unglauben. »Hegt Ihr Zweifel an seiner Schuld, ehrwürdiger Vater?«

Von Elten hob die Schultern bis zu den Ohren. »Er ist noch nicht verurteilt, also ... Andererseits fügt sich eins zum anderen, und dem kann auch ich mich nicht verschließen, wenn du verstehst, was ich meine.«

»Dass er beschnitten ist, hat nichts zu sagen.«

»Das weiß ich, mein Sohn.«

Von Elten nahm einen kräftigen Schluck Milch und handelte sich damit einen Oberlippenbart ein, der ihn glatt fünfzig Jahre jünger machte, sein Gegenüber hatte allerdings keinen Blick dafür.

»Ich brauche Euren Rat, ehrwürdiger Vater«, sagte Pietro und umklammerte mit beiden Händen die Tischkante. »In eben dieser Angelegenheit, die Ihr bereits angesprochen habt.«

»Sicher, dafür bin ich ja da, das habe ich dir gesagt.«

»Ich befinde mich in Gewissensnöten, weil ich schwanke, wem ich mehr schulde, meiner Familie oder Gott. – Nein, das ist eigentlich nicht die Frage, denn ich bin mir durchaus bewusst, dass meine Schuld gegen Gott die weitaus größere ist. Die Frage ist vielmehr, wie es sich in Fällen verhält, in denen beide Verpflichtungen sich gewissermaßen überschneiden, in denen sie sogar unvereinbar sind. Versteht Ihr, was ich meine?«

»Durchaus, mein Sohn. Fahr nur fort.«

»Um es ganz deutlich zu machen: Meine Eltern verlangen von mir, meinen Bruder zu besuchen, ihm beizustehen, eben meinen brüderlichen Verpflichtungen nachzukommen, aber in mir sträubt sich alles dagegen.«

»Warum? Weil du ihn für schuldig hältst?«

»Wer sagt Euch das?«

»Deine Verzweiflung.«

Pietro barg sein Gesicht in den Händen. »Dieser Widerspruch zerreißt mich noch!«

Von Elten erhob sich, ging um den Tisch und legte Pietro die Hände auf die Schultern. »Ob du mit deiner Vermutung Recht hast, wirst du nur herausfinden, wenn du deinem Bruder einen Besuch abstattest. Nutze euer Zwiegespräch und blicke in sein Herz, mein Sohn, und Gott wird dir die Augen öffnen.«

»Meint Ihr wirklich?«

»Aber ja doch.« Von Elten kehrte zurück auf seinen Platz. »Überdies hat er auch als Sünder Anspruch auf deinen Beistand. Bei der Gelegenheit kannst du ihm überdies mitteilen, dass du bereits in der kommenden Woche als Novize in den Orden der Minoriten eintreten wirst. Wenn ich Marco richtig einschätze, wird ihm das ein Trost sein.«

»So bald schon? Ich dachte –«

»Ich habe mit Abt Ansgar bereits alle anstehenden Fragen besprochen. Die Brüder erwarten dich mit offenen Armen. Was gibt es da zu zögern?«

»Es kommt so überraschend. Vor allem, wenn ich an meine Eltern denke, ehrwürdiger Vater. Sie würden womöglich beide Söhne auf einmal verlieren.«

»In diesen Zeiten, in denen anderenorts der Schwarze Tod ganze Familien, ja Gemeinden dahinrafft, dürfen deine Eltern sich mehr als glücklich schätzen, euch auf diese Art und Weise zu verlieren. Dich im Kreise liebender und fürsorglicher Brüder zu wissen, und deinen Bruder … nun ja …«

»Er wird in der Hölle enden, nicht wahr?«

»Wenn er bereut, wer weiß, vielleicht …«

»Vielleicht?«

»Vielleicht.«

Ein lautstarkes Klopfen unterbrach die beiden. Auf von Eltens Aufforderung trat Rektor Conradus Clos ein, ergriff Pietros Hände und machte ein Gesicht, als wolle er ihm sein Beileid aussprechen. Ein ruckartiges Nicken mit geschlossenen Augen beendete diesen Akt, dann wandte er sich an von Elten.

»Als ich unter dem Fenster vorbeiging, konnte ich nicht umhin, Zeuge eurer Unterredung zu werden.« Er räusperte sich. »Dabei kam mir zu Ohren, dass Pietro beabsichtigt, beziehungsweise dass Ihr ihm dazu geraten habt, werter Freund, seinen Bruder im Schlosskerker aufzusuchen. Ein Vorschlag, der mir … äh … befremdlich anmutet, wie ich sagen muss.«

»So?«, fragte der Kaplan. »Warum?«

»Nun … äh … ich fürchte, die Seele unseres jungen Freundes könnte Schaden nehmen. Nicht wieder gutzumachenden Schaden sogar.«

Eine Weile musterte von Elten seinen Freund, wie er da stand, kopfruckend und mit tanzendem Adamsapfel. Dann sagte er: »Lass uns bitte allein, Pietro, sei so gut. Du kannst in der Kirche auf mich warten.«

Kaum hatte der junge Montemagno den Raum verlassen, zischte Clos: »Wisst Ihr eigentlich, was Ihr da tut?«

»Das weiß ich sehr wohl«, sagte von Elten kalt. »Die Frage ist nur, ob Ihr Gleiches auch von Euch sagen könnt.«

Wann er vor den Tränen, die er wegen Anna vergossen hatte, zuletzt geweint hatte, wusste Marco nicht mehr. Entweder war es, als Baldur, sein Hund, gestorben war, oder beim Tode des Großvaters. Beide hatten das Zeitliche gesegnet, als er ungefähr zehn Jahre alt gewesen war, er wusste aber nicht mehr, wer zuerst. Dunkel meinte er sich zu erinnern, der Großvater habe ihn nach Baldurs Tod getröstet, aber er konnte sich auch irren. Eines stand immerhin fest: Die letzten Male hatte er Tränen angesichts des Todes vergossen.

Diesmal weinte er aus Trostlosigkeit. Still und heimlich, zusammengerollt in der anderen Ecke der Zelle, wo er hoffte, Ricciutello bekäme davon nichts mit. Ob der Knecht seinen Kummer wirklich nicht bemerkte, war zweifelhaft, jedenfalls war er rücksichtsvoll genug, so zu tun.

Sein eigenes Schicksal war besiegelt, das stand seit von Eltens Besuch fest. Aber nicht nur für ihn waren die Würfel gefallen, auch für seinen Bruder, der daran gehindert werden musste, weiteres Unheil anzurichten. Und somit waren auch die Eltern betroffen, denen auf einen Schlag beide Söhne genommen werden würden.

Hinzu kam Elsa, die noch nicht einmal ahnte, welche Rolle sie demnächst zu spielen hatte. Hatte Marco bisher befürchtet, sie könnte womöglich nicht zu seinen Gunsten aussagen, so durfte sie dies nun unter keinen Umständen mehr tun. Es durften keinerlei Zweifel an seiner Täterschaft aufkommen, nur so hatte Pietro eine Chance.

Und plötzlich, aus dem Nichts, waren sie wieder da, die Zweifel an dem, was Kaplan von Elten erzählt hatte. Vor allem seine Behauptung, Pietro habe sich während der Tat in einem Zustand »geistiger Umnachtung« befunden, brachte Marco ins Grübeln. Geistige Umnachtung, das war für Marco etwas Vergleichbares wie Irrsinn, aber hatte Pietro dafür je Anzeichen erkennen lassen?

Marco rief sich das Gespräch noch einmal in Erinnerung. Begonnen hatte der Kaplan seine Schilderung damit, wie er Pietro gefolgt und Zeuge der Ermordung und Verstümmelung Nehles geworden war. Auf Marcos Frage, warum er nicht eingeschritten sei und den Mord verhindert habe, hatte der Geistliche geantwortet, alles sei so schnell gegangen; bevor er überhaupt begriffen habe, was vor sich ging, sei es bereits wieder vorbei gewesen. Allerdings habe er sich Pietro in den Weg gestellt, als dieser den Friedhof der Minderen Brüder verlassen wollte, und ihn gefragt, was er hier zu suchen habe. Pietro habe ihn aber überhaupt nicht wahrgenommen, sondern regelrecht durch ihn hindurchgesehen.

Von Eltens Aussagen hatten glaubwürdig geklungen, aber waren sie ihm nicht eine Spur zu glatt über die Lippen gekommen? Wie ein Mime hatte er gewirkt, der eine hundertfach geprobte Rolle zum Besten gab. Und er, Marco, hatte sich davon blenden lassen. Zornig schlug er sich mit der flachen Hand gegen die Stirn. Was war er für ein Narr gewesen!

Oder doch nicht? Welchen Grund hätte von Elten gehabt, ihn zu belügen? Um von seiner eigenen Täterschaft abzulenken? Marco tat sich schwer mit der Vorstellung, dass der kleine, dicke Kaplan derjenige sein sollte, der ihn in der Nacht am Hasenberg überwältigt hatte. Aber sollte das tatsächlich sein eigener Bruder gewesen sein? Oder hatte von Elten gelogen, um einen Dritten, Marco noch Unbekannten zu decken? Wer jedoch könnte das sein? Till? Der Bürgermeister? Wenn Marco ehrlich zu sich selbst war, musste er zugeben, dass er beide, Sohn wie Vater van der Schuren, nicht mehr verdächtigte. Nein, alles sprach dafür, dass von Elten die Wahrheit gesagt hatte, so bitter sie auch war.

Dennoch wollten Marcos Zweifel nicht schwinden. Er konnte sich nicht erklären, warum sein Bruder die Mädchen ermordet haben sollte, dazu noch auf derart teuflische Weise. Pietro, der Sanftmütige, der sich schon schwer tat, ein Huhn zu schlachten. Unvorstellbar, dass er die Leiber der Ermordeten aufgeschlitzt und die noch zuckenden Herzen herausgerissen haben sollte. Niemals! Und doch musste es so und nicht anders gewesen sein. Aber warum, was war der Beweggrund?

Was hatten die Mädchen ihm getan, dass er über sie hergefallen war? Oder wusste er womöglich gar nicht, was er getan hatte, weil er zum Zeitpunkt der Tat nicht bei sich gewesen war?

Fragen, auf die Marco trotz allen Grübelns keine Antwort fand. Eine Liebschaft hatte Pietro nie gehabt. Bisher hatte Marco diesem Umstand keine Bedeutung beigemessen, aber auf einmal schien es wichtig zu sein. Warum eigentlich nicht? Pietro sah gut aus, Pietro war liebenswürdig, und schüchtern war er auch nicht. Einmal hatte er geäußert, Marco erinnerte sich jetzt genau, das sei nichts für ihn, diese Leichtlebigkeit, und als Marco gefragt hatte, wieso, hatte er geantwortet, so oberflächlich könne das Miteinander von Mann und Frau von Gott nicht gewollt sein. Damals war Marco nicht weiter darauf eingegangen. Heute ärgerte er sich darüber, diese Gelegenheit vertan zu haben, vielleicht war das der Schlüssel zu mancherlei, wenn nicht sogar zum Beweggrund.

Dennoch, gänzlich schlüssig war Pietros Täterschaft nicht. Auch wenn sich ein Beweggrund finden ließe, auch wenn er die Gelegenheit dazu gehabt hatte – Marco wusste in der Tat nicht, wo Pietro sich zum Zeitpunkt der vier Überfälle aufgehalten hatte –, ein Glied in der vermeintlichen Beweiskette wollte nicht zu Pietro passen: die unglaubliche Kaltblütigkeit des Täters.

Mochte Marco seinen Bruder auch weniger gut kennen, als er bislang geglaubt hatte, so vertraut waren sie doch zumindest, dass er wusste, dass Pietro es niemals fertig brächte, einen Mord zu begehen und ihn nur Stunden später an den Ort der Tat zu begleiten und dort den Erschütterten, ja den Anteilnehmenden zu mimen. Nein, mochte er auch eine dunkle Seite haben, die Marco unbekannt war, in diesem Fall hätte er ihm irgendeine Regung angemerkt.

Marco merkte, dass er sich gedanklich im Kreis drehte. Zum Teufel mit all diesen Überlegungen! Es gab nur eine

Möglichkeit, die Wahrheit herauszufinden: Er musste Pietro von Eltens Behauptungen ins Gesicht sagen. Aber dazu musste ihn sein Bruder erst einmal besuchen.

Wie er da lag, furchtsam und klein, flehte er stumm zu Gott, das möge bald sein.

*

Zum Mittagessen, das aus einer klumpigen Mehlsuppe bestand, gab es etliche Arme voll Stroh. »Als Unterlage, damit ihr mir nicht den Stickfluss kriegt«, hatte Anselmo gesagt. Marco war dankbar dafür, Ricciutello jedoch war wütend, was Marco so deutete, dass der Knecht sich darüber ärgerte, dass erst die Herrschaft im Kerker landen musste, bevor auch an sein Wohl gedacht wurde. Nach dem Essen holte Anselmo seinen Freund wie gewöhnlich aus der Zelle, um mit ihm in der Wachstube zu würfeln.

Kaum war er allein, schlich Marco zum einzigen Fenster des Verlieses, der vergitterten Schießscharte, die aus einer Zeit stammte, als der Raum noch anderen Zwecken gedient haben musste. Maß der Ausschnitt auf der Innenseite gut zwei mal zwei Ellen, so verjüngte er sich auf dem Weg durch die anderthalb mannslang dicke Mauer auf weniger als die Hälfte. Etwa auf halber Strecke waren drei Eisenstangen eingelassen. Würde nur eine einzige entfernt, würde der Platz ausreichen, um sich hindurchzuzwängen. Das hatte Marco bereits gestern herausgefunden. Dabei hatte er auch bemerkt, dass die mittlere Stange locker saß; da hatte jemand vor ihm den gleichen Einfall gehabt.

Der Aufstieg zum Sims, das oberhalb seines Kopfes lag, war nur über die in die Wand eingelassenen Halterungen der Eisenringe möglich, an denen die Gefangenen angekettet wurden. Eine an sich leichte Übung, die jedoch, lag man in Hand- und Fußketten, zu einem kleinen Abenteuer wurde. Dreimal rutschte Marco ab und schrammte sich die Unterarme auf, bis er es endlich geschafft hatte. Dann zog er sich an die Eisenstangen heran, hakte sich mit dem Ellbogen ein, um nicht aus der Nische zu rutschen, und begann die mittlere Stange ruckartig auf und ab zu schieben. Zwei Fingerbreit Spiel hatte sie bereits. Das schien viel, konnte aber auch wenig sein, denn Marco wusste nicht, wie weit sie ins Gemäuer eingelassen war.

Eigentlich war es unsinnig, was er da trieb, denn in Ketten würde er nicht weit kommen. Aber die Arbeit half gegen das Grübeln, und außerdem wollte er vorbereitet sein, falls Pietro nicht käme. Denn dann würde er ihn aufsuchen müssen.

Marco verlor jegliches Zeitgefühl, während er in der Nische kauerte und schuftete. Zweieinhalb, beinahe drei Fingerbreit ließ sich die Stange schon bewegen, als mit einem Mal die Zellentür aufgeschlossen wurde. Marco stieß sich ab und ließ sich ohne Rücksicht auf geprellte Knochen auf den Boden fallen.

Der Staub, den er bei seinem Sturz aufgewirbelt hatte, hing noch in der Luft, als ein Mann in einem dunkelbraunen Umhang die Zelle betrat. Da sein Gesicht im Schatten lag, konnte Marco ihn erst erkennen, als er in den Lichtschein des Fensters trat.

Es war Pietro.

*

»Fratello mio!«

Sie umarmten und küssten sich, wobei Marco das Gefühl hatte, dass Pietro seltsam steif und kühl war, während ihm selbst die Tränen kamen. Zudem meinte er etwas Lauerndes im Blick des Jüngeren entdeckt zu haben, mochte sich aber auch täuschen, war sein eigener doch getrübt.

»Wie geht es den Eltern? Wie haben sie es aufgenommen? Grämt Mama sich sehr? Hast du Elsa gesehen? Hast du sie gesprochen? Was redet man draußen? – Mein Gott, nun lass dir doch nicht alles aus der Nase ziehen!«

»Wenn du mich zu Wort kommen ließest, könnte ich deine Fragen beantworten.« Pietro blickte sich um und bemerkte den Schimmel an den Wänden. »So schlimm habe ich es mir ehrlich gesagt nicht vorgestellt.«

»Was hast du erwartet? Wandteppiche? Diwane?«

»Natürlich nicht. Aber etwas mehr Sauberkeit.«

»Schick Mama her, hier kann sie sich austoben. Nun sag schon, wie es den beiden geht.«

»Sie lassen dich grüßen«, sagte Pietro, um dann den Kopf zu schütteln. »Nein, ich will ehrlich sein: Sie wissen gar nicht, dass ich hier bin.«

»Wieso? Waren sie dagegen?«

»Nein, wo denkst du hin! Vater hat gestern versucht, dich zu besuchen, ist aber bereits beim gräflichen Hausmeister Kaldewey abgeblitzt. Seitdem bedrängt Mama mich, sie hierhin zu begleiten.«

»Und warum hast du sie nicht mitgebracht?«

Pietro blickte sich erneut um, als habe er beim ersten Mal einige Fresken übersehen.

»Kann man sich hier nicht setzen?«, fragte er.

»Du wirst dich mit dem Boden begnügen müssen.«

Als sie einander auf dem Stroh gegenübersaßen, wiederholte Marco seine erste Frage.

»Ach, weißt du«, sagte Pietro, »Mama weint viel. Da dachte ich, ich sehe erst einmal, wie es dir geht und wie es hier ist. Du weißt, wie schnell sie sich aufregt. Und wenn sie dich in deinem Zustand …«

»Was meinst du?«

»Hat man dir nicht gesagt, wie du aussiehst?«

»Je nach Lichteinfall kann ich mich im Wassereimer spiegeln. Beim ersten Mal dachte ich, da sitzt ein Fremder im Eimer.«

»Als ob eine Horde Knechte mit Dreschflegeln über dich hergefallen wäre.«

»So ähnlich muss es auch gewesen sein.«

»Hast du keine Schmerzen?«

»Die seelischen überwiegen. Könnt ihr Mama nicht trösten?«

»Wir versuchen es, aber du kennst sie ja. Sie kann sich in solche Dinge hineinsteigern.«

Das Gespräch kam ins Stocken. So bald hatte Marco eigentlich nicht damit gerechnet, wenn er sich auch bewusst war, dass die bedrückende Umgebung ihren Teil dazu beitrug.

»Du wirkst, als müsstest du einen Besuch am Totenbett abstatten. Habt ihr mich etwa schon aufgegeben?«

Beim dem Wort »Totenbett« machte Pietro ein erschrockenes Gesicht. »Aber nein! Vater hat bereits erwogen, dich mit Waffengewalt zu befreien.«

»Das soll er mal schön bleiben lassen. Was hast du dir denn überlegt?«

»Wie meinst du das?«

»Na, welchen Plan hast du, mir zu helfen? Oder willst du den Dingen ihren Lauf lassen?«

Pietro ergriff einen Strohhalm, pustete durch und knickte ihn, völlig sinnlos.

»Was ist mit dir?«, fuhr Marco ihn an. »Wozu bist du hier? Mach mir gefälligst Hoffnung!«

»Worauf?«, schnauzte Pietro zurück. »Ja, du hast Recht, wir haben dich aufgegeben! Als ob du das nicht wüsstest. Zumindest ich. Deine Sache steht nämlich gänzlich aussichtslos, verstehst du? Mama macht sich natürlich Hoffnungen, und auch Vater hat Flausen im Kopf. Ich hingegen sehe den Tatsachen ins Auge. – Tut mir Leid, aber so ist es nun einmal.«

Nach seinem Ausbruch wagte Pietro eine ganze Weile

nicht, Marco ins Gesicht zu blicken. Dann sagte er, noch immer mit gesenktem Kopf: »Entschuldige, dass ich so offen bin. Das ist nicht sehr einfühlsam.«

»Schon gut«, sagte Marco. »Du bist schließlich kein Seelsorger, nur mein Bruder. Kaplan von Elten war übrigens hier.«

Jetzt endlich hob Pietro den Blick. »Was wollte er?«

»Ich hatte ihn rufen lassen. Ich brauchte Beistand. Sonst war ja niemand da.«

»Konnte er dir ... Trost spenden?«

»Er hat mir Trost gespendet, er hat mir Mut gemacht, mehr noch, er hat mir sogar Hoffnung gemacht.«

»Hoffnung worauf?«

»Auf Freilassung.«

»Wie konnte er nur?«, fragte Pietro aufgebracht. »Es ist nicht redlich, einem Verzweifelten falsche Hoffnungen zu machen. Außerdem hat er noch eben mir gegenüber so getan, als ...«

»Ja?«

»Ich hatte nicht den Eindruck, als sei er von deiner Unschuld überzeugt.«

»Und wie steht es diesbezüglich mit meinem eigenen Bruder?«

Pietro suchte nach der Mitte zwischen Ja und Nein. »Noch ist nichts bewiesen. Wer weiß, was der Prozess ergibt.«

»Das klingt wie die Auskunft über das Wetter von einem, der nicht aus dem Fenster geguckt hat.«

»Was erwartest du? Du machst es einem mehr als schwer, an deine Unschuld zu glauben.«

»Von Elten hatte damit keine Schwierigkeit, was immer er dir auch gesagt haben mag. Er hegt die Hoffnung, dem wahren Mörder könne noch rechtzeitig das Gewissen schlagen. Dass er sich zu erkennen geben und gestehen könnte. – Du guckst, als sei dir ein Balken auf den Kopf gefallen.«

»Bei Gott, dann muss er dich wirklich für unschuldig halten!« Pietro schüttelte den Kopf in Fassungslosigkeit. »Hat er begründet, wieso?«

»Er kennt den wahren Mörder. – Mach den Mund zu, ich kann dein Zäpfchen sehen. Da staunst du, was?«

»Wer ... Wer ist es?«

»Das wollte er mir nicht sagen, obwohl ich ihn bedrängt habe. Er hat mir nur die Umstände geschildert, wie er ihm auf die Spur kam. Er muss ihn schon länger verdächtigt haben, denn er ist ihm in der Nacht, in der Nehle ermordet wurde, gefolgt. Das war die Nacht, in der ich bei van der Schuren eingebrochen bin, während du Wache standest, erinnerst du dich?«

»Selbstverständlich. Hat er die Bluttat mit eigenen Augen gesehen?«

»Ja. Er war Augenzeuge, wie der Mörder Nehle erschlug, ihren Leichnam auf den Minoritenfriedhof schleppte und ihr das Herz herausschnitt.«

»Grundgütiger! Eben war ich noch bei ihm, aber davon hat er mir keinen Ton gesagt, im Gegenteil, ich hatte den Eindruck, er ... aber unwichtig.« Pietro gebärdete sich aufgekratzt, als sei ihm gerade klar geworden, dass die letzten Tage nur ein böser Traum gewesen waren. »Von Elten muss umgehend zu Distelhuizen oder Richter van der Schuren gehen und eine Aussage machen. Zu deinen Gunsten. Am besten noch heute. Marco, das ist deine Rettung!«

Marco schüttelte langsam den Kopf. »Nein, das kann er nicht.«

»Wieso nicht?«

»Auch das hat er mir nicht gesagt. Aber möglicherweise hat der Mörder ihm seine Untaten später gebeichtet.«

»Nein!« Pietro jaulte förmlich auf. »Nein, nicht das Sakrament der Beichte!«

»In diesem Fall könnte ich nur darauf hoffen, dass dem Mörder selbst sein Gewissen schlägt. Aber da ist noch eine andere Möglichkeit. Von Elten sprach davon, der Mörder habe einen Eindruck gemacht, als sei er nicht bei sich, als sei er entrückt gewesen; er sprach sogar von geistiger Umnachtung.«

»Er meint einen Irren?«

»Nein. Er kennt diesen Menschen sonst als geistig gesund.«

»Was wollte er denn dann damit sagen? Der Mörder habe seine Taten in einem Rauschzustand begangen?«

»Eher das Gegenteil. Raserei war dem Mörder nicht anzumerken, er muss völlig ruhig und – ich sagte es bereits – entrückt gewesen sein.«

»Das gibt es doch nicht.«

»Am Tag nach der Tat soll der Mörder große Betroffenheit gezeigt haben. Entweder ist er ein Meister der Verstellung, oder aber er ist sich seiner Täterschaft tatsächlich nicht bewusst.« Marco seufzte. »Es ist, wie du bereits gesagt hast: So oder so steht die Sache völlig aussichtslos.«

»Gütiger Vater im Himmel, das ist doch nicht gerecht!«, rief Pietro, reckte die Hände hoch, um sich dann vor Verzweiflung die Haare zu raufen. »Da läuft ein Mörder frei herum und wird vielleicht sogar weiter morden, während mein Bruder am Galgen – oh, ich darf gar nicht daran denken. Und auch ich habe an deiner Unschuld gezweifelt, Marco, verzeih, bitte verzeih mir!«

Pietro warf sich Marco hemmungslos schluchzend zu Füßen, und der strich dem kleinen Bruder übers Haar, wie er es getan hatte, als sie auf der Flucht aus Strassburg hinten im Wagen lagen und Pietro heulte, weil er dachte, der Pöbel werde ihn bei lebendigem Leibe verbrennen.

Marco liefen die Tränen über die Wangen, und er hob den Kopf und betete stumm, aber voller Dankbarkeit zum Herrn, was, Gott wusste es am besten, nur alle Jubeljahre einmal vorkam.

Er war dankbar, weil er sich nun völlig sicher war, dass Pietro nicht Annas und Nehles Mörder war, denn die Trauer seines Bruders war echt, daran konnte kein Zweifel bestehen. Und verrückt war er auch nicht, dafür gab es kein Anzeichen. Sie hatten sich gegenseitig verdächtigt, das musste man sich vorstellen! Später, wenn sie alt und grau waren, würden sie darüber lachen. Dankbar war er aber auch, weil Elsa, seine geliebte Elsa, nun nicht gegen ihn aussagen musste, weil er jetzt ohne Rücksicht nehmen zu müssen fliehen konnte, weil sein Leben – halleluja – nicht in diesem elenden Loch enden würde. Während die Tränen heiß auf seine Unterarme tropften, sich zu Rinnsalen sammelten und durch den Schmutz fraßen, platzte er schier vor Glück, so, als habe ihm Distelhuizen soeben den Freispruch der Schöffen übermittelt. Am liebsten hätte er gelacht, bis ihm einfiel, dass Pietro aus Kummer weinte. Liebe Güte, er musste ihn aufmuntern!

»Weißt du, woran ich die ganze Zeit denken muss?«, sagte Pietro in diesem Augenblick. »Dass ausgerechnet die Mädchen überfallen oder ermordet wurden, die immer zusammen im Kermisdahl gebadet haben.«

Marcos Hand zuckte zurück, als habe ein Hund nach ihr geschnappt.

»Man könnte glatt meinen, da bestehe ein Zusammenhang, findest du nicht auch?«, fuhr Pietro fort, der noch immer vor Marcos Füßen lag. »Als habe der Mörder sie dort beobachtet, Missfallen an ihrem Tun gefunden und sie dafür bestraft.«

»Am Kermisdahl?«, fragte Marco mit zitternder Stimme. »Welche Stelle meinst du?«

»Dieser Badeplatz, der zugewuchert und von außen nicht einzusehen ist. Man muss durch das Gestrüpp kriechen, um dorthin zu gelangen. Du selbst hast mir doch davon erzählt.«

»So, habe ich das?«

»Ja sicher, woher sollte ich sonst davon wissen? Ich denke, wenn wir bei der Suche nach dem Täter dort ansetzten, wenn wir herausfänden, wer die Mädchen beobachtet hat, könnten wir dem Mörder auf die Schliche kommen. Was denkst du?«

Das ist nicht mehr nötig, dachte Marco und strich Pietro von Neuem übers Haupt. Ich habe ihn soeben gefunden.

Strassburg, Juli 1349

Wenn Rom ein Schwein war, dann war Strassburg eine Katze. Eine derart saubere Stadt hatte d'Amiens noch nie zu Gesicht bekommen. Überall begegneten ihm Kolonnen von Zwangsverpflichteten, die im Auftrag des Magistrats mit Reisigbesen umherzogen. Jede Straße, jeder Platz wurde gefegt, als seien dafür Preise ausgelobt worden. Unrat musste zu öffentlichen Sammelstellen gebracht werden, wo er umgehend verbrannt wurde. Wer seinen Dreck dennoch auf die Straße warf, landete am Pranger und bei Wiederholung im Kerker. In jeder Gasse sah er Frauen, die ihre Hauseingänge mit Essigwasser schrubbten, während die Männer die Abfälle aus den Höfen karrten.

Dieses Verhalten war den Einwohnern Strassburgs keineswegs in die Wiege gelegt worden, das sah man ihren angeödeten Gesichtern an; diese gründliche Reinlichkeit war vielmehr im Rat der Stadt erdacht worden und stellte eine von zahlreichen Maßnahmen zur Abwehr der Pest dar. Zusätzlich zu den Reinigungsarbeiten war die Hälfte der Stadttore geschlossen worden, und die anderen wurden strengstens bewacht, auf dass nur Gesunde in die Stadt hineinkamen. Tiere, die verdächtig erschienen, wurden ausgesondert und geschlachtet, denn man hatte gehört, dass zumindest Schweine und Hunde auf rätselhafte Art und Weise die Seuche verbreiten konnten. Des Weiteren war den Bürgern empfohlen worden, nur Wasser zu trinken, das vorher gekocht worden war; ein Mönch, der dem Magistrat als Berater diente, hatte damit angeblich sein Kloster in den Vogesen gerettet.

Maßnahmen, die d'Amiens beeindruckten und ihm, und nicht nur ihm, ein Gefühl von Sicherheit gaben. Die Strassburger ließen sich nicht wie die Lämmer zur Schlachtbank führen, sondern traten der drohenden Gefahr mit aller Entschlossenheit entgegen. Und die Ergebnisse gaben den Verantwortlichen zunächst Recht: Während der Schwarze Tod im ganzen Elsass bereits reiche Ernte hielt, war innerhalb der Stadtmauern noch kein einziger Krankheitsfall bekannt geworden. Dafür war der Dialekt der Strassburger zum Fürchten. D'Amiens hatte ständig das Gefühl, mit Betrunkenen zu sprechen, aber dieses Lallen war ihre Art, sich zu verständigen. Dass sie trotzdem soffen, war etwas anderes.

Von besonderer Pracht war das Münster. Vor allem das Langhaus mit seinem verglasten Triforium und den riesigen Obergadenfenstern faszinierte d'Amiens. Er hatte noch nie Glasflächen von solchen Ausmaßen gesehen, eigentlich hatte er gedacht, so etwas sei unmöglich zu fertigen. Das sagte er auch dem Probst, der ihn herumführte, und da wurde der Mann vor Stolz tatsächlich rot. Nun fehle nur noch der Turm, erklärte der Kirchenmann, aber den könne man erst in Angriff nehmen, wenn wieder Geld angespart wäre. D'Amiens verstand den Wink und ließ ein paar Münzen in den Opferstock fallen, woraufhin der Probst aufglühte wie nach einem Satz Ohrfeigen.

Bereits seit vier Monaten weilte d'Amiens in Strassburg, und erst jetzt hatte sich die Gelegenheit ergeben, das Münster eingehend zu besichtigen. Die Stadt gefiel ihm, vor allem das Gassengewirr entlang der Ill, wo er zwischen Fischmarkt und Thomaskirche eine Herberge gefunden hatte.

So anheimelnd Strassburg auch war, seit d'Amiens die Alpen überquert hatte, trauerte er dem Süden nach. Seinen alten Knochen fehlte die Wärme – das Frühjahr und der bisherige Sommer waren überwiegend verregnet gewesen –, und da er nicht gerne Fleisch aß, vermisste er das mediterrane Angebot an frischem Obst und Gemüse. Saure Äpfel, harte Birnen und holzige Rüben bot der Markt im Überfluss, d'Amiens aber sehnte sich nach Feigen, Granatäpfeln, Trauben und Melanzanas. In seiner Not hatte er angefangen, getrocknete Weintrauben zu essen, so genannte Rosinen, die ähnlich schmeckten wie Korinthen und die gleiche verdauungsfördernde Wirkung wie diese hatten.

Der Weg zur iberischen Halbinsel durch Frankreich war ihm derzeit versperrt. Nicht nur, weil er damit rechnete, dass er in seiner Heimat nach wie vor gesucht wurde – obwohl er seit Rom nichts mehr von einem Verfolger gehört hatte –, sondern auch, weil überall westlich des Rheins die Pest wütete. Im Süden, in Marseille, hatte sie begonnen, sie zog nun einer plündernden Armee gleich durch das Land und hinterließ eine Spur der Verwüstung. D'Amiens fragte sich, ob die Opfer überhaupt noch in Tausenden zu zählen waren. Ihn jedenfalls drängte die Seuche immer weiter nach Norden, inzwischen erwog er, von den Niederlanden aus ein Schiff zu nehmen.

Den größten Teil seiner Zeit verbrachte er mit der erneuten Niederschrift der Ordensgeschichte und der wahren Gründe, die zum Ende der Templer geführt hatten. Fünfundzwanzig Pergamente hatte er inzwischen beschrieben, die er zusammengerollt in einem hölzernen köcherartigen Behältnis aufbewahrte, das ein Böttcher nach seinen Vorgaben gefertigt hatte. Alles, was die Anklage den Brüdern seinerzeit vorgeworfen hatte, hatte sie sich aus den Fingern gesogen. Ketzerei, die Verleugnung Christi, das Bespucken des Kreuzes und der Schwur, sich einander hinzugeben, all das war nur vorgeschoben gewesen; in Wirklichkeit ging es einzig und allein um Geld. Dauerhaft in Geldnot, wie Philipp der Schöne war, hatte er der Versuchung nicht widerstehen können, sich die Besitztümer des Ordens anzueignen.

Es war ein bereits zweifach erprobtes und bewährtes Vorgehen, Philipp hatte schon 1291 die lombardischen Bankiers und 1305 die Juden unter dem Vorwurf der Ketzerei einsperren lassen. Beide Gruppen durften sich gegen Zahlung höchster Lösegelder freikaufen, eine Möglichkeit, die er den Templern nicht gewährte. Zu mächtig und einflussreich war der Orden, zu sehr hätte Philipp seine Rache fürchten müssen.

Lange konnte Philipp der Schöne sich jedoch nicht an seinem niederträchtigen Vorgehen freuen. Von Jakob von Molay im März 1314 vom Scheiterhaufen aus verflucht, brach der König von Frankreich sich noch im Dezember des gleichen Jahres bei einem Reitunfall den Hals. Papst Clemens V., den Molay ebenfalls mit einem Fluch belegt hatte, war bereits im April an der Ruhr gestorben – im Übrigen am gleichen Tag wie Esquieu de Floyran, jener aus dem Orden ausgeschlossene Ritter, der mit seinen Verunglimpfungen die Ermittlungen erst in Gang gebracht hatte und während des Prozesses als Kronzeuge der Anklage aufgetreten war. Ihn hatte man mit durchgeschnittener Kehle in seinem Bett gefunden. Immer wenn d'Amiens daran dachte, musste er schmunzeln. Es gab also doch so etwas wie eine ausgleichende Gerechtigkeit, der sich niemand, wirklich niemand entziehen konnte.

In Strassburg hatte er angefangen, über die Verhöre und Folterungen zu schreiben, und dabei das Erlebte erneut durchlitten. Mehr als vierzig Jahre waren seitdem vergangen, und noch immer konnte er den magensauren Atem Wilhelm von Nogarets, des obersten Anklägers, riechen, der sich beim Verhör so dicht vor ihm aufgebaut hatte, dass ihre Nasenspitzen sich berührten. Noch immer hatte er Wilhelm von Plaisians – Nogarets Alter Ego – durchaus angenehme Stimme im

Ohr, mit der er ihm riet zu gestehen, um dem zarten Zwangsmittel der Folterung, wie er sich ausdrückte, zu entgehen. Aber d'Amiens hatte nichts zugegeben, zu stark hatte er sich gefühlt.

Und dann spürte er plötzlich die Schmerzen, die die so genannten spanischen Stiefel verursacht hatten. Feuchtes Pergament, das ihm die Folterknechte eng um Füße und Unterschenkel gewickelt hatten, um ihn dann in die Nähe eines Feuers zu setzen, wo das Pergament trocknete und sich zusammenzog. Nie hätte er geglaubt, dass etwas, das so harmlos klang, solch unbeschreibliche Qualen verursachen konnte. Auch spürte und roch er wieder und wieder, wie sie ihm schwefelgetränkte Späne unter die Nägel trieben und anzündeten. Als die Späne abgebrannt waren, hatten sie ihm, was von den Nägeln übrig geblieben war, mit Schmiedezangen herausgerissen. Aber selbst da hatte er noch kein Geständnis abgelegt.

Erst als sie ihn mit der französischen Mütze folterten, einem Eisenring, der um den Schädel gelegt und zusammengeschraubt wurde, war er zusammengebrochen. Halb wahnsinnig vor Schmerzen gestand er alles, was Nogaret und Plaisians hören wollten. Sodomie, Ketzerei, Götzenkult, einfach alles. Hätten sie von ihm das Geständnis verlangt, dass er den Herrn ans Kreuz genagelt hatte, auch das hätte er zugegeben. Natürlich hatte er auch Abel erschlagen. Und nicht die Schlange, sondern er hatte Eva den Apfel angedreht. Er war das eigentliche Unglück der Welt.

In der Nacht vom sechsten auf den siebten Juli stand d'Amiens lange am Fenster seiner Kammer. Von fern hörte er den Singsang der Geißler, die durch die Stadt zogen. Überall traf man auf diese halb nackten Burschen. Erst gestern hatten sie St. Thomas besudelt, weil sie sich derart gepeitscht hatten, dass ihr Blut mehr als mannshoch an die Wände gespritzt war.

Schnuppernd zog der Comte Luft ein. Konnte man sie jetzt

schon riechen, die Magna mortalis? Noch war kein einziger Einwohner an der Pest gestorben, aber d'Amiens spürte ihr Nahen wie ein aufziehendes Gewitter. Als der Morgen graute, verließ er die Stadt.

Tags darauf wurde das erste Pestopfer Strassburgs beklagt.

Kleve, Juni 1350

Ricciutello lag bewegungslos auf dem Bauch, nicht einmal zu atmen schien er. Die Arme hatte er leicht angewinkelt vorgestreckt, und seine offenen Hände verharrten regungslos links und rechts des Lochs, in das sie ihre Notdurft zu verrichten pflegten. Auf der anderen Seite des Lochs, vielleicht zwei Handbreit vom Rand, lag ein daumennagelgroßes Stück Hartkäse, der Rest eines Kanten, den Anselmo ihnen zugesteckt hatte.

So ging das nun schon über eine Stunde. Die Zeit las Marco an der Strecke ab, die das helle Rechteck Sonnenlicht auf der dem Fenster gegenüberliegenden Wand zurückgelegt hatte, in dem Fall ein Klafter. Langsam kamen ihm Zweifel, ob Ricciutellos Plan aufgehen würde, aber er wollte kein Spielverderber sein. Solange der Stumme durchhielt, wollte auch er Geduld bewahren.

Da, jetzt streckte sie ihre Nase vor. Schnuppernd sog sie den Duft des Käses ein, eine Verlockung für ihresgleichen. Aber auch den Menschen roch sie, jetzt war nur die Frage, welcher Trieb stärker war, die Gier oder die Angst. Fressen oder fliehen machte in diesem Fall den Unterschied zwischen Leben und Tod aus.

Nun streckte sie den Kopf ganz heraus, der immerhin die Größe eines Stierhoden hatte, also handelte es sich um ein älteres, erfahrenes Tier, was den Reiz für Ricciutello erhöhte; Marco sah es am Glanz in seinen Augen. Und noch etwas sah er, was auf einen Schlag alles zunichte machen konnte: einen dicken Tropfen Schweiß, der Ricciutellos Nasenrücken hinunterrollte und sich an die Spitze hängte.

Marco beobachtete, wie die Ratte die Pfoten auf den Rand stellte, und gleichzeitig bemerkte er, wie der Tropfen anschwoll, gespeist von unzähligen winzigen Perlen, die auf Ricciutellos Stirn traten, sich nach kurzer Verweildauer lösten und ihren Weg durch die tiefe Kerbe zwischen seinen Brauen in Richtung Nase nahmen.

Mittlerweile schnupperte die Ratte nicht mehr im Kreis, sondern nur noch in eine Richtung – zum Käse. Offenbar hatte sie sich entschieden, war bereit, das Wagnis einzugehen. Fraglich war nur der Zeitpunkt, sprungbereit wirkte sie noch nicht.

Und dann geschah alles in den Bruchteilen von Wimpernschlägen. Der Tropfen wurde überschwer, fiel, aber im gleichen Augenblick schoss auch die Ratte aus dem Loch. Ricciutellos Hände schnappten zu wie Fangeisen, die Ratte quiekte, und dann schlug er auch schon seine Zähne in ihr Genick und zerbiss es. Ein Geräusch, das Marco an das Knacken einer rohen Karotte erinnerte. Das war Ricciutellos Art, so hatte er es immer schon gemacht, und immer schon hatte Marco es abstoßend gefunden, aber Ricciutello war der Jäger, also war das seine Sache.

Ricciutello hatte darauf gewettet, dass die Ratte sich nicht einmal das Käsestück würde schnappen können, Marco hatte dagegen gesetzt. Nun schuldete er dem Knecht eine Kanne Bier. Blieb die Frage, ob er sie ihm noch in diesem Leben ausgeben konnte.

Die Tür wurde aufgeschlossen, Anselmo steckte den Kopf

herein und machte Ricciutello Zeichen, er solle zum Würfeln kommen. Das war neu, dass sie nun auch nachmittags spielten, aber Ricciutello hatte nichts dagegen, denn über ein Übermaß an Zerstreuung konnten sie sich nun wirklich nicht beklagen. Diesmal jedoch wurde auch Marco bedacht.

Kaum hatte der Knecht die Zelle verlassen, trat Elsa ein.

*

Er küsste ihre Stirn, ihre Brauen, ihre Lider. Er zupfte mit den Lippen an ihren Wimpern. Er küsste ihre Nase, ihre Wangen, ihr Kinn. Er koste ihre Ohren, ihren Hals, ihren Nacken. Er roch ihr Haar, ihre Haut. Er trank die Tränen, die ihr übers Gesicht liefen, obwohl sie vor Glück strahlte.

Sie berührte jede Schramme, jeden Schorf, jeden Bluterguss mit einer Zärtlichkeit, die einen Windhauch zum Rohling stempelte. Sie zog die Umrisse seines Gesichtes mit den Fingerspitzen nach. Sie küsste die Stellen, an denen die Eisen seine Handgelenke wund gescheuert hatten. Sie küsste seine Hände, seine Fingerkuppen. Sie küsste seine Lippen, und er erwiderte den Kuss.

Unendlich behutsam umschlangen sie einander, als hielte jeder den anderen für zerbrechlich. Lange verharrten sie so, lauschten schweigend ihren Herzschlägen, als hätten sie alle Zeit dieser Welt. Bis schließlich einer den Mut aufbrachte, diesen Zauber zu zerstören. Es war Elsa. Der Sonnenlichtfleck hatte ein weiteres halbes Klafter zurückgelegt.

»Was haben sie dir nur angetan?«, fragte sie.

»Halb so wild«, sagte Marco, aber sein Grinsen geriet ihm schief. »Immerhin hast du mich noch erkannt. Geht es dir besser? Distelhuizen sagte, du wärst in einen Fieberschlaf gefallen.«

»Das war der Schreck, als der Unbekannte plötzlich vor mir stand, weißt du.«

»Hast du ihn erkannt?«

»Nein. Eigentlich habe ich nur seine Augen gesehen. Sie haben geleuchtet wie Hundeaugen im Mondlicht.«

»Und du bist sicher, dass du wieder wohlauf bist?«

»Aber ja doch. Nun wird alles gut.«

Nach einem erneuten Kuss setzten sie sich, und Elsa sprudelte los.

»Ich musste mich aus dem Haus schleichen, Distelhuizen lässt es bewachen. Vermutlich hat er Angst, es könnte einen weiteren Anschlag auf mich geben. Wenn er wüsste, dass ich zu deiner Entlastung aussagen werde, würde er sich das bestimmt noch mal überlegen. Ich bin dann als Erstes zu deinen Eltern gelaufen, weil ich mir dachte, wenn jemand Neuigkeiten von dir hat, dann sie.«

Marco schluckte. »Hast du ihnen gesagt, dass du zu meinen Gunsten sprechen willst?«

»Ich war drauf und dran, habe es dann jedoch sein lassen. Sie schienen auch so einigermaßen gefasst, und ich wollte erst mit dir sprechen, um nichts falsch zu machen. Gleich nachher gehe ich zu Richter van der Schuren und kläre alles auf. Vielleicht bist du heute Abend schon frei. – Was ist los mit dir? Du scheinst dich gar nicht zu freuen.«

Marco sah ihr in die Augen, und an der unendlichen Traurigkeit, die sich in seinem Blick spiegelte, erkannte Elsa, dass ihr eine bittere Erkenntnis bevorstand.

»Ich weiß nicht, wie ich es dir sagen soll«, begann Marco.

»Sag es offen«, flüsterte sie.

»Gut. Du musst vor Gericht aussagen, ich hätte dich überfallen, und ich werde mich schuldig bekennen und die Morde gestehen.«

Elsa guckte, als habe er sie geschlagen. »Was redest du da? Mit so etwas macht man keinen Scherz. – Bei Gott, das ist kein Scherz! Marco, das wäre dein Todesurteil. Warum? Sieh mich an, Marco. Sag mir, warum?«

»Den Grund kann ich dir nicht nennen.«

Elsa entriss ihm ihre Hand, als habe er sie widerrechtlich an sich genommen. »Du glaubst doch nicht, dass du damit durchkommst! Du kannst doch nicht allen Ernstes von mir verlangen, dich an den Galgen zu bringen, ohne mir wenigstens den Grund für diesen Aberwitz zu nennen. O nein, Marco, so nicht.«

»Elsa, bitte! Glaube mir, ich habe gute Gründe, dich nicht einzuweihen. Dieses Wissen könnte dich in Gefahr bringen.«

»Pah, Gefahr! Das schiebst du doch nur vor. Ich glaube vielmehr, du fürchtest, ich würde mich mit deiner Begründung nicht zufrieden geben, weil sie für mich nicht stichhaltig ist. Ist es nicht so?«

»Ich habe Verständnis dafür, dass du nichts Falsches aussagen willst. Dann sag gar nichts. Mein Geständnis wird zur Verurteilung genügen.«

»Wie großmütig! Der Herr hat Verständnis dafür, dass ich ihm nicht helfen will, sich den Strick um den Hals zu legen. – Was bildest du dir eigentlich ein? Glaubst du, ich habe Kopf und Kragen riskiert, um zwei Tage später zu erfahren, dass alles nur eine Laune war?«

»Ich habe diese Entscheidung weder leichtfertig noch aus einer Laune heraus getroffen.«

»Weswegen dann? Aus Todessehnsucht?«

»Nun treib mich doch nicht so in die Enge.«

»Und ob. Ich habe mein Leben eingesetzt, um deine Unschuld zu beweisen. Damit habe ich mir, verdammt noch mal, das Recht erworben zu erfahren, warum der Mann, den ich liebe, auf einmal sterben will.«

»Ich habe dich nicht gezwungen, den Lockvogel zu machen.«

Elsa lachte ein bitteres Lachen, das nahe daran war, nach Verachtung zu klingen. »Selbst wenn du sagst, ich hätte mich ja nicht in dich zu verlieben brauchen, ich werde nicht aufgeben. Ich will wissen, was hier gespielt wird.« Plötzlich wurden ihre Augen ganz schmal. »Du deckst jemanden, ist es das? Du weißt, wer der Mörder meiner Schwester ist, entlarvst ihn aber nicht, sondern willst statt seiner sterben. Bei Gott, das ist der Grund. Sag mir, dass ich Recht habe, sag es mir!«

Marco schwieg. Ein Schweigen, das in seinem Schädel wie ein dumpfer Kopfschmerz bohrte. Ein Schweigen, das mehr sagte als alle Worte.

»Wer ist es?«, fragte Elsa. »Kenne ich ihn? – Natürlich, es kann nur einer sein! Es ist Pietro, nicht wahr? – Ja, er ist es. Für keinen anderen würdest du in den Tod gehen.«

»Elsa, ich flehe dich an, vergiss es. Vergiss, was du soeben erkannt hast.«

»Das kann ich nicht. Ich werde ihm begegnen, immer wieder. Jedes Mal, wenn ich ihn sehe, werde ich denken, da geht der Mörder, der nicht nur meine Schwester auf dem Gewissen hat, sondern auch den Mann, den ich geliebt habe.«

»Er wird dir nicht mehr begegnen. Noch am Wochenende wird er den Franziskanern beitreten und für immer hinter Klostermauern verschwinden. Von Elten steht dafür, dass er das auch einhält.«

»Dann weiß der Kaplan es also auch.«

»Ja, sonst aber niemand. Und dabei muss es auch bleiben.«

Elsa stieß ein irres Lachen aus. »Natürlich, selbstverständlich. Dir hacken die Krähen die Augen aus, ich ende im Narrenhäuslein und dein Bruder im Kloster. Und von Elten lacht sich ins Fäustchen. Wieder zwei Sünder bekehrt. Dich durch deinen Sühnetod und deinen Bruder, indem er sein Leben dem Herrn weiht. So macht man Geschäfte. Halleluja!«

Dann kamen ihr die Tränen. Sie weinte leise, aber lang anhaltend. Marco war versucht, sie in den Arm zu nehmen, aber sie würde lernen müssen, allein damit fertig zu werden. Der Kloß, den Marco im Hals hatte, war größer als eine Faust.

»Erklär es mir«, sagte sie, als sie keine Tränen mehr hatte.

»Erklär mir, warum er das getan hat. Erklär mir, warum du an seiner statt büßen willst. Ich verstehe es nämlich nicht.«

»Ganz einfach, Pietro ist mein Bruder. Ich kann mich nicht hinstellen und ihn beschuldigen. Das ist unmöglich.«

»Aber er ist ein Scheusal, er hat getötet, unschuldige Menschen, meine Schwester, Nehle.«

»Das weiß er nicht.«

»Wie bitte?«

»Pietro weiß nicht, dass er ein Mörder ist. Er ist krank. Er weiß nichts von alledem.«

»Er macht dir etwas vor. Marco, er benutzt dich. Er weiß, dass du ihn niemals verraten würdest. Damit rechnet er.«

»Nein, glaub mir doch. Ich habe ihn vorhin auf die Probe gestellt. Er hat ein reines Gewissen. Würde er bestraft, wüsste er überhaupt nicht, wofür.«

»Dann ist er verrückt.«

»Ja, so etwas in der Art. Als habe er zwei Seelen, die nichts voneinander wissen.«

»Hat es früher schon einmal Anzeichen für diese ... Krankheit gegeben?«

Marco verneinte. »Pietro hat ab und an unerklärliche Kopfschmerzen, aber ich bezweifle, dass sie etwas damit zu tun haben.«

Unruhig irrten Elsas Augen hin und her; fieberhaft suchte sie nach einem Ausweg. »Wie hast du überhaupt erfahren, dass Pietro der Mörder ist? Wenn er von seinen Verbrechen nichts weiß, kann er dir kein Geständnis gemacht haben.«

»Von Elten hat gesehen, wie Pietro Nehle umgebracht hat. Dabei hatte er den Eindruck, als sei Pietro nicht bei sich gewesen. Er sagte, mein Bruder habe regelrecht durch ihn hindurchgesehen.«

»Von Elten?«, rief Elsa. »Bist du denn von allen guten Geistern verlassen? Wie kannst du diesem Menschen nur Glauben schenken?«

»Bitte, Elsa! Denkst du, ich hätte nicht meine Zweifel gehabt? Aber inzwischen bin ich zu der Überzeugung gelangt, dass der Kaplan die Wahrheit gesprochen hat. Seine Vorstellungskraft reicht nicht aus, um sich das auszudenken, was er mir geschildert hat.«

»Ich will genau wissen, was von Elten gesagt hat, Marco. Jedes Wort.«

Marco war sein Unwillen anzusehen, sich noch einmal mit der Tat auseinander zu setzen, aber gleichzeitig wusste er, dass er es Elsa schuldig war.

»Von Elten ist meinem Bruder in jener Nacht gefolgt, von der Sakristeikirche bis zum Hasenberg«, sagte er. »Dabei ist er von Ricciutello gesehen worden, also ist diese Angabe unzweifelhaft.«

»Wieso ist er ihm nachgegangen? Einfach so? Er muss doch einen Verdacht gehabt haben.«

»Den hatte er, wie er sagte, gleich nach Annas Ermordung. Während des gemeinsamen Bibelstudiums muss Pietro sich mehrfach ausgesprochen abfällig über die Schamlosigkeit der Frauen ausgelassen haben, angeblich hat er sogar Drohungen ausgestoßen. Von Elten hat das zunächst als Übereifer angesehen und der Sache keine weitere Bedeutung beigemessen.«

»Gegen wen haben Pietros Drohungen sich gerichtet? Gegen Anna und Nehle?«

»Namen soll mein Bruder nicht genannt haben.«

»Was ist mit den Dirnen, die sich am Neuen Markt herumtreiben? Erzürnt deren Treiben ihn nicht?«

»Von Elten sagte, vornehmlich seien Pietro die ›Scheinheiligen‹ ein Dorn im Auge. Die vorgeblich Anständigen, die heimlich ihrer Verderbtheit frönen.«

»Und das glaubst du?«

»Zuerst habe ich es geglaubt, dann wieder nicht – zeitweise wusste ich überhaupt nichts mehr … Zuletzt war ich von der Unschuld meines Bruders überzeugt und dachte, von Elten hätte mich belogen, auch wenn mir dafür kein Beweggrund einfallen wollte. Dann jedoch hat Pietro sich verraten. Er kennt euren Badeplatz am Kermisdahl und behauptet, ich hätte ihm davon erzählt. Ich habe ihm gegenüber die Stelle aber nur einmal kurz erwähnt, ohne von euch zu erzählen.«

»Du glaubst also, er war derjenige, der auf unsere Kleider ...«

Marco nickte. »Ich nehme an, dass Clos ihm von eurem Badevergnügen erzählt hat. Der hatte ja den Zugang entdeckt und nimmt gelegentlich an den Bibelstunden bei von Elten teil.«

Plötzlich saß Elsa kerzengerade. »Und wenn Pietro gestehen würde??«

»Wie kann er etwas gestehen, von dem er nichts weiß?«

Elsa fiel regelrecht in sich zusammen. Eine Weile kauerten sie einander gegenüber, stumm vor Verzweiflung und Hoffnungslosigkeit.

»Du musst fliehen«, sagte Elsa, aber es klang matt. »Ich werde dich befreien, ich werde mir etwas ausdenken.«

Marco kroch an ihre Seite und nahm sie in den Arm.

»Ich habe eine Vereinbarung mit von Elten getroffen. Er sorgt dafür, dass Pietro kein Unheil mehr anrichten kann, im Gegenzug bekenne ich mich schuldig. Du hast schon Recht, so kann er sich zwei Seelen gutschreiben lassen.«

»Ich habe nichts vereinbart, mit niemandem«, murmelte Elsa.

»Was sagst du?«

»Nichts«, sagte sie. »Nichts.«

Als Elsa nach dem Besuch bei Marco, den sie sich bei Anselmo mit dem Versprechen auf einen Krug besten Weines erkauft hatte, nach Hause kam, traf sie ihren Vater und Distelhuizen, beide dem Zusammenbruch nahe, in der Gaststube an. Zuerst setzte es zwei saftige Ohrfeigen, dann hielt ihr der Vater, der seltsamerweise hinkte, eine Standpauke, bis er heiser war. Mitgrund für seinen Zorn war der Zustand ihrer Mutter, die, als Elsas Verschwinden bemerkt worden war, einen Zusammenbruch erlitten hatte. Nun lag sie im Bett, Tante Clothilde betete für sie, und die Rote flößte ihr einen Tee ein, nach dem bereits das ganze Haus stank. Der andere Grund war, dass der umgehend benachrichtigte Gerichtsbote bereits den Prozess in Ermangelung der wichtigsten Zeugin scheitern sah. Im Gegensatz zu Zwerts hatte Distelhuizen wenigstens den säumigen Wachposten, an dem er seine Wut auslassen konnte, während dem Schankwirt nichts anderes blieb, als den Hund zu treten. Der dachte jedoch gar nicht daran, als Prügelknabe herzuhalten, setzte sich zur Wehr und biss seinen Herrn in die Wade, weswegen dieser jetzt hinkte.

Das Ansinnen der beiden, sie solle die Nacht unter Bewachung in der Ratsstube verbringen, wies Elsa zurück. Als die Männer darauf bestanden, sagte sie, dann werde sie morgen eben schweigen. Mit dieser Möglichkeit hatte wohl niemand gerechnet, denn beide wurden schreckensbleich. Als sie dann auch noch sibyllinisch fragte, woher die beiden eigentlich wissen wollten, dass sie im Sinne der Anklage aussagen würde, schließlich sei sie bisher nicht einmal befragt worden, war es um die Beherrschung der beiden geschehen. Zwerts machte Distelhuizen die heftigsten Vorwürfe, während der sich damit rauszureden versuchte, Schuld habe der Graf, der den Prozess holterdiepolter für den nächsten Tag angesetzt habe, ohne auf die Vorbereitungen Rücksicht zu nehmen. Eine Befragung an Ort und Stelle lehnte Elsa ab. Sie sagte, die Herren sollten sich überraschen lassen, aber vielleicht sei ihre Aussage ja auch überflüssig, denn noch bestehe ja die Möglichkeit, dass der Angeklagte gestehe. Dann zog sie sich zurück. Auf der Treppe verlor sie ihre mühsam aufrecht erhaltene Fassung und brach in Tränen aus.

*

Dass der Prozess bereits am nächsten Tag bei Sonnenaufgang beginnen würde, hatte Marco erst gegen Mitternacht erfahren. Ununterbrochen kreisten seine Gedanken um das Schauspiel, das er aufzuführen gedachte, aber auch der schmerzhaft schroffe Abschied Elsas kam ihm immer wieder in den Sinn. Von ihrer letzten Begegnung während seines irdischen Daseins hatte er sich mehr erwartet, dann wiederum sagte er sich, es sei vielleicht besser so. Entsprechend zerschlagen fühlte er sich, als er im Morgengrauen von Distelhuizen und einem halben Dutzend Gardisten abgeholt und zur Verhandlung geführt wurde.

Die Verhandlung fand – aus Sicherheitsgründen, wie ihm Distelhuizen mitteilte – im inneren Schlosshof statt. Eine Anordnung, die der Graf höchstpersönlich getroffen hatte, sehr zum Missfallen von Jakob van der Schuren, der dies als schweren Eingriff in die Unabhängigkeit der Rechtspflege und damit in die Vorrechte der Stadt wertete. Da er aber als Richter von der Ernennung durch den Fürsten abhängig war, hatte er sich zähneknirschend gefügt. Zumal er zugeben musste, dass der Schlosshof sich gegen den Pöbel entschieden besser sichern ließ als die Ratsstube im Mitteltor, in der das Gericht sonst tagte.

Nach Marcos Schätzung mochte der innere Schlosshof in seiner größten Ausdehnung siebzig mal sechzig Rheinische Fuß messen, wobei von der Fläche der Teil abzuziehen war, den der schräg verlaufende Trakt mit dem Schwanenturm verschlang. Kühl und düster war es in dem Geviert, das mehr ein

Dreieck war, und durch die hohen Gebäude ringsum bedrückend wie in einer Schlucht. Außerdem hallten jeder Tritt und jedes Husten mehrfach wider.

Die Bank für den Richter und die sieben Schöffen war im Norden des Hofs aufgebaut, unter den Kolonnaden. Der neunte Stuhl war für Distelhuizen, das kleine Stehpult etwas abseits für den Schreiber. Unter freiem Himmel drängten sich die beiden Kläger und der Beklagte mit ihren Anhängen, streng nach Zugehörigkeit getrennt. Die Öffentlichkeit hatte man ausgesperrt: Das Falltor war nicht nur heruntergelassen worden, sondern auch noch mit Tüchern verhängt, sodass das Volk nicht einmal spinxen konnte. Der Ärger der Klever war gewaltig und äußerte sich in unflätigem Gegröle.

Für Marco war es das erste Wiedersehen mit seinen Eltern seit seiner Verhaftung vor zwei Tagen. Als sie sich umarmen wollten, traten Gardisten dazwischen, die auch jedes Gespräch unterbanden. So blieb ihnen nur die Zwiesprache per Mienenspiel und Gesten. Sein Vater, dessen Nase für Marco überraschend schief stand, reckte den Daumen. Überhaupt wirkten seine Eltern grenzenlos zuversichtlich, was Marco im Herzen wehtat. Der Schreck, den er ihnen gleich bereiten würde, würde sie schwer treffen.

*

In der Erwartung, dass ihr die schrecklichste Nacht ihres Lebens bevorstünde, hatte Elsa sich in Annas Kammer zur Ruhe gelegt. Die Laken und Decken rochen noch immer nach der großen Schwester, und das war beinahe, als sei sie noch da, um die Kleine in den Arm zu nehmen und zu trösten, wenn die Albträume kamen. Die jedoch blieben aus, denn Elsa fand nicht in den Schlaf. Mit offenen Augen lag sie da, starrte in die Dunkelheit und fühlte sich leer, wie ausgehöhlt, unfähig zu denken oder zu empfinden. Weder ängstigte sie der Schrecken, der hinter ihr lag, noch der, der sie erwartete. Sie atmete und ihr Herz schlug, beides wie üblich. Als der Morgen graute, war sie nur überrascht, wo die Stunden geblieben waren.

Sie verließ ihr Lager und ging zum Giebel, wo sie die kleine Lade entriegelte und aufstieß. Kühl und würzig war die Luft, die hereinströmte. In der Nacht hatte es geregnet. Der Himmel im Osten war strahlend blau, und für einen Augenblick vergaß sie alles und träumte, es würde ein schöner Tag werden. Als sie nach unten blickte, war sie mit einem Schlag wieder in der Wirklichkeit: Auf dem Alten Markt wimmelte es von Menschen wie sonst nur, wenn die Gaukler in der Stadt waren. Obwohl bekannt gegeben worden war, dass die Verhandlung unter Ausschluss der Bevölkerung stattfinden würde, strömte ganz Kleve zum Schloss, vielleicht ließe sich ja doch ein Blick auf das Untier erhaschen.

Elsa wollte ihre hohe Warte schon verlassen, als ihr mitten auf dem Platz drei Männer auffielen, die sich nicht bewegten, sondern die Köpfe zusammensteckten. Kein Zweifel, das waren Kaplan von Elten, Rektor Clos und – Pietro. Heiß stieg ihr das Blut in den Kopf. Du wirst ihn nicht mehr sehen, hatte Marco gesagt, vielleicht. Zu voreilig, denn da stand er geradewegs vor ihrer Nase, der wahre Mörder, der von seinen Taten angeblich nichts wusste. Scharf sog Elsa Luft ein und hielt sie an. Das Herz schlug ihr bis zum Hals, und für einen Moment war sie versucht, auf die Straße zu laufen, Pietro zu packen und allen Vorübergehenden zuzuschreien: »Seht ihn euch an, das ist er, der Mörder meiner Schwester!« Dann aber schloss sie die Augen, dachte an Marco und seine eindringliche Bitte, das Schicksal anzunehmen, und langsam, sehr langsam ließ sie die Atemluft entweichen.

Als sie die Augen wieder öffnete, entfernte Clos sich gerade, nur von Elten und Pietro standen noch beieinander. Geradezu verschwörerisch blickte der Kaplan um sich, griff dann in seine Rocktasche und zog einen Gegenstand heraus, den er Pietro so unauffällig wie möglich zusteckte. Niemand der Vorübergehenden bemerkte den Vorgang, Elsa jedoch sah, was da in Pietros Tasche verschwand.

Es war eindeutig ein Schlüssel.

*

Als Kläger waren Henrik Zwerts und Gattin Margarethe angetreten sowie Piet Wannemeker. Der Schankwirt wirkte gefasst, er sammelte sich offenbar für den Vortrag seiner Klage, während seine Frau Marco aus blutunterlaufenen Augen hasserfüllt anstarrte. Elsa konnte er nirgendwo entdecken, anscheinend hatte sie seinem Wunsch entsprochen und war nicht erschienen.

Wannemeker gefiel sich in der Rolle des kaum zu bändigenden Kettenhundes. Immer wieder machte er einige Schritte in Richtung Marco, schüttelte die erhobene Faust und stieß üble Verwünschungen aus, was seine Begleiter mit Schulterklopfen belohnten.

Erasmus van der Schuren war erschienen, mit einem scharlachroten Umhang und einem mit Federn geschmückten Hut aufgedonnert wie ein Pfingstochse und offenbar geheilt von seinem Blähbauch. An seiner Seite stand Till, dem Marco gerne ein paar aufs Maul gegeben hätte.

Ritter van Eyl war da, wie gewohnt im Kettenhemd, und – unbegreiflicherweise ausgerechnet an seiner Seite – Diderik van Dornik, sich ständig umblickend, ob jemand »Pisspott« rief. Ebenso standen Jan van Wissel, Benedikt van Bylant, Julius Heeck und Mattes von Donsbrüggen nebst Anhängen herum, allesamt Sippen, die einen oder mehrere der Schöffen stellten.

Aus den Reihen der Handwerker erkannte Marco den Schwertfeger, den Kessler und den Häfner. Warum ausgerechnet sie Zutritt erhalten hatten, war ihm ein Rätsel, vielleicht waren sie einfach an der Reihe.

Kaplan von Elten und Rektor Clos durften natürlich auch nicht fehlen. Sie standen etwas abseits im Dunkel der Kolonnaden. Marco hätte sie nicht entdeckt, wäre von Elten nicht kurz aus dem Schatten getreten, um ihm Zeichen zu machen. Verschränkte Hände und ein Kopfnicken mit geschlossenen Augen, das sollte wohl bedeuten, alles verläuft wie vereinbart. Erst in diesem Augenblick vermisste Marco seinen Bruder, war gleichzeitig aber auch dankbar, dass er fehlte. Vielleicht hatte von Elten ja das gemeint.

Auf einen Fanfarenstoß zogen Richter van der Schuren, angetan mit Mantel und Stab, und die Schöffen, die auf ein Jahr in ihr Amt gewählt worden waren, ein und setzten sich. Alle hatten Körbe mit Essbarem dabei, offenbar rechneten sie mit einer längeren Veranstaltung. Danach suchten der Gerichtsbote und der Schreiber ihre Plätze auf.

Der Prozess konnte beginnen.

Im Nachhinein war Elsa sich sicher, hätte von Elten den Schlüssel offen überreicht, hätte sie keinerlei Verdacht geschöpft, so aber argwöhnte sie, dass hier etwas nicht stimmte, erst recht, da Pietro an dem Vorgang beteiligt war.

In einer ersten Regung wollte sie umgehend Pietros Verfolgung aufnehmen, dann jedoch fiel ihr ein, dass das Haus bewacht wurde, vier Mann vorne, vier Mann hinten. Diesmal würde sie sich nicht einfach davonmachen können, indem sie aus einem der Fenster kletterte, nun musste ihr etwas Besseres einfallen. Also blieb sie zunächst einmal, wo sie war und folgte Pietro mit den Augen. Er schlenderte im Zickzack auf das Tor der Stiftsfreiheit zu, durchschritt den Bogen und ging scheinbar ziellos über den Friedhof. Elsa verlor ihn aus den Augen, die Kastanien nahmen ihr die Sicht. Dann tauchte er plötzlich wieder auf, wenn auch an anderer Stelle als erwartet, nämlich an der Tür zur Sakristei. Pietro nahm den Schlüssel, schloss auf und verschwand im Inneren.

Was hatte Pietro in der Sakristei verloren, noch dazu mit von Eltens Billigung? In eben jener Sakristei, in der die Hostien durchbohrt worden waren? Ein Verdacht, den Elsa schon einmal gehegt hatte, stieg erneut in ihr hoch, diesmal mit ungeheuerlicher Wucht: War es denkbar, dass Marco das Opfer einer heimtückischen Verschwörung war, die von Elten gemeinsam mit Pietro eingefädelt hatte? Dass Pietro womöglich gar nicht so unwissend war, wie Marco glaubte? Und wo waren eigentlich die Herzen von Anna und Nehle geblieben? Sie konnten sich schließlich nicht in Luft aufgelöst haben.

Gesetzt den Fall, Pietro war wirklich verrückt, dann waren ihm die Herzen sicher kostbar, sonst hätte er sie nicht herausgeschnitten. Daher war es denkbar, dass er sie in einer Art Schrein aufbewahrte, möglicherweise hatte er sogar einen Altar für sie gebaut. Ein kalter Schauer lief Elsa über den Rücken. Einen ähnlichen Fall hatte es schon einmal gegeben, sie erinnerte sich, drüben in Krahnenburg. Da hatte ein geisteskranker Mörder seinen Opfern die Augen ausgestochen und sich abends bei Kerzenlicht mit ihnen unterhalten. Ein gutes Dutzend hatten sie bei ihm gefunden, als sie ihn schließlich fassten, sogar die Augen eines Blinden. Das seien die einzigen gewesen, mit denen man nicht reden konnte, hatte der Irre gesagt.

Vielleicht würde Pietro sich wieder erinnern, was er verbrochen hatte, wenn man ihm die herausgeschnittenen Innereien vor Augen hielt. Elsa schnipste mit den Fingern. Genau, das war es, sie musste die Herzen finden, unbedingt! Dass sie nicht schon eher daran gedacht hatte. Gleichzeitig grauste es ihr bei dem Gedanken. Wie sah ein Menschenherz überhaupt aus? Die einzigen Herzen, die sie kannte, waren Hühner- und Hasenherzen. Und wer wusste schon, in welchem Zustand sie waren, Anna war immerhin vor mehr als einer Woche ermordet worden. Womöglich voller Maden, wie der Kalbskopf, den sie einmal als Kind gefunden hatte.

Wie auch immer; eines stand fest: Sie würde nicht untätig sein und zusehen, wie die Dinge ihren unseligen Lauf nahmen. Aber dafür musste sie zunächst einmal ihren Wächtern entkommen.

Und sie wusste auch schon, wie.

*

Van der Schuren verlangte von den Schöffen zunächst den Nüchternheitsbeweis, und so trat jeder Einzelne vor ihn hin und hauchte ihn an. Ein Akt, der etwas Demütigendes hatte, aber keiner der Schöffen weigerte sich. Auch Marco und Henrik Zwerts mussten vortreten, was Marco in seinem Fall für gänzlich abwegig hielt, denn wie zum Teufel sollte er im Kerker an Wein gekommen sein. Piet Wannemeker dagegen blieb die Prüfung erspart, seine Trunkenheit war offensichtlich. Zuzüglich zum sofortigen Ausschluss vom Prozess wurde er zu einer Geldstrafe verdonnert, weil er gegen einen der Pfeiler sein Wasser gelassen hatte.

Mit fester Stimme, laut und deutlich, hielt Zwerts nun seine Anklagerede. Angeklagt wurde jedoch erst einmal niemand, da er zunächst aus Annas Leben berichtete: dass sie in jungen Jahren schwächlich und häufig krank gewesen war, ein stilles und in sich gekehrtes Kind, das sich erst im Laufe der Zeit zu einer gesunden und arbeitsamen jungen Frau entwickelt hatte. Allseits wurde gegähnt, das wollte nun wirklich niemand hören, zumal Zwerts über Gebühr schönfärbte und Anna als Madonna zeichnete. Seiner Gattin allerdings schien es zu behagen, vielleicht hatten sie es so abgesprochen, denn sie nickte mit geschlossenen Augen. Marco war angewidert.

Van der Schuren verspürte wohl keine Abscheu, ihm lief jedoch die Zeit davon. Freundlich, aber nachdrücklich mahnte er den Schankwirt, nun endlich auf den Punkt zu kommen. Das tat Zwerts dann auch, wobei er zunehmend lauter wurde und letztendlich Marco ins Gesicht schrie, dass er seine Tochter auf unmenschliche Weise ermordet habe. Die Worte hallten zwischen den Gemäuern nach, die Anklage war zwei- bis dreimal, je nach Standort sogar viermal zu hören. Es folgte ein langes Schweigen.

Plötzlich entstand Unruhe in den Reihen der Gardisten, bis schließlich Hausmeister Kaldewey zu Distelhuizen eilte und ihm etwas ins Ohr flüsterte, woraufhin der mit hochrotem Kopf hinter den Richter trat und seinerseits in gleichsam heimlichtuerischer Weise Meldung erstattete. »Potztausend, dann fangt sie wieder ein!«, war van der Schuren zu vernehmen. Distelhuizen war noch damit beschäftigt, seine Leute einzuteilen, als der Richter dem jungen Lombarden das Wort erteilte.

»Ich bekenne mich schuldig«, sagte Marco laut und deutlich in die allgemeine Unruhe hinein. »Schuldig der Morde an Anna Zwerts und Nehle Wannemeker.«

Schneller und erfolgreicher hatte noch nie jemand für Ruhe gesorgt.

*

Als Elsa zur Seite blickte, musste sie zugeben, dass ihre Mutter Recht hatte: Mädchen hatten auf Dächern nichts zu suchen. Margarethe Zwerts pflegte das damit zu begründen, Frauen hätten von Natur aus einen geringeren Gleichgewichtssinn als Männer. Ob das immer stimmte, wusste Elsa nicht, ihr Gleichgewichtssinn war jedenfalls so geartet, dass er sie unaufhörlich in die Tiefe zog. Da half nur, nicht runterzusehen.

Rittlings auf dem First sitzend hüpfte sie voran, als reite sie einen bockigen Gaul. Keine angenehme Art der Fortbewegung, zumal sie nur durch die Nase atmen konnte, da sie mit den Zähnen das Bündel hielt, das sie geschnürt hatte. Noch drei, noch zwei, noch ein Hüpfer, und sie hatte den Schornstein erreicht. Flugs löste sie den Knoten des Bündels, nahm das Stroh heraus, das von Annas Bettstatt stammte, und stopfte es in den Kamin. Nass war es nicht, was besser gewesen wäre, aber immerhin ein wenig feucht von den Ausdünstungen der Nacht. Als der letzte Halm verschwunden war, faltete sie das Laken, in dem sie das Stroh befördert hatte, legte es über den Schlot, spannte und verknotete es. Bald würde das Erdgeschoss voller Qualm stehen.

Der Rückweg war um einiges einfacher, nur der Einstieg durch das Loch in der Dachschräge geriet noch einmal zur Mutprobe. Als auch die bestanden war, verschloss Elsa die Öffnung wieder mit den Schindeln, die sie auf dem Hinweg herausgenommen hatte, und machte, dass sie die Stiege hinunterkam. Bereits im ersten Stock roch sie den Rauch. Das Schultertuch vor Mund und Nase gepresst bewältigte sie die letzten Stufen. Im Erdgeschoss betrug die Sichtweite schon keine fünf Fuß mehr, aber Elsa hätte sich auch mit geschlossenen Augen zurechtgefunden. In Windeseile fegte sie durch alle Räume, riss Fenster und Türen auf und schrie: »Feuer! Feuer!«

Hustende Stadtknechte stürmten herein und brüllten sich gegenseitig an, das Mädchen müsse gerettet werden, koste es, was es wolle, nur fand keiner die Treppe. Als der vierte über die Schwelle stolperte, wusste Elsa, dass sie freie Bahn hatte, und schlüpfte hinaus. Im Laufen schlang sie sich das Tuch um den Kopf und verschwand in der Ravenstege. Das war zwar die falsche Richtung, wichtiger war jedoch im Augenblick, erst einmal Vorsprung zu gewinnen.

»Eine milde Gabe!«, rief ein Bettler ihr nach, über dessen ausgestreckte Beine sie beinahe gestolpert wäre. In der Folge hielt sie sich etwas mehr in der Straßenmitte, lief die Haagsche Straße hinauf bis zum Stadttor und dann über die Neue Straße zurück zur Kirche, der sie sich nun von der anderen Seite näherte. Verwaist standen die Gerüste da, alle Arbeiter waren zum Schloss geeilt, um bei dem Spektakel dabei zu sein.

Elsa umrundete den im Bau befindlichen Ostchor und das Kapitelhaus. Aus dem Hemele quollen dicke Rauchwolken, als stünde er wirklich in Flammen, jetzt sogar aus dem Giebelfenster. Vorsichtig drückte sie die Klinke der Sakristeitür, hinter der Pietro verschwunden war. Die Tür war abgeschlossen. Elsa lief weiter zum Westwerk.

Schaurig knarrte das Portal in den Angeln, und Elsa hatte das Gefühl, als fahre ihr der Sensenmann mit seinem knochigen Finger das Rückgrat entlang. Dunkel war es im Inneren, nur wenige Kerzen brannten um den Altar herum und beleuchteten das Gerüst im Hintergrund, das bis hoch zum Triforium reichte. Dazu war es kühl und so still, als halte die Welt den Atem an. Elsa mochte die Messen, insbesondere an den Festtagen, aber mutterseelenallein unter dem Gewölbe schauderte sie. Langsam schritt sie das Mittelschiff entlang und blickte links wie rechts zwischen das Gestühl, darauf gefasst, Pietro könnte sich dort irgendwo verborgen haben. Die Pfeiler zu beiden Seiten waren mit Epitaphen gespickt, irgendwo dazwischen eines, das ihr Vater seinem verstorbenen Bruder gestiftet hatte.

Vor dem Chorgitter wandte sie sich nach links und schritt unter der Kanzel hindurch auf die Sakristei zu. Schon aus der Entfernung sah sie, dass die Tür nur angelehnt war. Kerzenlicht flackerte in dem Raum, und Elsa meinte, ein Summen zu hören. Zuerst sagte ihr die Tonfolge nichts, aber dann, plötzlich, schlug ihr die Erkenntnis wie Eisregen ins Gesicht: Es war die gleiche Melodie, die Hedwig am Ufer des Kermisdahl gesummt hatte. Das war das Lied, das auf geheimnisvolle Weise mit den Verbrechen zu tun hatte, wenn auch noch niemand wusste, auf welche.

Da! Hatte sich nicht gerade die Tür bewegt? Elsa stockte der Atem, aber sie ging weiter. Was auch immer sich hinter der Tür verbergen mochte, sie war gewillt, es herauszufinden. Vor der Schwelle zögerte sie einen Augenblick, dann – obwohl ihr die Furcht die Kehle zuschnürte – stieß sie die Tür weit auf.

Der Raum war leer.

*

Offene Münder und große Augen allenthalben. Selbst der Pöbel vor dem Tor verstummte, die Nachricht war bereits nach draußen gedrungen. Dann lief ein Raunen durch die Menge, und Distelhuizen pfiff seine Leute zurück, die gerade abrücken wollten. Mit einem Aufschrei wurde Sophia Maria ohnmächtig und stürzte so schnell zu Boden, dass niemand sie auffangen konnte.; dumpf schlug ihr Kopf aufs Pflaster. Umberto ging in die Knie, nahm sie auf die Arme und streckte sie Marco anklagend entgegen, als wollte er sagen: Sieh, was du angerichtet hast, fast hättest du deine Mutter auf dem Gewissen.

»Seid Ihr Euch sicher?«, fragte van der Schuren, nachdem er sich ausgiebig geräuspert hatte. »Ihr wisst, was Ihr einmal vor Gericht erklärt habt, könnt Ihr nicht mehr widerrufen.«

»Das ist mir bekannt.«

»Ihr bleibt also bei Eurem Geständnis?«

»Ja.«

»Schreiber – haltet das fest. Und woher rührt Euer plötzlicher Sinneswandel?«

»Ich bin in mich gegangen und dabei zu der Einsicht gelangt, dass dies der bessere Weg ist.«

»Einzelheiten zu den Taten –«

»Möchte ich mit Rücksicht auf die Angehörigen der Opfer nicht preisgeben. Ihr habt mein Geständnis, das sollte Euch genügen.«

Van der Schuren und die Schöffen steckten die Köpfe zusammen. So überraschend das Geständnis des Angeklagten auch war, besondere Einwände gegen diese Entwicklung hatte niemand. Die Fresskörbe würde man auf dem Heimweg leeren. Also rückte van der Schuren ein wenig ab, damit die Schöffen ungestört ihr Urteil finden konnten. Dazu bedurfte es nur weniger Herzschläge, dann nahm der Richter die Verkündung vor.

»Der Angeklagte, Marco di Montemagno, wird des Mordes an den Jungfrauen Anna Zwerts und Nehle Wannemeker für schuldig befunden und zum Tode durch den Strang verurteilt. Das Urteil wird morgen Früh, am Montag, zur Prim auf dem Neuen Markt zu Kleve vollstreckt. Der Gerechtigkeit ist somit Genüge getan.«

Den Blick seines Vaters meidend ließ Marco sich abführen, während Distelhuizen Zwerts meldete, der Hemele stehe in Flammen.

Köln, Juni 1350

Es geschah kurz vor Köln, unweit eines Dorfes namens Lülsdorf, am hellen Nachmittag: Plötzlich verstellten d'Amiens drei Reiter den Weg. Ob sie aus dem Wäldchen gekommen waren, das sich am Rhein entlangzog, oder ob sie sich hinter der windschiefen Kate verborgen hatten, die am Wegesrand stand, wusste er nicht, für ihn war es, als seien sie geradewegs dem Morast des Weges entstiegen. Er musste für einen Moment im Sattel eingenickt sein. Als er sein Pferd wenden wollte, sah er, dass ihm drei weitere Berittene den Rückweg abschnitten. Er war in die Falle gegangen.

Der Anführer der Bande, ein hoch gewachsener, grinsender Kerl mittleren Alters, zog den Hut und stellte sich mit einer knappen Verbeugung als Walter von den Tafelfreuden vor, zweifellos ein erdachter Name. D'Amiens vermutete, dass er das mehr aus Spott tat, als dass ihm an Höflichkeit gelegen war. Eine Einschätzung, die ihm die dreisten Mienen der übrigen, Bauernpack der schlimmsten Sorte, bestätigten.

Es folgte eine wortreiche Schilderung der beschwerlichen Lebensumstände; Klagen über die Kargheit des Bodens und der daraus folgenden Knappheit des Brotes verbunden mit den ewig steigenden Forderungen des Lehnsherren. Gejammer, das vielleicht hätte anrühren können, wäre es nicht durch einen höhnischen Gesichtsausdruck begleitet worden. Dann kam, was kommen musste, Walter forderte Wegezoll. D'Amiens erkundigte sich nach der Höhe, der genannte Betrag erschien ihm annehmbar. Dennoch versuchte er zu handeln, zu eiliges Eingehen auf die Forderung hätte die Halunken auf den Gedanken bringen können, dass bei ihm mehr zu holen sei.

Schließlich gab der Comte mit einem Seufzer, der ein schweres Herz vortäuschen sollte, nach und zahlte die eingangs geforderte Summe, Nachlass gewährte Walter nicht. Die Münzen wechselten den Besitzer, und d'Amiens dachte schon, das sei es gewesen, als die Strauchdiebe plötzlich rege Neugier für seine Packtaschen entwickelten. Auf ihre Frage, was sich darin befinde, sagte d'Amiens, nichts, womit sie etwas anfangen könnten, und da wollten sie es erst recht wissen.

Er begann, sich über die Zeitverschwendung zu ärgern. Wieso hatte er sich überhaupt auf dieses Geplänkel eingelassen? Er kannte diese Sorte von Halunken und wusste, dass sie nie den Hals voll bekamen. Hätte er ihnen gleich gesagt, sie sollten sich zum Teufel scheren, wäre die Sache schon längst ausgefochten, so oder so.

Die Ausrüstung der Wegelagerer war allenfalls durchschnittlich, sie verließen sich ganz auf ihre Überzahl. Allein der Anführer trug ein Kettenhemd, zwei weitere vertrauten auf Lederpanzer, der Rest war gänzlich ungeschützt. Keiner war mit Pfeil und Bogen oder einer Schleuder bewaffnet, alle trugen Schwerter, und nur einer führte eine Lanze, eine unangenehme Waffe auf der Halbdistanz. Ihn im Auge behaltend griff d'Amiens an.

Die Sache ließ sich für ihn überraschend gut an, der Lanzenreiter verspielte seinen Reichweitenvorteil, weil er sein Pferd nicht im Griff hatte. Während der Kerl Mühe hatte, überhaupt im Sattel zu bleiben, kreuzten d'Amiens und Walter die Klingen. Dabei erwies sich der Strauchdieb wahrhaft meisterlich. Er wehrte nicht nur geschickt die Attacke des Comte ab, sondern verletzte ihn bei seiner stürmischen Gegenwehr sogar am Oberschenkel, nicht schwer, jedoch schmerzhaft.

Dafür war der Dritte im Bunde ein Stümper vor dem Herrn. Gegen ihn kämpfte d'Amiens mit links, nur mit dem kürzeren, leichten Schwert. Aber das reichte, um dem Halunken gleich mit dem zweiten Streich den Arm abzuschlagen und ihm anschließend – als er seiner Gliedmaße fassungslos hinterherblickte – den Kopf von den Schultern zu hauen.

Inzwischen waren auch die übrigen drei Wegelagerer an der Stelle des Hauens und Stechens eingetroffen, vermochten d'Amiens aber nicht zu umzingeln, da der Weg zu schmal war, zudem drehte der Comte seinen Schimmel pausenlos auf der Hinterhand. Allein um seine Flanke anzugreifen, mussten sie in den Graben, der wegen der Regenfälle der letzten Tage knietief voll Wasser stand, und das wurde einem nach dem anderen zum Verhängnis. Zwei starben, der dritte lebte noch, hatte aber alle Hände voll zu tun, seine hervorquellenden Därme zu bändigen, nachdem der Comte ihm den Wanst aufgeschlitzt hatte. Auch d'Amiens jedoch musste bei dem Gemetzel allerlei einstecken, unter anderem eine tiefe Fleischwunde am linken Arm, die ihn zwang, das Kurzschwert fallen zu lassen.

Mit nunmehr freiem Rücken konnte er sich ganz auf den selbst im Kampf grinsenden Walter konzentrieren. D'Amiens erzielte Treffer um Treffer und war sich seiner Sache schon sicher, als plötzlich sein Pferd einknickte. Im Eifer des Gefechts hatte er den Lanzenreiter völlig außer Acht gelassen. Der war aus dem Sattel gesprungen und hatte seine Waffe tief in die Flanke des Schecken gerammt. Das Pferd war verloren, d'Amiens gab ihm ein letztes Mal die Sporen und ritt den Kerl nieder. Dann brach der Schecke zusammen, und d'Amiens landete im Dreck.

Sofort war Walter mit seinem Gaul über ihm und versuchte ihn unter die Hufe zu nehmen, aber d'Amiens wälzte sich zur Seite und rutschte in den Graben. Dort wollte er umgehend wieder auf die Beine, aber der Schlamm war tief und zäh. Im nächsten Moment stürzte Walter auf ihn wie ein Adler auf seine Beute.

Es war aussichtslos, er würde ersaufen wie eine Ratte, das war d'Amiens klar. Der Wegelagerer kniete auf seinem Bauch und drückte seinen Kopf unter Wasser. Hilflos durchwühlten seine Hände den modrigen Grund nach irgendetwas, ein Stein, ein Ast, und auf einmal hatte d'Amiens einen Strick in der Hand. Blind tastete er nach Walters Kopf und schlang ihn ihm um den Hals.

Energisch zog er die Schlinge zu, setzte ein, was ihm an Kraft verblieben war, erzielte aber keine Wirkung. D'Amiens wusste, seine Atemluft würde nur noch für wenige Herzschläge reichen, dann würde er den Mund aufreißen, seine Lungen würden voll laufen, und dann würde er –

Sein Hals wurde losgelassen, und er spürte, wie Walter seine Handgelenke umfasste, um den Zug zu verringern. Für einen Moment gab d'Amiens nach, jedoch nur so lange, bis er den Kopf hochgerissen und seine Lungen voll Luft gepumpt hatte. Dann zog er wieder mit aller Kraft.

Er schnürte Walter noch den Hals ab, als der schon längst tot war. Erst als seine Hände taub wurden, ließ er los, und erst da sah er auch, dass der Strick gar kein Strick war. Er hatte Walter mit dem Darm seines noch immer lebenden Spießgesellen erdrosselt. Zum Dank bereitete er dem Mann ein gnädiges Ende.

Dann lud er sein Gepäck auf einen der Räubergäule, stieg in den Sattel und ritt davon, mitten hinein in ein schwarzes Loch.

»Wo bin ich?«, fragte d'Amiens.

»In guten Händen«, sagte der Alte, der am Fußende der Pritsche stand. »Ihr seid im Haus der Lazarusbrüderschaft zu Köln.«

»Bei Gott, bin ich aussätzig?«

»Nicht doch, nicht doch, die Zeiten sind vorbei, da wir unsere Pflege auf Aussätzige beschränkt haben. Um unser Haus auszulasten, nehmen wir schon länger auch gewöhnliche Kranke auf.« Bei dem Wort »gewöhnliche« winkte er mit den Zeigefingern. »Ihr wurdet uns von den Johannitern überstellt, ihr Hospiz ist überlastet.«

»Was versteht Ihr unter auslasten?«

»Leere Betten kosten Geld, wir sind bemüht, sie zu belegen, daher haben wir auch dieses Abkommen mit den Brüdern vom Orden des heiligen Johannes vom Spital zu Jerusalem abgeschlossen.«

»Ah ja.« Dass Krankenpflege in Köln derart merkantil betrieben wurde, war d'Amiens neu. »Ihr sagtet, die Johanniter hätten mich zu Euch gebracht? Aber wie bin ich zu ihnen gekommen? Mir fehlt jede Erinnerung daran.«

»Man hat Euch auf der anderen Seite des Stroms gefunden, bewusstlos im Sattel Eures Pferdes sitzend, übersät von Wunden. Ein wahres Wunder, dass Ihr bei dem enormen Blutverlust überlebt habt. Ihr solltet dem Herrn auf Knien danken.«

»Am heftigsten schmerzt mein Bauch.«

D'Amiens machte Anstalten, sich aufzusetzen, was den Alten veranlasste, an seine Seite zu eilen und ihn umgehend zurück aufs Lager zu drücken.

»Keinesfalls dürft Ihr Euch setzen, hört Ihr, keinesfalls. Eure Bauchdecke ist verletzt, und kaum ein Teil des menschlichen Körpers heilt schlechter. Mit jeder Bewegung reißt die Wunde wieder auf.«

»Wie konnte das geschehen?«

»So wie Ihr insgesamt ausseht, seid Ihr Räubern in die Hände gefallen. Außerhalb der Stadt treibt sich allerlei Gesindel herum. Vermögt Ihr Euch nicht zu erinnern?«

»Dumpf.« Plötzlich überfiel d'Amiens ein schrecklicher Verdacht. Beinahe hätte er erneut versucht, in die Senkrechte zu kommen. »Wo sind meine Habseligkeiten? Mein Gepäck? Ich hatte auch Waffen und einige Münzen. Und wo ist das Pferd?«

Der Alte schloss die Augen und machte eine Geste, als wolle er das aufgewühlte Meer besänftigen. »Habt keine Angst, für alles ist gesorgt. Der Braune steht in unseren Stallungen, Euer Hab und Gut lagert in unserer Schatzkammer. Und die Schriftrollen, die Ihr mitgeführt habt, haben wir in unsere Bibliothek verbracht, dort herrscht die rechte Luft zu ihrer Aufbewahrung.«

»Der Herr wird es Euch vergelten.«

»Ihr aber auch. Wir berechnen einen Tagessatz in Abhängigkeit von den Vermögensverhältnissen des Kranken, Mittellose pflegen wir natürlich unentgeltlich. Zu denen zählt Ihr jedoch nicht. Wundert Euch also nicht, wenn Euch bei der Entlassung weniger Geld ausgehändigt wird, als Ihr in Eurem Besitz wähntet. – Ach so, Euren Namen brauche ich noch, für unser Hausbuch.«

Der Comte machte seine Angaben, dann fragte er: »Was denkt Ihr, wie lange ich hier bleiben muss?«

Der Alte verzog abschätzend den Mund und wackelte mit der Hand. »Schwer zu sagen. Geht mal davon aus, dass wir die Himmelfahrt der Mutter Gottes noch zusammen feiern werden. Wir gestalten den Tag immer ganz nett. Singend und uns an den Schultern fassend ziehen wir in einer langen Reihe durch alle Krankenstuben. Ihr werdet sehen, das wird Euch gefallen. So, jetzt müsst Ihr aber schlafen. Euer Körper muss sich erholen.«

Das fand d'Amiens auch. Er schloss die Augen, und eine unendliche Kette hopsender Lazarusbrüder tauchte vor seinem geistigen Auge auf. Beim Versuch, sie zu zählen, schlief er ein.

*

D'Amiens wachte auf, weil er gefesselt wurde. Ein entsetzlich nach Bratfett stinkender Mensch band seine Handgelenke zusammen, während ein anderer die Fesseln an seinen Füßen überprüfte.

»Der kommt uns nicht mehr aus«, sagte der am Fußende.

Die beiden Männer traten zurück, und der Schein einer Kerze, die der betagte Lazarusbruder in den Händen hielt, beleuchtete ihre Gesichter. Der nach Bratfett stinkende sah aus wie ein Spitzbube, während der andere durchaus liebenswürdige Züge hatte.

»Ihr habt mir verschwiegen, dass Ihr gesucht werdet«, sagte der Lazarusbruder und klang beleidigt.

»Wer sucht mich?«, fragte d'Amiens.

»Diese beiden Herren. Sie haben eine Vollmacht des Königs.«

»Welches Königs?«

»Des französischen, was aber nichts zur Sache tut«, sagte der mit dem liebenswürdigen Gesicht. Jetzt sah d'Amiens auch, dass dem Mann die linke Hand fehlte. »Gestattet Ihr, dass ich mich vorstelle, Comte d'Amiens? Henri de la Chapelle, Bevollmächtigter Seiner Majestät, König Philipp des Sechsten. Ehrlich gesagt habe ich nicht mehr damit gerechnet, Eurer noch habhaft zu werden. Ich wähnte Euch ein Opfer der Pest, irgendwo namenlos verscharrt.«

D'Amiens tat, als sei der Bevollmächtigte Luft, und fragte den Lazarusbruder: »Wie viel Judaslohn habt Ihr eingestrichen? Ich hoffe, es hat sich für Euch gelohnt.«

»Judaslohn? Wovon redet Ihr?«

»Die Belohnung, die auf meinen Kopf ausgesetzt ist. Sagt bloß, die hat man Euch vorenthalten?«

De la Chapelle hob beschwichtigend die Rechte. »Keine Aufregung, dazu wären wir noch gekommen.«

»Das will ich aber auch hoffen«, sagte der Lazarusbruder und klang schon wieder beleidigt. »Unsere Bruderschaft ist arm, wir sind auf jeden Heller angewiesen. Wie viel ist es denn?«

»Ihr werdet Euch nicht beklagen können. Kann der Gefangene über Nacht hier bleiben? Ich kann ihn schlecht mit in meine Herberge nehmen.« Er zeigte auf den Stinkenden. »Karl wird ihn bewachen.«

»Sicher. Aber das kostet zusätzlich.«

»Daran soll es nicht scheitern.« De la Chapelle wandte sich an d'Amiens. »Wir sehen uns morgen Früh, verehrter Comte. Und kommt mir nicht auf törichte Gedanken. Im Messerwerfen ist Karl ein Meister. Auf hundert Schritte halbiert er eine Fliege.«

Wie um die Aussage zu unterstreichen, zog Karl sein Messer und spielte damit herum, dann verließen alle drei den Raum. Kurz darauf wurde ein Schemel oder Hocker vor die Tür geschoben, und jemand nahm schnaufend Platz.

Welch eine Laune des Schicksals!, dachte d'Amiens und stieß ein bitteres Lachen aus. Ausgerechnet jetzt, da er seine Aufgabe so gut wie erfüllt hatte – die Geschichte des Ordens hatte er auf siebenundvierzig Rollen Pergament niedergeschrieben, lediglich ein Nachwort wollte er noch verfassen –, da er auf dem Weg in die Niederlande war, um sich dort einzuschiffen, nachdem er unzählige Gefahren heil überstanden hatte, wurde er abgefangen. Das durfte doch alles nicht wahr sein!

Verzweifelt zermarterte er sein Gehirn und suchte nach einem Ausweg, aber was ihm auch einfiel, erwies sich als undurchführbar. Er war ja nicht nur an Armen und Beinen gefesselt, de la Chapelle hatte ihn zusätzlich an seine Bettstatt binden lassen, und die Lederriemen saßen stramm, nicht einmal ein Kaltblut hätte sie zu zerreißen vermocht. D'Amiens konnte nur noch auf ein Wunder hoffen.

Als der Morgen graute, spürte der Comte, dass es eingetreten war.

*

»Ihr solltet Euch von mir fern halten«, sagte d'Amiens zu de la Chapelle und Karl, als sie die Kammer betraten. »Ich habe die Pest.«

Beide prallten zurück, als seien sie gegen eine unsichtbare Wand gelaufen. Der Bevollmächtigte fing sich jedoch schnell wieder und setzte ein nachsichtiges Lächeln auf.

»Nicht schlecht, der Einfall«, sagte er. »Vermutlich hätte ich an Eurer Stelle den gleichen Versuch unternommen. Karl wird

Euch jetzt losbinden, Comte. Danach werden die Brüder Euch einen straffen Bauchverband anlegen, damit Ihr reiten könnt. Wir wollen doch, dass Ihr Paris unversehrt erreicht.«

»Das war kein Versuch.«

»Übertreibt es nicht.«

»Fasst in meine Achselhöhlen, dort könnt Ihr die Schwellungen ertasten.«

De la Chapelles Gesichtszüge geronnen. Dann stieß er Karl an. »Sieh nach.«

Karl schlug das Betttuch zurück und schob eine Hand unter d'Amiens' linken Arm. Als er den Knoten berührte, verzog der Comte vor Schmerzen das Gesicht.

»Nun?«, fragte de la Chapelle.

Karl nickte.

»Hol den Alten. Er soll d'Amiens untersuchen.«

Als Karl die Tür hinter sich zugezogen hatte, fragte d'Amiens: »Woher wusstet Ihr, dass ich auf dem Weg nach Köln war?«

»Nicht nur die Lazarusbrüder sind begierig auf eine Belohnung, auch der Probst des Strassburger Münsters konnte das Geld gut gebrauchen. Ich meinerseits bin neugierig zu erfahren, woher Ihr von dem ausgelobten Betrag wisst?«

»Davon erfuhr ich bereits vor langer Zeit in Rom.«

»Seid Ihr dort etwa de la Motte begegnet? Im August siebenundvierzig?«

»Das war in etwa die Zeit, in der ich dort war. Ein Mensch namens de la Motte ist mir allerdings unbekannt.«

De la Chapelle beschrieb den Ritter. D'Amiens nickte.

»Er ist bei dem großen Erdbeben umgekommen«, sagte er.

»Dachte ich es mir doch. Noch ein Opfer.« De la Chapelle hob den Armstumpf. »Das geht im Übrigen auch auf Eure Rechnung.«

»Wie kann ich für den Verlust Eurer Hand verantwortlich sein, wenn wir uns noch nie begegnet sind?«

»Das braucht Ihr nicht zu verstehen«, sagte de la Chapelle bitter. »Aber Ihr solltet begreifen, dass ich Euch, da ich Eurer jetzt endlich habhaft geworden bin, nicht wieder auskommen lassen werde. Das schwöre ich bei Gott!«

»Was wollt Ihr tun? Wollt Ihr einen Pestkranken mit Euch schleppen? In nicht einmal einer Woche wäret Ihr selbst tot.«

»Ich werde mich zu schützen wissen.«

»Macht Euch nicht lächerlich. Außerdem, so vermute ich, sollt Ihr mich bestimmt lebend abliefern. Ist dem nicht so?«

An de la Chapelles vor Zorn anschwellenden Schläfenadern sah der Comte, dass er Recht hatte.

»Seit fast fünf Jahren bin ich Euch auf der Spur, d'Amiens, und jetzt, da ich Euch endlich gefasst habe, soll ich Euch gleich wieder verlieren? O nein!« De la Chapelle zog den Dolch. »Diese Genugtuung werde ich Euch nicht gönnen!«

»Untersteht Euch!«, rief der betagte Lazarusbruder und trat über die Schwelle. Hinter ihm drängte ein halbes Dutzend weiterer Brüder in den Raum. »Wie könnt Ihr es wagen, einen Kranken in unserem Haus zu bedrohen?«

»Ich will, dass Ihr den Kerl untersucht!«, schrie de la Chapelle. »Ich bin mir sicher, er spielt uns seine Krankheit nur vor!«

»Im Namen des Lazarus von Bethanien, steckt Eure Waffe weg!«

»Erst, wenn Ihr ihn untersucht habt!«

Die Mönche umringten den Gesandten und eine Rangelei hob an. Plötzlich sagte einer von ihnen: »Ach, du liebe Güte!«

Die Brüder traten zurück, bekreuzigten sich und gaben den Blick frei auf Henri de la Chapelle, den Bevollmächtigten Seiner Majestät des Königs von Frankreich, der auf die Knie sank, den eigenen Dolch bis zum Heft in der Brust steckend.

*

Dass seine Zeit auf Erden abgelaufen war, war d'Amiens bewusst. Wo er sich angesteckt hatte, wusste er nicht, vielleicht sogar hier im Haus der Brüderschaft, im benachbarten Saal pflegte man die Todgeweihten. Höchstens vier Tage würden ihm noch vergönnt sein, davon bestenfalls zwei bei leidlichem Wohlbefinden. Wollte er seinen Auftrag noch erfüllen, für die Überstellung der Pergamente und des Grals zu sorgen, musste er schnell handeln. Aber dazu musste ihm erst einfallen, wessen Hilfe er sich bedienen könnte.

Seinen ersten Gedanken, die Lazarusbrüder zu bitten, verwarf er schnell wieder, keiner von ihnen schien ihm hinreichend vertrauenswürdig. Außerdem, warum sollten sie ihm helfen? Viel Geld konnte er ihnen nicht bieten, und verpflichtet waren sie ihm nicht. Genau das aber war es: D'Amiens musste jemanden finden, der dem Orden etwas schuldete, nur so konnte er denjenigen in die Pflicht nehmen.

Den halben Vormittag grübelte er bereits, wer dafür in Frage kommen könnte. Immer wieder ging er in Gedanken die Namen der Schuldner durch, die sich einst Geld bei den Templern geliehen hatten. D'Amiens selbst hatte als Molays Sekretär die Bücher geführt, die Namen und Beträge hatte er noch immer im Gedächtnis, als sei es gestern gewesen, aber so weit er sich erinnerte, war keiner aus Köln darunter gewesen. Und selbst wenn, blieb fraglich, ob der Schuldner noch lebte.

Plötzlich schoss ihm ein Name durch den Kopf: der Graf von Kleve. Ein Darlehen aus dem Jahr 1305 über tausend Goldstücke. Nie zurückgezahlt, an wen auch, der Orden war zwei Jahre später liquidiert worden. Diese Schuld würde d'Amiens nun bei dem Geschlecht einfordern. Nicht in Münzen, aber er würde verlangen, dass der herrschende Graf, wie auch immer er heißen mochte, die Pergamente und den Gral nach Tomar brachte.

Wo Kleve lag, wusste d'Amiens auch: rheinabwärts, etwa

einen strammen Tagesritt von Köln entfernt. Das müsste selbst für ihn, in seinem angeschlagenen Zustand, zu bewältigen sein. Den Versuch war es allemal wert.

Kleve, Juni 1350

Marco war allein. Gleich nach seiner Rückführung in den Kerker war Ricciutello entlassen worden. Er hatte sich gesträubt, insbesondere als er erfahren hatte, dass Marco die Morde gestanden hatte und zum Tode verurteilt worden war; die Gardisten hatten Gewalt anwenden müssen, um ihn hinauszuschaffen.

Die Riegel waren noch nicht wieder vorgelegt, als zwei Ratten aus dem Loch gekrochen kamen. Anscheinend wussten sie genau, dass Marco als Rattenjäger ein Versager war. Ein paarmal schlug er erfolglos nach ihnen, dann gab er auf und beobachtete, wie sie sich quiekend um einen Kanten altes Brot balgten. Gleichzeitig wartete er darauf, dass sein bisheriges Leben noch einmal vor seinem geistigen Auge vorüberzöge; er hatte gehört, dem sei so, wenn man wusste, dass das Ende bevorsteht. Aber nichts dergleichen geschah. Vielleicht war es dafür noch zu früh, es hatte gerade mal angefangen zu dämmern, die ganze Nacht lag noch vor ihm.

Angst vor dem Tod hatte er nicht, nur das Sterben an sich machte ihm Sorgen. Wenn der Strick richtig geknotet war, brach das Genick, sobald der Schemel weggetreten wurde. Dann zuckte man noch einmal kurz, aber das merkte man angeblich schon nicht mehr. Wenn jedoch der Henker ein Stümper war und die Schlinge falsch legte, wurde man stranguliert, und das stellte Marco sich qualvoll vor. Das waren die Gehenkten mit den blau angelaufenen Gesichtern, denen die Zunge dick geschwollen aus dem Mund hing.

Marcos trübsinnige Überlegungen wurden von Gezeter unterbrochen, das vor der Kerkertür anhob. Dann wurde mit verschiedenen Schlüsseln im Schloss herumgestochert, bis endlich der passende gefunden war. Die Tür flog auf, und Sophia Maria stürmte herein, erregt fuchtelnd und sich in Schimpftiraden ergehend, die selbst einem volltrunkenen neapolitanischen Seemann die Schamesröte ins Gesicht getrieben hätten. Der Empfänger ihres unbeschreiblichen Wortschwalls war Anselmo, den Marco mit hochrotem Kopf und in der Körperhaltung eines geprügelten Hundes im Hintergrund entdeckte. Als die Tür ins Schloss fiel, fragte Marco: »Was ist los?«

Sophia Maria winkte ab, stellte den Weidenkorb, den sie bei sich führte, auf den Boden und sagte: »Marco, mein Engel, komm zu mir und lass dich umarmen!«

Kaum hatten sie sich umfasst, schob sie ihren Sohn auch schon wieder von sich. »Mein Gott, wie du stinkst. Könnt ihr euch hier nirgendwo waschen? Hast du schon die Krätze?«

»Nein, das ist Schorf, aber der juckt auch. Was macht dein Kopf?«

»Zuerst habe ich doppelt gesehen, aber im Nachhinein muss ich sagen, der Schlag hat mir gut getan. Nie habe ich klarer gedacht als zur Stunde.« Sie fasste ihn derb am Ohrläppchen. »Wie konntest du mir das nur antun? Du wirktest so überzeugend. Einen Augenblick lang habe ich wirklich geglaubt, du hättest die Mädchen umgebracht.«

»Aber nun hältst du mich wieder für unschuldig?«

»Ich weiß, dass du es nicht getan hast.« Sophia Maria seufzte und schlug die Augen nieder. »Und ich habe eine Vermutung, wer der wahre Täter ist.«

»Was glaubst du denn?«

Sophia Maria sah wieder auf. Ihre Augen glänzten wie nasse Kohlestücke. »Du hast die Schuld auf dich genommen, um deinen Bruder zu schützen. Habe ich Recht?« Und als Marco nicht gleich antwortete, setzte sie hinzu: »Sag mir die Wahrheit. Ich muss es wissen.«

Marco wollte sich abwenden, aber sie hielt ihn am Arm zurück. Dass er ihrem Blick auswich, konnte sie jedoch nicht verhindern.

»Stell dir vor, der Gedanke kam mir zeitgleich mit deinem Vater. Während ich aus dem Haus gestürzt bin, kam er aus dem Kontor gelaufen. Mitten auf dem Hof sind wir uns in die Arme gefallen und haben es uns gesagt. Gelacht haben wir und geweint. Alles ging durcheinander.« Sie atmete tief durch. »Es ist schwer, einen Sohn zu verlieren, wenn er schuldig ist, Marco, aber noch schwerer wiegt der Verlust, wenn er unschuldig ist. Also – sieh mich an.«

Marco tat, was seine Mutter ihn geheißen hatte, antwortete aber nur mittelbar. »Wie bist du ... wie seid ihr darauf gekommen?«

»Eigentlich war es sehr einfach. Ernsthaft an deine Schuld geglaubt habe ich ohnehin nie. Ich kenne dich schließlich besser, als du dich selbst. Dass du die Morde gestanden hast, konnte nur einen Grund haben: Du schützt jemanden, den du mehr liebst als dein Leben. Die Frage, wer das sein könnte, war schnell beantwortet. – Aber eins musst du mir erklären, Marco: Wie kommst du darauf, dass dein Bruder der Mörder sein sollte?«

»Er selbst hat mich darauf gebracht.« Marco berichtete ihr, was Kaplan von Elten beobachtet hatte, und wie Pietro sich verraten hatte. Sophia Maria traten die Tränen in die Augen. Als sie schließlich sprach, begriff Marco, dass es Tränen ohnmächtiger Wut waren.

»Ausgerechnet von Elten wird Augenzeuge!«, schnaubte sie. »Schon immer hatte mein armer Pietro seine Schwierigkeiten mit dem anderen Geschlecht, nie hat er den Mädchen hinterhergesehen, nie hat er von einer Liebschaft erzählt. Zeitweilig hatte ich sogar den Verdacht, er könnte … na, du weißt schon. Aber wahrhaftig um den Verstand gebracht hat ihn erst dieser kurzbeinige Hurensohn von einem Kaplan mit seinem Geschwätz von der gottgewollten Heiligkeit des Weibes. Für ihn sind alle Frauen außer Maria Huren, weil sie nicht unbefleckt empfangen können. Dabei soll mir keiner erzählen, dass die Mutter Gottes dazu in der Lage war, denn wo es donnert, hat es vorher geblitzt, das war schon immer so. Aber diese Unsaat ist bei deinem Bruder auf fruchtbaren Boden gefallen, ist gekeimt und aufgegangen … und hat ihn zum Mörder werden lassen. Ausgerechnet mein kleiner …«

Sophia Maria griff sich an ihre Brust und begann zu schwanken. Marco stützte sie, führte sie zur Wand und half ihr, auf dem Boden Platz zu nehmen. Japsend rang sie nach Luft.

»Das ist nur die Aufregung, mein Sohn, keine Sorge, nur die Aufregung. Alles ein bisschen viel für einen Tag.«

Marco reichte ihr eine Schöpfkelle Wasser, an der sie nippte. Langsam gewann sie wieder Farbe. Ohne ein Wort zu sagen, bedeutete sie ihm, sich an ihrer Seite niederzulassen. Das tat er und neigte seinen Kopf zu ihr.

»Hast du bei deinem Bruder jemals Anzeichen von Irrsinn bemerkt?«, fragte sie leise. »Oder glaubst du, dass er, als er die beiden Morde beging, vom …«, Sophia Maria schielte schnell nach beiden Seiten und bekreuzigte sich, »Teufel besessen war?«

Marco schüttelte den Kopf. »Ich habe Pietro nie geistesabwesender erlebt, als es jeder von uns gelegentlich ist. Und ob er besessen war? Ich habe keine Erklärung dafür, wie er in diesen befremdlichen Zustand geraten konnte, in dem von Elten ihn erlebt hat. Offenbar empfindet Pietro dann nicht einmal Schmerzen. Hedwig, eines der Mädchen, sagte das. Sie hat ihn in den Unterleib getreten, als er sie überfallen hat.«

Sophia Maria machte große Augen. »Diese Hedwig weiß also auch, dass Pietro –«

»Nein, nein. Sie hat ihn nicht erkannt. – Wie geht es ihm überhaupt?«

»Ich habe nicht die geringste Ahnung. Seit er uns im Unfrieden verlassen hat, ist er nicht mehr nach Hause gekommen. Das heißt – heute Morgen stand die Tür zur Speisekammer offen. Pietro muss in der Nacht da gewesen sein und sich Verpflegung geholt haben. Ich nehme an, er schläft in einer der Fischerhütten.«

»Hoffentlich macht er keinen weiteren … Blödsinn.«

Sophia Maria schlug die Hand vor den Mund. »Meinst du, er könnte noch einmal …«

»Ich weiß es nicht. Je eher er dem Orden der Minderen Brüder beitritt, desto besser. Von Elten hat mir versprochen, sich darum zu kümmern.«

»Glaubst du denn, er ist bei den Brüdern in guten Händen?«

»Ich denke ja. Sie werden dafür sorgen, dass er das Kloster nie wieder verlässt.«

»Hoffen wir, dass er dort seinen Frieden findet.« Sophia Marias Blick verlor sich irgendwo in der Zelle. Nach einer Weile straffte sie sich, tätschelte Marcos Bein und sagte bemüht fröhlich: »Wirf mal einen Blick in den Korb.«

Als Erstes förderte Marco eine Kerze zu Tage.

»Zünde sie an, ich hab auch Zunder und Feuersteine mitgebracht. Sonst siehst du nicht, was ich sonst noch dabei habe.«

Sie hatte Recht, Marco vermochte das Schwarze unter den Nägeln nicht mehr zu erkennen, das untrügliche Zeichen für den Einbruch der Nacht. Als die Kerze ihren zuckenden Schein an die Wand warf, grub er weiter.

»Hmmm«, machte er und schnalzte mit der Zunge, »eine gebratene Gans und ein Schlauch Wein. Eine Henkersmahlzeit, für die so mancher Hungerleider sich gerne aufknüpfen ließe. Hast du dich deswegen mit Anselmo gestritten? Wollte er eine Keule Wegezoll? Die hättest du ihm ruhig geben können, die ganze Gans kann ich ohnehin nicht essen, sonst reißt der Strick.«

»Von wegen Keule, er hatte ganz anderes Fleisch im Sinn. Aber so sind die Bologneser, dabei sind sie nicht einmal in der Lage, eine vernünftige Hackfleischsoße zu machen.«

Marco, der gerade zubeißen wollte, hielt inne. »Anselmo wollte sich an dir vergreifen?«

Sophia Marias Entrüstung schwenkte auf ein neues Ziel um. »Du sagst das in einem Ton, als sei es unvorstellbar, dass ein Mann bei meinem Anblick die Beherrschung verliert. So schäbig sehe ich ja nun noch nicht aus. Erst neulich hat der Bäcker hinter mir hergepfiffen.«

»Der blinde oder der –«

»Pass auf, was du sagst!«

»Wenn ich dir jetzt sage, dass es so nicht gemeint war, glaubst du mir ohnehin nicht. Also, worum ging es?«

»Ich habe es gewissermaßen herausgefordert«, sagte sie. »Ich habe in ein Brot eine Eisenfeile eingebacken, und die hat Anselmo gefunden, als er den Laib brach. Deshalb bestand er darauf, mich zu durchsuchen, und langte mir an die Brust, wofür ich ihm eine runtergehauen habe. Danach war er so durcheinander, dass er nicht einmal mehr den richtigen Schlüssel gefunden hat.«

»Was machst du bloß für Sachen. Du bringst dich selbst noch in Schwierigkeiten.«

»Das Beste an der Gans ist die Füllung.«

»Nun lenk nicht ab.«

»Schneid sie auf.«

»Ich habe kein Messer.«

»Dann reiß sie auseinander! Sonst fresst ihr Männer doch auch wie die Schweine.«

Das war leichter gesagt als getan, denn das Hinterteil des Vogels war zugenäht, damit die Füllung nicht herausfiel. Als das Innenleben schließlich sichtbar wurde, wusste Marco zunächst nicht, was das sein sollte.

»Das ist eine Strickleiter«, sagte Sophia Maria. »Fast fünfundzwanzig Ellen lang. Es war eine rechte Mühe, sie da reinzustopfen, das kannst du mir glauben.«

Marco schüttelte den Kopf in einer Mischung aus Unglauben und Begeisterung. »Du bist wahrhaft kaltblütig.«

»Ich möchte nicht zwei Söhne gleichzeitig verlieren, Marco«, sagte Sophia Maria ernst. Dann gab sie sich wieder heiter. »Deswegen hab ich so ein Getue um das Brot gemacht. Ich dachte, wenn ich ihn ein Teil finden lasse, übersieht er vielleicht die anderen Sachen.«

Es dauerte einen Augenblick, bis die Mehrzahl bei Marco ankam. »S-a-c-h-e-n?«

»Sollte der Wein rostig schmecken, hat das seine Richtigkeit.«

Marco walkte den Ziegenlederschlauch durch, vermochte aber nichts zu ertasten.

»Ein Steinpickel«, sagte Sophia Maria. »Leider ohne Griff, sonst hätte er nicht durch den Hals gepasst. Aber du kannst das Tuch drumwickeln, das tut's auch.«

»Cara mama, lass dich umarmen!«

Marco fand, dass es an der Zeit war, etwas mehr Freude zu zeigen. Er wollte seiner Mutter nicht die Hoffnung nehmen, ihm könne die Flucht gelingen, sie ahnte ja nicht, dass er mit von Elten eine Vereinbarung getroffen hatte, die es ihm nicht erlaubte, sich davonzumachen. Denn dass der Kaplan keinen Wimpernschlag zögern würde, Pietro ans Messer zu liefern, falls Marco die Abmachung nicht einhielt, stand außer Zweifel. Wenigstens diese eine Nacht sollte Sophia Maria glauben, dass er, Marco, irgendwann zu ihr zurückkehren könnte. Schlimm genug, wenn sie morgen das Gegenteil erfahren würde.

»Vater hat alles Weitere vorbereitet. Drüben, an der Weggabelung nach Kellen, bei der großen Eiche, wird er die ganze Nacht mit einem gesattelten Pferd, sauberen Kleidern, Verpflegung, deinen Waffen und einem Beutel Gold auf dich warten. Am besten reitest du zunächst zu Onkel Angelo nach Aachen. Alles Weitere wird sich finden. Gott steh dir bei, mein Sohn. Und hüte dich vor der Pest.«

»Was wird aus euch?«

»Wir kommen schon zurecht. Dein Vater ist mutig, und ich bin schlau, manchmal ist es auch umgekehrt. Außerdem haben wir Ricciutello. Der ist als Kindesersatz zwar ungeeignet, aber er ist treu.« Nun kamen ihr doch die Tränen. »Hilf mir auf, ich muss jetzt gehen, bevor ich vollends die Beherrschung verliere. Und vergiss nicht: Die Eiche am Abzweig nach Kellen. Alles Gute, mein Engel.«

Marco übernahm das Klopfen. Anselmo öffnete, wobei er vermied, Mutter oder Sohn anzusehen. Sophia Maria war bereits über die Schwelle, als sie noch einmal kehrt machte und Marco in die Arme schloss. Dann riss sie sich los und stürmte schluchzend davon.

Wenn es je einen Tag gegeben hatte, an dem Marco bewusst wurde, dass seine Jugend unwiderruflich vorbei war, dann diesen.

Buchweizensuppe hatte Onkel Josef zu Mittag gekocht, die sie schweigend in der Werkstatt löffelten. Elsa hatte dem Töpfer angeboten, ihm in der Küche zur Hand zu gehen, aber das hatte er abgelehnt. Nun saß er wieder an seiner Scheibe. Während ein weiterer Krug unter seinen nassen Händen Form annahm, bezog Elsa erneut ihren Posten am Fenster. Irgendwann musste Pietro ja vorbeikommen.

Nachdem sie ihn in der Sakristei nicht angetroffen hatte, hatte sie den Aufstieg zu dem behelfsmäßigen Glockenturm gewagt. Kaum war sie oben gewesen, ächzte das Portal. Als sie über das Geländer in die Tiefe blickte, sah sie Pietro mit raumgreifenden Schritten davoneilen. Er konnte nur in der Krypta gewesen sein, alle anderen Möglichkeiten hatte sie untersucht. Wo der Zugang zur Grabkammer lag, wusste sie allerdings nicht.

Ihm nachzulaufen war ausgeschlossen gewesen, denn er ging über den Alten Markt, vorbei am Hemele. Dort konnte Elsa sich im Augenblick keinesfalls blicken lassen, auch wenn der Rauch erheblich nachgelassen hatte. Gewiss war der Kaminbrand entdeckt und gelöscht worden, was jedoch mit Sicherheit noch nicht verraucht war, war die Wut ihres Vaters.

Als sie die Kirche verlassen hatte, kehrten gerade die Bauhandwerker vom Schloss zurück. Sie fragte den Erstbesten nach dem Urteil und erfuhr es. Mit Tod durch den Strang hatte sie gerechnet, dass aber die Hinrichtung schon am nächsten Morgen zur ersten Stunde stattfinden sollte, ließ sie zusammenfahren. Zu Marcos Rettung blieb ihr nicht einmal mehr ein Tag.

Dann war ihr Josef, der Töpfer, eingefallen, ein Nennonkel, dessen Frau und Tochter vor zehn Jahren an den Blattern gestorben waren. Früher waren die Familien eng befreundet gewesen, nach dem Ableben der beiden war die Verbindung jedoch eingeschlafen, weil Margarethe Zwerts meinte, Elsas Anblick würde Josef zu sehr an seinen Verlust erinnern; angeblich hatten die Mädchen sich ähnlich gesehen.

Als sie knapp zehn war, hatte Elsa angefangen, Onkel Josef allein zu besuchen. Viel geredet wurde nicht, denn Josef war wortkarg, sodass Elsa ihm hauptsächlich bei der Arbeit zusah oder auf dem Esel ritt, dessen Aufgabe es war, die Rührstange der Mischgrube hinter dem Haus anzutreiben. Später durfte sie sich auch an der einen oder anderen Arbeit versuchen. So lernte sie, wie man Ton mischte, wie man ihn schlug und wie man töpferte, wobei ihr das Ausrichten des Tonklumpens auf der Scheibe die größten Schwierigkeiten bereitete.

Dass sie ihn heute aufgesucht hatte, weil seine Werkstatt an der Ecke Große Straße und Kavarinerstraße lag und somit ein hervorragender Beobachtungsposten war, hatte sie ihm nicht gesagt. Vermutlich wäre es ihm ohnehin gleich gewesen, denn wie er sagte, war er froh, mal wieder ein anderes Lebewesen als sich selbst schnaufen zu hören, war ihm doch letzte Woche der Esel verendet.

Der Schatten der Werkstatt reichte schon bis auf die andere Straßenseite, als Sophia Maria mit einem Weidenkorb am Arm unter dem Fenster vorbeilief. Nur wenig später ritt Umberto auf dem Braunen mit der weißen Blesse die Straße entlang, dem Pferd, das sonst Marco benutzte. Im Gegensatz zu seiner Frau wandte er sich jedoch nicht stadteinwärts, sondern lenkte das Pferd nach links, in Richtung Brückentor. Noch während Elsa versuchte, sich darauf einen Reim zu machen, torkelte Ricciutello um die Ecke, einen Stecken über der Schulter, an den er sein Bündel geknotet hatte. Offensichtlich hatte er nach seiner Freilassung erst einmal gründlich gebechert. Und plötzlich hatte Elsa eine Idee.

Hastig verabschiedete sie sich von Josef, lief dem kahlköpfigen Knecht hinterher und hakte sich bei ihm ein. Der war bass erstaunt, ließ es sich aber gefallen. Ein Unterfangen, das Elsa schon nach wenigen Schritten bereute, denn Ricciutello stank zum Gotterbarmen. Nicht nur nach Wein und saurem Atem, sondern nach allem, wonach ein Mensch so riecht, der seit Tagen keinen nassen Lappen benutzt hat. Glücklicherweise hatten sie es nicht weit. Als Ricciutello das Tor zum Hof entriegelte, fragte Elsa ihn, ob Pietro zu Hause sei, und falls nicht, ob sie auf ihn warten dürfe.

Der Knecht verstand sie erst im zweiten Anlauf und zeigte dann auf eine Glocke, die an der Rückseite des Hauses befestigt war. Elsa läutete, aber niemand erschien. Als sie sich umdrehte, war Ricciutello verschwunden. Nur wenige Atemzüge später vernahm sie ohrenbetäubendes Schnarchen aus der Richtung des Stalls. Daraufhin versuchte sie ihr Glück an der Hintertür; sie war nicht verriegelt.

Im Inneren des Hauses war es im Gegensatz zu draußen erfrischend kühl. Der Duft von Gänsebraten hing in der Luft, von dem Braten selbst war jedoch nichts zu sehen. Peinlich sauber war die Küche, sogar in den Ecken rund um den Herd. Nicht einmal in den Kerben der Tischplatte fanden sich Krümel.

Der Wohnraum nebenan war so ganz anders eingerichtet, als Elsa das von zu Hause oder aus anderen Häusern kannte. Es gab keine Sitzmöbel, dafür jedoch Matten und Kissen auf dem Boden und einen Tisch mit auffällig kurzen Beinen. Offenbar machten die Montemagnos es sich gerne im Liegen gemütlich. So ähnlich hatte sie sich immer die Einrichtung bei den Orientalen vorgestellt.

Die Wände zierten Teppiche; der einzige Schrank war voll gestopft mit silbernem Geschirr, das ein kleines Vermögen gekostet haben musste. Die danebenstehende Truhe war leer, sie mochte zur Aufbewahrung der Kissen dienen.

Dass sie, was sie suchte, nicht in der Küche und im Wohnraum finden würde, war Elsa klar. Wenn überhaupt mochten sich die Herzen in Pietros Kammer befinden, obwohl sie auch das bezweifelte. Trotzdem wollte sie sich vergewissern. Sie hatte jedoch noch nicht ihre Hand auf das Treppengeländer gelegt, als plötzlich die Haustür aufgeschlossen wurde.

Der Schreck, der ihr in die Glieder fuhr, war gewaltig, dennoch reagierte sie schnell und besonnen. Auf Zehenspitzen huschte sie zurück zur Truhe, hob den Deckel und stieg hinein. Kaum hatte sie den Deckel zugeklappt, betraten mehrere Menschen den Raum.

»Hier sind wir ungestört«, hörte sie Pietro sagen. »Setz dich. Darf ich dir einen Becher Wein anbieten?«

»Ach, warum nicht?«, kam die gezierte Antwort.

Beinahe hätte Elsa aufgeschrien. Die zweite Person war Hedwig. Gütiger Himmel, was hatte Pietro mit ihr vor? Wollte er im Haus seiner Eltern vollenden, was ihm damals am Mitteltor nicht gelungen war?

»Du hast dich ja gar nicht gesetzt«, sagte Pietro, als er zurückkam.

»Habt ihr keine Stühle?«

»In diesem Raum sitzen wir auf Kissen. Wir können aber auch in die Küche gehen. Dort stehen ein Tisch und Bänke.«

»Nein, nein, schon gut. Es ist nur ungewohnt.«

Es tat einen Plumps – Hedwig saß. Pietro ließ sich geräuschlos nieder.

»Zum Wohle.«

»Zum Wohle.«

Beim Trinken verhielt es sich ähnlich, Hedwig schlürfte, während von Pietro nichts zu hören war. Die Becher wurden abgesetzt. »Was ist das?«, fragte Hedwig.

»Mandelbrot, eine Spezialität aus unserer Heimat. Greif ruhig zu.«

Es knackte vernehmlich, es musste sich demnach um ein etwas härteres Gebäck handeln.

»Köstlich«, sagte Hedwig mit vollem Mund. »Aber du hast mich doch nicht hierher geführt, um mir Gebäck anzubieten.«

»Ich muss dir eine Frage stellen, und ich hoffe, du bist bereit, sie mir zu beantworten.«

»Wenn's nichts Unanständiges ist.«

»Ihr habt doch des Öfteren im Kermisdahl gebadet, du, Anna, Elsa und Nehle.«

»Woher weißt du das?«

»Elsa hat es meinem Bruder erzählt, und von ihm weiß ich es. Ich habe mir die Stelle vorhin angesehen. Sie liegt völlig geschützt und ist nur von jemandem einzusehen, der durch das Gebüsch kriecht.«

»Deswegen haben wir sie ja ausgewählt. Woanders hast du in kürzester Zeit mehr Mannsleute am Ufer rumschwirren als Fliegen auf einem frischen Kuhfladen.«

»Damit sind wir dort, worauf ich hinauswollte. Ich möchte wissen, ob euch an der Badestelle jemals Männer aufgefallen sind, die versucht haben, euch zu beobachten.«

»Wozu willst du das wissen?«

»Das kann ich dir im Augenblick nicht sagen. Also, war da wer?«

»Zwei«, sagte Hedwig. »Aber nur einer hat sich zu erkennen gegeben.«

»Kanntest du ihn?«

»Sicher, es war der Rektor der Stiftsschule.«

»Etwa Rektor Clos?«

»Gibt's denn noch einen?«

»Bist du sicher?«

»Ich mag ja dämlich sein, aber blind bin ich nicht.«

Es folgte ein längeres Schweigen, nur hin und wieder von einem Knacken unterbrochen, wenn Hedwig sich ein Stück Mandelbrot in den Mund schob.

»Und wer war der andere?«, fragte Pietro schließlich.

»Ich hab doch schon gesagt, er hat sich nicht gezeigt. Nur auf unsere Wäsche hat er sich erleichtert, das Schwein.«

»Er hat was – ahhhhh!«

Pietros Schrei war so markerschütternd, dass Elsa unwillkürlich ihren Kopf hochriss und gegen den Deckel knallte. Hoffentlich hatte das niemand gehört.

»Mein Gott, was hast du?«, rief Hedwig.

»Oh, mein Schädel! Er zerspringt!«

»Kann ich irgendwas für dich tun? Ein nasses Tuch vielleicht?«

»Ohhhhh! Ich werde wahnsinnig! Diese Schmerzen bringen mich um!«

Elsa hielt es nicht länger aus. Vorsichtig drückte sie den Deckel fingerbreit hoch und linste hinaus. Gerade verschwand Hedwig aus dem Blickfeld, vermutlich, um das Tuch zu holen. Pietro saß im Schneidersitz vor dem Tischchen und presste seine Handballen gegen die Schläfen. Sein Gesicht war schmerzverzerrt, als habe man ihn mit siedendem Öl übergossen. Speichel lief ihm aus dem Mund.

»Herr im Himmel, so hilf mir doch!«

Jetzt sank Pietro zur Seite und vergrub seinen Kopf in den Kissen. Sein Stöhnen war nur noch gedämpft zu vernehmen. In dem Moment tauchte Hedwig mit einem tropfnassen Leinentuch wieder auf. Sie hockte sich neben Pietro, drehte ihn auf den Rücken und legte ihm das Tuch auf die Stirn. Nun klagte er nicht mehr und hatte die Augen geschlossen. Nur seine Brust hob und senkte sich so heftig, als habe er einen anstrengenden Lauf hinter sich gebracht.

Mit der Zeit wurden seine Atemzüge gleichmäßiger, er schien eingeschlafen zu sein. Hedwig zuckte die Achseln, ergriff ihren Schilfkorb und wandte sich zum Gehen. Nach zwei Schritten machte sie jedoch auf der Ferse kehrt und kippte den Inhalt des silbernen Schälchens, das auf dem Tisch stand, in ihren Korb. Nun verließ sie das Haus wirklich. Als sie unter dem Fenster vorbeischritt, hörte Elsa, wie sie ein weiteres Stück Brot zerbiss.

*

Die Durchsuchung von Pietros und Marcos Kammern erwies sich als so erfolglos wie angenommen. Auch in die übrigen Räume warf Elsa einen kurzen Blick. Da Neugier und erst recht Schnüffeln nicht ihrem Wesen entsprach, empfand sie bei ihrem Tun Scham, als beobachte sie ein Paar beim Liebesspiel. Gleichzeitig war sie erleichtert, die Herzen nicht gefunden zu haben, obwohl ihr bewusst war, dass sie das nicht weiterbrachte.

In Marcos Kammer setzte sie sich auf sein Bett. Sie streckte sich aus und versuchte sich vorzustellen, wie er hier geschlafen hatte, aber sie vermochte es nicht. Stattdessen hatte sie wieder und wieder Pietros schmerzverzerrte Züge vor Augen. Die Qualen, die er gelitten hatte, mussten entsetzlich gewesen sein. War das der Zustand, in dem er über Anna und Nehle hergefallen war? Erst schauderte Elsa bei dem Gedanken, dann verwarf sie ihn rasch, schließlich hatte Pietro Hedwig kein Haar gekrümmt. Das mussten die Kopfschmerzen sein, von denen Marco erzählt hatte. Dennoch war das Ganze unheimlich gewesen.

Als sie die Augen wieder öffnete, war es fast dunkel. Heiß fuhr ihr der Schreck in die Glieder, sie war eingeschlafen und hatte wertvolle Zeit verloren. Hastig erhob sie sich und eilte zur Treppe. Hier war es noch dämmrig, die Sonne konnte also noch nicht lange untergegangen sein. Auf halber Treppenhöhe hielt sie inne, denn wieder war ein Stöhnen zu vernehmen. Diesmal jedoch nicht gequält, sondern eher so, als recke und strecke sich jemand, der in unbequemer Haltung geschlafen hatte. Nur Augenblicke später kam Pietro aus dem Wohnraum und ging an der Treppe vorbei in die Küche. Elsa schlug das Herz bis zum Hals. Hätte er den Kopf gehoben, hätte er sie unweigerlich entdeckt.

Ein Windhauch fuhr ihr unter das Gewand, Pietro hatte die rückwärtige Tür geöffnet. Geräuschlos wie ein Mäuschen schlich Elsa die restlichen Stufen hinunter und spähte in die Küche. Pietro hatte das Haus verlassen, und bevor Elsa sich fragen konnte, warum, hörte sie ihn auch schon prusten. Von der Hintertür aus sah sie, dass er einen Eimer Wasser aus dem

Brunnen gezogen hatte, in den er wiederholt seinen Kopf steckte. Dann strich er seine Haare zurück, fuhr sich mit den Ärmeln über die Augen und verließ den Hof. Elsa wartete, bis sie den Riegel des Hoftors einschnappen hörte, dann folgte sie ihm.

Pietro schritt kräftig aus wie ein unternehmungslustiger junger Mann, der mit Freunden zum Zechen verabredet war. Dass er ein Ziel hatte, war zweifellos, auch wenn es sich dabei gewiss nicht um ein Wirtshaus handelte, denn wie Elsa von Marco wusste, verabscheute Pietro das Trinken. Noch waren viele Menschen auf der Straße, die Elsa hinreichend Deckung boten. Aber selbst wenn sie Pietro in offenem Gelände verfolgt hätte, bemerkt hätte er sie kaum, denn er drehte sich kein einziges Mal um.

Sein Weg führte ihn die Große und die Kirchstraße hinauf bis zum Alten Markt. Elsa schlang ihr Tuch um den Kopf, krümmte den Rücken und gab sich so den Anschein einer alten Frau. Zudem hielt sie sich dicht bei den Häusern auf der Ostseite des Marktes, der dem Hemele gegenüberliegenden. Kein väterlicher oder mütterlicher Ruf schallte über den Platz.

Pietro betrat den Friedhof der Stiftsfreiheit, und Elsa dachte schon, er wolle wieder zur Kirche, als er an dem Gotteshaus vorbeischritt und auf das Heim des Kaplans zusteuerte. Nach zweimaligem Klopfen wurde die Haustür spaltweit geöffnet, und wenn Elsa Pietros Gesten richtig deutete, lieferte er sich mit jemandem im Haus einen heftigen Wortwechsel. Ob es sich dabei um von Elten handelte, konnte sie von ihrem Posten hinter einer Grabtafel nicht erkennen. Nach und nach erlahmten Pietros Bewegungen, und kurz darauf schloss sich die Tür.

Als sei er bei einer Verabredung versetzt worden, stand Pietro nun herum und trat von einem Bein aufs andere. Dann bückte er sich, hob einen Stein auf und schleuderte ihn ziellos in die Dunkelheit. Das wiederholte sich zweimal, dann hielt er plötzlich inne, als sei ihm eine Idee gekommen. Er straffte die Schultern, stemmte die Hände in die Seiten und senkte den Kopf, als wäge er Für und Wider eines Gedankens ab. Als Elsa schon nicht mehr glaubte, dass er noch zu einem Ergebnis kommen würde, setzte er sich auf einmal in ihre Richtung in Bewegung. Sie ging hinter der steinernen Tafel ganz tief in die Hocke, schlang die Arme um die Beine und hielt die Luft an. Pietro schritt vorüber, ohne sie zu bemerken.

Sein Ziel war das Haus des Rektors, das gleichsam die Verlängerung des Schulgebäudes bildete. Wie Elsa wusste, verfügte das Haus über eine Glocke, aber Pietro hämmerte gegen die Tür, allerdings vergebens. Dann trat er einige Schritte zurück, blickte hoch zum ersten Stock und rief etwas, das sie nicht verstehen konnte, aber auch das ohne Erfolg. Clos war entweder abwesend, oder er wollte nicht gestört werden.

Ohne sich an die vorgegebenen Wege zu halten, ging Pietro geradewegs auf die Kirche zu, seiner Körperhaltung nach mit einem gerüttelt Maß Wut im Bauch. Er zog an der Tür zur Sakristei, aber sie war abgesperrt. Gebückt folgte Elsa ihm und hörte mehr als dass sie es sah, wie er die Kirche durch das Portal betrat. Bevor der schwere Flügel zufallen konnte, fegte sie heran und schob sich gerade noch durch.

Elsa hatte die Kirche nur Wimpernschläge nach Pietro betreten, und doch war er verschwunden, gerade so, als habe er sich in Luft aufgelöst. An den Lichtverhältnissen lag es diesmal nicht, im ganzen Schiff brannten noch die Kerzen der Abendmesse, der Kustos hatte noch nicht seine Runde gemacht.

Die Krypta. Während Elsa noch im Schutz des Eingangs wartete, ob Pietro nicht doch plötzlich hinter einer der Säulen auftauchte, kam ihr wieder die Grabkammer in den Sinn, in der Dietrich IX., der ewig gichtkranke Vorgänger des jetzigen Grafen, beigesetzt war. Gab es einen geeigneteren Ort zur Aufbewahrung der Herzen als die Krypta, die außer dem Kaplan nie jemand betrat? Und selbst der stieg nur einmal im Jahr zu Allerheiligen hinab.

Vom Kirchenbau verstand Elsa in etwa so viel wie von Alchimie, aber dass die Krypta üblicherweise unter dem Altar lag, wusste sie doch. Also musste dort auch irgendwo der Zugang sein. Sie hatte das Chorgitter beinahe erreicht, als sie plötzlich ein Summen vernahm. Im ersten Moment dachte sie, es handele sich um eine Biene oder gar eine Hornisse, die sich in die Kirche verirrt hatte, aber dann glich das Summen eher einer Melodie, wie sie kein Tier erzeugen konnte. Gebannt hielt sie inne, horchte nach links und rechts, aber woher das Geräusch kam, war nicht auszumachen. Dazu war das Summen zu leise, überdies warfen es die Wände irreführend zurück. Für ein Lied war die Tonfolge jedoch zu simpel, das Ganze klang eher nach einem Singsang, mit dem man ein Kind in den Schlaf wiegt.

Plötzlich meinte Elsa die Worte »Dann geh jetzt!« verstanden zu haben; sie waren eindeutig aus dem Beichtstuhl gekommen. Der Beichtstuhl! Er befand sich gleich neben dem Zugang zur Sakristei. In ihm konnte Pietro sich verborgen halten, dazu hatte er eben genug Vorsprung gehabt. Ebenso mochte er dort am Vormittag gesteckt haben, denn auch da hatte Elsa den Stuhl einfach übersehen.

Holz knarrte, dann schlug eine Tür. Siedend heiß fiel Elsa ein, dass es zwischen Sakristei und Beichtstuhl eine Verbindung gab, durch die der Kaplan ungesehen ein- und aussteigen konnte. Und durch die entwischte nun Pietro! Im selben Augenblick sagte sie sich, dass das nicht sein konnte, denn dann hätte er den Stuhl ja auch durch die Sakristei betreten müssen, und das hatte er nicht getan.

Während sie noch wie gelähmt dastand, wurde plötzlich der Vorhang des Beichtstuhls zurückgezogen, und Pietro trat heraus.

*

Sie standen sich auf Armeslänge gegenüber und blickten einander geradewegs in die Augen. Elsa lächelte verlegen und wollte gerade zu einem Gruß ansetzen, als sie merkte, dass Pietro sie nicht wahrnahm. Er sah sie an, aber seine Augen waren seltsam starr, es war, als blicke er durch sie hindurch.

Jäh wandte er sich ab und schritt davon. Sein Gang wirkte ungelenk, wie der eines Menschen, der zu lange gesessen hatte. Dazu ruderte er mit den Armen, als wate er durch Wasser. Was sich da vor Elsas Augen abspielte, musste die schwarze Seite von Pietros Seele sein. Der Zustand, in dem er zum Mörder geworden war. Sie war gleichermaßen erschrocken wie fasziniert. Beinahe hätte sie versäumt, ihm nachzugehen.

Vom Westportal ging Pietro geradeaus durch zur Haagschen Straße und diese bergab in Richtung Stechbahn. Mit jedem Schritt wurde sein Gang runder, unverändert starr blieb jedoch seine Kopfhaltung.

Wie Elsa befürchtet hatte, bog er tatsächlich hinter van Eyls Haus auf das Turniergelände ein. Auf der Bahn war es bereits bedrückend finster, der Mond spendete heute nicht mehr Licht als ein Schälchen Milch. Die Furcht grub ihre kalten Klauen in Elsas Herz, aber es half alles nichts, wenn sie das Monströse entlarven und Marco retten wollte, musste sie Pietro folgen. Insbesondere jetzt, wo er das Wesen gewechselt hatte. Außerdem hatte sie ja ihr Messer. Das zog sie vorsichtshalber und umklammerte den Griff so heftig, dass ihre Knöchel trotz der Dunkelheit hell schimmerten.

Die Stechbahn war inzwischen gemäht worden, was das Vorankommen ungemein erleichterte, auch wenn Elsa die harten Stümpfe mancher Stängel schmerzlich durch ihre lederbesohlten Strümpfe spürte. Pietro, der auf Grund des weißen Kragens seines Gewandes ganz gut im Auge zu behalten war, strebte geradewegs der Schäferhütte zu. Elsa dachte schon, sie sei sein Ziel, als er unvermittelt einen Haken schlug und auf den Rabenturm zuhielt. Die Terrassen erklomm er in einer Geschwindigkeit, die ihr unglaublich erschien. Sie hatte noch nicht einmal die erste bewältigt, da verschwand er schon im Durchlass der alten Mauer.

Als sie die Stelle endlich erreichte, prasselten Steinchen vom Rabenturm herab. Elsa legte den Kopf in den Nacken und nahm einige Schritte Abstand von dem Gemäuer, da tauchte Pietros Gesicht auch schon über der Brüstung des Wehrgangs auf. Er musste die Stufen der Wendeltreppe förmlich hinaufgeflogen sein. Sie sah ihn ganz deutlich, der milchige Mond stand genau über dem Turm. Was hatte er da oben nur zu suchen? Befand sich etwa dort das Versteck der Herzen? Anna hatte er ja ganz in der Nähe getötet.

Während Elsa sich noch fragte, ob sie das Wagnis eingehen und Pietro nachsteigen sollte, kletterte er zu ihrer Verblüffung auf die Brüstung. Dort blieb er stehen und breitete die Arme aus wie Flügel. Sein hüftlanger Umhang flatterte im Wind. Der Vergleich mit einer Fledermaus drängte sich auf, insbesondere zu dieser Stunde. Dann ging er in die Knie und stieß sich ab, und erst da begriff Elsa, welchen Geschehens sie Zeugin wurde.

Ihr »Nein!« blieb ihr im Halse stecken, denn Pietro stürzte geradewegs auf sie zu. Völlig lautlos, ohne ein Wort, ohne Schrei, als sei er bereits tot. Im letzten Moment rettete sie sich mit einem Satz zur Seite. Der Aufprall seines Körpers war nicht lauter als der eines Hafersacks, der vom Scheunenboden fällt.

Als Pietro mit verdrehten Gliedmaßen vor ihr lag, empfand sie nichts, kein Mitleid, aber auch keine Genugtuung. Sein Tod bewegte ihr Gemüt nicht stärker als der eines Unbekannten. Und doch änderte sein Selbstmord alles.

Elsa raffte ihr Gewand und lief los.

Üppig die Brüste, die sein Gesicht streiften, prall das Gesäß, das er umfasste, heiß die Lenden, die sich gegen seine pressten – einen solchen Wachtraum hatte Anselmo schon lange nicht mehr gehabt. Die Wonnespenderin war gesichtslos, aber wem er die Anregung zu seinen wollüstigen Fantasien zu verdanken hatte, wusste er wohl. In dem Augenblick sagte jemand seinen Namen.

Anselmo riss die Augen auf. Grottenfinster war es in seiner Kate, aber noch schwärzer war der Umriss, der sich neben seiner Pritsche abzeichnete.

»Anselmo, werdet wach!«, sagte die weibliche Stimme erneut. »Ich bin es, Elsa.«

»Merda sacra! Wie bist du hereingekommen?«

»Das Schloss an Eurer Tür ist ein Witz.«

»Wie lange stehst du hier schon herum?«

»Ich bin gerade erst eingetreten. Und ich hab nichts gehört.«

»Was hast du nicht gehört?«

»Eben nichts. Seid Ihr jetzt ansprechbar?«

Gott sei Dank, dachte Anselmo, hatte er nicht das Leinentuch zurückgeschlagen, sondern war zugedeckt geblieben. Aber auch so reichte die Scham, die er empfand, um ihm die Glut ins Gesicht zu treiben.

»Ich brauche dringend Eure Hilfe, Anselmo«, sagte Elsa. »Ihr müsst mich zum Grafen bringen, und zwar sofort.«

»Ach, ist das alles? Ich dachte schon, ich sollte dir den Mond vom Himmel holen. Weißt du eigentlich, wie spät es ist?«

»Ich weiß nur, wenn Ihr noch lange trödelt, wird es zu spät sein. Graf Johann muss Marco begnadigen.«

»Mädchen, das Schicksal, das deinem Liebsten widerfahren ist, hat dir offenbar den Verstand geraubt«, sagte Anselmo, setzte sich aber wenigstens auf. »Der Graf hat noch nie jemanden begnadigt.«

»Aber er hat die Macht dazu, und diesmal wird er sie nutzen. Ich werde nämlich eine Aussage zu Marcos Gunsten machen. Wenn Graf Johann hört, was ich zu sagen habe, wird er gar nicht anders können.«

»Deine Treue zu diesem unseligen Menschen in Ehren, ragazza valorosa, aber ich habe mit meinen eigenen Ohren vernommen, wie er sämtliche Untaten, derer er bezichtigt wurde, gestanden hat.«

»Das hat er nur getan, um seinen Bruder zu schützen, der der eigentliche Mörder ist! Doch Pietro hat sich gerade vor meinen Augen vom Rabenturm in den Tod gestürzt, also bedarf es keiner Rücksichtnahme mehr.«

»Sacra Madonna! Zünde das Talglicht dort an, damit ich sehen kann, ob du die Wahrheit sprichst oder mich alten Mann zum Narren halten willst.«

Es dauerte einen Moment, bis Elsa alle Zutaten ertastet hatte. Als die Flamme gleichmäßig brannte, studierte Anselmo Elsas Antlitz mit einer Gründlichkeit, als erhalte er für jeden entdeckten Leberfleck ein Goldstück.

»Beim Zeus, ich glaube dir! Nur wie soll ich dir helfen? Ich fürchte, du überschätzt meine Möglichkeiten. Dass ich dich während meines Dienstes in den Kerker eingelassen habe, nun ja, das war eine Sache. Aber der Graf …« Anselmo rollte mit den Augen.

»Schleust mich wenigstens an den Wachen vorbei. Dann schaffe ich es auch bis zum Fürsten.«

»Er wird im Bett liegen und schlafen und ausgesprochen ungehalten sein. Ich warne dich, das Ganze kann nach hinten losgehen. Der Graf gilt als launisch und unberechenbar.«

»Macht Euch um mich keine Sorgen, Anselmo. Was ist nun, erweist Ihr mir diesen Dienst?«

Anselmo zuckte ergeben mit den Achseln. Dabei entdeckte er das Messer in Elsas Hand. »Was hast du damit vor?«

Elsa ließ es im Ärmel verschwinden. »Das war nur für den

Fall, dass Ihr Euch geweigert hättet. Beeilt Euch, ich warte draußen.«

*

»Nun schuldest du mir bereits zwei Krüge Wein«, sagte Anselmo, während sie in die Gewölbe des Schlosses hinabstiegen.

»Die könnt Ihr Euch morgen im Gasthaus abholen«, sagte Elsa. »Ist dies nicht der Weg zum Kerker?«

»Allerdings.«

»Habt Ihr mich falsch verstanden? Ich muss zum Grafen!«

»Ganz ruhig, mia piccola, ganz ruhig. Ich bin der Kerkermeister. Und wohin kann ein Kerkermeister gehen, ohne übermäßig aufzufallen? Richtig, zum Kerker. – Was ohnehin ein Scherz ist, wenn er dort nächtens, außerhalb seines Dienstes und noch dazu in Begleitung einer jungen Frau auftaucht, aber was soll's. – Von den Verliesen führt ein zweiter Gang geradewegs hinauf in den Schlosshof. Den nimmst du.«

»Allein?«

»Ja. Ich werde dir beschreiben, wo du abbiegen musst. Mehr kann ich nicht für dich tun.« Anselmo blieb stehen und drehte sich zu Elsa um. »Und denk um Himmels willen daran, dass du dem Grafen, sollte er dich fragen, wie du an den Wachen vorbeigekommen bist, erzählst, du wärst über die Mauer geklettert oder von mir aus vom Himmel gefallen. Mich jedenfalls erwähnst du mit keinem Wort, sonst geht es mir an den Kragen. Schwörst du das?«

Elsa feuchtete Zeige- und Mittelfinger an und hielt sie gespreizt hoch. »Bei allem, was mir heilig ist! Und das Schlafgemach des Grafen? Wisst Ihr, wo das liegt?«

Anselmo hob die Arme, wobei er mit der Fackel gegen die niedrige Decke stieß, dass die Funken nur so flogen. Viel fehlte nicht, und sie wäre erloschen. Einige der glühenden Punkte sengten Elsas Haare an und verursachten dabei einen Gestank, der ans Säuebrennen erinnerte. Bereits hinter dem nächsten Knick lag Marcos Zelle.

»Willst du ihn sehen?«, fragte Anselmo. »Wenigstens für einen Augenblick?«

»Nichts lieber als das, aber die Zeit drängt. Sagt Ihr ihm, was mit seinem Bruder geschehen ist.«

»Bei Gott, das wird ihm das Herz brechen!«

»Vielleicht auch nicht. Tut mir den Gefallen.«

»Wie du meinst, ragazza.«

Mit einem Stöckchen zeichnete Anselmo in den Staub, welchen Weg Elsa einzuschlagen hatte. Dann entzündete er eine zweite Fackel, die er ihr überließ. Als Dankeschön drückte sie ihm einen Kuss auf die stoppelige Wange.

»Verrücktes Ding«, murmelte Anselmo kopfschüttelnd und blickte ihr nach, wie sie in dem angegebenen Gang verschwand.

*

Elsas Furcht vor Ratten, Mäusen und Spinnen war nicht übermäßig ausgeprägt, und das war gut so. Obschon sie die meiste Zeit gebückt ging, hingen ihr Spinnweben ins Gesicht. Schließlich benutzte sie die Fackel wie ein Schwert, um sich durch das Dickicht zu schlagen.

Eine weitere Schwierigkeit war die zunehmend knapper werdende Luft, die das Atmen immer schwerer machte und die Flamme immer schwächer brennen ließ. Dazu hatte Elsa jede Einschätzung für die zurückgelegte Entfernung verloren. So wähnte sie sich seit Ewigkeiten unterwegs, dabei hätte die Zeit nicht einmal gereicht, einen Zander zu schuppen.

Endlich erreichte sie die Treppe, von der Anselmo gesprochen hatte, wenn sie sich in dem kümmerlichen Restlicht auch mehr als steile Rampe erwies, da die einzelnen Stufen unter dem angehäuften Dreck kaum noch auszumachen waren. Entsprechend mühselig gestaltete sich der Aufstieg, immer wieder musste Elsa im Spinnengewirr an den Felswänden nach Halt suchen, um nicht abzurutschen. Zehn mühselige Schritte weiter stieß sie an ein Gitter.

Das hatte Anselmo nicht erwähnt. Entweder hatte sie sich verlaufen, oder das Gitter war erst kürzlich angebracht worden. Eigentlich war es aber einerlei, woran es nun lag, jedenfalls saß sie fest. Voller Zorn und Verzweiflung rüttelte Elsa an den Stäben, und da kam ihr das ganze Gitter entgegen.

Sich immer wieder rückwärts überschlagend stürzte sie die Treppe hinunter, das Gitter hinterher. Schützend nahm sie die Arme über den Kopf, während sie mit den Beinen immer wieder gegen die Wände schlug. Schier unendlich währte der Sturz, dann prallte Elsa plötzlich mit dem Rücken gegen eine Wand, dass ihr die Luft wegblieb. Unmittelbar neben ihr schlug mit einem Höllengetöse das Gitter ein, kippte um und begrub sie unter sich.

Sie hatte den Fuß der Treppe erreicht.

*

Staub drang ihr in die Augen und raubte ihr zusätzlich zu dem Schlag ins Kreuz den Atem. Als er sich langsam legte und es trotzdem finster blieb, wusste sie, dass die Fackel verloschen war. Und da lief ihr auch schon die erste Ratte über den Körper. Erschrocken versuchte sie auf die Beine zu kommen, aber das Gitter lag auf ihr wie ein totes Pferd.

Jetzt kroch ihr etwas durchs Gesicht, das sie energisch wegwischte, und dann wurde sie in die Wade gezwickt. Ein weiterer Nager prüfte, ob sie zum Fressen taugte! O nein, sagte Elsa sich, jeder Tod, aber nicht dieser. Mit aller Kraft, zu der sie fähig war, stemmte sie sich gegen das Gitter, strengte sich an, dass ihr schier der Schädel barst, aber die Wegsperre rührte sich keine Handbreit.

Kleine Pfoten trippelten über ihre Brüste, gleichzeitig streifte etwas Pelziges ihre Unterarme. Elsa schlug in alle Richtungen, und für einen Augenblick hatte sie tatsächlich Ruhe. Dann jedoch waren sie wieder da, schnupperten an ihr, huschten über sie hinweg und krabbelten an ihren Armen entlang. Bei Gott, ein Vieh war unter ihr Gewand geschlüpft!

Das Bild, wie sie Anna gefunden hatte, erschien vor Elsas innerem Auge und schürte ihre Panik. Sie strampelte, sie schrie, sie schlug um sich, jedoch nunmehr ohne Erfolg. Wieder krochen ihr Spinnen und Nager über Arme und Beine.

Elsa wand sich, krümmte sich, zuckte wie eine vom Veitstanz Besessene, aber das alles half ihr nicht, die Viecher würden sie bei lebendigem Leib auffressen, und das war der Unterschied zu Anna, denn Anna war tot gewesen, als sie über sie hergefallen waren, sie aber war lebendig und wollte nicht so elendig zu Grunde gehen …

Plötzlich blitzte Licht auf, Schritte und Männerstimmen waren zu vernehmen. Das Gitter wurde entfernt, kräftige Hände packten Elsa, stellten sie auf die Beine und klopften sie ab. Und während eine tiefe Stimme: »Na, na, Mädchen, ganz ruhig!«, sagte, schwanden ihr die Sinne.

*

Ingwergewürzten Wein verabscheute Elsa eigentlich, aber in dieser Nacht kam er ihr vor wie Nektar. Dies war nun schon der dritte Becher, und langsam ließ das Kribbeln und Krabbeln an ihrem ganzen Körper nach, das ohnehin nur noch Einbildung war. Ihr gegenüber saß Adolf Kaldewey und musterte sie mit einer Mischung aus väterlicher Fürsorge und ministerialer Strenge.

»Das sind Dummheiten, die ein böses Ende nehmen können«, sagte er und strich sich über den Schnurrbart, »und die ich eigentlich nur von übermütigen Burschen, nicht aber von Frauenzimmern gewöhnt bin. Was hat es mit dieser Geschichte auf sich? Wie bist du in den Verbindungsgang gekommen? Und wie überhaupt auf das Schlossgelände?«

»Ich bin über die Mauer gestiegen«, sagte Elsa, die mittlerweile das Gefühl plagte, der Boden der Wachstube schwanke.

»Ohne Hilfe?«

»Eine Freundin hat mir geholfen.«

»Eine Freundin, so, so.« Erneut glättete der gräfliche Hausmeister seinen Oberlippenbart. »Und die hat dich auch in den Gang geschleust, wie?«

»Sie hat die Mauer gar nicht überstiegen, sie hat mir nur die Räuberleiter gemacht. Einmal drüben habe ich so lange gewartet, bis der Gardist seinen Posten verlassen hat, um sein Wasser abzuschlagen. Da bin ich in den Gang geschlüpft.«

»Wenn das stimmt, fress ich einen Besen oder besser gleich zwei. Zäumen wir die Geschichte mal von der anderen Seite auf: Welchem Zweck sollte das Ganze dienen?«

»Ich muss umgehend Graf Johann sprechen, in einer Angelegenheit auf Leben und Tod.«

»Seine Durchlaucht, soso.« Zur Abwechslung zwirbelte Kaldewey seine buschigen Brauen. »Darf man erfahren, um welche Angelegenheit es sich dabei handelt?«

Elsa stellte den Becher zur Seite, denn der unruhige Dielenboden und die Hitzewellen, die sie durchliefen, hatten nur einen Grund: Sie war betrunken. Fehlte nur noch, dass sie zu lallen begann, dann würde Kaldewey sie gleich einsperren. Zudem war ihr bewusst, dass ihr nur die volle Wahrheit weiterhelfen würde.

Sich auf Wortwahl und Aussprache besinnend erzählte sie die Geschichte von Anfang an. Mochte das auch Zeit kosten, hier war sie sinnvoll eingesetzt. So berichtete sie von ihrer Rolle als Lockvogel, und wie es kommen konnte, dass Marco niedergeschlagen auf dem Hasenberg aufgefunden wurde. Dann davon, wie Marco herausfand, dass sein eigener Bruder der Mörder war und wie er sich mit seinem Geständnis schützend vor ihn stellte. Und zuletzt, wie sie Pietro vor wenigen Stunden nachgeschlichen war und mitansehen musste, wie er sich das Leben nahm.

Kaldewey hörte zu, ohne sie ein einziges Mal zu unterbrechen. Mitgefühl meinte Elsa in seinen Zügen zu lesen, Mitgefühl und die Bereitschaft ihr zu helfen. Innerlich jubilierte sie bereits. Wenn sie es geschafft hatte, Kaldewey, der als harter Hund galt, für sich einzunehmen, dann müsste es doch mit dem Teufel zugehen, wenn ihr das nicht auch mit diesem Strohkopf von Grafen gelingen würde.

»Eine Tragödie«, seufzte Kaldewey, nachdem sie ihre Schilderung beendet hatte. »Wahrhaft eine Tragödie.«

»Dann bringt Ihr mich also zu seiner Durchlaucht?«

»Glaube mir, Mädchen, nichts täte ich lieber, aber es steht nicht in meiner Macht, dich zu ihm zu führen. Und das ist die eigentliche Tragödie.«

Elsa hielt sich an der Tischkante fest, denn erneut begann der Raum zu kreisen, diesmal hatte es jedoch nichts mit dem Wein zu tun. »Wie … Wie meint Ihr das?«

»Ganz einfach«, sagte Kaldewey. »Graf Johann hat Kleve gestern Abend verlassen.«

»Woher kam er?«

Marco legte Anselmo die Hände auf die Schultern. Seit seiner Verurteilung lag er nicht mehr in Ketten – eine Vergünstigung, die ihm sein Geständnis eingebracht hatte –, daher wogen sie leichter als sonst, und dennoch ging der Wärter in die Knie.

»Aus der Kirche. Genauer gesagt aus dem Beichtstuhl. Von dem Augenblick an war er wohl völlig verändert, obgleich er vorher wie immer wirkte. Irgendetwas muss im Beichtstuhl mit Eurem Bruder geschehen sein. Elsa sagte, er habe sie überhaupt nicht wahrgenommen.«

»Dieses Schwein!« Marco wandte sich ab und lief eine Runde im Kreis. Obwohl er den Namen des Kaplans nicht aussprach, wusste Anselmo, wer gemeint war. »Wir hatten eine klare Abmachung: mein Leben gegen das meines Bruders. Und dafür war er verantwortlich! Stattdessen hat er ihn … verhext oder was weiß ich.«

Anselmo wies mit dem Daumen über die Schulter. »Sie ist jetzt auf dem Weg zum Grafen, um Eure Begnadigung zu erbitten.«

»Wie? Bei Gott, haltet sie auf! Sie wird sich um Kopf und Kragen bringen.«

»Dazu ist es zu spät. Wenn sie sich nicht verlaufen hat, steht sie bereits im Gemach seiner Durchlaucht.«

»Ihr hättet sie nicht gehen lassen dürfen!«

»Es hätte schon eines ganzen Heeres bedurft, um sie aufzuhalten. Sie kann sehr überzeugend sein.«

Der Gedanke an Elsa zauberte ein Lächeln auf Marcos Gesicht. Dann fiel sein Blick auf den Weidenkorb, den seine Mutter ihm gebracht hatte.

»Wie spät ist es?«, fragte er. »Ist Mitternacht schon vorbei?«

»Längst. Deswegen war sie ja auch so in Eile.«

»Dann lasst mich jetzt allein.« Marco schob Anselmo zur Tür. »Ich muss das erst verarbeiten.«

»Selbstverständlich.«

Der Steinpickel aus dem Ziegenlederschlauch stellte ihn

vor keinerlei Schwierigkeiten. Er schüttete den Wein weg, schob den Schlauch zurück, und schon tauchte die Spitze des Pickels auf. Den fehlenden Griff ersetzte er durch das Leinentuch, mit dem die gebratene Gans abgedeckt war und das er um den eisernen Vierkantstab wickelte. So ließ es sich arbeiten. Eilig kletterte er in die Fensternische und machte sich ans Werk.

Er hatte keine Zeit zu verlieren.

*

Den Frohsinn, den Kaldewey ihr nahe gelegt hatte, weil er sie ohne Bestrafung laufen ließ, vermochte Elsa nicht zu empfinden. Ihretwegen hätte er sie ruhig einsperren können; seit sie wusste, dass keinerlei Aussicht auf Begnadigung bestand, war ihr alles gleich. Eigentlich wünschte sie sich nur noch, sie wäre tot. Tot wie Anna und Nehle es schon waren, und tot, wie Marco es im Morgengrauen sein würde.

Ohne eigentliches Ziel ging sie die Posterne hinunter zum Kermisdahl. Hier unten war es frisch, als habe der Herbst bereits Einzug gehalten. Nebel stand über dem Altarm. In Ufernähe betrug die Sichtweite keine zehn Schritte. Gebeugt wie eine alte Frau ging Elsa an den Bleichgestellen vorbei und betrat den Waschfrauensteg. Das Holz war feucht und seifig. Ein unbedachter Schritt, und man glitt aus, fiel ins Wasser und ertrank.

Ganz am Ende des Stegs ging Elsa auf die Knie, legte die Hände in den Schoß und ließ den Kopf hängen. Leise gluckste das Wasser um die Pfosten. Nebelfetzen wehten vorbei wie der zerrissene Schleier der Fee aus dem Zauberwald.

Zauberwald hieß das Reich, in dem die Geschichten spielten, die Anna und sie sich, als sie noch klein waren, immer ausgedacht hatten. Damals hatten sie noch eine Kammer geteilt, und vor dem Einschlafen durfte jede sich eine Figur aussuchen, die sie in der Geschichte spielen wollte. Anna hatte stets die Hexe oder den Merlin gewählt, Elsa zumeist die Fee oder die Königstochter. Manchmal aber auch den Hellas, den Lohengrin.

Der Lohengrin.

Jener furchtlose Ritter, der einst in einem Nachen, der von einem weißen Schwan gezogen wurde, den Fluss heraufgekommen war. Retter und Beschützer der Beatrix, wie sie der Legende nach hieß, oder der Elsa, wie sie hier genannt wurde. Ihre Namensvetterin, die, hilflos und in aussichtsloser Lage, inbrünstig zu Gott gebetet hatte und erhört worden war.

Wie von selbst falteten sich Elsas Hände, und sie hob den Kopf zum Himmel.

*

Marco hielt erschrocken inne: Hatte da ein Vogel gezwitschert? War es schon so spät? Er kniff die Augen zusammen. Tatsächlich, wo der Horizont liegen musste, ging das Schwarz der Nacht bereits in ein tiefes Blau über. Die Zeit lief ihm davon. Fluchend hackte er mit dem Pickel auf das Gemäuer am Fuß der mittleren Stange ein.

Die Arbeit gestaltete sich bedeutend schwieriger, als er erwartet hatte. Schon nach kurzer Zeit war sein linker Arm, mit dem er sich gegen das Abrutschen sicherte, taub. Gleichzeitig hatte sich in der Fläche der rechten Hand trotz des Tuches eine taubeneigroße Wasserblase gebildet, die wenig später aufplatzte. Zudem war die Stange erheblich länger als vermutet. Zwei Handbreit tief hatte er den Stein schon ausgemeißelt, und noch war kein Ende abzusehen.

Ohne seine Arbeit zu unterbrechen, versuchte Marco, die ihm verbleibende Zeit zu berechnen. Die Sanduhr im Kontor seines Vaters maß genau vier Stunden, das hieß, man musste sie von Sonnenaufgang zu Sonnenaufgang sechsmal umdrehen.

Marco schätzte die Zeit bis Sonnenaufgang auf eine Viertel Montemagnosche Sanduhr, und von da bis zum Läuten der Prim durch die Minderen Brüder auf eine halbe, machte insgesamt drei Stunden. Abzüglich einer Stunde, die sie ihn früher holen würden, um ihn rechtzeitig zum Neuen Markt zu schaffen. Es blieb ihm also eine halbe Sanduhrfüllung oder zwei Stunden, um sein Leben zu retten.

»Das müsste doch mit dem Teufel zugehen, wenn das nicht reicht«, murmelte er.

Nur Augenblicke später brach der Pickel ab.

*

Pferdeschnauben unterbrach Elsas Gebet. Es war vom anderen Ufer gekommen. Inzwischen war es so hell, dass man hätte hinübersehen können, wäre der Nebel nicht gewesen. Erneut schnaubte ein Pferd, begleitet von Hufscharren.

Einem Augenblick der Stille folgte ein antreibender Befehl. Deutlich war zu vernehmen, wie das Tier ins Wasser getrieben wurde. Während der Reiter sein Pferd mit Zungenschnalzen lenkte, rollten kleine Wellen an das westliche Ufer. Wer auch immer den Altarm überquerte, er kam geradewegs auf Elsa zu. Vorsichtshalber stand sie auf und verließ den Steg.

Nach und nach lösten sich die Umrisse eines Pferdekopfes und eines menschlichen Oberkörpers aus dem Dunst, der Rest war unter Wasser. Das Tier trug eine dunkle Kapuze mit Löchern für Augen und Ohren, wie sie bei Turnieren verwendet wurde, der Reiter steckte in einem Harnisch. Eine Furcht einflößende, kriegerische Erscheinung, die Elsa zurückweichen ließ, bis sie gegen eines der Bleichgestelle stieß.

Mit einem lauten Ruf trieb der Ritter sein Ross die Böschung hoch. An Land wirkten Mann und Pferd noch bedrohlicher, denn das Pferd war der größte Rappe, den Elsa je gesehen hatte, wie ihr auch der Reiter überdurchschnittlich groß erschien. Dabei war er ein alter Mann, wie sie jetzt erkannte, sicherlich jenseits der sechzig, mit schulterlangem eisengrauem Haar und von hagerer, geradezu ausgezehrter Gestalt. Schließlich entdeckte er Elsa. Im Schritt ritt er auf sie zu und zügelte das Pferd so spät, dass sie schon dachte, er wolle sie niederreiten. Aus der Nähe sah der Reiter noch elender aus. Mühsam hob er die Hand zum Gruß – und stürzte aus dem Sattel.

Elsa eilte auf ihn zu, aber er bedeutete ihr, Abstand zu wahren.

»Ihr braucht Hilfe«, sagte sie.

»Ich weiß«, sagte der Ritter mit einer Aussprache, wie Elsa sie noch nie gehört hatte. »Aber andere, als Ihr denkt.«

Der Rappe tänzelte auf einen leisen Befehl seitwärts, bis er über dem Gestürzten stand. Als das Pferd die richtige Position eingenommen hatte, ergriff der Mann mit beiden Händen den Steigbügel und zog sich mühsam an ihm hoch.

»Jean-Batiste de Verne, Comte d'Amiens«, presste er mühsam hervor und machte, obwohl er seinen Helm am Gürtel befestigt hatte, eine Handbewegung, als öffne er sein Visier.

»Elsa«, sagte Elsa, und weil sie fand, dass das ein bisschen dürftig klang, ergänzte sie: »Zwerts. Elsa Zwerts.«

»Am besten bindet Ihr Euch Euer Schultertuch vor Mund und Nase«, sagte der Comte. »Das hilft bisweilen.«

Elsa verstand nicht. »Wobei hilft das?«

»Beim Überleben. Ihr müsst jede Berührung mit den Kranken meiden, und Ihr dürft nicht dieselbe Luft atmen wie sie, das scheint das Geheimnis zu sein. Merkt Euch das.«

»Verzeiht, aber wovon sprecht Ihr?«

»Von der Magna mortalis. Oder, wie ihr ihn nennt, vom Schwarzen Tod.«

Eine erste Regung riet Elsa zur Flucht, aber mit dem gleichen Herzschlag spürte sie, dass ihr das nicht nur nichts nützen würde, sondern sie auch um eine einmalige Gelegenheit brächte, wenngleich sie noch nicht wusste, wie diese aussah. Also blieb sie und tat, was der Ritter gesagt hatte.

»Seid Ihr ihm begegnet?«, fragte sie leise, obwohl sie da schon wusste, dass der Comte ihm zu nahe gekommen war.

»Seit drei Jahren bin ich vor ihm auf der Flucht. Aber letztendlich vergebens. Morgen, spätestens übermorgen werde ich meinen Grabgesang anstimmen.«

»Großer Gott!« Nun wich Elsa doch zurück, aber nur einen Schritt. »Wie ... Wie spürt man diese Krankheit?«

»Seht Ihr diesen Fleck? Und diesen?« Der Comte zeigte auf zwei winzige schwarze Punkte in seinem Gesicht. »Bereits morgen werden sie so groß sein wie mein Daumennagel. Dazu kommen schmerzende Knoten unter den Achseln und an den Leisten, die zur Größe von Hühnereiern anschwellen, bevor sie platzen und Blut und Eiter aus ihnen quillt. Dann wird mich ein Geruch von Fäulnis, Tod und Verdammnis umwehen.« Er schnupperte an seinem Unterarm. »Ich kann ihn schon riechen.«

»In Kleve ist noch niemand krank«, sagte Elsa und bereute ihre Worte, noch ehe sie verklungen waren.

Die unausgesprochene Bitte, umzukehren, vernahm d'Amiens sehr wohl, er runzelte jedoch die Stirn, als suche er nach den richtigen Worten, um zu erklären, warum er ihr nicht entsprechen könne. Dann entspannten sich seine Züge.

»Ist das dort oben das Schloss?«, fragte er.

»Ja.«

»Ich muss den Grafen sprechen. Habt Ihr die Güte und weist mir den Weg?«

»Graf Johann hat die Stadt verlassen.«

Die Nachricht traf den Comte sichtlich. Er wurde blass und musste sich am Sattel festhalten.

»Für längere Zeit?«

»Ich weiß es nicht, aber es steht zu vermuten.«

»Bei Gott, dann ist alles verloren. Meine ganze Hoffnung habe ich in ihn gesetzt.« Er stieß ein Lachen voll bitterem Hohn aus. »Da hätte ich auch bei den Lazarusbrüdern bleiben und dort auf das Ende warten können, statt mich noch einmal im Sattel zu schinden.«

»Kann ich Euch vielleicht helfen?« Elsas Frage kam sehr zaghaft. Deswegen und wegen des umgebundenen Tuchs verstand der Comte sie nicht.

»Wie?«

»Ich fragte, ob ich Euch helfen könne.«

Die Augen des Comte weiteten sich, und dann brüllte er los, dass die Erde erzitterte. Lachend bog er sich, bis ihm die Tränen übers Gesicht liefen. Gleichzeitig hielt er sich den Leib und krümmte sich. Elsa schwankte zwischen Verunsicherung und kalter Wut. So jäh der Heiterkeitsausbruch eingesetzt hatte, so unvermittelt war er auch wieder vorbei.

»Bei allen Heiligen, warum eigentlich nicht«, japste d'Amiens und schlug sich auf den Schenkel. »Welche Wahl bleibt mir denn in meiner Lage? Muss ich nicht nach jedem Strohhalm greifen, der sich mir bietet? Ausgerechnet ein Frauenzimmer! Aber vielleicht ist es ja Gottes Fügung, dass gerade Ihr mir als Erste über den Weg gelaufen seid. Nur über eins müsst Ihr Euch im Klaren sein, kleines Fräulein, was ich von Euch verlangen werde, ist nichts Geringes. Doch dafür ist auch der Lohn gewaltig: Euch wird es zu danken sein, dass die mit Füßen getretene Ehre von Hunderten tapferer, unschuldig gemeuchelter Männer wieder hergestellt wird und dass die wenigen Überlebenden neuen Mut und neue Kraft zur Fortführung des göttlichen Werkes schöpfen werden.«

»Was genau muss ich tun?«

Der Comte klopfte auf seine Satteltaschen. »Darin befindet sich ein Schatz von unermesslichem Wert. Den werdet Ihr nach Tomar bringen.«

Elsa nickte, aber das hätte sie auch getan, wenn der Comte von ihr verlangt hätte, zur Sonne zu fliegen.

»Wo liegt Tomar?«

»In Portugal.«

»Und wo liegt Portugal?«

»Im Südwesten. Jenseits von Frankreich und Spanien.«

»Das hört sich nach einer längeren Reise an.«

Der Comte räusperte sich. »Ich hoffe doch, Ihr habt jemanden, der Euch begleiten kann?«

»Das hoffe ich auch.« Elsa deutete auf das Schwert, das er am Gürtel trug. »Versteht Ihr damit umzugehen?«

»Wollt Ihr mich beleidigen?«

»Nichts liegt mir ferner. Ich wollte nur wissen, ob Ihr es notfalls auch mit mehreren Männern aufnehmen könnt.«

»Heute mit einem Dutzend, morgen noch mit einem, übermorgen mit niemandem mehr. Warum fragt Ihr danach?«

»Weil nichts umsonst ist«, sagte Elsa.

*

Während die Sonne begann, von Osten her die Nacht anzuknabbern, war es in von Eltens Schlafgemach dank der dichten Vorhänge noch stockdunkel. Dennoch wusste der Kaplan, welche Stunde es geschlagen hatte, seine innere Uhr ging außergewöhnlich genau. Mit vor dem Bauch gefalteten Händen saß er in seinem Bett – einer Sonderanfertigung des Tischlers, kürzer als gewöhnlich, dafür um einiges breiter – und plante den bevorstehenden Tag.

Der würde erfreulich beginnen, mit der Hinrichtung des jungen Lombarden. Sicher würden die Eltern, zuvorderst die Mutter, Trost benötigen, aber darum machte von Elten sich keine Gedanken, um ein paar salbungsvolle Worte war er nie verlegen. Nach einem kleinen Päuschen, das ihm die Gelegenheit zu einer Zwischenmahlzeit geben würde, standen dann die beiden Bestattungen an. Vorbereitet hatte er sich nicht, schließlich stammten die Verstorbenen aus einfachen Familien, Predigten für diese Klasse erledigte er aus dem Stegreif. Wenn ein van Bylant oder ein von Donsbrüggen oder sonst einer der Wichtigtuer auf den Gottesacker kam, war das natürlich etwas anderes, da musste er sich schon seine Gedanken machen. Aber Zwerts und erst recht Wannemeker, du liebe Güte, die waren doch froh, wenn überhaupt einer was sagte.

Damit war der Tag dann auch schon rum, mehr konnte man von ihm unmöglich verlangen. Pietro würde er somit erst am Dienstag ins Kloster bringen können, nein, Dienstag war es auch ungünstig, da hatte er drei Messen zu lesen, besser am Mittwoch. Gott sei Dank war der Graf ausgeflogen, sonst hätte er auch noch die Messen in der Schlosskapelle am Hals. So gerne von Elten die Einkünfte aus der Schlosskaplanei einstrich – jährlich immerhin zehn Mark aus dem gräflichen Hof Elsberghe auf dem Hau, je ein Malter Weizen und Roggen, je vier Malter Gerste und Gemengsel und seit November letzten Jahres auch noch die Berechtigung, zehn Schweine zur Eichelmast in den Reichswald zu treiben, so sehr war ihm die damit verbundene Arbeit verhasst.

Am meisten verdrießte ihn die Unpünktlichkeit des Fürstenpaares, wie oft hatte er sich in der eiskalten Kapelle schon die Beine in den Bauch gestanden, weil Graf und Gräfin nicht zur vereinbarten Zeit erschienen waren. Einmal hatte von Elten in seiner Wut den Messwein ausgetrunken und dann mit schwerer Zunge gepredigt, wofür Graf Johann ihm Blicke zugeworfen hatte, die nichts Gutes verhießen. Eine Woche lang war er krank gewesen vor Sorge, er könne sein Amt verlieren, aber der Graf hatte den Vorfall mit keinem Wort erwähnt. Seitdem ließ er im Dienst die Finger vom Wein, nur ärgern tat er sich weiterhin.

Aber dann rief er laut »Carpe diem!« und rüttelte mit seinem dicken Hintern eine Mulde in die Matratze, um es besonders bequem zu haben. Ach, das war das Schöne an einem gottgefälligen Leben, dass man verdient selbstzufrieden sein durfte. Heute pflückte er gleich zwei Seelen vom Baum des Lebens und legte sie ins richtige Körbchen. Jetzt galt es nur noch, Freund Clos im Auge zu behalten, damit der –

Die dritte Treppenstufe von oben hatte geknarrt. Zwar knarrten alle, aber die dritte knarrte anders als die anderen, lauter und unverwechselbar. Irgendwer kam die Treppe herauf, war jetzt sogar schon oben und stand vor der Tür. Von Elten stopfte sich einen Teil seiner Zudecke zwischen die Zähne, damit das Klappern nicht zu hören war. Ohne dass angeklopft worden wäre, schwang die Tür auf und schlug gegen die Truhe. Vor dem hellen Hintergrund des Stiegenhauses zeichneten sich die Umrisse eines Riesen und eines Zwerges ab.

Mühsam würgte von Elten die Zudecke aus und stotterte: »Wer seid ihr?«

»Das Schicksal«, sagte der Riese derart drohend, dass von Elten beinahe die Herrschaft über seine Schließmuskulatur verloren hätte.

»Nicht doch«, sagte der Zwerg. »Ich bin's, Elsa Zwerts. Und das ist der Comte von Amiens.«

*

»Beichten! Beichten! Beichten!«, rief von Elten, während er durch das Zimmer wuselte und seine Kasel suchte. »Was denn jetzt noch? Er hat doch gestanden.«

»Habt Ihr ihm dafür auch die Absolution erteilt?«, fragte der Comte.

»Nein.«

»Seht Ihr.«

Dieser französische Kerl behagte von Elten ganz und gar nicht. Eiskalte Augen hatte er, und wie er sich benahm! Befehligte ihn wie einen Leibeigenen. Und was sollte dieser Unfug, dass das Mädchen sich ein Tuch vors Gesicht gebunden hatte, als würde ein Schneesturm blasen? Irgendetwas stimmte hier nicht, dessen war von Elten sich todsicher.

Andererseits, was regte er sich auf? Sie wollten ihn ja nicht verschleppen, er sollte lediglich eine Beichte abnehmen, und das auch noch im Schloss, wo er zwischen Kaldewey und seinen Gardisten geborgen war wie in Abrahams Schoß. Zugegeben, beim ersten Mal war es dort ungemütlich geworden, aber nun hatte er mit Marco eine Vereinbarung, von ihm drohte also keine Gefahr mehr. Das Einzige, was ihn fuchste, war, dass nicht einmal ein Tag so lief wie geplant.

Die Kasel war hinters Bett gerutscht. Von Elten zerrte sie heraus und warf sie sich über.

»Seid Ihr endlich so weit?«, knurrte d'Amiens, und von Elten musste sich auf die Zunge beißen, um nicht zurückzuknurren.

Draußen war es schon hell, und Vogelgezwitscher und ein laues Lüftchen verhießen einen wundervollen Tag. Von Elten bog seine abgewinkelten Arme nach hinten und sog dabei tief Luft ein. Eine Übung, die ihm seine Mutter beigebracht hatte, ansonsten hatte er an die Frau nur undeutliche Erinnerungen.

Vor dem Schlosstor übergab der Comte die Zügel seines Pferdes an Elsa. Die beiden nickten sich zu wie zwei Menschen, die sich alles gesagt hatten und zwischen denen jedes weitere Wort überflüssig war.

»Wollt Ihr uns nicht begleiten?« Von Eltens Frage war an Elsa gerichtet.

»Es würde mir das Herz brechen.«

»Verstehe.« Er wandte sich an den Comte. »Nun denn, bringen wir es hinter uns.«

Die Torwache öffnete schon von weitem, als sie den Kaplan erkannte. Auch d'Amiens wurde anstandslos eingelassen. Ein Ablauf, der sich am Zugang zu den Verliesen wiederholte. Da weder von Elten noch der Comte den Weg kannten, übernahm eine der Wachen die Führung. Vor dem Kerker stießen sie auf einen maßlos erstaunten Anselmo.

»Hat der Gefangene denn nicht nach mir verlangt?«, fragte von Elten und warf dem Comte einen halb misstrauischen, halb triumphierenden Blick zu. Da hatte er mit seinem Verdacht wohl doch richtig gelegen!

»Ich weiß von nichts«, sagte Anselmo. »Ist das Mädchen denn nicht beim Grafen?«

»Hä? Welches Mädchen?«

»Na, die kleine Zwerts.«

»Graf Johann ist doch überhaupt nicht im Schloss«, schaltete sich der Wachposten ein, um im nächsten Augenblick wie vom Blitz getroffen in sich zusammenzusinken.

Voller Entsetzen starrten der Kaplan und der Kerkermeister auf den Comte, der den Posten mit der Flachseite seiner Schwertklinge niedergestreckt hatte, und die Klinge nunmehr mit einer schwungvollen, geradezu eleganten Bewegung an Anselmos Hals setzte. Von Elten versuchte, die Gunst des Augenblicks zu nutzen und sich davonzustehlen, aber d'Amiens packte ihn am Genick und schüttelte ihn wie eine Hundemutter einen ungehorsamen Welpen.

»Aufschließen. Und Ihr, mon père, macht keine Faxen.«

Zweimal fiel Anselmo der Bund zu Boden, erst dann fanden seine zitternden Finger den richtigen Schlüssel. Während der Comte die Tür aufhielt, schleppten die beiden anderen den bewusstlosen Wachposten hinein. Als Letzter betrat d'Amiens die Zelle.

»Sacre dieu!«, sagte er, nachdem er sich umgesehen hatte. »Wo steckt der Kerl?«

Natürlich arbeitete es sich mit einem abgebrochenen Steinpickel nicht besser als mit einem unversehrten, und dennoch lief es von dem Zeitpunkt an besser. Vielleicht weil Marco besonnener zu Werke ging und nur noch die Schläge ausführte, die wirklich vonnöten waren. Die halbe Sanduhrfüllung in seiner Vorstellung rieselte noch munter, als die Stange bereits wackelte wie ein lockerer Milchzahn. Ein knappes Dutzend Schläge spater ließ sie sich herausnehmen.

Marco verknotete die Enden der Strickleiter an den beiden äußeren Stangen und warf das restliche zusammengerollte Stück von knapp vier Mannslängen über den Rand des Simses in die Tiefe. Dann quetschte er sich zwischen den Stangen hindurch und schob sich vor, bis er einen Blick in den Abgrund werfen konnte – und hätte beinahe schallend gelacht. Vom Sims bis zum Boden waren es allenfalls vier Ellen. Das Gelände fiel zwar steil ab, aber keineswegs lotrecht. Was sollte es, da er die Leiter nun einmal hatte, benutzte er sie auch. Er stand noch in den Sprossen aus gedrehtem Hanf, als er hörte, wie die Tür zu seiner Zelle aufgesperrt wurde. Rasch nahm er den Kopf herunter.

Mehrere Leute ächzten, als hätten sie einen Amboss zu schleppen, und dann sagte eine ihm unbekannte Stimme: »Sacre dieu! Wo steckt der Kerl?«

Es folgte eine wenige Herzschläge lange Stille, die jäh von einem ihm wohl bekannten Organ beendet wurde.

»Da!«, rief von Elten. »Er ist getürmt, dieser Verräter!«

Für einen Augenblick war Marco unschlüssig, was er tun sollte. Dann aber überwog sein Unmut über die dreiste Beschimpfung durch den Kaplan, und er stieg zum bassen Erstaunen der drei lebenden Anwesenden zurück in das Verlies.

»Das ist er!«, rief von Elten und stieß den Franzosen in die Rippen.

»Ja, ich bin es«, sagte Marco, »und ich werde nunmehr tun, was ich vor zwei Tagen versäumt habe, nämlich Euch das Genick brechen, von Elten.«

»Ha, das dürft Ihr nicht, wir haben eine Abmachung getroffen.«

»An die Ihr Euch nicht gehalten habt.«

»Das ist nicht wahr! Am Mittwoch ... morgen ... wenn Ihr wollt noch heute, bringe ich Euren Bruder zu den Minoriten.«

»Seit wann nehmen die Minderen Brüder Tote in ihre Reihen auf?«

Von Elten glotzte, als stehe er dem flammenden Dornbusch gegenüber. »Tot? Pietro ist ... tot? Wie kann das sein? Ich habe ihn doch gestern noch ...«

»Ja? Sprecht es ruhig aus, von Elten. Was habt Ihr im Beichtstuhl mit meinem Bruder angestellt? Habt Ihr ihn wieder verhext, wie all die anderen Male, als er zum Mörder wurde? Aber diesmal ist etwas missglückt, nicht wahr?«

»Mutter Gottes steh mir bei, wo denkt Ihr hin! – Beichtstuhl? Wieso Beichtstuhl? Ich habe gestern keine einzige Beichte abgenommen. Was redet Ihr denn da?«

»Als mein Bruder in der vergangenen Nacht den Beichtstuhl der Stiftskirche verließ, war er nicht mehr er selbst. In diesem Zustand ist er auf den Rabenturm gestiegen und hat sich zu Tode gestürzt.«

»Das ist ja entsetzlich! Damit habe ich nichts zu tun, das

müsst Ihr mir glauben! Getroffen haben wir uns, das heißt, er hat gestern spätabends geklopft und begehrte Einlass, aber ich war unpässlich und habe ihn fortgeschickt, zumal auch die Geschichte, die er erzählte, so wirr und –«

»Ja? Was hat Pietro Euch denn erzählt?«

»Er hatte erfahren, dass … O nein, das darf nicht wahr sein!« Von Elten machte ein Gesicht, als habe er soeben vom Baum der Erkenntnis gegessen. »Dann wäre er es tatsächlich gewesen.«

»Was wäre Pietro gewesen?«

»Nicht Pietro. Clos. Conradus Clos. Dann hat er sein Vorhaben also doch wahr gemacht, und ich dachte …«

»Was hat er wahr gemacht?« Marco packte von Elten an der Kasel. »Spuckt es aus!«

»Die Auslöschung, so hat er das genannt. Für ihn liegt die Ursache allen Elends auf Erden in der Verführung durch das Weib, ausgehend von Eva, der Schlange. Dort müsste man ansetzen, hat er gesagt, indem man die Ärgsten unter ihnen auslösche. Und Pietro hat er als sein Werkzeug benutzt, seine Waffe, so muss es gewesen sein, ja, ich bin mir dessen jetzt ganz sicher.«

»Und wie hat Clos meinen Bruder in diesen Zustand versetzt, in dem er zum Mörder wurde?«

»Conradus macht seit Jahren diese Konzentrationsübungen. Sie lassen sich wohl auch bei anderen anwenden, aber Genaueres weiß ich nicht, er betreibt um die Geschichte eine ziemliche Geheimniskrämerei.«

»Und das alles fällt Euch ausgerechnet in diesem Augenblick ein?«

»Ja, warum denn nicht?«

»Hattet Ihr Euren Freund Clos nie zuvor in Verdacht?«

»Ja. Nein. Beides. Ich habe bis zuletzt gehofft, die Verbrechen seien mit einer Erkrankung Eures Bruders zu erklären, aber jetzt … Oh, welches Unglück!«

»Wisst Ihr was, von Elten? Ich glaube Euch kein einziges Wort. Mir scheint vielmehr, Ihr versucht den Verdacht auf Clos zu lenken, um Euer eigenes Fell zu retten. Dabei habt Ihr den Beweggrund sehr gut beschrieben: Weiberhass. Und der größte Weiberhasser, den ich kenne, seid Ihr, Ihr mit Eurer krankhaften Marienverehrung!«

»Ich schwöre Euch –«

»Ich denke, Ihr solltet es dabei bewenden lassen, Marco di Montemagno«, mischte sich der Comte ein. »Ein Geständnis wird der Kaplan ohnehin nicht ablegen, und Euch läuft die Zeit davon.«

Marco ließ von Elten los und wandte sich dem Ritter zu. »Wer seid Ihr? Und woher kennt Ihr meinen Namen?«

Der Comte stellte sich vor. »Ich habe ein Geschäft mit einer gewissen Elsa Zwerts abgeschlossen. Eure Befreiung gegen eine Dienstleistung. Geplant war, dass wir die Kleidung tauschen und Ihr diesen Ort als Comte d'Amiens verlasst.« Dabei klopfte er auf seinen Helm, den er noch immer am Gürtel trug. »Da Ihr Euch aber bereits einen Fluchtweg geschaffen habt, können wir den Plan ändern. Der Tausch wäre ohnehin sehr gefährlich gewesen, ich habe die Pest im Leib, da ist nicht auszuschließen, dass die Krankheit auch in meiner Kleidung sitzt.«

Bei dem Wort Pest gingen Anselmo und von Elten auf Abstand.

»Ich verstehe überhaupt nichts«, sagte Marco. »Wenn Ihr an meiner statt hier bleibt, wird man Euch einen Kopf kürzer machen.«

Der Comte lächelte spöttisch. »Glaubt Ihr, das kümmert mich angesichts meines Zustands? Der Tod durch das Schwert wird der gnädigere sein, das könnt Ihr mir glauben, ich habe Hunderte an dieser Seuche verenden sehen. Außerdem ist mir das der Dienst, den Ihr mir schuldet, wert.«

»Worum geht es dabei?«

»Um eine Beförderung gewisser Waren an einen fernen Ort. Einzelheiten wird Euch Eure Freundin mitteilen. Ihr solltet jetzt wirklich gehen.«

»Zuvor werde ich noch diesem Heuchler und Lügner, der meinen Bruder auf dem Gewissen hat, den Hals umdrehen.«

»Das werdet Ihr nicht. Ihr müsst fliehen, der Scharfrichter könnte jeden Moment erscheinen.«

»Rache zu nehmen ist mein Recht!«

»Ich spreche es Euch ab!« Zum zweiten Mal an diesem Tag zog der Comte das Schwert. »Ich werde nicht zulassen, dass Eure Hitzköpfigkeit meine Pläne gefährdet.«

Marco überlegte blitzschnell, wie es ausgehen würde, würde er sich mit dem Comte anlegen. Sicher, der Mann war alt und in keiner guten Verfassung, aber ein Blick in seine Augen belehrte ihn, dass jeder Versuch tödlich enden würde. Es waren die Augen eines zu allem Entschlossenen. Widerstandslos ließ Marco sich zum Fenster drängen.

»Hinaus mit Euch! Eure Elsa wartet am Fluss. Sie sagte, die Stelle sei Euch bekannt.«

»Ihr entwischt mir nicht, von Elten«, sagte Marco, während er über die Eisenringe in die Nische kletterte. »Ich komme wieder, darauf könnt Ihr Gift nehmen. Und dann gnade Euch Gott.«

»Das wird nicht nötig sein«, sagte der Comte. »Der Kaplan wird diese Zelle nicht mehr verlassen.«

»Ist das auch Teil der Vereinbarung?«

Der Comte nickte.

»Anselmo lasst aber gehen. Ich habe ihm viel zu verdanken.«

»Selbstverständlich. – Was zögert Ihr?«

»Schulde ich Euch Dank?«

»Nein. Haltet Euch an die Vereinbarung, dann seid Ihr mir nichts schuldig. Und nun macht endlich, dass Ihr rauskommt.«

Mit einem letzten Blick auf von Elten, der herumstand wie ein dickes Kind, das einfach nicht begreifen will, dass der Krug, mit dem es so schön gespielt hatte, nun in Scherben lag, zwängte er sich zum dritten und letzten Mal zwischen den Stäben hindurch. Ohne die Strickleiter zu benutzen, sprang er vom Sims zu Boden, laufend und auf dem Hinterteil rutschend bewältigte er den Abhang. Als er über die Mauer kletterte, die das Schlossgelände nach Osten einfriedete, überschritt die Sonne gerade in vollem Umfang den Horizont.

Der Tag hatte unwiderruflich begonnen.

*

»Meine Güte, damit sehe ich aus wie ein Stutzer«, sagte Marco. »Das ziehe ich nicht an.«

»Das waren die einzigen Kleidungsstücke, die ich in der Kürze der Zeit auftreiben konnte«, sagte Elsa. »Also hör auf zu mäkeln.«

»Woher hast du die überhaupt?«

»Die hat mein Vater mal als Pfand von einem Reisenden genommen, der seine Zeche nicht bezahlen konnte.«

»Was war das für ein Kerl?«

»Ein Stutzer.«

Die Gegenstände des Disputs waren ein besticktes Wams mit hohem steifem Kragen, der an den Wangen scheuerte, ein enges perlenverziertes Leibchen mit langen Schleppärmeln, so lang, dass Marco darauftrat, wenn er die Arme hängen ließ, und mi-parti-gefärbte lange Sohlenstrümpfe mit nach oben gebogenen Schnabelspitzen. Die Leibesmitte betonte ein aus Lederriemchen geflochtener Gürtel. Ein breitkrempiger, federnbesetzter Hut diente als Kopfbedeckung. Als Marco ihn aufsetzte, musste Elsa lachen.

»Du siehst wahrhaft reizend aus.«

»Damit falle ich auf wie ein Pfau im Hühnerhof.«

»Genau das sollst du auch. Niemand wird hinter solch geckenhafter Aufmachung einen entflohenen Gefangenen vermuten. Für alle Fälle habe ich aber noch den Umhang meines Vaters mitgehen lassen. Der verdeckt alles, wenn du willst.«

»Dass du dich überhaupt nach Hause getraut hast.«

»Sie schliefen noch, den kleinen Wannemeker zwischen sich. Ich habe ihnen ein paar Zeilen dagelassen, damit sie sich keine Sorgen machen.«

»Sind deine Eltern des Lesens mächtig?«

»Nein, aber sie können das Pergament jemandem zeigen, der es beherrscht.«

»Erzähl mir, wie das mit Pietro passiert ist.«

Diese Frage hatte unausgesprochen zwischen ihnen gestanden, seit sie sich am Badeplatz in die Arme gefallen waren, sich festgehalten und geküsst hatten. Noch bevor sie aufbrachen, musste sie gestellt und beantwortet werden, das war beiden bewusst. Nun war es so weit.

Elsa berichtete von Anfang an. Wie sie den Entschluss gefasst hatte, die Herzen zu finden, um Pietro damit zu einem Geständnis zu zwingen. Wie sie ihm gefolgt war, ihn in der Kirche verloren hatte und wie sich ihre Wege im Haus der Montemagnos erneut gekreuzt hatten. Wortgetreu gab sie das Gespräch zwischen Pietro und Hedwig wieder und schilderte den qualvollen Anfall, den er erlitten hatte. Sie fuhr damit fort, wie sie Pietro quer durch die Stadt bis zur Stiftsfreiheit gefolgt war, wo er, nachdem er die Häuser von Rektor Clos und Kaplan von Elten mit unterschiedlichem Erfolg aufgesucht hatte, zum zweiten Mal an diesem Tag in der Kirche verschwand.

Und dann kam sie auf den letzten Akt zu sprechen. So gut sie konnte, beschrieb sie Marco den Zustand, in dem sein Bruder sich befunden hatte, als er aus dem Beichtstuhl trat. Berichtete von seiner Eile, mehr schon Hast, mit der er zum Rabenturm strebte. Und zu guter Letzt, leise, ihre Worte sorgfältig wählend, von seinem lautlosen Tod, der sie auch jetzt noch verstörte.

Marco nahm Elsas Schilderung wortlos zur Kenntnis. Zum Schluss schüttelte er den Kopf angesichts des Unbegreiflichen, während ihm gleichzeitig die Erinnerung an den Bruder ein bitteres Lächeln auf die Lippen zauberte.

»Was hast du?«, fragte Elsa.

»Pietro war nicht krank. Er stand unter fremdem Einfluss.« Marco schlug die Faust in die offene Hand. »Hätte ich das doch nur geahnt, ich hätte ihn retten können!«

Elsa legte tröstend die Arme um ihn. »Du meinst ... von Elten?«

»Nein, es scheint so, als habe der Heuchler diesmal die Wahrheit gesagt. – Vorhin hast du erzählt, Pietro habe von Hedwig erfahren, dass es Clos war, der euch beim Baden beobachtet hat.«

»Ja. Danach schwieg er eine Weile.«

»Und als sie ihm sagte, da sei noch jemand gewesen, ein Unbekannter, der auf eure Kleidung –«

»Da setzten schlagartig diese Kopfschmerzen ein.« Elsa löste sich von ihm, auf einmal ganz aufgeregt. »Du glaubst, in dem Augenblick hat er begriffen, dass er selbst derjenige war?«

»Vielleicht ist er dieser Erkenntnis nahe gekommen. Klar geworden sein muss ihm jedoch, dass Conradus Clos in diesen Fall verstrickt ist.«

»Du meinst, Clos war der Hintermann, nicht von Elten?«

»Alles spricht dafür.« Marco berichtete, was von Elten ihm soeben im Kerker erzählt hatte. »Das deckt sich mit deinen Beobachtungen. Mit dem Kaplan hat Pietro an dessen Haustür gesprochen, wohingegen er Clos nicht angetroffen hat, weil der nämlich schon im Beichtstuhl saß.«

»Und wie ist er da reingekommen?«

»Durch die Sakristei. Er ist doch eng mit von Elten befreundet. Ich nehme an, irgendwann hat er sich den Schlüssel geborgt und einen zweiten anfertigen lassen. So konnte er den Beichtstuhl für seine Zwecke nutzen. Das war weitaus unauffälliger, als Pietro zu Hause zu empfangen.«

»Und wer hat die Hostien durchstochen?«

»Auch das war vermutlich Clos. Ein geschicktes Verhalten, um den Verdacht in eine falsche Richtung zu lenken.«

»Hat er diesen vermeintlichen Juden womöglich sogar ins Spiel gebracht, weil er wusste, dass du beschnitten bist?«

»Woher sollte er das wissen?«

»Woher auch immer.«

»Letztendlich macht es keinen Unterschied.«

»Wegen von Elten habe ich ein schlechtes Gewissen. Ich hab ihn in den Tod geschickt, obwohl er gar nicht der wahre Schuldige ist.«

»Seinetwegen brauchst du dir keine Gewissensbisse zu machen, Elsa. Er hat die ganze Zeit gewusst oder zumindest geahnt, dass sein Freund Clos hinter den Morden steckte, hat aber nichts gegen ihn unternommen, sondern war überglücklich, als er Pietro und mich gegeneinander ausspielen konnte.« Marco hob den Blick in Richtung Stiftsfreiheit. »Nur schade, dass die Zeit zu knapp ist, dem sauberen Herrn Rektor den Hals umzudrehen. Aber am ersten Tag, an dem ich wieder hier bin, hole ich das nach.«

»Solange er lebt, bleiben die Morde an Anna und Nehle und der Tod deines Bruders ungesühnt.«

»Glaubst du, mir behagt das? Aber das Wagnis ist zu groß. Ich reite nur schnell nach Hause und hole ein zweites Pferd. Dann machen wir, dass wir wegkommen.«

»Und er kann weitermorden lassen«, murmelte Elsa, als habe sie nicht gehört, was Marco gesagt hatte. »Er braucht nur ein neues Opfer, das er behexen kann. Dann wird es Hedwig treffen.«

»Ich werde meiner Mutter sagen, sie soll Hedwig eine Warnung zukommen lassen«, sagte Marco und stieg in den Sattel. »In Ordnung?«

Elsa zuckte zusammen, als sei sie aus einem Tagtraum aufgewacht.

»Gewiss«, sagte sie. »In Ordnung. Reite nur. Ich warte auf dich.« Marco wendete den Rappen des Comte auf der Hinterhand und jagte davon.

Als er am elterlichen Hof eintraf, war sein Vater soeben heimgekehrt, der Braune war noch nicht einmal abgesattelt. Marco übernahm das Pferd, das Gold und die übrige Ausrüstung. Der Abschied von seinen Eltern war tränenreich, aber kurz. Alles in allem dauerte es keine zwanzig Vaterunser, bis er wieder am Kermisdahl eintraf.

Er suchte das ganze Ufer zwischen Dwarsmauer und Brücke ab, aber Elsa war verschwunden.

Marco schäumte vor Wut, während er, den albernen Hut tief in die Stirn gedrückt, die Posterne hinaufstapfte. Zum wiederholten Mal fragte er sich, wozu Elsa eigentlich den ungeheuren Aufwand für seine Befreiung getrieben hatte, wenn sie jetzt alles aufs Spiel setzte. Denn wohin sie verschwunden war, stand für ihn fest: Sie war auf dem Weg zu Clos, um ihm ihr kleines Messer zwischen die Rippen zu jagen. Deswegen spürte er abwechselnd mit der Hitze des Zorns auch die Kälte der Furcht, denn auf was sie sich da einließ, konnte lebensgefährlich werden.

Die Pferde hatte er am Kermisdahl zurückgelassen, denn der Rappe des Comte war zu auffällig und sein Brauner stadtbekannt. Zudem hatte er sich Zwerts' Umhang übergeworfen, damit ihm wegen der Narrenkleider nicht jedermann nachstarrte. Der Hut genügte schon, dass die Gassenjungen, die in der Burgstraße mit einem Kreisel spielten, ihm nachgafften, als habe er ein Storchennest auf dem Kopf.

Ansonsten waren erstaunlich wenig Leute unterwegs. Marco vermutete, dass sie sich bereits am Neuen Markt eingefunden hatten und um die besten Plätze rangelten; Hinrichtungen fanden nun mal nicht jeden Tag statt, in diesem Jahr war seine erst die zweite. Was ihn aber noch mehr erstaunte, war, dass keine Stadtknechte durch die Gassen hetzten und nach ihm suchten. Die einzige Erklärung, die ihm dafür einfiel, war, dass der Comte im Kerker Widerstand leistete, um ihm einen Vorsprung zu sichern. Und den hatte er bitter nötig.

Die letzten zehn Schritte vor dem Haus des Rektors nahm Marco Anlauf und warf sich mit der Schulter gegen die Haustür. Da der Riegel nicht vorgelegt war, war das des Guten zu viel, und beinahe wäre er hinten wieder rausgeflogen, denn die Tür am Ende des Flurs stand offen. Auf dem kleinen Hof war niemand, genauso wenig in der Küche und in der Stube. Marco sprang die Treppe hoch, immer zwei Stufen auf einmal nehmend. Das Schlafgemach war verwaist, das Bett jedoch noch warm. Die gegenüberliegende Tür war abgeschlossen. Ein Fußtritt genügte, und sie flog aus den Angeln.

So einen Raum hatte Marco noch nie gesehen. Der Boden, die Wände und die Decke waren mit Ruß geschwärzt und schluckten jedes Licht, der offen stehende Vorhang war tief dunkelbraun. An der Wand neben dem Fenster hingen drei Kruzifixe unterschiedlicher Größe, und von der Decke baumelten eine Öllampe sowie ein Schälchen, in dem – Marco roch daran – Weihrauch verbrannt worden war. Die Einrichtung bestand aus einem einfachen Tisch und zwei Hockern. Auf dem Tisch lag ein dickes, ledergebundenes Buch, daneben stand eine zinnerne Schatulle von der Größe eines kleinen Brotlaibs. Marco schlug das Buch auf. Das erste Blatt wies es als Denkschrift zu einem so genannten Demotisch-Magischen-Papyrus aus, ein Werk, das, wie Marco dem weiteren Text entnahm, im ersten Jahrhundert nach Christi Geburt verfasst worden war.

Gleich auf den ersten Seiten wurde eine besondere Heilmethode geschildert, der so genannte Tempelschlaf, den das Buch als einen Bewusstseinszustand zwischen Wachen und Schlafen beschrieb. Es folgten genaue Anleitungen, wie dieser Zustand herbeigeführt werden konnte, so zum Beispiel durch das konzentrierte Beobachten eines schwingenden Pendels, angeblich erprobt im Serapis-Tempel in Memphis, Ägypten. Von Ägypten hatte Marco schon einmal gehört, dort sollte es Grabmale hoch wie Berge geben, Pyramiden wurden sie genannt. Clos hatte einmal davon erzählt. Natürlich, wer auch sonst.

Weiter war die Rede von den Asklepios geweihten Tempeln in Epidaurus, Pergamon und auf Kos, allesamt in Griechenland, in denen der Tempelschlaf in einem eigens dafür hergerichteten unterirdischen Raum, einem Abaton, abgehalten wurde. Es folgte eine Abbildung, die einen Menschen zeigte, der steif wie ein Brett war, obwohl er zwischen zwei Bänken hing, die er nur mit dem Kopf und den Fersen berührte. Die Zeichnung danach zeigte dasselbe, nur dass zusätzlich ein Mensch auf dem Liegenden stand und dieser dennoch nicht einknickte.

Marco brauchte nicht weiterzublättern. Er wusste nun, was Clos mit seinem Bruder gemacht hatte. Und was Elsa drohte, wenn sie nicht vorsichtig war. Hastig schlug er das Buch zu und stieß dabei das zinnerne Kästchen vom Tisch. Es schlug auf den Boden, und der Deckel sprang ab.

Unwillkürlich bückte Marco sich, um das Behältnis aufzuheben, als seine Hand zurückzuckte wie bei einem Schlangenbiss. Dort lagen sie nebeneinander, einbalsamiert wie die Reliquien von Heiligen. Welches Herz Annas war und welches Nehles, konnte er nicht sagen. Für einen Augenblick überkam ihn ein großer Schmerz, aber dann sammelte er sich. Beide hatten es verdient, würdig beigesetzt zu werden. Der Gedanke gab ihm die Kraft, die Schatulle zu berühren und den Deckel wieder aufzusetzen. Dann wickelte er sie in den Umhang und machte, dass er aus dem Haus kam.

Jetzt ahnte er, wo Clos sich aufhielt. Und wo er war, würde Elsa nicht weit sein.

*

Das Portal quietschte, und das tat es schon, seit Marco die Kirche vor neun Jahren das erste Mal betreten hatte. Anfangs hatte er gedacht, der Kustos sei zu faul, einen Finger Fett an die Angeln zu schmieren, inzwischen jedoch glaubte er, dass Absicht dahinter steckte. Mit knarrenden Kirchentüren erzog man die zur Messe zu spät Erscheinenden zur Pünktlichkeit, denn sie konnten sich nicht heimlich hereinschleichen, jeder wurde per Angelächzen angekündigt, und die ganze Gemeinde drehte sich um, ein kleines Spießrutenlaufen also. Bestimmt war das in allen Kirchen so. Marco beschloss, sollte es ihm je wieder vergönnt sein, ein anderes Gotteshaus zu betreten, darauf zu achten.

Im Augenblick kam ihm das Quietschen jedoch so gelegen wie Hundegebell. Atemlos verharrte er gleich hinter dem Portal am Fuß der steilen Stiege, die zu dem behelfsmäßigen Glockenturm hinaufführte, der, sobald die Mittel vorhanden waren, durch zwei das Hauptportal flankierende Türme ersetzt werden sollte. Nur vier Kerzen brannten im Kirchenrund, zusätzlich waren die meisten Fenster verhängt, damit sie bei den Bauarbeiten nicht beschädigt wurden.

Marco legte Umhang, Schatulle und Hut auf die erste Sitzbank, dann schritt er langsam und mit gezücktem Dolch das Mittelschiff entlang. Linker Hand war der Beichtstuhl. Hinter welchem der Vorhänge saß Elsa, hinter dem linken oder dem rechten? Marco entschied sich für rechts, nahm den Dolch in die andere Hand und riss den Stoff zur Seite. Leer.

Mit einem Satz war er auf der linken Seite und zerrte am Vorhang, dass der in Fetzen ging. Leer.

An irgendeiner Stelle seiner Überlegungen hatte sich ein Fehler eingeschlichen. Nur an welcher? Fieberhaft verfolgte er seinen Gedankengang bis zum Ausgangspunkt zurück. Der Raum für den Tempelschlaf. Bei den Griechen hieß er Abalon. In ihren Tempeln hatte er unter der Erde gelegen. Unter der Erde! Die Krypta!

Marco wechselte auf die Südseite des Langschiffs, wo sich die Taufkapelle befand, und nahm eine der Kerzen aus der Halterung. Heißes Wachs lief ihm über den Handrücken und erstarrte auf seinem Unterarm, aber er spürte es kaum. Es waren nur noch wenige Schritte bis zum Zugang zur Grabkammer. Die eiserne Pforte, mit der die steinerne Wendeltreppe gesichert war, stand offen. Vorsichtig stieg Marco hinab, die Füße quer auf die schmalen Stufen setzend. Wie ein Tier lauschte er in die Dunkelheit, aber da war kein Laut zu hören.

Plötzlich roch er Weihrauch, und zwei Stufen weiter erspähte er Kerzenschein, der gelblich an der Treppenwand leckte. Die eigene Kerze löschte er und legte sie zur Seite, bevor er einen Blick in die Kammer wagte.

Der Raum war winzig, der Sarkophag Dietrichs füllte ihn beinahe aus, bereits Johann würde man woanders unterbringen müssen. Eine Kerze stand auf dem Sargdeckel, daneben ein Schälchen, dem der Weihrauchduft entströmte. Zwischen Kerze und Schälchen lag Elsas Messer.

Sie selbst stand auf der rechten Seite des Sarkophags, Clos auf der linken. Der Rektor hielt eine Kette mit einem Kruzifix in der Hand, das er vor Elsas Gesicht pendeln ließ, während ihre Hände flach auf der steinernen Grabplatte lagen. Ihr Blick war starr, das Gesicht eine Maske. Keine Frage, Clos hatte sie in jenen Zustand zwischen Wachen und Schlafen versetzt. Am erschreckendsten fand Marco, mit welcher Lautlosigkeit sich das Ganze abspielte.

Plötzlich zückte Clos eine Nadel und stieß sie Elsa tief in den Handrücken. Sie zuckte mit keiner Wimper. So also hatte Pietro sich seinen vermeintlichen Mückenstich eingehandelt. Zweifellos eine Probe, wie tief der Tempelschlaf war. Jetzt langte Clos nach Elsas Messer, und in dem Augenblick griff Marco ein.

Als er jedoch hervorstürzte, um Clos in den Arm zu fallen, trat er in einen dieser vermaledeiten Ärmel, kam ins Straucheln und prallte mit der Schulter gegen den Sarkophag. Clos reagierte blitzschnell und stach mehrfach auf Marco ein, schlitzte ihm aber nur die Wange auf. Der seinerseits tauchte ab, um seinen ehemaligen Lehrer geduckt anzuspringen, doch da fegte Clos bereits die Treppe hinauf. Marco stürzte hinterher.

Ohne Zweifel war Marco Clos körperlich überlegen, aber daraus vermochte er keinen Vorteil zu ziehen. Zum einen forderten die Tage im Kerker ihren Tribut, zum anderen war er durch die langen Ärmel wie auch die Schnabelschuhe behindert. So hatte er gerade mal das halbe Kirchenschiff durchmessen, als Clos seine Hand auf den Griff des Portals legte.

Wenn es Clos gelang, nach draußen zu kommen, war alles verloren, denn nicht er wurde gesucht, sondern Marco. So verharrte Marco, packte den Dolch an der Klinge und schleuderte ihn auf Clos. Der sah die Waffe nicht kommen, weil er am Türknauf zerrte, und konnte nicht ausweichen. Er hatte jedoch Glück. Um eine knappe halbe Handbreit verfehlte der Dolch ihn und nagelte lediglich seinen Umhang an die Tür. Erschrocken fuhr Clos herum, riss sich los und sah nur einen

Ausweg – den Glockenturm. In Windeseile erklomm er die Stiege. Marco zerrte sich die Ärmel von den Schultern und jagte ihm nach. Er durfte nicht zulassen, dass Clos die Glocke erreichte, denn Läuten zu dieser Stunde würde auf jeden Fall Aufmerksamkeit erregen. Nach der Stiege kamen drei Leitern, und hier war Marco im Vorteil. Einem Eichhörnchen gleich sprang er die Sprossen hoch und bekam schon auf der zweiten Leiter Clos' Stulpenstiefel zu fassen. Der konnte sich jedoch noch einmal befreien und schaffte es, die dritte Leiter zu erklimmen. Bevor er aber das Klöppelseil erreichte, sprang Marco ihn an und riss ihn zu Boden.

Die Plattform, auf der sie sich kugelten, maß keine zehn mal zehn Fuß, war aber durch ein Geländer gesichert. Clos kämpfte wie ein Weib, kratzte und spie, wofür Marco ihm die Nase plattschlug. Dann packte er ihn an der Tunika, stellte ihn auf die Beine und drückte ihn über das Geländer. Da schwebte er nun, der Mörder Annas, Nehles und Pietros, sechs, sieben Mannslängen über dem Boden des Schiffs, und Marcos Griff war das Einzige, was ihn noch mit dem Leben verband.

»Warum Pietro?«, schrie Marco. »Warum ausgerechnet mein Bruder?«

Als Clos nicht sofort antwortete, lockerte Marco seinen Griff. Der Rektor schrie auf und suchte Halt im Nichts.

»Nicht jeder eignet sich dafür«, kreischte er mit sich überschlagender Stimme. »Es muss ein beeinflussbarer Mensch sein.«

»Und warum Anna? Warum Nehle?«

»Sie waren Huren. Sie haben sich nackt gezeigt und die Männer auf sündige Gedanken gebracht.«

»Wieso diese harmlosen Mädchen und nicht die Dirnen vom Neuen Markt?«

»Die hätten auch noch daran glauben müssen. Eine nach der anderen. Wir standen erst am Anfang. Zuerst mussten jene ausgelöscht werden, die sich den Anschein der Jungfräulichkeit gaben. Weiber wie sie sind die Wurzel des Verderbens, das schon bald über uns kommen wird. Solche wie sie hat Jesus aus dem Tempel geworfen.«

»Aber er hat sie nicht getötet.«

»Das war sein Fehler.«

Aus Clos' Nase tropfte Blut. Die Tropfen brauchten ewig, bis sie unten waren. Aus dem Augenwinkel entdeckte Marco Elsa, die das Mittelschiff entlangkam. Ihre Bewegungen waren hölzern. Clos' weit aufgerissene Augen folgten Marcos Blick. Triumphierend heulte er auf.

»Du kannst mich nicht fallen lassen, Marco, hörst du, sonst bleibt sie auf ewig in diesem Zustand. Sie ist wach, und doch schläft sie, siehst du das? Sieh genau hin! Mein Werk, und nur ich kann sie wecken.«

»Das glaube ich nicht.«

»Das glaubst du nicht?« Trotz seiner Schräglage gelang es Clos, eine winzige tönerne Flöte aus seiner Tunika zu fingern. »Du Narr! Das Weckzeichen ist eine bestimmte Melodie, gespielt auf dieser Flöte, eine Melodie, die niemand außer mir kennt. Lässt du mich fallen, ist sie für alle Zeit verloren.«

Bei seinen Worten leuchteten Clos' Augen wie Kristalle auf. So hatten sie auch immer gefunkelt, wenn er Marco mit der Weidenrute misshandelt hatte. Marco schenkte ihm sein schönstes Lächeln. Dann feuchtete er seine Lippen an und spitzte sie. »Tü-ti-tü-tü-tü-tü-tiiiii-ti-ti-tü-ti-tü-tü-tü-tü-tiiiii-ta-ta …«

Clos' Adamsapfel tanzte wie ein Derwisch, gleichzeitig trat in seinen Augen das Weiße hervor. Das war sein Moment der Erkenntnis, und genauso wollte Marco ihn in Erinnerung behalten. Er ließ ihn los.

Clos schrie und fiel und schrie und fiel, und Marco hörte seinen Schrei noch, als Clos schon längst auf dem Boden aufgeschlagen war. Elsa ging indes einen Fuß vor den anderen setzend weiter. Was sich soeben in ihrer unmittelbaren Nähe abgespielt hatte, war für sie so fern, als habe es sich auf der Unterseite der Erdscheibe ereignet. Während Marco sie beobachtete, fuhr ihm siedend heiß der Schreck in die Glieder.

»Mist, die Flöte«, sagte er.

Epilog

Marco und Elsa benötigten fast zwei Jahre für den Weg bis Tomar. Dabei reisten sie immer an der Küste entlang, weil Marco sich einbildete, am Meer sei die Gefahr, sich mit der Pest anzustecken, geringer. Ob dem wirklich so war, oder ob sie einfach nur Glück hatten, ihr Ziel erreichten sie jedenfalls unbeschadet.

In der Christusritterburg wurden sie freundlich aufgenommen, auch wenn den Ordensbrüdern der Name Jean-Batiste de Verne, Comte d'Amiens, nichts sagte. Alte Namensverzeichnisse wurden gewälzt, aber der Mann blieb unbekannt, dem Orden der Templer hatte er mit Sicherheit nie angehört.

Der vermeintliche Heilige Gral wurde umgehend als billiger Tand entlarvt. Der Becher war nicht nur wertlos, sondern nach Ansicht der Brüder eine Anfertigung aus dem neunten oder zehnten Jahrhundert, keinesfalls stammte er aus der Zeit Christi, und folgerichtig hatte er niemals beim Abendmahl auf dem Tisch gestanden.

Die Pergamente hingegen stießen auf große Beachtung, insbesondere, weil niemand sie lesen konnte. Die Sprache, in der die »Wahre Geschichte der Templer« niedergeschrieben war, war keinem der Brüder bekannt. Schriftkundige aus ganz Portugal, später sogar aus Spanien und Frankreich wurden zu Rate gezogen, aber keiner der Gelehrten wusste die Zeichen zu deuten. Was auch immer auf den siebenundvierzig Rollen stehen mochte, es blieb für alle Zeiten ein Geheimnis.

»Dann war er vielleicht doch der Lohengrin«, sagte Elsa.

Marco lachte sie dafür nicht aus.

Sie verließen die Stadt am Nabao und siedelten sich weiter

nördlich im Tal des Rio Duoro an, das ihnen bereits auf der Hinreise gefallen hatte. Von dem Gold seines Vaters erwarb Marco einen Weinberg, und mit Fleiß und Geschick gehörten sie nach wenigen Jahren zu den erfolgreichsten Winzern der Gegend. Fünf Kinder gingen aus ihrer Verbindung hervor, drei Töchter und zwei Söhne. Sie selbst wurden uralt, fast so alt wie die Steine, auf denen sie ihr Brot buken.

Hin und wieder, wenn sie stritten, kam es auch nach Jahren noch vor, dass Elsa ihren Marco anfuhr, wie er es hatte wagen können, als elendiglich schlechter Flötenspieler Clos vom Turm zu werfen, ganz zu schweigen davon, dass er vergessen hatte, die Flöte an sich zu nehmen. »Was willst du«, sagte er dann, »es ist doch gut gegangen. Die Flöte war unversehrt, und die Melodie hab ich auch zu Stande gebracht.« – »Nach Stunden, als wir schon hinter Nimwegen waren!« – »Ich hätte dich auch mitgenommen, wenn du weitergeschlafen hättest, ich schwöre!«

Kleve sahen sie übrigens nie wieder.

Glossar

Albe – weißes liturgisches Untergewand
Allmende – Gemeindegut, Gemeindeflur
»Ars amandi« (lat.) – »Die Kunst zu lieben«
»Audiatur et altera pars.« (lat.) – »Man soll auch die andere Partei anhören.«
Beffroi – Bergfried, Wehrturm
»Carpe diem!« (lat.) – »Nutze den Tag!«
Deiwelschitt – Floh-Knöterich (trägt wegen eines kleinen schwarzen Flecks auf den Blättern den volksmundlichen Namen)
Domus Campane – Glockenhaus, Wehrturm
Epitaph – Gedenktafel in der Kirche
Fuß klevisch – ca. 27 cm
Fuß rheinisch – ca. 31 cm
Gran – kleines Apothekergewicht (ca. 65 mg)
Häfner- *Töpfer*, Kachelofensetzer
Hemele - Himmel
kardätschen – Wolle kämmen
Kasel - Messgewand
Kermisdahl – Name des Alten Rheins
Kessler – Kesselflicker, Kupferschmied
Komturei – Kommende, Ordenshaus
Kustodia – metallener Behälter zur Aufbewahrung der Hostien, steht im Tabernakel
Macellum – Gewandhaus
Matutin – Nachtgottesdienst (frühmorgens zwischen 2 Uhr 30 und 3 Uhr)
mi-parti – halb und halb

Lombarden – italienische Geldhändler, meist aus Asti in Piemont stammend

Obergadenfenster – Fenster im Mittelschiff einer Basilika

partim partim (lat.) – teils, teils

Patene – flache Schüssel zur Anrichtung der Hostien

Pauperes Commilitones Christi emplique Salomonici Hierosalemitanis – Die Armen Brüder Christi vom Tempel des Salomon zu Jerusalem

Prim – Erste Stunde (gegen 7 Uhr 30 bzw. kurz bevor es hell wird)

Ricciutello (ital.) – Lockenköpfchen

Schecke, die – Wams

Schwertfeger – Waffenschmied, -polierer

Tabernakel – Schrein zur Aufbewahrung der Hostien

Triforium – Laufgang unter den Fenstern zum Mittelschiff, Querschiff und Chor, der sich zum Inneren der Kirche hin öffnet

Der Fall
Hildegard von Bingen

Der Kampfkühnen vom Kühnsbusch

Grundriss des Klosters Rupertsberg

1 *Torhaus*
2 *Nikolauskapelle*
3 *Zugangsweg*
4 *wehrhafter Eingang*
5 *Schulgebäude*
6 *Konversenbau, Backhaus, Laienrefektorium*
6a *Latrine*
7 *»Die Kanzel«, ehemaliger Verteidigungsturm*
8 *Wirtschaftsgebäude und Ambulanz mit Zugang von außen, Aderlasshaus*
9 *Wohngebäude für Sekretär und besondere Gäste*
10 *Friedhofskapelle, ehemalige rupertinische Kirche*
11 *Pater-Benediktus-Garten, Friedhof nebst Obstgarten*
12 *Westflügel mit Äbtissinnenwohnung, Vorratshaus mit Weinkeller*
13 *Südflügel, Refektorium*
14 *Küche, darüber Scriptorium*
15 *Vorraum zum Hildegardisbrünnchen*
15a, b, c *Anbauten von außerhalb der Klostermauer*
16 *Dormentbau (Kapitelsaal, Leseraum, Einzelzellen), darunter Hypocaustum (beheizter Wärmeraum)*
17 *Kreuzgarten mit Zisterne und Kreuzgang*
18 *Abteikirche*
19 *Anbau mit Anbindung an die Mauertreppe. Priesterwohnung*
20 *Wehrerker*

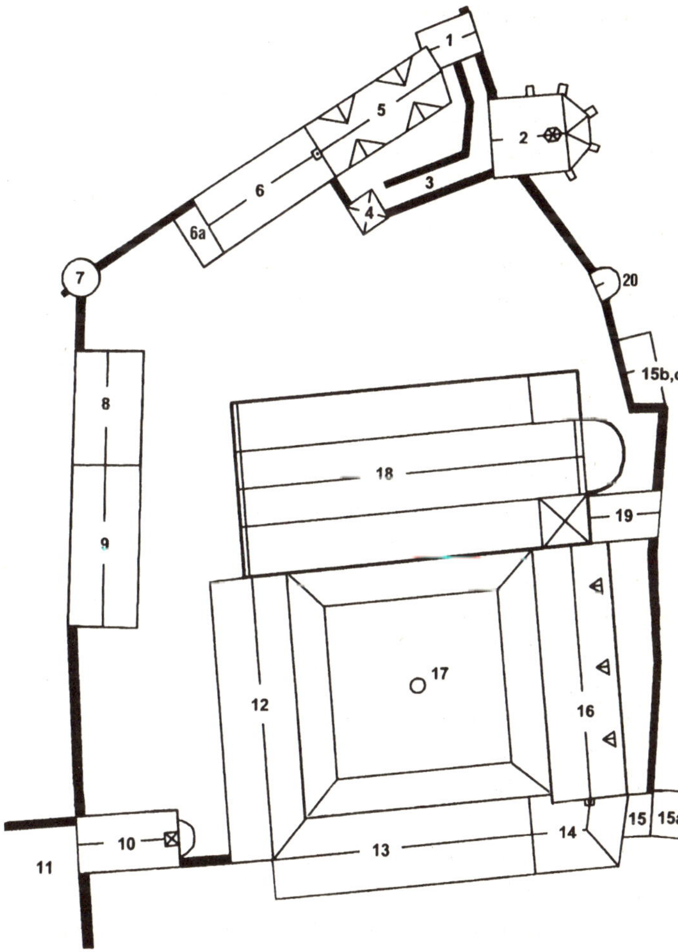

1
2
3
4
5
6
6a
7
8
9
10
11
12
13
14
15
15a
15b,c
16
17
18
19
20

Die Missgunst gleicht dem Satan

Die Missgunst schafft nichts Gutes. Sie verletzt und verdrängt vielmehr auch den, der in ihr zu stehen scheint. Sobald aber die Missgunst sich mit dem Hass verbindet, setzt sie alle Kräfte der Menschenseele in Bewegung. Ein Mensch nämlich, der in der Schwärze der Missgunst noch dem Hass folgt, entbehrt der Glut des Heiligen Geistes, in welchem der frohe und nie zu Ende gehende Tag aller Wonnen besteht. Eine solche Freude kann ein hasserfüllter Mensch nicht kennen, da er sich am Wohlergehen der anderen nicht mitfreut. Mit seinem verbitterten Hass nagt er vielmehr an allem, weshalb er dem Teufel gleicht, der bei seinem ersten Auftritt bereits den Hass in sich keimen fühlte, wodurch er auch allen Schmuck der Himmel verlor. Versuchte er doch, über Missgunst und Hass Gott Widerstand zu leisten. Die aber Gott dienen wollen, erröten ob solchen Tuns und weisen dieses Übel weit von sich, damit sie dadurch nicht den Spiegel ihrer Seelen verdüstern.

Dies alles ist gesagt über die Seelen der Büßer, die geläutert und gerettet sein wollen, und es ist die Wahrheit. Der gläubige Mensch achte darauf, und er halte es fest im Gedächtnis seines guten Gewissens.

Hildegard von Bingen: Liber vitae meritorum

Wer aus Versehen Giftiges zu sich genommen oder von einem anderen vergiftet worden ist, koche Ringelblumen in Wasser und lege die dann warm auf den Magen. Dadurch wird das Gift aufgelöst und ausgeschieden.

Ferner wärme er guten Wein, lege solche Blumen hinein und erhitze dann den Wein stärker. Wenn dieser dann nur noch lauwarm ist, trinke man ihn. Davon wird das Gift durch die Nase und als Schaum durch den Mund hinausgeschleudert.

Hildegard von Bingen

TEIL 1 – DER WEG

Rheinhessen – Juni 1177

Am gegenüberliegenden Ufer zogen sich die Weinberge in dichten Lagen den Hang hinauf. Während die westliche Seite und der Strom bereits im Schatten lagen, badeten die Rebstöcke auch jetzt noch, am späten Nachmittag, im warmen, goldgelben Licht. Der Schiefer zu ihren Füßen blitzte immer wieder auf, als sei er mit Juwelen gespickt.

Ein erhebender Anblick, den das Rheintal zwischen Bacharach und Bingen bot, für den der kurz gewachsene, mollige Mönch, der auf der Ladefläche eines flussaufwärts rumpelnden Ochsenkarrens kauerte, jedoch kein Auge hatte. Mit leidender Miene sehnte er das Ende der Fahrt herbei, wobei er immer wieder seine Sitzposition änderte. Aber was er auch versuchte, ob er die Beine ausstreckte oder anzog, ob er sein Gewicht auf nur eine Gesäßbacke verlagerte oder sich gar auf die Fersen hockte, das quälende Afterjucken wollte nicht nachlassen. Wie er wusste, wurde es durch kleine blutgefüllte Bläschen im Bereich des Darmausgangs verursacht. Nur wenn sie platzten, ließ die Pein vorübergehend nach.

Sein Frater Castor, der im Heimatkloster die Rolle des Medicus einnahm, hatte ihm schon vor Jahren geraten, längeres Sitzen zu vermeiden und sich möglichst viel zu bewegen. Ein wahrhaft praktikabler Rat, wenn man – bei aller Bescheidenheit – der Gelehrteste unter den Brüdern war und den ganzen Tag nichts anderes tat, als theologische Schriften zu studieren oder selbst zu verfassen. Abhilfe hätte bestenfalls ein Stehpult geschaffen, aber seine Ablagefläche war zu klein.

Um körperliche Bewegung und Gewichtsabnahme war es auch schlecht bestellt. Zum einen aus Zeitmangel, zum anderen weil der kleine Mönch mit Leidenschaft aß und trank, um nicht zu sagen völlte. Damit verstieß er natürlich gegen die Benediktregel der »discretio«, aber da er mit leerem Magen zu keiner geistigen Leistung fähig war, blieb ihm nichts anderes übrig, als jeden Tag aufs Neue zu sündigen. Er selbst nannte es »das kleinere Übel«, und sein Abt ließ ihn, wohl wissend, was er an ihm hatte, gewähren.

An einem Tag wie diesem wäre der füllige Benediktiner trotzdem zu Fuß unterwegs gewesen – zumal der Ochsenkarren keinen Zeitgewinn brachte –, hätte ihm nicht auch noch ein eingewachsener Zehennagel zu schaffen gemacht. Genau genommen nicht mehr der Nagel selbst, denn das dornenspitze Stück, das ihn gequält hatte, hatte er vor drei Tagen, als er bei seinen Brüdern auf dem Michaelsberg in Siegburg zu Gast gewesen war, mit einem Messer abgesäbelt. Dabei hatte er sich allerdings tief ins Fleisch geschnitten, und da das Messer unsauber gewesen war, zierte den dicken Zeh seines rechten Fußes nun eine taubeneigroße, pralle Eiterblase. Der Zeh selbst hatte eine bläuliche Färbung angenommen und pochte. Mehrfach war der Mönch versucht gewesen, die Blase aufzustechen, fürchtete aber, dadurch noch mehr Schaden anzurichten. Also tröstete er sich damit, dass er sich noch heute Abend in kundige Hände begeben würde.

Der Name des leidgeprüften Benediktiners war Wibert von Gembloux. Er war zweiundfünfzig Jahre alt, gebürtiger Wallone, stammte aus der Nähe von Namur und wurde weit über die Mauern seines Klosters hinaus als theologische Kapazität und fachkundiger Ratgeber in religiösen Fragen geschätzt. Dies war seine zweite Reise in den Rheingau, um Hildegard von Bingen, der berühmten »Prophetissa teutonica«, seine Aufwartung zu machen.

Der erste Aufenthalt lag nun schon fast zwei Jahre zurück. Seinerzeit, im Herbst 1175, hatte er sich vier Tage lang als Begleiter eines Lütticher Kanonikers im Kloster auf dem Rupertsberg aufgehalten. Eine Gelegenheit, die sich kurzfristig ergeben hatte und die Wibert sich nicht hatte entgehen lassen. Nachdem er Hildegards mystische Glaubenslehre, den »Liber Scivias«, und den »Liber vitae meritorum« studiert hatte, drängte ihn sein religiöser Eifer, sein Wunsch nach Vervollkommnung seines theologischen Wissens, Hildegard persönlich kennen zu lernen. Er wollte Näheres über ihre seherische Begabung erfahren.

Auch jetzt noch, als er sich auf der Ladefläche des Karrens hockend an die erste Begegnung mit der »Posaune Gottes«, wie sie sich selbst nannte, erinnerte, lief ihm ein leichter Schauer über den Rücken. Von der kleinen, hageren Greisin, die sich wegen einer Gehbehinderung nur mühsam fortbewegen konnte, ging eine geradezu unwiderstehliche Faszination aus.

Ihre klare, eindringliche Stimme fesselte, ohne je laut zu werden, die volle Aufmerksamkeit aller. Stand man ihr von Angesicht zu Angesicht gegenüber, wurde man von ihren dunklen, geheimnisvollen Augen in Bann gezogen. Augen, die fähig schienen, in des Menschen Herz zu blicken. Augen, wie man sie eigentlich nur bei einer viel jüngeren als einer bereits weit im achten Lebensjahrzehnt Stehenden erwartet hätte. Dazu verströmte Hildegard eine Ruhe und Ausgeglichenheit, die beruhigender wirkte als ein Melissenaufguss. Kein Vergleich mit der an Hysterie grenzenden Eile und Umtriebigkeit, die Bernhard von Clairvaux zu eigen gewesen war und die Wibert, als er dem »heimlichen Papst« einmal begegnet war, so abgestoßen hatte.

Gleich vom ersten Augenblick an hatte Wibert eine tiefe Vertrautheit zwischen Hildegard und sich gespürt. Ihm war beinahe, als hätten sie sich schon früher gekannt, als seien sie alte Freunde oder mehr noch, Mutter und Sohn, die nur durch widrige Umstände für längere Zeit getrennt gewesen waren.

Und Hildegard schien ähnlich zu empfinden. Sie widmete ihrem wissensdurstigen Gast außergewöhnlich viel Zeit, in der sie seine unzähligen Fragen zu ihren Visionen offen und in aller Ausführlichkeit beantwortete. Wiberts Glaube erfuhr eine neue Dimension.

Hinzu kam das freundliche Miteinander, das die Schwestern pflegten und das sich auf die Gäste übertrug. Ein Umgangston, der so ganz anders war als der ruppige, der in Gembloux vorherrschte. So verspürte Wibert bei seiner Abreise einen Trennungsschmerz wie noch nie zuvor in seinem Leben. Ihm war, als verlöre er seine Familie.

So tief waren die Eindrücke, dass Wibert seit der Rückkehr nach Gembloux tagtäglich an die glückliche Zeit mit Hildegard zurückdachte und darauf sann, der verehrten Mutter baldmöglichst einen erneuten Besuch abzustatten. Das sollte sich jedoch als schwieriger erweisen, als er erwartet hatte.

Eine für das darauf folgende Frühjahr geplante Reise in den Rheingau, die Wibert, sein Abt Johannes und einige Mitbrüder im Anschluss an eine Wallfahrt nach St. Quirin in Neuss geplant hatten, hatte der Abt von einem Tag auf den anderen ohne Begründung abgesagt. Es war eine seiner gefürchteten einsamen Entscheidungen, mit denen er das Klosterleben so häufig durcheinander brachte. Wibert war entsetzt, musste sich aber zähneknirschend fügen. Die Monate gingen ins Land, ohne dass sich eine neue Möglichkeit zu reisen ergeben hätte.

Stattdessen erreichte den Konvent Ende des Jahres das Gerücht, Hildegard sei gestorben. Völlig aufgelöst zürnte Wibert seinem Abt und versuchte verzweifelt, brieflich Näheres zu erfahren. Wochen voller Ungewissheit vergingen, bis im Januar 1177 die erlösende Botschaft eintraf, die Seherin habe nur schwer krank darniedergelegen, erhole sich inzwischen jedoch wieder.

Aber nicht nur um Hildegards Gesundheitszustand war Wibert besorgt, er bangte auch um ihr seelisches Wohl. Nachdem sie bereits vor vier Jahren ihren langjährigen Sekretär Volmar verloren hatte, ein Verlust, den sie nie recht verwunden hatte, war im vorletzten Winter Volmars Nachfolger Gottfried, der zudem noch das Amt des Klosterpropstes versehen hatte, verschieden. Wer nunmehr Hildegards Visionen niederschrieb, die Abschriften beaufsichtigte und wer den Schwestern auf dem Rupertsberg geistlichen Beistand gab, entzog sich Wiberts Kenntnis. Er befürchtete, niemand, denn wochenlang war ihm Hildegard jede Nacht im Traum erschienen und hatte ihn um Hilfe angefleht.

Schließlich hatte Wibert sich nicht mehr zügeln können und seinen Abt um Erlaubnis gebeten, allein nach Bingen reisen zu dürfen. Johannes zeigte sich jedoch derart störrisch, dass Wibert zuletzt nur noch einen Ausweg sah: Er fälschte einen Brief, in dem Hildegard ihn angeblich zu sich einlud, woraufhin Johannes ihm einen zweimonatigen Aufenthalt in Bingen gestattete. Ein Frevel, für den Wibert damit rechnen musste, dereinst in der Hölle zu braten. Andererseits, so fragte er sich, war sein Verhalten nicht entschuldbar, ja, war es nicht geradezu seine Pflicht gewesen, diese Sünde zu begehen, um Hildegard in ihrer Not beizustehen?

Der Karren krachte in ein knietiefes Schlagloch, und Wibert wurde gewaltig zusammengestaucht. Demütig hob er den Blick zum Himmel und bat um Vergebung. Es gab keine Rechtfertigung für sein Tun. Auch Hildegard, hätte sie davon gewusst, hätte sein Verhalten keineswegs gutgeheißen. Sosehr sie auch Verständnis für menschliche Schwächen hatte, die Lüge verabscheute sie wie der Teufel das Weihwasser.

Wibert wandte den Kopf und warf einen Blick voraus, vorbei an dem Ochsen und dem schmutzstarrenden Bauern, der das Tier führte. In der Entfernung deutete sich bereits der Bogen des Stroms an, hinter dem die Nahemündung mit dem Berg des heiligen Rupert lag. Vor Einbruch der Dämmerung würde er sein Ziel erreicht haben und sich vielleicht schon morgen nützlich machen können.

Sosehr er dem Wiedersehen mit Hildegard entgegenfieberte, so unwohl war ihm, wenn er an Sigewiza, die Cellarin des Klosters, dachte. Die aus einer vornehmen Kölner Familie Stammende hatte vor zehn Jahren noch als unheilbar vom Teufel besessen gegolten. Sieben Jahre lang hatten die Mönche des Klosters Brauweiler vergeblich versucht, der jungen Adligen den Satan auszutreiben. Erst Hildegard war es gelungen, sie zu heilen, nachdem die Kranke nach Bingen gebracht worden war. Nach ihrer Genesung war sie aus Dankbarkeit der Gemeinschaft auf dem Rupertsberg beigetreten.

Klein, schmächtig und häufiger krank als gesund, aber mit einem frechen Mundwerk ausgestattet, sah Sigewiza neben der Verwaltung des Weinkellers ihre vornehmliche Aufgabe darin, Hildegard vor Überlastung und zu großer Zudringlichkeit der Besucher zu schützen. Eine Aufgabe, der sie mit der Gewissenhaftigkeit und Schärfe eines Wachhundes nachkam. Verständlich, dass Wibert mit seiner Wissbegierde von ihr als natürlicher Feind betrachtet wurde. Gleich zweimal waren sie während der vier Tage aneinander geraten, und es hatte nicht viel gefehlt, und Sigewiza hätte ihn des Klosters verwiesen.

Andererseits hatte die junge Nonne, die ihm im Januar die frohe Kunde übermittelt hatte, Hildegard lebe entgegen der Gerüchte doch, berichtet, Sigewiza liege auf das Schwerste erkrankt darnieder und es gebe wenig Hoffnung. So war es denkbar, dass es dem Herrn zwischenzeitlich gefallen hatte, die einst Besessene abzuberufen. Nicht dass Wibert dies gewünscht oder auch nur begrüßt hätte, keineswegs, aber so war nun mal der Lauf der Dinge, daran änderte auch der Frömmste nichts.

Wie auch immer, er würde es bald erfahren.

6

Kloster Rupertsberg

Es war doch später geworden, als Wibert gehofft hatte, denn der Schatten, den er warf, betrug bereits mehr als doppelte Körperlänge. Sicher hatte die Vesper schon begonnen.

Klein kam er sich vor, als er sich dem Kloster den Weg vom Fluss herauf näherte, so imposant war die Anlage. Eine baumhohe Stützmauer, über die die Türme der Abteikirche aufragten, fing das Plateau zur Nahe hin ab. Die Mauerkrone war teilweise mit Zinnen versehen, was den Eindruck von Wehrhaftigkeit noch verstärkte. Die umfriedete Gesamtfläche der Klosteranlage betrug annähernd zweihundert Schritte im Quadrat. Es war beeindruckend, welche Leistung Hildegard auch als Bauherrin vollbracht hatte. Wibert musste daran denken, dass er sich als Kind so Masada vorgestellt hatte, jene Festung hoch über dem Toten Meer, in der die Juden der römischen Belagerung zwei Jahre widerstanden hatten.

Der Torwächter war derselbe wie zwei Jahre zuvor. Ein geheilter Aussätziger, dem die Krankheit tiefe Narben ins Gesicht gefressen hatte. Ob er den späten Gast wieder erkannte, war ihm nicht anzumerken. Bei der großen Zahl an Besuchern, die Jahr für Jahr ins Kloster kamen, war das eher unwahrscheinlich.

Wibert deutete auf seinen Fuß und sagte, er könne rechts

nur mit der Ferse auftreten und möge als Erstes zur Krankenstation geführt werden. Ohne ein Wort zu sagen, nahm ihm der Wächter daraufhin sein Bündel ab, schulterte es und führte ihn zum zweiten Tor, das ein Stück oberhalb neben dem Zugang zum Schulgebäude lag. Kühl, beinahe schon kalt war es in dem Gang zwischen den doppelt mannshohen Mauern. Trotzdem kam Wibert ins Schwitzen, weil er versuchte, mit dem Wächter Schritt zu halten.

Das zweite Tor wurde von einem Fallgitter gesichert. Das hatte es vor zwei Jahren noch nicht gegeben. Ein Zeichen dafür, wie unsicher die Zeiten geworden waren.

Der Wächter übergab Wiberts Bündel einem ungefähr zehnjährigen Knaben mit einer Hasenscharte und sichelförmigen Beinen. Dazu murmelte er eine Anweisung, die Wibert nicht verstand, und ging zurück auf seinen Posten. Wibert folgte dem Jungen über den gepflasterten Hof.

Mächtig erhob sich die Nordseite der Abteikirche vor ihnen. Wibert schnupperte. Dem Gästerefektorium zur Rechten entströmten verlockende Essensdüfte und machten ihm bewusst, wie wenig er den Tag über gegessen hatte. Plötzlich knurrte sein Magen so laut, dass er sich schämte. Eilig humpelte er weiter. Die Behandlung seines Fußes hatte Vorrang, essen konnte er später.

Gegenüber dem Westportal der Kirche lagen zwei aneinander gebaute ziegelgedeckte Gebäude. Das niedrigere beherbergte, wie Wibert wusste, neben den Wirtschaftsräumen die Krankenstation mitsamt Behandlungsraum, einem Aderlassraum, der Salbenküche und einigen Kammern für Bettlägrige. Das andere Gebäude diente Reisenden und Gästen des Klosters als Quartier. Früher hatte hier auch der Sekretär der Äbtissin seine Schreibstube gehabt.

Unerwartet ging der Knabe am Eingang zur Krankenstation vorbei. Nicht einmal, als Wibert ihn anrief, blieb er stehen, sondern verschwand im Gästehaus. Wohl oder übel hinkte Wibert hinterher.

Es dauerte einen Moment, bis sich seine Augen an die Dunkelheit im Flur gewöhnt hatten. Geradeaus lag die Treppe, die ins Obergeschoss führte. Linker Hand gingen zwei Türen ab. Unter dem Türstock der hinteren stand der Knabe und gab Zeichen.

Als Wibert den kleinen Raum betrat, stutzte er. Vor ihm saß der älteste Mensch, den er je gesehen hatte. Die durch das Fenster einfallenden letzten Strahlen der untergehenden Sonne beschienen ein tief gefurchtes Gesicht wie aus Granit gehauen. Der Mann hinter dem Schreibpult musste an die hundert Jahre alt sein. Bekleidet war er mit einer schlichten Mönchskutte, trug an den Fingern aber mehrere kostbare Ringe. Während der Knabe Wiberts Bündel ablegte und den Raum verließ, deutete der Alte auf den Stuhl vor dem Pult.

»Setz dich, Bruder.«

Wibert dankte und sank schwer auf die Sitzfläche. Durch das Gehen auf der Ferse war sein rechtes Bein völlig verkrampft. In seinem Zeh klopfte es, als säße dort ein zweites Herz. Die Anstrengung und die Hitze des Tages ließen seine Zunge am Gaumen kleben. Währenddessen betrachtete der Alte ihn aus lebhaften braunen Augen mit dem Interesse eines Botanikers, der eine seltene Pflanze entdeckt hatte.

»Du also bist Wibert von Gembloux«, sagte er schließlich bedächtig. Die Stimme war fest, ohne jedes Tremolo des Alters. »Der Ruf, der dir vorauseilt, ist beachtlich.«

»Ich bin nur der Geringste der Brüder«, sagte Wibert. »Verzeih meine Unwissenheit, ehrwürdiger Vater, aber der Knabe sagte mir nicht, zu wem er mich führen würde.«

»Jonas' Worte hätten dir nicht viel genützt, ihm fehlt die Zunge. Ist man mit seinem Gestammel nicht vertraut, versteht man ihn nicht.« Er lehnte sich etwas zurück, wodurch sich der

Schatten des Fensterkreuzes auf seinem Gesicht abzeichnete. »Ich bin Hugo, Domkantor von Mainz. Auf besonderen Wunsch des Mainzer Erzbischofs Christian von Buch diene ich meiner Schwester zurzeit als Sekretär.«

»Dann bist du ein Bruder der verehrten Hildegard?«

»So ist es. Der zweitälteste und der letzte noch lebende, seit Roricus im letzten Jahr abberufen wurde.«

Wibert verspürte einen kleinen Stich. Auf diesem Posten konnte er sich also nicht mehr nützlich machen.

»Wie geht es der hochverehrten Mutter? Ist sie wieder genesen?«

»Die Heilung schreitet nur sehr langsam voran, sodass sie ihren Pflichten lediglich für wenige Stunden am Tag nachkommen kann. Wir unterstützen sie, wo wir nur können.«

»Wir?«

»Ansgar, ein Kanonikus von St. Stephan aus Mainz, dient dem Konvent derzeit als Spiritual.«

Das war der zweite Stich. Wibert war noch nicht einmal so lange auf dem Rupertsberg, wie es dauert, ein Ei zu kochen, und wusste bereits, dass seine Reise vergeblich gewesen war. Dass Hildegard seinen Beistand erbeten hatte, war nichts weiter als ein Traum gewesen. Hier wurde er so dringend gebraucht wie ein Unwetter.

»Selbstverständlich tragen die Schwestern selbst am meisten zur Entlastung ihrer Mutter bei«, fuhr Hugo fort. »Allen voran Hiltrudis, die die Aufsicht über das Scriptorium führt, Hazzecha, die trotz ihrer Jugend Eibingen vorsteht, Sigewiza, die –«

»Oh!«

Die Querfurchen auf der domkantorlichen Stirn wurden noch tiefer. Hugo hatte die Brauen hochgezogen. »Die Namen der Schwestern sollten dir von deinem letzten Besuch vertraut sein.«

»Gewiss. Es ist nur … War nicht auch Sigewiza auf Leben und Tod erkrankt? In Gembloux erhielten wir diese Nachricht.«

»Mal trifft es die eine, mal die andere, wie es der Wille des Herrn ist. Besonders in der kalten Jahreszeit. Dazu kommt der tägliche Umgang mit Kranken und Aussätzigen. Bedingt durch Hildegards Ausfall hatte Schwester Sigewiza die Leitung der Krankenstation übernommen.«

»Dann werde ich wohl alsbald das Vergnügen haben«, sagte Wibert und klang so munter, als habe er soeben ein dreiwöchiges Heilfasten angetreten. Murmelnd fügte er hinzu: »Hesekiel dreißig Vers sechzehn.«

»Wie bitte?«

Wibert grinste ein wenig hilflos. »Mir wird angst und bange.«

»Du hast Schwierigkeiten mit deinem Fuß, sagte mir der Knabe. Ist es das, was dich ängstigt?«

»Er schmerzt schauderhaft.«

Hugo beugte sich über das Pult, während Wibert sein Bein ein Stück anhob. So konnte der greise Kantor einen kurzen Blick auf den angegriffenen Zeh werfen. »Das sieht wahrhaft übel aus«, sagte er. »Du hättest zuerst die Krankenstation aufsuchen sollen.«

»Ja«, seufzte Wibert. »Der Gedanke kam mir auch schon.«

Hugo bimmelte mit einem winzigen Glöckchen, das neben einem Kupferbecher der einzige Gegenstand auf der Schreibfläche war. Der Ton war heller als Vogelgezwitscher. Dass irgendwer das Läuten hören würde, erschien Wibert unwahrscheinlich. Und doch tauchte bereits nach wenigen Augenblicken der Junge mit der Hasenscharte auf.

»Jonas wird dich nach nebenan führen«, sagte Hugo. »Sobald der Abendgottesdienst beendet ist, werden die Schwestern sich deiner annehmen. Gott segne dich.«

Beim Hinausgehen stieß Wibert ausgerechnet mit dem kranken Fuß an die Türschwelle. Ein fürchterlicher Schmerz fuhr ihm hoch bis ins Gesäß und ließ ihn aufjaulen. Außerdem war ihm mit einem Mal glühend heiß, und er fühlte sich wie zerschlagen. Sicherlich hatte er Fieber. Nur mit Mühe schaffte er die wenigen Schritte bis ins Nebengebäude, immer wieder musste er sich an den Wänden abstützen. Im Behandlungsraum stieß der Junge einen kehligen Laut aus und zeigte auf eine Pritsche. Wibert legte sich darauf und schloss erleichtert die Augen. Das Pochen im Zeh spürte er bis in den Hals.

Eilige Schritte wie von einem kleinen Nagetier huschten über den Boden, und der Lufthauch eines Ärmels fächelte kühle Luft an Wiberts glühende Stirn. Er schlug die Augen auf. Das Gesicht, das sich über seines gebeugt hatte, war zweifellos das Sigewizas. Er erkannte sie sofort, obwohl sie noch schmaler war als vor zwei Jahren. Ihre Miene war nicht unfreundlich, wie er befürchtet hatte, sondern voller Sorge.

»Wie fühlst du dich?«, fragte sie leise und tupfte seine Stirn ab.

Wibert wollte antworten, aber seine Zunge war dick und schwer wie Blei, er konnte sie nicht bewegen. So brachte er nur ein gurgelndes Geräusch zu Stande und schüttelte den Kopf. Aber Sigewiza hatte ihn verstanden. Mit einem feuchten Tuch berührte sie seine Lippen, was er als wunderbar wohltuend empfand. Dann schob sie das Tuch zwischen seine Zähne.

»Es wird wehtun, wenn ich die Blase aufschneide«, sagte sie. »Beiß auf das Tuch.«

Wibert nickte tapfer.

Sigewiza schnallte seine Handgelenke mit zwei Lederriemen an der Pritsche fest.

»Das ist nur zu deinem Besten.«

Das hoffte Wibert auch.

Sie ging zu einem Schränkchen und entnahm ihm einen Feuerstein. Vorsichtig fuhr sie mit der Daumenkuppe über die Klinge. Mit ihr hätte man ein Rosenblatt halbieren können.

Ein einziger Schnitt genügte, und die Blase gab ihren Inhalt spritzend frei. Wibert bäumte sich auf und brüllte trotz des Leinentuchs zwischen den Zähnen wie ein frisch aufgespießter Keiler. Während Sigewiza den Eiter in einer Schale auffing, flößte ihm eine Novizin ein Gemisch aus Hirtentäschel, Brechwurz und Weißwein gegen die Wundeiterung ein. Eine Mischung, die besser schmeckte, als die Rezeptur vermuten ließ.

Nachdem auch das Sekret abgeflossen war, begann die Schwester Medica, die Wunde zu reinigen. So behutsam sie dabei auch vorging, Wiberts Schmerzgrenze wurde dabei überschritten. Stöhnend hob er den Kopf, verdrehte die Augen – und verlor die Besinnung.

»Männer«, murmelte Sigewiza.

In dem Raum, in dem Wibert erwachte, war es düster, trotz der Kerzen, die links und rechts seiner Bettstatt brannten. Ihm selbst war kühl, und er fühlte sich seltsam leicht. Einen schrecklichen Augenblick lang dachte er, er sei gestorben und man habe ihn aufgebahrt. Dann aber schmerzte sein Zeh, was ihn in diesem Moment freute. Außerdem war er nicht allein.

In einem Lehnstuhl an seiner Seite saß eine Ordensfrau. Sie war eingenickt, ihr Kinn ruhte auf ihrer Brust. Obwohl sie ein dickes wollenes Tuch um Kopf und Schultern geschlungen hatte, erkannte Wibert sie sofort. Und selbst wenn sie hinter einem Vorhang gesessen hätte, so hätte er doch gewusst, wer sie war.

Hildegard, seine Mutter in Christo, wachte persönlich über ihn.

Sie musste seinen Blick gespürt haben, denn sie öffnete die Augen und hob den Kopf. Wibert schien sie noch zerbrechlicher als vor zwei Jahren, auch wenn ihre Augen nach wie vor Kraft und Wärme ausstrahlten. Ihre Hand suchte die seine und drückte sie fest.

»Wir waren in großer Sorge um dich, Wibert«, sagte sie leise. »Aber dank der Gnade des Herrn hast du es überstanden.«

»Und dank deiner Heilkunst, nehme ich an«, sagte Wibert und wunderte sich, wie gut ihm seine Zunge wieder gehorchte.

»Die ich ausschließlich Gottes Gnade verdanke, wie du weißt.«

Wibert nickte zu den Kerzen hin. »Die Nacht ist bereits hereingebrochen, wie ich sehe.«

»Ja.« Hildegard lächelte. »Die sechste Nacht seit deiner Ankunft.«

»Wie? Hab ich etwa die ganze Zeit …«

»Du lagst in einem Fieber, das dich fast verzehrt hätte. Wir haben es vier Tage und Nächte mit Eibischblättersaft, Wadenwickeln und Gebeten bekämpft, erst dann ließ es nach. Du musst dich noch sehr schwach fühlen.«

Wibert fuhr mit Daumen und Zeigefinger sein Kinn entlang. »Ich glaube, ich bin mager geworden.«

»Das wäre nun übertrieben. Aber das eine oder andere Lot hast du gewiss verloren. Außer etwas Fleischbrühe vermochten wir dir nichts einzuflößen.«

»Und das alles nur wegen des Zehs?«

»Er war brandig, und sein Gift war bereits in deine Organe

eingedrungen. Wärest du nur einen halben Tag später zu uns gekommen, wärest du verloren gewesen.«

Wibert drückte Hildegards Hand an sein Herz. »Hab Dank, Mutter.«

»Dein Dank sollte Sigewiza gelten. Sie war es, die dich gepflegt hat. Ich habe nur für dich gebetet und bisweilen an deiner Seite gesessen.« Ihr Blick verlor sich. »Es waren so viele, die meines Beistandes bedurften.«

»Du wirkst betrübt. Was ist geschehen?«

Hildegard stieß einen Seufzer aus, der Wibert in seiner Inbrunst und seiner Lautstärke erschreckte.

»Nicht allen wurde dieselbe Gnade zuteil wie dir«, sagte sie nach einer Weile. »Es ist viel geschehen in dieser Woche.«

»Ist einer der Schwestern etwas zugestoßen?«

»Das auch. Gleich drei wurden abberufen. Elisabeth, Maria die Ältere und Hiltrudis.«

»Allmächtiger!« Wibert bekreuzigte sich im Liegen. »Wie konnte das passieren?«

»Einen Tag nach deiner Ankunft wurde der Konvent von einer Seuche heimgesucht. Die Erkrankten litten an Durchfall und erbrachen ohne Unterlass. Innerhalb von zwei Tagen verloren sie ihre gesamte Körperflüssigkeit. Nur wer ausreichend trank, vertrocknete nicht innerlich. Den Schwächsten aber half nicht einmal das.« Hildegard seufzte erneut. »So verstarben auch mein Bruder Hugo und Ansgar, unser Propst.«

Wibert, dem es wegen seiner fast einwöchigen Bewusstlosigkeit vorkam, als habe er vor nicht einmal einer Stunde mit Hugo gesprochen, war betroffen. Sicher, der Sekretär war steinalt gewesen, aber er hatte einen so unverwüstlichen Eindruck gemacht. Es war kaum zu fassen. Dazu hatte die Gemeinschaft auch noch ihren geistlichen Beistand verloren sowie die Leiterin des Scriptoriums. Angesichts dieser Häufung von Schicksalsschlägen war es ein Wunder, dass Hildegard so gefasst war.

Und dann, von einem Wimpernschlag auf den nächsten, begriff Wibert, was das bedeutete. Hildegards Sekretär und der Propst des Klosters waren gestorben, er hingegen lebte noch! Seine Reise nach Bingen war genau zur rechten Zeit erfolgt. Ebenso der brandige Zeh und die tiefe Bewusstlosigkeit, die verhindert hatte, dass er sich ansteckte. Für ihn gab es keinen Zweifel: Das war göttliche Fügung! Es war eindeutig der Wille des Herrn, dass er Hildegard künftig zur Seite stand.

Sie schien seine Gedanken zu lesen, denn plötzlich überzog ein Lächeln ihr Gesicht. Es ließ sie jung aussehen, was unter anderem daran lag, dass ihr bis auf einen Eckzahn alle Zähne erhalten geblieben waren. Den einen hatte sie bereits als junge Frau bei einem Sturz verloren, wie Wibert wusste. Als er jedoch etwas sagen wollte, legte sie ihm den Zeigefinger auf die Lippen.

»Du musst ruhen, mein Sohn«, sagte sie. »Schlaf dich gesund, über alles andere werden wir zur gegebenen Zeit sprechen.«

Er wollte widersprechen, aber eine unvermittelt einsetzende Schläfrigkeit erstickte jedes Wort im Ansatz.

*

Vorhänge aus grobem Leinen verhinderten, dass das Sonnenlicht in seiner vollen Stärke einfallen konnte. Aber dass die Sonne schien, war unübersehbar. Einzelne vorwitzige Strahlen zwängten sich zwischen Vorhang und Fensterlaibung hindurch und malten einen senkrechten Strich auf die Wand. Kam Wind auf, bauschte sich der Stoff, und aus dem Strich wurde ein Bogen.

Ein Lichtspiel, mit dessen Beobachtung Wibert sich die

Zeit vertrieb, während er mit hinter dem Kopf verschränkten Händen auf seiner Pritsche lag. Dazu atmete er immer wieder tief und mit weit geblähten Nasenflügeln ein. Frühmorgens war der Boden mit frischen Kräutern bestreut worden, die nun in der Wärme ihr volles Aroma entfalteten. Ein Waldspaziergang hätte ihm keine bessere Luft bescheren können. Minze schnupperte er heraus und Kamille.

Wibert fühlte sich ausgeruht, ja geradezu unternehmungslustig. Außerdem hatte er einen Bärenhunger. Am liebsten wäre er auf der Stelle aufgestanden, aber die junge Schwester, die ihm frisches Wasser gebracht hatte, hatte ihn angewiesen, liegen zu bleiben, bis Schwester Sigewiza ihn aufgesucht habe. Das war nun schon geraume Zeit her. Drüben auf dem Tisch unter dem Fenster hatte er zwar ein Schälchen mit einer verschrumpelten Gurke entdeckt, aber danach stand Wibert der Sinn nun überhaupt nicht. Er hatte Heißhunger auf etwas Handfestes, am liebsten ein Stück Gebratenes vom Schwein.

Um sich abzulenken, dachte er an die ihm bevorstehende Aufgabe. Sosehr ihn die Schicksale Hugos und Ansgars auch dauerten, konnte er doch nicht ernstlich um sie trauern. Dazu hatte er die beiden Männer zu wenig gekannt. Genauer gesagt hatte er nur den Domkantor gekannt, dem Kanonikus von St. Stephan war er nie begegnet. Es schmerzte ihn jedoch, Hildegard betrübt zu sehen, aber er war wild entschlossen, als ihr Sekretär derart gute Arbeit zu leisten, dass sie über die Verluste schnell hinwegkommen würde. Der Gedanke, sie könne seine Dienste womöglich gar nicht in Anspruch nehmen wollen, kam ihm nicht. Etwas beklommen fragte er sich allerdings, was wohl Sigewiza und die anderen Schwestern davon halten mochten.

Das Amt des Seelsorgers würde er jedoch, sofern man es ihm überhaupt antrüge, ablehnen. Zu groß wäre der damit verbundene Zeitaufwand. Außerdem war er ein Mann des

Wortes, der Sprache, hier lag seine Stärke. Seine Qualitäten als Beichtvater schätzte er hingegen als eher gering ein. Zudem hatte Wibert sich neben der Bearbeitung der Korrespondenz, der Pflege der Klosterchronik und der Niederschrift der Hildegardischen Visionen eine weitere, ausgesprochen ehrgeizige Aufgabe gestellt: die Sichtung, Überarbeitung und Herausgabe von Hildegards gesammeltem Briefwechsel.

Soweit ihm die Schreiben bekannt waren, litten sie nämlich alle an demselben Mangel: Ihnen fehlte der sprachliche Schliff. Mochten Gottfried und zuvor Volmar auch treue Gehilfen gewesen sein, gekonnte Stilisten waren sie gewiss nicht. Zu simpel war nach Wiberts Empfinden ihre Wortwahl, zu unbeholfen ihre Formulierungen. Dadurch wurden sie Hildegards überragender Rolle als Theologin nicht gerecht. Ein Mensch wie sie, die das letzte halbe Jahrhundert entscheidend mitgeprägt hatte, hatte Besseres verdient. Zur Not würde Wibert Briefe, die selbst durch eine Überarbeitung nicht zu retten waren, aussortieren. Sein Plan war, ein Gesamtkunstwerk zu schaffen, eine Hinterlassenschaft, die Jahrhunderte überdauern sollte.

Plötzlich zerriss ein Schrei die Stille, der Wibert ins Mark fuhr. Da musste sich wohl irgendein armer Tropf im Behandlungszimmer einer Tortur unterziehen. Vielleicht wurde ihm gerade ein Zahn gezogen oder ein Furunkel herausgeschnitten. Unangenehme Vorstellungen, die Wibert mit einem Kopfschütteln zu vertreiben versuchte. Das gelang ihm zwar, dafür kam ihm jedoch sein Fuß in den Sinn. So gut die medizinische Versorgung durch die Schwestern auch war, in seinem Zeh spürte er nach wie vor ein Ziehen, vor allem wenn er versuchte, mit ihm zu wackeln, was jedoch unmöglich war.

Er schlug die Decke zurück. Der ganze Fuß war dick eingebunden. Kein Wunder, dass er den Zeh nicht bewegen konnte. Er würde warten müssen, bis Sigewiza kam. Vielleicht hatte sie eine Erklärung für dieses unangenehme Gefühl, und hoffentlich war deswegen nicht eine erneute schmerzhafte Behandlung erforderlich.

Vielhufiges Getrappel und lautes Gemecker drangen an Wiberts Ohr. Eine Herde Ziegen wurde unter dem Fenster der Kammer vorbeigetrieben. Jetzt konnte er die Tiere auch riechen. So stechend der Geruch war, sofort musste Wibert an den sahnigen Käse aus ihrer Milch denken. Prompt lief ihm das Wasser im Mund zusammen. Erneut überlegte er, ob er nicht doch die Gurke essen sollte. Eine Entscheidung, die ihm durch Sigewizas Erscheinen abgenommen wurde.

Die Medica war erschöpft. Seit Sonnenaufgang hatte sie einen Kranken nach dem anderen versorgt. Nachdem sie Wibert prüfend in die Augen und den Rachen geschaut hatte, fragte er, wann er aufstehen dürfe.

»Du solltest es heute dabei belassen, dich aufzusetzen«, antwortete die Schwester. »Dabei kannst du die Beine von der Pritsche hängen lassen. Aber versuche nicht, dich hinzustellen, es würde dich nur benommen machen. Nach dem langen Liegen dauert es eine Zeit, bis das Herz wieder ausreichend Blut bis in deinen Kopf pumpen kann.«

Als sie sah, wie enttäuscht Wibert war, fügte sie hinzu: »Ein ordentliches Essen kannst du natürlich schon heute zu dir nehmen. Ich werde dir gleich etwas bringen lassen. Dazu trinkst du einen Becher Nelkenwurzwasser. Das ist eine ganz besondere Rezeptur der Mutter Oberin und wird dir Kraft geben.«

Sie wollte sich abwenden, aber Wibert hielt sie am Arm zurück. »Von Hildegard erfuhr ich, dass ihr Bruder Hugo und Propst Ansgar von uns gegangen sind. Wer steht ihr denn nun als Sekretär zur Seite?«

»Verschiedene Schwestern versuchen, diese Aufgabe so gut

sie es vermögen zusätzlich wahrzunehmen. Ein Zustand, der auf Dauer jedoch kaum haltbar sein wird.«

Wibert fasste sich ein Herz. »Was würdest du dazu sagen, wenn ich mich der Äbtissin für diesen Posten anböte?«

»Ist das dein Ernst?«

»Selbstverständlich. Würde ich dich sonst um deine Meinung fragen?«

Sigewiza musterte ihren Patienten mit einem langen, ruhigen Blick. Umso überraschender war, wie knapp ihre Antwort ausfiel.

»Sofern du nicht aus Eitelkeit handelst, würde ich es begrüßen.«

Erst war Wibert verdattert, dann ärgerte er sich. Was nahm sie sich heraus? Während Sigewiza die Vorbereitungen zum Wechsel des Verbandes traf, beruhigte er sich jedoch wieder. Hatte sie nicht Recht? Wollte er mit seinem Vorhaben, Hildegards Ruhm zu mehren, nicht selbst Ruhm erlangen?

Ein schmerzhafter Stich in seinem Zeh verhinderte, dass er sich diese Frage beantworten konnte. Die Schwester Medica hatte begonnen, den alten Verband abzuwickeln. Wibert berichtete ihr von dem Ziehen, das er des Öfteren verspürte.

»Wir nennen das Trugschmerzen«, sagte Sigewiza. »Obwohl die Gliedmaße fehlt, schmerzt es. Derartige Schmerzen können noch nach Jahren auftreten. Besonders wenn das Wetter umschlägt.«

Wibert musste zweimal schlucken. »Fehlt? Was fehlt?«

»Dein Zeh. Wir mussten ihn abnehmen. Er war brandig. Sagte ich das nicht?«

»Abnehmen?«, stammelte Wibert. »Heißt das, er ist – weg?«

»Ich habe ihn einbalsamiert und aufgehoben, falls du ihn behalten möchtest«, sagte Sigewiza ungerührt. »Dort drüben in dem Schälchen liegt er.«

»Die Gurke!«, stöhnte Wibert und sank zum zweiten Mal innerhalb von sieben Tagen ohnmächtig ins Kissen.

September 1177

Der Sommer neigte sich seinem Ende und mit ihm die für den Rheingau so typischen oftmals unerträglich schwülen Tage, an denen das Brot schneller schimmelte, als es gegessen werden konnte. Noch immer war es sehr warm, aber es wehte ein Lüftchen, das es erlaubte, frei zu atmen. Das genoss auch Wibert, der sich an diesem Mittag auf seinen Stock gestützt auf dem Weg vom Gästerefektorium zu seiner Amtsstube befand.

Die benediktinische Regel erlaubte nur zwei Mahlzeiten pro Tag, morgens und abends, aber für Kinder, Kranke, Arme sowie für Reisende und nicht dieser Regel verpflichtete Gäste wurde auch mittags gekocht. Beizeiten hatte Wibert erfahren, dass dabei zumeist etwas übrig blieb. Inzwischen, da er zu einem festen Bestandteil des Lebens auf dem Rupertsberg geworden war, musste er sich nicht mehr mit den Resten begnügen, sondern die Köchin stellte ihm eine Portion zur Seite. So hatte er schnell die durch seine Krankheit verlorenen Pfunde ausgeglichen und sich sogar eine Reserve angefuttert. Der unerfreuliche Nebeneffekt war, dass mit den Pfunden auch seine schon verschwunden geglaubten Hämorrhoiden zurückgekehrt waren.

Hatte sich sein Allgemeinzustand auch rasch gebessert, so war das Gehen noch immer mühsam. Zwar waren die Trugschmerzen bereits nach wenigen Tagen verschwunden, aber das Fehlen des Zehs verursachte ihm noch immer ein Gefühl der Unsicherheit, weil er fürchtete, nicht sicher zu stehen. Deshalb hatte er sich von Benno, dem Torwächter, einen Stock schnitzen lassen. Auf den gestützt, hinkte er nun betulich durch die Klosteranlage. Spazierte er mit Hildegard durch die Weinberge, kam es nicht selten vor, dass die ein Vierteljahrhundert ältere Äbtissin ihrem Sekretär trotz ihrer Gehbehinderung enteilte.

Wiberts Angebot, an ihres Bruders statt auf dem Rupertsberg zu bleiben, hatte Hildegard ohne zu zögern angenommen. Sie wusste Wibert genau einzuschätzen, kannte seine Stärken wie seine Schwächen, vor allem aber wusste sie, dass er ihr treu ergeben war. Eine Eigenschaft, die keiner der derzeitigen Mönche des Klosters Disibodenberg, das für gewöhnlich den Sekretär und den Propst für den Rupertsberg stellte, besaß.

Einen kleinen Schock hatte Hildegard allerdings erlitten, als sie zum ersten Mal las, was Wibert aus einem von ihr diktierten Brief gemacht hatte. Hatten sich ihre bisherigen Sekretäre damit begnügt, grammatikalische Korrekturen vorzunehmen, hatte der Wallone den Text völlig umgeschrieben. Nicht dass er den Inhalt verfälscht hätte, aber er hatte ihn derart grundlegend – wenn auch elegant – umformuliert, dass Hildegard Mühe hatte, ihn als ihre Ausführungen wieder zu erkennen. Das war ein Stil, der nicht ihrem Geschmack entsprach, aber da Wibert überaus fleißig und umgänglich war, ließ sie ihn gewähren. Ihren Volmar würde ihr ohnehin niemand ersetzen können.

Wibert hatte sein Arbeitszimmer erreicht und nahm hinter dem Schreibpult Platz, hinter dem bei seiner Ankunft noch Hugo von Bermersheim gesessen hatte. Das Fenster stand offen, und in den Weinbergen konnte er die Schwestern beobachten, die heute mit der Lese begonnen hatten. Der Sommer war heiß gewesen, es würde ein guter Jahrgang werden. Voller Vorfreude rieb Wibert sich die Hände. Dann nahm er das nächste Pergament aus der Kiste zu seiner Rechten, entrollte es – und Rührung überkam ihn.

Das Schreiben war eine Abschrift des ersten Briefes, den Hildegard vor über zwei Jahren an ihn gerichtet hatte. Jener Brief, in dem sie ihm, einem ihr damals noch Unbekannten, das Geheimnis ihrer Sehergabe offenbart hatte, womit sie ihn sofort und vorbehaltlos für sich eingenommen hatte. Wibert brauchte den Text nicht zu lesen, er kannte ihn auswendig. Diesen Brief würde er nicht überarbeiten, an ihm gab es nichts zu verbessern.

Während er das Pergament behutsam zur Seite legte, schweiften seine Gedanken ab zu den Brüdern in Gembloux. Schon seit Wochen wollte er ihnen schreiben, wollte ihnen mitteilen, welche Aufgabe er übernommen hatte. Auch Abt Johannes musste unterrichtet werden, schließlich hatte er Wibert nur die Reiseerlaubnis für zwei Monate erteilt. Zweifellos machte die Gemeinschaft sich Sorgen, er sei unter die Räuber oder einer Seuche zum Opfer gefallen. Aber Wibert brachte es trotzdem nicht fertig, einen Brief aufzusetzen. Zu groß waren seine Bedenken, dass er mit einem Antwortschreiben aufgefordert werden würde, umgehend nach Gembloux zurückzukehren.

Es war ihm bewusst, dass er dieses Versteckspiel auf Dauer nicht würde aufrechterhalten können. Je mehr überarbeitete Korrespondenz er jedoch vorzuweisen hätte, desto größer war die Chance, dass Abt Johannes ihm gestatten würde, mit seiner literarisch-wissenschaftlichen Arbeit fortzufahren und auf dem Rupertsberg zu bleiben. Zumindest hoffte Wibert das.

Im nächsten Brief, den Wibert zur Hand nahm, richtete Hildegard mahnende Worte an die Äbtissin eines Klosters am

Oberlauf des Mains, in dem offenbar alles drunter und drüber ging. Wibert amüsierte sich noch über die zum Teil deutlichen Worte der Seherin, als es klopfte. Auf sein »Herein!« kam Jonas, der zungenlose Bursche mit der Hasenscharte, in die Stube.

»Was gibt es?«

Der Junge stieß reihenweise gurgelnde Laute aus und fuchtelte erregt mit den Händen in der Luft herum. Nach all den Wochen hatte Wibert noch immer große Schwierigkeiten, Jonas zu verstehen. Er begriff lediglich, dass ein wichtiger Besucher eingetroffen war, der den Sekretär Hildegards zu sprechen wünschte.

»Wie heißt er?«, fragte Wibert, verstand aber auch diesmal nicht, was Jonas von sich gab.

»Führ ihn herein. Lassen wir uns überraschen.«

Jonas verschwand, und umgehend trat ein Mann ein, der bereits vor der Tür gewartet haben musste. Wibert, der im Begriff war aufzustehen, sank zurück auf seinen Stuhl.

Der Gast war hoch gewachsen, schlank und hatte einen langen, dünnen Hals, der durch einen auffällig breiten Kiefer noch betont wurde. Sein weißes Haar trug er so kurz, dass es aussah, als sei der Schädel gepudert. Als er über die Schwelle trat, lächelte er, aber das tat er eigentlich immer, selbst wenn er ungehalten war. Wibert wusste das, schließlich kannte er den Mann nur zu gut.

Der Besucher war Johannes, der Abt des Klosters Gembloux.

*

Die Schwestern hatten sich für den Gast die allergrößte Mühe gegeben. Zunächst reichten sie einen aufs Feinste mit Kräutern, namentlich Petersilie, Kerbel, Schnittlauch, Dill, Basilikum, Estragon und Kresse abgeschmeckten Eierpfannkuchen. Dann fuhren sie eine Geflügelpastete auf, an der Wibert sich gern besinnungslos gefressen hätte. Den Abschluss bildete gekochter Salm in Weinsoße, der auf der Zunge zerging.

Hildegard nahm von allem wie immer nur ein Häppchen. Johannes, für den Essen kein Genuss, sondern lediglich ein notwendiges Übel zum Erhalt der Körperfunktionen war, aß gewohnt hastig. Das führte dazu, dass er gleich zu Beginn des letzten Gangs eine Gräte verschluckte. Nach Luft ringend hüpfte er von einem Bein aufs andere, was genauso sinnlos war wie Wiberts Schläge auf seinen Rücken. Als er bereits krebsrot war und ihm die Augen aus dem Kopf zu treten drohten, bedeutete Hildegard ihm stillzustehen, steckte ihre Hand in seinen Mund und fingerte die Gräte – die immerhin die Länge eines Kinderfingers hatte – aus seinem Rachen. Kaum hatte die Äbtissin ihre Hand wieder herausgezogen, erbrach Johannes die Pastete und den Pfannkuchen.

»Vomunt ut edant, edunt ut vomant«, murmelte Wibert unterdrückt, aber immerhin so laut, dass ihn die Schwester an seiner Seite verstand und zu kichern begann.

Von da an wollte keine rechte Stimmung mehr aufkommen. Nicht einmal ein Pokal des wirklich köstlichen Weins vermochte Johannes aufzuheitern. Mit seiner Verdrießlichkeit steckte er alle im Refektorium Versammelten an, sodass Hildegard schließlich vorschlug, zu dritt einen Verdauungsspaziergang am Ufer der Nahe zu unternehmen.

Der Schatten, den die Abteikirche warf, reichte bereits bis ans andere Ufer, wo zwei Fischer damit beschäftigt waren, ihre Kähne für die Nacht zu vertäuen. Als sie Hildegard erkannten, fielen sie auf die Knie, senkten die Häupter und bekreuzigten sich. Die Äbtissin segnete sie mit einer stummen Geste.

»Allenthalben schlägt dir Verehrung entgegen«, sagte Johannes, nachdem er sich ausgiebig geräuspert hatte. »Die Leute werfen sich ja förmlich in den Dreck.«

»Die beiden verkaufen einen Teil ihres Fangs ans Kloster«, sagte Hildegard. »So können sie ihre Familien ernähren.«

Wibert bemerkte, dass Johannes die beiden Fischer mit einem ausgesprochen bösen Blick bedachte, als seien sie verantwortlich für sein peinliches Missgeschick.

Sie gingen flussaufwärts. Eine Blindschleiche, die auf einem flachen Stein die letzten Sonnenstrahlen genossen hatte, suchte bei ihrem Nahen das Weite. Dann wurde der Pfad schmaler und bot nur noch zwei Personen nebeneinander Platz. Wibert ließ Hildegard und Johannes den Vortritt.

»Du bist also gekommen, um mir meinen Wibert wegzunehmen«, hörte er die Äbtissin plötzlich sagen. »Mit ihm werde ich meinen vierten Sekretär in zwei Jahren verlieren.«

»Das ist sehr bedauerlich«, sagte Johannes steif. »Aber Wiberts Platz ist nun einmal in Gembloux. Seine Brüder vermissen ihn. Unendlich viel Arbeit ist während seiner Abwesenheit liegen geblieben.«

»Du fürchtest um den exzellenten Ruf deines Klosters als theologisches Zentrum. Ich verstehe.«

»Wir verfügen über eine der reichhaltigsten Bibliotheken des Abendlandes. Täglich erreichen uns Bitten um Abschriften, Übersetzungen, Textvergleiche und Auslegungen aus aller Herren Länder. Bitten, denen wir uns weder verschließen wollen noch können.«

»Und Wibert ist der einzige unter den Brüdern, der sich in all diesen Dingen auskennt?«

»Nun ja, ihm steht natürlich der eine oder andere Gehilfe zur Seite.«

»Fünf«, rief Wibert von hinten.

»Richtig, fünf«, sagte Johannes. »Aber diese Brüder verfügen natürlich nicht annähernd über Wiberts Sachkunde.«

»Woran liegt das?«, fragte Hildegard und hakte sich bei Johannes unter, da der Weg nunmehr anstieg. »Haben sie keine Ausbildung genossen?«

»Hat Wibert sich darüber beschwert? Dauernd liegt er mir in den Ohren, die Gehilfen müssten von ihren anderen Pflichten entbunden werden, um sich voll auf ihre wissenschaftliche Arbeit konzentrieren zu können.«

»Kein Wort hat Wibert verlauten lassen. Der Gedanke kam mir von selbst. Denn meiner Ansicht nach ist es unverantwortlicher Leichtsinn, sich auf einen Einzelnen zu verlassen. Sollte ihm etwas zustoßen, wäre niemand da, der die Arbeit fortführen könnte.«

»Du machst dir unnötige Sorgen. Wibert ist von überaus robuster Natur.«

»So?«

»Etwa nicht?«

»Viel fehlte nicht, und er wäre uns unter den Händen weggestorben.«

Abrupt blieb Johannes stehen. »Wie konnte das geschehen?«

Hildegard berichtete mit knappen Sätzen von dem brandigen Zeh, der abgenommen werden musste, und Wiberts einwöchiger Bewusstlosigkeit.

»Daher der Stock!«, rief Johannes. »Und ich dachte, er hätte sich den Fuß lediglich gestaucht. Mein armer Wibert!«

Einen Moment sah es so aus, als wolle der Abt Wiberts Kopf tätscheln, dann besann er sich jedoch und ergriff stattdessen Hildegards Hände. »Wie kann ich dir danken, teure Freundin? Äußere einen Wunsch, und es wird mir eine Freude sein, ihn dir zu erfüllen.«

Statt zu antworten, zog Hildegard die Brauen hoch, legte den Kopf schief und sah Johannes nur an. Der begriff auch gleich, welche Falle er sich selbst gestellt hatte.

»Nein, nein, das nicht. Dann würde ich ihn ja doch verlieren.«

»Nur für zwei Jahre.«

»Nur für zwei Jahre? Wie meinst du das?«

Auch Wibert verstand nicht, worauf die Mater hinauswollte.

»Mein Leben währt nun schon bald neunundsiebzig Jahre«, sagte sie, »und es werden wohl noch zwei weitere dazukommen. Nicht weniger, aber auch nicht mehr.«

Johannes wollte protestieren, aber Hildegard bedeutete ihm, still zu sein.

»Ich denke, im Herbst des übernächsten Jahres werden Wiberts Dienste hier nicht mehr gebraucht werden und er könnte nach Gembloux zurückkehren. Im Gepäck den Kodex meiner gesamten Korrespondenz zur gefälligen Aufnahme in euer Archiv.«

Mit Speck fängt man Mäuse, dachte Wibert, denn Johannes wusste sehr wohl, dass Hildegard nicht nur mit der geistlichen Welt bis hinauf zum Papst im Briefwechsel gestanden, sondern auch mit Fürsten, Königen und Kaisern korrespondiert hatte. Was sie ihm anbot, war ein unermesslicher Schatz. Aber wie kam sie darauf, dass ihr nur noch zwei Jahre vergönnt wären? Gerade als Wibert die Frage stellen wollte, kam ihm Johannes zuvor.

Hildegard antwortete nicht sogleich, sondern setzte sich wieder in Bewegung und zog Johannes mit sich. Wibert folgte mit etwas Abstand, aber die leichte Brise, die von Süden wehte, trug ihm die Worte der Mater zu.

Sie holte ein wenig aus und schilderte Johannes, dass Gott, der sich ihr in ihren Schauen als geheimnisvolles Licht darstellte, ihr nicht nur die großen Visionen eingegeben habe, sondern gelegentlich auch zu ganz alltäglichen Dingen Stellung nahm. Als sie im letzten Winter auf Leben und Tod darniedergelegen hatte, hatte sie begehrt zu erfahren, ob ihr irdischer Weg nun zu Ende sei. Da hatte ihr das Licht offenbart, ihre Zeit sei noch nicht gekommen, zwei weitere Winter werde sie noch auf Erden verweilen, nicht jedoch einen dritten.

Hildegard sprach über ihren Tod mit einer Ruhe, als sei er nicht bedeutsamer als der Speiseplan der kommenden Woche, erzielte damit aber eine größere Wirkung, als wenn sie laut gewehklagt hätte. Wibert bekam bei dem Gedanken, der Mater könnten nur noch zwei Jahre bleiben, einen Kloß im Hals, andererseits bemerkte er aber mit Vergnügen, wie geschickt Hildegard es verstanden hatte, Johannes in eine schier aussichtslose Lage zu manövrieren. Würde der Abt wirklich so hartherzig sein, der greisen Seherin für die wenige ihr noch verbleibende Zeit den Sekretär zu nehmen? Deutlich sah Wibert, wie Johannes' Rücken sich zunehmend versteifte.

Bereits weit vor der Drususbrücke machten sie kehrt und gingen schweigend zurück. Wieder bildete Wibert die Nachhut. Hildegard blieb hie und da stehen und zupfte ein Kraut vom Wegesrand, während Johannes' pumpende Wangenmuskulatur anzeigte, wie sehr er mit sich rang. Eigentlich hatte er nur die Wahl zwischen Pech und Schwefel. Entweder er verzichtete auf Wiberts Dienste, oder er stand als herzloser Gesell da, über den Schimpf und Schande der gesamten christlichen Welt niedergehen würde.

Dennoch war Wibert unsicher, welche Entscheidung Johannes treffen würde, denn der Abt konnte bisweilen starrsinnig wie ein Maultier sein. Und er ließ sich Zeit. Wibert wurde zunehmend nervöser. Erst als sie die Pforte erreicht hatten, erhob Johannes die Stimme.

»Zwei Jahre, teure Freundin«, sagte er. »Selbst wenn du dich bei deiner Prophezeiung geirrt haben solltest und der Herr dir doch mehr Zeit schenkt, was ich dir von Herzen wünsche, werde ich Wibert in zwei Jahren zurückfordern.

Sollten wir uns darauf einigen können, so mag er denn bleiben.«

Einen Luftsprung wollte Wibert mit seinem Fuß nicht wagen, aber zu einem kleinen Tanzschritt ließ er sich hinreißen. Glücklicherweise bemerkte dies niemand.

November 1177

Seit Tagen fiel kalter Regen, der von böigem Wind über den Rupertsberg gepeitscht wurde. Es war jedoch weniger die Kälte, die den Bewohnern zu schaffen machte, als vielmehr die Feuchtigkeit, die sich in den Mauern festsetzte und in die Knochen kroch. Alle Kleidungsstücke fühlten sich klamm an. Dazu verdunkelten tief hängende Wolken den Himmel, sodass selbst tagsüber Talglichter und Kerzen angezündet werden mussten.

Unter diesen Bedingungen war das Scriptorium einer der angenehmsten Aufenthaltsorte im Kloster, denn es lag über der Küche und wurde von dort beheizt. Außerdem verfügte der Raum als einer von wenigen über Glasfenster, die den Wind sehr viel wirkungsvoller abhielten als die durchlässigen hölzernen Laden. Wibert, der bei diesem Wetter erneut an Trugschmerzen litt, hielt sich bevorzugt dort auf. Die Schwestern hatten ihm eines der Schreibpulte dicht am Kaminabzug zur Verfügung gestellt, dem Platz, an dem es am wärmsten war.

Die Legitimierung seines Aufenthaltes durch Abt Johannes, aber auch das Wissen, dass ihm letztendlich nur zwei Jahre zur Verfügung standen, hatten Wibert zu noch größerem

Eifer angespornt. So hatte er trotz der aufwändigen Arbeit an der Vita des heiligen Maternus in den letzten vier Wochen mehr Briefe gesichtet und katalogisiert als in den Monaten zuvor. Dabei hatte er das anfängliche Prinzip, die Schreiben chronologisch zu ordnen, aufgegeben und sortierte sie nun nach Empfängern, wie Päpste und Bischöfe, Mönchs- und Nonnenklöster, weltliche Herrscher, Laien oder Verwandte. Diese Umstellung hatte er vorgenommen, da er festgestellt hatte, dass Hildegard durchaus unterschiedliche Töne anschlug, je nachdem, an wen sie ein Schreiben richtete. Eine Erkenntnis, die ihm die Bearbeitung zweifellos erleichtern würde. Dennoch, das vor ihm liegende Pensum war gewaltig, zumal er sein Werk unbedingt zu Hildegards Lebzeiten vollenden wollte. Aber noch war er voller Zuversicht, es zu schaffen.

Hildegard selbst tat die Gewissheit gut, dass Wibert ihr für die nächsten beiden Jahre zur Verfügung stehen würde. Sie war restlos genesen und arbeitsam wie eh und je. Nur selten benötigte sie mehr als vier Stunden Schlaf. Vor drei Tagen war sie zu einer ihrer regelmäßigen Inspektionsreisen nach Eibingen aufgebrochen, dem zweiten von ihr gegründeten Kloster auf der anderen Seite des Rheins. Ihre für den Vortag vorgesehene Rückkehr hatte sie jedoch verschieben müssen, da das anhaltende Unwetter und der reißende, mittlerweile Hochwasser führende Strom ein Übersetzen zu gefährlich machten.

Es nahte die Sext, die Mittagsstunde, zu der die Sonne im Zenit stehen würde. Bei dem Wetter war von ihr zwar nichts zu sehen, aber Wibert spürte an einer gewissen Leere in seiner Körpermitte, dass es bald so weit sein musste. Wollte er rechtzeitig im Gästerefektorium ankommen, um seine Mahlzeit in Empfang zu nehmen, würde er sich auf den Weg machen müssen.

Er stand auf und stieg in seine Holzschuhe, die er bei einem holländischen Händler erworben hatte, der auf dem Weg nach Mainz auf dem Rupertsberg Station gemacht hatte. Da das Fußbett dieser Schuhe starr war, war er mit ihnen standfester und trittsicherer als in seinen Sandalen. Zudem hatte er die leere Stelle im Schuh mit einem zusammengerollten Stück Leinen ausgestopft, damit sein Fuß nicht nach vorne rutschen konnte. Den Gehstock benötigte er eigentlich nicht mehr, aber mittlerweile hatte er sich so an ihn gewöhnt, dass er nicht mehr von ihm lassen wollte. Ganz abgesehen davon, dass er fand, der Stock verleihe ihm eine gewisse Würde.

Leise zog er die Tür zum Schreibsaal hinter sich zu und ließ fünf bienenfleißige Schwestern zurück, die er mit Abschriften beauftragt hatte. Schweigend und mit gesenkten Köpfen saßen sie an ihren Pulten. Das einzige Geräusch, das ihre Arbeit verursachte, war das Kratzen der Federn auf dem Pergament oder das Schaben mit der Radierklinge, falls sie sich verschrieben hatten, was bei der Sorgfalt, die sie an den Tag legten, höchst selten vorkam.

Klappernd stieg Wibert die Treppe hinunter. Das war der größte Nachteil der Holzschuhe; mit ihnen konnte er sich nicht leise bewegen. Jedenfalls nicht auf der Treppe. Auf ebener Fläche ging es besser, da schlurfte er. Neben dem Ausgang, der im Westflügel lag, nahm er seinen wachsgetränkten Wollumhang vom Haken, der ihn auf dem Weg durchs Freie schützen sollte. Das tat das Kleidungsstück auch ganz ordentlich. Jedenfalls solange man es nicht faltete und die Wachstränkung alle paar Wochen wiederholte.

Gerade wollte Wibert die Tür aufstoßen, als sie mit einem Ruck aufgerissen wurde. Ihm gegenüber stand eine der jüngeren Schwestern, tropfnass, als sei sie gerade dem Brunnen entstiegen. Ihrem Gesichtsausdruck nach zu urteilen war ihr der Leibhaftige persönlich begegnet. Wibert meinte sich zu erinnern, dass der Name der Schwester Mathilde war. Eilig wollte sie an ihm vorbei, aber er hielt sie am Arm zurück.

»Was ist geschehen?«, fragte er.

Mathilde bekreuzigte sich hastig. »Weißt du, wo ich Sigewiza finden kann?«

»Vermutlich in der Krankenstube.«

»Dort war ich schon.«

»Dann versuch es in der Küche. Was ist denn passiert?«

Sie riss sich los. »Frag Schwester Agneta. Sie ist draußen bei der Friedhofskapelle.«

Kaum hatte er den Hof betreten, fuhr ihm eine Bö unter den Umhang. Er benötigte beide Hände, um ihn zu bändigen. Keine zwanzig Schritte weit konnte man bei dem dichten Regen sehen. Aber es genügte, um zu erkennen, dass Schwester Agneta auf der Mauerkrone unmittelbar neben der Kapelle kniete und auf der anderen Seite hinunterblickte.

»Was gibt es denn dort zu sehen?«, rief Wibert, als er die Mauer erreicht hatte. Sie war höher, als er an Länge maß. Wie Agneta da hinaufgekommen war, war ihm ein Rätsel, denn eine Leiter war nirgendwo zu sehen.

Da sie nicht reagierte, zupfte er an ihrer Kutte. Erschreckt fuhr die Nonne herum.

»Schleichst dich heran wie ein Dieb!«, rief sie. »Beinahe hätte ich das Gleichgewicht verloren.«

»Wenn du auf meinen Anruf nicht antwortest«, sagte Wibert. »Was ist denn dort auf der anderen Seite?«

»Sieh selbst!«

»Wie kommt man da hinauf?«

»Du musst klettern!«

»Klettern?«

Sie nickte.

Die Mauer war nicht verputzt, sondern bestand aus grob behauenen aufeinander geschichteten Feldsteinen. In den

Zwischenräumen war Platz genug für eine Hand und vielleicht auch für einen schlanken Fuß. Aber mit Holzschuhen?

Da seine Neugier stärker war als seine Bedenken, stieg Wibert seufzend aus den Botten und machte sich an den Aufstieg. Gleich beim ersten Tritt scheuerte er sich den Spann an einem scharfkantigen Felsstück auf. Als er über die Mauerkrone blickte, riss ihm der Wind die Kapuze vom Kopf. Es dauerte nur wenige Atemzüge, und ein Rinnsal Regenwasser lief ihm den Rücken hinunter. Gern hätte er geflucht, aber er war ja nicht allein. Hoffentlich lohnte sich die Mühe, denn warum er diese Schinderei auf sich nahm, wusste er noch immer nicht. Das letzte Stück half ihm Agneta, indem sie ihm ihre Hand reichte. Der Sturm verschlug Wibert schier den Atem. An Agnetas Seite ließ er sich auf die Knie und blickte gemeinsam mit ihr in den Abgrund. Auf der Stelle wurde ihm schwindelig. Gut drei Mannshöhen ging es lotrecht bergab.

»Da!«, schrie Agneta und zeigte nach unten. »Am Fuß der Mauer!«

Schauer klatschten Wibert ins Gesicht wie nasse Tücher. Er musste die Augen zusammenkneifen, denn die Tropfen, die an seinen Wimpern hingen, verschleierten seinen Blick. Als er schließlich klar und deutlich sah, bot sich ihm ein wahrhaft schauerlicher Anblick. Dort unten lag ein Mensch, besser gesagt die Überreste eines Menschen. Der Schädel und der Brustkorb des Skeletts ragten aus dem Boden. Offenbar hatte der anhaltende Regen das Erdreich, das das Gerippe bedeckt hatte, weggespült.

Wibert brachte seinen Mund nahe an Agnetas Ohr. »Weißt du, wer das ist?«

»Nein!«

»Das ist doch der Friedhof, oder nicht?«

»Ja und nein. Nicht unmittelbar an der Mauer. Hier ist eigentlich niemand bestattet. Dort drüben bei den Apfelbäumen beginnt die erste Gräberreihe.«

»Gilt das für den ganzen Streifen?« Wiberts Geste bezeichnete einen Abstand von ungefähr zehn Schritten zur Mauer.

»Ja, bis dort zu der Buche. – Seltsam, vielleicht lag er ja schon früher hier.«

»Was meinst du mit früher?«, fragte Wibert.

»Nun ja, vor Errichtung des Klosters.«

Wibert schüttelte den Kopf. »So dicht, wie er bei der Mauer liegt, hätte er bei den Ausschachtungsarbeiten entdeckt werden müssen. Er kann erst nach Fertigstellung der Mauer dort bestattet worden sein.«

»Da hast du wohl Recht.«

Wibert wunderte sich, dass sowohl Agneta als auch er gleich von einem männlichen Toten sprachen. Dabei konnte es sich genauso gut um die sterblichen Überreste einer Frau handeln. Von hier oben war das unmöglich zu beurteilen.

»Wie kommt man auf den Friedhof?«, fragte er. »Durch die Kapelle?«

»Nicht mehr, der Durchgang ist zugemauert. Aber im Keller der Krankenstube gibt es eine Schlupfpforte. Und dann durch das Tor in der Friedhofsmauer.«

»Worauf warten wir noch?«, fragte Wibert und machte sich an den Abstieg.

*

Die Wege zwischen den Grabreihen waren gepflastert, nur das letzte Stück bis zur Mauer nicht. Hier war der Boden völlig aufgeweicht und der Schlamm knöcheltief. Endlich konnten sich Wiberts Holzschuhe mal so richtig bewähren.

Ein Hund trieb sich bei dem freigeschwemmten Skelett herum. Wibert verscheuchte ihn mit seinem Stock. Dann raffte er Umhang und Kutte und ging in die Hocke. Agneta war auf dem Weg geblieben.

Der Schädel des Toten war groß. Allerdings bezog sich das eher auf die Länge als auf die Breite. Fast alle Zähne waren vorhanden und machten einen wenig abgenutzten Eindruck, was darauf schließen ließ, dass er relativ jung gestorben war. Wibert grub ein wenig und legte die Hüftknochen frei. Jetzt war es eindeutig, dass es sich um einen Mann handelte, einen recht großen zudem. Wibert schätzte, dass er an die fünfeinhalb Fuß gemessen hatte. Woran er gestorben war, war nicht zu erkennen. Einen eingeschlagenen Schädel hatte er jedenfalls nicht.

»Was tust du da?«, wurde Wibert so unerwartet angesprochen, dass er zusammenfuhr. Sigewiza hockte sich neben ihn.

»Der Regen hat dieses Skelett freigespült«, sagte Wibert. »Der Tote ist ein Mann.«

»Ich habe Agneta losgeschickt, um eine Schaufel zu holen.«

»Das ist gut. Dann können wir die restlichen Gebeine leichter freilegen.«

»Wovon redest du?« Sigewiza zeigte auf einen aufgeworfenen Hügel unweit der Pforte. »Wir werden ihn mit Erde von dort vorn wieder zudecken.«

»Keinesfalls. Ich werde die Gebeine mitnehmen. Eben streunte schon ein Hund hier herum. Das Vieh wird die Knochen sonst wegschleppen.«

»Dieser Tote liegt in geweihter Erde«, sagte Sigewiza scharf. »Du versündigst dich.«

»Geweihte Erde mag sein. Aber er ist hier nicht förmlich beigesetzt, bestenfalls verscharrt worden.«

»Woher willst du das wissen?«

»Werden die Leute im Rheingau etwa ohne Sarg beerdigt?«

»Das Holz verfault mit der Zeit.«

»Aber nicht die Beschläge. Und wo ist ein Kreuz oder ein

Stein? Der Tote ist namenlos. Außerdem hat diese Grabstelle keine Einfassung. Und Schwester Agneta sagte, so dicht bei der Mauer gebe es keine Gräber.«

»Das ist doch völlig nebensächlich. Entscheidend ist, dass er in geweihter Erde ruht.« Sigewiza bekreuzigte sich. »Was versprichst du dir davon, die sterblichen Überreste mitzunehmen?«

»Vielleicht kann ich so herausfinden, wer er war. Oder weißt du, um wen es sich handelt?«

»Wie sollte ich? Wenn überhaupt, könnte es eine der Schwestern wissen, die bereits zur Zeit der Klostergründung dem Konvent angehörten. Zum Beispiel Agneta.«

»Sie kennt ihn aber nicht«, sagte Wibert und erhob sich, weil seine Beine einzuschlafen drohten. Sigewiza richtete sich ebenfalls auf. »Aber ich werde die Schwestern gern befragen.«

»Das wirst du nicht tun. Dieser Tote, wer auch immer er sei, hat bereits genug Unruhe verursacht. Schwester Mathilde ist völlig aufgelöst, derart hat sie sich erschreckt. Am besten warten wir mit einer Entscheidung bis zur Rückkehr Hildegards.«

»Bis dahin haben die Tiere ihn ausgegraben.«

»Wir können das Erdreich mit Steinen abdecken.«

Wibert schüttelte langsam, aber nachdrücklich den Kopf. »Wir werden ihn ausgraben, um zu klären, wer er ist. Dafür übernehme ich die Verantwortung.«

»Dann sieh zu, wie du das bewerkstelligst«, schnaubte Sigewiza. »Ich werde dir bei diesem Frevel nicht zur Hand gehen. Und den Schwestern werde ich es ebenfalls untersagen.«

Damit stampfte sie davon und ließ Wibert im Regen stehen.

Es dauerte den ganzen Nachmittag, bis Wibert die über zweihundert einzelnen Knochen so angeordnet hatte, wie es der menschlichen Anatomie entsprach. Darüber hatte er völlig das Mittagessen wie auch die kleine Zwischenmahlzeit, die er zumeist nach der Non einzunehmen pflegte, vergessen. Es gab eben doch eine Eigenschaft, die bei ihm stärker wog als sein Hang zur Völlerei: seine Neugier, oder wie er es nannte, sein Wissensdurst.

Obwohl Sigewiza ihm ihre Unterstützung verweigert hatte und auch keine der Schwestern sich blicken ließ, hatte Wibert schließlich doch Hilfe erhalten. Benno, der Torwächter, hatte mit angefasst. Kaum hatten sie mit ihrer Arbeit begonnen, war der Sturm abgeebbt, und es hatte aufgehört zu regnen. Wibert legte das als himmlische Gutheißung seines Tuns aus.

Gemeinsam hatten sie die Gebeine freigelegt und in einer Kiepe, wie sie bei der Weinlese benutzt wurde, in die Krankenstation getragen. Dort hatten sie Knochen für Knochen gereinigt und anhand eines gemalten Skelettschemas, das Wibert in dem Raum nebenan, in dem unter anderem Brüche geschient wurden, entdeckt hatte, zusammengesetzt. Er umrundete gerade zum zweiten Mal die Pritsche, um sein Werk von allen Seiten zu begutachten, als Agneta in die Stube gehuscht kam.

»Hat Sigewiza euch nicht verboten, hierher zu kommen?«, fragte Wibert.

»Ich darf dir zwar nicht helfen«, antwortete die Nonne und machte ein verschmitztes Gesicht. »Aber ein ausdrückliches Verbot, die Gebeine anzusehen, hat sie nicht ausgesprochen.«

Wibert schätzte, dass Agneta in etwa sein Alter hatte. Aber die Lachfältchen um ihren Mund und ihre Augen ließen sie sehr viel jünger wirken. Dazu bewegte sie sich mit der Leichtigkeit eines Fohlens, während er herumstapfte wie ein belgisches Arbeitspferd.

»Wie geht es Schwester Mathilde? Hat sie sich wieder beruhigt?«

»Leidlich. Es war sehr erschütternd für sie. Sie hatte noch nie zuvor einen Toten gesehen.«

»Wie habt ihr ihn eigentlich entdeckt?«

»Wir waren jede mit einem Stapel Strohhüte unterwegs, die wir ins Lager neben dem Weinkeller bringen wollten. Dabei –«

»Strohhüte?«

»Ja. Wir flechten sie selbst und verkaufen sie an dem kleinen Stand beim Tor an Pilger und Reisende. Zu dieser Jahreszeit ist das Geschäft natürlich vorbei, und wir wollten die unverkauften Hüte für das nächste Jahr einlagern. Dabei hat der Wind den obersten Hut von Mathildes Stapel fortgerissen und über die Mauer geweht. Während sie durch die Krankenstation zum Friedhof gelaufen ist, habe ich von der Mauer aus versucht, den Hut im Auge zu behalten. Er hing in einem der Apfelbäume.«

Ihre Miene wurde ernster.

»Dabei habe ich den Totenschädel entdeckt. Wobei ich ihn zunächst gar nicht als solchen erkannt habe, sonst hätte ich Mathilde gewiss nicht zu der Stelle geschickt, sondern wäre selbst gegangen. Als sie dann aufschrie, wurde mir auf einmal klar, was es war.« Agneta trat an die Pritsche und berührte den Schädel des Toten zart mit den Fingerspitzen, als fürchte sie, ihm wehtun zu können. »Hast du etwas über diesen Menschen herausgefunden?«

»Einiges. Zum Beispiel weiß ich, woran er gestorben ist.«

»An dir ist ein Medicus verloren gegangen.«

»O nein. Alles, nur das nicht. Wenn ich daran denke, wie töricht ich mich mit meinem Zeh angestellt habe – aber lassen wir das.« Wibert stellte sich an das Kopfende der Pritsche und zeigte auf die Wirbelknochen des Halses. »Was ich entdeckt habe, hätte ein jeder feststellen können. Siehst du diesen Knochen hier?«

»Er hat einen Riss.«

»Mehr als das«, sagte Wibert und nahm den Knochen auseinander. »Er ist glatt entzwei. Der Mann ist an einem Genickbruch gestorben.«

»Ein gebrochenes Genick! Meinst du, er ist –«

»– von der Mauer gestürzt?«

Agneta biss auf ihre Unterlippe und nickte stumm.

»Denkbar. Falls ja, stellt sich die Frage, ob er vom Abteihof aus hinuntergefallen ist. Oder ob er bei dem Versuch abgestürzt ist, die Mauer von außen zu erklimmen.«

»Von außen ist die Mauer mit Mörtel verputzt. Selbst eine Katze hätte Schwierigkeiten hinaufzukommen.«

»Jemand könnte ihm ein Seil hinuntergelassen haben.«

»Ein Komplize?«

»Irgendwer muss ihn schließlich auch verscharrt haben.« Wibert zuckte die Achseln. »Aber was wissen wir schon? Alles ist denkbar. Wenn wir wüssten, wer er war, könnten wir vielleicht auch diese Fragen beantworten.«

»Gibt es denn gar keine Anhaltspunkte?«

»Nur Allgemeines. Zum Zeitpunkt seines Todes war er Mitte zwanzig, vielleicht dreißig Jahre alt. Wie du siehst, war er sehr groß. Eine solche Größe erreichen nur Menschen, die von klein auf regelmäßig Fleisch essen. Das deutet darauf hin, dass er aus begütertem Hause stammte. Außerdem hat er mit großer Wahrscheinlichkeit gehinkt.«

»Woraus schließt du das?«

Wibert deutete auf die unteren Extremitäten. »Sein linker Unterschenkel, und zwar Schien- wie Wadenbein, ist nach einem Bruch schief zusammengewachsen. Das linke Bein ist kürzer als das rechte.«

Schwere Schritte kamen die Kellertreppe herauf.

»Das wird Benno sein«, sagte Wibert. »Er hat die Fundstelle wieder eingeebnet.«

Als der Torwächter hereinkam, grinste er, was sein vernarbtes Gesicht etwas weniger verunstaltet erscheinen ließ. In der Hand hielt er eine vermodert aussehende Ledertasche, die für gewöhnlich am Gürtel getragen wurde.

»Die war gleich nebendran vergraben«, sagte er.

Die Tasche zerfiel fast zu Staub, als Wibert sie behutsam auf den Tisch legte.

Der Inhalt bestand aus gerade mal zwei Gegenständen – einer schweren silbernen Gürtelschnalle und einer Münze. Die Schnalle gehörte zu einem breiten Gürtel, wie er benötigt wurde, um ein Schwertgehenk zu befestigen. Sie war aufwändig gearbeitet und reich verziert und untermauerte damit Wiberts Vermutung: Der Tote war kein armer Mann gewesen.

Erst auf den zweiten Blick erkannte der Wallone, dass die Münze gar keine Münze war, sondern ein Siegel. Es zeigte Christus am Kreuz, wobei das Kreuz ein Schwert war, eingefasst von einem Lorbeerkranz. Die umlaufende Inschrift war kaum zu erkennen. Wibert musste ans Fenster treten.

»Te Deum laudamus«, entzifferte er mühselig. »Und ... das lässt sich kaum lesen ... Carcassonne. Unser Toter stammte wahrscheinlich aus Südfrankreich.«

»Hast du eine Vermutung, wie lange er bereits tot ist?«

»Da bin ich überfragt. Wie lange dauert es, bis alles Fleisch zu Staub geworden ist? – Die Gürteltasche ist aus Rindsleder. Ihrem jämmerlichen Zustand nach zu urteilen, könnte sie leicht seit zwanzig Jahren da draußen gelegen haben.«

»Die Mauern stehen jetzt im siebenundzwanzigsten Jahr«, sagte Agneta.

»Das wäre demnach der früheste Zeitpunkt, an dem er zu Tode gekommen sein kann.« Wibert nahm die Hände auf den

Rücken. »Fassen wir zusammen: Der Tote war ein Edelmann und stammte vermutlich aus dem südfranzösischen Carcassonne. Er war überdurchschnittlich groß, mehr als fünfeinhalb Fuß, hatte ein längliches Gesicht, mutmaßlich schwarze Haare und litt an einem Gehfehler.«

»Schwarze Haare?«, fragte Agneta. »Woher willst du das wissen?«

»Hast du schon einmal einen Südfranzosen gesehen, der eine andere Haarfarbe hat?«

»Ich könnte nicht beschwören, je einen Franzosen gesehen zu haben.«

»Dann lass es dir von mir gesagt sein: Der typische Südfranzose ist schwarzhaarig. – Wo war ich stehen geblieben? – Ach ja, zu Tode kam er vermutlich vor Jahrzehnten. Zum Zeitpunkt seines Ablebens war er selbst Mitte zwanzig, höchstens dreißig.« Wibert schnalzte mit der Zunge. »Das sollte genügen, um sowohl bei den Schwestern als auch unten im Ort nachzufragen, ob sich jemand an ihn erinnert. Es ist zwar lange her, aber der Mann war auffällig genug, sodass durchaus die Möglichkeit besteht. Gleich morgen werde ich damit beginnen, entsprechende Erkundigungen einzuziehen.«

»Veto!«, schnarrte es plötzlich hinter Wiberts Rücken, dass er wie unter einem Peitschenhieb zusammenzuckte. »Ich habe gehört, was du gesagt hast, und ich verbiete es!«

Langsam wandte Wibert sich um, hoffend, dass er sich irrte. Aber seine Hoffnung trog, er hatte die Stimme sehr wohl erkannt.

Die Frau, die ihn angeherrscht hatte und nun zitternd vor Wut im Türrahmen stand, war niemand anderes als Hildegard, seine sonst so sanftmütige Mutter in Christo.

*

Wibert war noch immer verdattert, als sie sich in sein Arbeitszimmer zurückzogen, wo Hildegard hinter seinem Pult Platz nahm. Er selbst setzte sich auf den Besucherstuhl und kam sich vor wie ein Novize, der angetreten war, um abgekanzelt zu werden. Derart aufgebracht hatte er die Äbtissin noch nie erlebt.

Mit gefalteten Händen und aus dem Fenster starrend, saß sie da und strafte ihn zunächst mit eisigem Schweigen, was Wibert sich aber nicht besonders zu Herzen nahm. Im Gegenteil, er war gelassen, da er sich keiner Schuld bewusst war. Vielleicht wollte Hildegard aber auch nur warten, bis sie sich beruhigt hatte, denn wie sie zu sagen pflegte, neigte der Mensch im Zorn zur Ungerechtigkeit.

Schließlich wandte sie ihm den Kopf zu und beendete die Stille mit einem leisen Seufzer.

»Kann ich unser Heim nicht für drei Tage verlassen, ohne dass ein Unheil geschieht? Damit, dass eine der Schwestern eine Torheit begeht, muss ich immer rechnen, aber dass ausgerechnet du während meiner Abwesenheit ein derartiges Unheil heraufbeschwören könntest, darauf war ich wahrlich nicht gefasst. Was hast du dir dabei gedacht, einen Toten seinem Grab in geweihter Erde zu entreißen?«

»Verzeih, verehrte Mutter, jedoch du liegst nicht ganz richtig. ›Gutta cavat lapidem‹, sagte schon Ovid. Nur, dass es in diesem Fall kein Tropfen, sondern ein Sturzbach war, und kein Stein, sondern lockeres Erdreich. Aber selbst die Wolkenbrüche der letzten Tage hätten nicht ausgereicht, wäre der Tote in der üblichen Tiefe bestattet gewesen.«

»Was willst du damit sagen?«

»Dass der Tote nicht beigesetzt, sondern verscharrt wurde. Wofür übrigens auch das Fehlen eines Sarges spricht.«

»Manche Menschen sind zu arm, ihre Toten in einem Sarg beizusetzen, und wickeln sie in Tücher ein.«

»Armut hindert aber niemanden daran, tief genug zu graben.«

»Bist du spitzfindig, will ich es auch sein. Der Wolkenbruch mag die Gebeine freigelegt haben, aber er hat sie gewiss nicht in die Krankenstube gespült.«

Wibert streckte sich, so weit es der Stuhl zuließ, und streifte den linken Holzschuh ab, weil er auf den aufgescheuerten Spann drückte. »Erlaube mir eine Frage: Könnte jemand auf dem Klosterfriedhof beigesetzt werden, ohne dass du davon erführest?«

»Niemand, auch ich nicht, ist gegen arglistige Täuschung gefeit.«

»Heißt das, du weißt nicht, um wen es sich bei dem Toten handelt und wer ihn dort vergraben hat?«

»Ich kann mich des Eindrucks nicht erwehren, dass du versuchst, das Pferd vom Schwanz her aufzuzäumen. Die entscheidende Frage ist doch, was dich dazu bewogen hat, die Gebeine auszugraben.«

Wibert nahm für seine Aufzählung die Finger zu Hilfe. »An einer Stelle des Friedhofs, an der sich laut Schwester Agneta keine Gräber befinden, wird ein Toter gefunden. Die Lage der Gebeine lässt den Schluss zu, dass er nicht ordnungsgemäß bestattet wurde. Das Grab ist weder durch ein Kreuz noch durch einen Stein gekennzeichnet. Niemand kennt des Mannes Namen. All das sind Punkte, die mich stutzig gemacht haben. Da ich ferner befürchten musste, streunende Hunde oder Wildtiere könnten die Knochen wegschleppen und damit eine Identifizierung des Verstorbenen unmöglich machen, habe ich mich entschlossen, seine Gebeine zu bergen.«

»Das klingt, als würdest du vermuten, der Mann sei einem Verbrechen zum Opfer gefallen.«

»Er hat sich das Genick gebrochen. Er kann abgestürzt sein, oder aber er wurde hinuntergestoßen.«

»Wie auch immer, er hätte es verdient, in Frieden zu ruhen.«

»Nicht, wenn er ermordet wurde. Dann müsste die Tat zunächst gesühnt werden.«

Zum zweiten Mal an diesem Tag sah Wibert, wie der Zorn in Hildegards Augen aufloderte. »Was maßt du dir an, Wibert? Glaubst du, du seist in der Lage, eine Gerechtigkeit zu schaffen, die es auf Erden nicht gibt?«

»Ich bin ohne jede Anmaßung, verehrte Mutter. Aber ich glaube, es ist ein fester Bestandteil unseres Wesens, stets nach der Wahrheit zu suchen.«

»Und wie sieht sie in diesem Fall aus, die Wahrheit?«, fragte die Äbtissin nicht ohne ironischen Unterton.

»Noch kenne ich sie nicht. Noch bin ich auf der Suche.«

Wieder entstand eine längere Pause, in der Hildegard wie entrückt aus dem Fenster blickte. Wibert glaubte schon, sie habe eine ihrer Visionen. Aber dem war nicht so. Sie war nur in Gedanken versunken.

»Dann werde ich sie dir mitteilen«, sagte sie plötzlich. »Nicht weil ich finde, dass du ein Anrecht darauf hast, sondern um zu verhindern, dass du mit deinen Fragen Unruhe in den Konvent trägst oder in Bingen herumläufst und den Leuten erzählst, auf dem Abteifriedhof würden willkürlich Leichname verscharrt. Und ich verlange, dass du die Angelegenheit danach auf sich beruhen lässt.«

»Unruhe ist bereits entstanden. Aber nicht durch mich, sondern durch die Entdeckung.«

Hildegards Blick war herausfordernd. »Willst du nun hören, was ich dir zu sagen habe, oder nicht?«

»Natürlich«, sagte Wibert und war erschüttert, wie fremd sie einander auf einmal waren. Er erkannte seine Mater kaum wieder.

»Ich weiß, wer der Tote ist. Er war ein Arbeiter, der für

Gottes Lohn am Bau dieses Klosters mitgewirkt hat. Er ist vom Gerüst der Friedhofskapelle in die Tiefe gestürzt und war auf der Stelle tot. Wir haben ihn an Ort und Stelle beerdigt. Da er auf der Flucht war, ohne Stein, um zu verhindern, dass seine Verfolger das Grab schänden.«

Das sagte sie ruhig und flüssig auf, wie einen Text, den sie vor langer Zeit auswendig gelernt hatte. Wibert glaubte ihr kein Wort.

Bestürzt stand er auf und verließ das Zimmer. Hildegard machte keinen Versuch, ihn zurückzuhalten.

Es war noch finster, als Wibert entschied aufzustehen, da er doch keinen Schlaf finden würde. Eingehüllt in seine Schaffelldecke trat er ans Fenster und stieß die Lade auf. Es war eine sternenklare, klirrend kalte Nacht, die erste Frostnacht des Jahres.

Am Vorabend hatte er zwar ein Nachtmahl eingenommen, aber er konnte sich nicht mehr erinnern, was er gegessen und wie es geschmeckt hatte. An Schlaf war auch nicht zu denken gewesen. Stundenlang hatte er wachgelegen, hatte versucht, die aufwühlenden Ereignisse des Tages zu vergessen, insbesondere seinen Streit mit Hildegard. Jedoch vergebens. Nur einmal war er kurz eingenickt, um wenige Augenblicke später trotz der Kälte im Raum schweißgebadet hochzuschrecken.

Er konnte sich das Verhalten der Äbtissin nicht erklären. Sie, die Tugendhafteste, die er kannte, die nichts mehr hasste als die Lüge, hatte bewusst die Unwahrheit gesagt. Ihre Behauptung, der Tote sei ein Handwerker gewesen, war völlig abwegig. Wibert kannte den Menschenschlag, der sich für Kost, Unterkunft und ein kleines Handgeld auf Baustätten verdingte, bei den Umbauten in Gembloux war er ihm oft genug begegnet. Schon in jungen Jahren sah man dem Knochengerüst dieser Männer die Spuren der harten Arbeit an. Kein Anzeichen davon hatte er am Skelett des toten Franzosen entdeckt. Die Rückenwirbel, an denen sich die Abnutzungserscheinungen zuerst zeigten, hatten sich in einwandfreiem Zustand befunden.

Daraus ergab sich die Frage, die Wibert sich in dieser Nacht bestimmt an die hundert Mal gestellt hatte: Warum um alles in der Welt hatte Hildegard gelogen?

Nach unzähligen fruchtlosen Erklärungsversuchen war er immer wieder zu derselben Antwort gekommen: Sie hatte etwas zu verbergen. Auf irgendeine Weise musste sie mit dem Tod dieses Mannes zu tun haben. Eine Antwort, die Wibert entsetzte. Weniger wegen der Tatsache als solcher, für die es möglicherweise eine Erklärung gab, auch wenn er sich derzeit keine vorzustellen vermochte. Nein, es ging vielmehr darum, dass er geglaubt hatte, die Mater gut zu kennen, ja, dass gleichsam eine Seelenverwandtschaft zwischen ihnen bestehe. Und nun, von einem Moment auf den nächsten, hatte er erkennen müssen, dass es da eine dunkle Seite gab, von der er nichts geahnt hatte. Die Vertrautheit zwischen ihnen war verloren gegangen. Unwiederbringlich, wie Wibert empfand.

Konnte er unter solchen Umständen überhaupt weiter als Hildegards Sekretär tätig sein? Machte es in dieser Atmosphäre der Unaufrichtigkeit noch einen Sinn, seine Arbeit an der Korrespondenz der Seherin fortzusetzen? Und was, verdammt noch mal, hatte die Mater mit dem Ableben des Mannes zu tun? Das war die Frage der Fragen. Fände er auf sie eine Antwort, ließe sich auch die Frage nach seinem weiteren Verbleib beantworten. So oder so.

Und plötzlich hatte er einen Einfall. Er würde sich keineswegs an Hildegards Anweisung halten und den Fall auf sich beruhen lassen. Im Gegenteil. Er würde noch in dieser Nacht einen Brief an die Brüder des Klosters in Narbonne schreiben und sie um ihre Hilfe bitten. In Carcassonne gab es zwar auch eine namhafte Bruderschaft, aber zu der hatte er keine Verbindung. Mit den Brüdern in Narbonne hingegen hatte er bereits ausgiebig über theologische Fragen korrespondiert. Sie wären zweifellos sofort bereit, ihm Unterstützung in dieser Angelegenheit zu gewähren.

Eilig schloss Wibert die Lade, kleidete sich mit Kutte und Holzschuhen und verließ seine Kammer, die unmittelbar über seiner Amtsstube lag. Während er die sechzehn Stufen hinunterpolterte, überlegte er, ob die Matutin bereits vorbei war. Sein Gefühl sagte ihm Ja, obwohl er kein Läuten gehört hatte. Wie auch immer, vor der Prim ließ sich ohnehin niemand bei ihm blicken, also hatte er Zeit genug, seinen Brief aufzusetzen.

Obwohl es im Haus dunkel war wie in einer Grotte, fand er sich gut zurecht. Zwölf Schritte waren es von der Treppe bis zur Tür seiner Amtsstube. Er schlüpfte hinein, tastete nach dem Talglicht auf dem Tisch und entdeckte freudig, dass im Kamin noch ein Rest Asche glomm. Mit Pusten fachte er die Glut an und entflammte so einen Kienspan, mit dem er den Docht entzündete. Besonders hell war das Talglicht nicht, wer ständig in seinem Schein schrieb und las, verdarb sich die Augen. Da er auf dem Weg zu seinem Platz die Flamme auch noch mit der Hand schützte, bemerkte er erst, als er hinter das Pult treten wollte, dass er nicht allein war. Der Schreck, der ihm in die Glieder fuhr, war gewaltig.

Mit starrer Miene, so wie er sie vor Stunden verlassen hatte, saß Hildegard auf seinem Stuhl. Ihre Züge muteten im Licht der kleinen, flackernden Flamme geradezu gespenstisch an.

»Ich habe auf dich gewartet«, sagte sie mit einer Stimme,

die genauso gut aus dem Jenseits hätte kommen können. »Setz dich und höre, was ich dir zu sagen habe.«

*

Während Wibert sich noch fragte, ob Hildegard wirklich die ganze Nacht in dem kalten Raum verbracht hatte, sagte sie: »Ich kann verstehen, dass du mich für eine Lügnerin hältst, Wibert, obgleich ich es nicht bin. Was nicht heißt, dass ich nicht Schlimmeres bin. Ich habe mit Schwester Agneta gesprochen. Von ihr habe ich erfahren, dass du eine Vermutung hast, woher der Tote stammt. Seitdem warte ich hier auf dich.«

»Aus der Gegend von Carcassonne«, sagte Wibert.

»Ja, er war ein Adliger aus dem Süden Frankreichs.« Zum ersten Mal sah sie ihn direkt an. »Für dich ist es unvorstellbar, dass ein solcher Mann am Bau des Klosters mitgewirkt hat, nicht wahr?«

»Er war jedenfalls kein einfacher Arbeiter.«

»Während der Zeit, die er hier war, schon.«

»Warum? Hatte er das nötig?«

»Vermagst du dir nicht vorzustellen, dass es andere Beweggründe gegeben haben könnte?«

»Vorzustellen vermag ich mir vieles.«

Hildegard faltete ihre Hände vor der Brust. »Würde er noch leben, hätte er nunmehr in etwa dein Alter. Dabei sehe ich ihn vor meinem geistigen Auge stets als jungen Mann. Seltsam, dass die Toten in unserer Erinnerung nicht altern.«

»Wäre es anders, müsste Jesus heute in unserer Vorstellung Staub sein.«

»Du hast Recht.«

Für einen Augenblick schien ein Lächeln Hildegards Lippen zu umspielen. Vielleicht hatte Wibert sich aber auch geirrt. Das Licht war zu trüb.

»Nach dem Gespräch mit Agneta erschien mir das hell strahlende Licht und riet mir – nein, befahl mir –, endlich reinen Tisch zu machen. Ich muss zugeben, dass ich mich zunächst sträubte; zu lange lebe ich schon mit dem Verdrängten, zu sehr ist es mir zur Gewohnheit geworden. Fast ist es so, als sei die Unwahrheit zur Wahrheit geworden. Doch nun ist die Zeit der Wahrheit gekommen. Ich bin bereit. Jawohl, ich bin bereit!«

Wibert hatte diesen stoßweise vorgebrachten Sätzen mit zunehmender Verwirrung gelauscht. »Verzeih, ehrwürdige Mutter, aber ich vermag den Sinn deiner Worte nicht zu begreifen.«

»Wie könntest du auch!«, rief Hildegard und warf die Arme hoch. »Zu umfassend ist das Trugbild meiner Vita.«

»Die Beschreibung deines Lebens? Sie soll nicht der Wahrheit entsprechen? Wer ist dafür verantwortlich?«, fragte Wibert kampfeslustig, als wolle er dem Missetäter an den Kragen gehen.

»Wenn jemand schuldig ist, dann bin ich es. Aus Lauheit, vielleicht aber auch aus Gefallsucht habe ich zugelassen, dass Untaten beschönigt wurden. So ist ein Bild von Vollkommenheit entstanden, das der Wirklichkeit nicht standhält. Ein Trugbild, das schon lange zerstört gehört. Dabei musst du mir helfen, Wibert.«

»Ich gebe mir Mühe, dir zu folgen, aber ich vermag nicht zu erkennen, wie ich dir von Nutzen sein könnte. Geht es um die Vita, die Volmar einst verfasste?«

Sie nickte. »Der treue Volmar. Er hat es nur gut gemeint. Er wollte, dass man sich meiner dereinst als Unfehlbarer erinnert. Und ich ließ ihn gewähren. Seine Triebfeder war brüderliche Liebe, meine war Eitelkeit. Oder auch Scham. Die Scham, es könnte bekannt werden, wozu die dunkle Seite meines Wesens fähig ist.«

»Du hast gesündigt?«

»So ist es. Deshalb muss meine Vita neu verfasst werden.

Das wird deine Aufgabe sein. Nach meinem Tode soll die Welt erfahren, wie ich wirklich war. Kein verklärtes Bild soll entstehen. Bis dahin darf jedoch nichts von dem, was ich dir sagen werde, nach außen dringen. Kein Dritter, nicht einmal dein Beichtvater, darf davon erfahren. Es könnte unsere Gemeinschaft zerreißen, und die bedeutet mir, wie du weißt, mehr als mein Leben.«

»Über die Jahre deiner Kindheit ist sehr wenig bekannt«, sagte Wibert. »Darüber wollte ich ohnehin schreiben.«

»Es geht um eine völlig andere Zeit, Wibert. Und es geht nicht um lässliche Sünden wie den Diebstahl von Hühnereiern, den wir als Kinder begingen. Ich spreche von der größten Sünde, die der Mensch begehen kann.«

Sie machte eine Pause, die ihre Wirkung nicht verfehlte. Wibert hätte das Fiepsen einer Maus draußen im Feld gehört.

Er musste schlucken. »Du hast …«

»Ja«, sagte Hildegard mit fester Stimme. »Ich habe das genommen, was nur Gott schenken kann.«

»Gütiger Himmel!«, rief Wibert. »Starb der Adlige etwa durch deine Hand?«

»Gemach, mein lieber Wibert«, sagte Hildegard abwehrend. »Lass mich dir von Anbeginn berichten. Sonst würdest du nicht verstehen, wie sich eines zum anderen fügte.«

Als Wibert die Wachstafel zu sich heranzog, merkte er, wie seine Hände zitterten. Trotzdem zögerte er keinen Augenblick niederzuschreiben, was Hildegard ihm berichtete.

Die Geschichte, die sie erzählte, nahm ihren Anfang vor fast genau dreißig Jahren.

Kloster Disibodenberg – Dezember 1147

Niemals!« Die Fistelstimme des mageren, kahlköpfigen Männleins überschlug sich. »Nur über meine Leiche!« Mit seiner Hakennase und seinen zu groß geratenen Augen wirkte er wie ein aus dem Nest gefallenes Vögelchen. Dazu passte auch, dass er vor Erregung mit den Armen auf- und abschlug.

»Wie kannst du deine Augen nur derart vor den Tatsachen verschließen!«, rief die schmächtige Frau, die ihm gegenüberstand. Auch sie war klein, dennoch überragte sie ihn beinahe um Haupteslänge. »Siehst du denn nicht, wie beengt wir hier leben? Was heißt leben – hausen! Unsere Gemeinschaft ist inzwischen auf zwanzig Schwestern angewachsen. Dazu müssen wir in den wenigen Räumen, die uns zur Verfügung stehen, mehr Aufgaben wahrnehmen als so manche Abtei. Denk nur an die Armenspeisung und die Betreuung von Kranken und Ratsuchenden. Gott weiß, wie gern ich Herrgottsgäste bei uns aufnehmen würde, aber wo sollte ich sie unterbringen? Etwa zusammen mit dem Viehzeug im Stall?«

Kuno, der Abt des Mönchsklosters Disibodenberg, und Hildegard, die Meisterin der dem Kloster angegliederten Frauenklause, stritten erbittert. Während draußen der Schnee in dicken Flocken fiel, standen sie sich in Hildegards winzigem Arbeitszimmer gegenüber, in dem die Benediktinerin die notwendigen Verwaltungsarbeiten zu erledigen pflegte. Hätten beide sich setzen wollen, wäre dies nicht ohne körperliche Berührung vonstatten gegangen, so eng war der Raum.

»Nichts als Ausreden«, sagte Kuno. »Ich habe dir wiederholt angeboten, Anbauten vornehmen zu lassen. Aber darum geht es dir doch gar nicht. Du strebst nach Unabhängigkeit von uns.«

»Du weißt genau, dass wir mittlerweile einen Raumbedarf

haben, der sich hier auf diesem abschüssigen Gelände niemals verwirklichen lässt. Also führe diesen Punkt nicht ständig ins Feld. Darüber hinaus hast du natürlich Recht. Ich strebe tatsächlich nach Unabhängigkeit für meine Schwestern und mich.«

»Also doch!«, rief Kuno, und ein feiner Sprühnebel Speichel traf die Meisterin. »Endlich gibst du es zu! Und das nach all dem, was wir für euch getan haben.«

»Etwas habt ihr tatsächlich getan.« Der spöttische Unterton in Hildegards Stimme war nicht zu überhören. »Unsere Mitgiften und Schenkungen habt ihr uns genommen, wie ihr alle Jahre die Einkünfte aus der Bewirtschaftung der Bermersheimer Güter einstreicht, die mein Bruder Drutwin ausschließlich dem Frauenkonvent vermacht hat. Was wir davon sehen, ist bestenfalls ein Bruchteil.«

»Schlange!«, keuchte Kuno. »Verflucht sei –«

»Mäßige dich!«, sagte Hildegard scharf. »Glaubst du etwa, ich wüsste nicht, worum es dir in Wirklichkeit geht? Zum einen fürchtest du die Einkommensverluste, die ihr hinnehmen müsstet, würden wir unser eigenes Kloster gründen. Zum anderen – und das schmerzt dich vielleicht noch stärker – fürchtest du den Verlust an Ansehen, der euch, insbesondere aber dir persönlich entstünde, wenn die mittlerweile berühmt gewordene Seherin den Disibodenberg verließe. Schon heute kommen doch zwei Drittel der Besucher nur meinetwegen.«

Kuno schnappte nach Luft wie ein Fisch auf dem Trockenen.

»Noch hat dir niemand seine Anerkennung für deine Fähigkeiten ausgesprochen«, japste er schließlich. »Und so hochmütig, wie du bist, wünschte ich, es bliebe auch dabei. Zumal ich deiner Sehergabe ohnehin nicht traue.«

»Aber dich daran bereichern willst du, Scheinheiliger! Ich

weiß genau, dass du schon seit den Tagen, als Bernhard von Clairvaux mich ermunterte, meine prophetische Aufgabe zu erfüllen, den Gästen ein erhöhtes Herbergsgeld abverlangst. Warten wir ab, welche Einschätzung der Bischof von Verdun vor dem Konzil zu Trier und dem Heiligen Vater abgeben wird. Nachdem er mich eingehend befragt hatte, machte er bezüglich seines Urteils Andeutungen, die mir viel versprechend erschienen.«

»Falls du glaubst, ein dementsprechender Bescheid aus Trier könnte meine Einstellung ändern, hast du dich getäuscht. Noch bist du an meine Weisungen und die des Erzbischofs Heinrich von Mainz gebunden. Eher werden wir dich hier versauern lassen, als –«

In diesem Augenblick flog die Tür auf. Auf der Schwelle stand Bruder Herbrand, Kunos rechte Hand. Da er gut zwei Fuß länger war als sein Abt, musste er den Kopf einziehen, um unter dem Türbalken durchblicken zu können.

»Kannst du nicht anklopfen?«, schnauzte Kuno ihn an.

»Verzeih, aber es ist wichtig«, keuchte Herbrand, zu atemlos, um in seinen üblichen Singsang zu verfallen. »Soeben ist ein Bote mit einem Brief aus Trier eingetroffen.«

*

Fröhliches Gelächter klang aus der Frauenklause, während Kuno und Herbrand sich mit düsteren Mienen in der Amtsstube des Abtes einfanden. Die Botschaft des Konzils war so ausgefallen, wie es sich die Meisterin erhofft hatte. Papst Eugen III., sämtliche in Trier anwesenden Kardinäle und Bischöfe und auch Bernhard von Clairvaux, einer der einflussreichsten Vordenker der Kirche, hatten Hildegards Aufzeichnungen mit Begeisterung zur Kenntnis genommen und ihr die Anerkennung ihrer Sehergabe ausgesprochen. Damit war sie geradezu verpflichtet worden, alles niederzuschreiben, was der »Lichtherrliche« ihr mitteilte.

»Glaubst du wirklich, sie wird darauf bestehen, den Disibodenberg zu verlassen?«, fragte Herbrand, der am Fenster von Kunos Amtsstube stand. Da er auf Grund seiner Länge schon oft schmerzhafte Bekanntschaft mit Türstürzen und Deckenbalken gemacht hatte, lief er ständig mit eingezogenem Kopf herum, was ihm unter den Brüdern den Spitznamen »der Geier« eingetragen hatte.

»Du kennst sie doch«, knurrte Kuno, der auf seinem Stuhl hinter dem Pult saß und mit den Füßen baumelte. »Selten ist mir ein Weib mit einem stärkeren Willen begegnet. Sie wird versuchen, die Unterstützung ihrer neuen Fürsprecher zu gewinnen, um ihre Pläne zu verwirklichen.«

»Glaubst du denn, damit kommt sie durch?«

»Was weiß ich! Sie kann manch guten Grund ins Feld führen. Die Räumlichkeiten, die ihr und den Schwestern hier zur Verfügung stehen, sind wirklich zu klein. Erst recht jetzt, nachdem man ihre Fähigkeiten von höchster Stelle anerkannt hat. Der Strom der Besucher wird noch einmal gewaltig anschwellen.«

»Und mit ihnen die Einnahmen, die uns entgehen würden, sollten die Schwestern unabhängig werden.« Herbrand schlug mit der Faust in die offene Hand. »Das müssen wir auf jeden Fall verhindern!«

»Leichter gesagt als getan. Wir können sie schließlich nicht einsperren.«

»Aber wir können ihre Verbindungen zur Außenwelt einschränken und überwachen. Wenn wir rechtzeitig von ihren Plänen wissen, können wir die geeigneten Gegenmaßnahmen ergreifen.«

»Der Einfall könnte von mir stammen«, sagte Kuno. »Und wie stellst du dir die Umsetzung vor?«

Herbrand stülpte die Unterlippe vor wie immer, wenn er scharf nachdachte.

»Wir brauchen einen Auskundschafter«, sagte er nach einer Weile. »Eine Gewährsperson, die uns über Hildegards Vorhaben auf dem Laufenden hält.«

»Jemand aus dem Kreise der Schwestern?«

»Auch das wäre denkbar, denn die Nonnen sind längst nicht alle ein Herz und eine Seele, wie die Meisterin uns gern glauben machen möchte. Aber eigentlich hatte ich an jemand anderen aus ihrem Umfeld gedacht.«

»Da bleibt nur Volmar.«

»So ist es. Volmar.«

Der Abt machte ein Gesicht, als plagten ihn plötzlich Zahnschmerzen. »Das halte ich für keinen guten Gedanken.«

»Unser Kundschafter muss zum engsten Kreis um Hildegard zählen. Sie muss ihm vertrauen und alles offen mit ihm besprechen. Anforderungen, die Volmar aufs Trefflichste erfüllt. Außerdem steht er zeitlebens in deiner Schuld. Du hast seinerzeit durch deinen Einspruch verhindert, dass er wegen seiner Trunksucht aus dem Konvent ausgeschlossen wurde, und dafür gesorgt, dass er von seinem Laster geheilt wurde. Nun hätte er die Gelegenheit, seine Dankbarkeit zu beweisen.«

»Sicher könnte ich ihn mit Hinweis auf die Schuld, in der er bei mir steht, zwingen, aber ich halte ihn für diese Aufgabe für ungeeignet. Volmar ist zu gutmütig und zu trottelig. Er würde sich verplappern.«

»Es käme darauf an, wie man ihn darauf vorbereitet.«

»Ich weiß nicht.«

»Wir haben keine Zeit zu verlieren«, sagte Herbrand mit kaum verhohlenem Unmut in der Stimme. »Jeder Tag zählt.«

»Eine Nacht will ich darüber schlafen«, sagte Kuno und schlug so unerwartet mit der Hand auf den Tisch, als sei ihm soeben eingefallen, wer eigentlich das Sagen hatte. »So viel Zeit muss sein!«

*

Nachdem alle Schwestern Hildegard ausgiebig beglückwünscht hatten, saß die Meisterin noch eine Weile mit ihren engsten Vertrauten zusammen. Dies waren Volmar, ihr Sekretär, Hiltrudis, die bereits seit über dreißig Jahren in der Klause auf dem Disibodenberg weilte, Clementia, Hildegards vier Jahre ältere leibliche Schwester, und Richardis, die der Gemeinschaft noch kein Jahrzehnt angehörte, aber Hildegard dennoch näher stand als jede andere.

»Diesen Tag sollten wir mit einem Fest begehen«, sagte Richardis. Sie war die Jüngste in der Runde, gerade vierundzwanzig Jahre alt, und die mit Abstand Schönste unter den Schwestern. »Was hältst du davon?«

Hildegard schüttelte den Kopf. »Dein Eifer in Ehren, Richardis, aber auf dem Disibodenberg werden wir keine Festlichkeit mehr zelebrieren, von den kirchlichen Feiertagen abgesehen. Das bewahren wir uns auf, bis wir unsere eigene Abtei haben.«

»Du bist also entschlossen, diesen Schritt zu tun?«, fragte Clementia. Groß und schwer, wie sie war, wäre niemand auf den Gedanken gekommen, Hildegard und sie für Geschwister zu halten.

»Mehr denn je«, sagte die Meisterin. »Hier fehlt mir regelrecht die Luft zum Atmen. Geht es euch nicht ebenso?«

»Und was sagt unser Abt dazu?«, fragte Hiltrudis, die zweifellos die Intelligenteste und Gebildetste unter den Schwestern war.

»Habt ihr nicht unser Geschrei gehört, bevor der Bote kam?«

»Ihr also wart das«, sagte Clementia. »Und ich dachte schon, zwei Wildschweineber seien aneinander geraten.«

»Ich bitte dich!«, sagte Hildegard. »Was für ein Vergleich. Aber in gewisser Weise hast du Recht. Die Auseinandersetzung ließ an Heftigkeit nichts zu wünschen übrig. Mit dem bekannten Ergebnis. Inzwischen hat sich durch die Nachricht aus Trier die Lage jedoch gründlich geändert.«

»Wenn du dich da mal nicht irrst«, sagte Hiltrudis. »Nun wird Kuno uns noch weniger ziehen lassen wollen.«

»Das zweifellos«, sagte Hildegard. »Aber ich denke, wir können nunmehr auf die Fürsprache einiger einflussreicher Herrschaften zählen.«

»Dein Wort in Gottes Ohr. Willst du ihnen dein Anliegen schriftlich vortragen?«

»Eine Reiseerlaubnis wird Kuno mir wohl kaum erteilen. Ich werde noch heute einen Brief aufsetzen.«

»Wer soll den befördern?«, fragte Hiltrudis. »Du wirst ihn kaum zur Mitnahme ins Kloster bringen können. Unser Abt würde davon erfahren, und dann erreicht das Schreiben womöglich nie seinen Empfänger.«

»Kennen wir denn niemanden, der Verbindungen bis nach Trier hat?«, fragte Hildegard in die Runde.

Betretenes Schweigen war die Antwort.

»Der Merxheimer Krämer!«, rief Richardis plötzlich. »Wir geben den Brief dem Merxheimer Krämer mit. Er reist jede zweite Woche nach Trier, und ihm können wir auch vertrauen. Soll ich den Brief gleich aufnehmen, Mater?«

»Hast du denn deine Wachstafel dabei?«

»Allzeit bereit«, sagte Richardis und zog die nötigen Utensilien aus der Tasche ihres Unterrocks.

»Dann seid so gut und lasst uns jetzt allein«, sagte Hildegard. »Wenn ihr mir alle zuseht, kann ich mich nicht sammeln.«

Volmar, der wie meist geschwiegen hatte, verabschiedete

sich mit einem knappen Kopfnicken. Ihm folgten Clementia und zuletzt Hiltrudis.

»Nicht darf von der Äbtissin ein Unterschied gemacht werden«, zitierte Hiltrudis murmelnd die benediktinische Regel, als sie über den Hof zur Küche schritt. »Sie liebe die eine nicht mehr als die andere. Ein Grundsatz, den Hildegard bei Richardis nur zu gern missachtet.«

Der folgende Tag begann für Abt Kuno mit Verdruss. Für unmittelbar nach der Prim hatte er Bruder Herbrand zu sich bestellt, um ihm seine Entscheidung im Fall Volmar mitzuteilen, aber sein Adlatus war nicht erschienen. Inzwischen graute bereits der Morgen, und in den klösterlichen Werkstätten wurde lautstark die Arbeit aufgenommen. Da wurde geschmiedet, geschliffen, gesägt und gehämmert. Geräusche, die Kuno liebte, kündeten sie doch vom Wachsen und Gedeihen der Abtei. Und einem bedeutenden, wohlgedeihenden Kloster vorzustehen, war schon seit Knabenzeiten sein Traum gewesen. Nur heute hielt sich seine Begeisterung in Grenzen. Ungeduldig trommelte er mit den Fingern auf den Tisch und starrte zur Tür.

Als er schon läuten und Herbrand suchen lassen wollte, erschien sein Vertrauter doch noch. Jedoch keineswegs mit schuldbewusstem Gesicht, sondern fröhlich grinsend, was Kuno noch mehr in Rage versetzte.

»Wenn ich sage, unmittelbar nach der Prim, dann meine ich unmittelbar nach der Prim«, polterte er los. »Ist das verstanden?«

Ohne darauf einzugehen, ließ Herbrand sich auf den Stuhl vor Kunos Pult fallen und sagte: »Wir haben sie.«

»Wovon redest du?«

»Die Gewährsperson.«

Schneller als ein Huhn ein Ei zu legen vermag, traten Kunos Augäpfel hervor, und seine Schläfenadern schwollen zu wahren Würsten an.

»Wie kannst du es wagen, meinen Entscheidungen vorzugreifen!«, geiferte er. »Hatte ich nicht angeordnet abzuwarten, bis ich –«

Herbrands hin- und herwackelnder Zeigefinger ließ ihn innehalten.

»Ich habe deine Anweisungen befolgt«, sagte der Adlatus. »Wer sich nicht daran gehalten hat, ist der Auskundschafter selbst.«

»Wie soll ich das verstehen?«

»Ganz einfach. Nicht ich bin an ihn herangetreten, um ihn für unsere Zwecke anzuwerben, sondern die Person hat mich aufgesucht und mir ihre Dienste angeboten.«

»Das ist doch nicht möglich!«

»Und doch ist es so. Die Eigenmächtigkeit, mit der Hildegard sich über alle Regeln hinwegzusetzen pflegt, hat denjenigen zu diesem Schritt bewogen. Eine Gewissensentscheidung sozusagen.«

Noch immer ungläubig schüttelte Kuno den Kopf. Plötzlich hielt er inne.

»Du hast mir noch nicht gesagt, wer es ist«, sagte er.

Herbrand blickte sich um, als seien sie von Lauschern umzingelt. Dann beugte er sich so weit über den Tisch, dass sein Gesäß vom Stuhl abhob, und flüsterte Kuno den Namen ins Ohr. Der nickte zufrieden.

»Sehr schön«, sagte er. »Was meinst du, sollten wir uns nicht besser einen Geheimnamen überlegen?«

»Einverstanden.« Herbrands Unterlippe schob sich vor. »Wie wäre es mit … ›Der gute Geist‹?«

»Ausgezeichnet«, sagte Kuno und rieb sich die Hände. »Der gute Geist. Da soll jemand draufkommen. Jetzt müssen wir unserem guten Geist nur noch genauestens darlegen, welche Auskünfte wir benötigen.«

»Ich glaube, er weiß, worauf es ankommt. Eine äußerst wichtige Nachricht hat er mir nämlich bereits übermittelt.«

»Und die wäre?«, fragte Kuno und vergaß, den Mund zu schließen. »Unsere Seherin hat einen Brief geschrieben. An Papst Eugen und das Konzil zu Trier. Darin bittet sie um Unterstützung ihrer Pläne zur Gründung eines eigenen Klosters.«

»Gütiger Himmel! Dieses Schreiben darf Trier niemals erreichen!«

»Ich weiß. Entsprechende Maßnahmen habe ich bereits ergriffen. Die Klausnerinnen haben vor, den Brief Albrecht, dem Merxheimer Krämer, mitzugeben, wenn er heute kommt. Ich werde ihn abfangen, bevor sie mit ihm sprechen können, und ein paar Worte mit ihm wechseln. Sollte er weiter an guten Geschäften mit der Abtei interessiert sein, muss er sich überlegen, auf wessen Seite er steht.«

Zum ersten Mal an diesem Morgen machte sich ein Lächeln auf Kunos Gesicht breit.

»Wunderbar«, sagte er und rieb sich erneut die Hände. »Ich glaube, wir sind auf dem richtigen Weg.«

*

Hildegard verließ an diesem Nachmittag gerade die Krankenkammer, in der sie zwei an schwärendem Aussatz leidende Frauen versorgt hatte, als Richardis durch die Pforte kam. Gegen das nasskalte Wetter hatte die junge Nonne sich lediglich mit Holzpantinen und einem um die Schultern geschlungenen Wolltuch geschützt. Ihre blauen Lippen zeigten, wie sehr sie fror.

»Komm in die Küche«, sagte Hildegard und fasste Richardis am Arm. »Ich mache dir rasch einen heißen Kräutertee, sonst erkältest du dich.«

»Wenn das nicht schon passiert ist«, murmelte Richardis.

Während Hildegard mit geübten Bewegungen Spitzwegerichkraut mit Schlüsselblumen- und Königskerzenblüten mischte, setzte Richardis sich auf einen Hocker dicht beim offenen Herdfeuer und streckte ihre Füße den Flammen so weit entgegen, wie es möglich war, ohne Verbrennungen zu erleiden.

»Wo bist du nur so lange gewesen?«, fragte die Meisterin. »Wenn du dich wenigstens wärmer angezogen hättest.«

»Ich konnte ja nicht ahnen, dass ich dem Krämer bis fast ins Dorf nachlaufen muss«, sagte Richardis und wischte einen Tropfen von ihrer Nasenspitze. »Als ich ihn endlich eingeholt habe, hat er behauptet, er hätte mein Rufen nicht gehört.«

»Merkwürdig. Und dass er bei uns überhaupt nicht vorbeigeschaut hat, was er sonst immer tut. Hast du ihn danach gefragt?«

»Das war nicht nötig.« Richardis zog ein gefaltetes und gesiegeltes Pergament unter ihrer Kutte hervor. »Er hat sich geweigert, den Brief mitzunehmen.«

»Wie bitte?« Es hätte nicht viel gefehlt und Hildegard hätte den Mörser, den sie in Händen hielt, fallen gelassen. »Er hat sich geweigert? Mit welcher Begründung?«

»Zuerst wollte er nicht recht mit der Sprache heraus. Erst als ich ihm ins Gedächtnis rief, dass er dir das Leben seiner Frau zu verdanken hat, die du im letzten Winter von ihrem nicht enden wollenden Husten geheilt hast, wurde er redseliger. Der Geier hat ihm untersagt, Nachrichten für uns zu befördern.«

Diesmal rutschte der Meisterin der Mörser wirklich aus der Hand. Nur Richardis' schneller Reaktion war es zu verdanken, dass er nicht zu Boden fiel.

»Woher weiß Herbrand von dem Brief?«

Richardis zuckte die Achseln. »Er muss uns belauscht haben.«

Hildegard schüttelte den Kopf. »Das glaube ich nicht. Die Pforte quietscht. Wir hätten ihn gehört.«

»Dann hat jemand geplaudert.«

»Denkst du, mit Absicht?«

»Absicht oder nicht, was macht das für einen Unterschied?«

»Den zwischen Verrat und Unvorsichtigkeit!«

»Verrat?«, fragte Richardis. »Nein, das halte ich für ausgeschlossen. Alle lieben dich, Mater. Das täte dir niemand an.«

»Dann muss ich die Schwestern noch einmal zur Verschwiegenheit ermahnen.« Erst jetzt ließ sich die Meisterin auf dem zweiten Hocker nieder. Ihr Blick war in die Ferne gerichtet. »Kein Brief bedeutet keine Unterstützung für unsere Pläne. Dabei hat mir das hell strahlende Licht erst in der vergangenen Nacht den Platz gezeigt, an dem wir das Kloster errichten sollen.«

Richardis ergriff Hildegards Hand. »Wo, geliebte Mater?«

»Auf dem Berg des heiligen Rupert. Da, wo die Nahe in den Rhein mündet.«

»Dort liegt doch auch Bingen.«

»Ganz recht, auf der anderen Seite des Flusses werden wir unsere Abtei errichten.«

»Bei Gott, den Berg kenne ich!«, rief Richardis. »Obwohl er eigentlich nur ein besserer Hügel ist. Warst du auch schon einmal dort, Mater?«

Hildegard lächelte. »Nicht leiblich. Ich habe den Ort bisher nur geschaut.«

»Oh, die Stelle ist wunderbar! Sie befindet sich gleich an der Handelsstraße von Köln nach Mainz. Wir werden unzählige Besucher empfangen. Wir –« Richardis' Begeisterung schwand so schnell, wie eine Seifenblase platzte. »O Mater, wird das überhaupt jemals wahr werden?«

»Ich habe es geschaut, also wird es wahr werden«, sagte Hildegard. »Die Schwierigkeiten, die man uns bereitet, sind nichts anderes als Prüfungen, wie stark unser Glaube ist. Mit Gottvertrauen und Liebe werden wir sie meistern.«

»Wird das genügen?«

»Warum so kleinmütig, meine Tochter?«

»Wir brauchen Fürsprecher, sonst wird Abt Kuno uns niemals ziehen lassen.«

»Denke an den Auszug der Kinder Israels aus Ägypten. Auch sie mussten lange ringen, bevor ihr Traum Wirklichkeit wurde.«

»Dann bist du unser Moses«, sagte Richardis und lächelte wieder. Und plötzlich blitzte es in ihren Augen. »Ich hab's! Ich werde meine Mutter um Hilfe bitten.«

»Die Markgräfin?«

»Sie hat auf Grund ihrer reichlichen Spenden großen Einfluss auf Erzbischof Heinrich von Mainz. Wenn wir ihn auf unserer Seite hätten, könnte Kuno sich nicht länger sperren.«

»Ich kenne deine Mutter als wahrhaft wortgewaltige Frau, aber ob sie das Eisenherz unseres Bischofs wird erweichen können, bezweifle ich doch. Er ist ein noch schlimmerer Weiberfeind als unser Abt.«

»Mater! So habe ich dich noch nie reden hören!«

»Aber das ist doch der eigentliche Grund!«, sagte Hildegard energisch und sah aus, als würde sie am liebsten mit dem Fuß aufstampfen. »Die Unterwerfung des Weibes durch den

Mann. Selbst im Schoß der Kirche setzt man uns Bräuten Christi einen Kerl vor die Nase, der uns gängeln darf, wie es ihm gerade passt. Noch dazu einen, der als Seelsorger so geeignet ist wie ein Narr.«

Bei allem Ernst, nun musste Richardis doch lachen. Und auch Hildegard ließ sich nach anfänglicher Irritation von der Heiterkeit der Jüngeren anstecken.

»Ich weiß, ich bin mit meinen Äußerungen zu weit gegangen«, sagte die Meisterin schließlich. »Bitte erzähle niemandem davon.«

»Ich werde schweigen wie ein Grab«, sagte Richardis und wurde auf einmal wieder ernst. »Du meinst also, ohne die Unterstützung des Konzils zu Trier hätten unsere Pläne keine Aussicht auf Verwirklichung?«

»Päpstliche Fürsprache kann nie schaden. Zumal wir dort derzeit sehr angesehen sind.«

»Zumal du dort angesehen bist«, korrigierte Richardis mit Betonung auf dem zweiten Wort. »Dann geh doch nach Trier und trage dein Anliegen persönlich vor.«

»Wie stellst du dir das vor? Dazu würde Kuno niemals seine Einwilligung geben.«

»Dann reist du eben ohne Einwilligung.«

»Soll ich mich etwa bei Nacht und Nebel aus dem Kloster stehlen?«

»Ja. Für ein höheres Ziel.«

Hildegard wägte das Für und Wider ab. »Ich weiß nicht. Solch eine Reise mit einer Regelübertretung zu beginnen, kann nicht gut gehen. Außerdem habe ich diese Gegend hier seit meiner Kindheit nicht mehr verlassen. Ich fürchte, ich fände mich draußen in der Welt gar nicht mehr zurecht.«

»Dann lass mich mit dir kommen. Ich habe den Mut, der dir fehlt.« Die Meisterin lächelte nachsichtig. »Du hast die Unbekümmertheit der Jugend, meine Tochter.«

Sie nahmen sich in die Arme.

»Dann darf ich dich also begleiten?«, fragte Richardis.

»Ich habe noch nicht einmal gesagt, dass ich selbst gehen werde.«

»Du musst. Für unsere gemeinsame Zukunft.«

In dem Augenblick nahm Hildegard ein Geräusch an der Tür wahr. Über Richardis' Schulter hinweg sah sie gerade noch, wie eine Schwester den Kopf zurückzog und die Tür schloss. Dieser Bruchteil eines Atemzugs jedoch hatte nicht genügt, um sie zu erkennen.

Kloster Rupertsberg – November 1177

Obwohl er mit dem Gänsekiel nur Stichworte in das Wachs geritzt hatte, die ihm als Gedächtnisstützen dienten, hatte Wibert bereits vier Tafeln verbraucht. Nur einmal hatte er es in den vergangenen Stunden gewagt, Hildegards Redefluss zu unterbrechen – dann, als er seine Beine vor Kälte nicht mehr gespürt hatte. Da hatte die Mater ihm gestattet einzuheizen. Inzwischen graute bereits der Tag.

»Wer war denn nun der so genannte gute Geist?«, fragte er, als Hildegard eine Pause einlegte.

»Dein wallonisches Temperament geht mal wieder mit dir durch, Wibert«, sagte sie. »Du versuchst, den Ereignissen vorzugreifen. Hab Geduld, du wirst es noch früh genug erfahren.«

»Natürlich bin ich geduldig. Aber wie sagte schon Horaz: Niemand wird ohne Fehler geboren. Seid ihr nun heimlich nach Trier gereist oder nicht?«

»Ja«, seufzte die Mater. Gegen die Neugier ihres Sekretärs war wirklich kein Kraut gewachsen. Jedenfalls kannte sie keines.

»Allerdings bedurfte es einer Woche stiller und klammheimlicher Vorbereitung, bevor wir uns aufmachen konnten. Nur Volmar und Clementia waren in unsere Pläne eingeweiht; niemanden sonst wollte ich mit dem Wissen um unser Vorhaben in Gewissensnöte bringen. Die Unterstützung, die wir von außerhalb brauchten, gewährte uns die Markgräfin von Stade, Richardis' Mutter. Ein Bauer, der gelegentlich zum Aderlass zu mir kam, hatte eine Nachricht an sie überbracht. Sie besorgte uns Reit- und Packtiere und stellte Leute aus ihrem Gesinde ab, die uns zu unserem Schutz begleiten sollten. Nachdem das erledigt war, galt es nur noch, den Reiseweg festzulegen.«

»Die Nahe flussaufwärts und dann quer durch den Hunsrück, so geht es am schnellsten.«

»Schnell muss nicht immer sicher bedeuten. Der Hunsrück gilt als ausgesprochen finstere und unsichere Gegend. Daher neigte ich dazu, uns in Bingen einzuschiffen und über Rhein und Mosel nach Trier zu reisen.«

»Das dauert doch Wochen! Mal ganz abgesehen vom Eisgang.«

»Genau das war unser Problem. Mir war klar, dass unser Verschwinden bestenfalls zwei oder drei Tage unbemerkt bleiben würde. Zweifellos würde Kuno uns sofort verfolgen lassen, wir hatten also keine Zeit zu verschwenden. So mussten wir zu meinem Unbehagen doch den direkten Weg wählen. Ein schwerwiegender Fehler, wie sich herausstellen sollte.«

»Wieso das?«

»Warte es ab. Ich komme noch dazu.«

»Und wann seid ihr los? Nachts?«

»Kurz nach Mitternacht. Fackeln konnten wir nicht benutzen, ihr Schein hätte uns verraten. Aber da eine geschlossene Schneedecke lag, war es hell genug, den Weg bis zur Glahn zu finden, wo unsere Helfer warteten.« Plötzlich stutzte Hildegard. »Was war das?«

»Mein Magen«, sagte Wibert und wurde rot. »Ich hab Hunger.«

»Dann geh und hol dir ein Stück Brot, bevor wir weitermachen. Sonst fällst du mir noch vom Stuhl.«

Das ließ sich der Wallone nicht zweimal sagen.

Kloster Disibodenberg – Dezember 1147

Hildegard hatte sich getäuscht. Ihr und Richardis' Verschwinden blieb nicht für Tage, sondern nur für Stunden unbemerkt. Es hatte kaum gedämmert, da war Herbrand informiert. Mit raumgreifenden Schritten eilte er über den Hof und stürmte ohne anzuklopfen in Kunos Arbeitszimmer, wo er den Abt bei seiner Lieblingsbeschäftigung störte – dem Geldzählen.

»Sechshundertachtundvierzig – sechshundertneun ... jetzt hast du mich rausgebracht«, zürnte Kuno. »Was soll dein ungestümer Auftritt? Brennt es?«

»Allerdings. Hildegard und Richardis sind verschwunden.«

»Was soll das heißen – verschwunden?«

Herbrand setzte sich. »Laut unserem guten Geist befinden sie sich auf dem Weg nach Trier.«

Kuno fiel die Kinnlade runter. »Wieso haben wir das nicht rechtzeitig erfahren? Dann hätten wir Wachen aufstellen können.«

»Keine Aufregung. Sie sind erst in der Nacht aufgebrochen. Wir können sie leicht innerhalb eines halben Tages einholen.«

»Worauf wartest du dann noch? Schnapp dir ein paar Brüder und jage ihnen nach. Die beiden haben die Klause ohne meine Erlaubnis verlassen. Ich habe das Recht, sie zurückholen zu lassen.«

Herbrand schob den rechten Arm in den linken Ärmel und kratzte sich ausgiebig am Ellbogen. Das war wieder so eine dieser Situationen, in denen ersichtlich war, dass Kuno mit seinem Amt überfordert war. Noch immer war Herbrand unverständlich, wie die Brüder seinerzeit bei der Abtwahl dem kleinen Hitzkopf den Vorzug geben konnten. Aber Herbrands Stunde würde schon noch kommen.

Geradezu indigniert hob er die Brauen. »Aber wäre das auch klug?«

»Wir können doch nicht zulassen, dass die Weiber nach Trier reiten und vor dem Heiligen Vater ihr Kloster einklagen!« Kuno schlug mit der Faust auf den Tisch, dass die Münzen nur so tanzten. »Dann können wir ihnen ja gleich beim Bau helfen.«

»Ich gebe nur zu bedenken, dass ein sofortiges Nachsetzen unsererseits auf die Existenz unseres guten Geistes hinweisen würde. Bereits die Sache mit dem Brief war – meine Schuld – nicht sehr geschickt eingefädelt. Eigentlich hätte Hildegard schon da Verdacht schöpfen müssen, dass es in ihren Reihen eine undichte Stelle gibt. Geschickter wäre gewesen, wir hätten Albrecht den Brief an sich nehmen lassen, und er hätte ihn nur nicht abgeliefert. Wie gesagt, mea culpa.«

»Allerdings«, sagte Kuno vorwurfsvoll, als sei ihm der Gedanke auch schon gekommen. »Aber wie halten wir sie dann auf?«

»Diese Nuss versuche ich noch zu knacken«, sagte Herbrand und schob die Unterlippe vor.

»Welchen Weg nehmen sie wohl?«

»Ich denke, über Rom werden sie nicht reisen.«

»Spar dir deine faulen Witze«, sagte Kuno und bewies einmal mehr, dass er so viel Humor hatte wie ein Insekt. »Ich erwarte sachliche Vorschläge.«

»Durch den Hunsrück, wie sonst.«

»Aha, durch den Hunsrück«, murmelte Kuno langsam.

Plötzlich schnipste er mit den Fingern und machte ein Gesicht, das in seiner Verschlagenheit jedem Rosstäuscher zur Ehre gereicht hätte. »Wimmelt es im Hunsrück nicht von Räubern und Lumpenpack?«

»Und wie«, sagte Herbrand.

»Das heißt, es ist überaus gefährlich, durch diese Gegend zu reisen. Zumal für Frauen.«

»So gefährlich wie ein Spaziergang durch eine Schlangengrube.«

»Man könnte sogar sagen, es würde an ein Wunder grenzen, würden die beiden den Hunsrück unbehelligt verlassen.«

»Ein größeres Wunder, als würde ein Pole Papst. Worauf willst du hinaus?«

»Ich muss an meinen Freund Konrad, seines Zeichens Wildgraf zu Tronecken, denken. Er ist mir noch einen Gefallen schuldig. Einen großen sogar.«

»Er soll sie doch nicht etwa …« Herbrand deutete mit dem Zeigefinger einen Kehlenschnitt an.

»Natürlich nicht, die Frau ist Gold wert. Er soll sie nur für eine gewisse Zeit festsetzen. Sagen wir mal – so lange, bis das Konzil zu Ende ist.«

»Ich muss sagen, ich kann noch immer von dir lernen, ehrwürdiger Vater. Alle Achtung.«

»Schleimer!«, sagte Kuno barsch, obwohl er sich geschmeichelt fühlte. »Ich werde unverzüglich einen Brief aufsetzen, den du persönlich überbringen wirst. Halte dich mit zwei, drei Brüdern bereit, noch vor der Sext loszureiten.«

»Sehr wohl.«

Kaum hatte Herbrand den Raum verlassen, tanzte Kuno um seinen Stuhl und schlug sich aus Freude über seinen eigenen Einfall auf die Schenkel.

G

Hunsrück

Hildegard hatte keineswegs erwartet, dass sie im Galopp reisen würden, aber mit einem derart langsamen Vorankommen hatte sie nun auch nicht gerechnet. Mit jedem Schritt, den das Gelände anstieg, nahm auch die Höhe der Schneedecke zu. Inzwischen sanken die Langohrigen, die Richardis und sie ritten, bis zu den Bäuchen ein. Immer wieder mussten die Knechte absteigen und die erschöpften Tiere antreiben.

Die Markgräfin hatte es gut gemeint und ihnen fünf junge, kräftige Burschen mitgegeben. Die körperlichen Anstrengungen meisterten die Männer gut, jedoch fehlte es ihnen an Lebenserfahrung und Nervenstärke. Je schneller die Zeit verrann und je deutlicher wurde, dass der kleine Tross das vorgesehene Nachtquartier, den Hahnenbacher Weiler, an diesem Tag nicht mehr erreichen würde, desto unruhiger wurden sie. Die Vorstellung, die Nacht im Freien verbringen zu müssen, bereitete ihnen sichtlich Unbehagen.

Kaum brach die Dämmerung herein, wurde der Hunsrück seinem Ruf als unheimliche Gegend gerecht. Knorrige Bäume wurden zu Riesen mit überlangen Gliedmaßen, zackige Felsbrocken zu Drachenköpfen, und die Schreie der Eulen und Käuzchen erinnerten an das Heulen von Gespenstern. Richardis hatte schon seit Stunden nichts mehr gesagt, sondern biss sich nur auf die Lippen. Auch Hildegard, die für solche Dinge wenig empfänglich war, konnte nicht abstreiten, dass ihr zunehmend mulmiger wurde. Und sogar die beiden Hunde, die die Knechte mitgebracht hatten, hatten die Schwänze eingekniffen.

»So geht es nicht länger, ehrwürdige Mutter«, sagte der Anführer der Knechte, der Jakob hieß. »Wir müssen die Fackeln anzünden.«

Hildegard nickte. Die Gefahr, dass eines der Pferde in der Dunkelheit zu Fall kam, war zu groß. Auch wenn die Fackeln mögliche Verfolger anlocken würden. Das Beste wäre, beizeiten Rast zu machen.

»Ich glaube, irgendwer erzählte mir einmal, in dieser Gegend wohne ein Köhler«, sagte sie zu Jakob. »Meinst du, er würde uns für eine Nacht beherbergen?«

Der Knecht wurde schreckensbleich. »Hier haust tatsächlich ein Köhler. Aber wir sollten vermeiden, ihm zu begegnen. Der Kerl steht mit dem Teufel im Bunde.«

»Wie kommst du darauf?«

»Das weiß jeder, ehrwürdige Mutter.«

»Hast du denn einen besseren Vorschlag?«

»Unweit gibt es eine Höhle. Wir müssen uns bloß vergewissern, dass kein Bär seinen Winterschlaf darin hält.«

Die Höhle lag ein ganzes Stück oberhalb des Weges. Den Hang hinaufzukommen, war die reinste Quälerei. Hildegard und Richardis mussten absteigen. Je zwei Burschen nahmen eine der Nonnen zwischen sich auf die Arme und trugen sie hinauf. Dann rutschten sie wieder talwärts und holten die Tiere.

Die Höhle war leer und bot mehr als ausreichend Platz. Ein Sichtschutz bietender Felsblock ermöglichte sogar die schickliche Verrichtung der Notdurft. Außerdem verfügte das Gewölbe über einen natürlichen Abzug, der ihnen gestattete, Feuer zu machen. So konnten sie wenigstens noch eine warme Mahlzeit zu sich nehmen, bevor sie zwischen ihre Felle krochen. Die Männer hatten den Nonnen die Plätze direkt beim Feuer überlassen, wo es am wärmsten war. Während einer von ihnen die erste Wache übernahm, legten die anderen sich ebenfalls zur Ruhe.

Die Meisterin schlief wie gewöhnlich sofort ein, Richardis dagegen fand, obgleich sie erschöpft war, keinen Schlaf. Zu aufwühlend waren die Erlebnisse gewesen, die ihnen der Tag beschert hatte. Sicher, die unerlaubte Reise war ihr Vorschlag gewesen. Aber sich für mutig zu erklären und mutig zu sein, waren doch zwei Paar Schuhe, wie sie nun feststellen musste. Insbesondere, weil ihr beim Eintritt in die Höhle eine Fledermaus beinahe ins Gesicht geflogen wäre. Viel hätte nicht gefehlt, und sie hätte sich die Zunge durchbissen. Außerdem hatte sie eiskalte Füße, die auch unter den doppelten Lagen Schaffell nicht warm werden wollten.

So stand sie auf und ging zum Höhleneingang. Vielleicht würde ihr die Nachtluft die notwendige Bettschwere bringen.

Schneefall hatte eingesetzt. Flocken so groß wie Rosenblätter schwebten sacht zur Erde und überdeckten die Spuren, die sie vom Weg zur Höhle hinauf hinterlassen hatten. Das war auch gut so, denn der Bursche, der Wache halten sollte, war zwar auf seinem Posten, schnarchte aber.

Es dauerte nicht lange, und Richardis merkte, dass sie nun doch schläfrig wurde. Sie gähnte, zog ihr Tuch fester um die Schultern und wollte bereits zu ihrem Schlafplatz zurückkehren, als sie plötzlich durch das Schneetreiben hindurch leuchtende Punkte gewahrte. Drei, vier schwankende Lichter. Keine Frage, das waren Reiter, die den gleichen Weg nahmen wie sie! Als die Gruppe wenig später unterhalb der Höhle vorbeiritt, dachte Richardis für einen Moment, sie habe im Schein der Fackeln eine Mönchskutte gesehen. Sie rieb sich die Augen. Es konnte auch Einbildung gewesen sein. Ihre überstrapazierten Sinne mussten ihr einen Streich gespielt haben.

War der gestrige Tag eine Schinderei gewesen, so war der heutige die Hölle. Eine Hölle in Weiß.

Ohne Unterlass schneite es den ganzen Tag. Große, schwere Flocken, die so dicht fielen, dass die Sichtweite gerade mal vier Pferdelängen betrug.

Stündlich wuchs die Schneedecke um mehr als eine Handbreit. Orientierungspunkte im Gelände waren nirgendwo mehr auszumachen. Vom Sonnenstand als Wegweiser für die Himmelsrichtung ganz zu schweigen. Blind und auf gut Glück kämpfte der kleine Tross sich durch die Winterwüste.

Gegen Mittag wurde einer der Burschen mit seinem Pferd von einem Schneebrett einen Steilhang hinuntergerissen. Das Tier brach sich das Genick, der Junge kam mit gebrochenen Beinen davon. Da er bewusstlos war, konnte Hildegard ihm die Beine richten und schienen, ohne dass er die Schmerzen spürte.

Jakob bestimmte einen seiner Leute, den Verletzten zum Hahnenbacher Weiler zu bringen, die Ansiedlung, die nunmehr einen halben Tag Fußmarsch südlich lag.

Keine zwei Stunden später wurde Jakob von einem umstürzenden Baum erschlagen. Sosehr sich die beiden verbliebenen Burschen auch bemühten, es gelang ihnen nicht, seinen leblosen Körper unter dem Stamm hervorzuziehen. Ihnen blieb nichts anderes, als den Leichnam mit Ästen zu bedecken. Hildegard erteilte dem Verstorbenen den letzten Segen. Unmittelbar danach fanden sie einen Felsüberhang, unter dem sie mit Hilfe einer mitgeführten Plane eine notdürftige Unterkunft errichteten. Auch hatten sie trockenes Holz im Gepäck, um Feuer zu machen.

»Diese Reise steht unter keinem guten Stern«, murmelte Hildegard, als sie sich die Finger an den Flammen wärmten. »Als hätte ich es geahnt.«

»Das sind Unglücke, wie sie immer vorkommen können«, sagte Richardis. »Kein Mensch konnte damit rechnen, dass es derart schneien würde.«

Die beiden Burschen hockten dicht beieinander und sagten nichts. Aber ihre Blicke sprachen Bände. Fraglos gaben sie den Nonnen die Schuld für die erlittenen Schicksalsschläge. Richardis wurde es unbehaglich. Sie suchte die Nähe der Mater.

»Sie sehen uns an, als wollten sie uns fressen«, flüsterte sie.

»Es sind Männer deiner Mutter«, sagte Hildegard. »Sie werden es nicht wagen, die Hand gegen uns zu erheben.«

»Zu Jakob hatte ich Vertrauen. Ihn kannte ich von klein auf. Von den beiden jedoch weiß ich gerade mal die Namen.«

Jetzt begannen auch die beiden Männer, miteinander zu tuscheln. Der Schnee schluckte jedes Geräusch, so auch ihre Worte.

Und es schneite weiter.

Den restlichen Tag und die ganze Nacht.

*

Es waren Sonnenstrahlen, die sie in der Nase kitzelten und dadurch weckten.

Mit einem Ruck setzte Hildegard sich auf. Ihr Blick fiel auf eine geradezu paradiesisch schöne Winterlandschaft. Überall funkelten Schnee- und Eiskristalle. Die schneebeladenen Bäume sahen aus wie greise Priester in liturgischen Gewändern. Hoch über ihnen leuchtete der Himmel in strahlendem Blau. Das war das andere Gesicht des Hunsrück.

Während Hildegard sich noch die Nase rieb, erwachte Richardis. Die Felle, die ihr als Zudecke gedient hatten, waren schneebedeckt. Nur den Kopf und die Schultern hatte die Plane aus gewachstem Leinen geschützt.

»Wie hast du geschlafen?«, fragte Hildegard.

Richardis reckte sich.

»Wunderbar. Ich habe überhaupt nicht gefroren, obgleich die Felle voller Schnee sind.«

»Der Schnee hat dich gewärmt.«

»Schnee soll wärmen?« Richardis griff in die weiße Pracht neben sich. »Fühl doch nur. Er ist ganz kalt.«

»Du weißt doch: Kehrt im Frühjahr der Frost noch einmal zurück, erfrieren die schon gesprossenen Pflanzen. Es sei denn, es hat zuvor geschneit, dann überleben sie.«

»Du hast Recht. Die Welt ist voller Wunder.«

Beide Frauen standen auf und klopften ihre Kutten ab.

»Ich werde unsere beiden Begleiter mal hochscheuchen«, sagte Hildegard. »Die Witterung ist ausgezeichnet. Wir sollten uns beizeiten auf den Weg machen.«

Sie stapfte um die Felsnase, hinter die die beiden sich am Vorabend zurückgezogen hatten. Keinen Atemzug später war sie schon wieder da.

»Was ist los, Mater?«, fragte Richardis. »Du blickst so ernst! Sind die beiden erfroren?«

»Nein«, sagte Hildegard. »Sie sind weg.«

»Und die Tiere?«

»Unsere Esel haben sie uns gelassen.«

*

»Umkehren? Niemals!«, rief Richardis.

»Wir tun Unrecht mit dieser Reise«, entgegnete Hildegard. »Deshalb geschieht auch so viel Unheil. Wir sollten bereuen und umkehren.«

»Wir müssen bereits mehr als den halben Weg zurückgelegt haben. Umzukehren wäre demnach gefährlicher, als weiterzureiten.«

»Darum geht es nicht. Ich habe die Regel übertreten. Deswegen ist bereits ein Mensch gestorben. Ich will nicht, dass noch mehr Unheil geschieht.«

»Denkst du dabei an mich?«, fragte Richardis, während sie ihr Bündel auf dem Esel festschnürte. »Um mich brauchst du dir keine Sorgen zu machen. Diese Reise war mein Vorschlag, und ich stehe nach wie vor dazu. Schließlich sind wir nicht aus einer Laune heraus unterwegs, sondern weil wir ein Ziel haben.«

»Als ob ich das vergessen hätte.«

»Du solltest auch an die Schwestern denken. Nur wenn wir nicht versagen, können wir sie aus der Abhängigkeit von der Disibodenberger Abtei befreien. Das sollte uns die Anstrengung wert sein.«

»Du sprichst, als seist du die Ältere. Woher nimmst du nur die Kraft?«

Richardis ließ sich Zeit, bevor sie antwortete. »Ich will dich glücklich sehen, geliebte Meisterin. Ich will, dass du deinen Lebenstraum verwirklichen kannst.«

»Und ich will nur, dass die Schwestern glücklich werden. Meine eigene Zufriedenheit ist mir gleich.«

»Damit schließt sich der Kreis.«

»Ja«, sagte Hildegard und klang auf einmal wieder entschlossen. »Damit schließt sich der Kreis.«

Ohne ein weiteres Wort saßen sie auf und trieben ihre Tiere an.

Burg Tronecken

Der Waldweg fiel ab. Kurvenreich schlängelte er sich ins Tal, auf den Bach zu, der nur zu hören war. Unter einer Haube aus Eis und Schnee murmelte er in seinem Bett. Ein Stück weiter war die Schneedecke auf ein paar Schritte eingebrochen, und das Flüsschen kam kurz zum Vorschein.

»Ob das bereits die Ruwer ist?«, fragte Richardis.

»So weit können wir eigentlich noch nicht sein«, sagte Hildegard. »Aber vielleicht ist der Bach schon einer der Zuflüsse.«

»Dass wir aber auch niemanden fragen können.«

»Wenn wir dem Bach in seinem Lauf folgen, können wir nicht viel verkehrt machen. Wasser hat die Angewohnheit, zu Tal zu fließen. Auf dem einen oder anderen Weg wird er uns aus dem Hunsrück herausführen.«

»Möge Gott uns beistehen.«

»Das tut er zweifellos.«

Plötzlich, wie abgeschnitten, endete der Wald, und ein weites Tal breitete sich vor den beiden Nonnen aus. Hildegard beschattete ihre Augen mit der Hand.

»Täusche ich mich, oder steht dort hinten eine Mühle?«, fragte sie.

Richardis kniff die Augen zusammen und blinzelte gegen die tief stehende, nachmittägliche Sonne. Das weiß verputzte Gebäude hob sich kaum von der winterlichen Landschaft ab. Nur auf Grund des unterschlächtigen Rades war es auszumachen.

»Eindeutig«, sagte sie. »Das Mühlrad ist in Bewegung. Dort sind Menschen am Werk, die uns bestimmt Auskunft geben können. Und vielleicht dürfen wir uns dort sogar einen Augenblick ausruhen.«

Richardis' Begeisterung schien sich auf die Reittiere zu übertragen, die auf einmal galoppierten wie noch nie in den vergangenen Tagen. Vielleicht witterten sie aber auch nur Heu.

Zur Linken begrenzte der Bach den Weg, zur Rechten wurde er von einem Weidezaun gesäumt, dessen Pfosten nur knapp aus der Schneedecke ragten. Kurz vor der Mühle, als das Drehen des Rades bereits zu hören war, gab es eine Aussparung im Zaun, durch die ein Weg hinauf zu einer bewaldeten Anhöhe führte. Die Schwestern hatten die Weggabelung gerade erreicht, als eine Gruppe Reiter den Hügel herabgesprengt kam. Wild stob der Schnee zu allen Seiten, als werde er von einer Windhose aufgewirbelt. Unmittelbar vor den Eseln zügelte die Gruppe ihre Pferde. Sie waren zu viert. Der Vorderste trug ein Kettenhemd und war mit einem Schwert bewaffnet, die anderen waren gekleidet wie Bauern. Alle vier waren unrasiert und starrten vor Schmutz.

»Halt!«, brüllte der Bewaffnete und hob die Hand, was beides überflüssig war, denn die Langohrigen standen bereits. »Seid Ihr die beiden Klausnerinnen vom Disibodenberg?«

Hildegard war ehrlich überrascht. »Allerdings. Aber woher wisst Ihr von uns?«

»Äh … ehem«, machte der Anführer. »Das wird Euch der Graf selbst sagen. Ich habe lediglich Order, Euch sicher zur Burg zu geleiten.«

»Dürfen wir das als Einladung verstehen?«

»Selbstverständlich.«

»Dann habt doch zunächst einmal die Freundlichkeit, uns zu sagen, wer der Graf ist, der bitten lässt.«

»Wildgraf Konrad von Tronecken natürlich. Der Herr über die Mark Thalfang.«

»Richtet dem Grafen Konrad unseren untertänigsten Dank aus, guter Mann, und bittet ihn in unserem Namen um Verzeihung, dass wir seine freundliche Einladung abschlägig bescheiden müssen, aber wir sind in Eile. Wir wollen nur kurz bei der Mühle rasten und noch heute unseren Weg fortsetzen.«

Die Miene des Anführers verfinsterte sich schlagartig. Als die Meisterin auch noch ihren Esel antreiben wollte, ließ er sein Pferd auf der Hinterhand tanzen und versperrte ihr den Weg.

»Habt Ihr nicht gehört?«, rief er. »Der Graf hat Euch eingeladen. Dem habt Ihr Folge zu leisten.«

»Also handelt es sich weniger um eine Einladung als um einen Befehl«, sagte Hildegard. »Das hättet Ihr gleich sagen sollen.«

»Wie auch immer – ich reite voran, und Ihr folgt mir.«

»Es soll uns eine Ehre sein.«

Der Weg stieg eine Weile an, um dann an der Flanke des Bergs entlangzulaufen. Recht unvermittelt knickte er auf einmal ab, und die Gruppe stand vor einem schweren, bewehrten Tor, das von zwei runden Wachtürmen flankiert wurde. Beide Türme waren mit Wachposten besetzt. Der Anführer riss den Arm hoch und brüllte: »Tor auf!«, was der Posten auf dem Turm wiederholte. Es dauerte jedoch so lange, dass Hildegard sich bereits fragte, ob vielleicht etwas klemmte, bis wenigstens ein Torbogen aufschwang.

Die Anlage hinter dem Tor war eine Enttäuschung. Vielleicht lag es an dem von dem Anführer der Horde verwendeten Begriff »Burg«, der eine gewisse Erwartung geweckt hatte, der die Gemäuer aber, denen sich die Nonnen nun gegenübersahen, keineswegs gerecht wurden. Es gab nur zwei kleine Wohnhäuser aus aufgeschichteten Schiefersteinen und ein etwas größeres hölzernes Gebäude, das wohl als Scheune und Stall diente. Die Burgmauer war höher als jedes von ihnen.

Eine Enttäuschung, die man Hildegard und Richardis offenbar ansah, denn der krummbeinige füllige Mann, der aus einem der Häuser auf sie zutrat, machte eine entschuldigende Geste. Dazu ließ er seinen Bauch, den er wie ein umgeschnalltes Fass vor sich hertrug, für einen Moment los und breitete die Arme aus.

»Ehrwürdige Mutter, verzeiht die Bescheidenheit meiner Behausung«, sagte er mit einer überraschend hellen Stimme, die so gar nicht zu seinem Körperbau passen wollte. »Noch ist die Burg ein Behelf. Der Palas wird erst errichtet. Trotzdem, so denke ich, werdet Ihr Euch bei uns wohl fühlen. Ich hoffe doch, meine Männer haben Euch gegenüber die nötige Höflichkeit an den Tag gelegt?«

»Sie waren so höflich wie ihr Auftrag«, sagte Hildegard, die nach wie vor auf ihrem Esel saß. »Verratet mir doch, Graf Konrad, womit wir die Ehre Eurer Einladung verdient haben.«

»Der Ruf, der Euch vorauseilt, ist beachtlich«, sagte der Graf und hielt sich wieder den Bauch, als habe er Angst, er könne sonst runterfallen. »Da ist es doch nur verständlich, dass ich die Gunst der Stunde nutzen wollte, um Euch einmal in persona kennen zu lernen.«

»Das wissen wir durchaus zu schätzen. Es ist jedoch so, dass wir in wichtiger Mission reisen und auf dem schnellsten Wege nach Trier gelangen müssen. Eure Gastfreundschaft anzunehmen, können wir uns, fürchte ich, nicht leisten.«

»In Kürze bricht die Dämmerung herein. Heute würdet Ihr

es niemals bis an die Mosel schaffen und wäret gezwungen, in der Wildnis zu übernachten. Da ist es doch sicherer und erheblich bequemer, Ihr nächtigtet unter meinem bescheidenen Dach und machtet Euch morgen in aller Herrgottsfrühe wieder auf den Weg.«

Dazu lächelte er so gewinnend, wie es einem Mann mit einem besenborstenlangen schwarzen Schnäuzer und einem zahnlosen Mund möglich ist. Im Gegensatz zu Hildegard zeigte Richardis sich einigermaßen beeindruckt. Wenn der Grund dafür auch weniger im Lächeln des Grafen als in ihrem schmerzenden Gesäß zu suchen war. Zu reiten war für sie ungewohnt, entsprechend litt sie.

»Ich mische mich nur ungern ein«, flüsterte sie. »Aber ich denke, der Graf hat Recht. Auf einen halben Tag kommt es nun wirklich nicht an.«

»Eine Nacht unter dem Dach eines Rohlings«, flüsterte Hildegard zurück. »Aber du hast ja Recht.«

Und laut sagte sie: »Wir nehmen an, Graf Konrad. Seid bedankt.«

Einer der Bauern der Begrüßungsabordnung kümmerte sich um die Reittiere, ein anderer trug ihre Bündel ins Haus. Die Kammer, die ihnen Graf Konrad persönlich zuwies, war schlicht, hatte aber zwei Pritschen mit strohgefüllten Matratzen. Als Zudecken dienten Bärenfelle. Unterhalb des Fensters plätscherte ein Bach.

»Die kleine Drohn«, sagte Konrad. »Ihr Geräusch hat etwas Beruhigendes. Es gibt nichts Besseres, um in den Schlaf zu finden. Es sei denn, eine Kanne Wein.«

Während die Schwestern ihre Bündel verstauten, verließ er laut lachend und sich den bebenden Bauch haltend die Kammer, wobei sein Lachen besonders laut wurde, als er die Tür schloss. Nachdem das geschehen war, setzte Hildegard sich mit nachdenklicher Miene auf ihre Pritsche.

»Woher wusste der Graf, dass wir durch die Gegend um Tronecken reisen würden? Man könnte meinen, unser Kommen sei ihm von einem Boten angekündigt worden.«

»Ja, das ist seltsam«, sagte Richardis und erinnerte sich auf einmal ihrer Beobachtung von vor zwei Nächten, die sie völlig vergessen hatte. »Vielleicht ist dem ja wirklich so.«

»Wie meinst du das?«

Richardis ließ sich an der Seite der Mater nieder und erzählte, dass sie meinte, einige Mönche gesehen zu haben.

»Bist du dir sicher?«, fragte Hildegard.

»In jener Nacht hielt ich es für ein Hirngespinst. Deshalb habe ich dir auch nichts davon erzählt. Nun aber, unter diesen Umständen …«

»Wir sollten auf jeden Fall auf der Hut sein. Wenn es stimmt, was du gesehen hast, steckt womöglich Kuno hinter der ›Einladung‹ des Grafen Tronecken.« Hildegard erhob sich mit einem Seufzer. »Komm, wir wollen uns noch ein wenig die Füße vertreten. Nach dem ganzen Tag im Sattel tut uns das gut.«

Die Tür ließ sich nicht öffnen. Zunächst dachte Hildegard, die Schuld liege bei ihr, weil sie sich ungeschickt anstelle. Als sie sie aber auch zu zweit nicht aufbrachten und für ihr Klopfen lediglich höhnisches Gelächter ernteten, wussten sie Bescheid.

Die Falle war zugeschnappt.

Der Raum, den Graf Konrad großspurig als Speisesaal bezeichnet hatte, maß vielleicht fünf mal fünf Doppelschritte. Ein riesiger, für das Zimmer völlig überdimensionierter Kamin sorgte für Backhaustemperaturen. Insgesamt sieben Personen hatten an der hufeisenförmig aufgestellten Tafel Platz genommen.

Direkt vor dem Kamin, in einem Stuhl, dessen Lehne seinen Kopf um mindestens zwei Ellen überragte, thronte der Graf. Sein Gesicht glühte von der Hitze des Feuers wie vom Rotwein, den er soff wie ein Ochse Wasser nach dem Pflügen. Flankiert wurde er von zwei jungen Frauen, die pausenlos gackerten und im ländlichen Sinne als hübsch durchgehen mochten, auf Hildegard jedoch gewöhnlich wirkten.

Sie selbst und Richardis hatte man zur Linken des Grafen, mit dem Rücken zu den Fenstern, platziert. Ihnen gegenüber saßen Ludger, der Anführer der Horde, die sie abgefangen hatte, und ein vielleicht fünfzehnjähriger Bengel mit blödem Gesicht, der ihnen als Thomas, der Sohn des Grafen, vorgestellt worden war. Ein weiterer eingedeckter Platz blieb unbesetzt. Aufgetragen wurde das Essen von dem gleichen Kerl, der die Esel in den Stall geführt hatte.

»Langt zu, langt zu!«, rief Konrad, während er ein gebratenes Huhn in Stücke riss. »Niemand soll sagen können, er sei auf Tronecken nicht satt geworden.«

Hildegard nippte an ihrem Becher mit Wein und brach dann ein Stück Brot ab, das sie mit Richardis teilte. Fleisch lehnten beide ab.

»Hättet Ihr die Güte, uns mitzuteilen, welche Pläne Ihr uns bezüglich habt?« Hildegard musste beinahe schreien, um das gräfliche Schmatzen zu übertönen.

»Gewiss doch, ehrwürdige Mutter, gewiss doch! Ihr seid auf zunächst einmal unbestimmte Zeit meine Gäste.«

»Darf ich fragen, was Ihr Euch davon versprecht?«

»Gern würde ich sagen, allein Eure Gesellschaft sei mir Grund genug, Euch eine Weile hier zu behalten. Aber das ist nicht der wahre Anlass, auch wenn ich gestehen muss, ein wenig stolz zu sein, eine so bekannte und hoch angesehene Persönlichkeit unter meinem Dach zu wissen.« Konrad warf einen abgenagten Hühnerknochen über die Schulter in den Kamin. »Lasst es mich einmal so umschreiben: Ihr stammt aus wohlhabendem Haus, verehrte Hildegard von Bermersheim, wie auch die junge Schwester an Eurer Seite, und das Kloster auf dem Disibodenberg zählt zu den begüterten im Lande. Ich hingegen habe große Schwierigkeiten, die notwendigen Mittel aufzutreiben, um diese Burg angemessen ausstatten zu lassen.«

Hildegard begriff sogleich, was er meinte, wollte aber zunächst nicht glauben, dass ein Mensch zu solcher Dreistigkeit fähig sein konnte.

»Seid Ihr etwa auf ein ... Lösegeld aus?«, fragte sie, während sie aus den Augenwinkeln bemerkte, wie Richardis die Hand vor den Mund schlug.

»Welch hässliches Wort«, sagte der Graf, während Ludger und die beiden Mädchen sich über die scheinbare Begriffsstutzigkeit der Nonnen vor Lachen schüttelten. »Ich würde es lieber eine ... Aufwandsentschädigung nennen. Schließlich entstehen mir durch Euren Aufenthalt erhebliche Kosten, von dem sicheren Geleit bis Trier ganz zu schweigen.«

»Eines muss man Euch lassen, Ihr versteht es trefflich, die Dinge so zu verdrehen, dass selbst der größte Unfug noch einen Sinn zu machen scheint. Aber ganz im Ernst: Ihr glaubt doch nicht wirklich, Abt Kuno werde für uns auch nur einen roten Heller zahlen? Wenn Geiz einen Namen hat, dann seinen.«

Während Konrad mit der Rechten nach einer Hammelkeule langte, wischte er sich mit dem Ärmel des anderen Arms das Fett vom Kinn.

»Ihr scheint zu vergessen, dass Eure Berühmtheit Gold wert ist«, sagte er und rülpste. »Eine einfache Rechnung für Euren Abt.«

Ehe Hildegard es verhindern konnte, sprang Richardis auf und schrie: »Was seid Ihr nur für ein gottloser Feigling! Euch an wehrlosen Frauen zu vergreifen! Aber wehe Euch, wenn meine Mutter erfährt, was Ihr uns hier antut, dann sollt Ihr erfahren, was es bedeutet, sich mit einer Markgräfin von Stade anzulegen. Sie wird Eure Burg in Schutt und Asche –«

»Richardis!« Hildegard zog die Jüngere am Arm zurück auf ihren Stuhl. »Schweig! Du machst alles nur noch schlimmer.«

Die anderen im Raum glotzten zunächst, als sei ein Kugelblitz durch den Raum gerollt. Dann brüllten sie wie auf Kommando los vor Lachen. Schier überschnappend vor Vergnügen hämmerte der Graf mit der Hammelkeule auf den Tisch.

»Das Mädchen hat Schneid!«, brüllte er. »Die gefällt mir! So eine kleine Wildkatze!«

Richardis brach in Tränen aus, was den Grafen nur noch lauter johlen ließ.

»Mein tapferes, kleines Mädchen«, sagte Hildegard und barg den Kopf ihrer Schülerin an ihrer Brust.

Durch den Tumult entging allen, dass ein zusätzlicher Gast erschienen war. Erst als er zwischen die Tische trat, wurde seine Anwesenheit bemerkt. Der Mann war groß und schlank und hatte langes, pechschwarzes Haar, das ihm in weichen Wellen über die Schultern fiel. Er war höchstens Mitte zwanzig.

»Graf de Carcasso«, hustete Graf Konrad unter Tränen. »Nehmt Platz und greift zu. Noch ist genug da.«

»Wollt Ihr uns nicht erst bekannt machen?«, fragte der junge Mann mit Blick auf die beiden Nonnen.

»Sicher doch, sicher doch. Graf Jerome de Carcasso – die

Benediktinerinnen Hildegard und Richardis vom Kloster Disibodenberg.« Sowohl Hildegard als auch Richardis reichten Graf Jerome die Hand. Er beugte sich herab und hauchte beiden einen Kuss über den Handrücken, wozu er »Enchanté!«, sagte.

Er hatte schöne Hände, kräftig und mit langen Fingern. Die Monde seiner Nägel traten deutlich hervor, was Hildegard für ein gutes Zeichen hielt. Aber sie bemerkte auch, wie Richardis und der Graf einander mit den Augen fast verschlangen. Ihr Schützling schmolz regelrecht dahin.

Als Graf Jerome sah, dass die junge Nonne geweint hatte, wollte er ihr sein Taschentuch reichen.

»Nein, danke«, sagte Hildegard und wehrte ab.

Ohne ein weiteres Wort führte sie Richardis aus dem Raum. Der Diener, der aufgetragen hatte, begleitete sie und schloss sie wieder in ihrer Kammer ein.

*

»Wäre ich doch nur ein Mann!«, schrie Richardis. »Ich hätte diesen Lump in Stücke gerissen!«

»Scht! Scht!«, machte Hildegard. »Nun nimm dich zusammen. Mir macht dein Geschrei keinen Eindruck.«

Noch immer wütend rannte Richardis zwischen Tür und Fenster hin und her, was angesichts der Enge des Raums bedeutete, dass sie alle drei Schritte kehrtmachen musste.

»Hör endlich auf, dich wie ein wildes Tier im Käfig zu gebärden.« Hildegard klopfte auf die Pritsche. »Komm, setz dich zu mir, sonst überkommt dich doch nur wieder die Verzweiflung, und du brichst in Tränen aus.«

Richardis sackte neben der Meisterin regelrecht zusammen. »Sei doch ehrlich, Mater, geht es uns denn besser als einem eingesperrten Tanzbären?«

»O ja. Wir haben unseren Glauben, der uns hoffen lässt. So etwas hat ein Tier nicht.«

»Hoffnung worauf? Dass irgendwer ein Lösegeld für uns bezahlt?«

»Darum geht es dem Wildgrafen doch gar nicht. Er will lediglich verhindern, dass wir nach Trier gelangen.«

»Aber wozu? Was hat er davon?«

Hildegard ergriff Richardis' linke Hand und strich ihr über die Finger. »Ich vermute, er handelt in Kunos Auftrag. Kuno hat eine Abordnung nach Tronecken geschickt, um den Wildgrafen zu veranlassen, sich unserer zu bemächtigen. Dafür wird er ihm Geld gegeben haben.«

»Und die Lösegeldforderung?«

»Ein Scheingeschäft. Graf Konrad wird uns gegenüber so tun, als verzögerten sich die Verhandlungen. Sobald die Synode zu Trier zu Ende ist, wird er uns freilassen.«

»Das kann doch noch Wochen dauern!«, rief Richardis verzweifelt.

»Darauf müssen wir gefasst sein.«

»Und du glaubst, er wird meine Mutter gar nicht um Geld angehen?«

»Er wird sich hüten, ihr von deiner Gefangennahme Kenntnis zu geben. Deine Mutter ist sehr einflussreich. Würde er sie erpressen, müsste er damit rechnen, dass sie mit einer Streitmacht anrückt. Mit deiner Drohung hast du ihm das gewissermaßen bestätigt.«

»Oh, ich Närrin!«, rief Richardis und stand wieder auf. »Jetzt können wir hier sitzen, bis wir schwarz werden. Und unser eigenes Kloster werden wir auch niemals bekommen. Gibt es denn niemanden, der uns helfen könnte?«

Unter dem Fenster schnaubte ein Pferd. Richardis blickte hinaus. Ein Rappe stand am Ufer der kleinen Drohn und warf den Kopf hin und her. Dann erschien ein Mann. Mit einem

Satz sprang er in den Sattel. Bevor er das Pferd wendete und davonritt, blickte er kurz zu Richardis hinauf.

Obwohl sie den Kopf sofort abwandte, war ihr, als habe Jerome de Carcasso ihr zugezwinkert.

Da sie mittags kein Essen zu sich nahmen, hatte der Wildgraf ihnen gestattet, sich in dieser Zeit etwas Bewegung zu verschaffen. Untergehakt drehten Hildegard und Richardis im Burghof ihre Runden, gingen zu dem Brunnen, der sich unweit des Stalls befand, und zurück zum Haus. Die Wachen auf den Türmen hielten sie dabei stets im Auge.

Der Himmel war bedeckt. Kräftige Westwinde schoben dunkle Wolken über das Land. Die Luft roch nach Schnee.

»Dies ist nun schon der dritte Tag«, fauchte Richardis. »So zur Untätigkeit gezwungen zu sein, macht mich wahnsinnig.«

Hildegard tätschelte den Unterarm ihrer Schülerin. »Ungeduld ist ein Vorrecht der Jugend, aber auch einer der Gründe, warum ich froh bin, nicht mehr jung zu sein. Wir müssen versuchen, Kraft im Gebet zu finden, meine Tochter. Mehr können wir im Augenblick nicht tun.«

»Es ist doch nicht wegen mir, Mater. Ich habe das Gefühl, ich betrüge meine Mitschwestern, auch wenn sie nichts von unserer Mission wissen. Und was tun wir? Nichts!«

»Ich verstehe dich ja, Richardis, aber uns sind nun mal die Hände gebunden.«

»Nur, solange wir uns in unser Schicksal ergeben.«

»Was soll dieser vieldeutige Ton in deiner Stimme? Was willst du damit sagen?«

Richardis, die einen guten Kopf größer war als Hildegard, beugte ihr Haupt und senkte ihre Stimme. »Wir sollten versuchen zu fliehen.«

»Das ist doch Irrsinn, mein Kind. Wie stellst du dir das vor? Sollen wir etwa die Wachen überwältigen?«

»Natürlich nicht! Das müsste ein anderer für uns übernehmen.«

»Wer sollte das sein?«

»Kannst du dir das nicht denken, Mater?«

Beinahe hätte Richardis aufgeschrien, so heftig stieß Hildegard sie von sich. Sie kam ins Straucheln und prallte mit der Hüfte gegen den Brunnen.

»Was geht zwischen dir und diesem Mann vor?«, fragte die Meisterin mit einer Strenge, die Richardis noch nie erlebt hatte. »Sehr wohl habe ich bemerkt, wie ihr zu den Mahlzeiten Blicke tauscht. Hast du etwa vergessen, dass du einem anderen ewige Treue gelobt hast?«

»Graf Jerome ist lediglich freundlich«, sagte Richardis. »Und ich habe keinen Grund, diese Freundlichkeit nicht zu erwidern. Auch dich bedenkt er mit Blicken.«

»Wobei diejenigen, die er auf dich richtet, völlig anderer Natur sind.«

»Wie kommst du darauf? Das bildest du dir ein.«

»Erzähl du mir nicht, was in den Köpfen von Männern vorgeht, die in Graf Jeromes Alter sind. Ich bin mit fünf Brüdern aufgewachsen und weiß, wovon ich rede.«

»Verehrte Mutter, ich bitte dich! Ich habe mit diesem Mann nicht einmal ein Wort gewechselt.«

»Worte sind dabei auch nicht vonnöten.«

Fassungslos schüttelte Richardis den Kopf. »Du willst mich anscheinend nicht verstehen. Ich bin eine Braut Christi und werde das auch immer bleiben. Graf Jerome könnte bestenfalls ein ... eine Art Freund sein. Und einen Freund könnten wir in unserer misslichen Lage sehr gut gebrauchen.«

Hildegard kniff die Augen zusammen. »Deine Freundlichkeit ist also Berechnung?«

»Nein, Mater, wenn es überhaupt einen Grund gibt, warum ich ihm Zuneigung entgegenbringe, dann den, dass er der einzige anständige Mensch in diesem Haufen von Grobianen ist.«

»Da hast du wohl Recht«, sagte Hildegard mit einem Stoßseufzer. »Daraus jedoch zu schließen, dass er uns beistehen würde, ist einfältig. Du hast doch gehört, dass er sich hier verborgen hält, weil man ihn wegen einer Familienfehde verfolgt. Er wird kaum seine sichere Zuflucht aufs Spiel setzen, um zwei Weibern, die ihm nichts bedeuten, zur Flucht zu verhelfen.«

»Es käme auf einen Versuch an.«

»Richardis!« Hildegard ergriff beide Hände der Jüngeren. »Das wäre ein Spiel mit dem Feuer! Eine solche Bitte könnte er missverstehen, und ich könnte es ihm nicht einmal verdenken, schön, wie du bist. Vergiss es.«

»Und ich dachte, du liebst die Menschen.«

»Natürlich tue ich das. Aber was hat meine Liebe zu den Menschen mit dieser Geschichte zu tun?«

»Zur Liebe gehört auch Vertrauen. Du solltest dem Grafen vertrauen, dass er weiß, wo die Grenzen sind.«

»Man soll aber auch niemanden in Versuchung führen. So weit ich weiß, hat er hier kein Weib. Er könnte die Beherrschung verlieren. Und auch du bist in einem Alter, in dem das Blut einer Frau schnell in Wallung gerät.«

»Aber Mater, ich –«

»Schluss jetzt!«, sagte Hildegard. »Ich will davon nichts mehr hören.«

*

Nachmittags wurde die Meisterin plötzlich von einem Fieber überfallen, verbunden mit rasenden Kopfschmerzen. Erst als Richardis rief, eine tote Geisel bringe überhaupt kein Lösegeld, wurde die Tür geöffnet und man gestattete ihr die Benutzung der Küche. Dort brühte sie einen schmerzstillenden Tee aus getrockneten Kräutern, die sie dabeihatten. Während Hildegard den Tee in kleinen Schlucken trank, umwickelte Richardis ihre Waden mit nassen Leinentüchern. Gegen Abend trat Besserung ein.

»Du musst etwas essen, Mutter«, sagte Richardis und tupfte Hildegard den Schweiß von der Stirn. »Fühlst du dich kräftig genug hinüberzugehen, oder soll ich Graf Konrad bitten, uns etwas bringen zu lassen?«

»Lieb, dass du dich sorgst, aber ich werde heute nur den Tee zu mir nehmen. Würde ich essen, würde seine Wirkung nur gemindert.« Sie schloss die Augen, als hätten die beiden Sätze sie bereits überanstrengt. »Aber geh du nur zu Tisch. Du sollst nicht hungern, weil ich krank bin.«

»Du würdest mich allein gehen lassen? Nach unserem heutigen Gespräch?«

»Ich vertraue dir, meine Tochter«, sagte Hildegard und schlug noch einmal kurz die Augen auf. »Geh nur in Gottes Namen.«

Als Richardis die Kammer verließ, schlief Hildegard bereits tief und fest.

*

»Gestattet Ihr mir, an Eurer Seite Platz zu nehmen?«, fragte Graf Jerome in seiner weichen Aussprache. »Sonst sitzt Ihr hier so verloren.«

Richardis nickte kurz, blickte ihn aber nicht an.

»Die verehrte Äbtissin ist krank?«, erkundigte er sich, nachdem er einen Schluck Wein genommen hatte.

»Ein Fieber, ja.«

»Das ist bedauerlich. Aber andererseits haben wir so die Gelegenheit, uns ein wenig zu unterhalten.«

Richardis musste sich räuspern. »Das glaube ich nicht.«

»Pardon? Findet Ihr mich aufdringlich?«

»Das ist es nicht, Graf de Carcasso. Ich bin es nur nicht gewohnt, mich über weltliche Dinge zu unterhalten.«

»Oh, wir können auch gern über ein religiöses Thema plaudern. Schlagt eins vor.«

Richardis räusperte sich erneut. »Vielleicht hätte ich sagen sollen, dass ich überhaupt nicht an Unterhaltung gewöhnt bin. In unserem Kloster leben wir sehr zurückgezogen. Die Lebhaftigkeit, die hier herrscht, erschreckt mich ein wenig.«

»Das macht Euren Aufenthalt auf Burg Tronecken nur noch rätselhafter.« Jerome beugte sich verschwörerisch zu Richardis hinüber. »Mich würde brennend interessieren, weswegen Ihr wirklich hier seid. Die Begründung, die mir Graf Konrad gab, erschien mir doch sehr zweifelhaft.«

Der Frosch in Richardis' Hals war hartnäckig. »Was hat er denn gesagt?«

Jerome dämpfte die Stimme, was eigentlich nicht erforderlich war, da Konrad lauthals mit seinem Hausmeister stritt.

»Ihm zufolge habt Ihr auf Tronecken um Zuflucht ersucht, da Ihr wegen gewisser Vergehen, auf die ich hier nicht näher eingehen möchte, Eures Klosters verwiesen wurdet.«

Richardis schnappte nach Luft. »Dieser Lügner!«

»Dachte ich es mir doch.« Jerome leerte seinen Becher. »Also, weshalb seid Ihr hier?«

Richardis schloss die Augen. Nun musste sie sich entscheiden. Noch konnte sie zurück. Aber schon mit dem nächsten Satz würde sie eine Lawine lostreten, die sie nicht mehr würde aufhalten können. Tief durchatmend murmelte sie: »Alea iacta est.«

»Wie bitte?«

»Auch wenn es nicht so aussieht«, sagte sie eine Spur lauter. »Die Meisterin Hildegard und ich liegen in Ketten.«

Zu Richardis' Überraschung zeigte Jerome keinerlei Reaktion. Vielmehr prostete er dem Wildgrafen und seinen kichernden Gespielinnen zu. Richardis fürchtete schon, einen verhängnisvollen Fehler begangen zu haben. Sicher machten die Grafen gemeinsame Sache.

Als sie schon nicht mehr damit rechnete, flüsterte Jerome plötzlich: »Ihr solltet bekannt geben, dass Ihr die Tafel verlassen wollt. Ich werde mich dann anbieten, Euch zu Eurer Kammer zu geleiten.«

Graf Konrad, der inzwischen so betrunken war, dass er sich kaum noch auf seinem Stuhl halten konnte, schien alles gleichgültig zu sein. Grunzend und mit einer weitschweifigen Geste, mit der er den Weinkrug vom Tisch fegte, entließ er Richardis in Jeromes Obhut.

Nach der dumpfen Hitze im Speisesaal tat die kalte Nachtluft gut. Die Wolkendecke war aufgerissen, und einzelne Sterne blitzten am Firmament. In dieser Nacht würde es frieren.

»Habe ich Euch richtig verstanden, dass Schwester Hildegard und Ihr Gefangene des Wildgrafen seid?«, fragte Jerome leise, während sie über den Hof schritten. Zu sehen war zwar niemand, aber einer der Knechte mochte irgendwo herumlungern.

»Er will für uns ein Lösegeld erpressen«, sagte Richardis ebenso verhalten. »Zumindest gibt er das vor.«

»Aber Ihr vermutet, dass dem gar nicht so ist, oder wie darf ich Eure Äußerung verstehen?«

Richardis nickte und erzählte Graf de Carcasso die Geschichte von Anfang an. Von der heimlichen Abreise, den Strapazen und den Unglücksfällen unterwegs und dem Verdacht, der Wildgraf versuche auf Geheiß Abt Kunos zu verhindern, dass Hildegard und sie Trier erreichen, um vor der Synode ihr Recht zu fordern.

»In der Tat trafen hier am Tag vor Eurer Ankunft vier Mönche ein«, sagte er, nachdem Richardis ihren Bericht beendet hatte. »Einer von ihnen war sehr hager und hoch gewachsen und erinnerte mich irgendwie an einen …«

»… an einen Geier?«

»Genau. Er lief ständig mit eingezogenem Kopf herum. Und dazu dieser merkwürdig federnde Gang. Kurz bevor man Euch – nun muss ich ja wohl sagen – abgefangen hat, haben die vier die Burg wieder verlassen.«

»Da haben wir die Bestätigung. Wir sind Opfer einer Verschwörung.«

Jerome ergriff Richardis' Hände und barg sie in den seinen. Sanft hielt er sie fest. Wie warm seine Hände waren, so viel wärmer als ihre. Eine Wärme, die Richardis' Körper wie eine Woge durchlief. Schlagartig begriff sie: Das musste es sein, wovor die Mater sie gewarnt hatte. Sie hätte ihre Hände zurückziehen müssen, aber dazu fehlte ihr der Wille. »Ich wollte, ich könnte Euch helfen«, flüsterte er.

»Dann helft mir doch«, hauchte sie.

Als ihre Lippen sich berührten, wandte sie den Kopf ab. »Nein.«

»Verzeiht«, sagte er. »Ich vergaß.«

»Ich hätte es beinahe selbst vergessen.« Sie löste sich von ihm. »Ich muss jetzt gehen.«

»Sehen wir uns morgen?«

»Ich weiß nicht«, sagte sie und lief ins Haus.

Nachdem die Wache die Tür hinter ihr verriegelt hatte, kroch Richardis rasch unter das Bärenfell auf ihrer Pritsche.

Ihr Herz raste wie wild. Hildegard hingegen schlief, wie ihre ruhige und gleichmäßige Atmung verriet. Und doch hatte Richardis das Gefühl, die Mater sei wach.

Kloster Disibodenberg

Etwa zur gleichen Stunde, in der Graf Jerome de Carcasso die Hände der Benediktinerin Richardis wärmte, läuteten drei Reiter an der Glocke der Klosterpforte. Ein viertes Pferd, das sie an der Leine führten, zog einen derb zusammengezimmerten Schlitten.

»Bruder Herbrand!«, rief der Mönch, der das Amt des Pförtners versah. »Bruder Abel, Bruder Nathan! Da seid ihr ja endlich. Abt Kuno hatte euch bereits vor zwei Tagen erwartet. Wo ist Bruder Egbert?«

»Auf dem Schlitten«, sagte Herbrand und trieb sein Pferd in den Hof.

»Ist er etwa ...« Der Pförtner bekreuzigte sich hastig.

»Nein«, sagte Abel. »Er hat sich das Rückgrat gebrochen.«

*

Abt Kuno, der bereits geschlafen hatte, war geweckt worden. Mürrisch hockte er an seinem Schreibtisch, zitterte vor Kälte und lauschte Herbrands Bericht.

»Sollen wir nicht lieber einheizen lassen?«, fragte Herbrand.

»Nein, nein«, sagte Kuno. »Erzähl etwas schneller, dann kann ich beizeiten wieder ins Bett.«

»Wie du meinst. Ich war nur in Sorge, du könntest dich erkälten.«

»Unfug! Was ist mit Egbert? Wieso ist er gelähmt?«

»Er ist vom Pferd gestürzt und hat sich die Wirbelsäule gebrochen. Daher auch unsere Verspätung. Wir mussten einen Umweg machen, zum Hahnenbacher Weiler, um dort einen Schlitten anfertigen zu lassen.«

»Wird er je wieder arbeiten können?«

»Jedenfalls nicht in der Schreinerei. Er wird eine Tätigkeit ausüben müssen, bei der er sitzen oder liegen kann. Seine Arme kann er ja glücklicherweise noch bewegen.«

»Taugt also noch zum Gemüseputzen, wie? Nach Bruder Ottos überraschendem Tod ist das bereits der zweite Ausfall dieses Winters. Ausgesprochen ärgerlich. Langsam wird es eng.«

»Nun übertreib nicht. Wir haben erst kürzlich vier Novizen aufgenommen.«

»Pah!« Kuno machte eine wegwerfende Handbewegung. »Bis die Ertrag bringen, wird noch so mancher Winter ins Land gehen. Aber was soll's. Berichte mir lieber von deiner Reise. Wie bist du mit Graf Konrad, dem alten Säufer, zurechtgekommen?«

»Anfangs verliefen die Verhandlungen etwas zäh. Mit seinem ständig vernebelten Kopf brauchte er einige Zeit, um sich zu erinnern, weswegen er bei dir in der Schuld steht. Als es ihm schließlich einfiel, wurden wir uns schnell einig.«

»Hat er den Betrag anstandslos angenommen?«, fragte Kuno und rieb Daumen und Zeigefinger aneinander.

»Er hat natürlich versucht zu feilschen, aber ich bin hart geblieben. Ein Drittel der Summe habe ich ihm ausbezahlt, die restlichen zwei Drittel erhält er, wenn er Hildegard und Richardis wieder freilässt.«

»Was er aber erst tut, wenn er dazu unsere Anweisung erhält.«

»Das hat er schon verstanden. Auch dass er Hildegard gegenüber so tun soll, als hätte die Gegenseite Schwierigkeiten bei der Beschaffung des Lösegeldes. Die Damen werden sich auf einen längeren Aufenthalt einrichten müssen.«

»Und sie haben euch nicht gesehen?«

»Auf dem Hinweg müssen sie einen anderen Weg eingeschlagen haben, anders kann ich mir jedenfalls nicht erklären, dass wir sie nicht zu Gesicht bekommen haben. Jedenfalls sind wir ohne Schwierigkeiten nach Tronecken gelangt. Als der Späher sie tags darauf entdeckte, haben wir uns schnell aus dem Staub gemacht. Merkwürdigerweise waren sie allein, Hildegard und Richardis, von ihren Begleitern fehlte jede Spur. Sehr zur Freude Graf Konrads, der schon mit Widerstand gerechnet hatte.«

»Wahrhaft leicht verdientes Geld für ihn«, sagte Kuno. »Zu leicht verdient. Wir werden den verbleibenden Betrag kürzen. Für so wenig Aufwand ist er sonst glatt überbezahlt. Geht der Bau seines Palas voran?«

»Ich habe nicht gesehen, dass er damit auch nur angefangen hätte. Zurzeit betätigt er sich hauptsächlich als Herbergsvater.«

Kuno blickte fragend.

»Er hat noch einen weiteren Gast«, erklärte Herbrand. »Einen französischen Grafen – den Namen habe ich vergessen –, der sich auf der Flucht vor wem auch immer befindet. Ihm hat der Wildgraf auf Tronecken Unterschlupf gewährt.«

»Dann haben die beiden Schwestern ja Gesellschaft.« Mit einem zufriedenen Grinsen erhob der Abt sich. »Das hat alles besser geklappt, als ich gedacht habe.«

Auch Herbrand stand auf. »Was tun wir nun?«

»Nichts«, sagte Kuno. »Schlicht nichts. Alles Weitere erledigt sich von selbst.«

Burg Tronecken

War Hildegard morgens noch fieberfrei gewesen, so lag sie mittags wieder mit glühender Stirn darnieder. An den Spaziergang, den sie für gewöhnlich machte, war nicht zu denken. Sie schickte Richardis auf den Hof, damit wenigstens sie sich ein wenig Bewegung verschaffen konnte. Nach dem Vorabend hatte sie sich mit keiner Silbe erkundigt.

Während der Nacht waren die Temperaturen weit unter den Gefrierpunkt gefallen. Entsprechend glatt war es im Hof. Nur wo die Knechte Asche gestreut hatten, war es möglich, sich einigermaßen gefahrlos zu bewegen. Das hatten sie aber mit der Willkür von Menschen getan, denen ihre Arbeit völlig egal ist. So musste Richardis, um zum Brunnen zu kommen, im Zickzack über den Hof hüpfen.

Auch um den Brunnen herum war es halsbrecherisch glatt, da das dort verschüttete Wasser gefroren war. So vorsichtig Richardis sich auch bewegte, sie hatte keine Chance. Einen spitzen Schrei ausstoßend landete sie auf ihrem Hinterteil. Als sie aufstehen wollte, glitt sie erneut aus. Die Wachen auf den Türmen bogen sich vor Lachen. Auf allen vieren musste Richardis bis zur Mauer kriechen, wo sie sich hochziehen konnte. Während sie ihre Kutte abklopfte, kam Graf Jerome quer über den Hof auf sie zu.

Richardis schloss für einen Moment die Augen und schickte leise ein Stoßgebet zum Himmel. Sie erflehte Kraft, um standhaft zu bleiben. Standhaft in ihrem Vorhaben, sich dem Grafen an den Hals zu werfen, auch wenn sie damit ihr Gelübde brach.

Die halbe Nacht hatte sie wachgelegen und sich den Kopf zermartert, um einen Ausweg aus dem Dilemma zu finden, in dem Hildegard und sie steckten. Ganz gleich jedoch, von welcher Seite sie das Problem auch betrachtet hatte, es hatte sich immer wieder nur eine Lösung aufgedrängt: Sie musste Graf Jerome dazu bringen, ihnen zu helfen, koste es, was es wolle.

Richardis war sich durchaus bewusst, dass sie für das, was sie vorhatte, dereinst im Fegefeuer landen würde. Aber wenn das der Preis war, damit die Mater und die Schwestern ihr eigenes Kloster bekamen, war sie bereit, ihn zu zahlen. Wichtig war auch, dass die Mater nicht zu früh davon erfuhr, damit ihr keine Mitschuld vorgeworfen werden konnte und sie, Richardis, allein für das Vergehen zu büßen hatte. Wobei die junge Nonne klammheimlich die Hoffnung hegte, dass Gottes Strafe vielleicht doch nicht so hart ausfallen würde; schließlich wollte sie sich dem Franzosen nicht aus Fleischeslust hingeben, sondern um eines hehren Zieles willen.

Daran, dass Graf Jerome ihr Angebot ausschlagen könnte, dachte sie keinen Augenblick. Zwar verstand sie nichts von Männern, aber das Begehren in seinen Augen, als sie sich am Vorabend beinahe geküsst hätten, war unverkennbar gewesen.

*

Auch Jerome de Carcasso hatte die Nacht weitgehend schlaflos verbracht. Er wusste, würde er den beiden Frauen zur Flucht verhelfen, wären ihm nicht nur seine bisherigen Verfolger auf den Fersen, sondern auch der Wildgraf und seine Meute. Und doch, dessen war er sich sicher, hätte er dies gestern Abend ohne zu zögern in Kauf genommen, wäre ihm Richardis zu Willen gewesen.

So war es denn die Scham über seine eigene Niedertracht, die ihn um den Schlaf gebracht hatte. Bestürzt hatte er sich gefragt, wie tief er gesunken war, dass er beinahe die Not einer Nonne ausgenutzt hätte. Die einzige Erklärung, die er für sein Verhalten fand, war, dass Richardis die schönste Frau war, die ihm je begegnet war. Das mochte sein Verhalten erklären, entschuldigte es aber nicht. Jedenfalls war er nunmehr entschlossen, den beiden Ordensfrauen völlig selbstlos zu helfen, und freute sich schon auf die großen Augen, die Richardis angesichts der Neuigkeit machen würde.

Die letzten Schritte bis zur Mauer war der Hof leicht abschüssig, und sofort kam Jerome ins Schliddern. Mit ausgestreckten Armen ausgleichend, schaffte er es nur um Haaresbreite, einen Sturz zu vermeiden.

»Hoppla!«, rief er. »Das war knapp.«

»Ich hatte weniger Glück«, sagte Richardis. »Sehr zum Vergnügen der Wachen.«

»Gönnt den armen Teufeln ihren Spaß. Den ganzen Tag auf dem zugigen Turm zu verbringen, ist wahrhaftig kein Vergnügen.« Jerome hauchte in seine Hände und rieb sie aneinander. »Hattet Ihr eine ruhige Nacht?«

»Danke, ausgezeichnet. Und Ihr?«

»Bestens. Traumlos tief habe ich geschlafen. Wollen wir ein paar Schritte wagen?«

»Wenn Ihr mir Euren Arm als Stütze anbietet, gern.«

Wie ein zittriges altes Ehepaar, bei dem der eine ohne den anderen verloren ist, trippelten sie über die Eisfläche. Dabei führte Jerome Richardis in Richtung des Stalls. Sie blickte ihn fragend an.

»Ich habe Euch einen Vorschlag zu machen«, sagte er. »Im Stall sind wir unbeobachtet, da redet es sich leichter.«

Richardis seufzte. Nun gut, dann eben im Stall.

Die beiden Esel teilten sich einen Verschlag. Das kleinere der Tiere knabberte dem anderen am Hals. Bevor Jerome etwas sagen konnte, legte Richardis ihm den Zeigefinger auf die Lippen.

»Es bedarf keiner Worte, Graf Jerome«, sagte sie. »Sofern Ihr versprecht, uns hier herauszubringen, bin ich bereit.«

Jerome war irritiert. »Natürlich verspreche ich das.«

»Und Ihr werdet Euer Wort halten? Auch, wenn es ... vorbei ist?«

»Wenn was vorbei ist? Ich verstehe Euch nicht.«

»Muss ich es auch noch aussprechen? Ich meine, wenn Ihr bekommen habt, was Ihr wollt.«

Endlich verstand er. »Ihr glaubt, ich würde Euch nur helfen, wenn Ihr mir zu Willen wärt? Für wen haltet Ihr mich?«

»Ihr seid ein Mann, Graf Jerome.«

»Bei Gott, Ihr würdet Euer Gelübde brechen! Bedeutet Euch das denn gar nichts?«

»O doch! Aber unsere Lage ist so verzweifelt, dass ich keinen anderen Ausweg mehr gesehen habe.«

»Ihr müsst verzeihen, wenn ich auf Grund meines gestrigen Verhaltens einen derartigen Eindruck erweckt haben sollte.«

»Nun schaut nicht so betrübt«, sagte Richardis. »Ich weiß, was Ihr damit auf Euch nehmt. Aber seid versichert, wir werden Euch behilflich sein, einen neuen Unterschlupf zu finden.«

Nun nahmen sie einander doch noch in den Arm, wenn auch ohne Leidenschaft. Wie Bruder und Schwester, dachte Richardis.

»Auseinander! Ihr versündigt Euch!«

Verschreckt ließen sie voneinander ab und fuhren herum. Schwer atmend lehnte Hildegard an der Wand neben dem Tor.

Offenbar wollte sie erneut etwas sagen, begann aber plötzlich zu schwanken.

Dann knickten ihre Knie ein, und sie sank ohnmächtig ins Stroh, bevor Jerome und Richardis sie auffangen konnten.

Der Mond stand nahezu voll am wolkenfreien Himmel und beleuchtete den kleinen Ausschnitt Landschaft, den ihnen das schmale vergitterte Fenster ihrer Kammer zeigte. Bei Tag konnte die Sicht kaum besser sein. Für das, was sie vorhatten, war das Vor- wie Nachteil zugleich.

Nach ihrem Zusammenbruch am Mittag hatte Hildegard sich erstaunlich schnell erholt. Binnen weniger Stunden war das Fieber wie weggeblasen gewesen, und abends hatte sie sich schon wieder kräftig genug gefühlt, eine Kleinigkeit zu sich zu nehmen. Erst jetzt, während sie auf ihren Pritschen sitzend auf ihre Befreiung warteten, kam die Mater auf den Vorfall zu sprechen, dessen Zeugin sie im Stall geworden war.

»Ich hätte dich nicht allein gehen lassen dürfen«, sagte sie so leise, als spreche sie zu sich selbst. »Gott sei Dank habe ich rechtzeitig gespürt, dass du in Gefahr warst. Mich graust es geradezu bei dem Gedanken, dass wir uns diesem Mann nun anvertrauen sollen, damit er uns hier herausführt.«

»Ich war nicht in Gefahr«, sagte Richardis ruhig. »Du hast missverstanden, was du gesehen hast.«

»Was gab es daran misszuverstehen? Ihr lagt euch in den Armen.«

»Wie Geschwister, ja. Aber nicht wie Liebende.«

»Wäre das auch so geblieben, wenn ich nicht dazugekommen wäre?«

»Ja, denn zu dem Zeitpunkt war bereits alles vorbei. Um es klar und deutlich zu sagen: Graf Jerome ist ein Ehrenmann.«

Hildegards Stimme zitterte, als sie fragte: »Was willst du damit sagen, dass zu diesem Zeitpunkt bereits alles vorbei war?«

Richardis wählte ihre Worte sorgsam. »Es gab einen Augenblick, da wäre ich bereit gewesen, mich ihm hinzugeben, wenn er es verlangt hätte. Ein Ansinnen, das er mit Hinweis auf mein Gelübde ablehnte.«

»Du hast dich ihm angeboten, Kind? Wie konntest du nur!«

»Ich dachte, es sei die einzige Möglichkeit, seine Hilfe zu gewinnen. Es war töricht von mir, ihn so falsch einzuschätzen.«

»Ich verstehe noch immer nicht, was dich bewogen hat, so weit zu gehen. Die Prüfung, die Gott uns mit dieser Gefangenschaft auferlegt, haben wir zu bestehen. Hier können wir beweisen, wie fest wir im Glauben sind.«

»Das ist keine Frage mangelnden Glaubens, Mater. Ginge es allein um mich, wäre ich zur Not bereit, bis zum Ende meiner Tage auf Tronecken zu bleiben. Aber es steht ein höheres Gut als mein Schicksal auf dem Spiel.«

»Du liebenswerte Närrin! Glaubst du etwa, ich könnte nur einen einzigen Tag Freude an unserem Kloster empfinden, wenn ich wüsste, dass wir es um diesen Preis erlangt haben? Eher würde ich den Plan aufgeben, als dich der Verdammnis preisgegeben zu wissen.«

»Es war meine eigene Entscheidung.«

»Aber sie war falsch, Richardis.«

»Auf jeden Fall solltest du deine Meinung bezüglich des Grafen ändern. Er ist ein Mann von Ehre.«

»Hast du auch bedacht, was aus ihm wird, wenn er mit uns flieht? Er begibt sich damit in größte Gefahr.«

»Das weiß er und nimmt es in Kauf.«

In der Ferne heulte ein Wolf.

»Was habe ich nur getan, als ich in diese Reise einwilligte?«, sagte Hildegard. Diesmal sprach sie eindeutig zu sich selbst. »Ich sehe noch viel Unglück auf uns zukommen. Und dafür trage ich allein die Verantwortung.«

Vor der Tür ertönte ein dumpfes Geräusch, als falle ein Sack Getreide zu Boden. Unmittelbar darauf wurde der Riegel zurückgezogen, und die Tür schwang auf. Das Gesicht des Mannes, der hereinkam, war unkenntlich. Für einen Moment dachte Richardis, Satan persönlich sei erschienen. Erst als er in den Streifen Mondlicht trat, der durchs Fenster fiel, erkannte sie ihn.

Jerome de Carcasso hatte sich Stirn, Wangen und Kinn mit Ruß geschwärzt.

*

Vor der Tür lag der Wachtposten wie ein Berg. Für den hoch gewachsenen Grafen war es ein Leichtes, über den Mann hinwegzusteigen, die Schwestern mussten ihre Kutten und Unterröcke raffen.

»Ist er tot?«, fragte Richardis.

»Er ist nur besinnungslos«, sagte Jerome. »Wie die Wache auf dem südlichen Turm. Der Nordturm ist verschlossen. Ich habe mehrere Steine hinaufgeworfen, aber nichts hat sich gerührt. Entweder ist er unbesetzt, oder die Wache schläft. Vorsichtshalber sollten wir mit Letzterem rechnen.«

»Welchen Weg werden wir nehmen?«, fragte Hildegard.

»Wir bleiben dicht unter der Mauer, dort habe ich das Eis abgestreut. Die Burg verlassen wir durch die Schlupfpforte hinter dem Stall. Von dort führt ein Pfad zu einem Steg über den Bach.«

»Und unsere Esel?«

»Keine Esel, ich habe Pferde genommen. Sie warten auf der anderen Seite des Bachs.«

»Habt Ihr die Tiere etwa gestohlen?«

»Da die Esel hier bleiben, habe ich sie gleichsam eingetauscht. Fragt mich jetzt aber bitte nicht, ob das mit Einwilligung des Wildgrafen geschah.«

Da Hildegard keine weiteren Einwände hatte, setzten sie sich in Bewegung. Graf Jerome, der nicht nur sein Gepäck, sondern auch die Bündel der Schwestern trug, schlich voran. Ihm folgte Hildegard, die sich an seinem Umhang festhielt, während Richardis Hildegards Kutte ergriffen hatte. So zogen sie im Schatten der Burgmauer entlang. Nirgendwo brannte ein Licht, und es herrschte eine Stille wie auf dem Grund eines Sees.

Sie hatten die Pforte fast erreicht, als plötzlich aus dem Dunkeln hinter dem Stall ein Plätschern zu vernehmen war, zu dem sich ein erleichtertes Stöhnen gesellte. Keine Frage, da schlug jemand sein Wasser ab. Atemlos verharrten sie auf der Stelle. Noch gab ihnen der schwarze Schatten der Mauer Deckung. Um zur Pforte zu gelangen, mussten sie jedoch einen bestimmt zehn Schritte breiten mondhellen Streifen durchqueren. Jenseits dieses Streifens gab es erneut Schatten, der nahtlos in den des Stalls überging. Irgendwo dort stand der Mann, wo genau, war jedoch nicht auszumachen.

Das Rauschen wurde zum Tröpfeln und verebbte schließlich ganz. Kaum war Stille eingekehrt, zog der Mann Rotz hoch und spie aus. Der Auswurf klatschte Jerome unmittelbar vor die Füße. Also war der Mann näher, als sie gedacht hatten. Dann erschreckte er sie mit einem donnernden Furz, auf den schlurfende Schritte folgten – und wie aus der Erde gewachsen stand der Kerl mitten auf dem mondbeschienenen Rechteck. Jetzt war er gut zu erkennen. Es war Ludger, der Hausmeister des Wildgrafen. Jerome hätte ihn mit dem ausgestreckten Arm berühren können.

»He!«, brüllte er plötzlich und stemmte die Hände in die Hüften. »Wache auf Posten?«

Ludgers Ruf galt dem Mann auf dem Turm. Der konnte jedoch nicht antworten.

»Schnarchst du etwa wieder?«

Da auch diesmal jede Reaktion ausblieb, setzte der Hausmeister sich in Bewegung.

»Na warte, Freundchen«, knurrte er, »dir werd ich Beine machen.«

Während Ludger in Richtung Turm stapfte, gab Jerome den Ordensfrauen Zeichen. Fast geräuschlos durchquerten sie den monderhellten Korridor. Unmittelbar dahinter lag die Schlupfpforte. Drei Schlösser hatte die Tür, jedes galt es einzeln aufzuschließen. Die Schlüssel hatte Jerome dem überwältigten Wachtposten abgenommen. Er hatte gerade zwei Schlösser geöffnet, als ein Ruf ertönte.

»Zu den Waffen!«

Sie mussten zweimal hinsehen, bis sie begriffen, wer da schrie. Der Dicke, den Jerome vor der Kammer der Nonnen niedergeschlagen hatte, kam auf den Hof getaumelt.

»Zu den Waffen!«, schrie er erneut, während er sich seinen Schädel hielt. »Die Gefangenen sind getürmt!«

Der letzte Satz brachte Leben in die Burganlage. Aus allen Ecken erschollen Rufe. Inzwischen hatte der Hausmeister auch den niedergestreckten Wächter auf dem Turm entdeckt. Er brüllte seine Anweisungen gleich von oben.

»Kontrolliert alle Tore, Pforten und Fenster! Zwei Mann zum Stall! Zählt die Tiere!«

Während rings um das Trio Tumult ausbrach, hatte Jerome

Schwierigkeiten, das letzte Schloss zu öffnen. Erst nach einer Zeit, die Hildegard und Richardis unendlich vorkam, gelang es ihm. Es war gleichzeitig der Augenblick, in dem sie entdeckt wurden.

»Alle Mann zur Schlupfpforte!«, schrie Ludger vom Turm. »Da sind sie!«

Einen der Knechte, der plötzlich mit einer Fackel vor ihnen stand, streckte Jerome mit einem Faustschlag nieder. Dann schob er Hildegard und Richardis durch die Pforte.

»Folgt dem Pfad, setzt auf und reitet den Bach entlang«, raunte er ihnen zu. »Den Rappen lasst stehen. Ich komme nach.«

Da sie sich nicht gleich in Bewegung setzten, schubste er sie den schmalen Weg hinunter.

»Nun macht schon! Eine andere Möglichkeit gibt es nicht.«

Richardis kam keine zehn Schritte weit, schon lag sie kopfüber im Schnee. Hildegard half ihr auf.

»Lass dein Bündel liegen«, rief die Mater. »Ohne Gepäck sind wir schneller.«

»Darin ist alles, was wir besitzen.«

»Unser kostbarster Besitz ist unser Leben. So komm!«

Richardis war erstaunt, wie flink Hildegard auf einmal auf den Beinen war. Aber dafür war sie bekannt. In der Not setzte die Mater auf einmal Kräfte frei, von denen niemand etwas geahnt hatte.

Während hinter ihnen der Lärm kreuzender Klingen anhob, hasteten die beiden Frauen über den Steg, der sich über die kleine Drohn spannte. Am anderen Ufer, bei einer kleinen Baumgruppe, waren die Pferde angeleint. Unweit war ein Findling von der Höhe einer Wäschetruhe. Ihn benutzten sie, um in den Sattel zu steigen. Mit den Pferden hatte der Franzose eine gute Wahl getroffen, sie gehorchten auf den leichtesten Schenkeldruck. Richardis blickte noch einmal zurück.

»Ob er es schaffen wird?«, fragte sie.

»Hoffen wir es und tun wir, was er gesagt hat«, sagte Hildegard. »Auf geht's.«

Im Schein des Mondes, der ihnen den Weg ausleuchtete, galoppierten sie in Richtung Westen davon.

Kloster Rupertsberg – November 1177

Gegen Mittag hatten die Pflichten eine Unterbrechung erforderlich gemacht. Hildegard musste ihre Aufgaben als Äbtissin wahrnehmen, und auf Wibert warteten seine Schreibarbeiten. Er war jedoch kaum in der Lage, sich zu konzentrieren, so sehr loderte in ihm die Neugier zu erfahren, wie es Hildegard und Richardis auf ihrer weiteren Reise nach Trier ergangen war. Zudem war ihm beim erneuten Studium seiner Notizen ein Gedanke gekommen, zu dem er Hildegard unbedingt befragen musste.

Sie hatten sich für nach dem Komplet verabredet, aber ihr Treffen musste ausfallen, da überraschend prominente Gäste eingetroffen waren, denen Hildegard sich widmen musste. So kamen die Seherin und ihr Sekretär erst am darauf folgenden Abend dazu, ihre Arbeit an der Vita wieder aufzunehmen.

Diesmal fand das Zusammenkommen in der Amtsstube der Äbtissin statt, die Wand an Wand mit dem Scriptorium lag. Wie nebenan war es auch hier gemütlich warm, da der Raum von der Küche im Erdgeschoss beheizt wurde.

»Wie viele Wachstafeln hast du mitgebracht?«, fragte Hildegard, als Wibert eintrat. »Zwanzig?«

»Annähernd. Ich dachte, ich bringe lieber einige mehr mit, bevor sie mir ausgehen.«

»Falls es dir zu dunkel ist, können wir gern noch eine Kerze mehr anzünden.«

»Nein, nein, es wird schon gehen.«

»Und hast du diesmal auch an ein Stück Brot gedacht?«

Wibert klopfte auf die Tasche seiner Kutte. »Für alle Fälle.«

»Wo waren wir stehen geblieben?«, fragte Hildegard.

»Richardis und du, ihr seid nach Trier geritten. Währenddessen blieb Graf Jerome zurück, um euch den Rücken freizuhalten.«

»Genau. Also wir –«

»Entschuldige, wenn ich dich gleich zu Anfang unterbreche, verehrte Mutter, aber ich muss dir eine Frage stellen, die mir nicht mehr aus dem Kopf geht. Ich hoffe, du nimmst sie mir nicht übel, sie ist nämlich ein wenig … indiskret.«

»Wir wollen ganz offen zueinander sein. Frage, was immer du zu fragen hast.«

»Meine Frage betrifft das Fieber, das anfallartig über dich kam und ebenso schnell wieder verschwand. Mir kommt es so vor, als hätte es dich gerade zur rechten Zeit heimgesucht, um Richardis die Gelegenheit zu geben, mit Graf Jerome Verbindung aufzunehmen. Denn in deiner Gegenwart wären die beiden einander nie näher gekommen. Genauso schnell wich es aber auch wieder, damit du rechtzeitig zur Flucht wieder im Vollbesitz deiner Kräfte warst.«

Hildegard maß ihren Sekretär mit einem langen, ruhigen Blick. Ihm war, als suche sie nach einem Arg hinter seiner Frage. Da war jedoch keiner, und das erkannte sie auch.

»Ich muss dir sagen, Wibert, diese Frage habe ich mir auch schon oft gestellt. Und ich bin sogar noch einen Schritt weiter gegangen. Ich habe mich nämlich gefragt, ob ich mir nicht insgeheim gewünscht habe, Richardis würde diesen Schritt tun, da nur so Hoffnung bestand, der Gefangenschaft zu entkommen. Und ob – da ich diesen Wunsch ja niemals hätte zugeben können – ich mich nicht in dieses Fieber geflüchtet habe.«

»Das Fieber war jedoch wirklich und keine Einbildung, oder?«

»Natürlich existierte es. Aber wodurch wurde es ausgelöst? Gewiss nicht durch eine der üblichen Erkrankungen.« Hildegard verschränkte die Hände im Schoß. »Dazu musst du wissen, dass dieses rätselhafte Fieber mich mehrfach heimgesucht hat, und zwar immer in vergleichbaren Situationen, in denen ich mich in einem Gewissenszwiespalt befand. Manchmal kam sogar eine Lähmung hinzu. Keine der gängigen Arzneien, die wir in solchen Fällen zu verabreichen pflegen, vermochte dagegen anzukommen. Mir blieb nichts anderes übrig, als abzuwarten, bis es von allein vorüberging. Und das tat es stets von einer Stunde auf die nächste.«

Wibert hatte keine Aufzeichnungen angefertigt, hatte den Ausführungen der Mater nur mit in die Hand gestütztem Kopf gelauscht. »In dieser – lass es mich Auszeit nennen – die dein Körper sich nahm, erledigten sich stets Probleme, die du selbst nicht hättest lösen können?«

»Ja, auch wenn sie nicht immer derart schwer wiegend waren wie die in Tronecken.«

»Denkst du, bei deinen überfallartigen Erkrankungen hat es sich um Fügungen Gottes gehandelt?«

Hildegard lächelte milde.

»Das weiß ich nicht. Aber trotzdem verneine ich es, um einer weiteren Legendenbildung um mich vorzubeugen.«

»Soll ich das so verstehen, dass ich diese Erkrankungen in der Vita nicht erwähnen soll?«

»Im Gegenteil. Erwähne sie und schildere unser Gespräch, wie wir es geführt haben. Die Menschen sollen ruhig wissen, dass auch ich nicht für alles eine Erklärung habe.«

»So soll es geschehen.«

»Sind deine Fragen zu diesem Punkt hinreichend beantwortet?«

»Ich denke ja.«

»Dann lass uns mit der eigentlichen Geschichte fortfahren.«

Die mitgebrachten Tafeln reichten nur knapp, um all das aufzuschreiben, was Hildegard Wibert in dieser Nacht berichtete.

G

Hunsrück – Dezember 1147

Erst als sich die ersten zaghaften Sonnenstrahlen über den Baumwipfeln im Osten zeigten, wagten es Hildegard und Richardis, eine Rast am Rande eines kleinen Gehölzes einzulegen. Obwohl die Pferde in den letzten Stunden nur im Schritt gegangen waren, waren sie wegen des tiefen Schnees erschöpft. Und auch die beiden Ordensfrauen waren von den Anstrengungen gezeichnet.

»Du hast dich tapfer gehalten«, sagte Hildegard. »Alle Achtung.«

»Ich fühle mich, als sei mein Allerwertester mit Dreschflegeln bearbeitet worden«, sagte Richardis.

»Wenigstens bist du im Sattel geblieben. Ich kenne andere, die sich ungeschickter anstellen.«

Sie leinten die Braunen an einem umgestürzten Baum an. Dann fegten sie den Schnee von dem Stamm und setzten sich. Zu essen hatten sie nichts, denn ihre Wegzehrung hatte sich in den Bündeln befunden, die sie auf der Flucht zurückgelassen hatten. So war eine Hand voll Schnee gegen den Durst alles, was sie zu sich nehmen konnten. Und der war so kalt, dass Richardis die Zähne schmerzten.

»Wo Graf Jerome nur bleibt«, sagte sie und blickte die Anhöhe hinauf, die sie heruntergekommen waren. »Er müsste uns doch schon längst eingeholt haben. Er ist der bessere Reiter, und das schnellere Pferd hat er auch.«

»Vielleicht hat er unsere Spur verloren«, sagte Hildegard, obwohl sie etwas anderes befürchtete. »Wir haben mehrfach die Richtung geändert, seit wir aus dem Wald gekommen sind.«

»Aber es schneit nicht. Er müsste die Hufabdrücke unserer Pferde sehen können.«

»Jetzt wird es allmählich Tag. Erinnere dich aber daran, wie dunkel es trotz des Vollmondes im Wald war. Da hätte selbst ein Mensch mit Habichtaugen keine Fährte gefunden. Ich nehme an, er wird während der Nacht einfach dem Bachlauf gefolgt sein.«

»Den wir im Dickicht verloren haben. Oh, es ist zum Verzweifeln! Hast du eine ungefähre Vorstellung, wo wir uns befinden?«

»Ich fürchte, wir sind zu sehr in nördliche Richtung abgekommen. Um nach Trier zu gelangen, hätten wir uns weiter westlich halten müssen. Aber du weißt, wie es um meine geographischen Kenntnisse bestellt ist.«

»Besser als um meine. Oh, wenn wir zurück sind, werde ich meiner Mutter einen geharnischten Brief schreiben, damit die Burschen, die uns im Stich gelassen haben, aufs Härteste bestraft werden. Ihre Feigheit hätte unser Tod sein können.«

Erst wollte Hildegard Einspruch einlegen, hielt sich dann aber doch zurück.

Richardis hatte Recht. Ihrer Aufgabe, sie zu schützen, waren die Burschen nun wirklich in einer Weise nachgekommen, die nach Sanktionen verlangte.

Stattdessen stand sie auf und dehnte und streckte sich, um ihre Muskulatur zu lockern.

»Diese Übungen solltest du auch machen«, sagte sie. »Auch wenn es anfangs schmerzt. Und dann, denke ich, sollten wir weiterreiten.«

»Wieso? Wenn wir Pech haben, entfernen wir uns mit jedem Schritt weiter von der kleinen Drohn. Besser, wir warten hier auf Graf Jerome.«

»Und wenn andere statt seiner kommen?«

»Du glaubst, er könnte ...?«

»Wir müssen nicht das Schlimmste annehmen. Aber des Wildgrafen Leute könnten ihn überwältigt haben und nun unserer Spur folgen.«

»Wenn du meinst«, sagte Richardis und guckte wie ein Kind, dessen Lieblingshase geschlachtet werden soll.

»Allerdings. Deshalb finde ich ... Psst! Hast du das gehört?«

»Pferdeschnauben, ja. Meinst du, dass –«

»Wer auch immer«, sagte Hildegard und band ihr Pferd los. »Wir sollten uns schleunigst in den Schutz der Bäume begeben.«

Die Mater musste Richardis helfen, in den Sattel zu kommen. Sie selbst stieg über den Baumstamm aufs Pferd. Dann drückte sie ihrem Braunen die Fersen in die Flanken und trieb ihn ins Gehölz.

Der kleine Wald war von kahlen Laubbäumen gesäumt, die nur dürftige Deckung boten. Dahinter jedoch, gewissermaßen in der zweiten Reihe, standen Tannen, zwischen deren schneeschwer bis auf den Boden hängenden Ästen sie sich verbergen konnten. Um fluchtbereit zu sein, blieben sie im Sattel.

Hier, zwischen den Bäumen, war das Licht noch fahl. Dafür lag die Stelle, an der sie gerastet hatten, bereits in der Morgensonne. Ganz gleich, wer den Abhang herunterkam, er würde sich ihnen wie auf einer Bühne präsentieren.

So angestrengt sie auch lauschten, zu hören war nichts. Der Schnee dämpfte jeden Hufschlag. Auch war kein erneutes Schnauben zu vernehmen. Richardis warf der Mater fragende Blicke zu, die bedeuten sollten, ob sie sich vielleicht geirrt hatten. Aber Hildegard schüttelte den Kopf.

»Sie warten ab, um uns aus dem Versteck zu locken«, formten ihre Lippen lautlos. Richardis nickte.

Plötzlich wieherte ein Pferd, um nur Augenblicke später aufzutauchen. Im Trab kam es die Anhöhe herunter. Aber es saß niemand im Sattel.

»Der Rappe!«, rief Richardis unterdrückt und wollte losreiten.

»Halt!« Hildegard griff ihr in die Zügel. »Das kann eine Falle sein.«

»Was sollen wir denn tun?«

»Wir verschwinden. Ich fürchte, hier stimmt etwas nicht.«

»Vielleicht hat der Rappe den Grafen abgeworfen.«

Hildegard beließ es bei einem Blick, der mehr sagte als jedes Wort. Dann wendete sie ihr Pferd und zog Richardis' Braunen, dessen Zügel sie noch immer hielt, mit.

Sie mussten tiefer in den Wald hinein. Einen anderen Ausweg gab es nicht.

Urplötzlich kam Hildegards Pferd so heftig zum Stehen, dass sie beinahe aus dem Sattel geflogen wäre. Während sie sich mit beiden Händen in die Mähne krallte, gewahrte sie keine zwei Schritte vor sich eine hoch gewachsene Gestalt in einem schwarzen Umhang. Es war unverkennbar ein Mann. Er stützte sich auf einen gegabelten Ast, den er wie eine Krücke unter die Achsel geklemmt hatte. In der anderen Hand hielt er ein Schwert. Die Gesichtszüge waren im Halbdunkel des Dickichts nicht auszumachen.

»Graf Jerome, seid Ihr es?«, fragte Hildegard, während Richardis ihr Pferd neben das der Mater drängte.

Anstatt zu antworten, hob der Mann das Schwert – und brach zusammen.

*

Die beiden Ordensschwestern hatten schon viele Verwundete versorgt und gepflegt, aber ein derart geschundener Leib wie der des Grafen de Carcasso war ihnen selten untergekommen. Alle Gliedmaßen waren übersät von Hieb-, Schnitt- und Stichwunden. Dazu gesellten sich zahllose Abschürfungen, Prellungen und Quetschungen. Zu alledem war noch der linke Unterschenkel gebrochen.

Seinen Umhang als Unterlage benutzend, behandelten sie ihn, so gut es ihnen ohne Arzneien und Instrumente möglich war. Aus Baumrinde und Ästen fertigten sie eine Schiene für den Bruch. Dann opferte jede von ihnen einen ihrer Unterröcke, die sie in Streifen gerissen als Verbandsstoff benutzten.

Während der ganzen Zeit war der Graf ohne Besinnung, was die Arbeit erleichterte. Erst als sie ihn wieder vollständig angekleidet hatten, kam er zu Bewusstsein.

»Wasser!«, stöhnte er.

Hildegard verabreichte bei Knochenbrüchen üblicherweise Wein mit Tausendgüldenkraut, aber daran war hier in der Wildnis nicht zu denken. So konnte sie nur eine Hand voll Schnee nehmen, den sie in ihrer Faust presste, und mit den Tropfen die Lippen des Grafen benetzen. Gierig schlürfte er jeden einzelnen. Das wiederholte sie so lange, bis er dankbar nickte.

»Es grenzt an ein Wunder, dass Ihr es bei Euren Verletzungen bis hierher geschafft habt«, sagte Hildegard.

Obwohl Jerome Schmerzen hatte, gelang es ihm zu grinsen. »Die Bande hat mich ganz ordentlich durchgehauen. Aber aufhalten konnte sie mich nicht.«

»Wieso habt Ihr Euch eigentlich von hinten an uns herangeschlichen?«

»Ihr hättet doch auch Strauchdiebe sein können. Welche Tageszeit haben wir?«

»Es ist nicht mehr weit bis Mittag.«

»Dann sollten wir schleunigst aufbrechen. Sicher ist mir die Rotte aus Tronecken schon auf den Fersen.«

»Ihr könnt in Eurem Zustand unmöglich reiten«, sagte Richardis. »Euer linkes Bein ist gebrochen.«

»Ich kann doch hier nicht im Schnee liegen bleiben, bis es wieder zusammengewachsen ist. Wenn Graf Konrad mich erwischt, lässt er mich in Stücke hauen. Immerhin habe ich drei seiner Männer einen Kopf kürzer gemacht und ihm die linke Hand abgeschlagen. Jetzt kann er seine Wampe nur noch mit rechts stützen.«

»Gütiger Himmel!«, entfuhr es Hildegard.

»Tut er Euch etwa Leid?«

»Solche Grausamkeiten erschüttern mich immer. Auch wenn sie unvermeidlich sind oder einer guten Sache dienen.«

»Ohne Euch zu nahe treten zu wollen – als Frau habt Ihr gut reden. Und als Ordensfrau gleich doppelt. Ihr könnt Zuflucht zu Eurem Glauben nehmen.«

»Als ob man als Frau weniger Grausamkeiten ausgesetzt wäre«, brauste Hildegard auf. »Im Gegenteil! Ihr Männer habt wenigstens die Kraft, euch zu wehren. Wir hingegen müssen erdulden, was euer Geschlecht uns antut. Und was den Glauben angeht – er steht jedem offen. Auch den Laien.«

Wieder umspielte dieses Grinsen Jeromes Lippen, das ihn

dreist wirken ließ, gleichzeitig aber so viel Charme hatte, dass man ihm nicht böse sein konnte.

»Leider erlaubt mir mein derzeitiger Zustand nicht, mich auf einen Thesenstreit mit Euch einzulassen. Aber den können wir gern nachholen, wenn ich wieder in Form bin.«

Ein Angebot, das Hildegard mit einem Lächeln annahm, was Richardis wiederum wohlgefällig registrierte.

»Nun sollten wir aber machen, dass wir wegkommen«, fuhr Jerome fort. »Ihr müsst mir nur in den Sattel helfen. Wenn ich erst einmal oben sitze, komme ich schon zurecht.«

Mit einem Pfiff holte er den Rappen herbei, der die ganze Zeit dort gewartet hatte, wo die Schwestern gerastet hatten. Dann begann eine fürchterliche Schinderei. Sosehr die Nonnen sich auch bemühten, Graf Jerome litt Höllenqualen. Zwar schrie er nicht, aber mehr als einmal war er nahe daran, vor Schmerzen die Besinnung zu verlieren. Als er endlich im Sattel saß, war sein Gesicht weiß wie eine frisch gekalkte Wand.

»Sind wir hier überhaupt richtig?«, fragte Richardis. »Oder müssen wir zurück?«

»Goldrichtig«, sagte Jerome. »Hinter der Kuppe da vorne liegt die alte Römerstraße. Sie wird uns ohne Umweg nach Trier führen. – Auf geht's, meine Damen!«

Kloster Disibodenberg

Zwei Tage nach den zuletzt geschilderten Ereignissen kehrten die Fratres Antonius und Karl von einer mehrwöchigen Wallfahrt zum Grab des heiligen Martin in Tours zurück.

Sie waren erschöpft, aber auch froh, die Reise unversehrt überstanden zu haben und noch rechtzeitig vor dem Weihnachtsfest zurückgekehrt zu sein. Nach einer kleinen Erfrischung traten sie bei Kuno zum Bericht an. Als vierter gesellte Herbrand sich hinzu.

»Wir sollen dich grüßen«, sagte Antonius. »Wörtlich, dir die untertänigsten Grüße ausrichten von Etienne, nur dem Namen nach Abt von St. Hippolyte, jedoch Asche und Staub und der unbedeutendste unter den Brüdern der Gemein–«

»Halt ein!«, sagte Kuno. »Erspar mir das Geschwätz.«

»Nun ja, wie du willst. Jedenfalls war seine und der Brüder Gastfreundschaft einmalig. Außerdem bedankt Abt Etienne sich für deine Einladung, die er gern angenommen hat. Wenn es ihm seine Zeit erlaubt, wird er uns schon im kommenden Frühjahr einen Besuch abstatten.«

»Hoffentlich reist er nicht wieder mit dem halben Konvent an«, murmelte Kuno. »Die fressen einem ja die Haare vom Kopf, die Brüder.«

»Wie bitte?«

»Nichts, nichts. Habt ihr ihm die Reliquie Johannes' des Täufers übergeben?«

Beide Brüder schlugen die Augen nieder.

»Habt ihr etwa nicht?«

»Das war einer der weniger erfreulichen Augenblicke unserer Reise«, sagte Karl.

»Wieso?«

»Es gab Unstimmigkeiten wegen des Preises.«

»Was für Unstimmigkeiten? Fünfhundert Denare waren mit Etienne vereinbart.«

»Bruder Karl hat sich falsch ausgedrückt«, sagte Antonius. »Es war weniger der Preis als die Reliquie selbst, die zu Differenzen geführt hat.«

»Ich verstehe euch nicht. Was gab es an dem Knochen auszusetzen?«

»Abt Etienne meinte, für einen Fußknochen sei die Reliquie sehr klein. Er äußerte sogar den –«

»Was hat er erwartet?«, bellte Kuno dazwischen. »Eine Keule? Johannes hatte nun mal keine Elefantenfüße.«

Antonius hüstelte. »Abt Etienne äußerte sich sogar dahingehend, dass er den Knochen für einen …«

»Für einen was?«

»Nun ja, für einen …«

»Raus mit der Sprache!«

»Hühnerknochen halte.«

Kunos Augen quollen ihm schier aus dem Kopf, und er sprang auf, wodurch er allerdings auch nicht größer wurde.

»Dieser Mistbock!«, kreischte er mit sich überschlagender Stimme, während sein Adamsapfel wie irr auf und ab tanzte. »Da hätte er ja gleich behaupten können, ich sei ein Betrüger.«

»Das hat er auch«, sagte Karl.

»Wie?«

Herbrand, der bisher schweigend auf einem Hocker neben der Tür gesessen hatte, mischte sich ein. »Seid ihr sicher, dass ihr Abt Etienne richtig verstanden habt, Brüder? So weit ich weiß, spricht er Französisch, was ihr nicht beherrscht, und wie bescheiden eure Lateinkenntnisse sind, muss ich euch ja nicht sagen.«

»Wir kommen mit Latein ganz gut zurecht«, sagte Karl beleidigt. »Wörtlich hat Abt Etienne Abt Kuno als ›canis curvatus‹ bezeichnet.«

»Ein krummer Hund!«, keuchte Kuno und krabbelte wieder auf seinen Stuhl. »Ich!«

»Das geht natürlich zu weit«, sagte Herbrand. »Also wirklich! Und das alles auf einen vagen Verdacht hin.«

»Na ja«, sagte Antonius. »So vage nun auch wieder nicht.«

»Was willst du damit sagen?«

»Abt Etienne hat ein Huhn kochen lassen. Die Brüder haben es gegessen, und anschließend hat er mir den Knochen gezeigt, den er meinte. Im direkten Vergleich waren sie wirklich kaum auseinander zu halten.«

»Das sieht Etienne ähnlich«, schnaubte Kuno. »Deswegen gleich eine Völlerei zu veranstalten. Dabei weiß jeder Dummkopf, dass Menschen und Hühner gewisse Knochen haben, die einander ähneln. Und früher, zu Johannes' Zeiten, erst recht. Das ist also kein Beweis. Was ist denn nun mit den fünfhundert Denaren?«

»Er hat sich geweigert, uns den vollen Betrag zu geben«, sagte Karl kleinlaut.

»Wie viel hat er denn rausgerückt?«

»Fünfzig«, hauchte Antonius.

»Wie viel? Sprich gefälligst lauter.«

»Fünfzig. Die aber auch nur für den kleinen Reiseschrein.«

»Den solltet ihr doch wieder mitbringen!«

»Wir hätten sonst kein Geld für die Rückreise gehabt«, jammerte Karl.

»Euch kann man ja nicht einmal allein zum Melken schicken!« Kunos Finger hämmerten ein wildes Stakkato auf das Pult. »Wie viel ist denn übrig geblieben? Ihr werdet ja wohl nicht alle fünfzig Denare für die Reise verbraucht haben.«

»Wir waren sehr sparsam«, sagte Antonius. »Nur leider ...«

Das Trommeln endete jäh, und der Kopf des Abtes ruckte vor.

»Ach, was soll's«, sagte Karl betont munter. »Wir haben schließlich auch noch eine gute Nachricht. Die schlechte ist, wir wurden überfallen und ausgeraubt. So, jetzt ist es raus.«

Während Kuno auf seinem Stuhl zusammensank und die

Hände vors Gesicht schlug, fragte Herbrand: »Wer hat euch überfallen?«

»Räuber, wer sonst? Vier an der Zahl. Ihre Namen haben sie uns natürlich nicht genannt.«

»Wo war das?«

»Einen halben Tagesritt von hier. Am Oberlauf der Nahe.«

»Zum Teufel mit diesem Gesindel.« Der Adlatus des Abtes atmete tief durch. »Demnächst kann man sich nur noch mit einem Heer vor die Tore trauen. Aber ihr habt noch eine gute Nachricht, sagtet ihr?«

»So ist es«, sagte Antonius, offensichtlich erleichtert über den Themenwechsel. »Glück im Unglück nennt man das wohl. Hätten uns die Kerle nicht ausgeraubt, hätten wir die Neuigkeit nie erfahren.«

»Nun kommt zur Sache! Was haben sie euch erzählt?«

»Das Neueste über Schwester Hildegard.«

Schlagartig saßen Kuno und Herbrand kerzengerade.

»Unsere Hildegard?«, fragte der Abt.

»Ja. Wir wussten ja nicht einmal, dass Hildegard und Richardis Gefangene des Wildgrafen von Tronecken waren. Auch das haben wir erst von den Räubern erfahren. Ihr könnt euch sicher vorstellen, welcher Schreck uns da in die Glieder gefahren ist. Aber die Aufregung hat sich schnell wieder gelegt.«

Während Kuno und Herbrand nach Luft schnappten wie gestrandete Karpfen, nickten Antonius und Karl einander mit der Verbundenheit derjenigen zu, die ein gemeinsam bestandenes Abenteuer zu Freunden für die Ewigkeit gemacht hat.

»Weiter«, japste Kuno.

»Nun ja«, fuhr Antonius fort und strahlte. »Die frohe Kunde, die wir euch bringen, lautet: Vorgestern ist unseren geliebten Schwestern die Flucht von Tronecken gelungen. Sie müssen bereits in Trier sein. Ist das nicht wunderbar?«

Noch auf dem Sterbebett sollten die beiden Mönche sich fragen, warum Kuno in diesem Augenblick mit seinem Trinkbecher nach ihnen warf.

G

Trier

Als die drei Reiter die Klöster St. Paulin und St. Maximin vor den Toren der einstigen Römerstadt passierten, war die Sonne bereits hinter dem Bergkamm jenseits der Mosel untergegangen und hatte oberhalb der Baumwipfelkette nurmehr einen daumennagelbreiten glutroten Streifen zurückgelassen. Vor ihnen zeichneten sich bereits die Konturen der Porta Nigra mit der hineingebauten Simeonskirche ab. Sie hatten die Stadt beinahe erreicht.

»Das ist das Stift des heiligen Paulin, nach dem Ihr mich gefragt habt«, sagte Jerome und wies nach links.

»Also hier wird der Codex Egberti aufbewahrt«, sagte Hildegard. »Ein Buch, für dessen Anfertigung die Brüder im Kloster Reichenau am Bodensee vier Jahre gebraucht haben. Wenn wir schon mal in Trier sind, sollten wir die Gelegenheit nutzen, es uns anzusehen.«

»Die Kirche ist ganz neu. Als ich zuletzt hier war, war sie noch im Bau. Ich glaube, die Mönche haben sich mächtig ins Zeug gelegt, um sie rechtzeitig zum Besuch des Papstes fertig zu stellen. Zunächst einmal sollten wir uns jedoch um eine Unterkunft bemühen.«

»Selbstverständlich. Ich weiß auch schon, wo.«

»Ihr erstaunt mich. Hattet Ihr nicht gesagt, Ihr wäret noch nie in Trier gewesen?«

»So ist es. Aber ich habe früher mit den Schwestern vom Kloster St. Irminen einen umfangreichen Briefwechsel unterhalten, namentlich mit der Äbtissin Sophia. Leider ist die Verbindung im vergangenen Jahr eingeschlafen. Trotzdem, denke ich, wird man uns mit offenen Armen aufnehmen.«

»Wisst Ihr denn, wo St. Irminen liegt?«

»Nein. Dank Eurer ausgezeichneten Ortskenntnisse sollten wir jedoch keine Schwierigkeiten haben, dorthin zu gelangen, oder?«

Jerome verdrehte in gespielter Koketterie die Augen. Darüber mussten Hildegard und Richardis lachen, wenn Letztere auch mit gequälter Miene. Wegen der Schmerzen, die ihr ihr verlängertes Rückgrat bereitete, konnte sie sich kaum noch im Sattel halten.

Erstaunlich hingegen war, wie gut Graf Jerome die Strapazen gemeistert hatte. Sein gebrochenes Bein hatte er während des gesamten Ritts nicht in den Steigbügel gestellt, sondern herabhängen lassen. So hatte er selbst Streckenabschnitte, die sie im Galopp zurückgelegt hatten, klaglos durchgestanden. Den Rest hatte seine Willenskraft besorgt.

Sie durchquerten das Simeonstor und wandten sich unmittelbar dahinter nach Westen. Richardis machte ein enttäuschtes Gesicht.

»Was hast du?«, fragte Hildegard.

»Das soll eine Stadt sein?«, kam die Gegenfrage.

In der Tat wirkte der Teil Triers, den sie auf dem Weg nach St. Irminen durchquerten, wenig städtisch. Einzelne Gehöfte und Katen waren auf den schneebedeckten Flächen auszumachen. Das Zentrum mit dem Hauptmarkt und der Domstadt, die gleichsam eine Stadt in der Stadt bildete, lag fernab zur Linken.

»Du wirst noch Gelegenheit haben, die Stadt zu erkunden«, sagte Hildegard. »Für heute sollten wir froh und dankbar sein, wenn wir unser Ziel unbeschadet erreichen.«

»Wo wollt Ihr eigentlich nächtigen?«, fragte Richardis den Grafen.

»Ich begleite Euch bis zum Kloster und werde dann zum Pferdemarkt reiten. Dort kenne ich ein gutes Wirtshaus. Gleich nebenan wohnt ein Bader, der sich auch als Heilkundiger betätigt. Auch wenn er auf den ersten Blick wie ein Bettler aussieht, er versteht sein Handwerk. Er soll sich meines Beines annehmen.«

»Das können die Schwestern in St. Irminen ebenso gut«, sagte Hildegard. »Und einen Platz in der Krankenstube werden sie gewiss auch für Euch haben.«

»Das ist sehr freundlich. Aber ich gehe lieber meinen eigenen Weg. Wenn Ihr es wünscht, hole ich Euch morgen früh wieder ab und geleite Euch zur Domstadt.«

»Könnt Ihr Euch denn in der Stadt bewegen, ohne Gefahr zu laufen, Euren Verfolgern in die Hände zu fallen?«

»Ich glaube kaum, dass sie mich derzeit in Trier vermuten.«

Sie kamen an die Klosterpforte. Seltsamerweise war sie unbesetzt, und das Tor stand offen. Jerome zog an der Glocke. Sie blieb stumm. Der Klöppel fehlte. Auch auf ihr Rufen ließ sich niemand blicken.

Da niemand da war, den sie hätten um Erlaubnis fragen können, ritten sie unerlaubt in das umfriedete Gelände. Vor ihnen erhob sich die Kirche. Das Dach sah beschädigt aus und wurde von keinem Kreuz gekrönt. Der Wind trug liturgische Gesänge an ihre Ohren. Aber die mochten auch von dem benachbarten Kloster St. Katharinen herüberwehen.

Plötzlich flog die Tür eines der Nebengebäude auf, und eine Frau wankte heraus. Wirr hing ihr ihr graues Haar ins Gesicht. Hildegard und Richardis glitten aus dem Sattel, gingen ihr entgegen und stützten sie. Die Frau konnte sich kaum auf den Beinen halten. Bekleidet war sie unschicklicherweise nur mit einem Unterkleid. An einer Kette trug sie das Kreuz Christi. Jerome tat, als hätte er nichts gesehen.

»Bei Gott, Schwester, was hast du?«, fragte Hildegard die Frau.

»Wer … Wer bist du?«, fragte die Angesprochene mit schwerer Zunge.

Hildegard schnupperte. Kein Zweifel, die Frau war sturzbetrunken. Energisch stellten sie sie auf die Beine.

»Wo ist die Äbtissin?«, fragte Hildegard scharf.

Der Betrunkenen sackte das Kinn auf die Brust.

»Wo ist Schwester Sophia, deine Äbtissin?«, wiederholte Hildegard und schüttelte die Frau, dass deren Kopf hin- und herschlackerte.

»Sophia?« Die Betrunkene gackerte. »Dritte Reihe, zweites Grab. Sie ist tot. Mausetot.«

Jetzt verließen nacheinander drei Nonnen das Nebengebäude und kamen laut lamentierend und so schnell es der schneebedeckte Weg zuließ herbeigeeilt. Die vorderste hatte den Umfang eines Wagenrades und beanspruchte die gesamte Breite des Weges für sich. Sie war auch diejenige, die am lautesten wehklagte.

»Was hat sie nur wieder getan!«, jammerte sie. »Was hat sie nur wieder getan! Der Herr sei uns gnädig!«

Während die beiden anderen die Betrunkene wegführten, dankte die Dicke Hildegard und Richardis.

»Gut, dass ihr sie aufgehalten habt. Womöglich wäre sie sonst wieder in die Stadt gelaufen. Nein, was haben wir mit ihr für eine Last und einen Ärger.« Erst dann schien ihr einzufallen, dass die beiden Nonnen und ihren Begleiter wohl ein Anliegen nach St. Irminen geführt haben musste. »Ich bin Schwester Ruth. Was kann ich für euch tun?«

»Eigentlich wollte ich Schwester Sophia sprechen«, sagte Hildegard. »Aber wie ich hörte, ist sie verstorben.«

»Leider, ja. Im August verließ sie uns. Die sommerliche Schwüle im Tal war nichts für Mutter Sophia. Ihr Herz, wisst ihr.« Sie fuhr sich mit einem Finger übers Auge. »Wir sind noch immer untröstlich.«

»Dann möchte ich ihre Nachfolgerin sprechen.«

»Oh!«, machte die Dicke und rang die Hände. »Das ist nicht möglich.«

»Habt ihr denn keine neue Äbtissin gewählt?«

»Das schon. Aber Mutter Ranghild ...«

»Was ist mit ihr?«

»Ich weiß nicht, wie ich es euch sagen soll«, sagte Schwester Ruth und wand sich vor Verlegenheit. »Nun ja, ihr habt sie soeben kennen gelernt.«

G

Kloster St. Irminen, Trier

Nachdem Graf Jerome sich verabschiedet hatte, hatte Ruth den beiden Gästen ihre Kammern gezeigt. Sie richteten sich ein, nahmen am Abendgottesdienst teil und speisten anschließend gemeinsam mit den Schwestern.

Schnell hatte sich herumgesprochen, welche Berühmtheit in St. Irminen zu Gast war. Scheue Blicke der Schwestern und pausenloses Getuschel waren die Folge. Auch hatte die Köchin sich bemüht, schnell noch etwas zu zaubern. Trotzdem war das Essen eine Katastrophe. Nicht einmal über Tischwäsche verfügte man hier.

Während sich die völlig erschöpfte Richardis nach einem

vorgezogenen Nachtgebet zur Ruhe begab, saßen Hildegard und Schwester Ruth in der Amtsstube der Äbtissin zusammen. Die Oberin selbst lag in der Kammer nebenan und schlief ihren Rausch aus. Ihr Schnarchen ließ die Wände erzittern.

»Geht das schon lange so?«, fragte Hildegard und ließ ihren Blick durch den Raum wandern. Die Stube machte den gleichen baufälligen und verwahrlosten Eindruck wie das ganze Kloster. Was im ersten Moment wie ein bläulicher Wandanstrich aussah, erwies sich bei näherem Hinsehen als Schimmel.

»Vom ersten Tag an«, sagte Ruth. »Wir kennen Ranghild nicht anders.« Und dann sagte sie, weil sie Hildegards angewiderten Gesichtsausdruck bemerkte: »Das Kloster befindet sich in einem entsetzlichen Zustand. Wir wissen gar nicht, wo wir zuerst mit dem Instandsetzen beginnen sollen.«

»Da lasst ihr es lieber ganz, wie? Wenigstens sauber machen könntet ihr.« Hildegard wies noch einmal auf den Nebenraum. »Ist Ranghild eine aus euren Reihen?«

»O nein, dann hätten wir sie gewiss nicht gewählt. Sie ist von ... von außerhalb.«

»Hat sie sich das Amt gekauft?«

»Sie ist weitläufig mit Erzbischof Albero verwandt. Er hat sie berufen.«

»Simonie und Vetternwirtschaft«, sagte Hildegard verächtlich. »Kein Wunder, dass dabei Zucht und Ordnung und zuletzt auch der Glaube verloren gehen.«

»Das sag ich auch immer«, plapperte Ruth. »Als ob das Kloster nicht auch so genug gelitten hätte. Erst kam der Normannensturm, dann die Fehde mit den lothringischen Grafen, beide Male haben die Gebäude schwerste Schäden davongetragen. Da darf es nicht wundern, dass sich alles in einem solch beklagenswerten Zustand befindet.«

»Wenn man dich so hört, könnte man glauben, du seist Zeitzeugin all dieser Auseinandersetzungen gewesen.«

»Ich berichte nur aus der Chronik des Klosters.«

»Das habe ich verstanden. Aber die Ereignisse, die du zur Begründung des derzeitigen Zustandes anführst, fanden vor dreihundert beziehungsweise zweihundert Jahren statt. Ich vermag nicht zu glauben, dass sich seitdem keine Gelegenheit ergeben haben soll, die Schäden auszubessern. Außerdem kann ich mir beim besten Willen nicht vorstellen, dass es zu Zeiten meiner Freundin, der Äbtissin Sophia, hier derart ausgesehen hat.«

»Mutter Sophia lag fast zwei Jahre schwer krank darnieder, bevor sie abberufen wurde. In dieser Zeit wurde viel vernachlässigt.«

»Von wem?«

»Von ... natürlich von ihr, von der Mutter Oberin. Sie war einfach nicht mehr in der Lage, sich um die Dinge zu kümmern.«

»Aber sie lebte doch nicht allein hier.«

Ruth lächelte verunsichert. »Ich glaube, ich verstehe dich nicht recht.«

»Wirklich nicht?«

Unglücklich wand sich die Dicke. Dabei gab der Hocker, auf dem sie saß, bedenkliche Geräusche von sich.

»Und gegenwärtig leidet die Gemeinschaft unter der Trunksucht der neuen Äbtissin«, fuhr Hildegard fort. »Ist es nicht so?«

Verschwörerisch beugte Ruth sich vor. Der Hocker ächzte.

»Du sagtest doch, du willst morgen den Heiligen Vater aufsuchen«, flüsterte sie, wobei sie immer wieder in Richtung des Nebenraums schielte. »Da dachte ich mir, ob du bei der Gelegenheit vielleicht ein gutes Wort dafür einlegen könntest, dass Schwester Ranghild ...«

»Ja?«

»Du weißt schon. Schließlich ist sie eine Trinkerin.«

»Ihr wollt sie also loswerden?«

»Lieber heute als morgen.«

Ob Ruth das unheilvolle Funkeln in Hildegards Augen bemerkte oder ob sie spürte, dass sich etwas zusammenbraute, jedenfalls packte sie ihr Höckerchen an der Sitzfläche und hüpfte damit ein Stück zurück. Das Möbel gab dabei lautes Wehklagen von sich. Aber es hielt.

»Zuerst kamen die Normannen, dann die Lothringer«, sagte Hildegard scharf. »Die eine Oberin war bettlägerig, die andere leidet an Trunksucht. Demnächst wirst du wahrscheinlich noch den Sündenfall als Begründung für deine und deiner Mitschwestern Untätigkeit anführen. Dass es hier aussieht wie in einem Schweinestall, ist euer Versäumnis. Eure Bequemlichkeit hat diese Abtei heruntergewirtschaftet. Wie ein Feldherr nur so gut ist wie sein Heer, so ist eine Äbtissin nur so gut wie ihre Schwestern. Statt zu lamentieren, solltet ihr euch lieber auf eure Pflichten besinnen und versuchen, Ranghild von ihrem Leiden zu heilen.«

»Trunksucht ist unheilbar.«

»Dummes Zeug. Nicht einmal darüber habt ihr euch kundig gemacht. Hundsrose erleichtert die Entwöhnung. Wenn du willst, bin ich gern bereit, dir die Rezeptur mitzuteilen.«

»Aber ...«

»Aber was? Dann hättet ihr allerdings keine Ausrede mehr, und Ranghild bliebe eure Priorin. Mag sein, dass sie ihr Amt nur auf Grund von Beziehungen erhalten hat. Aber sie bekleidet es nun einmal, und damit habt ihr euch abzufinden. Ob es euch nun gefällt oder nicht.«

»So hat noch niemand mit mir gesprochen«, sagte Ruth betreten.

»Dann wurde es höchste Zeit. Im Übrigen werde ich mich

regelmäßig nach den Fortschritten erkundigen, die euer Konvent macht. Sollte ich irgendwann den Eindruck haben, ihr seid erneut nachlässig geworden, spreche ich tatsächlich mit dem Heiligen Vater über euch. Aber dann werde ich veranlassen, dass ihr unter Aufsicht gestellt werdet.«

Die Drohung war haltlos, Hildegard hatte nicht die Befugnis, Derartiges zu verlangen. Aber das wusste Schwester Ruth nicht.

»So, und nun möchte ich mein Komplet verrichten. Danach werde ich mich zur Ruhe begeben. Ich habe einen anstrengenden Tag hinter mir, und der morgige wird nicht leichter.«

Bevor Hildegard den Raum verlassen konnte, brach die dicke Ruth in Tränen aus. Eine ganze Serie von Schluchzern schüttelte ihren massigen Leib.

»Dabei wollte ich dich noch so vieles fragen«, wimmerte sie. »Ich hatte gehofft, du würdest mir von deinen seherischen Fähigkeiten erzählen. Stattdessen hast du nur Schelte für mich.«

Hildegard seufzte und machte noch einmal kehrt, obwohl sie steinmüde war. Ruth hatte ja Recht.

Wenn man jemanden in den Staub getreten hat, muss man ihm auch wieder auf die Beine helfen.

Hunsrück

Die Truppe, die nachts im Fackelschein durch den Wald galoppierte, machte einen wahrlich Furcht erregenden Eindruck. Sie bestand aus mehr als zwanzig Reitern, alle gegen die Kälte vermummt und mit Schwertern, Dolchen oder Pfeil und Bogen bewaffnet. Jeder der Männer verlangte seinem Pferd das Äußerste ab.

»Wir müssen Rast einlegen«, rief Herbrand seinem neben ihm reitenden Abt zu. »Wenn wir so weiterpreschen, wird niemand von uns die Mosel erreichen.«

Da Kuno nicht antwortete, sondern starr geradeaus blickte, griff Herbrand ihm in die Zügel. »Hörst du nicht? Wir müssen rasten!«

Jetzt erwachte Kuno aus seinem entrückten Zustand. Wütend riss er die Zügel wieder an sich, hielt aber auch sein Pferd an.

»Gut«, sagte er. »Eine Stunde. Nach meiner Stundenkette. Dann geht es weiter.«

Nachdem die Männer die Tiere versorgt hatten, hockten sie sich um das Feuer, über dem an Spießen Brot und Fleischstücke brutzelten. Die Anstrengungen der letzten Stunden hatten tiefe Furchen in ihre Gesichter gegraben.

Kuno hatte darauf bestanden, dass jeder Mönch, den das Kloster entbehren konnte, mitkam. Dabei hatten die meisten der Brüder seit Monaten, einige sogar seit Jahren nicht mehr im Sattel gesessen. Aber er meinte, eine große Truppe böte mehr Schutz gegen Überfälle, und außerdem ließen sich so Ausfälle besser ausgleichen. Dass man zu so vielen langsamer unterwegs war, gedachte er durch den Verzicht auf Pausen wettzumachen. Folgerichtig war dies die erste Rast, seit sie das Kloster kurz nach Sonnenuntergang verlassen hatten.

Kuno und Herbrand hatten sich auf dem Stumpf einer gefällten Rotbuche niedergelassen. Während der Adlatus seine Handflächen dem Feuer entgegenstreckte, zog der Abt eine Kette mit erbsengroßen, polierten Holzperlen hervor und ließ die Perlen nacheinander durch Daumen und Zeigefinger gleiten. Aus den Augenwinkeln bemerkte Herbrand, dass er dabei ein ums andere Mal eine der sechzig Perlen übersprang.

»Versuchst du etwa, die Zeit zu beschleunigen?«, fragte Herbrand. »Das wäre Anmaßung, wenn nicht gar Gotteslästerung.«

»Pah! Meine Finger sind steif. Da passiert das schon mal.«

»Solche Zeitmesser sind ohnehin Humbug. Entscheidend ist, dass wir morgen in Trier eintreffen, und das werden wir. Um das zu wissen, brauche ich keine Stundenkette.«

»So ein Hilfsmittel ist unbestechlich. Befehle ich den Aufbruch nach meinem Ermessen, könnte man mir Willkür unterstellen. Habe ich die Perlen jedoch durchgezogen, ist für jedermann ersichtlich, dass es so weit ist.«

»Sag bloß, dich hätte je gestört, dass jemand deine Entscheidungen als Willkür empfindet.«

»Natürlich nicht. Aber trotzdem halte ich ein Hilfsmittel für geeignet zur Disziplinierung. Schließlich sind wir nicht zu unserem Vergnügen unterwegs.«

»Ich glaube, das hat inzwischen auch der Letzte begriffen.« Herbrand wies in die Runde. »Sieh dir die Brüder an. Sie sind am Ende ihrer Kräfte.«

»Darauf kann ich keine Rücksicht nehmen«, sagte Kuno kalt. »Die Zukunft des gesamten Klosters und damit jedes Einzelnen steht auf dem Spiel. Da kann ich keine Nachsicht walten lassen.«

»Übertreibst du nicht ein wenig? Auch bevor Hildegard ihre seherische Begabung entdeckte, haben wir nicht schlecht gelebt.«

»Die Zeiten haben sich geändert, mein lieber Herbrand. Die Zahl der Brüder hat zugenommen, unsere Aufgaben sind vielfältiger geworden. Denk nur daran, welche Werkstätten wir in den letzten Jahren eingerichtet haben. Das Kloster prosperiert. All das lass ich mir doch nicht zerstören. Schon gar nicht von einem Weib!«

Herbrand betrachtete seinen Abt von der Seite. Der rote Schein des Lagerfeuers unterstrich den Zorn des kleinen Mannes noch. Ein Kämpfer und ein gefährlicher Gegner war er, auch wenn er manchmal lächerlich wirkte, dachte Herbrand. Man durfte nie den Fehler machen, ihn zu unterschätzen.

»Von der besonderen Gabe unserer berühmten Hildegard hältst du nichts, oder sehe ich das falsch?«, fragte Herbrand nach einer Weile.

»Was ich davon halte, ist doch gleich. Die Welt glaubt es, und das ist entscheidend.«

»Mich würde deine Meinung trotzdem interessieren.«

»Ich zweifle nicht daran, dass diese Frau über außergewöhnliche Fähigkeiten verfügt«, sagte Kuno überraschend ernsthaft und ohne jeden abfälligen Unterton. »Die Frage ist nur, wie ehrlich sie damit umgeht. Da niemand überprüfen kann, was Gott, oder wie sie es nennt ›das hell strahlende Licht‹, ihr eingibt, ist Missbrauch gleichsam Tür und Tor geöffnet. Was immer sie sagt, wird als Ultima Ratio Divina hingenommen. Damit verfügt sie über eine Macht, die sich jeder irdischen Überprüfung entzieht. Und das ist mir nicht nur verdächtig, sondern auch unheimlich.«

»Du glaubst, sie missbraucht ihre Macht?«

»Sie ist auch nur ein Mensch, keine Heilige. Sollte sie ihre Ziele nicht auf herkömmliche Weise erreichen, könnte die Versuchung durchaus bestehen. Davor bewahre uns Gott.«

»Das wirst du so aber doch hoffentlich nicht dem Heiligen Vater vortragen?«

»Hältst du mich für einen Tor?«, bellte Kuno, wieder ganz der Alte.

»Nein«, sagte Herbrand und meinte es ernst. »Das ganz gewiss nicht.«

Unmittelbar darauf schlang der Abt die Kette um sein Handgelenk und erklärte die Rast für beendet.

Trier

Hätte Hildegard nicht an Gott geglaubt, dieser Morgen hätte es sie gelehrt. Wieder einmal erkannte sie den Herrn in seiner Schöpfung. Die ersten Sonnenstrahlen des Tages tasteten sich zaghaft in das Tal der Mosel hinab und ließen die geschlossene Schneedecke glitzern, als sei sie mit Edelsteinsplittern übersät. Obwohl es nach wie vor so kalt war, dass die Atemluft an den Fenstern der Abteikirche kristallisierte, ging von dem Licht eine überirdische Wärme aus, die die eines jeden Feuers übertraf. Voller Demut und mit tiefer Inbrunst sprach Hildegard ihr Gebet.

Von ihrem Lager hatte sie sich jedoch schon wesentlich früher erhoben. Nachdem sie den größten Teil der Nacht mit Schwester Ruth disputiert hatte, waren ihr gerade mal zwei Stunden Schlaf geblieben, bis ihre innere Uhr sie wieder geweckt hatte. Auf dem Disibodenberg war dies die Stunde der Laudes, in St. Irminen geschah um diese Zeit überhaupt nichts, sah man einmal davon ab, dass die Schwestern weiter in Morpheus' Armen lagen. Hildegard juckte es geradezu, die faule Bande aus dem Stroh zu jagen, aber dann ließ sie Gnade vor Recht ergehen. Nicht zuletzt auch, weil sie an Richardis dachte, die den Schlaf bitter benötigte.

Die Zeit bis zur Prim nutzte Hildegard, um dem Grabgelege der ersten Äbtissin des Klosters, Modesta, einen Besuch abzustatten. Beigesetzt war sie in einem allzu irdisch wirkenden Anbau, der gleichzeitig einen Chorraum beherbergte. Auch dieser Teil des Klosters wirkte würdelos und heruntergekommen, da hier Baumaterialien gelagert wurden. Die Schwestern waren um die vor ihnen liegenden Aufgaben wahrlich nicht zu beneiden.

Irgendwann zwischen Prim und Terz kam langsam Leben in die Gemeinschaft. Nach einem kurzen Gebet ohne jeglichen Gottesdienst trafen sich die Nonnen im Refektorium und setzten sich zu Tisch. Erst jetzt wurde auch Richardis wach und schämte sich fürchterlich. Hildegard tröstete sie mit dem Hinweis, dass in diesem Kloster alles statthaft sei. Auch Schwester Ruth, die mit vom Schlaf verklebten Augen erschien, machte ein betretenes Gesicht. Noch in der Nacht hatte sie Besserung gelobt, um gleich am Morgen darauf zu verschlafen.

Hildegard war gerade auf dem Weg zu Äbtissin Ranghild, da sie hoffte, sie um diese Zeit nüchtern anzutreffen, als die einzige Novizin des Klosters das Eintreffen eines Besuchers meldete. Früher als erwartet war Graf Jerome erschienen, um die Schwestern in die Stadt zu begleiten. Während Hildegard sich entschuldigen ließ, um ihrer Amtsschwester ins Gewissen zu reden, unternahmen Richardis und Jerome einen Spaziergang außerhalb der Klostermauern.

»Ich bin sehr gespannt auf die Stadt«, sagte Richardis. »Man hört so viel Interessantes über Trier.«

»Hoffentlich seid Ihr nicht enttäuscht«, sagte Jerome. »Die Blütezeit der Stadt liegt Jahrhunderte zurück. Zu Zeiten der Römer war sie annähernd doppelt so groß und hatte zehnmal so viele Bewohner. Damals gab es sogar eine richtige Zirkusanlage.«

»Wo Menschen von Löwen zerrissen wurden?«

»Solche Veranstaltungen gab es wohl eher im Amphitheater. Ich meine einen Zirkus für Wagenrennen.« Trotz Bruch und Krücke legte Jerome einen Schritt zu und mimte einen Wagenlenker, der nach beiden Seiten auf seine Gegner mit der Peitsche einschlug. »Hüa, hüa und mit Schwung um die Kurve.«

»Wobei der Wagen dann umkippt.«

»Das ist auch vorgekommen. Mir wäre das allerdings nie passiert.«

»Natürlich nicht. So, wie Ihr hüpft, scheint es Eurem Bein besser zu gehen. Habt Ihr den Bader gestern noch aufgesucht?«

»Er war sogar nüchtern genug, mir einen neuen Verband anzulegen, einen besonders straffen. Er meinte, bei meiner körperlichen Verfassung sei der Bruch in spätestens sechs Wochen verheilt.«

Richardis fing zum wiederholten Mal einen belustigten Blick ihres Begleiters auf. »Was guckt Ihr so? Stimmt etwas nicht mit mir?«

»Seid mir nicht böse«, sagte Jerome und gluckste, »aber Ihr geht wie ein Seemann.«

»Wie ein Seemann?«

»Ich habe es in Marseille beobachtet, wenn die Schiffe einliefen. Die Männer, die von Bord kamen, gingen alle wie Ihr. Das lag daran, dass sie auf See versucht hatten, die Bewegungen des Schiffes auszugleichen. Je länger die Reise dauerte, desto ausgeprägter war diese Erscheinung. Bei manchen war es nach einigen Tagen vorbei, andere liefen den Rest ihres Lebens auf diese Weise. Ihr seht, es besteht also noch Hoffnung.«

Richardis schnaubte empört. »Flegel! Ihr wagt es, Euch über meine schmerzende Kehrseite lustig zu machen? Weiß Gott, wir haben Euch viel zu verdanken, aber eine solche Frechheit muss ich mir nicht –«

»Nicht schlagen! Nicht schlagen!«, rief Jerome und brachte Richardis damit erst auf die Idee. Sich geschickt auf seine Krücke stützend hüpfte er im Kreis herum, während ihm die junge Nonne in nunmehr gespieltem Zorn nachjagte. Irgendwann ging ihnen die Puste aus, und sie konnten nur noch lachen. Eine harmlose Balgerei, die Hildegard vom Fenster der Amtsstube aus mit großem Argwohn beobachtete.

*

Es war Markttag. Unzählige Buden und Stände drängten sich um das Kreuz auf dem Hauptmarkt, und alles, was Beine hatte, war unterwegs. »Heinrich, Erzbischof von Trier, hat mich gestiftet«, entzifferte Richardis die Kreuzinschrift aus dem Jahr 958. Wenige Schritte dahinter befand sich das Tor zur Domstadt.

»Können wir nicht ein bisschen über den Markt gehen?«, bettelte Richardis.

»Du vergisst dich, mein Kind«, zischte Hildegard unerwartet scharf. »Denk an unsere Mission!«

Das Tor wurde von unterschiedlich gekleideten Gardisten bewacht. Die einen gehörten zur Truppe Erzbischof Alberos, die anderen dienten dem Papst. Sie konnten sich untereinander nicht verständigen, weshalb Hildegard ihr Anliegen gleich zweimal vortragen musste. Zuerst auf Deutsch, dann auf Latein. Dann verschwand je einer aus jeder Gruppe, um Erlaubnis einzuholen. Bis sie endlich passieren durften, waren ihnen Hände und Füße beinahe zu Eisklumpen gefroren.

Die Pferde mussten am Tor bleiben, und gleich vier Mann eskortierten sie zum Wohnsitz des Erzbischofs, der nördlich an den Dom angrenzte. Das Anwesen bestand aus einem größeren und einem kleineren Haus. Dazwischen lag ein Garten mit jahreszeitlich bedingt kahlen Obstbäumen. Eingefasst wurde das Ganze von einer mehr als mannshohen Natursteinmauer. Erzbischof Albero ließ es sich nicht nehmen, sie persönlich an der Tür zu begrüßen.

»Verehrte Meisterin Hildegard«, rief er strahlend und breitete die Arme aus, als wolle er die kleine Nonne an seine Brust drücken, begnügte sich dann aber damit, ihr die Hände auf die Schultern zu legen. »Welch unerwartete Freude.«

Sie hatten sich zuletzt vor wenigen Wochen gesehen. Albero hatte zu der Gruppe von Geistlichen um Bischof Adalbert von Verdun gehört, die im päpstlichen Auftrag zum Disibodenberg gereist war, um Hildegards Sehergabe einer Überprüfung zu unterziehen. Wie schon bei ihren früheren Begegnungen hatte Hildegard Schwierigkeiten, ihm in die Augen zu sehen, genauer gesagt, sich zu entscheiden, in welches Auge sie blicken sollte, denn der Erzbischof schielte. Schließlich entschied sie sich für das rechte. Prompt fixierte der Bischof sie mit dem linken. Als sie seine Hand küssen wollte, lehnte er ab.

»Nicht doch, nicht doch, verehrte Schwester. Wenn jemand Demut bezeugen müsste, dann ich. Hereinspaziert in mein bescheidenes Heim. Wärmt euch erst einmal auf.«

Der Trierer Oberhirte war mittelgroß und hager, hatte Hängeschultern, die an eine Trauerweide erinnerten, und erwähnten Sehfehler. Aber er war ein Mensch, der nur gute Laune zu kennen schien. Hildegard war ihm bisher dreimal begegnet, und jedes Mal hatte sie ihn frohgemut erlebt. Hinzu kam, dass er eine ungeheure Plaudertasche war.

Das Empfangszimmer, in das er sie geleitete, war weiß getüncht und hatte für einen Raum dieser Größe erstaunlich viele Fenster, durch die reichlich Licht hereinfiel. In den wenigen dunklen Ecken brannten Kerzen. Hell und freundlich wie der Raum sich darbot, entsprach er ganz dem Naturell des Hausherrn.

»Nehmt Platz«, sagte Albero und bot bequem gepolsterte Stühle an.

Erst jetzt hatte Hildegard Gelegenheit, ihre Begleiter vorzustellen, wobei Jerome für sich selbst sprach.

»Jerome Graf de Carcasso, ein treuer Diener seines Königs,

Ludwig des Siebten«, sagte er mit einer schwungvollen Verbeugung.

Der Erzbischof hob die Brauen. »Ein treuer Diener? Und dann begleitet Ihr Euren König nicht auf dem Kreuzzug?«

Jerome lächelte. »Das ist eine lange Geschichte, Eure Eminenz. Aber seid versichert, seine Majestät weiß auch ohne mich zurechtzukommen.«

»Nun denn«, sagte Albero und wandte sich wieder der Seherin zu. »Verehrte Freundin – so darf ich dich doch hoffentlich nennen? Du kannst dir gar nicht vorstellen, welche Freude du mir mit deinem unerwarteten Erscheinen bereitest. Mein Gott, was werden die anderen für Augen machen! Bernhard von Clairvaux, der Heilige Vater, die Kardinäle, alle brennen darauf, deine Bekanntschaft zu machen. Was sind sie angetan von den Schriften, die du ihnen freundlicherweise zur Verfügung stelltest! Schlicht überwältigt! Und doch, muss ich sagen, bin ich verwundert, dich hier zu sehen. Erzähle, wie es zu dieser glücklichen Fügung kam.«

Hildegard nestelte an ihrem Ärmel. »Seit wir vor nunmehr einer Woche unsere Klause verlassen haben, habe ich diesen Augenblick herbeigesehnt, und nun, da es so weit ist und ich sprechen kann, fehlen mir die Worte. Ich glaube, erst jetzt wird mir bewusst, welchen Gefahren wir ausgesetzt waren, die wir nur dank Gottes gütiger Gnade gemeistert haben.«

»Gefahren?«, fragte der Erzbischof. »Etwa durch Wegelagerer?«

»Weit schlimmer«, sagte Hildegard und erzählte ihrem Fürsprecher die Geschichte von Beginn an.

»Ungeheuerlich!«

Nachdem er das zum siebten Mal gesagt hatte – Richardis hatte mitgezählt –, sprang Erzbischof Albero auf und stürmte ohne Erklärung aus dem Zimmer.

Jerome räusperte sich. »Ihn habt Ihr auf Eurer Seite, Meisterin Hildegard.«

»Damit habe ich insgeheim gerechnet. Nur kann man ihn nicht als Maßstab heranziehen. Der Erzbischof ist leicht zu begeistern. Das ist mir schon aufgefallen, als er uns seine Aufwartung auf dem Disibodenberg machte.«

»Weshalb ist er hinausgelaufen, Mater?«, fragte Richardis.

»Lassen wir uns überraschen. Ich nehme an, wir werden es erfahren, wenn er zurückkommt.«

Jerome zog sich an seiner Krücke hoch. »Ich möchte die Gelegenheit nutzen und mich verabschieden. Hier seid Ihr in Sicherheit, und damit ist meine Mission erfüllt. Es war mir eine große Ehre und ein Vergnügen, Euch behilflich sein zu dürfen.«

»Ihr wollt uns verlassen?« Richardis erhob sich ebenfalls. »Wohin geht Ihr? Ihr braucht doch einen neuen Unterschlupf.«

»In dem Gasthaus, in dem ich Quartier bezogen habe, hat zufällig auch ein alter Bekannter von mir seine Unterkunft. Mit ihm bin ich nachher verabredet. Gegen ein entsprechendes Entgelt wird er mir behilflich sein unterzutauchen.«

»Wisst Ihr schon, wo?«

»Nein. Und wenn ich es wüsste, würde ich es Euch nicht sagen. Mit den Leuten, die mich suchen, ist nicht zu spaßen. Mit ihrer Rachsucht würden sie auch vor zwei Ordensfrauen nicht Halt machen.«

Nun erhob sich auch Hildegard und reichte Jerome die Hand. »Ich hatte noch keine Gelegenheit, Euch für alles zu danken, was Ihr in so selbstloser Weise für uns getan habt. Das tue ich nun hiermit. Ihr habt Euer Leben aufs Spiel gesetzt, um uns zu befreien. So viel Edelmut ist rar in diesen Tagen. Ich werde Euch für alle Zeiten in meine Gebete einschließen, Graf de Carcasso.«

»Und ich kann mich nun damit brüsten, der berühmten Seherin Hildegard zu Diensten gewesen zu sein.« Jerome drückte auch kurz Richardis' Hand. »Lebet wohl, meine Damen.«

»Lebt wohl«, sagten die Nonnen gleichzeitig.

Richardis fügte noch hinzu, als Jerome die Tür hinter sich zuzog: »Gott sei mit Euch.«

Sie nahmen wieder ihre Plätze ein, und Hildegard sagte: »Es ist besser so.«

Richardis nickte stumm und wandte das Gesicht ab, damit die Mater nicht sah, wie ihr die Tränen hinabrannen.

*

Kaum hatte Jerome sich verabschiedet, tauchte der Erzbischof wieder auf. Das Fehlen des Grafen schien ihm nicht aufzufallen.

»Er ist bereit, dich zu empfangen«, sagte Albero und strahlte vor Vergnügen darüber, wie er das bewerkstelligt hatte. Daran, wie er das ›er‹ betonte, war zu erkennen, von wem er sprach. »Und zwar subito, subito.«

Galant bot er Hildegard den Arm. Sie hakte sich bereitwillig unter. »Ist Seine Heiligkeit hier im Haus?«, fragte sie.

»Das nicht. Aber er wohnt nur wenige Schritte entfernt, genauer gesagt, zwei Häuser weiter. Der Propst hat ihm sein Haus zur Verfügung gestellt.«

»Schwester Richardis ...«

»Sie kann hier warten«, sagte Albero und zog Hildegard mit sich fort. »Die Diener werden ihr eine kleine Stärkung reichen.«

Die Mater konnte Richardis nur noch einen Blick über die Schulter zuwerfen. Die jedoch schien gar nicht unfroh, ein wenig Zeit zur Besinnung zu haben.

*

Das Haus, das dem Papst während seines Aufenthaltes in Trier zur Verfügung stand, lag dem trutzig wirkenden Wohnturm Jerusalem direkt gegenüber. Es war etwas kleiner als das Haus des Erzbischofs, stand ihm an Bequemlichkeit jedoch in nichts nach. Im Gegenteil, zu Ehren des hohen Gastes war es besonders ausgestattet worden. Ein Luxus, den der Propst sicher auch gern einmal genossen hätte. Wo er in diesen Wochen eine Bleibe gefunden hatte, erfuhr Hildegard nicht.

Bereits im Flur lag ein Teppich so dick wie zehnjähriges Moos. Weitere Teppiche hingen an den Wänden, erhellt von ellenlangen Kerzen, die in hüfthohen, mehrarmigen Leuchtern steckten. Die Motive der geknüpften Werke waren ausschließlich biblischer Natur: Moses teilt das Rote Meer, Abraham opfert Isaak, und der Herr hängt am Kreuz. Die handwerkliche wie künstlerische Ausführung war minderwertig. Das konnten die Klausnerinnen auf dem Disibodenberg eindeutig besser.

Während der päpstliche Sekretär ihre Ankunft meldete, erklärte Albero seiner Begleiterin, die Räumlichkeiten, in denen der Papst sich aufzuhalten pflegte, befänden sich im Erdgeschoss. Man habe eigens die Mauer zwischen Wohn- und Schlafzimmer des Propstes durchbrochen, damit Seiner Heiligkeit ein ausreichend großer Audienzraum zur Verfügung stehe. Schließlich statte der Heilige Vater der Stadt Trier nicht alle Tage einen Besuch ab. Das müsse man sich schon etwas kosten lassen. Vermutlich werde man eine Sondersteuer erheben. Weiter kam der Erzbischof mit seinen Ausführungen nicht. Sie wurden hineingerufen.

Bernhard von Pisa, ehemaliger Abt des Klosters St. Anastasius ad aquas Salvias und einst Schüler Bernhard von Clairvaux', der sich seit seiner Wahl zum Papst vor zwei Jahren Eugen der Dritte nannte, trug die Kutte eines einfachen Mönches. Zwischen seinem livrierten Kammerdiener und dem prunkvoll gekleideten Sekretär nahm er sich geradezu unbedeutend aus. Welche Stellung er bekleidete, war lediglich daran zu erkennen, dass er auf dem päpstlichen Reisethron Platz genommen hatte, einem Ungetüm von den Ausmaßen eines Schrankes, das sich zum Transport jedoch auseinander nehmen ließ.

Auf dem eigentlich ihm zustehenden Thron im Lateran hatte er ganze drei Tage gesessen, dann hatte ihn der römische Pöbel aus der Stadt gejagt. Zu Weihnachten 1145 war er zurückgekehrt, aber nur, um fünf Wochen später erneut aus der Ewigen Stadt zu fliehen. Seitdem zog er mit seinem Hofstaat durch Europa, immer auf der Suche nach ihm wohlgesinntem Adel oder Klerus, der bereit war, ihn eine Zeit lang zu beherbergen. So war ihm vor einem Vierteljahr in seinem französischen Aufenthaltsort zu Ohren gekommen, in Trier stünden zwei Kirchen zur Weihe an. Daraufhin hatte er flugs beschlossen, in der Moselstadt zu überwintern und dabei gleich eine Synode abzuhalten.

Überall nur geduldet, jedoch nirgendwo beheimatet zu sein, hatte Spuren im Antlitz Seiner Heiligkeit hinterlassen. Von Natur aus ohnehin kein Adonis – ein gewaltiger Schädel mit weit auseinander stehenden Augen und einem überbreiten Mund saß auf einem zarten, geradezu kindlich anmutenden Körper –, hatten ihm die fortwährenden Sorgen um seine Zukunft den Rest gegeben. Jeder Zug seines Gesichtes drückte Trübsinn und Hoffnungslosigkeit aus, und zwar derart ansteckend, dass man seine Gesellschaft möglichst mied, was wiederum die Vereinsamung und den allgemeinen Lebensverdruss des Heiligen Vaters förderte. Es war ein Circulus vitiosus. Außerdem reagierte er allergisch auf jeden, dem es besser ging, und das waren die meisten. Blieb die Frage, wie eine Frohnatur wie Albero es schaffte, mit diesem schwierigen Gast zurechtzukommen.

All das wusste Hildegard vom Hörensagen und war entsprechend gefasst. Womit sie allerdings nicht gerechnet hatte, war, dass der Heilige Vater einen Schnauzer trug. Keinen üppigen, vielmehr einen von der Sorte, wie er Halbwüchsigen wächst, dünn und flaumig. Im ersten Augenblick hatte sie angenommen, es handele sich um Schmutz oder Essensreste, aber da Eugen sich wiederholt mit Daumen und Zeigefinger darüber strich, wurde ihr klar, was das vorstellen sollte.

Im Gegensatz zu Albero hatte Eugen gegen die üblichen Huldigungen nichts einzuwenden. Menschen, die wenig geliebt werden, neigen oft dazu, auf peinlich genauer Einhaltung von Förmlichkeiten zu bestehen, wie Hildegard nur zu gut wusste. Sie tat ihm den Gefallen. An der missmutigen Miene Seiner Heiligkeit änderte das jedoch nichts.

»Nehmet Platz und höret, was ich zu sagen habe«, sang der Papst, während zwei Diener hinter den für die Gäste vorgesehenen Stühlen Aufstellung nahmen.

Eugens Sprechgesang verwirrte Hildegard noch mehr als sein Schnauzer, wohl auch, weil er sich dadurch anhörte wie Herbrand. Dann fiel ihr ein, dass der Papst zu allem Überfluss auch noch ein Stotterer war und vermutlich so versuchte, diesen Makel zu überspielen. Als sie sah, dass der Nachfolger Petri ihre Irritation bemerkte, schoss ihr die Röte in die Wangen wie zuletzt als jungem Mädchen.

Kaum saßen sie, hob Seine Heiligkeit an.

»Ach, mit welcher Ungeduld harrte ich, der Knecht der Knechte, und nicht nur ich, sondern wir alle, der Rückkehr des Erzbischofs von Verdun, der ausgesandt war, in Erfahrung zu bringen, was es auf sich habe mit der Gabe, die man dir nachsagte, Hildegard, Klausnerin vom Disibodenberg. Und wie groß war die Wonne, als ich seine Nachricht empfing und er mir die mitgebrachten Schriften reichte. Zugleich ergriff ich vor der versammelten Synode das Wort und verlas, was du in deinem Zustand des Schauens erkannt hattest. Wie unendlich erquickend waren deine Worte, wie wurden unser aller Herzen zum Lobe des Schöpfers entflammt. In jubelnde Freude brachen wir aus, durchflutet von einer tiefen Glückseligkeit. Da erhob sich mein Lehrmeister und Vater, Bernhard von Clairvaux, und bat, ja drängte mich, Sorge zu tragen, dass ein solch hell strahlendes Licht nicht im Dunkel des Schweigens bleibe, sondern verkünde, was immer es im Heiligen Geist erkenne. Jawohl, rief ich, jawohl, so soll es sein, entbot dir den apostolischen Segen, besiegelte deine Gabe und erteilte dir die Erlaubnis, weiterhin zu schauen, und was du schaust, kundzutun und niederzuschreiben. So war es im Namen des Vaters, des Sohnes und des Heiligen Geistes.«

»Amen«, sagte Bischof Albero wie von selbst.

Glücklicherweise war Seine Heiligkeit noch so im Bann seines Monologs, dass er das nicht bemerkte. Geradezu versonnen betrachtete er Hildegard, wodurch sie sich aufgefordert fühlte, das Wort zu ergreifen.

»O milder Vater, als Papst kamst du in unser Land, wie Gott es vorherbestimmt hat, und nahmst Einsicht in die Schriften der wahrhaftigen Gesichte«, sagte sie, ihre Ausdrucksweise dem verschrobenen Stil des Heiligen Vaters anpassend. »Du hörtest sie, und du nahmst sie auf in dein Herz. Nun möge das Licht der Lichter in dir leuchten und dir einen reinen Blick erschließen, auf dass dein Geist allzeit wach sei und du das Heil der dir anvertrauten Seelen auf immerdar im Auge behalten mögest.«

Albero, der Hildegard gegenübersaß, verfiel in beifälliges Nicken. Offenbar hielt er ihren Übergang zum eigentlichen Thema für gelungen.

»O Tochter, die du uns lässt jubeln im Herrn, unterbreite mir dein Anliegen gemäß den Andeutungen, die ich bereits von Bischof Albero empfing«, sagte der Papst, schloss die Augen und legte zwei Finger an seine Schläfe, um sich besser zu sammeln.

Im Großen und Ganzen wiederholte Hildegard, was sie bereits dem Erzbischof von Trier erzählt hatte. Sie ließ sich über die beengten Verhältnisse der Klause aus, die sie und ihre Schwestern daran hinderten, ihre Pflichten zu erfüllen. Sie beschwerte sich über den Vorenthalt des Großteils der Einkünfte aus den Gütern von Bermersheim. Sie führte Klage, dass Abt Kuno ihr den Bau eines eigenen Kloster untersage, obwohl das hell strahlende Licht sie den Ort bereits hatte schauen lassen, an dem es errichtet werden sollte. Und sie bezeichnete es als gotteslästerlich, dass die Mönche ihre Gabe, die ihr einzig zum Erkennen der Wahrheit gegeben worden war, zu Geschäftszwecken ausnutzten. Dabei fiel es Hildegard zunehmend schwerer, die geschraubte Ausdrucksweise des Heiligen Vaters beizubehalten. Vor allem, als sie zu guter Letzt von ihrer abenteuerlichen Reise nach Trier berichtete, und mit welcher Heimtücke Kuno diese zu verhindern versucht hatte. Da geriet sie in Rage und sprach nur noch frei und ohne Schnörkel.

Als sie ihre Ausführungen beendet hatte, herrschte ein langes, langes Schweigen. So lange, dass Hildegard schon fürchtete, der Papst könnte eingeschlafen sein. Aber plötzlich, als schon niemand mehr damit rechnete, schlug Seine

Heiligkeit die Augen auf, setzte sich gerade und begann erneut zu singen.

»Du solltest bedenken, Tochter, dass die Schlange, die den ersten Menschen aus dem Paradies vertrieb, uns alle zu Fall zu bringen trachtet. Auch die Größten im Glauben sind nicht gefeit. Trugbilder vernebeln unseren Geist von Zeit zu Zeit. Da sind viele, die berufen, aber nur wenige, die auserwählt sind. Stelle dich unter die wenigen, Tochter, harre aus im heiligen Wandel, unterweise die deiner Leitung anvertrauten Schwestern und lasse nicht zu, dass es dem Hochmut gelingt, dein Herz zu vergiften. Übe dich in Demut, denn nur das Weib, das den Herrn fürchtet, wird Lob erfahren. Mag auch dein derzeitiges Streben eitel sein, bin ich doch voll der Überzeugung, dass deine Seele nach wie vor vom Feuer der göttlichen Liebe erglüht und du eigentlich keines Anspornes zum guten Handeln bedarfst. Deshalb erachte ich es auch als überflüssig, dir weitere mahnende Worte mit auf den Weg zu geben. Lass mich dir zum Schluss nur zurufen: Wandle im Herrn, und du wirst gesegnet sein!«

Ehe Hildegard recht verstand, was der Papst damit meinte, war die Audienz auch schon beendet. Das Zeremoniell der Verabschiedung erlebte sie wie betäubt. Erst als ihr auf der Straße die kalte Winterluft ins Gesicht schlug, kam sie wieder zur Besinnung.

»Was war das?«, fragte sie, noch immer ungläubig.

»Eine Abfuhr«, sagte Albero, der ebenfalls sichtlich erschüttert war. »Damit hatte ich nicht gerechnet. Der Heilige Vater wird dein Vorhaben nicht unterstützen.«

»Und weshalb nicht?«

Albero zuckte die Achseln. »Er ist nicht verpflichtet, seine Entscheidungen zu begründen.«

Hildegard hatte mit allem gerechnet, keinesfalls aber mit einer derart glatten und unverständlichen Niederlage. Doch das war noch nicht alles, was dieser Tag für sie bereithielt.

Im erzbischöflichen Empfangsraum hatte Richardis Gesellschaft bekommen: zwei Männer, aus deren Augen die kalte Entschlossenheit von Wölfen sprach, die ihre Beute eingekreist und gestellt hatten.

»Sei gegrüßt, Schwester«, sagte Abt Kuno. »Wie schön, dich bei bester Gesundheit zu sehen.«

Kloster Rupertsberg – November 1177

»Blutfluss«, sagte Hildegard.

»Wie bitte?«

Wibert war zutiefst verwirrt. In Gedanken war er noch in Trier, bei der Abfuhr, die Hildegard sich bei Papst Eugen geholt hatte, und dann machte sie plötzlich diesen Sprung in die Gegenwart.

»Du leidest an Blutfluss«, wiederholte sie.

»Was um alles in der Welt ist Blutfluss?«, fragte er.

»Die Griechen nannten es so. Haimorrhoides, der Blutfluss. Dabei handelt es sich um eine Erweiterung der Blutgefäße im unteren Darm- und Afterbereich. Beleibte Menschen, solche, die ständig sitzen, aber auch häufig Erkältete, die husten, leiden bevorzugt daran.«

»Und woher weißt du, dass ich mich damit plage?«

»Du rutschst pausenlos auf deinem Stuhl hin und her. Der Juckreiz muss quälend sein.«

»Allerdings. Aber irgendwann gewöhnt man sich daran.«

»Den Eindruck machst du mir aber nicht. Man kann etwas

dagegen tun, Wibert. Dieses Leiden ist keineswegs unheilbar.«

»Ich weiß«, sagte er. »Nicht mehr sitzen und nichts mehr essen.«

»Das ist Unfug, obgleich es dir nicht schaden würde, wenn du weniger Speck auf den Rippen hättest. Aber bereits eine schlackenreiche Ernährung, die zu einem weicheren Stuhl führt, könnte dir helfen. Dazu werde ich dir eine Würze aus Wegwarte, Klette, geröstetem Salz und Honig geben, die, nach dem Abendessen getrunken, die Verdauung anregt. Ferner solltest du dir warmes Roggenbrot auf die aufgeplatzten Knoten legen, damit sich keine neuen bilden.«

Da Wibert entgeistert guckte, fragte sie: »Du leidest doch an hartem Stuhl, oder nicht?«

»Woher weißt du das schon wieder? Werde ich überwacht?«

»Ich sehe, was du isst. Du nimmst kaum faserreiche Nahrung zu dir. Da bleibt ein harter Stuhl nicht aus.«

»Mir wäre es ganz recht, wir würden das Thema wechseln.«

»Schämst du dich etwa? Vor mir alter Frau?«

»Ich bin eben nicht – wie soll ich sagen – so naturverbunden wie du. Ich pflege ein wenig Abstand zu diesen Dingen.«

»Aber scheißen tust du auch, wie jeder Mensch.«

»Mater, ich bitte dich! Deine Ausdrucksweise.«

»Homo sum; humani nil a me alienum puto.«

»Soll ich das etwa auch in deine Vita aufnehmen?«

»Tu, was du nicht lassen kannst. Niemand würde dir glauben. Man würde es für einen Lapsus calami halten.«

»Wohl wahr. Ich würde als Biograf unglaubwürdig.«

»Was ist nun?«, fragte Hildegard kratzbürstig. »Bist du bereit, deinen Blutfluss kurieren zu lassen?«

»Muss ich das jetzt entscheiden?«

»Wann immer du willst«, sagte sie und lächelte wieder

mild. »Für heute sollten wir Schluss machen. Ich bin müde, und auch du siehst aus, als könntest du ein paar Stunden Schlaf gebrauchen. Morgen Abend – ach nein, es ist ja schon heute Abend – machen wir dann weiter. Einverstanden?«

*

Die nächste Sitzung begann Wibert mit einer Frage.

»Hast du je herausgefunden, warum Papst Eugen sich so ablehnend verhalten hat?«, wollte er wissen.

»Weder Bischof Albero noch ich konnten uns zunächst einen Reim darauf machen«, sagte Hildegard, die gegen die Kälte diesmal ihre Schaffellschuhe trug. »Eugen galt als menschenfreundlich, mehr noch, er schlug sich gern auf die Seite der Schwachen. Und als Frauenfeind war er auch nicht bekannt. Albero machte sich schwere Vorwürfe, die Stimmung falsch eingeschätzt und so meine Pläne zunichte gemacht zu haben. Aber daran lag es nicht, Papst Eugen war kein launenhafter Mensch. Nein, der eigentliche Grund war wie so oft darin zu suchen, dass es gewisse Interessen zu wahren galt.«

»Könntest du etwas deutlicher werden?«

»Zur damaligen Zeit war gerade der zweite Kreuzzug in vollem Gang. Eugen war es mit der Hilfe Bernhard von Clairvaux' gelungen, die unterschiedlichen weltlichen wie kirchlichen Machtgruppen zu einem Bündnis zusammenzuschmieden. Wie du dich erinnern magst, zogen damals sogar König Konrad der Dritte, unser Staufer, und König Ludwig der Siebte von Frankreich gemeinsam ins Heilige Land. Eine allerdings wackelige Allianz, deren Mission Eugen unter keinen Umständen gefährden wollte. Dieser Kreuzzug war sein Lebenswerk, den wollte er, koste es, was es wolle, zum Erfolg führen. Damals dachte er noch, der Zug würde gelingen, dabei kann das, was bereits im eigenen Land mit Mord und Totschlag beginnt, niemals zu einem guten Ende führen.«

»Du sprichst die Judenpogrome an.«

»Wie haben die edlen Herren Kreuzfahrer gewütet! Die Landwehrgräben standen voll Blut. Und das alles im Namen Gottes. Dabei ging es ihnen doch nur darum, die Schulden, die sie bei den Juden hatten, nicht zurückzahlen zu müssen. Gott weiß, dass ich in Treue zum apostolischen Stuhl stehe, aber mit ihrem Aufruf zum Kreuzzug haben sich damals Bernhard wie Eugen zutiefst versündigt.«

»Nur, was hat dein berechtigter Wunsch nach einem eigenen Kloster mit dem letztendlich gescheiterten Kreuzzug zu tun?«

»Ich hatte Unruhe gestiftet, die Regeln verletzt. Eugen muss befürchtet haben, ein falsches Zeichen zu setzen, würde er mich unterstützen. Das Letzte, was er zu diesem Zeitpunkt gebrauchen konnte, war Unruhe in der Kirche. Also hat er sich auf die Seite des Rechts gestellt, nicht auf die Seite der Gerechtigkeit. So etwas nennt man, sich den Sachzwängen beugen.«

»Weil du deinen Abt übergangen, also den Disibodenberg ohne seine Erlaubnis verlassen hast?«

»Nicht nur. Ich habe ja auch den Mainzer Erzbischof übergangen. Überhaupt war ich dem Papst viel zu forsch, und im Nachhinein muss ich zugeben, dass die Reise nach Trier ein Fehler war. Zumindest war mein Vorgehen unklug, wie ich auch das Interesse an meiner Person falsch gedeutet habe. Die Synodalen sahen in mir eine fügsame kleine Seherin, die ihnen erbauliche Mitteilungen lieferte, aber keine selbstständig denkende und handelnde Frau.«

»Ich kann mir lebhaft vorstellen, wie herausfordernd dein Wunsch nach Eigenständigkeit gewirkt hat. Aber irgendetwas muss doch letztendlich den Sinneswandel des Papstes bewirkt haben.«

»In der Tat. Bist du bereit, meinen Bericht anzuhören?«

Wibert nickte und griff nach seiner Wachstafel.

Trier – Dezember 1147

Ich bestehe darauf!«

Das Ausrufezeichen begleitete Kuno mit einem kleinen Hopser. Das war aber auch die einzige Unterbrechung seines Marsches im Kreis um die vier Sitzenden. Ständig mussten sie die Köpfe drehen, um ihm zu folgen.

»Nun, wenn du wirklich darauf bestehst«, sagte Albero, »dann «

»Allerdings!«

»– dann werde ich natürlich versuchen, eine Audienz zu erwirken. Ich sage dir aber gleich, der Heilige Vater hat sich bereits mit dem Thema beschäftigt und eine Entscheidung getroffen. Er wird wenig glücklich sein, diese Angelegenheit erneut behandeln zu müssen.«

»Es geht um mein Ansehen«, rief Kuno. »Es mag sein, dass Seine Heiligkeit Hildegards Ansinnen abschlägig beschieden und mir damit indirekt Recht gegeben hat, aber das genügt mir in diesem Fall nicht. Es gibt da noch gewisse Aussagen, die ich richtig zu stellen habe. Zum Beispiel ist es eine glatte Lüge zu behaupten, ich hätte etwas mit der Gefangennahme der Schwestern durch diesen Wildgrafen zu tun. So etwas kann ich nicht auf mir sitzen lassen.«

Herbrand sah zweifelnd aus, sagte aber nichts.

»Tatsache ist jedoch, dass die Schwestern auf Burg Tronecken festgehalten wurden«, sagte der Erzbischof.

»Weil der Wildgraf ein übler Wegelagerer ist, der ein Lösegeld erpressen wollte.«

»Hast du denn eine entsprechende Forderung erhalten?«

»Was?« Vor Überraschung blieb Kuno einen Moment stehen. »Nein. Dafür war wohl die Zeit zu kurz. Sie sind ja gleich wieder geflohen, um hinter meinem Rücken ihre selbstsüchtigen Pläne voranzutreiben.«

»Ich bin bereit zuzugeben, dass ich Unrecht getan habe«, sagte Hildegard, die bisher geschwiegen hatte. »Ich hätte mich an den Instanzenweg halten müssen. Dass ich das nicht getan habe, dafür gab es gute Gründe, die jedoch mein Verhalten nicht entschuldigen.«

»Wie gut, dass du wenigstens das einsiehst«, sagte Kuno und setzte sich endlich wieder hin, was alle mit Erleichterung aufnahmen. »Zudem erfordert die Leitung eines Klosters eine gewisse Befähigung. Man muss eine umfangreiche und tief gehende Ausbildung genossen haben, um den Anforderungen gerecht zu werden, die ein solches Amt mit sich bringt. Eine Frau, die – mit Verlaub gesagt – ihr ganzes Leben in einer Klause zugebracht hat, dürfte dafür wohl kaum geeignet sein.«

»Ausbeuten, raffen, lügen und betrügen«, brach es aus Richardis heraus, die schon die ganze Zeit Mühe gehabt hatte, Haltung zu bewahren. »Falls das die Tugenden sind, die ein Abt mitbringen muss, dann gibt es wahrlich keinen geeigneteren als dich. Geht es aber um Herzensgüte, um –«

»Schweig, Elende!«, rief Kuno und wandte sich an Albero. »Hast du das gehört? Hast du gehört, wie sie mich beleidigt hat? Richardis ist das Paradebeispiel einer Erziehung durch die Meisterin Hildegard. Und ihr soll ein ganzer Konvent blind anvertraut werden? Mir tun die Eltern Leid, die ihre Töchter im besten Glauben an eine gottgefällige Unterweisung in der Klause abgeben. Wenn sie wüssten, welche Ungeheuer stattdessen dort herangezüchtet –«

»Nun reicht es aber«, fuhr Albero dazwischen. »In meinem Haus mäßigst du dich gefälligst in deiner Wortwahl, sonst gehst du vor die Tür. Und auch dich, Richardis, muss ich ermahnen. Du hast es an dem notwendigen Respekt fehlen lassen.«

»Ich beabsichtige nicht, die Äußerungen meiner Tochter in Christo gutzuheißen«, sagte Hildegard, die Richardis während Kunos Tirade eine Hand auf den Unterarm gelegt hatte, um sie zu beruhigen. »Aber ihr solltet bedenken, dass eine Niederlage in der Jugend mehr schmerzt als im Alter.«

»Ach, lass doch, Mutter«, rief die junge Nonne und sprang auf. »Wo Falschheit und Heuchelei das Sagen haben, da kann ich nicht atmen.« Mit diesen Worten lief sie hinaus und warf die Tür hinter sich zu. Nachdem das Zuschlagen verhallt war, herrschte für einen wundervollen Moment absolute Stille.

»Sag selbst, Albero«, wurde sie von Kunos quäkender Stimme zerrissen, »ist es nicht eine Schande –«

»Wenn du nicht auf der Stelle den Mund hältst«, zischte ihn der Erzbischof an, »dann rufe ich die Wachen. Das gilt im Übrigen auch für dich.«

»Ich hab doch gar nichts gesagt«, sagte ein völlig verdatterter Herbrand.

»Dann belass es auch dabei.« Etwas mühselig stemmte der Erzbischof sich aus seinem Sessel hoch. »So, und nun will ich versuchen, eine Audienz zu erwirken.«

Kaum hatte Albero den Raum verlassen, warf Kuno Hildegard den hämischen Blick eines Henkers zu, der seinen Nachbarn köpfen darf, mit dem er seit langem um die Nutzung eines Brunnens streitet. Die Mater indes tat, als hätte sie ihn nicht bemerkt.

*

Die Verwandlung war perfekt. Aus dem einfachen Mönch auf dem Papstthron war ein Oberhirte in vollem Ornat geworden. Angetan mit Albe, Kasel, Dalmatika, Pallium, Stola, Humerale und Manipel, kurzum sämtlichen Insignien päpstlicher Würde, wirkte Eugen mit einem Mal Respekt gebietend. Dazu trug bei, dass er sich nun kerzengerade hielt, damit ihm nicht die Tiara vom Kopf rutschte. Und schließlich hatte sich jemand erbarmt und den Schmutz unter seiner Nase weggeschabt. Nun sah er wirklich aus wie der Herrscher eines Weltreiches, auch wenn es nur ein imaginäres war.

Die Überraschung war zweifellos für Hildegard am größten. Gleichzeitig aber war sie neben Albero die am wenigsten eingeschüchterte Person, da sie auch die andere Seite kannte. So begrüßte sie den Heiligen Vater zwar mit allem Respekt, aber keineswegs mit solcher Übertreibung wie Kuno, der sich vor dem Reisethron zu Boden warf und pausenlos Floskeln der Selbsterniedrigung und Unterwerfung brabbelte. Herbrand, der es wegen seiner Länge schwerer hatte, in die Horizontale zu kommen, sank stumm daneben.

»Erhebt euch«, sagte Eugen schließlich mit deutlichem Hänger bei dem ›H‹, jedoch ohne zu singen. »Meine Zeit ist knapp bemessen.«

Das hatte ihnen bereits der Erzbischof mitgeteilt. Der Papst gedachte nämlich, die Mittagsmesse im Dom zu zelebrieren. Das war auch der Grund, warum er sich in Schale geworfen hatte.

Alle beeilten sich, die zugewiesenen Plätze einzunehmen. Herbrand brauchte am längsten.

»Komm zügig zum Thema«, sagte der Heilige Vater mit Blick auf Kuno. Kein Gesang, er stellte sich seinem Stottern. Das ging natürlich zu Lasten der geschraubten Formulierungen. »Trage mir deine Beschwerde vor.«

»Sehr wohl, Eure Heiligkeit.«

Kuno setzte eine betroffene Miene auf, als hätte er soeben erfahren, dass er unheilbar krank sei. »Es handelt sich um einen Fall von Ehrabschneidung, der bestraft gehört. Ich, der Tag und Nacht zum Wohle unserer bescheidenen Gemeinschaft – die Frauenklause eingeschlossen – auf dem Disibodenberg wirkt, ich, den die Sorge um das Wohlergehen der Brüder und Schwestern kaum zur Ruhe kommen lässt, ich, der sein letztes Stück Brot gäbe, um einem Bruder in der Not beizustehen, mir wird unterstellt, ich hätte aus niederen Beweggründen mit Wegelagerern, Erpressern und Halsabschneidern gemeinsame Sache gemacht. Dagegen verwahre ich mich mit aller Nachdrücklichkeit.«

Er zeigte mit ausgestrecktem Arm auf Hildegard. »Dieses Weib hat sich ohne meine Erlaubnis aus dem Kloster entfernt, um in beispielloser Anmaßung die Erlaubnis zur Gründung einer eigenen Abtei einzufordern. Ein Begehren, dem ich, ohne jetzt in Einzelheiten gehen zu wollen, aus guten Gründen meine Unterstützung verweigert habe. Wie auch Erzbischof Heinrich von Mainz, unser verehrter Hirte, dieses –«

»Erzbischof Heinrich wusste davon?«, unterbrach ihn der Heilige Vater.

»Wie? Nein, das nicht gerade. Aber ich weiß, wie Seine Eminenz zu solchen Dingen steht. Also, wie ich schon sagte, dieses –«

Eine Handbewegung des Papstes ließ Kuno verstummen.

»Zur Angelegenheit der Klostergründung erging bereits ein apostolischer Entscheid«, sagte Eugen bemerkenswert flüssig. »Es ist unnötig, das Ganze noch einmal zu behandeln. Wenn ich dich richtig verstanden habe, geht es dir darüber hinaus um eine Form der Wiedergutmachung für erlittenen Ehrverlust. Ist dem so?«

»Allerdings«, sagte Kuno. »Ich verlange Bestrafung.«

»Woran hast du dabei gedacht?«

»Ja, also, hmm, da wäre …« Ein Knuff Herbrands brachte Kuno gerade noch rechtzeitig zur Vernunft. »Das überlasse ich natürlich ganz dem Ermessen Eurer Heiligkeit. Eure vielgerühmte Weisheit –«

Diesmal war es nicht der Heilige Vater, der Kuno Einhalt gebot, sondern das plötzlich einsetzende Läuten der Domglocken, die zur Mittagsmesse riefen. Der päpstliche Kammerdiener trat an den Thron und flüsterte dem Heiligen Vater etwas zu.

»Bin ich etwa taub?«, blaffte Eugen daraufhin. »Das höre ich selbst.«

Dann wandte er sich wieder allen zu. »Ich denke, wir sollten dazu auch Schwester Hildegard hören. Vielleicht möchte sie ja die von ihr gemachten Anschuldigungen zurücknehmen oder zumindest korrigieren.«

Hildegard verneinte. »Keineswegs. Es ist nicht meine Art, die Unwahrheit zu sagen, um einer Bestrafung zu entgehen. Ein solches Verhalten würde mich auch im Hinblick auf meine seherische Gabe unglaubwürdig machen.«

»Nichts anderes habe ich von dir erwartet, meine Tochter«, sagte Eugen. »Das Problem ist jedoch, dass sich deine Anschuldigungen nicht beweisen lassen.«

Es entstand Unruhe, weil ein Diener an der Tür erschien und winkte. Daraufhin huschte der Kammerdiener zur Tür und gleich darauf zurück zu seinem Herrn, um erneut auf ihn einzureden.

»Kreuzdonnerwetter!«, entfuhr es dem Papst in einer Lautstärke, dass der Kammerdiener einen Satz rückwärts machte. »Dann soll der Küster eben weiterläuten. Die Messe beginnt, wenn ich so weit bin, und damit Schluss. – Wo waren wir stehen geblieben?«

»Eine Wahrheit wird nicht zur Lüge, nur weil sie sich nicht beweisen lässt«, sagte Hildegard.

»Damit hast du zweifellos Recht, meine Tochter, aber … Gibt es denn niemanden, der deine Aussage bezeugen könnte?«

»Schwester Richardis wäre als Zeugin ungeeignet, weil sie mir treu ergeben ist. Und der Wildgraf von Tronecken – nun, er müsste erst dingfest gemacht werden.«

Eugen winkte ab. »Den können wir vergessen. Womöglich müssten wir ihn auch noch foltern, bevor er redet. Nein, nein, so geht das nicht.«

»Vielleicht kann ich behilflich sein«, sagte plötzlich eine Stimme im Hintergrund.

Alle Köpfe flogen herum. In der Tür stand Graf Jerome de Carcasso und verbeugte sich elegant.

Obwohl Hildegard es gewiss abgestritten hätte, schlug ihr Herz vor Freude einige Takte schneller.

Der Heilige Vater runzelte die Stirn.

»Graf Jerome de Carcasso, sagt Ihr, ist Euer Name?«, fragte er nachdenklich. »Seid Ihr mit dem Grafen Henri de Carcasso verwandt?«

»Henri ist mein älterer Bruder«, sagte Jerome. »Er reitet zur Zeit mit unserem König, Ludwig dem Siebten, gen Konstantinopel.«

»Ich weiß, ein wahrhaft treuer Vasall seines Herrn und ein vorbildlicher Christ dazu. Vor seiner Abreise traf ich ihn noch in Avignon.« Der Papst drohte scherzend mit dem Zeigefinger. »Zudem ein vortrefflicher Schachspieler, Euer Bruder. Wir haben uns so manch heißes Duell auf dem Brett geliefert.«

»Neben der Rinderzucht die einzige Leidenschaft, der er frönt.«

»Ein fürwahr bemerkenswerter Mann. Ich bin hoch erfreut, Eure Bekanntschaft zu machen. Und Ihr wollt Euch dieser Runde im vorliegenden Streitfall als Zeuge anbieten, Graf Jerome, habe ich das richtig verstanden?«

»Vollkommen richtig, Eure Heiligkeit. Ich bin erschienen, um die Aussage der Benediktinerin Hildegard von Bermersheim zu bestätigen.«

»Könntet Ihr etwas genauer werden?«

»Gern. Ich kann bestätigen, dass die Ordensfrauen Hildegard von Bermersheim und Richardis von Stade auf Burg Tronecken auf Geheiß ihres Abtes Kuno festgehalten wurden.«

»Ich protestiere!«, rief Kuno. »Ich kenne diesen Menschen überhaupt nicht, und er mich ebenso wenig. Wie kann er behaupten –«

Wieder war es die erhobene Hand des Heiligen Vaters, die Kuno zum Schweigen brachte. »Dafür kenne ich die Familie des Grafen umso besser. Es handelt sich um eine der angesehensten in ganz Frankreich. Ich denke, der Graf würde eine derartige Behauptung nicht aufstellen, wenn er sie nicht beweisen könnte.«

Sieben Augenpaare inklusive die der beiden Diener richteten sich in höchster Erwartung auf Jerome, und er war eitel genug, dies zu genießen.

»Am Tag, bevor die beiden Ordensfrauen auf die Burg gebracht wurden, erschien eine Gruppe von vier Mönchen auf Tronecken«, sagte der Graf. »Ich habe mir zunächst nichts dabei gedacht, denn so abgeschieden die Burg auch liegt, hin und wieder hatte Graf Konrad Gäste. Auffällig war nur, dass der Wildgraf sich mit den Mönchen umgehend in seine Gemächer zurückzog und diese nicht einmal zu den Mahlzeiten verließ. Das weckte natürlich meine Neugier.«

»Da habt Ihr sie ein wenig ausgekundschaftet«, streute der Papst ein.

»Ich gebe zu, dass mein Verhalten einen ungebührlichen Eindruck machen muss, aber ich hielt mich zu jenem Zeitpunkt bereits seit einem Vierteljahr auf Tronecken auf und langweilte mich schier zu Tode. Außer der Jagd auf Schwarzkittel und den täglichen Saufgelagen gab es herzlich wenig Zerstreuung. So schlich ich mich denn in die gräfliche Schlafkammer, von wo aus ich die Gespräche belauschen und die Gruppe durch ein Astloch in der Bretterwand beobachten konnte. Dabei empfand ich die diebische Freude eines Knaben.«

»Berichtet, was Ihr gehört habt.«

»Der Graf und der Wortführer der Mönche feilschten wie auf dem Viehmarkt, ich verstand allerdings nicht, worum es bei dem Handel ging. Das wurde mir erst am darauf folgenden Tag klar, als die Mönche plötzlich eiligst verschwanden und wenig später die Horde des Grafen mit den beiden Ordensschwestern eintraf. Mein Verdacht wurde mir von Schwester Richardis bestätigt, als sie sagte, sie und ihre Vorsteherin würden auf Tronecken gefangen gehalten.«

»Konntet Ihr dem belauschten Gespräch einen Hinweis entnehmen, dass Abt Kuno derjenige war, der die Gefangennahme veranlasst hatte?«

»Nur indirekt. Der Wortführer der Mönche wies den Wildgrafen mehrfach darauf hin, dass er bei Abt Kuno noch eine Schuld zu begleichen habe. Das gab dann auch den Ausschlag, dass Konrad dem Handel zustimmte.«

»Ha!«, rief Kuno. »Was beweist das? Nichts! Absolut nichts!«

»Ich glaube, da täuscht Ihr Euch, Abt Kuno«, sagte Jerome. »Mein Vorschlag lautet: Wir fragen einfach den Wortführer der Mönche, in wessen Auftrag er die Verhandlungen geführt hat.«

»Befindet er sich etwa in Trier?«, fragte der Papst mit großen Augen.

»Mehr noch. Er sitzt mitten unter uns.« Jerome zeigte auf Herbrand. »Das ist er.«

Herbrands Wunsch, die Erde möge sich auftun, wurde nicht erhört. Aber es war ja auch kein frommer Wunsch.

*

Das Läuten der Domglocken klang zunehmend unrhythmischer und willkürlicher. Der Heilige Vater sandte seinen Kammerdiener aus, um den Grund dafür zu erfragen. Nur Augenblicke später war der Diener zurück.

»Der Küster ist restlos erschöpft«, sagte er. »Er sagt, er spüre seine Arme schon nicht mehr.«

»Gibt es denn niemanden, der ihn ablösen kann?«

»Offenbar nicht.«

»Dann soll er aufhören zu läuten. Das kann ja kein Mensch mit anhören.«

»Und die Messe?«

»Muss warten. Ich will das hier erst zu Ende bringen.«

»Aber der Dom ist bis auf den letzten Platz besetzt.«

»Hm«, machte der Papst und winkte dann Erzbischof Albero zu sich. »Geh schon mal rüber und vertröste die Leute. Ich beeile mich auch.«

»Was soll ich ihnen denn sagen, Eure Heiligkeit?«

»Lass dir was einfallen. Erzähle ihnen von mir aus, ich müsse mich eines seelsorgerischen Notfalls annehmen.«

Der sonst so heitere Albero ließ die Mundwinkel hängen. Nicht so sehr wegen des Auftrags, dem er sich durchaus gewachsen fühlte, sondern weil er nun den Ausgang der Audienz verpassen würde. Aber eine päpstliche Weisung war eine päpstliche Weisung, daran änderte auch der Erzbischof von Trier nichts. Mit noch stärker hängenden Schultern als gewöhnlich trollte er sich.

»Und nun zu dir, Bruder Herbrand«, sagte Eugen. »Berichte uns doch, in welcher Mission du dich auf Tronecken aufhieltest.«

Herbrand blies die Backen auf, zuckte mit den Schultern und guckte, als könne er sich an nichts erinnern.

»Nur um Missverständnissen vorzubeugen«, ergänzte der Papst lächelnd, »solltest du dich dumm stellen oder lügen, lasse ich dich einkerkern und bei Bedarf foltern. So oder so, wir werden die Wahrheit aus dir herausbringen.«

»Gütiger Himmel!«, entfuhr es dem Adlatus. »Ich kann doch nichts dafür! Kuno meinte, wir müssten unter allen Umständen verhindern, dass die Nonnen nach Trier gelangen. Da kam ihm der Einfall, den Wildgrafen für unsere Zwecke einzuspannen.«

»Stimmt das, Bruder Kuno?«

Der Heilige Vater brachte das Kunststück fertig, die Frage, obwohl er das ›S‹ zigfach neu ansetzen musste, wie eine eiskalte Drohung klingen zu lassen. Niemand wagte, auch nur eine Miene zu verziehen. Am wenigsten Kuno, dem der Schweiß in großen Tropfen auf der Stirn perlte.

»Ich war im Recht«, sagte der kleine Abt schließlich, wobei er sich immer wieder mit der Zunge über die Oberlippe fuhr. »Hildegard und Richardis hatten das Kloster ohne meine Erlaubnis verlassen. Es war meine Pflicht, sie zurückzuholen.«

»Was du aber nicht getan hast.«

»Wie?«

»Du hast sie nicht zurückgeholt, sondern Wegelagerern ausgeliefert. Was ziemlich genau das Gegenteil der von dir angeführten Fürsorgepflicht ist.«

»Wo ist da der Unterschied? Entscheidend war doch, dass sie nicht nach Trier gelangen konnten, um … Verdammt!«

»Ja?«, fragte Eugen mit gespanntem Gesicht, so, als warte er auf etwas besonders Belustigendes. »Sprich weiter, Bruder Kuno. Ich bin ganz Ohr.«

Flink wie ein Frettchen sprang Kuno auf und hechtete dem Heiligen Vater vor die Füße, wo er laut winselnd um Züchtigung bat.

»Ich Unwürdiger! Ich Verblendeter! Ich Elender!«, rief er und grapschte auf seiner Kopfhaut herum, als würde er sich liebend gern die Haare ausreißen, wenn er nur welche hätte. »Schlagt mich! Peitscht mich aus! Steinigt mich!«

Eugen schnipste mit den Fingern, woraufhin die Diener Kuno wieder auf die Beine stellten. Sie mussten ihn unter den Achseln gepackt halten, da er sich hängen ließ wie ein nasser Sack.

»Dass du von dir aus um Bestrafung bittest, zeugt von Einsicht und Reue«, sagte der Papst und erhob sich von seinem Thron. »Daher verstehst du sicher auch, dass ich angesichts der Schwere deines Vergehens keine Gnade walten lassen kann. Fürs Erste wirst du in Gewahrsam genommen. Die endgültige Strafe werde ich im Anschluss an die Messe verkünden. Der Herr sei mit euch.«

Die Anwesenden hatten Mühe, sich so schnell zu verneigen, wie der Heilige Vater entschwand.

Wüsste ich es nicht besser, würde ich sagen, Euch hat der Himmel geschickt«, sagte Hildegard zu Jerome. »Gleich als Ihr eintratet, wusste ich, Ihr würdet mir ein weiteres Mal zu Hilfe kommen.«

Man hatte ihnen gestattet, im Empfangssaal zu warten, während Kuno und Herbrand hinausgeführt worden waren.

»Stets zu Diensten«, sagte der Graf. »Einer gerechten Sache zum Sieg zu verhelfen, ist mir immer eine Freude.«

»Richardis hat Euch informiert, dass sich etwas zusammenbraut, war es nicht so?«

»Sie hat sich bei den Wachen erkundigt, wo sich das Haus des Baders befindet. Da ich in dem Wirtshaus nebenan wohne, konnte sie mich rasch ausfindig machen.«

»Wo ist sie eigentlich?«

»Hier bin ich, Mater!« Richardis stürmte herein und umarmte die Meisterin. »Alles wird gut, nicht wahr?«

»Graf Jeromes Aussage hat dem Heiligen Vater bewiesen, dass ich die Wahrheit sagte. Kuno hingegen ist als Lügner entlarvt. So froh ich bin, triumphieren mag ich nicht, dazu dauert mich unser Abt doch zu sehr.«

»Dieser gemeine Hund?«

»Er ist ein Opfer seiner Gefallsucht und Selbstüberschätzung geworden. Davor ist niemand gefeit. Wir sollten für ihn beten.«

»Das werde ich nicht tun«, sagte Richardis. »Seine ach so menschlichen Schwächen hätten uns beinahe das Leben gekostet.«

»Ich will unterstellen, dass er das nicht beabsichtigt hat.«

»Aber er hat es billigend in Kauf genommen. O Mater, du bist einfach zu gut für diese Welt.«

Hildegard wehrte eine erneute Umarmung ihrer Tochter ab.

»Mit welcher Strafe rechnet Ihr?«, fragte Jerome. »Wird Kuno ausgepeitscht?«

»Keinesfalls«, sagte Hildegard. »Ich glaube nicht, dass er überhaupt gezüchtigt wird. Dagegen würde ich auch Einspruch erheben. Nein, ich vermute, es wird auf den Verlust von Befugnissen und auf irgendeine Art der Wiedergutmachung hinauslaufen.«

*

»Wegen dir Schafskopf befinde ich mich überhaupt nur in dieser Lage«, sagte Kuno und hob die Hand. »Ich hätte nicht übel Lust, dich links und rechts zu ohrfeigen.«

Die Wachen hatten Kuno und Herbrand in eine Kammer im obersten Stock des Wohnturms Jerusalem gesperrt. Eine reine Vorsichtsmaßnahme, da bekannt war, dass sich mehr als ein Dutzend Mönche vom Disibodenberg in der Stadt aufhielten. Wenn sie von der Festsetzung ihres Priors erführen, war nicht auszuschließen, dass sie sich zu einer Befreiungsaktion hinreißen ließen.

Die Aussicht von der Turmkammer war prächtig. Keinem der beiden stand jedoch der Sinn danach, sie zu genießen.

»Wenn es dir Erleichterung verschafft, dann schlag mich«, sagte Herbrand und bot Kuno seine Wange dar. »Obwohl du dich, was Schafsdämlichkeit angeht, lieber an die eigene Nase fassen solltest.«

»Was erlaubst du dir? Noch bin ich dein Abt! Auch wenn der Heilige Vater mich wohl meines Amtes entheben wird. Oh, ich darf gar nicht daran denken. Dieser Posten ist mein Leben!«

»Warum hast du auch auf dieser Audienz bestanden? Alle haben dir davon abgeraten. Aber nein, du wolltest ja unbedingt den ganzen Rahm abschöpfen. Und nun stehst du mit leeren Händen da. Nicht mal eine Flocke Butter ist dir geblieben.«

Kuno sackte auf einem der Hocker zusammen, die neben einem Tisch und einer wurmstichigen Truhe die einzigen Möbelstücke in der Kammer waren.

»Ich weiß, ich weiß, ich hab alles falsch gemacht«, jammerte er. »Gewiss wirst du mich beerben, die Brüder werden dich zu meinem Nachfolger wählen. Sei du weiser als ich. Und wenn du manchmal an mich denkst, dann erinnere dich bitte auch daran, dass ich immer nur das Beste für die Abtei wollte. Wenigstens kann ich mir zugute halten, Hildegard für den Disibodenberg zurückgewonnen zu haben. Auch wenn ich dafür mit dem Verlust meines Amtes bezahlen muss.«

Im Gegensatz zu seinem Abt machte Herbrand ein zufriedenes Gesicht. Er hatte auch allen Grund. Seine Zukunft sah rosig aus.

*

Dunkle Wolkenberge kamen das Moseltal herauf und türmten sich zu schwarzen Gebirgen, aus denen Salven von Blitzen auf die Erde niedergingen, gefolgt von zornigem Donnergrollen. Gleichzeitig setzte ein Schneetreiben von einer Heftigkeit ein, dass die Menschen kaum noch die Hand vor Augen sehen konnten. Diejenigen, die noch immer den heidnischen Gottheiten anhingen, verkrochen sich in den Häusern und zogen sich die Decken über den Kopf. Aber auch manch einer, der christlichen Glaubens war, erinnerte sich seiner Sünden und begann, vor Gottesfurcht zu schlottern.

So auch Kuno, der aus dem Fenster seines Gefängnisses voller Entsetzen auf das starrte, was da auf die Stadt zukam. Sein Verstand sagte ihm, dass das Wetter keineswegs ein Omen für das bevorstehende Urteil des Papstes war, aber irgendein Gefühl sagte ihm genau das Gegenteil. Vor lauter Beklemmung musste er pausenlos Wasser lassen. Als plötzlich die Tür aufgerissen wurde und die Wächter erschienen, um ihn zu holen, hätte er beinahe geschrien.

Das Haus des Propstes erreichten sie gerade noch, bevor das Unwetter durch die Straßen Triers zu toben begann. Im Empfangssaal waren bereits alle versammelt und blickten Kuno bei seinem Eintreten erwartungsvoll an. Nur gut, dass es stürmt, schoss es dem Abt durch den Kopf, solange können sie mich wenigstens nicht hängen.

Der Heilige Vater hatte, des ständigen Balancierens müde, die Tiara abgenommen. Zurückgeblieben war eine halbkreisförmige Druckstelle auf der Stirn. Ansonsten war er gekleidet wie zuvor. Mit strengem Blick maß er Kuno, der durch seinen zweistündigen Turmaufenthalt gebrochen und um Jahre gealtert schien. Gerade als der Papst das Wort ergreifen wollte, wurde es grottenfinster. Es war, als breche am hellichten Tag die Nacht herein. Die Kerzen hatten Mühe, gegen die plötzliche Schwärze anzuleuchten. Dazu hob ein Heulen an, als attackiere ein ganzes Heer von Gespenstern das Haus. Irgendwo schlug ein Fensterladen in aberwitzigem Rhythmus. Nicht nur den Furchtsamen gefror das Blut in den Adern.

»So nehmet denn auf meinen Entscheid, den ich zu verkünden habe.«

Da war er wieder, der päpstliche Sprechgesang. Entweder auf Grund des Anlasses oder der Umstände. Hildegard vermutete Letzteres, denn der Heilige Vater musste sich gegen das lautstarke Wüten der Elemente behaupten, und das ging gesungen nun mal besser.

»Zu Dir, Herr, erhebe ich meine Seele, mein Gott, auf Dich vertraue ich; ich werde nicht erröten«, zitierte Eugen den fünfundzwanzigsten Psalm, Vers eins und zwei. »Auch in dir, Kuno, Unwürdiger, ist der Hauch, den Gott unbegrenzt am Leben erhalten hat und dem er die Flügel der Vernunft verlieh. Fliege also mit ihnen durch den Glauben zu Gott, in dessen Wissen du existiert hast und von dem du den Anfang nahmst. Darum bitte ihn, dass er dich durch den Odem seines Geistes seine Tugenden lehrt und dich von den dich heimsuchenden Widerwärtigkeiten befreit. Vertraue ihm so, dass du dich nicht schämst, alle deine Taten vor ihn zu bringen, und sprich zu ihm, wie ein Sohn zu seinem Vater sagt, wenn er sich verfehlt hat, er solle nicht vergessen, dass er sein Kind sei. Möge Gott dich durch seine unendliche Gnade vor weiteren Vergehen und Sünden schützen und dich davon befreien. So sei deinen Brüdern denn künftig ein besserer Hirte und leite sie mit der Kraft, die du aus dem Quell deiner gereinigten Seele schöpfst. Aber bedenke, auch ich, Eugen, Pontifex maximus, werde wachen über deine Taten, und sofern mir von erneuten Freveln berichtet werden sollte, so werde ich dich entfernen aus deinem Amt.«

Damit hatte nun niemand gerechnet. Kuno sollte völlig unbeschadet davonkommen! So verblüfft alle Anwesenden waren, so unterschiedlich war ihre Reaktion.

Der Einzige, der aufatmete, war der Freigesprochene. Ob er in seiner Erleichterung allerdings mitbekam, dass es sich nur um einen Freispruch auf Bewährung handelte, war zweifelhaft. Womöglich interessierte es ihn aber auch gar nicht.

Herbrand hingegen war zutiefst erbost. Noch nie war er seinem heimlichen Ziel, die Leitung des Klosters zu übernehmen, so nahe gewesen, und nun das. Ihm blieb nur, weiterhin auf Kunos Ableben zu warten.

Richardis war außer sich vor Zorn über diese Ungerechtigkeit. Alles sollte beim Alten bleiben – unvorstellbar! Hildegard musste sie eindringlich ermahnen, damit sie Haltung bewahrte.

Erzbischof Albero fühlte sich in seiner Einschätzung bestätigt, dass dieser Papst eine Pfeife war. Aber was sollte es.

Eugen war inklusive aller Gegenpäpste bereits der fünfzehnte, den dieses Jahrhundert sah. Auch ihn würde die Kirche überstehen.

Jerome war enttäuscht. Dafür hatte er sich also als Zeuge zur Verfügung gestellt? Dann sagte er sich, wenigstens war der Oberin Hildegard eine Bestrafung erspart geblieben. Mehr war an diesem Tag wohl nicht zu erwarten gewesen.

Und Hildegard selbst? Sie schien als Einzige bemerkt zu haben, dass der Heilige Vater mit seinem Urteilsspruch noch nicht zu Ende war, sondern nur deshalb eine längere Pause einlegte, um wieder zu Luft zu kommen.

So war es denn auch. Als niemand mehr damit rechnete, stimmte der Oberste Hirte plötzlich erneut seinen Gesang an.

»So vernehmt denn meine abschließenden Worte«, sang Eugen gegen den Schneesturm an, der immer mehr zu einem Orkan wurde. »Einzig die gottgeweihte Jungfrau und Meisterin der Klause auf dem Berg des heiligen Disibod, von der wir so viel Gutes und erstaunliche Wunderdinge hören, unsere vom göttlichen Hauch erfüllte Schwester Hildegard, die allzeit den Himmel glorreich schauen möge, sie soll nicht länger unter der Vormundschaft des Sünders stehen. Sie möge fortan nur noch ihrem Herrn, dem König des Himmels, gehorchen und frohlocken in Christo, damit ihr ehrenvoller Ruf sich weit und breit erstreckt, auf dass sie für viele ein Wohlgeruch des Lebens sei. So ziehe denn, o Hildegard, mit deiner Töchter Schar zum Berg des heiligen Rupert, auf dass ihr an jenem geweihten Ort den himmlischen Bräutigam umarmt wie auch auf ewig lobpreist den Herrn. Liebste Meisterin, dafür empfange meinen Segen und sei versichert meiner Gunst in väterlicher Zuneigung. Amen.«

Allen Anwesenden – außer der Angesprochenen, die still dem Herrn für den weisen Entscheid des Papstes dankte – stand der Mund vor Verblüffung offen.

Bevor jedoch jemand seinen Gefühlen Ausdruck verleihen konnte, zerbrach eines der Fenster unter dem Druck des Sturms und setzte der Veranstaltung ein furioses Ende.

Kloster Rupertsberg – November 1177

Grandios!«, rief Wibert. »Kein antikes Schauspiel vermag diese Ereignisse an Dramaturgie zu übertreffen. Und wie kraftvoll und weise der Heilige Vater handelte, so ganz anders als der Ruf, der ihm anhaftet.«

»Er war einer der Päpste, mit denen ich am meisten fühlte«, sagte Hildegard. »Gerade einmal sein letztes Lebensjahr konnte er in Rom verbringen, die übrige Zeit seines Pontifikats weilte er im Exil. Dabei musste er auch noch tatenlos zusehen, wie Arnold von Brescia, dieser elende Ketzer, die Heilige Stadt besetzte und ihre Bewohner mehr und mehr in seinen Bann zog. Eugen hat mehr gelitten, als viele von uns ertragen hätten. Mag er auch unscheinbar gewesen sein, er war klug und zäh. Nie hat er aufgehört, die Kutte Bernhards unter der Dalmatika zu tragen.«

»Du bist ihm zu großem Dank verpflichtet.«

»Mein lieber Wibert, du solltest wissen, dass ich nicht aus Dankbarkeit Lobreden halte. Hielte ich Eugen für einen Versager, nähme ich kein Blatt vor den Mund, auch wenn er es war, der mir zu dieser Heimstatt verholfen hat.«

Anstatt das zu vertiefen, hakte Wibert wegen eines anderen Punktes nach.

»Zum Schluss sagtest du, nachdem ihr euch wegen des Sturms, der auch noch das Dach abdeckte, in den Keller geflüchtet hattet, hätte Papst Eugen euch das Versprechen abgenommen, gegen jedermann von den Trierer Ereignissen zu schweigen. Wieso?«

»Kennst du eine Chronik, in der erwähnt wird, Abt Kuno und ich hätten uns zu Zeiten des Konzils in Trier aufgehalten?«

»Nein. Das ist es ja, was ich meine. Auch dass du Bernhard von Clairvaux begegnet bist, wird nirgends erwähnt.«

»Ihn habe ich tatsächlich nicht getroffen. Uns trennten zeitweilig wohl nur wenige hundert Schritte. So weit ich weiß, nahm er an der Mittagsmesse im Dom teil, die Eugen zelebrierte. Aber wir sind uns nie begegnet.«

»Es ist nicht zu fassen! Da haben zwei der bedeutendsten Personen dieses Jahrhunderts die einmalige Gelegenheit, einander zu begegnen, Gedanken auszutauschen, Geschichte zu schreiben, und was tun sie? Sie laufen aneinander vorbei. Welch eine Brüskierung von Historikern künftiger Generationen!«

»Beruhige dich. Der Heilige Vater hätte es schon zu verhindern gewusst, denn ein solches Zusammentreffen hätte kaum geheim gehalten werden können. Was glaubst du eigentlich, warum er keinen von uns eingeladen hat, an der Messe teilzunehmen?«

»Vermutlich aus dem gleichen Grund, warum eure Reise in keiner Chronik erwähnt wird und er euch dieses Versprechen, Stillschweigen zu bewahren, abgenommen hat. Ich wiederhole mich ungern – wieso das alles?«

»Nenn es Kirchenräson, nenn es Staatsräson. Der Kreuzzug war im Gange – wir sprachen bereits darüber. Letztlich war es der gleiche Grund, aus dem der Heilige Vater mir zunächst die Gründung dieser Abtei verweigerte.«

»Wenn die Kirche in jenen Tagen ein derart zerbrechliches Gebäude war und er einen störungsfreien Ablauf des Kreuzzugs über alles andere stellte, dann hätte er dir, um ganz sicher zu gehen, die Klostergründung verweigern müssen.«

»Vielleicht befürchtete er, ich würde – zumal ich mich im Besitz der Zustimmung des Herrn wähnte – seinen Entscheid missachten und meine Pläne insgeheim weiterverfolgen. Aber indem er mir gab, was ich wollte, und Kuno ließ, was der am meisten liebte, machte er es uns leicht, ihm unser Wort zu geben. Und soweit ich weiß, haben sich zeitlebens alle daran gehalten. Selbst Kuno.«

»Was heißt, du wähntest dich im Besitz der göttlichen Zustimmung? Du hattest sie doch, durch deine Vision.«

»Ich wusste, was ich geschaut hatte. Aber hätte ich es beweisen können? Ab einem gewissen Punkt kommt der Glaube ins Spiel, und zu dem kann man niemanden zwingen.«

»Ehe ich es vergesse, wie gestaltete sich der Abschied zwischen Richardis und Graf Jerome? Gab es irgendwelche – wie soll ich mich ausdrücken – Verwicklungen?«

»Überhaupt nicht. Während wir im Kellergeschoss Schutz suchten, verschwand der Graf ohne Aufhebens und von uns unbemerkt. So dankbar ich ihm für alles war, was er für uns getan hatte, noch dankbarer war ich ihm für sein Taktgefühl.« Auf einmal schaute die Mater spöttisch. »Jedenfalls scheint meine Schilderung dich endlich einmal gefesselt zu haben.«

»Wie stets«, sagte Wibert. »Ich lasse es nie an Aufmerksamkeit fehlen.«

»Schwindler. In der vergangenen Nacht hast du zum ersten Mal kein Brot zu dir genommen. Trotzdem hat dein Magen nicht geknurrt.«

»Ist das wahr? Ich werde vom Fleisch fallen!«

»Ein guter Anfang, um gesund zu werden.« Hildegard wies auf die heruntergebrannten Kerzen. »Es ist Zeit, zu Bett zu gehen, sonst haben wir keine Kräfte für den Tag.«

»Morgen berichtest du mir aber von euren Anfängen auf dem Rupertsberg.«

»Morgen«, sagte Hildegard. »So Gott will.«

TEIL 2 – DAS ZIEL

Kloster Disibodenberg – April 1148

Frühdunst deckte die Täler von Nahe und Glahn zu, während der aus der milchigen Suppe herausragende Buckel des Klosterbergs bereits im strahlenden Sonnenlicht lag. Ein Rundumblick bescherte ein Gefühl von Weltentrücktheit, wie es auf einer Insel mitten im Meer nicht größer sein konnte.

Für heute hatte Abt Kuno sämtliche Brüder, die nicht bettlägerig waren, von den Stundengebeten entbunden.

Der Grund dafür lag in Kunos Einschätzung, die Brüder seien mit ihrem Arbeitspensum im Rückstand. Über den Winter hatte er einen Plan ausgearbeitet, der jeder Abteilung haarklein vorschrieb, welche Leistung sie in jedem einzelnen Monat zu erbringen hatte. Sinn dieser Vorgaben war es, die Produktivität der Gemeinschaft zu steigern und höhere Gewinne zu erwirtschaften.

Allerdings hatte sich Kuno bei diesen Vorgaben weniger von der Machbarkeit als von seinen Wunschvorstellungen leiten lassen. So verlangte er beispielsweise von den Brüdern, die als Stellmacher tätig waren, mit der gleichen Anzahl von Arbeitskräften doppelt so viele Wagen zu fertigen wie bisher. Die Wagen aus der Klosterwerkstatt waren außerordentlich begehrt und erzielten hohe Preise. Um die völlig überzogenen Forderungen auch nur annähernd zu erfüllen, verausgabten die Brüder sich bereits im ersten Monat völlig. Jetzt war die Hälfte von ihnen krank, und das Gewerbe lag darnieder.

So hatten Kunos hochfliegende Pläne zunächst nur zu einem geführt: zu Streit und Missgunst im Konvent. Vor allem die handwerklich tätigen Brüder fühlten sich benachteiligt und überfordert, während die in der Landwirtschaft arbeitenden eigentlich nicht zu klagen hatten. Sie sollten zwar auch mehr erwirtschaften, aber ihre Einflussmöglichkeiten waren gering, sie waren abhängig vom Wetter und dem Gedeihen der Saat. So bestand ihr zusätzlicher Aufwand darin, etwas häufiger über die Felder zu laufen und die Krähen zu verscheuchen.

Hinzu kam, dass Kuno mit seinem Vorhaben, die Frauenklause in seine Pläne einzubeziehen, gescheitert war. Hildegard hatte seinen Forderungen eine klare Absage erteilt und darauf verwiesen, dass sie jede Hand für die bevorstehende Klostergründung auf dem Rupertsberg benötige. Daraufhin hatte der Abt der Meisterin angeboten, sich und ihre zwanzig Töchter von dem Mehr an Pflichten freizukaufen, indem sie auf weitere Anteile an den Erträgen aus den Bermersheimer Gütern verzichte. Hildegard nannte sein Ansinnen ebenso unverschämt wie pharisäerhaft und kündigte ihm stattdessen an, die Erträge künftig komplett einzustreichen, da sie wegen der neuen Abtei auf keinen Pfennig mehr verzichten könne.

Der Streit eskalierte, woraufhin beide Parteien ihre Standpunkte dem Mainzer Erzbischof vortrugen. Der hörte sich sämtliche Argumente an und schickte die Streithähne zunächst wieder nach Hause. Drei Wochen später entschied er dann in der für ihn typischen Weise, die Angelegenheit zu vertagen. Eine Verzögerung, die Hildegard benachteiligte, wollte sie doch schnellstmöglich das Gelände auf dem Rupertsberg erwerben und noch in diesem Frühjahr mit den Arbeiten beginnen.

Ein Bote aus Mainz überbrachte diesen Zwischenbescheid zunächst dem Abt. Als der Mann ankündigte, danach auch noch in der Frauenklause vorstellig zu werden, winkte Kuno ab und sagte, er selbst werde Hildegard informieren. Dann entließ er den Boten und schickte nach Herbrand.

Der Adlatus schleppte sich förmlich in Kunos Amtszimmer. Sein Gesicht wirkte unsymmetrisch, die linke Wange war geschwollen. Seit zwei Tagen plagte ihn ein eitriger Backenzahn.

»Setz dich«, sagte Kuno.

»Ich bleibe lieber stehen«, sagte Herbrand so niedergeschlagen, als habe er angesichts einer tödlichen Krankheit resigniert.

»Ich denke, dir tun die Zähne weh und nicht der Hintern.«

»Wenn ich stehe, habe ich das Gefühl, es schmerzt weniger. Ich werde wohl nicht umhinkommen, Schwester Hildegard um Hilfe zu bitten.«

»Das wirst du nicht tun!« Wütend schlug Kuno auf die Tischplatte. »Wir haben einen eigenen Medicus.«

»Bruder Paul ein Medicus«, lachte Herbrand auf, um sich gleich darauf mit schmerzverzerrtem Gesicht die Backe zu halten. »Da könntest du auch den entmannten Falben, den du reitest, als Milchkuh bezeichnen.«

»Selbstverständlich kann man sich medizinisches Wissen nicht von heute auf morgen aneignen. Aber du musst zugeben, Bruder Paul gibt sich alle Mühe.«

In seiner Wut über Hildegards Weigerung, ihre Klausnerinnen in seine Pläne einspannen zu lassen, hatte Kuno beschlossen, dass die Brüder ab sofort sämtliche Dienstleistungen, die die Schwestern für sie erbrachten, selbst übernehmen müssten. Das betraf in erster Linie die Heilbehandlung, aber auch die Anfertigung wie Ausbesserung von Kleidung und das Schmücken des Altars anlässlich von Festtagen. Seitdem versuchten sich einige Brüder an Blumengestecken, andere wiederum mit Nadel und Faden. Bruder Paul, der bisher als Hilfskraft in der Schmiede gearbeitet hatte, war kurzerhand zum Medicus befördert worden.

»Ich beklage weniger Bruder Pauls Unfähigkeit als sein offenkundiges Vergnügen, andere zu quälen«, sagte Herbrand. »So hat er vorgestern Bruder Benno, weil der über Verstopfung klagte, einen glühenden Eisendorn in den After gerammt.«

»Wenn's geholfen hat.«

»Benno hat geblutet wie eine abgestochene Sau. Hätten wir ihn nicht unverzüglich zu den Schwestern gebracht, wäre er elendiglich eingegangen.«

»Ihr habt was?«, geiferte Kuno. »Ich hatte ausdrücklich angeordnet, niemand –«

»Gemach, gemach«, sagte Herbrand. »Wäre es dir lieber, du hättest wegen deiner albernen Anordnung Bennos Tod auf dem Gewissen?«

»Was heißt hier albern? Was sind das überhaupt für Töne?«

»Die angemessenen. Die Anordnung, künftig auf die Hilfe der Schwestern zu verzichten, hast du doch einzig und allein aus gekränkter Eitelkeit getroffen. Nur weil Hildegard dein Wirtschaften nach vorgegebenen Plänen für Unfug erklärt hat. Aber wer hat darunter zu leiden? Etwa die Klausnerinnen? Nein, einzig wir Brüder. Dazu kommt, dass die Schwestern alles ohne Lohn getan haben, während wir jetzt dafür andernorts dringend benötigte Arbeitskräfte abstellen müssen. Das ist unwirtschaftlich. Verstehe dich einer, wo du doch sonst so raffgierig bist.«

»Das ist ja nun die Höhe!«

»O nein, Kuno, das ist noch nicht die Höhe«, sagte Herbrand auf einmal sehr leise. »Aber wenn du so weitermachst, riskierst du einen Aufstand der Brüder.«

»Einen Aufstand? Damit würden sie gegen die benediktinische Regel verstoßen.«

»Komm du mir nicht mit der benediktinischen Regel, sonst erzähle ich dir mal etwas von der Fürsorgepflicht eines Abtes für seine Söhne in Christo.«

Kunos Augen wurden lauernd schmal. »Auf wessen Seite stündest du denn im Falle eines solchen Aufstandes? Könnte ich auch dann auf deine Treue zählen?«

»Es gibt Fälle, in denen ein Bischof einen Abt nach einem Mönchsaufstand abgesetzt hat, obwohl der Abt formal im Recht war. Daher könnte ich mir vorstellen, ich würde warten, zu wessen Gunsten die Waage sich neigt.«

»Judas!«

Eine Weile brütete Kuno dumpf vor sich hin, während Herbrand versuchte, betont gleichmütig zu wirken. Dann wurden die Zahnschmerzen wieder stärker und mahnten den Adlatus zur Eile.

»Weswegen hast du mich eigentlich rufen lassen?«, fragte er seinen Abt. »Wie? – Ach so.« Die Erinnerung besserte Kunos Laune, und sein Gesicht hellte sich auf. »Ich wollte dich fragen, was unser guter Geist über die derzeitige Stimmung in der Klause zu berichten weiß.«

»Unverändert gut, wie schon die ganze Zeit seit der Rückkehr der beiden Nonnen aus Trier. Der gute Geist beschrieb es dieser Tage einmal so: Nur noch die Körper der Schwestern befinden sich auf dem Disibodenberg. Geist und Seelen sind bereits umgezogen.«

»Dann kann den Weibern ein kleiner Dämpfer ja nur gut tun«, feixte Kuno. »Eben war ein Bote aus Mainz hier. Wie ich erwartet hatte, kann sich Erzbischof Heinrich zurzeit nicht mit der Frage befassen, wem welche Anteile an den Erträgen aus Bermersheim zustehen. Er hat den Fall vertagt.«

»Das ist doch hervorragend.«

»Nicht wahr?«

»Weiß sie es schon?«

»Nein, nein. Ich wollte es erst dir sagen.« Kuno rieb sich die Hände. »Wenn die Weiber kein Geld haben, können sie diesen dornenüberwucherten Hügel nicht kaufen. So einfach ist das. In Trier haben wir eine Schlacht verloren, mein lieber Herbrand, aber nicht den Krieg.«

»Woher willst du denn wissen, dass der Rupertsberg dornenüberwuchert ist?«

»Ich habe Erkundigungen eingezogen. Es soll sich um ein mickriges Stück Land handeln, auf dem lediglich eine zerfallene Kapelle und eine windschiefe Winzerhütte stehen.«

»Dann kann das Gelände ja nicht allzu viel kosten.«

Es dauerte einen Moment, bis Kuno dahinter kam, was Herbrand damit sagen wollte. »Du denkst …?«

»Warum nicht? Wem gehört das Land denn?«

»Dem Grafen von Wenerde.«

»Kennst du ihn?«

»Ich bin ihm ein- oder zweimal begegnet. Ein geldgieriger Mensch, aber ansonsten recht umgänglich.«

»Also würde er an uns verkaufen.«

»Wenn der Preis stimmt.«

»Er dürfte natürlich nicht erfahren, dass mehrere Parteien an dem Gebiet interessiert sind. Sonst könnte er uns gegeneinander ausspielen und den Preis in die Höhe treiben. Glaubst du, Hildegard hat schon mit ihm verhandelt?«

»Wie sollte sie? Sie hat kein Geld und wartet auf den Bescheid aus Mainz.«

»Hat sie den Boten gesehen?«

»Nicht, dass ich wüsste. Meinst du, wir sollten …«

»Auf ewig können wir ihr die Nachricht natürlich nicht vorenthalten. Bestenfalls so lange, bis wir uns mit dem Grafen von Wenerde einig wären. Ich könnte noch heute Bruder Gerold losschicken, um über den Kauf zu verhandeln.«

»Kommt nicht in Frage. Gerold ist ein Weichling. Er lässt sich über den Tisch ziehen. Die Verhandlungen führe ich selbst.«

»Wenn du höchstpersönlich wegen eines so unwichtigen

Stückes Land bei dem Grafen vorstellig wirst, könnte er wittern, dass an der Sache mehr dran ist. Dann würde es richtig teuer.«

»Hm«, brummte der Abt.

Natürlich hatte Herbrand Recht, aber das wollte Kuno nicht über die Lippen kommen. Schließlich war eine seiner Devisen: Lob macht faul.

»Und was machen wir mit dem Rupertsberg, wenn wir ihn haben?«, fragte er stattdessen.

»Nichts.«

»Nichts?«

»Nichts. Oder willst du dort ein Tochterkloster gründen?«

»Den Teufel werde ich tun.« Kuno deutete mit dem Daumen in Richtung der Klause. »Aber sie wird versuchen, uns das Gelände abzukaufen.«

»Wir werden es ihr zu einem so exorbitanten Preis anbieten, dass sich die Juwelen der Kaiserkrone dagegen wie wertloser Tand ausnehmen werden.«

»Genial«, entfuhr es Kuno nun doch, worüber er sich auf der Stelle ärgerte.

Bevor er sein Lob einschränken konnte, klopfte es. Herbrand öffnete und prallte beim Anblick der Person zurück, und auch Kuno fuhr der Schreck in die Glieder.

Die Besucherin war Schwester Hildegard.

G

Meisterin Hildegard! Welche Freude, dich zu sehen. – Herbrand, einen Stuhl für die ehrenwerte Schwester. – Nimm Platz. Darf ich dir einen Becher Wein anbieten? –

Nein? Wirklich nicht? Aber du erlaubst sicher, dass ich mir einen Tropfen genehmige? – Wein am Morgen vertreibt Kummer und Sorgen, wie ich immer sage, hahaha. – Was kann ich für dich tun, teuerste Hildegard?«

Herbrand beobachtete seinen Abt belustigt. Ein solches Herumscharwenzeln legte Kuno sonst nur an den Tag, wenn sich Erzbischof Heinrich auf den Disibodenberg verirrte, weil er mal wieder jemanden brauchte, dem er sein Herz ausschütten konnte. Wie man seine Kümmernisse allerdings mit dem Abt besprechen konnte, war Herbrand völlig unverständlich. Er wäre eher in den Ziegenstall gegangen und hätte irgendeinem stinkenden Bock die Ohren vollgeheult, als auch nur ein persönliches Wort mit Kuno zu wechseln.

»Ich wollte dir lediglich den Weg zur Klause ersparen«, sagte Hildegard.

»Das ist zuvorkommend«, sagte der Abt. »Aber wie kommst du darauf, dass ich dich aufsuchen wollte?«

»Um mir mitzuteilen, welche Nachricht der Bote des Erzbischofs überbracht hat.«

Kuno, der gerade am Wein nippte, verschluckte sich und erlitt einen Hustenanfall, der ihm die Tränen in die Augen trieb. Als Herbrand ihm auf den Rücken klopfen wollte, scheuchte er ihn weg.

»Ach, der Bote«, japste er schließlich. »Hast du mit ihm gesprochen?«

»Ich kam gerade vom Kräutersammeln, als er die Abtei verließ. Glücklicherweise erkannte er mich und zügelte sein Pferd. So erfuhr ich, dass der Erzbischof seine Entscheidung zunächst einmal vertagt hat.«

»Jaja, unser Erzbischof, so ist er nun mal.« Kuno machte eine Geste, die so ziemlich alles bedeuten konnte. »Aber aufgeschoben ist nicht aufgehoben, wie es so schön heißt. Eine

Entscheidung übrigens, mit der ich keine Schwierigkeiten habe. Ich hoffe, du auch nicht.«

»Natürlich nicht. Sofern du mir die Mitgiften der Schwestern aushändigst.«

»Wie?«

»Ich spreche von den Mitgiften, die die Schwestern bei ihrem Eintritt in die Klause mitgebracht haben.«

»Ich verstehe noch immer nicht.«

»Soll ich es auf Latein wiederholen?«

Kuno beugte sich vor. »Du erwartest von mir doch nicht ernsthaft die Auszahlung dieser Beträge?«

»Und ob. Darüber hinaus verlange ich, sofern Liegenschaften eingebracht wurden, auch deren Übereignung.«

»Da hört doch alles auf. Die Mitgiften sind samt und sonders Bestandteil des Klostervermögens.«

»Nichtsdestoweniger gehören sie den Schwestern.«

Kuno verneinte kopfschüttelnd. »So nicht, meine liebe Hildegard, so nicht. Da könnte ja auch eine Ehefrau beim Scheitern der Ehe ihre Aussteuer zurückfordern.« Und nach einem Beifall heischenden Blick auf Herbrand fügte er hinzu: »So einen Unfug hat die Welt noch nicht gehört.«

»Dein Vergleich hinkt nicht nur, er ist schlicht falsch. Eine Nonne ist eine Braut Christi und nicht eine Braut des Klosters. In diesem Zusammenhang von einem Scheitern zu sprechen, ist völlig absurd.«

»Ich als Abt dieses Klosters bin der Sachwalter des Herrn. Daher obliegt allein mir die Verwaltung des klösterlichen Vermögens. Und zwar einschließlich der Mitgiften.«

»Sicherlich. Nur fällt bei einem Übertritt die Aussteuer dem neuen Kloster zu. Soweit sie noch vorhanden ist.«

»Soweit noch vorhanden?« Kuno warf die Arme hoch, als streue er Münzen unter das Volk. »Dann ist eben nichts mehr da. Wir haben alles ausgegeben. Das Leben ist teuer!«

»Was sich ja anhand der Bücher gottlob überprüfen lässt«, sagte Hildegard, die die ganze Zeit ihren Gleichmut bewahrt hatte. »Ich sehe schon, auch in diesem Streitfall wird der Erzbischof entscheiden müssen.«

»Von mir aus. Ich bin nicht in Eile«, plapperte Kuno, was Herbrand zu einem Hüsteln veranlasste.

Jetzt blitzte es zum ersten Mal in Hildegards Augen, aber sie unterließ es, auf den Ausspruch einzugehen. Sie hatte noch etwas anderes auf dem Herzen.

»Es geht um Volmar«, sagte sie, was den Abt und seinen Adlatus veranlasste, kurz Blickkontakt aufzunehmen. »Auf dem Rupertsberg benötigt der Konvent einen Beichtvater und ich einen Sekretär. Ich habe Volmar gefragt. Er würde mit uns gehen. Natürlich vorbehaltlich deiner Zustimmung.«

»Das muss ich mir sehr genau überlegen«, sagte Kuno. »Du weißt, wie angespannt unsere Ertragslage ist. Eigentlich kann ich keinen der Brüder entbehren.«

»Ich glaube kaum, dass du sein Fehlen bemerken würdest, denn schon heute arbeitet er ausschließlich für mich.«

»Das ist ein Punkt, über den ich ohnehin mit dir sprechen wollte. Ich finde, dafür, dass ich Volmar für dich abgestellt habe, sollte es einen Ausgleich geben.«

»Den gab es, bis du ihn unnötigerweise verworfen hast. Wir haben für euch genäht und geflickt und euch geheilt, wenn ihr krank wart.« Sie drehte sich zu dem schräg hinter ihr sitzenden Herbrand um. »Zum Beispiel verstehen wir Kräuterkundlerinnen uns vorzüglich auf die Heilung jeder Art von Zahnschmerz.«

»Denkbar, dass wir künftig wieder stärker davon Gebrauch machen werden«, nuschelte Kuno. »Was jedoch nur noch so lange geht, wie du mit deinen Töchtern an unserer Seite weilst. Seid ihr erst einmal umgezogen, ist die Entfernung zu groß. Keinem Kranken kann man zumuten, sechseinhalb Stunden im Sattel zu sitzen, um den Arzt aufzusuchen.«

»Ich bin bereit, in der verbleibenden Zeit einige lernwillige und -fähige Brüder in grundlegenden Heilverfahren zu unterrichten. So wäret ihr in der Lage, die weitaus meisten Erkrankungen eigenständig zu kurieren. Ferner ließe es sich sicher einrichten, dass ich einmal wöchentlich zu euch käme.«

Kuno kratzte sich am Kinn. Ein untrügliches Zeichen, dass ihm das Angebot noch zu mager war.

»Allerdings bin ich mir bewusst, dass Volmars Dienste damit nicht aufgewogen sind«, schob Hildegard um des lieben Friedens willen nach. »Zu gegebener Zeit wäre ich deshalb bereit, über einen finanziellen Ausgleich zu verhandeln.«

Kunos Miene blieb trotzdem kritisch.

»Dein Angebot in Ehren, aber mir stellt sich die Frage, woher du die dazu notwendigen Mittel nehmen willst«, sagte er. »Über die Aufteilung der Erträge aus den Gütern wie in der Frage der Mitgiften muss der Erzbischof erst noch entscheiden. Wie du weißt, kann das dauern. Du benötigst jedoch kurzfristig Geld, um das Gelände zu kaufen und Handwerker anzuwerben. Selbst wenn ich unterstelle, dass du, seitdem du der Klause vorstehst, Rücklagen gebildet hast, können diese doch niemals reichen.«

»Ich danke dir für dein Mitgefühl, Kuno«, sagte Hildegard, bemüht, jeden Spott aus ihrer Stimme herauszuhalten. »Aber du brauchst dir wirklich nicht meinen Kopf zu zerbrechen. Der Herr hat mir das Ziel gezeigt, also wird er mir auch den Weg weisen.«

Damit stand sie auf und ging zur Tür, von wo aus sie sich noch einmal an Herbrand wandte. »Falls die Schmerzen zu schlimm werden, du weißt ja, wo ich zu finden bin.«

Kaum war die Tür ins Schloss gefallen, sagte Kuno zu seinem Adlatus: »Sie ist so selbstsicher, das gefällt mir nicht.

Weise unseren guten Geist an, uns über alles zu informieren, was ihm zu Ohren kommt, auch wenn es ihm noch so unwichtig erscheinen mag. Ich spür's, das Weib führt etwas im Schilde.«

Die Gestalt, die sich in der darauf folgenden Nacht den bewaldeten Anstieg zur Frauenklause hinaufarbeitete, hatte die Größe eines Mannes, aber den Gang einer korpulenten Frau. Bekleidet war sie mit einem schwarzen Umhang mit Kapuze, wodurch sie fast völlig mit ihrer Umgebung verschmolz.

Nur dort, wo die Baumkronen so licht waren, dass der Schein des Mondes bis ins Unterholz drang, löste sich ihre Silhouette aus dem nachtschwarzen Schatten der Bäume.

Als sie die kleine Pforte erreicht hatte, vor der sich tagsüber die Heilung erhoffenden Kranken und Aussätzigen drängten, musste sie erst einmal verschnaufen. Dann klopfte sie wie verabredet gegen das Holz. Zweimal lang, zweimal kurz, zweimal lang. Umgehend wurde der Einlass von einer jungen Nonne geöffnet. Als der Riegel wieder vorgeschoben war, fielen sich die beiden in die Arme.

»Richardis, mein Engel«, flüsterte die Markgräfin von Stade.

»Wie schön dich wieder zu sehen, Mutter«, sagte Richardis ebenso gedämpft. »Komm, die Meisterin erwartet dich bereits.«

Hildegard hatte im Refektorium eine kleine Stärkung bereitstellen lassen, denn wie sie die Markgräfin kannte, hatte diese auch zu so vorgerückter Stunde nichts gegen einen Happen einzuwenden. Doch zunächst einmal umarmten auch sie sich.

»Ich freue mich, dass du es einrichten konntest zu kommen, teure Freundin«, sagte Hildegard.

»Selbst wenn ich deinem Ruf tausendmal folgte«, entgegnete die Markgräfin, die den gleichen Vornamen wie ihre Tochter trug, »wäre es mir unmöglich, die Schuld abzutragen, in der ich bei dir stehe.«

Sie spielte auf den Aussatz an, von dem Hildegard sie geheilt hatte. Zurückbehalten hatte sie einige Narben im Gesicht, aber das war nichts im Vergleich zu dem, was sie erwartet hätte, hätte die Kur der Meisterin nicht angeschlagen.

»Darf ich dir ein wenig Kuchen und Wein anbieten?«, fragte Hildegard, als sie Platz genommen hatten.

Sie waren allein im Refektorium. Auch Richardis hatte sich auf Hildegards Wunsch hin zurückgezogen. Die Markgräfin zog die Kapuze ab, ließ aber den Umhang an, denn es war empfindlich kalt. Sie hatte noch immer dichtes, wallendes Haar, nur dass es inzwischen grau statt weizenblond war.

»Lieber nicht«, sagte sie. »Obwohl er verlockend aussieht. Aber ich bin inzwischen derart schwer, dass mein Reitpferd jedes Mal die Flucht ergreift, sobald ich in den Stall komme.«

Dieser mit einem guten Schuss Selbstironie gewürzte Humor war es, den Hildegard neben anderem an der Freundin so schätzte. Selbst in der schweren Zeit, als die Gräfin mit Aussatz darniederlag, hatte sie immer wieder ihren Witz bewiesen. Jede Plauderei mit ihr war ein Genuss. Das heutige Treffen fand allerdings aus ernstem Anlass statt.

»Zunächst möchte ich mich für die missratene Bande entschuldigen, die ich dir weiland nach Trier mitgegeben habe«, kam die Markgräfin der Meisterin zuvor. »Euch so schmählich im Stich zu lassen. Nach Richardis' Bericht habe ich den Burschen gehörig die Ohren langziehen lassen.«

»Du batest mich doch bereits in deinem Brief um Verzeihung.«

»Dann tue ich es jetzt noch einmal persönlich.«

»Die Burschen waren einfach zu jung und damit unerfahren.«

»Das nicht zu bedenken, war mein Fehler. Glücklicherweise hat die Sache ja noch einen guten Ausgang genommen. Aber was kann ich diesmal für dich tun, liebste Hildegard? Richardis ließ mir mitteilen, die Klostergründung stehe auf dem Spiel. Ist es wirklich so ernst?«

»Leider ja. Die Mittel, über die ich glaubte, verfügen zu können, sind Gegenstand eines Streites, in dem der Erzbischof zu entscheiden hat. Wie viel Zeit er sich mit solchen Dingen zu lassen pflegt, weißt du ja. Und würde ich versuchen, ihn zu drängen, würde er gewiss noch sturer, und die ganze Angelegenheit verzögerte sich weiter.«

Die Markgräfin schmunzelte. »Du willst, dass ich ihn mir vorknöpfe, ist es das? Mit dem größten Vergnügen. Ich werde den guten Heinrich daran erinnern, wem er das neue Chorgestühl in seinem Dom zu verdanken hat. Außerdem rechnet er mit meiner Unterstützung bei der Wiederherstellung der Dächer, die in den letzten Wochen durch Hagelschläge erheblich beschädigt wurden. Kleine Hinweise dieser Art verleihen seiner Entscheidungsfreude im Allgemeinen Flügel.«

»Du bist wunderbar.«

»Nicht doch, ich weiß nur, wie man diese alte Schlafmütze auf Trab bringt.« Zum wiederholten Mal schielte die Gräfin auf den Kuchen. Dann klaubte sie eine kleine Ecke auf, die aus dem Rand herausgebrochen war. »Hast du den Rupertsberg schon gekauft?«

»Wovon, liebe Freundin?«

»Wovon auch immer, nur beeilen solltest du dich. Sollte der Graf von Wenerde erst einmal Wind davon bekommen, wird er sich nicht scheuen, den Preis zu verzehnfachen. Er gehört zu der Sorte Mensch, die glauben, in jedem Kloster stehe ein Prägestock.«

»Ich habe erst vor wenigen Tagen erfahren, mit wem ich verhandeln muss. Bisher kannte ich den Grafen gar nicht.«

Die Markgräfin tätschelte Hildegards Hand.

»Dann lass mich das mal machen. Ich kenne den Burschen ganz gut und weiß, wie er zu nehmen ist. Wie weit sind denn deine übrigen Vorbereitungen gediehen?«

Hildegards Bericht fiel mager aus. Nicht einmal das Gelände hatte sie bisher in Augenschein genommen. Folglich existierten auch keine Baupläne, geschweige denn, dass Arbeitskräfte angeworben worden wären. Der Grund dafür war immer derselbe: Es fehlte am Geld.

»Ich muss zugeben, dass ich die praktischen Probleme, die eine Klostergründung mit sich bringt, schlichtweg unterschätzt habe«, sagte sie abschließend. »Es genügt eben nicht, sich das Recht zu erkämpfen, man muss auch in der Lage sein, die Vision, die man hat, umzusetzen.«

»Woher solltest du auch all die Kenntnisse haben, teure Freundin? Dein bisheriges Leben hat sich doch fast ausschließlich in diesen Mauern abgespielt.«

»Nun sag nicht auch du noch, ich sei weltfremd.«

»Wer hat es noch gesagt? Richardis?«

Hildegard nickte.

»Ein freches Mundwerk hat meine Tochter«, sagte die Markgräfin. »Aber in diesem Fall liegt sie nicht völlig falsch, zumal ich annehme, dass sie es so meinte wie ich: Du bist zu gutmütig.«

»Gegen Kuno verstehe ich mich zu wehren.«

»Das ist schon mal ein Anfang. Die Welt dort draußen besteht beinahe nur aus Kunos. Einer schlimmer als der andere.«

Nun konnte die Markgräfin nicht mehr an sich halten. Sie

nahm ein riesiges Stück Kuchen und verschlang es. Hildegard schüttelte tadelnd den Kopf.

»Mag ich auch weltfremd sein, davon verstehe ich etwas«, sagte sie. »Hättest du gleich ein Stück genommen, und zwar ein kleines, und das langsam gegessen, hättest du jetzt nicht solchen Heißhunger. Dieses gierige Hineinstopfen ist der Grund für deine Beleibtheit. Ändere deine Ernährungsweise, dann freut sich dein Pferd auch wieder auf dich.« Die Markgräfin lachte auf, dass die Krümel flogen.

»Sie erschlankte aus Liebe zu ihrem Pferd«, sagte sie mit rollenden Augen. »Natürlich hast du Recht. Es ist nur so – entschuldige bitte – verdammt schwer, seine Essgewohnheiten zu ändern.«

»Ich weiß.«

»Woher willst du das wissen? Du warst doch immer schlank.«

»Es gibt ein Wissen, das man nicht unbedingt am eigenen Leib erfahren haben muss. Beispielsweise weiß ich um die Schmerzen einer Gebärenden, ohne je selbst einem Kind das Leben geschenkt zu haben.«

»Und ich weiß, was zu tun ist, um ein Kloster zu gründen, obwohl ich selbst es nie erwogen habe.«

*

Als die Fledermäuse in ihre Höhle unterhalb der Klause zurückkehrten, saßen die beiden Frauen noch immer beieinander. Sie hatten einen Plan erarbeitet, wie das »Unternehmen Rupertsberg« anzugehen war. Die Markgräfin fasste die einzelnen Punkte noch einmal zusammen.

»Sobald ich das Gebiet erworben habe, werden wir es gemeinsam in Augenschein nehmen«, sagte sic. »Nach dem, was mir bekannt ist, soll es völlig verwildert sein.«

»Ich weiß, wie der Berg aussieht«, sagte Hildegard. »In seinem jetzigen Zustand und in dem, wenn er bebaut ist. Beides habe ich geschaut.«

»Deine Visionen in Ehren, teure Freundin, aber ich verlasse mich doch lieber auf eine Besichtigung vor Ort. Nur so lässt sich entscheiden, wo aufgeschüttet und eingeebnet werden muss und wie viele Leute man dafür benötigt.«

»Solche Einzelheiten werden mir natürlich nicht offenbart. Aber die Gegend ist mir vertraut, als hätte ich sie bereits mehrmals bereist.«

»Wenn du meinst«, sagte die Markgräfin, wobei sie ungehaltener klang, als sie war. Nicht dass sie an Hildegards seherischen Fähigkeiten gezweifelt hätte, aber ihre zupackende Natur hatte ihr schon immer wenig Raum zum Träumen gelassen.

»Nachdem das erledigt ist, werde ich dir den Baumeister Eberhard aus Speyer vorbeischicken«, sagte die Markgräfin. »Er ist ein Meister seines Fachs. Ihm erläuterst du deine Vorstellungen, und er wird sie in die Tat umsetzen. Er ist auch derjenige, der entscheidet, wie viele Arbeitskräfte für den Bau benötigt werden. – Du guckst so ungläubig. Was ist mit dir?«

»Deine Zuversicht in Ehren, aber wer soll das alles bezahlen? Ich habe dir doch gesagt, wie es um unsere Mittel bestellt ist.«

»Ein wenig habt ihr ja. Alles, was darüber hinausgeht, leihe ich euch, bis Erzbischof Heinrich sein Urteil gefällt hat. Unabhängig davon müssen wir natürlich dafür sorgen, dass ihr eure Einnahmen steigert.«

»Sollen wir betteln gehen?«

»Natürlich nicht. Aber du könntest Novizinnen aufnehmen. Deine Bekanntheit wächst unaufhaltsam. Bald wird sich der Adel darum schlagen, dir seine Töchter anvertrauen zu dürfen, von den wohlhabenden Kaufleuten ganz zu schweigen. Mitgiften und Schenkungen sind langfristig gesehen die einträglichsten Einnahmequellen. Zumal Kuno sie dir bei Neuaufnahmen nicht streitig machen kann.«

»Wäre ich nur halb so geschäftstüchtig wie du, wäre es um unsere Gemeinschaft nicht so schlecht bestellt.«

»Das wirst du noch lernen. Weißt du bereits, welchen Vogt du dir wählst?«

»Keinen. Vogte sind zu kostspielig.«

»Du wärest schutzlos, Hildegard.«

»Vielleicht hätte ich sagen sollen: keinen weltlichen Vogt.«

»Den Erzbischof würdest du als Schutzherrn also annehmen?«

»Er wäre mir willkommen. Das kannst du ihm gern ausrichten.«

»Und du willst mir weismachen, du verstündest nicht zu schachern«, sagte die gräfliche Freundin, schlug sich auf den Schenkel und lachte. »An dir würde sich so mancher Pferdehändler die Zähne ausbeißen.«

Kurz darauf verließ die Markgräfin die Klause so unbemerkt, wie sie gekommen war.

Den wie vielten Tag ist Gerold jetzt unterwegs?«, fragte Kuno, der wie ein aufgescheuchtes Huhn über den Hof rannte und pausenlos in Weidenkörbe, Weinfässer oder hinter Holzstapel guckte, als hätte Gerold sich dort versteckt.

»Den vierten«, sagte Herbrand, der trotz seiner fast doppelt so langen Beine kaum Schritt halten konnte. »Er ist nun mal nicht der Schnellste. Ich denke, es ist noch zu früh, sich Sorgen zu machen.«

»Dieser Träumer! Er steht bestimmt irgendwo am Wegesrand und pflückt Blumen. Aber dir werde ich helfen, Freundchen.« Kuno drohte mit dem Finger in die Richtung, aus der der Mönch erwartet wurde. »Ich hatte ihm ausdrücklich gesagt, er solle sich beeilen.«

»Dann hättest du ihm ein Pferd mitgeben müssen.«

»Gerold sitzt doch im Sattel wie ein nasser Sack. Er war der Erste, der auf dem Ritt nach Trier schlappmachte. Erinnerst du dich nicht mehr?«

Kuno streckte die Zunge heraus und ließ die Schultern hängen, um Herbrand zu zeigen, wie schlapp Gerold gewesen war. Der Adlatus nickte zum Zeichen, dass er sich erinnerte.

»Es dauert eben seine Zeit.«

Sie waren mittlerweile bei der Marienkapelle angelangt, in der während des Umbaus der Abteikirche die Gebeine Disibods geruht hatten.

Während Herbrand die heranziehenden Wolken betrachtete und sich fragte, ob es heute noch Regen geben würde, schimpfte Kuno weiter wie ein Rohrspatz. Es war nur eine Frage der Zeit, bis er Gerold auch für den Sündenfall verantwortlich machen würde.

Plötzlich jedoch gab der Abt keinen Mucks mehr von sich. Irritiert durch die unerwartete Stille sah Herbrand zu ihm und folgte dann seiner Blickrichtung.

Tatsächlich, der Mönch, der da fröhlich pfeifend und mit einem Wanderstecken winkend über den Hof geschlendert kam, war kein anderer als Bruder Gerold.

*

»Schneller ging's nicht«, sagte Gerold, nachdem Kuno sich mit ihm in sein Arbeitszimmer zurückgezogen hatte. Herbrand war zum Tor gerufen worden, um zwei Brüder aus Morimond zu begrüßen, die zu einem Freundschaftsbesuch eingetroffen waren. »Ich habe mir mehrere Wasserblasen gelaufen. Willst du sie sehen?«

»Erspar mir den Anblick«, sagte Kuno. »Vier ganze Tage. In der Zeit laufe ich bis Köln.«

»Da geht's ja auch nur bergab. Immer am Rhein entlang.«

»Du bist ein ganz Schlauer, wie? Berichte mir lieber, wie du das Geschäft abgewickelt hast.«

Mit dem Gesichtsausdruck der Erfolgreichen zog Gerold ein Leinensäckchen aus seinem schweinsledernen Beutel und warf es lässig auf den Tisch, als habe er davon noch eine ganze Wagenladung. Dem satten Klang nach zu urteilen, war das Säckchen voller Münzen.

»Was ist das?«, fragte Kuno.

»Sieh hinein.«

Der Abt zog die Schleife auf und ließ den Inhalt auf die Tischplatte gleiten. Es waren viel mehr Münzen, als er Gerold mitgegeben hatte.

»Wie bist du zu dem Geld gekommen?«

»Offenbar hast du mich schon immer unterschätzt«, sagte Gerold und tippte an seinen Kopf. »Ich hab's nämlich hier. Und zwar mächtig.«

»Mag sein«, sagte Kuno misstrauisch. »Trotzdem: Woher stammt das Geld?«

»Ich habe die Denare, die du mir mitgegeben hast, investiert und damit den doppelten Ertrag erwirtschaftet.«

»Das Geld, das ich dir anvertraut hatte, war zum Kauf eines bestimmten Stückes Land vorgesehen«, sagte Kuno und kam langsam von seinem Sitzmöbel hoch.

Gerold streckte seinem Abt die Handflächen entgegen.

»Ganz ruhig, verehrter Vater. Genau das und nichts anderes habe ich mit dem Geld getan.«

Noch langsamer, als er sich erhoben hatte, sank Kuno auf das Polster zurück. »Zeig mir die Urkunde. Ihr werdet doch einen Vertrag gemacht haben?«

»Selbstverständlich. Die Urkunde ist unterwegs. Sie wird heute oder morgen hier eintreffen.«

»Wie darf ich das nun wieder verstehen? Die Sache wird ja immer merkwürdiger.« Kuno klopfte mit dem Zeigefinger auf den Tisch. »Du wirst mir jetzt von Anfang an und in allen Einzelheiten erzählen, was sich abgespielt hat.«

»Gewiss doch«, sagte Gerold. »Ich bin also wie vereinbart zum Grafen von Wenerde gegangen und habe ihm ein Angebot für den Rupertsberg unterbreitet. Daraufhin nannte der Graf einen Preis, der weit über dem lag, den du mir als Grenze vorgegeben hattest. Erst als ich ihm eingehend die miserable wirtschaftliche Lage unseres Konvents und die jämmerlichen Lebensbedingungen der Brüder geschildert und ihm darüber hinaus versichert hatte, dass sich ein Entgegenkommen beim Preis zweifellos zu Gunsten seines Seelenheils auswirken würde, ließ er sich erweichen.«

»Miserable Lage? Jämmerliche Lebensbedingungen? Ich hoffe doch sehr, du hast dich weniger krass ausgedrückt.«

»Im Gegenteil«, prustete Gerold los. »Er denkt, wir leiden Hunger!«

»Gütiger Himmel! Solch einen Blödsinn zu erzählen, warst du nicht befugt. Was soll man von mir denken? Man wird mich für unfähig halten, einem Kloster vorzustehen.«

»Das tun die Leute doch ohnehin.«

»Wie bitte?«

Gerold zog unwillkürlich den Kopf ein. »Ich wiederhole nur, was man sich draußen im Land erzählt.«

»So, so. Was redet man denn so?«

»Nun ja, du seist mit deinen Plänen zur Prosperität des Klosters kläglich gescheitert. Und dass es mit uns, wenn Schwester Hildegard erst einmal den Disibodenberg verlassen hat, schnell bergab gehen werde.«

»Geschwätz!«, platzte es aus Kuno heraus. »Und dem gibst du mit deinem Gerede über Hungersnöte auch noch Nahrung! Weiß Volkes Mund vielleicht auch schon zu berichten, wo Hildegard sich anzusiedeln gedenkt?«

»Das wissen die Simpel natürlich nicht«, sagte Gerold und grinste. »Aber ich.«

»Woher?«

»Man hat so seine Quellen. Außerdem habe ich mich den ganzen Weg über gefragt, seit wann unser Konvent Land erwirbt, das so weit vom Kloster entfernt liegt.« Gerold schnipste mit Mittelfinger und Daumen. »Irgendwann hatte ich dann die Erleuchtung.«

»Du darfst mich ruhig an der Erleuchtung teilhaben lassen.«

»Nun ja, mir kam der Gedanke, dass Hildegard ihr Kloster auf dem Rupertsberg errichten will und dich gebeten hat, das Gebiet für sie zu erwerben. Denn wüsste der Graf von Wenerde erst einmal, dass sie die Käuferin ist, wüsste er auch, dass dort statt der Kapelle eine Abtei errichtet werden soll, und würde gleich das Doppelte verlangen. Nun, liege ich richtig mit meiner Vermutung?«

Kuno ging nicht auf die Frage ein. »Eben sprachst du von Quellen. Welche sind das?«

»Eigentlich ist es nur eine Quelle. Und die hat mir lediglich bestätigt, was ich bereits wusste. Oder sagen wir, wovon ich überzeugt war.«

»Ich warte noch immer auf den Namen.«

Gerold lehnte sich zurück und sog scharf Luft ein. »Die Markgräfin von Stade, die Mutter unserer Mitschwester Richardis. Sie ist ebenfalls eingeweiht.«

Kuno merkte, dass seine Hände zu zittern begannen. Es war nur ein leichtes Zittern, aber er konnte es nicht unterdrücken. Gleichzeitig registrierte er, wie sein Mund staubtrocken wurde.

»Du bist der Markgräfin begegnet?«, fragte er mit blecherner Stimme. »Wann?«

»Unmittelbar nachdem ich den Rupertsberg erworben hatte«, sagte Gerold. »Sie traf gerade zu Pferde ein, als ich das Gut verließ, und verschwand im Haus des Grafen. Ich war schon ein gutes Stück gewandert, als ich plötzlich Hufschlag hinter mir vernahm. Es war die Gräfin mit ihren Begleitern. Sie wollte mich sprechen.«

»Sie wollte dich sprechen?«

»Ja. Sie hatte vom Grafen von Wenerde erfahren, dass ich den Rupertsberg erworben hatte, und war schrecklich enttäuscht, da sie das Gelände selbst hatte kaufen wollen, um es Schwester Hildegard zu schenken. Jedenfalls hatte sie ihr das versprochen. So eine selbstlose Person, die Gräfin! Und nun war ich ihr um wenige Augenblicke zuvorgekommen. Sie tat mir richtiggehend Leid.«

»Was geschah dann?« Kunos Stimme war nicht mehr die seine. Zu allem Überfluss zuckte jetzt auch noch sein linkes Auge.

»Wir plauderten eine Weile. Dann machte mir die Gräfin auf einmal einen Vorschlag, den ich zunächst sehr überraschend fand, der mir nach reiflicher Überlegung jedoch mehr und mehr zusagte.« Wieder legte sich ein Schimmer von Stolz auf Gerolds Antlitz. »Ein Vorschlag, von dem letztendlich beide Seiten einen Nutzen hätten. – Ich sehe es dir an, Kuno, du ahnst es bereits!«

Kuno war, als mache jedes seiner Körperteile, was es wolle. Alle Muskeln seines Leibes spannten sich immer wieder unvermittelt an, ohne dass er in der Lage gewesen wäre, etwas dagegen zu tun. Er war nicht mehr Herr seines eigenen Körpers. Dazu kam, dass er zu ertauben begann. Nur noch von fern, als spreche Gerold im Nebenraum, drang an sein Ohr, was der Mönch sagte.

»Die Markgräfin wollte gegenüber ihrer Freundin nicht wortbrüchig werden. Also bot sie mir für das Gelände immerhin das Doppelte von dem, was ich bezahlt hatte. Ich sagte mir, ob der Rupertsberg nun auf dem Umweg über dich oder über die Gräfin an Schwester Hildegard gehen würde, bliebe sich ja gleich. Nur dass ich, wenn ich das Angebot der Markgräfin annähme, für den Konvent ein nettes Sümmchen verdienen könnte. Also schlug ich ein. Die notwendigen Schriftsätze fertigten wir gleich an Ort und Stelle aus, die Markgräfin hatte alles bei sich. Die nunmehr auf Hildegard ausgestellte Besitzurkunde wird sie, wie gesagt, heute oder morgen mittels Boten überbringen lassen. – Kuno, was hast du? Fühlst du dich unwohl? – Bruder Herbrand! Bruder Paul! Zu Hilfe!«

Abt Kuno war vom Stuhl gekippt und lag röchelnd und mit verdrehten Augen auf dem Boden. Seine Atmung ging flach und stoßweise, sein Puls raste. Vorsichtig trugen ihn die Herbeigerufenen ins Schlafgemach. Als Herbrand meinte, es sei vielleicht das Beste, Meisterin Hildegard zu rufen, begann Kuno zu toben und um sich zu schlagen. Erst nach einer halben Stunde beruhigte er sich einigermaßen und schlief erschöpft ein.

Mitten in der Nacht wurde Kuno wach. Herbrand, der bei ihm wachte, reichte ihm einen Becher Wasser. Nachdem Kuno getrunken hatte, sank er zurück auf sein Laken und murmelte:

»Nun kann sie nur noch ein Wunder aufhalten.«

Rupertsberg – Oktober 1149

Ein halber Tag Regen hatte genügt, um das Gelände völlig aufzuweichen. Knietief stand der Schlamm abseits der mit Reisig befestigten Wege. Und selbst auf ihnen sank man noch bis über die Knöchel ein. Inzwischen war die Sonne wieder herausgekommen und brannte vom Himmel. Von den Pfützen stieg Dampf auf, und der Schlamm begann zu stinken. Kleidung, Decken, Zelte – alles war feucht und roch nach Moder und Verwesung. Die Nerven derer, die unter diesen Umständen leben und arbeiten mussten, lagen blank.

Plötzlich ertönte ein Schrei. Schwester Mechthild, die Tochter eines wohlhabenden Kaufmannes aus Koblenz, die erst im letzten Winter dem Konvent beigetreten war, war vom Pfad abgekommen und in die Grube gestürzt, die für die Fundamente von Backhaus und Schule ausgehoben worden waren. Am Rand der Grube lehnte ein entrindeter Baumstamm mit links und rechts eingekerbten Stufen, den die Arbeiter als Leiter benutzt hatten. Da Mechthild aber schwerfällig und ungeschickt war, kam sie damit nicht zurecht. Nach zwei missglückten Versuchen setzte sie sich einfach in den kleinen See, der sich auf dem Grund der Grube gebildet hatte, und heulte.

»Wir müssen sie da rausholen«, sagte Richardis, die gleichzeitig mit den Zwillingen Alma und Thea an der Unglücksstelle eintraf. »Sonst holt sie sich noch eine Lungenentzündung.«

»Soll sie doch«, sagte Alma. »Wahrscheinlich hat sie wieder geträumt, statt auf den Weg zu achten.«

»Wie sprichst du von deiner Schwester?«, fuhr Richardis die knapp zehn Jahre Jüngere an. »Ich glaube kaum, dass Mechthild freiwillig abgestürzt ist.«

»Alma hat aber Recht«, sagte Thea. »Mechthild steckt ständig in irgendwelchen Schwierigkeiten, und den Ärger haben immer wir. Als ob wir ohne sie nicht schon genug am Hals hätten.«

»Ich verbiete euch, so zu reden! Geht und holt ein Seil. Ich werde selbst hinunterklettern.«

Während die Zwillinge sich missmutig trollten, raffte Richardis Kutte und Unterrock und stieg mit Hilfe der Baumleiter in die gut zwei Stockwerke tiefe Grube. Eine nicht ganz ungefährliche Kletterpartie, da ihre Holzschuhe ständig von den regennassen Stufen abzurutschen drohten. Mehr als einmal jagte der Schreck Richardis' Herzschlag hoch.

»Bist du verletzt?«, fragte sie Mechthild, die noch immer in der Pfütze saß.

Die schüttelte nur den Kopf.

»Dann steh auf.«

»Ich kann nicht. Meine Beine sind steif.«

»Das kommt von dem Schreck«, sagte Richardis. »Gib mir deine Hand, ich helfe dir auf.«

»Es geht nicht.«

»Was ist denn nun schon wieder?«

»Meine Arme sind auch ganz steif.«

»Jetzt stell dich nicht so an.« Richardis streckte der Verunglückten ihre Hand entgegen. »Bemüh dich. Gemeinsam schaffen wir es.«

Ohne es auch nur versucht zu haben, ließ Mechthild den Kopf hängen und schluchzte erneut auf.

»Nun reiß dich zusammen!« Richardis machte noch einen Schritt auf Mechthild zu und stand mit ihrem rechten Fuß bereits im Tümpel. »Oder willst du den Rest deines Lebens hier zubringen?«

Zur Antwort schüttelte Mechthild den Kopf, aber das war auch die einzige Bewegung, die sie zu Stande brachte. Dicke Tränen bahnten sich den Weg durch den Schmutz, der ihr Gesicht überzog. Richardis wurde zunehmend ungehaltener.

»Meine Geduld neigt sich ihrem Ende«, sagte sie eindringlich. »Entweder du reißt dich jetzt am Riemen, oder ich lasse dich hier sitzen, bis du schwarz wirst.«

Mechthild steigerte noch einmal die Lautstärke ihres Winselns und setzte eine Terz höher an, rührte sich aber kein Stückchen.

»Du elendes Stück!«, schrie Richardis und verpasste der Dicken zwei schallende Ohrfeigen. »Mach, dass du auf die Beine kommst!«

Entsetzt kreischte Mechthild auf. Mit einer Behändigkeit, die ihr niemand zugetraut hätte, kroch sie aus der Pfütze. Schleier und Stirnband rutschten ihr vom Kopf und landeten im Dreck. Alma und Thea, die ein Seil besorgt hatten, standen mit offenen Mündern am Grubenrand. Auf einmal wurden sie energisch zur Seite geschubst.

»Wage es noch einmal, die Hand gegen deine Schwester zu erheben«, rief eine schneidend scharfe Stimme, »und du sollst mich kennen lernen!«

Richardis kam augenblicklich zur Besinnung und blickte nach oben. Neben den Zwillingen stand, die Hände in die Hüften gestemmt, Hildegard.

*

Sie hatten sich im Schatten der kleinen rupertinischen Kirche niedergelassen, die der Abtei nach ihrer Renovierung als Friedhofskapelle dienen sollte. Hildegard hatte vom Disibodenberg frisches Brot und gedämpfte, mit Honig gesüßte Äpfel mitgebracht, aber nach Essen stand ihnen nicht der Sinn. Obwohl der Zorn der Mater inzwischen verflogen war, machte Richardis nach wie vor einen geknickten Eindruck. Mechthild lag im Schlafzelt, wo die Zwillinge ihr einen Beruhigungstee einflößten.

»Hätte ich gewusst, wie wenig du dich zügeln kannst«, sagte Hildegard, »hätte ich dir die Aufsicht über den Klosterbau nicht anvertraut. – Ach, was schelte ich dich. Mir selbst sollte ich den Vorwurf machen, nicht öfter nach dem Rechten gesehen zu haben. Aber die Arbeit an ›Scivias‹ nimmt mich dermaßen in Anspruch, dass ich kaum noch weiß, wo mir der Kopf steht.«

»Du hast Recht«, sagte Richardis mit gesenktem Kopf. »Ich hätte mich beherrschen müssen. Mir sind einfach die Nerven durchgegangen. Wenn du wüsstest, mit welchen Unbilden wir hier zu kämpfen haben. Vor einer Woche hat uns der letzte Tagelöhner verlassen, und auch er hatte schon seit Tagen nur für Kost und ein gutes Wort gearbeitet. Seitdem müssen wir alle Arbeiten allein verrichten.«

»Dass du erzürnt warst, kann ich verstehen. Aber du hättest Mechthild nicht schlagen dürfen, Richardis. Zum einen, weil sie deine Schwester ist, zum anderen, weil wir uns nicht noch einen Austritt erlauben können.«

»Haben schon wieder welche den Konvent verlassen?«

»Nur Sigrid, aber damit haben wir ja gerechnet. Auch ihr Vater verlangt die Rückgängigmachung seiner Schenkungen, wie schon die Verwandten von Adelheid und Bella. Alle kommen mit derselben Begründung, ihre Töchter würden bei uns nicht im Geiste des Herrn erzogen, sondern als billige Arbeitskräfte benutzt. Wenn ich sehe, wie ihr hier schuften müsst, kann ich es ihnen nicht einmal verdenken.«

»Die Mädchen sind verwöhnt, das ist alles. Wenn du gesehen hättest, wie Mechthild sich in der Grube angestellt hat. Sie saß einfach da und war durch nichts zum Aufstehen zu bewegen. Dabei hat sie sich bei ihrem Sturz nicht einmal eine Schramme zugezogen. Mit Mädchen aus einfachen Familien, die es gewohnt sind zuzupacken, täten wir uns leichter.«

»Du scheinst zu vergessen, dass du selbst aus adligem Hause stammst«, sagte Hildegard. »Ich denke, die Einstellung ist entscheidend, nicht die Herkunft.«

»Aber warum mangelt es fast allen unseren Novizinnen daran?«

»So willkommen mir das Anwerben von Neuzugängen durch deine Mutter war, Richardis, nun zahlen wir den Preis dafür. Ich fürchte, bei den jungen Damen wurden falsche Vorstellungen geweckt, wie es bei uns zugeht. Auf dem Disibodenberg die qualvolle Enge, hier, auf dem Rupertsberg, dieses Lagerleben und die harte, körperliche Arbeit. Das haben die adligen Fräulein gewiss nicht erwartet.«

»Mutter hat es nur gut gemeint.«

»Gewiss hat sie das«, sagte Hildegard und ließ ihren Blick über das Gebiet schweifen. »Ohne ihre Unterstützung wäre hier noch kein Stein bewegt worden.«

Die Tagelöhner, die ihnen die Markgräfin von Stade zur Verfügung gestellt hatte, hatten noch im letzten Jahr das Gelände gerodet und das Brunnenloch an der Stelle gegraben, die der Wassersucher festgelegt hatte. Wie nicht anders zu erwarten, waren sie schon nach wenigen Klaftern auf Grundwasser gestoßen. Im Frühjahr errichteten sie dann zur Nahe hin eine mächtige Stützmauer und schütteten das Gelände zu einem künstlichen Plateau auf. Die übrigen Mauern, die das künftige Klosterareal einfriedeten, zogen sie im Sommer hoch, und zu guter Letzt mauerten sie auch noch den Brunnenschacht aus.

Dann drohte eine Einstellung der Arbeiten, weil die Markgräfin sich finanziell übernommen hatte. Die Beschäftigung des berühmten Baumeisters Eberhard – eines eigensinnigen, verdrehten Menschen, dem seine Ideen wichtiger waren als die Wünsche Hildegards –, das Ausarbeiten der Pläne und der Kauf der Baumaterialien hatten weitaus mehr Geld verschlungen, als sie veranschlagt hatten.

Notgedrungen setzte Hildegard die gesamten Ersparnisse der Klause ein, damit die Arbeiten fortgeführt werden konnten. Zusammen mit dem, was an Spenden einging, gelang es ihr, die Arbeiter wenigstens so lange zu bezahlen, bis die Ausschachtungsarbeiten und die Gründung für die Abteikirche und die unmittelbaren Nebengebäude erfolgt waren. Seit zwei Wochen waren jedoch auch die letzten Rücklagen aufgezehrt. Die Ordensfrauen waren nunmehr auf sich allein gestellt.

Die Gruppe, die unter der Leitung von Richardis die Arbeiten weiterführte, bestand aus zehn Schwestern. Sieben waren Novizinnen, nur drei hatten bereits die Profess geleistet. Aber auch sie gehörten zu den jüngeren Nonnen des Konvents, den älteren war die schwere körperliche Arbeit nicht zuzumuten. Geschlafen, gekocht, gegessen und gebetet wurde in eigens dafür errichteten Zelten. Als Glockenersatz diente eine hölzerne Klapper, und zum Schutz vor unerwünschten Besuchern hatte Hildegard einige Hunde anschaffen lassen. Noch erlaubte die Witterung dieses Leben unter freiem Himmel, aber spätestens in sechs Wochen würde es damit vorbei sein.

Die Krux war, dass Erzbischof Heinrich aus Angst, einen Präzedenzfall zu schaffen, noch immer keinen Entscheid in Sachen Mitgiften und Erträge aus den Bermersheimer Gütern getroffen hatte. Um sich abzusichern, korrespondierte er mit seinen Amtskollegen im gesamten Land, die ihrerseits mit ihren Beratern Rücksprache hielten. Kostbare Zeit verstrich. Da fruchteten auch alle Interventionen seitens der Markgräfin von Stade nichts. Lediglich Hildegards Wunsch, nur ihn als Schutzpatron für den Rupertsberg zu akzeptieren, hatte der Erzbischof wohlwollend zur Kenntnis genommen. Die Sorge, sich einem Vogt unterwerfen zu müssen, war somit von ihr genommen worden. Ein Erfolg, der jedoch nichts daran änderte, dass Hildegards Rechnung nicht aufgegangen war.

Auch die Mitgiften und Schenkungen, die das knappe Dutzend Novizinnen, das während der letzten sechzehn Monate dem Konvent beigetreten war, eingebracht hatte, konnten nur bedingt helfen. Viele Übereignungen waren noch nicht vollzogen, bei anderen wurde schon wieder versucht, sie rückgängig zu machen. So mussten die Nonnen mit dem Wenigen auskommen, das früher schon kaum gereicht hatte, um die Aufgaben der Klause wahrzunehmen. Davon zusätzlich den Neubau eines Klosters zu finanzieren, war schlicht unmöglich.

»Wie soll es nur weitergehen?«, fragte Richardis, und Verzagtheit schwang in ihren Worten mit.

Hildegard nahm die Hände der Jüngeren in die ihren. »Ich werde nach Bacharach zu meinen alten Freunden, Pfalzgraf Hermann von Stahleck und Gemahlin Gertrud, reisen. Sie haben erfahren, wie es um uns steht, und werden uns jetzt, da die Erntezeit zu Ende geht, mit einigen Knechten aushelfen können. Entscheidend ist jedoch, dass wir fest zusammenstehen, geliebte Tochter, denn nur so wird unser Traum Wahrheit werden. Du musst Vertrauen haben. In Gott und in dich selbst.«

Abends lag Richardis noch lange wach. Sicher hatte sie Vertrauen in Gott, und sicher glaubte sie nach wie vor an den gemeinsamen Traum. Trotzdem überkam sie hier und jetzt die nackte Verzweiflung.

Sie zog sich das Leinenlaken über den Kopf und weinte sich in den Schlaf.

Kloster Rupertsberg – November 1177

Es war das erste Mal, dass sie sich bereits nachmittags getroffen hatten. Jetzt, da die Feldfrüchte geerntet, der Wein gelesen und das Vieh – um es nicht durch den Winter füttern zu müssen – geschlachtet war, fand sich auch tagsüber gelegentlich eine Mußestunde. Zwar beherbergte das Kloster zurzeit einige Gäste, glücklicherweise jedoch keine berühmten, die eine eingehende Betreuung erfordert hätten. Man sah es Hildegard und Wibert regelrecht an, dass sie es genossen, endlich einmal nicht bei Kerzenschein zusammensitzen zu müssen. Vor allem Wiberts Augen dankten es.

»Bei aller Achtung, verehrte Mutter, besonders tröstlich waren deine Worte nicht«, sagte Wibert, nachdem er noch einmal seine Notizen überflogen hatte. »Das klingt mehr nach Ansporn zum Durchhalten als nach berechtigter Hoffnung.«

»Ach, Wibert«, seufzte sie. »Ich war doch selbst so verzweifelt. Wie hätte ich da besseren Trost spenden können? Mutlos, wie ich war, war ich schon froh, dass ich nicht in Gegenwart der Schwestern in Tränen ausbrach.«

»Stand es denn so schlimm?«

»Schlimmer. Was ich dem engen Kreis – Volmar, Richardis, Clementia und Hiltrudis – über die Finanzlage anvertraute, war geschönt. Wir haben im wahrsten Sinn des Wortes von der Hand in den Mund gelebt. Dabei dauerte mich am meisten, dass die Kranken und Aussätzigen, die niemanden außer uns hatten, auch von den Sparmaßnahmen betroffen waren. Und das alles nur, weil es mir an Durchsetzungsvermögen gefehlt hat.«

»Glaubst du wirklich, dass es daran lag?«

»Man kann es natürlich auch anders herum sehen: Ich hatte mehr Hoffnungen geweckt, als ich erfüllen konnte. Insbesondere bei den Frauen, von denen ich ja auch die weitaus meiste Unterstützung erfuhr. Die Herren der Schöpfung hingegen betrachteten mich mit einem gerüttelt Maß Misstrauen. Manche fürchteten, ich würde an ihren Stühlen sägen, viele sahen in mir gar eine Gefahr für die Kirche. Sich mit meinen Visionen zu schmücken, sich als meine Förderer aufzuspielen – zumindest, solange es nichts kostete –, das gefiel ihnen. Aber wehe, das Weib vom Disibodenberg wuchs über die ihr zugewiesene Rolle hinaus.«

»Ganz im Sinne von Kolosser drei Vers achtzehn: ›Ihr Weiber seid untertan euren Männern im Herrn.‹«

»Meinem Manne bin ich untertan«, sagte Hildegard sehr ernsthaft. »Aber nur ihm und keinem anderen. Schon gar nicht irgendeinem eitlen Kirchenfürsten.«

»Wie ich höre, schlummert das Aufbegehrende noch immer in dir.«

»Dachtest du, ich wäre sonst so alt geworden und hätte es so weit gebracht?«

Wahrhaft eine Frau von Format, dachte Wibert, beließ es aber bei einem bewundernden Blick. Laut sagte er: »Hast du denn Hilfe von Graf und Gräfin von Stahleck erhalten?«

»Glücklicherweise ja. Und auch hier war es die Frau, auf die mehr Verlass war. Hermann war zeitlebens ein vorsichtiger und bedächtiger Mensch, dem es vor allem darauf ankam, es sich mit niemandem zu verderben. Während er noch grübelte, ob er mich unterstützen sollte, organisierte Gertrud bereits Hilfe. Keine Woche nach meinem Besuch standen uns zehn Knechte zur Verfügung, die sich zudem selbst versorgten, sodass uns weder zusätzliche Arbeit noch Kosten entstanden.«

»War das der Wendepunkt?«

»Ja und nein. Der Winter stand vor der Tür, und mit zehn Mann, die Feldarbeiter und keine Maurer sind, kann man kein Kloster erbauen. Aber es war ein Anfang, auch wenn die Widersacher sich noch im Vorteil wähnten.«

Wibert schüttelte ungläubig sein massiges Haupt. »Willst du damit sagen, dass Kuno noch immer glaubte, den Klosterbau verhindern zu können? Ich dachte, er hätte sich inzwischen mit dem Unvermeidlichen abgefunden.«

»Nicht, solange noch ein Quäntchen Hoffnung für ihn bestand. Er hat nach wie vor alles daran gesetzt, um uns so viele Knüppel wie irgend möglich zwischen die Beine zu werfen.«

»Was war es diesmal?«

»Eine besonders hinterhältige Geschichte, die zu einer großen Tragödie führte«, sagte Hildegard und schien dabei durch Wibert hindurch in die Vergangenheit zu blicken. »Ein Unheil, an dem Kunos ›guter Geist‹ ausnahmsweise keinen Anteil hatte.«

»Richtig, der gute Geist«, sagte Wibert. »Du hast mir noch immer nicht gesagt, um wen es sich dabei handelte.«

»Ich sagte doch bereits, mit dem, was nun folgt, hatte er nichts zu tun. Du wirst deine Neugier also noch eine Weile zügeln müssen. So, und nun spitze deine Ohren.«

Bereits nach zwei Sätzen war Wibert so gefesselt, dass er alles andere vergaß.

Kloster Disibodenberg – Oktober 1149

Schon seit der Prim saßen sie zusammen, und Herbrand erläuterte Kuno den Lagebericht für den Monat September. Die Zahlen waren beeindruckend, in allen Bereichen hatten die Brüder die Ergebnisse des Vergleichsmonats aus dem Vorjahr übertroffen. Dennoch machte der Abt ein Gesicht, als zwicke ihn der Darm.

»Du bist wohl nie zufrieden«, sagte Herbrand. »Was sollen die Brüder denn noch tun? Nachts arbeiten? Der Begründer unseres Ordens hat einst einen Ablauf festgelegt, der auch heute noch Gültigkeit hat, nämlich den ausgewogenen Wechsel von Gebet und Arbeit, Studium und geistlicher Lesung, gemeinschaftlichem Leben und Klausur. Auf dem Disibodenberg gibt es jedoch nur noch einen Wechsel, und zwar den von Arbeit zu Arbeit.«

»Na, na, na, so ist es ja nun auch wieder nicht«, sagte Kuno. »Ich lasse den Brüdern durchaus Zeit zum Beten und für ihre persönlichen Dinge. Außerdem kommt der gestiegene Wohlstand allen zugute.«

»Inwiefern?«

Kuno legte die Stirn in Falten. »Die Frage verstehe ich nicht.«

»Was gibt es daran nicht zu verstehen? Ich habe deine Behauptung hinterfragt. Darauf wirst du wohl antworten können.«

»Na, wie schon?« Der Abt zuckte die Achseln. »Den Brüdern geht es hier doch sehr viel besser als in anderen Klöstern. Oder etwa nicht?«

»Weißt du das bestimmt?«

»Bisher hat sich jedenfalls keiner beklagt.«

»Weil sie Angst vor dir haben.«

»Nur du nicht, wie?«

»Genauso ist es. Jede Stubenfliege ist mir unheimlicher als du.«

»Was soll das sein?«, fragte Kuno und kniff die Augen derart zusammen, dass nur noch Schlitze übrig blieben. »Eine Drohung?«

»Nur eine Feststellung«, sagte Herbrand leichthin. »Ich habe mich nämlich abgesichert. Über alle deine Schandtaten habe ich genauestens Buch geführt. Sollte mir irgendwann etwas Unvorhergesehenes widerfahren, oder solltest du plötzlich auf die Idee kommen, ohne mich auskommen zu wollen, geht die Sammlung an den Erzbischof.«

»Ich ahne schon lange, dass ich mit dir eine Natter an meiner Brust nähre«, sagte Kuno und mimte den menschlich Enttäuschten. »Und das nach allem, was ich für dich getan habe. Schämen solltest du dich.«

»Statt zu jammern, solltest du stolz auf mich sein, bin ich doch ein wahrhaft gelehriger Schüler meines Herrn und Meisters.«

Kuno suchte Herbrands Blick, um herauszufinden, ob er das ernst meinte. So ruhig und gelassen, wie der Adlatus guckte, war dem wohl so. Da ihm keine passende Replik einfiel, beschloss er, das Thema zu wechseln.

»Du hast mir noch nicht mitgeteilt, was unser guter Geist diese Woche zu melden hat.«

»Nichts als Gewäsch.«

»Wieder nichts? Das ist schon die zweite Woche.«

»Die dritte.«

»Ob er abtrünnig geworden ist?«

»Das glaube ich nicht. Sein Unmut auf Schwester Hildegard wächst in dem Maße, wie sich die Lebensumstände im Frauenkonvent verschlechtern. Es passiert einfach nichts.«

»Oder Hildegard hat etwas gemerkt.«

»Der gute Geist gehört nach wie vor zum inneren Kreis. In dieser Runde gibt es keine Geheimnisse, es sei denn, die Vorsteherin hat sie vor allen.«

»Trotzdem gefällt mir das nicht. Wir erhalten so gut wie keine Nachrichten, wie es auf dem Rupertsberg vorangeht. Dort spielt zurzeit die Musik, und dort müssten wir einen Gewährsmann haben.«

»Was siehst du mich so an? Wir haben dort niemanden.«

»Eben. Ich erwarte deine Vorschläge.«

Herbrand stülpte wie üblich die Unterlippe vor, was an diesem Tag aber nichts half. Ihm blieb nichts weiter, als die Schultern zu zucken.

»Pfeife!«, sagte Kuno und freute sich. »Dafür habe ich eine Idee. Wir suchen zwei Brüder aus, die sich als Tagelöhner auf der Baustätte verdingen. Einmal die Woche wirst du dann nach Bingen reiten und dich heimlich mit ihnen treffen. Nun, was sagst du dazu?«

»Und was versprichst du dir davon?«

»Neuigkeiten. Wissen ist Macht. Das Prinzip beherzigst du doch selbst.«

Der Adlatus blies die Backen auf. Er verließ das Kloster nur äußerst ungern, da er fürchtete, Entscheidendes könnte sich während seiner Abwesenheit zutragen. Daher bedrückte ihn die Vorstellung, jede Woche nach Bingen reiten zu müssen, mehr, als hätte Kuno ihm täglich zehn Stockhiebe in Aussicht gestellt.

»Hast du schon jemanden für diese Aufgabe ins Auge gefasst?«, fragte er.

»Allerdings. Gunter und Fabian. Die beiden können wir am ehesten entbehren.«

»Gunter ist vierundsiebzig und Fabian achtundsechzig. Der eine ist so gut wie blind, der andere hat ein steifes Bein. Außerdem kennt Richardis beide.«

»Hältst du sie deswegen für ungeeignet?«

»Mit Verlaub, ich dachte, die beiden sollen sich als Arbeitskräfte beim Klosterbau anwerben lassen.«

Kuno wedelte mit der Hand. »Wenn du einen besseren Vorschlag hast, bin ich selbstverständlich offen dafür.«

Wieder bewegte sich die Unterlippe des Adlatus nach vorn, diesmal mit mehr Erfolg. »Meiner Meinung nach sollten wir mit dieser Aufgabe überhaupt keine Brüder beauftragen. Auch wenn sie sich verkleiden, die Gefahr, dass sie enttarnt werden, ist viel zu groß. Ich schlage vielmehr vor, zwei Bauernburschen aus dem Tal anzuwerben, die sich als Wanderarbeiter ausgeben.«

»Die werden Geld verlangen.«

»Umsonst ist nur der Tod, ehrwürdiger Vater. Aber ich denke, die klösterliche Kasse wird so viel hergeben.«

»Einverstanden«, sagte Kuno mit leidender Miene, als müsse er sich jeden Pfennig vom Munde absparen. »Schließlich ist es ja für einen guten Zweck.«

*

Am Nachmittag des gleichen Tages standen Hiltrudis und Clementia Seite an Seite in der Wäscherei von Disibodenberg und walkten die Leinenwäsche im Bottich. Stickige feuchte Luft wie in einem sommerheißen Wald nach einem zu schwachen Gewitter verschlug ihnen den Atem. Der Schweiß rann ihnen in Strömen übers Gesicht, wobei die übergewichtige Clementia erstaunlicherweise weniger transpirierte als die magere Hiltrudis.

»Ich fühle mich, als würde ich mich gleich auflösen«, keuchte Hiltrudis. »Das sind nur die unreinen Gedanken, die die Hitze dir austreibt«, entgegnete Clementia ungerührt.

»Du hast wahrlich den Humor eines Henkers.« Hiltrudis stützte sich auf den Rand des Bottichs. »Ich muss kurz an die Luft, sonst verliere ich die Besinnung.«

Das Waschhaus gruppierte sich zusammen mit der Spinnerei, der Näh- und der Backstube, der Kerzengießerei und Hildegards Amtsstube um einen nur wenige Schritte messenden Hof, wobei jedes der Gebäude kaum größer war als eine Hütte. Hiltrudis wollte einen Augenblick ganz allein sein, und so schlüpfte sie in den Durchgang zwischen Waschhaus und Kerzengießerei und lehnte sich dort an die Lehmwand.

Die frische Luft war eine Wohltat. Hiltrudis schloss die Augen und atmete tief durch. Der Schweiß auf Stirn und Wangen, der ihr eben noch unangenehm gewesen war, verwandelte sich durch die kühle Brise, die durch die Gassen der Klause wehte, in eine Erfrischung, als hätte sie ihr Gesicht mit Quellwasser benetzt. Schon nach wenigen Atemzügen ging es ihr besser.

Gerade als sie wieder hineingehen wollte, um Clementia die Arbeit nicht allein tun zu lassen, vernahm sie ein leises Schmatzen, wie es nackte Füße machen, wenn sie sich vom Boden lösen. Das war eigenartig. Niemand in der Klause lief barfuß, alle trugen stets Sandalen oder Holzschuhe. Sich schon beinahe sicher, dass es sich um einen Dieb handeln musste, wagte Hiltrudis einen vorsichtigen Blick um die Hausecke.

Es war jedoch kein Dieb, der da über den Hof geschlichen kam, sondern Volmar. Die Holzpantinen hatte er ausgezogen und trug sie in der Hand. Immer wieder blickte er sich um, um sich zu vergewissern, dass ihn niemand bemerkte. Zuerst dachte Hiltrudis, der Sekretär der Äbtissin sei auf dem Weg zur Backstube, bis er plötzlich die Richtung änderte und in Hildegards Amtsstube verschwand.

Hiltrudis war verwirrt. Was hatte Volmar während Hildegards Abwesenheit in ihrem Offizium zu suchen? Dass die Mater nicht anwesend war, wusste sie. Schließlich hatte sie gesehen, wie Hildegard mit den Novizinnen, die nicht beim Klosterbau halfen, die Klause verlassen hatte, um sie in Pflanzen- und Kräuterkunde zu unterrichten. Und wieso benahm sich Volmar, diese Rechtschaffenheit in Person, wie ein Eierdieb? Ob er etwas Unrechtes im Schilde führte? Das war unvorstellbar. Aber welchen Grund hatte sein seltsames Verhalten dann?

Obwohl ihr das Herz bis zum Hals klopfte, überquerte Hiltrudis den Hof mit eiligen Schritten und legte ihr Ohr an die Tür der Amtsstube. Leises Rascheln war zu vernehmen.

Offenbar hantierte Volmar mit Pergamenten. Vielleicht hatte er irgendwelche Unterlagen vergessen, die er für die Reinschrift von »Scivias« benötigte. Nur, wenn dem so war, warum war er nicht ganz offen gekommen, um sie zu holen?

Ohne einen besonderen Entschluss gefasst zu haben, legte sie die Hand auf den Griff und drückte die Tür auf.

Volmar, der mit dem Rücken zur Tür stand, fuhr herum. Mit aufgerissenen Augen starrte er Hiltrudis an. Sie trat schnell auf ihn zu und blickte über seine Schulter. Er hatte sich an den Grundrissplänen des Klosters Rupertsberg zu schaffen gemacht.

»Ich hörte ein Geräusch und dachte, die Mater sei zurück«, sagte sie und zeigte auf die Pergamente, die auf dem Pult lagen. »Sind das die Baupläne des neuen Klosters?«

Volmar grinste verzerrt, als habe der Scharfrichter ihn gebeten, auf dem Weg zum Schafott ein freundliches Gesicht zu machen.

»Pläne? Ach, die Pläne. Ja, das ist der Rupertsberg. Ich wollte nur nachschauen, ob …«

»Ja?«

»Nun ja, ob die ehrwürdige Mutter auch einen Raum für mich vorgesehen hat.«

»Und, hat sie?«

»Ich glaube, ja«, sagte Volmar hastig, rollte die Pergamente wieder zusammen und legte sie zurück in ihr Fach. »Ein kleines Arbeitszimmer.«

Dann wollte er eilig hinaus, aber der Raum war zu klein, als dass sie aneinander vorbeigepasst hätten. Also verließ zuerst Hiltrudis die Stube. Als beide auf dem Hof standen, verriegelte Volmar die Tür.

»Nun denn«, sagte er und vermied, der Nonne in die Augen zu sehen. »Dann geh ich mal wieder.«

Kaum war der Sekretär in dem Durchgang zwischen Backstube und Kerzengießerei verschwunden, tauchte Clementia auf.

»Wo bleibst du denn?«, fragte sie. »Ich dachte schon, dir sei etwas zugestoßen. – War das gerade Volmar?«

»Ja, das war Volmar.«

»Und was wollte er?«

»Er hat die Pläne für das neue Kloster studiert. Angeblich, um nachzusehen, ob die Mater einen Raum für ihn vorgesehen hat.«

»Die Brüder ziehen ihn schon seit einiger Zeit damit auf, Hildegard werde nach dem Umzug auf seine Dienste verzichten. Glaubst du ihm etwa nicht?«

»Er wirkte ertappt und schuldbewusst«, sagte Hiltrudis nachdenklich. »Man könnte meinen, er führte etwas anderes im Schilde.«

Rupertsberg – November 1149

Was da langsam, aber unaufhaltsam aus der Grube wuchs, würde einmal der Dormentbau des Klosters sein. Neben dem Kapitelsaal, dem Leseraum und den Einzelzellen sollte er im Untergeschoss das Hypokaustum beherbergen, von dem aus über ein ausgeklügeltes System von Röhren Heißluft in Wände und Böden der einzelnen, zur Beheizung vorgesehenen Räume geleitet werden würde. Eine aufwändige und kostspielige Angelegenheit, auf der Hildegard aber beharrt hatte, um den Schwestern in der kalten Jahreszeit die schrecklichen und manchmal lebensbedrohenden Erkältungskrankheiten zu ersparen.

Eine andere und für ihre Zeit ausgesprochen fortschrittliche Einrichtung waren getrennte Leitungssysteme für Frisch- und Abwasser. Wie Hildegard im Rahmen ihrer medizinischen Tätigkeit festgestellt hatte, war unsauberes Wasser eine der hauptsächlichen Ansteckungsquellen. Ebenso hatte sie veranlasst, dass die Exkremente vom Necessarium aus nicht einfach in den Fluss geschwemmt, sondern in einer Grube gesammelt wurden, wo sie sich mit Kalk und Holzspänen abgestreut zersetzen konnten.

Solche – durchaus sinnvollen – Sonderwünsche hatten natürlich ihren Preis. Und sie sorgten für Verzögerungen, da immer wieder Spezialisten zu Rate gezogen werden mussten, auch wenn Richardis sich mehr und mehr in die Thematik einarbeitete. Zu guter Letzt hatte die junge Nonne sich ein Wissen angeeignet, das sie nach Hildegards Einschätzung befähigt hätte, sich als Bauleiter zu verdingen.

Nun, Anfang November, da die Nächte bereits empfindlich kalt waren, wenn auch noch kein Frost eingesetzt hatte, verlangte Richardis den Knechten der Gräfin von Stahleck das Äußerste ab. Sie setzte alles daran, dass wenigstens ein Gebäude vor Einbruch des Winters fertig gestellt wurde, denn das Leben in den Zelten war zunehmend unerträglicher geworden. Außerdem plante sie, in dem Gebäude eine Behelfswerkstatt einzurichten, damit die Arbeiten im Winter – wenn auch eingeschränkt – weitergehen konnten.

Das eifrige Treiben auf dem Rupertsberg hatte natürlich die Neugier der Bewohner der am anderen Naheufer gelegenen Stadt Bingen geweckt. Waren die Dörfler anfangs nur zum Gaffen gekommen und hatten nur im Notfall mal mit angefasst, so erschienen seit einer Woche regelmäßig einige Männer und arbeiteten mit. Zu verdienen gab es nichts, aber es hatte sich herumgesprochen, dass es drei ordentliche Mahlzeiten am Tag gab, und das war mehr, als die meisten von ihnen hatten.

Auch an diesem nasskalten, nebelverhangenen Morgen standen wieder zwei Burschen vor dem primitiven, aus Weidenruten gefertigten Tor und begehrten Einlass. Richardis selbst ließ sie herein. Sie waren groß, kräftig und rotwangig und sahen einander ähnlich. Wie sich herausstellte, handelte es sich um ein Brüderpaar, das angab, aus der Nähe von Ingelheim zu stammen. Hunger, so sagten sie, habe sie von zu Hause weggetrieben, und sie seien bereits froh, wenn sie für ihre Arbeit einen Kanten Brot bekämen.

Da jede Hand gebraucht wurde, stellte Richardis die beiden ein, obwohl sie den Wahrheitsgehalt ihrer Geschichte anzweifelte. Zwar waren die Brüder zerlumpt gekleidet, sahen aber im Vergleich zu den großäugigen Hungerleidern aus Bingen zu wohlgenährt aus. Der Anführer der von Stahleckschen Knechte, der sinnigerweise Rupert hieß, besah sich die Burschen kurz und teilte sie dann zum Steineschleppen ein.

Richardis ging zum Küchenzelt, vor dem an einem mannshohen Dreibein ein eiserner Kessel hing. Unter dem Kessel qualmte ein Feuer. Der Qualm brannte in den Augen und löste bei Richardis einen Hustenreiz aus.

»Ich habe dir schon hundertmal gesagt, du sollst zum Kochen kein nasses Holz nehmen«, fuhr sie Alma an, die mit einer Schöpfkelle in dem Kessel rührte. »Wir wollen schließlich keinen Schinken räuchern. Eigens zum Kochen haben wir getrocknetes Holz in der Kapelle eingelagert.«

»Wem sagst du das? Ich habe das Feuer nicht angezündet.« Dann drehte Alma sich zum Zelt um und sagte betont laut: »Unter uns gibt es einige, die sind zu faul, die paar Schritte bis zur Kapelle zu laufen, und nehmen lieber Bauholz.«

»Auch noch Bauholz, das wir für teures Geld kaufen müssen! Wer war das?«

»Na, wer schon?«

Richardis trat in das Halbdunkel des Zeltes. Mechthild saß

mit den Händen im Schoß auf einem Hocker und machte das Gesicht eines schmollenden Kindes. Auf dem Tisch türmte sich ungeputztes Gemüse. »Hast du das Feuer angezündet?«, fragte Richardis.

Mechthild nickte.

»Wieso hast du kein Brennholz genommen?«

»In der Kapelle sind so viele Spinnen. Da mag ich nicht reingehen.«

»Das ist doch lachhaft! Dann hättest du eben Alma bitten können, das Holz zu holen, und hättest stattdessen – was weiß ich – das Fleisch geschnitten oder was auch immer.«

»Dann hätte sie nur wieder über mich gelacht.«

Richardis drehte sich mit geballten Fäusten einmal um die eigene Achse und schickte ein Stoßgebet zum Himmel, der Herr möge ihr beistehen, nicht wieder die Beherrschung zu verlieren.

»Was ist mit dem Gemüse?«, presste sie zwischen zusammengebissenen Zähnen hervor. »Denkst du, weil du Feuer gemacht hast, dein Tagewerk sei vollbracht?«

Anders als sonst senkte Mechthild nicht den Blick, sondern sah Richardis herausfordernd an. »Ich werde heute abgeholt. Deshalb tu ich nichts mehr.«

Daran hatte Richardis nicht mehr gedacht. Natürlich, heute wollten Mechthilds Eltern kommen und ihre Tochter abholen. Endlich würde sie diesen verhassten Ort verlassen können, an dem sie nach ihren eigenen Worten nur schikaniert und misshandelt wurde.

»In dem Augenblick, in dem deine Eltern hier erscheinen, enden deine Pflichten«, sagte Richardis. »Bis dahin unterliegst du jedoch den Regeln der Gemeinschaft und wirst wie jede andere die dir zugewiesene Arbeit erledigen.«

»Ich denke nicht daran«, sagte Mechthild trotzig und warf den Kopf in den Nacken.

Richardis legte ihrer Noch-Mitschwester die Hände auf die Schultern und beugte sich so weit hinab, dass ihre Nasenspitzen nur eine Handbreit voneinander entfernt waren.

»Du hast die Wahl«, sagte sie leise. »Entweder du putzt das Gemüse, und zwar aufs Feinste, oder es geschieht das Gleiche, was in der Grube geschehen ist. Nur, dass ich diesmal richtig zuschlage.«

»Das wagst du nicht! Die Oberin hat es dir ausdrücklich verboten!«

»Wo kein Zeuge, da kein Richter.«

»Alma kann uns hören.«

»Glaubst du ernsthaft, Alma würde zu deinen Gunsten aussagen? So einfältig kannst nicht einmal du sein.«

»Gott sieht alles!«

»Vor allem die Faulen, die versuchen, sich auf Kosten ihrer Mitschwestern ein bequemes Leben zu machen.« Richardis rückte noch ein Stück näher. »Also, wie entscheidest du dich?«

Mechthild schluckte einmal so schwer, dass ihr Kopf ruckte, und sagte dann: »Das Gemüse.«

»Fein«, sagte Richardis. »Wenn deine Eltern kommen, rufe ich dich.«

*

Der Koblenzer Kaufmann Julius Canisius und seine Gattin Ophelia erschienen kurz vor der Non. Der beleibte Mann hatte sich auf der Reise rheinaufwärts eine geharnischte Ansprache zurechtgelegt, die Richardis gleich zu Anfang mit dem Hinweis abwürgte, Beschwerden seien ausschließlich an die Mutter Oberin persönlich zu richten. Entrüstet, dass er seinem aufgestauten Ärger keine Luft machen konnte, führte er Frau und Tochter zu dem vor dem Tor wartenden Wagen.

Dabei streckte Mechthild Richardis die Zunge raus, wofür Alma ihr einen Lehmklumpen an den Kopf warf. Unter dem tosenden Gelächter der versammelten Arbeiter trat die Familie einen schmachvollen Rückzug an.

Richardis flüchtete sich ins Küchenzelt, damit niemand sah, dass auch sie lachte, bis ihr die Tränen kamen.

*

Rupert hatte Richardis um eine Unterredung gebeten. Da es begonnen hatte zu nieseln, setzten sie sich im Zelt der von Stahlecker Knechtschaft zusammen. Im Hintergrund verrührte der Koch Mehl, Eier und Milch zu einem glatten Teig. Heute standen Pfannkuchen mit Speck und Bohnen auf dem Speiseplan.

Rupert hatte eine niedrige Stirn, weit auseinander stehende Augen und einen extrem breiten Mund, was durch große, einzeln stehende Zähne noch betont wurde. Auch wenn er keine Schönheit war, bei den Mädchen in Bingen hatte er einen Schlag. Er war stets freundlich und wohlgelaunt, wodurch er den meist griesgrämigen Rheingauern wie ein Wesen aus einer anderen Welt vorkommen musste. Selbst jetzt lächelte er, obwohl das, was er mit Richardis zu besprechen hatte, ernster Natur war.

»Ich brauche Geld für Werkzeug und Baumaterial«, sagte er ohne Umschweife. »Ich habe es überschlägig berechnet: Das Mindeste sind achtzig Denare.«

Richardis war entsetzt. »Ich habe Euch doch erst letzte Woche vierzig Denare gegeben. Habt Ihr die schon ausgegeben?«

»Durch die Mehrstunden, die Ihr uns abverlangt, geht es natürlich schneller voran. Ihr seht ja selbst, dass das Gerüst beinahe täglich wächst. Bis die Firsten gemauert sind, wird noch so mancher Baum für Stangen und Planken draufgehen. Des Weiteren brauche ich Seile und Umlenkrollen für den Flaschenzug. Und ich will noch einige Hämmer und Meißel und eine zweite Säge anschaffen.«

»Wozu das alles? Ich dachte, mit Werkzeug seien wir bestens ausgestattet.«

»Was nützen mir all die Arbeitskräfte, wenn ich sie nicht beschäftigen kann? Glatt vier Mann könnte ich noch beim Zuhauen der Quader einsetzen. Aber dazu muss ich ihnen Werkzeug an die Hand geben. Und die Säge, die wir haben, macht es nicht mehr lange. Über kurz oder lang wird eine neue fällig. Da können wir sie auch gleich mit besorgen.«

»Das kommt völlig unerwartet. Braucht Ihr das Geld denn sofort?«

»Zwei, bestenfalls drei Tage kann ich die Leute noch so beschäftigen. Aber dann wird's eng.«

»Wie viel würde es denn ohne die Säge machen?«

Rupert zog die Mundwinkel runter. »Ein paar Denare würden wir sparen. Aber, wie gesagt, lange macht es die alte nicht mehr.«

»Ich will sehen, was ich tun kann«, sagte Richardis und stand auf. »Aber Ihr solltet Euch für alle Fälle einen Ersatzplan zurechtlegen. – Übrigens, wie machen sich eigentlich die zwei Burschen, die ich Euch heute Morgen geschickt habe?«

»Gut, sie schuften wie die Pferde. Und sie lügen, dass es kracht.«

»Wie meint Ihr das?«

»Haben sie Euch nicht erzählt, sie seien aus der Nähe von Ingelheim?«

»Ja. Stimmt das nicht?«

»Jakob, einer aus unserem Haufen, kennt sie. Er hat sie mal auf dem Viehmarkt zu Alzey gesehen. Sie sind die Söhne des freien Bauern Achim von der Eiche aus Rothenkirchen.«

»Ist er sich sicher?«

»Die beiden haben in Alzey eine ziemliche Rauferei angezettelt. Daher sind sie ihm im Gedächtnis geblieben.«

»Warum geben sie sich für andere aus? Versteht Ihr das?«

Rupert machte eine hilflose Geste. »Einen Sinn vermag ich darin nicht zu erkennen.«

Richardis kam ein Verdacht. »Und wenn sie hier sind, um uns auszukundschaften?«

»Glaubt Ihr?«

»Ich weiß es nicht. Aber denkbar wäre es doch.«

»Macht Euch keine unnötigen Sorgen, ich werde sie im Auge behalten. Und meine Männer weise ich auch entsprechend an.«

»Habt vorerst Dank«, sagte Richardis, aber sie war alles andere als beruhigt.

Wollten die Schwierigkeiten denn überhaupt kein Ende nehmen? Binnen drei Tagen musste sie achtzig Denare auftreiben, hatte aber nicht die geringste Ahnung, woher. Die Kasse der Klause war leer. Ihr blieb nur, ihre Mutter um Hilfe anzugehen, aber ob die Markgräfin so kurzfristig aushelfen konnte, war fraglich. Sicher, die Ernte war eingefahren, aber noch war nicht alles verkauft. Zu allem Überfluss trieben sich jetzt auch noch zwei merkwürdige Burschen auf dem Gelände herum.

Als sie vor das Zelt trat, dämmerte es bereits. Die Knechte hatten ein großes Feuer angefacht, um sich aufzuwärmen. Nach dem Essen würde einer von ihnen zur Laute greifen, und dann würden sie gemeinsam singen. Vielleicht kämen auch wieder ein paar Mädchen vom Dorf herüber, um mit den Burschen das Tanzbein zu schwingen. Ein Spaß, den Richardis ihnen gönnte, auch wenn sie sich Sorgen machte, dass es wegen der Frauenzimmer zu Schlägereien kommen könnte. Aber bisher hatte Rupert solche Auswüchse zu unterbinden gewusst.

Sie machte sich auf den Weg zum Küchenzelt der Schwestern, das dort aufgeschlagen war, wo später einmal die Schule stehen sollte. Als sie an der Krypta der künftigen Abteikirche vorbeiging, kam plötzlich eine riesige Gestalt wie aus dem Nichts und verstellte ihr den Weg. Der Körperhaltung nach handelte es sich um einen Mann. Richardis blieb beinahe das Herz stehen.

»Wer seid Ihr?«, flüsterte sie, obwohl sie es in dem Moment bereits ahnte.

Statt zu antworten, nahm der Mann die Kapuze seines Umhangs ab. Pechschwarzes Haar fiel ihm in Wellen bis weit über die Schultern. Als er lächelte, zeigte er eine Reihe makelloser weißer Zähne.

»Man sagte mir, hier würden noch Arbeitskräfte benötigt«, sagte er. »Ist dem so?«

»Dem ist so«, sagte Richardis mit einem leichten Beben in der Stimme. »Seid willkommen, Graf Jerome.«

Als sie nach dem Nachtmahl noch ein paar Schritte gingen, sprach Richardis an, was ihr zuvor bereits aufgefallen war.

»Bereitet Euch Euer Bein noch immer Probleme?«, fragte sie.

»Das linke ist seit dem Bruch ein Stück kürzer«, antwortete Jerome. »Die Knochen müssen schief zusammengewachsen sein. Schwierigkeiten macht mir das aber nur auf längeren Märschen.«

Sie erklommen die Wendeltreppe zum Wehrerker, der wie ein Schwalbennest an der Stützmauer klebte. Vor ihnen glänzte die Nahe im Mondlicht wie flüssiges Silber. Die Lufttemperatur lag nur knapp über dem Gefrierpunkt, aber da es windstill war, froren sie nicht. Trotzdem hatte Richardis sich vorsorglich ihren Schaffellmantel übergeworfen.

»Ehrlich gesagt, ich dachte, der Klosterbau wäre weiter vorangeschritten«, sagte Jerome. »Es ist beinahe zwei Jahre her, dass Eure Mutter Oberin die päpstliche Erlaubnis erhielt.«

»Wir hätten gewiss mehr erreicht, würden wir endlich über die Mittel verfügen können, die uns zustehen«, sagte Richardis. »Aber der Erzbischof und besonders unser Abt behindern uns, wo sie nur können.«

»Euer Abt? Der war doch in Trier so klein.« Mit Daumen und Zeigefinger zeigte Jerome, wie winzig er Kuno in Erinnerung hatte. »Gibt er denn immer noch keine Ruhe?«

»Der Mann ist ein Scheusal. Anfangs habe ich ihn nur für einen Frauenhasser gehalten, aber inzwischen glaube ich, dass er niemanden leiden kann. Nicht einmal sich selbst.«

»Könnt ihr diesem Ränkeschmied denn nicht beikommen, indem ihr euch noch einmal an den Papst wendet?«

»Die Mater möchte den Erzbischof nicht noch einmal übergehen. Außerdem ist das Kirchenrecht in vielen Punkten strittig. So besteht durchaus die Möglichkeit, dass wir doch auf unsere Mitgiften verzichten müssen.«

»Wie bezahlt ihr die Arbeiten denn überhaupt?«

»Wir haben treue Freunde«, sagte Richardis und erzählte, welche Opfer ihre Mutter und die Pfalzgräfin erbracht hatten, um sie zu unterstützen. »Aber auch ihnen sind Grenzen gesetzt. Augenblicklich sind wir wieder an einem Punkt, an dem nichts mehr geht.«

»Wie viel benötigt ihr denn?«

»Im Augenblick sind es nur achtzig Denare. Aber jede Woche fällt etwas Neues an.«

Jerome griff in den Beutel, den er am Gürtel trug, und stapelte Silbermünzen auf die Mauer.

»Fürs Erste«, sagte er.

»Das kann ich nicht annehmen«, sagte Richardis. »Die Mater würde es nicht erlauben. Nicht von Euch.«

»Pardon?«

»Allein, wenn sie wüsste ...«

»Ja?«

»Dass Ihr hier seid. Sie würde ihre schlimmsten Befürchtungen bestätigt sehen.«

Jerome lachte so schallend auf, dass Richardis befürchtete, er sei verrückt geworden.

»Wollt Ihr wohl still sein!«, fuhr sie ihn an. »Man kann Euch ja bis Bingen hören.«

Japsend beruhigte er sich wieder.

»Zu komisch«, sagte er. »Eure Oberin traut uns also tatsächlich etwas Unschickliches zu?«

»Was ist daran lächerlich? So etwas ist schon vorgekommen.«

»Zum Beispiel bei Abaelard und Héloïse.«

»Zum Beispiel.«

»Wofür der arme Kerl von Héloïses Onkel entmannt wurde.«

»Das ist nur ein Gerücht.«

»Ich kenne jemanden, der behauptet, danach hätte der Pater durchaus im Knabenchor singen können.«

»Davon will ich nichts mehr hören«, sagte Richardis und wandte sich brüsk ab. »Das ist ekelhaft.«

»Pardon, aber Ihr wart es, die davon anfing.«

Eine Weile herrschte ein bedrückendes Schweigen wie kurz vor einem Urteilsspruch. Jerome setzte an, etwas zu sagen, ließ es dann aber doch, weil Richardis ihm noch immer den Rücken zukehrte. Schließlich beendete sie die Sprachlosigkeit.

»Ich habe Euch so ganz anders in Erinnerung«, sagte sie, ohne sich jedoch umzudrehen. »Edler.«

»Wie meint Ihr das?«

»So etwas wie eben hättet Ihr damals nie ausgesprochen.«

»Wovon redet Ihr? Die Sache mit dem Knabenchor?«

»Ja. Und dass Ihr gelacht habt. Das war gewöhnlich. Ihr habt Euch verändert.«

»Ihr Euch aber auch. Ihr seid empfindlich geworden. Wenn ich da an Tronecken denke … Da wolltet Ihr mir sogar ein unmoralisches Angebot machen.«

Richardis schoss herum, dass Jerome einen Schritt zurückwich.

»Das musste ja jetzt kommen!«, fauchte sie. »Schämen solltet Ihr Euch, dass Ihr überhaupt noch an diesen Akt der Verzweiflung denkt! Ihr seid nicht mehr der, den ich zu kennen glaubte. Bitte verlasst den Rupertsberg bei Morgengrauen. Ich weiß ohnehin nicht, warum Ihr überhaupt hierher gekommen seid.«

Damit wollte sie davonstürmen, aber Jerome streckte den Arm aus. Er brauchte sie nicht einmal zu berühren, sie blieb sofort stehen.

»Ich wollte Euch wieder sehen«, sagte er.

»Was versprecht Ihr Euch davon? Ihr wisst doch, dass ich einem anderen gehöre.«

»Das habe ich damals geachtet, und das achte ich auch heute. Ich bin schon glücklich, wenn ich nur in Eurer Nähe sein darf. Ihr seid für mich wie … wie eine Blume in Nachbars Garten. Ich darf sie betrachten, aber ich darf sie nicht pflücken.«

»Das soll ich Euch glauben?«

»Ihr tut es doch bereits.«

»Ihr seid Euch Eurer Wirkung sehr sicher, Graf Jerome, wie?«

»Ich komme viel herum. Da lernt man sich einzuschätzen.«

»Eure Unverschämtheit ist beispiellos, aber sie wird von Eurer Überheblichkeit noch übertroffen.«

»Solltet Ihr als Nonne nicht zuerst das Gute in einem Menschen sehen?«

»Und das wäre in Eurem Falle?«

»Ich bin hier, um zu helfen. Wie schon einmal. Und ohne eine Gegenleistung zu fordern.«

Trotz des dicken Schaffellmantels war deutlich zu sehen, wie Richardis ihre Schultern, die sie in ihrer Entrüstung gestrafft hatte, sinken ließ.

»Ich habe wohl etwas überspannt reagiert«, sagte sie. »Verzeiht.«

»Bei dem, was Ihr um die Ohren habt, kein Wunder.«

»Es ist großherzig von Euch, Nachsicht zu üben. Mein Gott, ich habe Euch noch nicht einmal gefragt, woher Ihr kommt und wie es Euch ergangen ist, seit wir uns zuletzt gesehen haben.«

Jerome lehnte sich gegen die Mauer. »Besonders aufregend war die Zeit nicht. Ich hatte keine Gelegenheit mehr, mich als Held zu betätigen. Ich bin einfach nur umhergezogen. Zuletzt war ich in Ravenna.«

»Italien muss wunderschön sein.«

»Vor allen Dingen versteht man dort zu kochen.«

»Die italienischen Frauen sollen einen besonderen Liebreiz haben, sagt man.«

»Stimmt. Die schönsten sehen aus wie Ihr.«

Das magere Licht des Mondes reichte aus, um zu erkennen, dass Richardis errötete.

»Ihr habt mir nie erzählt, warum Ihr auf der Flucht seid«, sagte sie hastig. »Verfolgt man Euch denn noch immer?«

Jerome rieb sich mit dem Zeigefinger die Nase. »Meine Feinde haben Blutrache geschworen. Das heißt, sie geben erst auf, wenn ich tot bin.«

»Wer sind diese Leute?«

»Eine mächtige Sippe aus Asturien. Das liegt im Norden Spaniens.«

»Habt Ihr einen von ihnen getötet?«

»Mehrere.«

»Warum?«

»Das ist eine lange Geschichte«, sagte Jerome. »Ich glaube nicht, dass ich sie Euch erzählen möchte.«

»Ist Eure Rolle dabei etwa eine unrühmliche?«

Jerome lachte. »Ihr seid geschickt, aber ich lass mich zu nichts hinreißen.«

»Begleitet Ihr mich zurück?«

»Gern. Vergesst nicht Euer Geld.«

Sie verließen den Erker über die Wendeltreppe. Das Lagerfeuer der Knechte war heruntergebrannt. Bis auf einen, der Wache hielt, schliefen alle. Vom Mond beschienen wirkte er mit seiner geschulterten Lanze wie ein Scherenschnitt.

»Ich verstehe noch immer nicht, warum die Hunde bei Euch nicht angeschlagen haben«, sagte Richardis. »Sonst ist auf sie Verlass.«

»Hunde mögen mich im Allgemeinen«, sagte Jerome. »Zumindest die vierbeinigen.«

Zu beiden Seiten des schmalen Wegs türmten sich Kanthölzer und Pfosten. In der Ferne schrie eine Eule.

Plötzlich blieb Richardis stehen und griff nach Jeromes Arm. »Habt Ihr das auch gehört?«

»Ja«, flüsterte er. »Geht weiter, als sei nichts geschehen. Ich komme gleich nach.«

Lautlos verschwand er zwischen den aufgestapelten Balken und verschmolz mit der Dunkelheit. Richardis ging mit einem mulmigen Gefühl weiter. Lieber wäre ihr gewesen, der Graf wäre an ihrer Seite geblieben.

Auf einmal hörte sie einen dumpfen Schlag, und jemand

sagte: »Uff!« Gleich darauf tauchte der Graf mit einem Mann auf, den er am Kragen hielt.

»Kennt Ihr den Burschen?«, fragte er und zog den Kopf des Mannes an den Haaren nach hinten, damit Richardis sein Gesicht erkennen konnte. »Er hat uns nachgestellt.«

»Er ist einer von zwei Brüdern, die ich heute Morgen eingestellt habe«, sagte sie. »Sie haben behauptet, sie seien aus Ingelheim, stammen aber in Wirklichkeit aus Rothenkirchen.«

»Wollt Ihr ihn befragen?«

Der Bursche knickte vor Angst immer wieder in den Knien ein. Außerdem blutete er aus der Nase.

»Nein. Lasst ihn laufen. Sagt ihm nur, er und sein Bruder sollen noch heute Nacht verschwinden. Ich will sie hier nicht mehr sehen.«

»Wenn sie erst einmal fort sind, werdet Ihr nie erfahren, was es mit den beiden Halunken auf sich hat.«

»Lasst ihn gehen«, sagte Richardis. »Ich denke, ich weiß auch so, wer sie geschickt hat.«

Kloster Disibodenberg

Herbrand brannte so darauf, seine Neuigkeit loszuwerden, dass er sein Pferd nicht am Tor abgab, sondern bis zum Abteibau weiterritt. Dort drückte er einem der vorbeikommenden Novizen die Zügel in die Hand und ging stracks in die Amtsstube seines Abtes. Zwei Atemzüge später war er schon wieder draußen.

»Weißt du, wo unser verehrter Vater sich aufhält?«, fragte er einen jungen Bruder.

Der Novize zeigte stumm nach oben.

»Im Himmel?«

»Beinahe.«

»Liegt er im Sterben?«

»Nicht doch. Er ist auf dem Dach.«

Herbrands Blick folgte dem ausgestreckten Arm des angehenden Mönchs. Tatsächlich, Kuno saß in seinen Pelz gehüllt rittlings auf dem Dachfirst des Abteibaus, des nach der Kirche zweithöchsten Gebäudes des Klosters, und fuchtelte mit den Armen.

»Was, in aller Heiligen Namen, treibt er da oben?«

»Das Dach hat ein Loch«, erklärte der Novize. »Da die Brüder, die es ausbessern sollen, nach Meinung des verehrten Vaters zu langsam arbeiten und außerdem pfuschen, überwacht er sie persönlich.«

Herbrand formte die Hände zu einem Trichter.

»Kuno, komm herunter!«, rief er. »Ich habe eine äußerst wichtige Mitteilung für dich!«

Kuno guckte erst in die falsche Richtung, entdeckte seinen Adlatus dann aber doch.

»Was willst du?«, rief er. »Du siehst doch, dass ich beschäftigt bin.«

»Es ist aber äußerst dringend!«

»Wenn es derart eilt, dann komm herauf!«

Herbrand dachte zuerst, er habe sich verhört. Aber die Gesten, die der Abt machte, waren eindeutig.

»Worauf wartest du?«, ertönte es von oben. »An der Stirnwand sind die Steigsprossen.«

Der Novize grinste von einem Ohr zum anderen. »Der verehrte Vater hat es auch geschafft.«

»Noch einen Ton, und ich werde deinen Hinauswurf beantragen«, schnauzte Herbrand und stapfte um die Hausecke.

Die Stirnseite des Abteibaus ragte vor ihm in den herbstgrauen Himmel wie die Nordwand des Eiger, den er vor zig Jahren anlässlich seiner einzigen Reise nach Italien zu Gesicht bekommen hatte. Gut, etwas niedriger mochte der Bau sein, aber seine drei Stockwerke hatte er. Dazu kam der Giebel, der so hoch war wie ein viertes. Herbrand musste an Bruder Egbert und dessen gebrochenes Rückgrat denken. Wenn er sich irgendwohin bewegen wollte, musste er seine Brüder bitten, ihn mit dem Leiterwagen zu ziehen. Ein jämmerliches Schicksal. Dann wäre es vorbei mit der Karriere. Niemand wählt einen Abt, der nicht laufen kann.

Raunen und Gemurmel drang an sein Ohr. Mindestens ein Dutzend Brüder drängte sich an der Hausecke und wartete auf die Sensation – den fliegenden Geier. Aber das Vergnügen würde er ihnen nicht bereiten.

Eines der Blitzgebete murmelnd, die er eigens für solche Situationen hatte, machte er sich an den Aufstieg. Ruhig und gleichmäßig, als handele es sich um seinen täglichen Verdauungsspaziergang. Dabei waren die Eisen so kalt, dass er fast mit den Fingern kleben blieb. Als er oben ankam und nach den Dachhaken griff, um auf den First zu steigen, machte er den Fehler, nach unten zu sehen. Da passierte es. Er schämte sich fürchterlich, aber das änderte nun auch nichts mehr.

Auf allen vieren, den Blick stier auf die Firstpfannen gerichtet, kroch Herbrand zu seinem Abt. Die Strecke kam ihm unendlich lang vor. Fünf Gebete brauchte er.

»Na, ist die Aussicht nicht prächtig?«, fragte Kuno munter und wies mit dem Arm über sein Reich. »Wir sitzen auf der Höhe der Glocken.«

»Ich bin beeindruckt«, sagte Herbrand.

»Du hast dich doch noch gar nicht richtig umgesehen.«

Das hatte Herbrand auch nicht vor. Seinem Abt auf drei Ellen Entfernung gegenübersitzend, starrte er ausschließlich diesen an, als würde ihn jeder Blick in eine andere Richtung in die Tiefe reißen. Ein Stück unterhalb seines linken Fußes musste das Loch sein, denn von dort erklang Hämmern und Schimpfen. Hinzusehen wagte er jedoch nicht.

»Ganz schön hoch, wie?«, fragte Kuno.

»Zu hoch für meinen Geschmack«, sagte Herbrand.

»Sei froh, dass es nicht stürmt. Also, was gibt's?«

Herbrands Kopf war leer wie ein umgekippter Eimer. Vergeblich versuchte er sich zu erinnern, weswegen er diesen Wahnsinn auf sich genommen hatte.

»Was ist nun?«, meckerte Kuno. »Ich hab nicht ewig Zeit.«

»Ich hab's vergessen.«

»Das gibt es doch nicht.«

»Anscheinend doch. Es muss an der Höhe liegen.«

»Das ist doch kein Grund, dass der Kopf nicht arbeitet. – Wonach stinkt es hier eigentlich?«

»Bestimmt nach Fisch«, sagte Herbrand eilig. »Heute ist Freitag.«

»Na, wenigstens das weißt du noch. Aber das ist kein Fisch. Das ist … Sag mal, bist du das?«

Herbrand schlug die Augen nieder und nickte.

»Konntest du das nicht unten erledigen?«, fragte Kuno.

»Unten verspürte ich noch nicht diesen Drang.«

»Und warum bist du nicht wieder runtergeklettert, als du den Drang dann verspürtest?«

»Weil ich hier nie wieder runterkomme!«, schrie Herbrand. »Weil ich hier oben verrecken werde!«

»Ganz ruhig, ganz ruhig«, sagte Kuno sanft und rückte ein Stück ab, da er sich plötzlich an Geschichten erinnerte, in denen vor Angst Irrsinnige ganze Seilschaften in den Tod gerissen hatten. Dann beugte er sich zur Seite und brüllte nach unten.

»Zwei Mann aufs Dach! Und bringt Seile mit! Bruder Herbrand hat die Hosen voll!«

*

»Das hättest du nicht sagen dürfen«, sagte Herbrand. »Selbst die Dümmsten unter den Brüdern lachen nun über mich.«

Er saß in dem reichhaltig verzierten und bestickten Sessel, der eigentlich hochrangigen Besuchern vorbehalten war. Auf Kunos Anweisung war das Möbel eigens vom Empfangssaal in seine Amtsstube geschafft worden. Frisch gebadet und gewandet erging sich der Adlatus darin nun seit einer Viertelstunde in Selbstmitleid. Dabei inspizierte er zum x-ten Mal seine Fingernägel. Immer wenn er eine Stelle fand, die ihm missfiel, knabberte er daran herum.

»Jedwede Achtung hab ich verloren«, jammerte er. »Ich sehe sie nach der Arbeit schon zusammensitzen und Spottlieder singen.«

»Was kletterst du auch aufs Dach, wenn du Angst vor der Höhe hast?«, fragte Kuno.

»Ich wollte mir vor den Brüdern nicht die Blöße geben.«

»Na, das ist dir ja bestens gelungen.«

»Jetzt überschüttest auch du mich noch mit Häme.« Theatralisch reckte Herbrand seine Arme zur Zimmerdecke. »Eli, Eli, lama asabthani?«

Kuno verdrehte die Augen. Eigentlich hatte er angenommen, mit der Zur-Verfügung-Stellung des Sessels Wiedergutmachung genug geleistet zu haben, aber jetzt erkannte er, dass er noch ein wenig nachlegen musste.

»Vor dem Abendessen werde ich den Brüdern verkünden, dass man dir in Bingen verdorbenen Fisch serviert hat. Mehr kann ich aber wirklich nicht für dich tun.«

»Ob sie das glauben werden?«

»Das ist doch völlig gleich! Vergammelter Fisch ist die offizielle Version, und wer künftig etwas anderes behauptet, kriegt es mit mir zu tun. Fertig, aus und Ende!«

Herbrand guckte noch immer wie ein Bräutigam, den auf dem Weg zum Traualtar die Nachricht von der Auflösung der Verlobung erreicht, aber Kuno hatte nun endgültig die Nase voll davon.

»Kein weiteres Gejammer!«, blaffte er. »Ich will jetzt endlich wissen, welche Neuigkeit dir so auf der Zunge brannte, dass du dafür Kopf und Kragen riskiert hast.«

Herbrand schob die Hände in die Ärmel seiner Kutte und suchte an seinen eigenen Ellbogen Halt.

»Zeizolf und Meginhard sind aufgeflogen«, sagte er knapp.

»Aha. Muss ich die kennen?«

»Zumindest solltest du sie kennen. Sie sind die Söhne des Bauern Achim aus Rothenkirchen.«

»Bauer Achim?« Endlich verstand Kuno und wuchs in seinem Sessel um eine ganze Elle. »Unsere Gewährsmänner?«

»Genau die.«

»Hab ich's nicht gleich gesagt? Aber das hast du zu verantworten. Ich war von Anfang an gegen irgendwelche dahergelaufenen Burschen, die man nicht einschätzen kann. – Wissen die Weiber, dass wir dahinter stecken?«

»Die Burschen haben nichts zugegeben, also kann von Wissen keine Rede sein. Bestenfalls ahnen sie etwas.«

»Jetzt stehen wir wieder da, wo wir angefangen haben. Schlimmer noch, das Ungeschick dieser Tölpel macht es uns unmöglich, noch mal jemanden auf dem Rupertsberg einzuschleusen. Dort wird nun gewiss jeder Neuankömmling mit Argusaugen begutachtet. – Dafür stehst du gerade. Das hast du verbrochen. Nur du allein.«

»Vielleicht hab ich ja gar nichts verbrochen«, sagte Herbrand sibyllinisch.

»O nein, mein Lieber«, sagte Kuno, dem der Unterton völlig entgangen war. »So einfach wirst du dich nicht aus der Verantwortung stehlen. Ich hoffe nur, du hast den Burschen keinen Vorschuss gezahlt.«

»Vorschuss nicht, aber ich habe sie nach unserem heutigen Treffen ordentlich entlohnt.«

»Das ist sehr vernünf... Was hast du getan?«

»Jedem ein paar Pfennige gegeben. Sie hatten sie sich redlich verdient.«

Kuno schlug sich mit der flachen Hand vor die Stirn. »Langsam zweifle ich an deiner Zurechnungsfähigkeit. Muss ich denn hier alles allein machen?«

»Du hast mir nicht zugehört«, sagte Herbrand. »Ich sagte, sie hatten es sich verdient.«

»Womit denn, bitte schön?«

Herbrand zog seine Hände aus den Ärmeln, fächerte die Finger auf und lehnte sie mit den Spitzen aneinander. »Der Franzose ist auf dem Rupertsberg.«

Kuno benötigte den üblichen Augenblick, bis er schaltete. »Der aus Trier? Der, der den Weibern zur Flucht aus Tronecken verholfen hat?«

»Der und kein anderer. Zeizolf hat Richardis und ihn belauscht. Dabei hat ihn der Franzose zwar erwischt, aber was der Bauernbengel bis dahin gehört hatte, ist mehr als aufschlussreich.«

»Worauf wartest du? Spuck's aus.«

Herbrand kostete die Spannung voll aus. Wäre ein Staubkorn zur Erde gefallen, es hätte wie ein Paukenschlag gedröhnt.

»Hildegards Lieblingstochter hat offenbar ein Verhältnis mit diesem französischen Grafen«, sagte er schließlich.

Kuno pfiff durch die Zähne. »Hat er sie beim ... Fupp-Fupp erwischt?«, fragte Kuno.

»Fupp-Fupp?«

»Na, du weißt schon.« Kuno bildete mit Daumen und Zeigefinger der linken Hand einen Kreis, auf den er mit der flachen rechten Hand einschlug.

»Äh … nein, das nicht«, sagte Herbrand mit einem Anflug von Röte. »Aber die beiden trafen sich nachts, als alle anderen bereits schliefen, an der Klostermauer. Dabei muss der Graf geäußert haben, er sei nur zurückgekehrt, um Richardis wieder zu sehen. Außerdem schmeichelte er ihr fortwährend. Und dann müssen sie sich auch noch ganz ohne Scheu über Abaelard und Héloïse unterhalten haben.«

»Aufschlussreich, aufschlussreich. Wenn es mich auch wundert, woher ein Bauernbursche weiß, wer Pierre Abaelard ist.«

»Natürlich kennt er ihn nicht. Aber er hat sich den Namen gemerkt.«

Kuno ließ das Berichtete eine Weile auf sich wirken.

Dann fragte er mit dem Gesichtsausdruck eines gewohnheitsmäßigen Weinpanschers: »Weiß Hildegard davon?«

»Das genau ist der Punkt. Richardis muss sich in etwa so geäußert haben, wüsste die Mater, dass Graf Jerome de Carcasso sich auf dem Rupertsberg aufhalte, würde sich damit ihre schlimmste Befürchtung bestätigen.«

»Oh, das ist Balsam auf die zahlreichen Wunden, die mir dieses Weibsbild zugefügt hat«, sagte Kuno und rieb sich die Hände. »Und gleichzeitig das Salz, das ich Körnchen für Körnchen in Hildegards blutendes Herz reiben werde. Bleibt die Frage, wie wir ihr davon Kunde geben.«

»Die größte Wirkung hat so etwas, wenn es von oben kommt.«

»Von oben? Du meinst vom Erzbischof?«

Herbrand nickte nur.

»Natürlich«, sagte der Abt gedehnt. »Unzucht im Frauenkonvent. Man stelle sich nur vor, der Erzbischof würde eines Tages eine Abtei weihen, auf deren Boden zuvor Orgien gefeiert wurden. Unvorstellbar! – Schnapp dir Pergament und Feder, Herbrand. Wir wollen ein Schreiben aufsetzen über das, was uns aus wohl unterrichteten und besorgten Kreisen zu Ohren gekommen ist.«

»Verzeih, wenn ich widerspreche, aber ich denke, in dem Fall wäre es sinnvoller und gewiss auch wirkungsvoller, Erzbischof Heinrich würde sich selbst ein Bild von den schändlichen Verhältnissen machen.«

»Einverstanden«, sagte Kuno händereibend. »Bereite alles vor, damit wir noch vor Tagesanbruch losreiten können. Hildegard wird noch ihr blaues Wunder erleben.«

Diesmal zögerte Hiltrudis nicht, sondern packte gleich zu, als sie ihn entdeckte. Wie ein Adler auf seine Beute stürzte sie aus der Backstube auf den Hof und riss ihn am Arm herum. Volmar erschrak derart, dass ihm die Beine versagten. Hiltrudis hatte alle Mühe, ihn wieder aufzurichten. Halb zog sie ihn, halb trug sie ihn zu der kleinen Bank, die vor dem Backhaus stand. Nur langsam kam der Sekretär wieder zu Atem.

»Gütiger Himmel, Hiltrudis, beinahe hättest du mich umgebracht«, sagte er stoßweise. »Du weißt doch, dass ich ein schwaches Herz habe, das nur noch dank der Arzneien der verehrten Mutter Oberin schlägt.«

Obwohl es im Hof bis auf den Lichtschein, der aus der Backstube fiel, stockfinster war, war unübersehbar, wie schlecht es Volmar ging. Seine Haut war wachsweiß, die Lippen bläulich verfärbt. Hiltrudis machte sich ernste Vorwürfe, so rabiat vorgegangen zu sein. Nur offen zugeben mochte sie es nicht.

»Ich dachte, du wärst ein Dieb«, log sie deshalb. »Mit dir habe ich nun wirklich nicht gerechnet. Was hast du hier so spät zu suchen? Üblicherweise liegt ihr doch um diese Zeit längst in den Federn.«

»Auf Stroh, wie ihr«, sagte Volmar und wischte sich Schweiß von der Stirn, obwohl es klirrend kalt war. »Ich muss die Meisterin sprechen. Und zwar nulla mora interposita.«

»Das ist unmöglich. Du weißt doch, dass ihr ein Husten auf die Brust geschlagen ist. Sie hat ein Küchlein aus Reiherschnabel, Muskatnuss und Bertram zu sich genommen und wird jetzt schlafen.«

»Du musst sie wecken, ich beschwöre dich!«

»Komm zur Vernunft, Volmar. Du führst dich ja auf, als ginge es um Leben und Tod.«

»Um nichts anderes geht es, verdammte Närrin! Oder glaubst du, ich hätte mich zum Vergnügen mitten in der Nacht aus dem Dormitorium geschlichen?«

Hiltrudis schlug die Hand vor den Mund, denn dass Volmar fluchte, war so selten wie eine Sonnenfinsternis. Genauer gesagt, hatte sie von dem einen wie dem anderen bisher nur gerüchteweise gehört.

»Wenn es so ist«, sagte sie. »Ich werde nachsehen.«

Volmar lehnte sein Haupt erschöpft gegen die Hauswand. »Ich bitte darum.«

*

Hildegard hatte sich aufgesetzt. Sie sah elend aus. Vor dem riesigen Kissen, das Hiltrudis ihr in den Rücken gestopft hatte, wirkte sie wie ein kleines Kind.

»Bleib mir ein wenig fern, treuer Freund«, sagte sie matt. »Mein Husten ist ansteckend.«

»Wie du es wünschst«, sagte Volmar und rückte den Hocker noch ein Stückchen weiter zum Fußende des Bettes.

Es war das erste Mal, dass er Hildegards Zelle betrat. Die Ausstattung des winzigen Raumes war so bescheiden wie seine Bewohnerin. Ein Tisch, ein Schemel, eine kleine Truhe und über dem Bett – als wunderschöne Schnitzarbeit – der Herr am Kreuz. Licht spendete eine einzelne Kerze auf dem Tisch.

»Wie geht es dir, verehrte Mater?«, fragte er, nachdem er Platz genommen hatte.

»Ich glaube, dieser scheußliche Husten konnte nur Gewalt über mich erlangen, weil ich mich in den letzten Wochen völlig verausgabt habe. Die Dreifachbelastung durch die alltäglichen Pflichten, den Klosterneubau und die Arbeit an ›Scivias‹ kosten mich mehr Kraft, als ich habe.« Sie lächelte, auch wenn deutlich zu sehen war, wie schwer es ihr fiel. »Aber deswegen bist du nicht gekommen, mein lieber Volmar. Was hat dich in solche Aufregung versetzt, dass du mich zu nachtschlafender Zeit sprechen musst?«

Jetzt, da er reden konnte, blieben dem Sekretär und Beichtvater die Worte im Halse stecken.

»Beginne irgendwo«, sagte Hildegard. »Ich lege mir die Geschichte dann schon zurecht.«

»Mir ist etwas Unvorstellbares zu Ohren gekommen«, begann er. »Genau genommen war es Bruder Tobias, der zufällig etwas belauscht hat.«

»Lauschen ist nie zufällig. Dein Bruder hätte sich entfernen können.«

»Ich weiß, dass du den Lauscher verachtest, wie auch ich es tue. Aber in diesem Fall solltest du eine Ausnahme machen und dir anhören, was Tobias in Erfahrung gebracht hat.«

»Wir werden sehen. Wie kam es dazu?«

»Tobias und drei weitere Brüder mussten den schweren Besuchersessel vom Empfangssaal in die Amtsstube unseres Abtes schleppen. Danach ging Tobias noch ein zweites Mal zur Amtsstube, um die Kissen, die zu dem Sessel gehören, abzuliefern. Als er ankam, war die Tür nur angelehnt, und da hörte er, was Kuno und Herbrand besprachen.«

»Warum hat er nicht geklopft?«

»Er hatte beide Arme voll und hat auf einen günstigen Augenblick gewartet, um einzutreten. Aber der ergab sich nicht. So wurde er zum unfreiwilligen Zeugen.«

»Warum hat er dir davon erzählt?«

»Er war so erschüttert über das, was ihm zu Ohren kam, dass er irgendwem sein Herz ausschütten musste. Und derjenige war ich.«

»Betrifft es den Frauenkonvent?«

»Ja.«

»Nun gut, machen wir eine Ausnahme. Schließlich bedient sich dein Abt auch nicht immer sauberer Mittel. Berichte, was Tobias dir erzählt hat.«

Volmar wand sich auf seinem Hocker. »Es handelt sich um eine deiner Töchter.«

»Wen?«, fragte Hildegard und war auf einmal hellwach.

»Richardis.«

»Was ist mit ihr?«

»Nun, sie hat … sie soll …«

»Jetzt druckse nicht herum!«

»Sie ist nicht allein auf dem Rupertsberg«, sagte Volmar eilig.

»Natürlich nicht.«

Plötzlich dämmerte ihr, dass Volmar wohl etwas anderes meinte. »Du willst sagen, sie …«

Er nickte mit zusammengekniffenen Lippen. »Richardis hat sich nachts, während alle anderen schliefen, heimlich mit einem Mann getroffen.«

»Woher wollen Kuno und Herbrand das wissen?«

»Der Adlatus war in Bingen.«

»Hat Herbrand behauptet, Richardis beobachtet zu haben?«

»Nein. Kuno und er hatten jemanden eingeschleust. Zwei Burschen, die beim Bau geholfen haben.«

»Spitzel?«

»Ja, in der Art.«

»Pah!« Hildegard verzog den Mund, als habe man ihr Essig angeboten. »Solche Leute lügen das Blaue vom Himmel, nur um ihren Judaslohn einstreichen zu können.«

»Ganz so war das in dem Fall wohl nicht.«

»Sondern?«

»Es gibt genaue Angaben zu dem Mann.«

»Kennst du ihn?«

»Nein. Aber was Tobias erzählte, rief mir sofort deinen Bericht über eure Reise nach Trier in Erinnerung.«

Alles Leben wich aus Hildegards Gesicht, als sei sie stundenlang zur Ader gelassen worden. Zurück blieb eine starre Maske.

»Das ist noch nicht das Schlimmste«, sagte Volmar, der die Veränderung in Hildegards Äußerem noch nicht wahrgenommen hatte. »Kuno will in aller Herrgottsfrühe nach Mainz reiten und den Erzbischof dazu bringen, ihn nach Bingen zu begleiten. Deshalb bin ich ja auch, so schnell ich konnte … Um Himmels willen, Mater, was ist mit dir?«

Hildegard hatte sich von ihrem Lager erhoben und schritt

zur Tür. Steifgliedrig und mit der ausdruckslosen Miene einer Schlafwandlerin. Volmar berührte sie vorsichtig am Arm.

»Bei Gott, wohin willst du, Meisterin?«

»Zum Rupertsberg«, sagte sie mit einer Stimme, die aus einem Grabgewölbe aufzusteigen schien. »Vielleicht komme ich noch rechtzeitig, um das Schlimmste zu verhindern.«

Rupertsberg

Statt des sonst üblichen Lärms herrschte Friedhofsruhe auf dem Berg oberhalb der Nahemündung. Drüben in Bingen wurde das Fischerfest gefeiert, und Richardis hatte Rupert und seinen Leuten den Nachmittag freigegeben, damit sie an der Volksbelustigung teilnehmen konnten. Gaukler, Musikanten und fahrende Händler, aber auch Bettler und Taschendiebe waren von nah und fern angereist und sorgten für Stimmung. Je nachdem, wie der Wind stand, waren Fetzen von Musik und Gejohle selbst auf der Klosterbaustätte zu hören.

Die Schwestern hatten den Nachmittag ebenfalls zur freien Verfügung. Da sie ständig bis an die Grenze ihrer Leistungsfähigkeit schufteten, brauchten auch sie ein wenig Abwechslung und Entspannung. Mittags waren sie unter der Führung von Schwester Ruth zu einer Wanderung die Nahe aufwärts aufgebrochen, wurden aber vor Einbruch der Dunkelheit zurückerwartet. Lediglich zwei Personen waren auf dem heiligen Berg geblieben: Richardis, die im Küchenzelt über dem Wirtschaftsbuch saß und nachtrug, was sie seit Tagen versäumt hatte, und Jerome, der dabei war, das Dach der rupertinischen Kapelle winterfest zu machen.

Nachdem er tags zuvor das kleine Gebäude zusammen mit zwei Knechten eingerüstet hatte, hatte er bis zum Mittagsmahl Holzschindeln auf das Gerüst geschafft. Nun turnte er in Schwindel erregender Höhe auf den Bohlen herum, als habe er zeitlebens nichts anderes getan. Die Arbeit schien ihm Spaß zu machen. Richardis hatte eigens die Zeltplane zurückgeschlagen, damit sie sein fröhliches Pfeifen hören konnte. Doch auf einmal ertönte etwas anderes. Ein leiser Schmerzensschrei, gefolgt von einem saftigen Fluch. Richardis ließ alles stehen und liegen und lief zur Kapelle. Jerome saß in der Dachtraufe und lutschte an seinem Daumen.

»Das habe ich nicht mehr getan, seit ich die Wiege gegen den Pferdesattel eingetauscht habe«, sagte er bei Richardis' Eintreffen.

»Was ist passiert?«, fragte sie.

»Ich habe schlecht gezielt und statt des Meißels den Daumen getroffen.«

»Schmerzt es sehr?«

»Ach was. Ich hoffe nur, dass der Nagel sich nicht ablöst.«

»Ich werde Euch eine Tinktur aus Mariendistel, Salbei und Schafgarbe anrühren, die das verhindert.«

»Macht Euch keine Mühe. Das wird schon wieder.«

»Die Tinktur ist schnell gemacht. Steckt derweil den Daumen wieder in den Mund, das ist das Beste.«

Richardis brauchte tatsächlich kaum länger, als es dauert, eine Forelle zu braten. Jerome wollte vom Gerüst heruntersteigen, aber sie bestand darauf, auch einmal die Aussicht zu genießen, wie sie sich ausdrückte. Er nahm das Töpfchen an, den Aufstieg über die Querstangen bewerkstelligte sie allein. Oben angekommen war Richardis enttäuscht. Zu sehen war nur unwesentlich mehr als von unten, was aber auch kein Wunder war, da die Gesamthöhe des Gerüstes gerade mal zwei Mannslängen betrug. Beeindruckender war schon, wie das Gebilde schwankte, obwohl es an der Kapellenmauer befestigt war.

»Man könnte meinen, man stehe auf den Planken eines Schiffes«, sagte sie.

»Hattet Ihr schon mal das Vergnügen?«, fragte er.

»Nur auf der Glahn. Und das Schiff war ein Nachen. Aber Ihr seid doch gewiss schon zur See gefahren, oder nicht?«

»Einmal nach Korsika. Die Hinfahrt war angenehm, aber auf der Rückreise hatten wir schweren Seegang. Seitdem ziehe ich jedes Gerüst einem Schiff vor.«

»Nun zeigt mir aber erst einmal Euren Daumen.«

Das erste Glied und der Nagel hatten bereits eine bläuliche Färbung angenommen. Mit einem wollenen Tupfer trug Richardis die Tinktur auf. Jerome spürte sofort eine kühlende Wirkung. Schließlich umwickelte Richardis den Daumen noch mit einem Streifen Leinen, dessen Anfang und Ende sie doppelt verknotete.

»Der Auftrag muss drei Tage lang morgens wie abends wiederholt werden«, sagte sie. »Dann bleibt Euch der Nagel erhalten. Solltet Ihr dennoch Schmerzen haben …«

»Ja?«

»… so seid mannhaft und ertragt sie.«

Richardis machte Anstalten, sich an Jerome vorbeizuquetschen, was auf der schmalen Bohle einem Selbstmordversuch gleichgekommen wäre.

»Wo wollt Ihr hin?«, fragte er.

»Ich habe noch keinen Blick nach hinten geworfen. Hinter der Kapelle soll doch der Friedhof angelegt werden.«

Jerome kletterte in die Dachtraufe und gab damit den Durchgang frei. »Seid aber vorsichtig. Jenseits der Mauer geht es steil bergab.«

Im Westen war auch der Hang außerhalb des eigentlichen Klostergeländes abgetragen worden, um eine ausreichend hohe und damit Schutz bietende Mauer errichten zu können. Seitdem stand die rupertinische Kapelle, deren Rückseite mit der Mauer abschloss, gewissermaßen auf einem künstlichen Berg. Vom Gerüst, das sich auf Höhe des Kapellendachs befand, ging es vier bis fünf Mannslängen senkrecht in die Tiefe. Richardis wagte nur einen flüchtigen Blick.

»Das ist ja lebensgefährlich«, sagte sie.

»Man gewöhnt sich daran«, sagte Jerome, der bereits wieder auf der Bohle stand. »Außerdem schaut man ja nicht den ganzen Tag hinunter.«

Wieder standen sie vor dem Problem, dass sie nicht aneinander vorbeipassten. Diesmal machte Jerome jedoch keine Anstalten, in die Traufe auszuweichen.

»Erwartet Ihr, dass ich über das Dach klettere?«, fragte Richardis.

»Was haltet Ihr davon, wenn ich Euch herumschwinge?«

»Ich würde über dem Abgrund schweben!«

»Nur für einen Augenblick.«

»Immerhin.«

»Vertrauen müsstet Ihr mir schon.«

»Ich weiß nicht ... Außerdem wäre es unschicklich. Wir kämen uns sehr nahe.«

»Es wäre doch nur zum Spaß. Kommt, sagt Ja.«

Richardis schüttelte den Kopf, allerdings nicht sehr energisch.

»Niemand würde es sehen«, sagte Jerome.

»Einer sieht es immer.«

»Der gibt aber nichts auf den Augenschein, sondern schaut in Euer Herz und erkennt, dass es rein ist.«

Richardis seufzte. »Sei es drum. Ihr gebt ja doch keine Ruhe, ehe ich nicht einwillige.«

Sie drehte sich um, und Jerome umfasste von hinten ihre Taille. Kräftig waren seine Hände, wie Schraubzwingen. Sie fühlte sich geborgen, keineswegs ausgeliefert, auch wenn ihr wegen des bevorstehenden Nervenkitzels ein kleiner Schauer über den Rücken lief. Mit einem »Auf geht's!« hob Jerome sie hoch und schwang sie im Halbkreis herum. Einen Herzschlag lang schwebte sie zwischen Himmel und Erde, in seinen Händen lag der Unterschied zwischen Leben und Tod. Dann setzte er sie punktgenau in der Mitte der Bohle wieder ab.

Auf Armeslänge vor ihr stand Mater Hildegard.

*

»Also stimmt es doch, was man sich erzählt«, sagte Hildegard mit rauer Stimme. »Ich wollte es nicht glauben, aber nun, da ich es mit eigenen Augen sehe, kann ich nicht umhin.«

»Was erzählt man sich?«, fragte Richardis unsicher. »Was glaubst du? Du denkst doch nicht etwa …«

»Sprich es ruhig aus, meine Tochter. Den Mut zu sündigen hattest du. Also habe auch den Mut, die Sünde beim Namen zu nennen.«

»Welche Sünde? Ich habe nicht gesündigt.«

»Dann werde ich es dir sagen: Ehebruch ist ihr Name. Du hast deinen Bräutigam, dem du ewige Treue geschworen hast, betrogen.«

»Das ist nicht wahr! Wer das behauptet, lügt!«

»Dann bezichtigst du mich also der Lüge?«

»Du versuchst mich mit Worten in die Enge zu treiben. Aber ich sage dir, ich habe mir nichts vorzuwerfen. Gott ist mein Zeuge!«

»Dass du es wagst, in diesem Zusammenhang den Namen des Herrn in den Mund zu nehmen! Glaubst du etwa, er würde falsches Zeugnis für dich ablegen?«

»Mater, was ist mit dir? Wieso glaubst du mir nicht?«

»Weil ich dich und diesen Mann beobachtet habe.«

»Und, was hast du gesehen? Ist dir irgendetwas aufgefallen, dessen ich mich schämen müsste?«

»Die Hände dieses Mannes liegen noch immer auf deinen Hüften.«

Der Satz war wie ein Urteil. Beide, Richardis wie Jerome, fühlten sich plötzlich nackt und bloß, als hätte Hildegard sie in einer schmutzigen Absteige beim Liebesakt ertappt. So mussten sich Adam und Eva nach der Vertreibung aus dem Paradies gefühlt haben. Mit dem Unterschied, dass das erste Menschenpaar tatsächlich gesündigt hatte. Richardis und Jerome hingegen hatten in keinen Apfel gebissen, sie hatten noch nicht einmal einen gepflückt. Dieses Wissen gab der jungen Nonne Kraft, erneut gegen die Aburteilung aufzubegehren.

»Das«, sagte sie nachdrücklich, während Jerome sie losließ, »ist aber auch das Einzige, was du mir vorwerfen kannst.«

»Dies ist nicht euer erstes Treffen«, sagte Hildegard mit eisiger Stimme.

»Woher willst du das wissen?«

»Kuno hat euch überwachen lassen. Seine Spitzel haben euch beobachtet und belauscht.«

»Die Bauernburschen, die angeblich aus Ingelheim stammten.« Richardis schnaubte verächtlich. »Sie haben sich ihre Anstellung mit einer Lüge erschlichen. Schenkst du ihnen etwa mehr Glauben als mir?«

»Was ich glaube, ist nicht mehr von Bedeutung. Kuno ist auf dem Weg nach Mainz, um dem Kunde zu geben. Der Fall zieht bereits seine Kreise.«

»Mein Gott!«

Richardis war sichtlich erschüttert, und auch Jerome war angesichts derartiger Niedertracht fassungslos. Eine Lösung jedoch konnte er nicht bieten. Das war eine Sache, die die beiden Frauen miteinander ausmachen mussten. Ihn ärgerte nur, dass er die beiden Bengel nicht gehörig zur Rechenschaft gezogen hatte.

»Trotzdem«, sagte Richardis tapfer, »für mich ist entscheidend, was du glaubst. Wenn du mir vertraust, kann ich bestehen, sollte mich auch der Rest der Welt verurteilen.«

Hildegard rang mit sich. Wo war nur ihre Gabe, auf die sie sich bei ihrem Urteil sonst immer verlassen konnte, nämlich in die Herzen der Menschen blicken zu können? Bei Richardis versagte sie auf einmal. Die junge Nonne, die ihr mehr bedeutete als jede andere ihrer Töchter, verweigerte ihr den Einblick in ihr Innerstes. Das zeigte sich schon in ihrem trotzigen Gesichtsausdruck. Anstatt sich zu unterwerfen und zu bereuen, pochte sie auf ihr Recht. Das konnte nur bedeuten, dass sie ihr Herz entgegen allen Beteuerungen einem anderen geschenkt hatte.

»Ich hatte gehofft, du würdest eines Tages meine Nachfolge antreten«, sagte Hildegard bitter. »Nicht zuletzt deshalb habe ich mich trotz aller Schwierigkeiten zum Bau dieses Klosters entschlossen. Nun muss ich erkennen, dass ich dich verloren habe, und unsere neue Heimstatt vermutlich noch dazu.«

Richardis brachte es tatsächlich fertig zu lächeln. Aber ihr Lächeln war eine einzige Qual, eine Mischung aus Wehmut und unendlicher Traurigkeit.

»Dass du mir nicht glaubst, Mater, ist der größte Schmerz, den ich in meinem bisherigen Leben spüren musste. Warum nur verschließt du dich so gegen die Wahrheit? Man könnte meinen, du handeltest aus Eifersucht.«

»O Hochmütige! Wie kannst du nur annehmen, ich ließe mir von verletzten Gefühlen den Blick trüben. Ich habe Sorge für den ganzen Konvent zu tragen, dessen Zukunft du durch deine Leichtlebigkeit in Gefahr gebracht hast.«

»Dann sag mir, was ich tun soll. Soll ich die Gemeinschaft verlassen?«

»Du sollst deine Verfehlungen gestehen, tätige Reue zeigen und dich dem Urteil des Bischofs unterwerfen, wie immer es lauten möge.«

»Mein Geständnis wäre eine Lüge.«

»Solltest du auf dem beharren, was du Wahrheit nennst, wird dir niemand glauben«, fauchte Hildegard und machte einen Schritt auf Richardis zu. »Dir bleibt nur, auf Gnade vor Recht zu hoffen.«

»Das ist doch Irrsinn!«, mischte Jerome sich zum ersten Mal ein. »Ihr liefert Eure Tochter wider besseres Wissen dem Scharfrichter aus. Würdet Ihr Euch vor sie stellen, könnte niemand ihr etwas anhaben. Ich jedenfalls werde zu Gunsten Richardis' aussagen.«

»Euch wird man ebenso wenig glauben!«

Erneut trat Hildegard einen Schritt vor, und Richardis wich zurück. Die Bohle kam bedenklich ins Schwanken, wodurch die Jüngere das Gleichgewicht zu verlieren drohte. Ohne zu zögern, schlang Jerome den Arm um sie.

»Lasst meine Tochter los!«, schrie Hildegard.

Richardis fest im Griff bewegte Jerome sich rückwärts und suchte Halt an der Dachkante, verfehlte sie jedoch. Hildegard setzte erneut einen Fuß vor. Mit ausgestrecktem Arm hätte sie Richardis berühren können.

»Nehmt die Hände von meiner Tochter!«

»Mater! So steh doch still!«, rief Richardis voller Angst. »Wir werden alle abstürzen!«

Die Bohle schaukelte sich auf, als sei ein Sturm losgebrochen. Ihre Konstruktion war für ruhende Lasten ausgelegt, nicht für Bewegungen. Plötzlich gab Jerome Richardis frei. Durch einen weiteren Schritt nach hinten war er mit der Kniekehle gegen die letzte Querstange gestoßen und ins Straucheln geraten. Er konnte das Gleichgewicht nicht halten. Seine Hände griffen ins Leere.

Richardis drehte sich um und blickte ihn an. Es lag keine Angst, nicht einmal Erstaunen in seinen Zügen, nur ein unendliches Bedauern. Im nächsten Augenblick war er verschwunden.

Der Aufprall seines Körpers war nicht lauter, als falle ein überreifer Apfel zu Boden.

Kloster Rupertsberg – November 1177

Nun war es doch wieder nach Mitternacht geworden, und Wiberts Sitzfleisch schmerzte.

»Welch eine Tragödie«, seufzte er. »Welch schicksalhafter Zwist von Freiheit und Notwendigkeit, von Schuld und Sühne. Nur, dass dieses Werk von keinem griechischen Meister ersonnen wurde, sondern vom Leben.«

Hildegard wirkte noch immer entrückt. Während ihrer Erzählung hatte sie die Ereignisse, die mehr als ein Vierteljahrhundert zurücklagen, noch einmal durchlebt. Auch heute noch schien ihr unbegreiflich zu sein, was geschehen war. Sooft sie sich im Laufe der Jahre auch gefragt hatte, wie es zu dem Unglück hatte kommen können, nie hatte sie eine befriedigende Antwort gefunden. Und wieder wurden die bekannten Fragen gestellt, diesmal von Wibert.

»Hast du damals wirklich geglaubt, Richardis habe gesündigt?«, fragte er.

Hildegard zuckte leicht zusammen, als erwache sie aus einem Tagtraum.

»Heute weiß ich, dass sie unschuldig war, und damals hätte ich es wissen müssen«, sagte sie. »Ich war nur so verunsichert, weil meine Gabe, in das Herz eines anderen blicken zu können, ausgerechnet dann versagte, als ich sie am dringlichsten brauchte. Die Schuld dafür gab ich Richardis, die ich verdächtigte, sich mir bewusst zu verschließen. Dabei lag der Fehler einzig bei mir.«

»War es die Eifersucht, wie deine Tochter behauptete?«

»Meine Blindheit mit Eifersucht zu erklären, wäre zu einfach. Was damals in mir vorging, war vielschichtiger. Schon in dem Augenblick, als Volmar mir sagte, dass der Mann der Franzose war, machte ich mir erneut heftige Vorwürfe, Richardis auf Tronecken der Versuchung ausgesetzt zu haben. Hätte ich damals kühlen Kopf bewahrt und unsere Gefangenschaft durchgestanden, wären Richardis wie mir diese Qualen erspart geblieben.«

»Du glaubst also, auch Richardis hat gelitten?«

»Sehr sogar, möglicherweise mehr als ich. Graf Jerome war ihr nicht gleichgültig. Ihre Gefühle haben sie in Versuchung geführt, aber sie hat der Versuchung widerstanden. Es muss ein langer, zäher, quälender Kampf gewesen sein. Sie war damals so jung und so schön. Wer kann ihr verdenken, dass sie sich an den Schmeicheleien des Grafen erfreute? Und ausgerechnet dann, als es für sie am schwersten war, ließ ich sie im Stich, indem ich ihr mein Vertrauen entzog.«

Bevor er seine nächste Frage stellte, erwog Wibert bedächtig jedes einzelne Wort. »Wie ist deine Einschätzung aus heutiger Sicht: Wäre Richardis mit dem Grafen gegangen, wenn er nicht zu Tode gestürzt wäre?«

»Wenn sie zu dem Zeitpunkt den Konvent verlassen hätte, dann – trotz allem, was ich ihr angetan habe – aus Liebe zu mir und zu den Schwestern, nicht aus Liebe zu jenem Mann. Ich glaube auch nicht, dass sie ihm gefolgt wäre, hätte sie uns schon damals verlassen. Entweder wäre sie in ein anderes Kloster eingetreten, oder sie hätte sich als Eremitin zurückgezogen.«

Hildegard schüttelte den Kopf über ihr damaliges Unverständnis. »Richardis war so stark. Hätte sie diesen Mann wirklich geliebt, dann hätte sie sich zu ihm bekannt und wäre mit ihm gegangen, und keine Macht der Erde hätte sie davon abhalten können. Dass sie es nicht tat, hätte mir Hinweis genug sein müssen, wem ihre wahren Gefühle galten. Nur war ich zu verblendet, das zu begreifen. Ein unverzeihlicher Fehler.«

»Ist nicht das eigentlich Tragische, dass du sie trotz des Todes des vermeintlichen Rivalen verloren hast?«

»Deine Betrachtungsweise ist mir zu unchristlich, Wibert. Wir sind keine Zuschauer in einem Amphitheater. Auf der Bühne des Lebens stehen keine maskierten Darsteller, sondern Menschen. Unser Mitgefühl hat dem Grafen de Carcasso zu gelten. Er starb durch meine Mitschuld.«

»Er war noch jung an Jahren, Mater, aber durch seine lange Flucht muss er über reichlich Lebenserfahrung verfügt haben. Er hätte wissen müssen, dass man sich nicht in eine Ordensfrau verliebt, und sei sie noch so anziehend.«

»Ob er versucht hat, das Feuer wider besseres Wissen anzufachen, kann ich nur vermuten«, sagte Hildegard und lieferte gleich darauf die stichhaltigste aller Begründungen. »Er war ein Mann und noch dazu ein gut aussehender.«

Wibert, der sich von Anfang an schwer getan hatte, Sympathie für den Grafen zu entwickeln, nahm den zeitlichen Faden wieder auf. »Unmittelbar nach dem Todessturz habt ihr den Mann verscharrt. Ist das richtig?«

»Ich habe ihn verscharrt. Ich allein. Während der ganzen Zeit stand Richardis auf dem Gerüst und sah auf mich herab. Ihr Blick brannte wie Feuer auf meinem Rücken.«

»War das ihre einzige Reaktion? Hat sie nichts gesagt?«

»Ich hatte sie gebeten, mir zu helfen. Wir mussten ihn umgehend bestatten, niemand durfte von der Tragödie erfahren.

Das hätte neue Fragen, neue Untersuchungen heraufbeschworen, die gewiss das Ende des Klosters bedeutet hätten. Wer vertraut schon seine Töchter einer Äbtissin an, die im Verdacht steht, einen französischen Grafen ermordet zu haben.«

»So vermag ich das nicht zu sehen! Sein Tod war ein Unfall!«, wandte Wibert ein.

»Ein Unfall, der nur durch meine Schuld hat geschehen können. Und wäre es zu einer Untersuchung gekommen, hätte ich nicht beweisen können, dass ich nicht tatsächlich Hand an ihn gelegt hatte. Ja, ich weiß nicht einmal, ob ich das gewollt hätte. Auch Richardis schien ebenso zu denken. Es war geradezu erschreckend, wie gefühlskalt sie reagierte. Sie schrie nicht, sie weinte nicht, sie beschimpfte mich nicht. Sie beobachtete nur, wie ich den Grafen begrub. Ich wühlte wie eine Wahnsinnige in der harten Erde, ständig in Panik, dass Richardis mir eine Schindel auf den Kopf werfen oder sich zu Tode stürzen könnte. Oder dass Erzbischof Heinrich plötzlich neben mir stünde und mich fragte, was ich da tue.«

»Aber nichts dergleichen geschah.«

Hildegard bestätigte. »Auf einmal war Richardis verschwunden. Ich sah noch, wie sie das Klostergelände verließ. In dem Augenblick dachte ich, sie ginge für immer. Erst spät in der Nacht kam sie zurück. Als ich sie ansprechen wollte, zischte sie mir eine einzige Frage zu, die mir den Mund verschloss.«

»Was sagte sie?«

Auch heute noch, nach all den Jahren, wurde Hildegard blass. »Wie fühlt man sich, wenn man ein Leben auf dem Gewissen hat?«

Wibert war taktvoll genug, sich jeden Kommentars zu enthalten und mit seiner nächsten Frage eine Weile zu warten.

»Wann hat sich euer Verhältnis wieder entspannt?«

»Eigentlich nie wieder«, seufzte die Mater. »Richardis hat zwar später ihren Vorwurf zurückgenommen, und eine Weile schien es, als könnte unser Miteinander noch einmal so herzlich und liebevoll werden wie einst, aber das war nur Wunschdenken meinerseits. Der Todessturz des Grafen schwebte wie ein dunkler Schatten über unserer Beziehung.«

»Ihre Mitarbeit am ›Liber Scivias‹ hat sie aber doch fortgesetzt.«

»Ja, natürlich. Ich habe sie als Bauleiterin abgelöst und sie wieder in die Niederschrift meiner Visionen eingebunden, weil ich hoffte, sie so auf andere Gedanken zu bringen. Sie hat ihre Arbeit auch klaglos und zufrieden stellend verrichtet, aber es brannte kein Feuer mehr in ihr. Hätte ich sie mit Brotbacken beauftragt, hätte sie das mit dem gleichen Eifer getan.«

»Hat sie die von dir verbreitete offizielle Version, Graf de Carcasso sei abgereist, mitgetragen?«

»Mit Rücksicht auf den Konvent, ja.«

Wibert wusste, dass er mit seiner nächsten Frage einen besonders wunden Punkt berühren würde, daher räusperte er sich zunächst einmal ausgiebig.

»War es unter diesen Umständen nicht das Beste für euch beide, dass es nach dem Umzug hierher und der Fertigstellung des ›Liber Scivias‹ zur Trennung kam?«

Hildegard lächelte milde.

»Du spielst auf meine heftige Reaktion an, als Richardis mir mitteilte, sie werde als Äbtissin nach Bassum bei Bremen gehen«, sagte sie. »Es gab drei Gründe, warum ich das unter allen Umständen verhindern wollte. Erstens: Ich hielt sie schlichtweg für zu unreif für diese Aufgabe. Zweitens: Ihre Weglobung war auf eine Initiative Kunos zurückzuführen, der ihrer Mutter, der Markgräfin, den Floh ins Ohr gesetzt hatte, Richardis sei zu Höherem berufen, und ihm gab ich mich nun einmal nicht gern geschlagen. Drittens, und das ist der wichtigste Punkt: Ich hoffte noch immer, die Zeit würde die Wunde heilen, die ich Richardis zugefügt hatte, und wir würden eines Tages wieder zueinander finden. Heute weiß ich, dass das Wunschdenken war.«

»Ich muss trotzdem noch einmal auf die von dir schon angesprochene Heftigkeit deiner Reaktion zurückkommen. Du hast sogar an den Papst geschrieben, um Richardis' Ernennung zu verhindern, von Bischöfen und anderen Personen mal ganz zu schweigen. Dabei muss dir doch klar gewesen sein, dass du dir nur Abfuhren einhandeln würdest.«

»Darüber habe ich damals nicht nachgedacht. Ich wusste nur, wenn Richardis erst einmal fort war, würde ich nie mehr die Gelegenheit haben, wieder aufzubauen, was ich zerstört hatte. Heute weiß ich, dass ich es auch dann nicht vermocht hätte, wäre sie geblieben.«

Wibert ließ es damit auf sich beruhen, da er sah, wie sehr diese Erinnerungen die Mater aufwühlten. Er wollte sich nicht zum Vorwurf machen müssen, sie so aufgeregt zu haben, dass sie später nicht in den Schlaf fand. Ein Punkt war jedoch noch zu klären.

»Was ist eigentlich aus Abt Kunos Vorhaben geworden, den Erzbischof zum Rupertsberg zu führen?«, fragte er.

»Ein Schlag ins Wasser, wie man so schön sagt. Als Kuno in Mainz eintraf, lag Heinrich mit einer Grippe im Bett, die ihn fast das Leben gekostet hätte. An eine Reise war überhaupt nicht zu denken, er hat Kuno nicht einmal empfangen, um sich sein Ansinnen anzuhören. Also blieb meinem Abt nichts anderes übrig, als einen Brief zu hinterlegen, in dem er den Sittenverfall in unserem Konvent anprangerte. Zwei Tage später schlug ein Blitz in die erzbischöfliche Kanzlei ein. Ein Feuer brach aus, und Kunos Brief verbrannte zu Asche. Da Graf Jerome, wie alle glaubten, den Rupertsberg inzwischen verlassen hatte, wurde der Fall nicht weiterverfolgt.«

»Alle Aufregung war also umsonst. Das macht den Fall nur umso tragischer. Aber sei beruhigt, Mater, ich vermag kaum eine Mitschuld deinerseits zu erkennen. Ich muss gestehen, ich war auf ein schlimmeres Geständnis gefasst.« Fast fröhlich fuhr Wibert fort: »Und nun, da die Umstände geklärt sind, unter denen der junge Adlige zu Tode kam, kannst du mir endlich verraten, wer Kunos guter Geist war.«

»So weit ist es noch lange nicht, Wibert. Meine Geschichte ist noch nicht zu Ende.«

»Was soll das heißen?«

»Das soll heißen, dass Graf Jerome de Carcasso nicht der Einzige ist, für dessen Tod ich die Verantwortung trage.«

»Bei Gott!«, entfuhr es Wibert. »Wer denn noch?«

»Wie sprach schon der Prediger Salomon: Für alles gibt es eine bestimmte Zeit«, sagte Hildegard mit seltsam leerem Blick. »Ja, eine Zeit für jede Angelegenheit unter den Himmeln. Ich denke, für heute sollten wir es dabei bewenden lassen.«

»Fürwahr, fürwahr.« Wibert wirkte übertrieben munter in seinem Bemühen, den Schock zu überspielen. »›Quandoque bonus dormitat Homerus‹, wie Horaz zu sagen pflegte.«

Die Mater schien aus einer Entrücktheit zu erwachen und straffte ihre Schultern. »Zweifellos hat er damit Recht gehabt.« Ihr Körper straffte sich. Als wäre nichts geschehen, fuhr sie fort: »Morgen werde ich dir von einer physikalischen Entdeckung berichten, die ich zufällig machte und die für den Fortgang der Geschichte von besonderer Bedeutung ist.«

»Eine physikalische Entdeckung?«, fragte Wibert, der nicht folgen konnte, so sehr hatte ihn Hildegards zweites Geständnis aufgewühlt. »Was hast du denn –«

»Morgen«, unterbrach ihn Hildegard. »Nicht heute.«

Kloster Rupertsberg – April 1152

In diesen Tagen glich die Abtei einem Bienenstock. Mehr als vierzig Schwestern eilten umher, um alles und jedes auf Hochglanz zu bringen, denn ein bedeutendes Ereignis stand unmittelbar bevor – die Einweihung der Basilika.

Fehlte es nach dem Umzug vor eineinhalb Jahren noch an mancher Bequemlichkeit, wie einem vernünftigen Badehaus oder einem Schulgebäude, so waren alle lebensnotwendigen Einrichtungen, die zur Eigenversorgung unabdingbar waren, nun vorhanden. Dazu zählten der Obst- wie Nutzgarten, die Imkerei, die Kornscheune, der Fruchtspeicher, die Darre, die Kleintier- und die beiden kreisrunden Hühnerställe. Ferner das Wirtschaftsgebäude mit angeschlossenem Waschhaus, das Backhaus, der Laienspeisesaal und der Abteibau, bestehend aus Dormitorium und Refektorium nebst einigen Werkstätten und dem Westflügel, der außer den Wohnräumen der Äbtissin auch die Vorratskammern und den Weinkeller beherbergte. Von Primitivität und Behelfsmäßigkeit wie in den Anfängen konnte jedenfalls keine Rede mehr sein.

Entsprechend war die Stimmung im Konvent. Nach der entbehrungsreichen Zeit prosperierte das Kloster zusehends. Fast monatlich waren Neueintritte zu verzeichnen, und endlich war man auch in der Lage, Herrgottsgäste aufzunehmen. Noch waren es weniger als zehn, aber ein Anfang war gemacht. Die Zukunft war voller Verheißungen, woran nicht zuletzt auch der sonnige und warme Frühling dieses Jahres seinen Anteil hatte.

Im vergangenen Winter hatte Hildegard, die die Chronik der Abtei von Anfang an selbst führte, zwei betrübliche Ereignisse zu verzeichnen gehabt.

Zur Jahreswende war die Markgräfin von Stade, ihre langjährige Freundin und Förderin, nach langer Krankheit verschieden. Seit Hildegards vehementem Aufbegehren gegen Richardis' Weggang und ihre Berufung zur Äbtissin hatte sich das einst innige Verhältnis zur leiblichen Mutter ihrer Lieblingsnonne stark abgekühlt. Durch ihre Erkrankung zeitweise geistig verwirrt, bemerkte die Markgräfin nicht, dass Kuno sie für die Durchsetzung seiner Interessen missbrauchte. Dennoch beschrieb die Mater den Verlust ihrer einstigen Weggefährtin als herben Verlust.

Am 15. Februar war König Konrad, der einzige deutsche König seit Otto dem Ersten, der nicht die Kaiserkrone trug, an der Malaria gestorben, an der er während des Kreuzzugs erkrankt war. Somit wurde er wie so viele andere ein spätes Opfer der Predigten Bernhard von Clairvaux'. Anfang März bestieg sein Neffe Friedrich, den der Volksmund später nur Rotbart nennen sollte, den Königsthron und ließ die Ingelheimer Pfalz zu einem seiner Hauptwohnsitze ausbauen.

Vor etwas mehr als zwölf Monaten, noch bevor Richardis den Konvent verließ, beendete Hildegard ihr Werk »Liber Scivias«. Seitdem waren die Schwestern, die im Scriptorium eingesetzt waren, pausenlos damit beschäftigt, Abschriften des mehr als zweihundertseitigen Buches anzufertigen. Klöster, Kardinäle, Bischöfe und allen voran den Heiligen Vater dürstete es nach einem Exemplar. Hildegard wurde zu einer Lichtgestalt ihrer Zeit, um deren Gunst sich die gesamte christliche Welt bemühte. So hatte sich Erzbischof Heinrich von Mainz erboten, die Abteikirche auf dem Rupertsberg einzuweihen. Für ihn und die anderen Ehrengäste galt es nun, das Kloster herauszuputzen.

*

In der Backstube herrschten Temperaturen wie in der Hölle. Seit Tagen wurde der Ofen ohne Unterbrechung eingeheizt.

Hunderte von Broten waren für die bevorstehende Festlichkeit bereits gebacken worden, und noch einmal die gleiche Anzahl würde folgen. Um die Arbeit in der Stube riss sich niemand. Jeweils nach vier Stunden wurden die Schwestern abgelöst, länger hielt es keine aus. Erst am Vortag waren wieder zwei ohnmächtig geworden.

Heute waren es Eulalia und Hiltrudis, die in der Backstube Dienst taten, Teig kneteten und die Laibe in den Ofen schoben.

Für Hiltrudis, deren Kreislauf auch an milderen Sommertagen häufig zusammenbrach, war die Arbeit in der Backstube wahrhaft Folter. Mit feuerrotem Gesicht und schwitzend, als sei sie im Fieberwahn, walkte sie mit immer gefühlloser werdenden Fingern den Sauerteigklumpen, als plötzlich schwarze Punkte vor ihren Augen zu tanzen begannen. Ein untrügliches Zeichen, dass es höchste Zeit für eine Pause war. Ihre Trinkschale, die auf dem Fensterbrett stand, war leer.

»Agneta!«, rief sie zornig. »Du solltest mir doch Wasser bringen!«

Schwester Agneta, die Tochter eines Freiherrn aus der Nähe von Hagenau, war dem Konvent erst auf dem Rupertsberg beigetreten. Sie war ein fröhliches, nicht mehr ganz junges Ding, deren stets gute Laune ansteckend wirkte. Zurzeit war sie als Gehilfin in der Backstube eingeteilt. Als sie Hiltrudis' Ruf vernahm, kam sie aus der Kornkammer herüber.

»Das habe ich doch«, sagte sie.

»Und was ist das?«, rief Hiltrudis und knallte der Novizin die Holzschale vor die Füße. Unter den Schwestern war man sich nicht einig, was schwerer wog: Hiltrudis' Kreislaufschwäche oder ihr labiles Nervenkostüm. »Leer! Du hast es vergessen.«

»Das ist nicht wahr. Gleich nachdem du es mir gesagt hast, habe ich die Schale aufgefüllt.«

»Ach, und wer hat das Wasser getrunken? Etwa der Geist des heiligen Rupert?«

»Vielleicht war es die Katze.«

»Nichts als Ausreden«, sagte Hiltrudis und packte Agneta am Arm. »Ich beobachte dich schon eine ganze Weile. Während wir hier schuften wie die Sklaven, machst du dir nebenan ein gemütliches Leben. Aber damit ist nun Schluss. Den Fall werden wir der Mutter Oberin vortragen.«

*

Hildegard saß in ihrer Amtsstube und brütete über dem Ablauf des Einweihungszeremoniells. Kleine Kiesel, die sie mit Initialen beschriftet hatte, dienten ihr als Hilfsmittel, um festzulegen, wo Gäste und Klosterbewohner Aufstellung nehmen sollten. Zu ihren Füßen ruhte Fido, ein struppiger grauer Hirtenhund, der, seit sie auf den Rupertsberg gekommen war, nicht mehr von ihrer Seite wich. Bei Hiltrudis' und Agnetas Eintreten hob Fido lediglich ein Lid, um sich zu vergewissern, dass er die Besucherinnen kannte.

»Meine Töchter, was kann ich für euch tun?«, fragte die Meisterin.

Hiltrudis schubste Agneta vor. »Los, erzähl der Mater, was du getan hast.«

»Ich habe nichts getan, verehrte Mutter«, sagte Agneta.

»Genau das ist es«, sagte Hiltrudis. »Ich hatte Agneta gebeten, weil ich vor Durst fast umgekommen bin, mir Wasser in meine Schale einzuschenken. Statt sich darum zu kümmern, hat sie sich in der Kornkammer herumgedrückt und gefaulenzt.«

»Ist das wahr?«, fragte Hildegard.

»Nein«, sagte Agneta mit fester Stimme. »Gleich nachdem Schwester Hiltrudis mir die Anweisung erteilt hatte, habe ich die Schale gefüllt. Als sie dann trinken wollte, war sie jedoch leer.«

»Ist das alles, weswegen ihr über Kreuz liegt?«

»Das ist nur der Tropfen, der das Fass zum Überlaufen gebracht hat«, sagte Hiltrudis. »Agneta drückt sich vor der Arbeit, wo sie nur kann.«

»Das stimmt nicht, Mater«, sagte Agneta. »Manche Tätigkeit ist mir natürlich noch ungewohnt, aber –«

»Lass es gut sein, meine Tochter«, sagte Hildegard. »Mir scheint, Schwester Hiltrudis möchte an diesem Fall ein Exempel statuieren. Ich denke, wenn wir dieses Problem lösen, werden sich damit auch alle anderen Anschuldigungen entweder bestätigen oder als haltlos erweisen. Sehe ich das richtig?«

Hiltrudis war sofort einverstanden, während Agneta murmelte: »Das ist ja wie ein Gottesurteil.«

»So schlimm wird es schon nicht werden«, sagte die Mater. »Gehen wir in die Backstube.«

Ohne aufgefordert worden zu sein, trottete Fido hinterher.

In der Backstube hatte Eulalia Hiltrudis' Platz am Knettisch eingenommen.

»Meine Güte«, rief sie beim Eintreten der drei Frauen. »Wie sollen wir jemals fertig werden, wenn meine Mitschwestern ständig ihre Arbeit liegen lassen und streiten?«

»Bitte keine Verallgemeinerungen«, sagte Hiltrudis indigniert.

»Schluss damit!«, sagte die Mater. »Wo ist Schwester Hiltrudis' Trinkschale?«

»Ich habe sie wieder auf das Fensterbrett gestellt«, sagte Eulalia. »Hiltrudis hat sie auf der Erde liegen lassen. Beinahe wäre ich darüber gestolpert und hätte mir den Hals gebrochen.«

Hildegard nahm die hölzerne Schale in die Hand.

»Siehst du?«, sagte Hiltrudis. »Staubtrocken. Da war den ganzen Tag noch kein Tropfen Wasser drin.«

»Wo genau hast du die Schale hingestellt, nachdem du sie gefüllt hattest?«, wandte sich die Mater an Agneta.

»Links auf die Fensterbank.«

»In die Sonne?«, fragte Hildegard, weil die rechte Hälfte der Bank im Schatten lag.

»Als ich sie abstellte, lag noch die ganze Bank in der Sonne. Es gab keinen Schatten.«

Eulalia tat keinen Handschlag mehr. Gebannt beobachtete sie, wie Hildegard das Gefäß drehte und wendete und sich die Innenseite besah. Dann feuchtete die Meisterin ihre Fingerspitze an und tupfte etwas von dem weißen Bodensatz auf, der sich in der Schale befand.

»Es schmeckt leicht salzig«, sagte sie. »Versucht auch einmal.«

Nacheinander stippten Hiltrudis und Agneta ihre Finger in das Gefäß und bestätigten die Geschmacksrichtung. Dann wollte auch Eulalia kosten. Ihr Urteil entsprach dem der anderen.

»Was ist das?«, fragte Agneta.

»Mineralische Rückstände«, sagte Hildegard. »Normalerweise sind sie im Wasser gelöst. Verdampft das Wasser, bleiben sie zurück. Wie viel Zeit ist denn zwischen deiner Bitte um Wasser und dem Augenblick vergangen, als du die Trinkschale zur Hand genommen hast?«

»Das weiß ich nicht mehr«, sagte Hiltrudis.

»Hast du unmittelbar nach der Schale gegriffen?«

»Nein, das nicht. Sie stand schon halb im Schatten.«

»Das passt zeitlich«, sagte Hildegard. »Bei der trockenen Hitze in der Backstube und der Sonneneinstrahlung ist das Wasser verdunstet. Ich denke, nun ist eine Entschuldigung bei deiner Schwester vonnöten.«

Nachdem Agneta Hiltrudis' verlegen vorgebrachte Abbitte angenommen hatte, sagte sie: »Schade, dass man das Wasser, das verdunstet, nicht irgendwie auffangen kann.«

»Wieso?«, fragte Hildegard.

»Es müsste doch besonders rein sein, wenn es alle Mineralstoffe zurücklässt. Damit wäre es doch ein wundervolles Weihwasser.«

»Ein interessanter Gedanke«, sagte Hildegard. »Ich werde mich gelegentlich damit beschäftigen. So, und nun macht, dass ihr wieder an die Arbeit kommt.«

Kloster Disibodenberg – Mai 1152

»Hinlegen!«

Alle Mönche warfen sich da, wo sie gerade standen, zu Boden. Kaum hatten die Staubwolken sich verzogen, ertönte das nächste Kommando.

»Auf und weiter!«, brüllte Kuno und klatschte in die Hände. »Und zwar ein bisschen schneller, meine Söhne. – Was ist, Bruder Gerold? Hast du Blei in den Beinen?«

Keuchend und mit krebsrotem Gesicht taumelte der Angesprochene über den Hof. Da die Mönche im Kreis liefen, war er schon zweimal überrundet worden.

»Los, los! Raff die Kutte und leg einen Schritt zu!«

Statt seine borstigen Waden zur Schau zu stellen, verdrehte Bruder Gerold die Augen und schlug der Länge nach hin.

»Spiel hier nicht den Müden!«, rief Kuno. »Auf mit dir!«

Herbrand, der in diesem Augenblick um die Ecke der Abteikirche bog, erkannte sofort den Ernst der Lage. Er ging neben dem Gestürzten auf die Knie und fühlte dessen Puls. Dann winkte er zwei Brüder aus der Reihe der Trabenden heraus und wies sie an, den völlig erschöpften Gerold zur ehemaligen Frauenklause zu schaffen, die seit dem Auszug der Nonnen als Krankenstation diente.

»Was soll das?«, rief Kuno und zitierte Herbrand zu sich. »Hier gibt nur einer Befehle, und das bin ich.«

»Willst du Bruder Gerold umbringen?«, fragte Herbrand zurück. »Du weißt doch, dass er oft an Luftnot leidet.«

»Ein bisschen Bewegung hat noch keinem geschadet.«

»Ihm schon. Sein Puls war kaum noch zu spüren. Was veranstaltest du hier eigentlich?«

»Mehr als die Hälfte der Brüder hat zu viel Speck auf den Rippen. Kein Wunder, dass sie ständig mit ihrem Arbeitspensum im Rückstand sind.«

»Da habe ich ja großes Glück, dass ich zu den Mageren zähle.«

»Bei denen sieht es nicht besser aus. Die sind morgen dran.«

Herbrand ging einen Schritt auf Abstand. »Du wirst mich doch nicht über den Hof scheuchen wollen?«

Der Abt musterte seinen Adlatus herausfordernd. »Warum eigentlich nicht?«

»Weil ich mit nichts, aber auch gar nichts im Rückstand bin. Im Gegenteil.«

Kunos Zunge schoss kurz hervor.

»Bäh, reingefallen! War doch nur ein Scherz. – Hast du dich mit unserem guten Geist getroffen?«

»Ja, an der Drususbrücke bei Bingen«, sagte Herbrand. »Ich bin eben erst zurückgekommen. Er hat mir etwas Interessantes mitgeteilt, worüber wir sprechen sollten.«

»Geh schon mal in meine Amtsstube. Ich komme gleich nach.« Dann klatschte Kuno in die Hände. »Wer hat euch fauler Bande etwas von Spaziergang gesagt? Vorwärts, ich will euch galoppieren sehen!«

*

»Eine Frechheit, was das Weib sich mit mir erlaubt hat«, polterte Kuno, als er die Tür hinter sich schloss.

Herbrand hatte nicht zum ersten Mal Schwierigkeiten, der Sprunghaftigkeit seines Abtes zu folgen. »Verzeihung, aber von wem sprichst du?«

»Von wem wohl? Anstatt mich bei der Kircheneinweihung im Gefolge meines Bischofs zu platzieren, hat sie mich doch glatt bei den anderen Klostervorstehern untergebracht. Links von mir saß Abt Dietmar von St. Walburg, dieser Langweiler, und rechts Abt Withelo von St. Georgen, der nur einmal im Jahr badet und wie ein Wallach stinkt. Grauenhaft. Und das alles nur, um mich zu demütigen.« Während seiner Tirade hatte Kuno Platz genommen, sodass sie sich nun gegenübersaßen. »Aber dir ist es ja egal, wenn dein Abt brüskiert wird.«

»Die Einweihung der Basilika hat vor drei Wochen stattgefunden. Seitdem musste ich mir dein Gejammer bestimmt zwanzigmal anhören, und jedes Mal habe ich gesagt: ›Armer, armer Abt!‹ Aber irgendwann muss es auch mal gut sein. Das Leben geht weiter. Außerdem warst du zwischen deinen Amtsbrüdern ganz gut aufgehoben.«

»Fällst du mir also doch in den Rücken!«

»In Erzbischof Heinrichs Gefolge wärst du der Kleinste gewesen, man hätte dich übersehen können. Die anwesenden Äbte hingegen waren – merkwürdigerweise – alle sehr kurz geraten.«

Eine Begründung, die Kuno überhaupt nicht schmeckte, aber er wollte das Thema auch nicht vertiefen. Wer wusste schon, was Herbrand sonst noch alles einfallen würde.

»Nun, was tut sich auf dem Rupertsberg?«

»Befremdliches«, sagte Herbrand. »Hildegard hat neue Regeln eingeführt, die unserem guten Geist – aber wohl nicht nur ihm – heftiges Unbehagen bereiten. So haben sich die Schwestern zum Empfang der heiligen Kommunion herauszuputzen, als schritten sie zur Vermählung. Gekleidet in weiße Gewänder, mit Schleiern, Kränzen und Ringen geschmückt, soll das der Huldigung des himmlischen Bräutigams dienen. Ach ja, und ihre Haare tragen sie dabei offen.«

»Offene Haare? Was sind das denn für Sitten?« Kunos hohe Stirn legte sich in unzählige Falten. »Das Treiben der Weiber war mir schon verdächtig, als sie noch in der Klause gehaust haben. Bereits damals habe ich geahnt, dass dort etwas nicht stimmt. Endlich bestätigen sich meine Vermutungen.«

»Was vermutest du denn?«

»Kannst du dir das nicht denken?«

»Vorstellen kann ich mir vieles. Ich weiß nur nicht, worauf du hinauswillst.«

»Ich denke da an«, sagte Kuno und machte eine kunstvolle Pause, »widernatürliches Verhalten.«

»Widernatürliches Verhalten?«

»Du bist aber auch in einem Maße begriffsstutzig, zumal wenn es um diese Dinge geht!«, wetterte der Abt. »Gleichgeschlechtliche Liebe, kannst du damit was anfangen?«

»Du meinst …?«

»Ja, ja, ja. Genau das meine ich.«

»Unter Frauen? Ich weiß, dass es das zwischen Mönchen gibt, aber –«

»Nicht in meinem Kloster!«

»Erinnerst du dich nicht mehr, wie ich die Brüder Esau und Jakob dabei überrascht habe, als sie gerade ihre –«

»Das war vor zwei Jahren. Rausgeflogen sind die beiden. Auf der Stelle. Seitdem ist nichts Derartiges mehr vorgefallen.«

»Weiß man's?«

»Was soll das heißen?«

»Vielleicht sind diejenigen, die so etwas tun, nur vorsichtiger geworden.«

»Ist dir etwas zu Ohren gekommen? Hast du was beobachtet?«

»Nein, das nicht. Aber –«

»Dann beunruhige mich gefälligst nicht mit deinen albernen Unterstellungen, Kreuzdonnerwetter noch einmal!«, blaffte Kuno. »Als ob ich nicht bereits Schwierigkeiten genug am Hals hätte. – Wo waren wir stehen geblieben?«

»Bei dem widernatürlichen Verhalten der Schwestern vom Rupertsberg.«

»Genau. – Hast du jemals erlebt, dass eine Äbtissin ein solches Theater veranstaltet hat wie Hildegard beim Weggang von Richardis? Von Pontius zu Pilatus ist unsere teure Freundin gelaufen und hat alle Welt mit ihren Bitt- und Protestschreiben belästigt. Ich sage dir, auch da hat mehr dahinter gesteckt als mütterliche Liebe.«

»In dem Fall sollten wir dem Erzbischof unverzüglich Meldung machen.«

»Das wäre heikel. Solange wir keine Beweise haben, sollten wir uns tunlichst bedeckt halten. Aber wir könnten mal wieder Gerüchte verbreiten. Frei nach dem Wahlspruch: Wo es qualmt, da ist auch Feuer. Die Sache mit diesem Herausputzen bei der Kommunion ist dabei ein vorzüglicher Aufhänger.«

»Noch diese Woche reist eine Gruppe von uns zu einem Gegenbesuch der Brüder von St. Heribert nach Deutz. Wir könnten sie dazu veranlassen, überall dort, wo sie Halt machen, das eine oder andere Wort fallen zu lassen.«

»Hervorragend«, sagte Kuno. »Ich denke, auf eine Reaktion werden wir nicht lange warten müssen.«

G

Kloster Rupertsberg – Juli 1152

Das reinste Wasser, das »Aqua destillata«, war giftig. Warum, wusste niemand, aber wenn man davon trank, starb man. Herausgefunden hatte das zu Hildegards großer Betrübnis Fido. Eines Abends war der Hund versehentlich in dem Kellerraum eingesperrt worden, in dem der von Hildegard ersonnene Destillationsapparat seinen Platz hatte. Von nächtlichem Durst geplagt hatte er die große Auffangschale voll reinen Wassers leer gesoffen. Am nächsten Morgen hatte ihn Clementia, die auf dem Rupertsberg die Aufgaben der Cellarin wahrnahm, mit blutig gebissenen Läufen verendet aufgefunden. Nach dem verzerrten Ausdruck seines Gesichtes zu urteilen, musste er entsetzliche Qualen gelitten haben.

Trotzdem ließ Hildegard das Aqua destillata weiter herstellen, um es als Weihwasser zu verwenden. Allerdings wurde es, seit seine Unverträglichkeit für Mensch und Tier bekannt geworden war, nur noch in eigens gekennzeichneten Krügen gelagert, um einer Verwechslung vorzubeugen. Von ihrem ursprünglichen Vorhaben, das Wasser auch an andere Klöster oder Diözesen abzugeben, war Hildegard wegen seiner Gefährlichkeit abgekommen.

An diesem Tag war es heiß und knochentrocken, eine Kombination, wie sie für das Rheingau eher untypisch ist. Dazu wehte ein starker Wind, der einen Sand, fein wie Staub, mit sich führte. Wer konnte, vermied es, die Gebäude zu verlassen, wer dennoch über den Hof musste, hielt sich ein Tuch vor Mund und Nase. Zwischen Sext und Non, als die Hitze ihren Höhepunkt erreichte, meldete der zweite Torwächter Hildegard zwei Pilger, die rheinaufwärts reisend auf dem Rupertsberg eine Rast einlegen und sie persönlich sprechen wollten. Da die Äbtissin an diesem Tag nur wenig zu tun hatte, ließ sie die beiden in ihre Amtsstube führen.

Es handelte sich um ein Brüderpaar, im Fleisch wie im Herrn. Der eine war groß und dünn, der andere klein und genauso dünn, und beide hatten ausgesprochene Galgenvogelgesichter. Blutunterlaufene Augen, krumme Nasen und wülstige Lippen, die sie pausenlos mit ihren Zungen benetzten. Hildegard, die es in der Regel vermied, sich auf Grund des äußeren Erscheinungsbildes ein Urteil zu bilden, war sich beim Anblick der beiden nicht so sicher, ob sie ihrem Prinzip treu bleiben sollte.

»Wir sind die unwürdigen Brüder Hermann und Josef vom Kloster Altenberg bei Köln und entbieten dir, geliebte Mutter vom heiligen Rupertus, der freien Braut Jerusalems, unseren untertänigsten Gruß«, sabberte der Längere und holte mit seinen krallenartigen Fingern ein Pergament aus seinem Umhang. »Dies ist ein Brief, den uns die ehrenwerte Meisterin Tengswich vom Kanonissenstift St. Marien in Andernach zur Überstellung an dich anvertraute.«

Hildegard streckte die Hand aus, aber Josef hielt den Brief zurück.

»Die Meisterin meinte, du würdest uns gewiss eine kleine Anerkennung für unsere Dienste gewähren.«

»Hat Tengswich das wirklich gesagt?«

»So drückte sie sich aus«, sagte Hermann und grinste, wobei er quittengelbe Zähne zeigte. »Eine kleine Anerkennung.«

»Ihr wisst doch, dass es unter Glaubensbrüdern unüblich

ist, für die Überbringung von Nachrichten einen Lohn zu verlangen, oder nicht?«

»Von uns aus würden wir ja auch nichts verlangen, verehrte Meisterin Hildegard, aber da die Meisterin von Andernach es uns nun einmal versprochen hat –«

»Ich verstehe. Nebenbei gefragt, wie geht es eigentlich eurem Abt, dem ehrwürdigen ... jetzt ist mir doch sein Name entfallen. Helft mir auf die Sprünge, Brüder.«

Die beiden sahen sich an, als sei in den Baum, unter dem sie Schutz gesucht hatten, der Blitz eingeschlagen.

»Äh ... Rudolf«, sagte Hermann. »Abt Rudolf. Rudolf der Erste.«

»Rudolf?«, fragte Hildegard und zog die Stirn kraus.

Sie hatte nicht den leisesten Schimmer, wie der derzeitige Abt des Klosters Altenberg hieß. Aber wenn sie sich nicht täuschte, waren die angeblichen Benediktiner genauso ahnungslos.

»Nein, Brüder, ihr müsst euch irren«, sagte sie deshalb. »War sein Name nicht Arno?«

»Natürlich!«, rief Josef und schlug sich die Hand vor die Stirn. »Arno! Natürlich, Rudolf war doch sein Vorgänger! Er ist letztes Jahr gestorben. Gott hab ihn selig. Dass du die beiden aber auch immer verwechselst, Hermann!«

»Und ihm geht es gut?«

»Ausgezeichnet«, sagte Josef. »Doch, doch.«

»Dann gebt mir jetzt den Brief.«

»Und unsere Anerkennung?«

»Wird sich finden.«

Josef zögerte erneut. »Du wirst dich vielleicht wundern, aber ...«

»Ja?«

»Das Siegel ist gebrochen. Hermann trug gestern den Brief und ist gestürzt. Dabei ist es gebrochen.«

»Na, so was. Aber, ich denke, solange ihr den Brief nicht gelesen habt, ist das nicht weiter tragisch.«

»Natürlich nicht«, sagte Josef und schob endlich das Pergament über den Tisch. »So was machen wir nicht.«

Hildegard entfaltete das Schreiben. Mittig, links und rechts des Textes zeichneten sich deutlich Schmutzfingerabdrücke ab. Sie griff nach dem kleinen tönernen Glöckchen auf ihrem Tisch und bimmelte. Umgehend erschien Agneta, die derzeit in Hildegards Sekretariat aushalf.

»Du hast mich gerufen, Mater?«, fragte sie.

»Ja, mein Kind«, sagte Hildegard. »Geh doch bitte zum Tor und richte dem Wächter und seinem Gehilfen aus, sie möchten bitte in meine Amtsstube kommen und ihre Knüppel mitbringen. Ach ja, und sie sollen die Hunde nicht vergessen. Hier sitzen zwei falsche Mönche, die sich redlich eine Abreibung verdient haben.«

Bevor Hildegard ihren Satz beendet hatte, waren die beiden Betrüger durch die Tür.

*

Der Kreuzgang war der einzige Ort im Freien, der bei diesem Wetter ein wenig Schutz bot. Zwar fand sich auch hier der staubfeine Sand auf allen Simsen, aber in den offenen Bogenhallen war es kühl und immerhin so windstill, dass die Schwestern nicht befürchten mussten, dass ihnen der Schleier vom Kopf gerissen wurde. Jetzt, kurz nach der Non, hatte die Mutter Oberin den Gang für sich allein. Eine Einsamkeit, die ihr angesichts der Stimmung, in der sie sich befand, durchaus angenehm war.

Hildegards Niedergeschlagenheit hatte jedoch nichts mit dem betrügerischen Brüderpaar zu tun, das sie hatte hinauswerfen lassen. Die beiden Galgenvögel zogen mit ihrer Masche wahrscheinlich von Kloster zu Kloster, um sich Kost und Unterkunft zu erschwindeln und nebenbei ein paar Pfennige mit Dienstleistungen wie dem Überbringen von Briefen zu verdienen. Die Zeiten waren hart, und wären sie ihr nicht gar so unangenehm gewesen, hätte sie vielleicht sogar Mitleid mit ihnen gehabt. Nein, was Hildegard im Magen lag, war der Inhalt des Briefes, den die Äbtissin Tengswich ihr geschrieben hatte.

Diese verlieh in dem Schreiben ihrer Verwunderung Ausdruck, in welcher Aufmachung die Schwestern auf dem Rupertsberg die Festtage begingen. Ausführlich ging sie darauf ein, wie die Schwestern sich zurechtzumachen pflegten: mit herabwallendem Haar, gehüllt in weiße Schleier, mit goldgewirkten Kränzen auf dem Haupt und goldenen Ringen an den Fingern. Die Kränze hatte sie sogar bis in die kleinste Einzelheit beschrieben. So wusste sie, dass beidseits und hinten Kreuze und über der Stirn das Bildnis des Lamms eingeflochten war. Ein Auftreten, über das Tengswich sich ereiferte, da es ihrer Meinung nach im Widerspruch zum Gebot des Oberhirten stand, der verfügt hatte: »Die Frauen sollen sich sittsam halten, nicht mit Haargeflecht und Gold und Perlen oder mit kostbarem Gewand sich schmücken.«

Ferner führte sie Klage, dass Hildegard in ihre Gemeinschaft nur Frauen aus begütertem und adligem Hause aufnahm. Und das, obwohl bereits der heilige Petrus gesagt hatte: »In Wahrheit habe ich erfahren, dass bei Gott kein Ansehen der Person gilt.« Ein Vorwurf, den die Seherin sich häufig anhören musste. Dass die wirtschaftlichen Schwierigkeiten beim Baubeginn des Klosters sie dazu gezwungen hatten, wollte offenbar niemand sehen. Dennoch bemühte sie sich um einen Ausgleich, indem sie vermehrt Herrgottsgäste aufnahm und neuerdings sogar eigens eine Küche zur Armenspeisung eingerichtet hatte. Zu beiden Vorwürfen erbat Tengswich Hildegards Stellungnahme und Antwort.

Was Hildegard bedrückte, waren jedoch nicht die Anfeindungen selbst, denn Unverständnis oder Neid schlugen ihr häufig entgegen. Sorgen bereitete ihr vielmehr, dass man in Andernach überhaupt davon wusste. Natürlich war die Zusammensetzung des Konvents kein Geheimnis, aber über die Verkleidung zur Kommunion und an den Festtagen war zwischen den Nonnen Stillschweigen vereinbart worden. Ein bereits früher gehegter Verdacht schlich sich erneut in Hildegards Herz – in der Gemeinschaft musste es einen Verräter geben. Jemand, der bewusst Informationen, die dem Kloster schadeten, nach außen trug. Nur, wem war so etwas zuzutrauen?

Sie war so in Gedanken, dass sie fürchterlich erschrak, als sie plötzlich eine Hand auf ihrer Schulter spürte. Hinter ihr stand Clementia und hielt ein angebissenes Stück Gemüsekuchen in der Hand.

»Was ist mit dir?«, fragte die Ältere. »Du siehst so niedergeschlagen aus.«

»Ach, Clementia«, seufzte Hildegard und lehnte sich bei ihrer Schwester an. »Dieser heiße Wind geht mir aufs Gemüt, und zudem erhielt ich heute noch einen unerfreulichen Brief.«

»Willst du dich mir anvertrauen?«

»Gern.«

Hildegard erzählte, wie sie den Brief bekommen hatte, wer der Absender war und gab Clementia eine Zusammenfassung des Inhalts. Die hörte schweigend zu, aß aber währenddessen ihren Kuchen auf.

»Was geht Tengswich an, was wir hier tun?«, fragte sie, nachdem Hildegard zu Ende gekommen war. »Sie soll sich um ihre eigenen Angelegenheiten kümmern.«

»Ich habe nichts dagegen, im Gegenteil, ich finde es sogar

gut, dass sie sich ihre Gedanken macht. Darum geht es mir nicht. Ich möchte wissen, wie Tengswich davon erfahren hat.«

»Na, wie schon? Einer sagt's dem anderen, und schwupp – weiß es die halbe Welt.«

»Clementia, wir hatten einander versprochen, niemandem davon zu erzählen. Außerdem ist es nicht das erste Mal, dass ich Dinge, die unter uns bleiben sollten, plötzlich von außerhalb des Klosters zu hören bekomme.«

»Du meinst, eine von uns plaudert?«

»Plaudern würde ich das schon nicht mehr nennen. Das geschieht mit voller Absicht.«

Clementia zog die Brauen hoch. »Hast du jemanden in Verdacht?«

»Nein. Aber eigentlich kommt nur jemand aus dem Kreise meiner Vertrauten in Frage. Ist dir etwas aufgefallen?«

In dem Augenblick öffnete sich auf der gegenüberliegenden Seite des Kreuzgangs die Tür zum Refektorium, und Volmar trat heraus. Ohne die Schwestern zu bemerken, die im Schatten des Bogens standen, eilte er zum westlichen Flügel und verschwand im Durchgang zum Klosterhof. Clementia warf ihm einen viel sagenden Blick nach, der Hildegard nicht entging. Und auf einmal war es der Mater, als könne sie Gedanken lesen. Klar und deutlich erkannte sie, was ihre Schwester dachte.

»Volmar?«, fragte Hildegard mit brüchiger Stimme. »Mein Volmar?«

»Wer weiß das schon«, sagte Clementia mit einem Schulterzucken und ließ ihre Schwester allein.

In den ersten Tagen nach Erhalt des Briefes der Meisterin Tengswich hatte Hildegard ernsthaft erwogen, jeden Einzelnen aus ihrem Umfeld auf die Probe zu stellen. Der Gedanke, dass jemand aus dem inneren Kreis ihr Vertrauen missbrauchte und Vertrauliches preisgab, hatte sie zutiefst erschüttert. Aber je intensiver sie überlegte, wie eine solche Probe aussehen könnte, desto abwegiger erschien ihr ihr Vorhaben. Bald kam sie sich selbst fast wie eine Verräterin vor, als sie bemerkte, mit welchem Argwohn sie Volmar und ihre Töchter beobachtete. Also ließ sie den Gedanken wieder fallen und hatte ihn bald darauf ganz vergessen.

Den Brief der Andernacher Meisterin hatte Hildegard in der ihr eigenen Art mit einer niedergeschriebenen Schau beantwortet, was ihrem Schreiben ein gesetzesgleiches Gewicht verlieh. So hatte sie geäußert, das Gebot, dass die Frauen sich sittsam halten und nicht schmücken sollen, betreffe ausschließlich verheiratete Frauen, nicht jedoch Jungfrauen, die im Heiligen Geiste der Heiligkeit vermählt sind. Diese sollten sich dem Hohepriester vielmehr nähern wie ein gottgeweihtes Brandopfer. Deshalb stehe es der Jungfrau auch zu, sich zu schmücken und ein leuchtendes Gewand als klare Hindeutung auf ihre Vermählung mit Christus anzulegen.

Betreffs der ständischen Gliederung in ihrem Kloster erläuterte Hildegard der Meisterin aus Andernach, dass diese bereits von Gott gesetzt worden sei, der im Himmel zwischen Engeln, Erzengeln, Cherubim und Serafim unterscheide. Alle werden sie von Gott geliebt und haben doch nicht den gleichen Namen. Gleiches gelte für die Menschen, zwischen denen sie bewusst unterscheide, um Neid und Missgunst von der Gemeinschaft fern zu halten. Damit war das Thema erledigt, und Anfeindungen dieser Art blieben forthin aus.

Die letzten Stationen auf Hildegards täglichem Inspektionsgang waren die Latrinen, das Backhaus und die Schule, bevor sie zum Abschluss in der Laienkapelle neben dem Tor ein kurzes Gebet sprach. Die Necessaria waren vorschriftsmäßig sauber ebenso wie die Backstube. Alles schien zum Besten zu stehen, aber als die Mater sich der Schule näherte, drang aus dem Gebäude ein Geschrei und Geheul, als gehe es um Leben und Tod.

Im Unterrichtsraum bot sich ihr ein erschütterndes Bild. Fünf ausgemergelte triefnasige Bengel von höchstens zehn Jahren standen mit vorgestreckten Armen in Reih und Glied. Vor ihnen, wie ein Feldherr vor seiner Truppe, hatte sich Schwester Magdalena aufgebaut. Sobald einer der Burschen die Arme sinken ließ, schlug sie ihm mit dem Rohrstock auf die Finger. Wie lange diese Züchtigung schon währte, ließ sich daran erkennen, dass keiner der Bengel mehr Kraft in den Armen hatte, wofür es natürlich einen Hieb nach dem anderen setzte. Alle fünf heulten vor Schmerz und Scham. Der Rest der Kinder folgte dem entwürdigenden Schauspiel mit verängstigtem Blick.

Bevor Magdalena erneut zuschlagen konnte, fiel Hildegard ihr in den Arm, nahm ihr den Stock ab und schob sie aus dem Raum. Kein leichtes Unterfangen, die Schwester Lehrerin war einen Kopf größer und wog annähernd das Doppelte. Aber der Zorn verlieh der Mater ungeahnte Kräfte. Noch ein letzter Schubser, und sie standen vor dem Gebäude. Magdalena wusste kaum, wie ihr geschah.

»Bist du des Wahnsinns?«, fauchte Hildegard. »Wie kannst du es wagen, diese Kinder derart zu misshandeln?«

»Sie waren unaufmerksam«, stammelte Magdalena und rang um Fassung. »Sie haben geschwätzt. Einer war sogar so frech und hat nach Essen gefragt.«

»Wieso fragte einer nach Essen? Hast du ihnen vor dem Unterricht nichts gegeben?«

»Natürlich nicht. Plenus venter non studet libenter, heißt es doch.«

»Unsinn! Was glaubst du eigentlich, warum die Kinder zu uns kommen?«

»Sie dürstet nach Unterweisung im Wort des Herrn.«

Hildegard lachte auf. »Das glaubst nur du. Sie kommen, um sich wenigstens einmal am Tag satt essen zu können. Dafür nehmen sie den Katechismus gern in Kauf.«

»Das ist aber die falsche Einstellung.«

»Wem der Magen knurrt, fragt nicht nach der richtigen Einstellung. Gib ihnen vor dem Unterricht ein Stück Brot, und du hast die aufmerksamsten und gehorsamsten Schüler.«

»Ich will aber, dass sie aus Liebe zu Jesus kommen«, sagte Magdalena und stampfte mit dem Fuß auf.

»Wenn ich mich recht entsinne, bist du seinerzeit weniger aus Hingabe für den Herrn zu uns gestoßen als vielmehr, weil dein Bräutigam dich hatte sitzen lassen und deine Eltern dich nirgendwo anders unterzubringen wussten. Sei gnädig mit den Kindern, wie wir es mit dir waren, und gewähre ihnen Zeit. Vielleicht werden sie dann auch so glaubensstark, wie du es heute bist.«

Selbst nach all den Jahren wurde Magdalena bei der Erwähnung der schmählichen Umstände ihres Klostereintritts noch rot. Trotzdem wollte sie so schnell nicht klein beigeben.

»Sie werden mir auf der Nase herumtanzen, wenn ich in meiner Strenge nachlasse«, sagte sie.

»Im Gegenteil, sie werden dir dankbar sein und dich lieben«, sagte Hildegard. »Zu Hause wird ihnen oft genug das Fell gegerbt, da wissen sie es zu schätzen, wenn du es ihnen ersparst. So, und nun geh wieder hinein zu deinen Schäfchen und führe sie erst einmal ins Laienrefektorium.«

*

In der Kapelle neben dem Tor war die Mater diesmal nicht allein. Clementia kniete im Gebet vor dem Altar. Während Hildegard noch stumme Zwiesprache hielt, verließ die Ältere das kleine Gotteshaus bereits wieder, wartete aber vor dem Eingang.

»Hast du einen Augenblick Zeit?«, fragte sie.

»Natürlich«, sagte Hildegard und hakte sich bei ihrer Schwester unter. »Was kann ich für dich tun?«

»Was ich dir sagen will, trage ich schon länger auf dem Herzen. Es berührt einen etwas heiklen Punkt, und ich hoffe, du bist mir nachher nicht böse.«

»So schlimm wird es schon nicht werden.«

»Wie du meinst«, sagte Clementia und platzte dann heraus: »Ich bin froh, dass Richardis nicht mehr bei uns ist.«

Für den Bruchteil eines Augenblicks verzögerte Hildegard ihren Schritt. »Das musst du mir erklären.«

»Sie hat zwischen uns gestanden. Nicht nur zwischen dir und mir, auch zwischen dir und allen anderen Schwestern.«

»Das ist nicht wahr.«

»Hast du nicht das Aufatmen bemerkt, das durch den Konvent ging, als sie nach Bassum abreiste?«

»Bei Gott, nein!«

»Natürlich nicht. Deine Gedanken waren ja nur bei ihr, die dich verließ. O Schwester, wie haben deine Töchter darunter gelitten, nur zweitrangig zu sein.«

Jetzt blieb Hildegard doch stehen. »So krass habt ihr das empfunden? Warum habt ihr nie etwas gesagt? Insbesondere du?«

»Wie hättest du das aufgenommen? Hättest du nicht gedacht, wir wären bloß eifersüchtig?«

»Ich weiß es nicht«, sagte die Mater nach einem Augenblick des Nachdenkens. »Anfangs – vielleicht. Auf jeden Fall wäre ich erschüttert gewesen, wie ich es auch jetzt bin. Gewiss habe ich mit Richardis die meiste Zeit verbracht. Das lag aber daran, dass sie an der Niederschrift von ›Scivias‹ mitgewirkt hat.«

»Andere wären dir dabei auch gern behilflich gewesen.«

»Und ich dachte immer, euch sei es recht gewesen, dass sie … Mein Gott, wie war ich blind!«

»Niemand kann alle Menschen im gleichen Maß lieben, sosehr er sich auch bemüht. Auch unsere Eltern hatten ihre Lieblingskinder. Leider war ich keines davon. Aber weil ich darum weiß, kann ich dir auch nicht böse sein.«

»Danke, dass du so milde über mich urteilst und mich nur für ein schwaches Geschöpf Gottes hältst. In Wirklichkeit war ich eine gefühllose Närrin, dass ich nicht gemerkt habe, was in euch vorging.«

Arm in Arm gingen sie weiter und durchschritten das innere Tor.

»Ich werde mich bei euch allen entschuldigen«, sagte Hildegard. »Noch heute Abend. Sie sollen wissen, dass ich mir meiner Fehler bewusst geworden bin.« Sie tätschelte Clementias Hand. »Dank deiner Hilfe.«

»Ehrwürdige Mutter!«, ertönte ein Ruf vom Tor. »Bitte wartet!«

Sie blieben stehen. Der Torwärter kam ihnen nachgehumpelt, so schnell es sein steifes Bein zuließ. In der Hand hielt er einen Brief.

»Den hat soeben ein Bote gebracht«, sagte er außer Atem. »Wenn ihr ihn mitnehmt, hab ich mir den Weg gespart.«

»Natürlich«, sagte Hildegard. »Gib ihn mir.«

Sie brach das Siegel und überflog das Geschriebene.

»Was ist?«, fragte Clementia. »Du blickst so ernst. Sind es schlechte Nachrichten?«

»Der Brief ist von Richardis«, sagte Hildegard mit belegter Stimme. »Sie ist schwer erkrankt. Und sie …«

»Ja?«

Die Mater hatte Mühe, ihre Tränen zurückzuhalten. »… sie bittet mich um Erlaubnis, zurückkehren zu dürfen.«

Clementias Miene versteinerte sich. »Was wirst du tun?«

»Was würdest du tun?«

»Es ist deine Entscheidung. Du bist die Äbtissin.«

Da Hildegard nichts entgegnete, wandte Clementia sich ab und ging davon, drehte sich jedoch nach wenigen Schritten noch einmal um.

»Allerdings hoffe ich in unser aller Interesse«, sagte sie, »dass du eine weise Entscheidung treffen wirst.«

Kloster Disibodenberg

Bereits am nächsten Tag traf die Nachricht am Zusammenfluss von Glahn und Nahe ein. Herbrand schritt an den Waschtischen vorbei, an denen sich eine Hand voll Brüder vorgebeugt die Oberkörper wuschen, und teilte den Vorhang am Ende des Raums. Wie erwartet aalte Kuno sich in einem der Zuber.

»Verflixt noch mal, hat man denn nicht einmal im Bad seine Ruhe?«, schimpfte der Abt.

»Was ich dir mitzuteilen habe, duldet keinen Aufschub«, sagte der Adlatus, was die Brüder an den Waschtischen veranlasste, die Ohren aufzustellen. »Deswegen hätte ich dich sogar vom Lokus geholt.«

»Der Papst steht vor dem Tor«, sagte Kuno.

»Wenn es nur das wäre. Richardis kehrt zu Hildegard zurück.«

Mit allem hatte Herbrand gerechnet, nur nicht damit, dass

Kuno einfach unter Wasser tauchte. Erst als Herbrand sich schon Sorgen zu machen begann, kam er wieder hoch.

»Dinge mir irgendeinen ruchlosen Burschen und zahle ihm, was er verlangt, damit er das Weibsstück umbringt!«, rief Kuno und schüttelte sich mit dem kleinen Finger Wasser aus dem Ohr.

Herbrand musste sich am Vorhang festhalten. »Ich dachte schon, du könntest mich mit nichts mehr überraschen, aber da war ich wohl etwas voreilig. Du erwägst ernsthaft, einen Mörder auf Richardis anzusetzen?«

»Glaubst du etwa, ich sehe tatenlos zu, wie Hildegard am Ende doch noch triumphiert?«

»Es gibt weniger drastische Möglichkeiten.«

»Welche?«, spottete Kuno. »Beten?«

»In dem Fall wäre das vielleicht gar nicht mal so unangebracht. Richardis soll schwer krank sein.«

»Wie schwer?«

»Man muss wohl auf das Schlimmste gefasst sein. Die Frage ist nur –«

»Ja?«

»– zu wem man in diesem Fall beten soll.«

Kuno schlug mit der flachen Hand aufs Wasser, dass es nur so spritzte. »Ich würde zu jedem beten, der mir verspricht, meinen Wunsch zu erfüllen.«

»Etwa auch zum Leibhaftigen?«, fragte Herbrand.

Statt einer Antwort stimmte der Abt ein teuflisches Lachen an, das den Brüdern jenseits des Vorhangs das Blut in den Adern gefrieren ließ.

Kloster Rupertsberg – November 1152

Kühl und sehr trocken war es in dem Raum, der im Keller des Westflügels lag. Wer ihn zum ersten Mal betrat, konnte leicht auf den Gedanken kommen, hier stehe die Welt Kopf. Dicht an dicht, zu Hunderten, wenn nicht zu Tausenden, hingen Blumen aller Arten zum Trocknen kopfüber von der Decke. Ein einziges Blumenmeer, farbig leuchtend, sogar noch schwach duftend, und trotzdem tot.

Am einzigen Tisch des Raumes saß Hildegard seit Tagen und flocht Kränze und Girlanden, mit denen sie das Kloster zum Empfang der verlorenen, aber heimkehrenden Tochter schmücken wollte. Keine ihrer Töchter sollte behaupten können, sie hätte zum Gefallen der ungeliebten Schwester arbeiten müssen.

Ja, Richardis würde zurückkehren. Eine Entscheidung, die Hildegard sich nach eigener Einschätzung nicht leicht gemacht hatte. Auch wenn sie sie schon einen Tag nach Erhalt des Briefes getroffen hatte. Dabei war ihr durchaus bewusst, dass es böses Blut geben würde. Aber durfte sie eine Tochter nur um des lieben Friedens willen verstoßen?

Zudem hatte Richardis geschrieben, sie sei schwer erkrankt, ohne allerdings auszuführen, an welcher Krankheit sie litt. Zwischen den Zeilen meinte Hildegard gelesen zu haben, dass die geliebte Tochter sogar mit ihrem Tod rechnete und bat, heimkehren zu dürfen, um zu Hause zu sterben.

Deshalb hatte Hildegard die leer stehende Kammer unmittelbar neben der ihren vorbereiten lassen. Sofern Richardis keine ansteckende Krankheit hatte, wollte sie sie im Ostflügel und nicht im Krankensaal unterbringen. Auch erwog sie, die Pflege persönlich zu übernehmen, um den anderen den Vorwand für Unmut zu nehmen.

Eine Antwort aus Bassum, wann Richardis in Bingen eintreffen werde, hatte sie noch nicht erhalten, aber sie rechnete täglich damit. Hoffentlich kam die Tochter noch vor dem Weihnachtsfest, damit sie es gemeinsam begehen konnten.

Hildegard stand auf und streckte sich, da ihr Rücken schmerzte. Langes Sitzen war für sie ungewohnt.

Über Volmar, der noch immer Verbindung mit den Brüdern vom Disibodenberg pflegte, war ihr zu Ohren gekommen, wozu Kuno sich hatte hinreißen lassen. Er würde sogar ein Bündnis mit dem Antichristen eingehen, habe er geäußert, wenn er dadurch Richardis' Rückkehr verhindern könnte. Eine Blasphemie, die ihm selbst seine treuesten Anhänger im Konvent nicht mehr nachsehen mochten. Und was Gott, der Lichtherrliche, davon hielt, hatte er ihr erst gestern in einer Schau mitgeteilt: Die Zeit des Abtes war abgelaufen, die Zeit seines Dahinschwindens stand bevor. Es war das erste Mal, dass Hildegard den bevorstehenden Tod eines Menschen mit einem Seufzer der Erleichterung begrüßte.

Sie streckte sich noch einmal und nahm dann wieder Platz. Die Girlande aus Mohn- und Strohblumen, Gräsern und Ähren wollte sie noch fertig stellen, dann sollte es für heute genug sein.

Plötzlich vernahm sie schlurfende Schritte im Gang, die sie sofort erkannte, und unmittelbar darauf klopfte es an der Tür. Auf ihr »Herein!« trat Volmar ein. Besonders groß war er nicht, aber wegen der Blumen zog er dennoch den Kopf ein.

»Heute spiele ich den Hermes«, sagte er.

»Ein Brief? Von Richardis?«

»Nein, von ihrem Bruder, dem Bischof.«

Hildegard nahm die Pergamentrolle mit gemischten Gefühlen entgegen. Was wollte Hartwig, der Bischof von Bremen, von ihr? Damals hatte er sich vehement dafür ausgesprochen, dass Richardis den Rupertsberg verließ. Ob er sich nun erneut einmischte, um ihre Rückkehr zu verhindern?

Dass dem nicht so war, erfuhr Hildegard gleich im ersten

Satz nach den üblichen einleitenden Floskeln. Für einen Augenblick verschwamm die Schrift vor ihren Augen, dann sah sie wieder klar.

»Richardis ist den Weg allen Fleisches gegangen«, sagte sie zu Volmar. »Wir werden sie nicht wieder sehen.«

Die junge Äbtissin war am 29. Oktober gestorben. Es war der Tag, an dem Hildegard ihr geschrieben hatte, sie erlaube ihr die Heimkehr.

Kloster Rupertsberg – November 1177

Es war ein sonniger, nicht allzu kühler und windstiller Tag, als sei der Spätsommer noch einmal zurückgekehrt. Hildegard schlug vor, die am Vortag unterbrochene Unterredung bei einem Spaziergang durch die Weinberge fortzusetzen.

»Ich muss doch meine Aufzeichnungen machen«, wandte Wibert ein. »Am Stock gehen und gleichzeitig in die Wachstafel ritzen, das ist unmöglich.«

»Du hast ein ausgezeichnetes Gedächtnis«, sagte Hildegard. »Du wirst dir schon merken, was wir besprechen.«

»Aber –«

»Außerdem tut ein bisschen Bewegung deiner geschundenen Kehrseite gut. Wie hat sich übrigens die Würze bewährt, die ich dir gegeben habe?«

»Ihre Heilkraft wird einzig von der Grausigkeit ihres Geschmacks übertroffen.«

Über Hildegards Antlitz huschte ein Lächeln. »Und das Roggenbrot?«

»Es ist reichlich ungewohnt zwischen den Afterbacken, aber seine heilende Wirkung ist unbestreitbar.«

»Wenn du jetzt noch deine Ernährung umstellst, bist du in ein paar Wochen kuriert. Dein Abt wird dich nicht wieder erkennen, wenn du nach Hause zurückkehrst.«

Das Bewusstsein, dass seine Zeit auf dem Rupertsberg begrenzt war, überrollte Wibert mit der Geschwindigkeit und der Wucht einer Lawine. Natürlich hatte er das von Anfang an gewusst, aber er hatte es verdrängt. In nur fünf Monaten war das Kloster an der Nahemündung so sehr sein Zuhause geworden, dass er sich eine Rückkehr nach Gembloux kaum noch vorstellen konnte. Zumal es dann ein Abschied für immer wäre. Augenblicklich beschloss er, die ihm verbleibenden Tage noch ausgiebiger zu nutzen.

»Nun guck nicht wie ein geprügelter Hund«, sagte Hildegard, die wieder einmal seine Gedanken erraten hatte. »Bis dahin gehen noch fast zwei Jahre ins Land. Komm, auf geht's. Carpe diem!«

»Es heißt aber auch: Romanus vincit sedendo.«

»Du bist Wallone, kein Römer. Somit gilt der Spruch nicht für dich.« Sie öffnete die Tür. »Beeile dich. Ich warte am Tor.«

*

Die Trauben waren gelesen. Nackt und beschnitten machten die Rebstöcke einen armseligen Eindruck. Hätte Wibert es nicht besser gewusst, hätte er ihnen niemals zugetraut, im Frühjahr erneut auszutreiben.

»Ich hoffe, ich reiße keine alten Wunden auf«, sagte er. »Aber ich würde gern erfahren, was du beim Erhalt der Todesnachricht empfunden hast.«

Die Mater ließ ihren Blick über das Rheintal schweifen. Irgendwo auf der anderen Seite, zu weit entfernt, um es mit dem bloßen Auge erkennen zu können, lag Kloster Eibingen, die kleine Tochter des Rupertsbergs.

»Eine große Verlassenheit«, sagte sie. »Ich fühlte mich um meine Zukunft betrogen. So ähnlich müssen Eltern empfinden, die ihre Kinder verlieren. Auch wenn es unrealistisch war, insgeheim hegte ich noch immer die Hoffnung, Richardis würde dereinst meine Nachfolge antreten. Erst als ich erfuhr, dass sie monatelang an blutigem Auswurf gelitten hatte, vermochte ich dem Herrn zu danken, dass er sie erlöst hatte.«

»Sie hat ja leider nicht mehr erfahren, dass du ihr die Erlaubnis zur Rückkehr erteilt hattest.«

»Dabei hatte ich mir so gewünscht, sie wäre in dem Bewusstsein abberufen worden, dass ich ihr vergeben hatte.«

»Wie hat der Konvent die Nachricht aufgenommen?«

»Würde ich sagen, mit Freude, würde ich den Schwestern, glaube ich, bitter Unrecht tun. Aber erleichtert waren sie wohl. Die eine oder andere vielleicht auch aus Sorge um mich, weil ich mich bei der Pflege völlig aufgerieben hätte.«

»Aber einer hat, nehme ich an, ein Freudentänzchen aufgeführt.«

»Ob Kuno tatsächlich getanzt hat, weiß ich nicht, aber Volmar wusste nach Aussage der Brüder zu berichten, dass er ausnehmend guter Laune gewesen sein muss. Jedoch nur zwei Tage lang, dann warf ihn eine Seuche aufs Lager. Es stand so schlecht um ihn, dass der Seelsorger ihm die letzte Ölung erteilte. Ich sah das als Erfüllung der Weissagung an, die ich erhalten hatte.«

»Hat man dich nicht um Hilfe gebeten?«

»Doch, aber ich habe mich geweigert, nach ihm zu sehen. Genauer gesagt habe ich eine Unpässlichkeit vorgetäuscht. Das hatte ich nie zuvor und habe es auch nie wieder seitdem getan. Kuno ist der einzige Kranke, dem ich meine Hilfe verweigert habe. Hiltrudis hat sich statt meiner um ihn gekümmert. Aber auch sie konnte ihm nicht helfen.«

»Trotzdem hat er die Seuche überlebt.«

»Die Brüder um ihn herum sind gestorben wie die Fliegen, aber er hat sich wieder erholt. Offenbar hatte ich die Prophezeiung falsch verstanden.«

»War damals möglicherweise der Wunsch der Vater des Gedankens?«

»Damit würden wir zu der schon einmal geführten Diskussion zurückkehren, ob ich mit meiner seherischen Gabe aus selbstsüchtigen Gründen Missbrauch treibe.«

»Es muss sich ja nicht um Vorsatz handeln. Gibt es kein Zwielicht, in dem das Geschaute und deine eigenen Gedanken sich überlagern könnten?«

»Wenn ich schaue, höre ich die Stimme des hell strahlenden Lichts. Dann bin ich das Sprachrohr oder, wie ich mich selbst gern bezeichne, die Posaune Gottes. Dieser Zustand ist eindeutig und unverwechselbar. Es mag bestenfalls sein, dass ich nachts im Traum noch einmal durchlebe, was ich tagsüber geschaut habe. Dadurch könnte es am nächsten Morgen, wenn ich mich an das Geträumte erinnere, zu Fehldeutungen kommen.«

»Wie tröstlich für mich zu hören, dass auch du nicht vollkommen bist.«

Hildegard lachte kurz auf. »Von Vollkommenheit bin ich so weit entfernt, wie dieser – was ist das für ein Vogel? – von der Erde.«

Wibert hob den Kopf und blinzelte in den Himmel. »Ein Milan, würde ich sagen.«

»Ich beneide dich um deinen scharfen Blick, mein Sohn. Iss immer reichlich Karotten, dann bleibt dir deine Sehkraft bis ins Alter erhalten. Ich habe leider zu spät damit begonnen.«

Oberhalb des Rheinbogens stand eine Bank, die die Mater

eigens hatte aufstellen lassen. Dort legten sie eine Rast ein. Hildegard entnahm der Tasche ihres Umhangs zwei Äpfel, von denen sie einen Wibert anbot.

»Wofür ist der gut?«, fragte er.

»Für alles«, sagte sie. »Zwei Äpfel am Tag ersparen den Medicus, pflegte meine Mutter zu sagen.«

Wibert biss krachend ab. Nachdem er den Bissen gekaut und runtergeschluckt hatte, sagte er:

»Ich nehme an, sobald es Kuno wieder besser ging, hat er seine Schurkereien fortgesetzt.«

»Du befindest dich im Irrtum«, sagte Hildegard. »Ihn von da an als lammfromm zu bezeichnen, wäre übertrieben, aber die Pestilenz hatte ihm doch ein Gutteil seiner niederträchtigen Kraft genommen. Den ganzen Winter über habe ich nichts von ihm gehört. Zu Pfingsten anno 53 wurde dann auch noch sein Förderer Heinrich des Amtes enthoben, und mit dem neuen Erzbischof, Arnold dem Ersten, tat Kuno sich schwer.«

»Das war das Jahr, in dem du das erste Mal mit Kaiser Barbarossa zusammengetroffen bist.«

»Richtig, obwohl er zu der Zeit nur König war. Zum Kaiser wurde er erst zwei Jahre später gekrönt. Jedenfalls hatte der Rotbart mich auf seine Pfalz nach Ingelheim eingeladen. Er erwies sich als äußerst kluger und temperamentvoller junger Mann. Damals wie heute stehe ich ihm kritisch gegenüber, insbesondere beklage ich seine Politik gegenüber Rom und dem Heiligen Stuhl, aber trotz unserer unterschiedlichen Ansichten haben wir uns vom ersten Augenblick an prächtig verstanden. Ich nutzte die Gelegenheit, einen kaiserlichen Schutzbrief für den Rupertsberg zu erbitten. Friedrich sagte sofort zu, obwohl es dann doch noch zehn Jahre dauerte, bis er ihn letztendlich ausstellte.«

»Das klingt nach eitel Sonnenschein.«

»Wie auch immer, es war die ruhigste und friedvollste Zeit, die der Konvent auf dem Rupertsberg bis dahin erlebt hatte. Mehr als zwei Jahre währte dieser paradiesische Zustand. Aber wie es immer ist, wenn alles harmonisch verläuft, man lässt sich einlullen und wird unaufmerksam. So traf mich die nächste Intrige Kunos wie ein Blitz aus heiterem Himmel. Es war im gleichen Jahr, in dem die entsetzliche Heuschreckenplage das Land heimsuchte. Ein wahres Annus horribilis.«

»Was hat Kuno bewogen, nach einer für seine Verhältnisse langen Zeit der Friedfertigkeit erneut loszuschlagen?«

»Ich vermute, er spürte sein Ende nahen, und wollte es mir, bevor er von der Bühne des Lebens abtrat, noch einmal so richtig zeigen. An Bösartigkeit war seine List jedenfalls kaum zu überbieten.«

»Erfahre ich dann auch endlich, wer der gute Geist war und wen … an wessen Tod du die Verantwortung trägst?«

»Nur keine Scheu«, sagte Hildegard. »Ja, du brauchst dich nicht länger zu bezähmen. Beides wirst du erfahren, denn beides ist untrennbar miteinander verbunden.«

Kloster Disibodenberg – Juni 1155

Wie tief seid ihr?«, rief Kuno.

Auf die Unterarme gestützt lehnte er Seite an Seite mit Herbrand aus einem der Fenster des Refektoriums und blickte in den Küchengarten, wo die Mönche dabei waren, ein Loch zu graben.

Beide waren alt geworden, der Abt wie sein Adlatus. Der

einst quirlige Klostervorsteher war zu einem Mann mit schleppendem Gang und dem ständigen Bedürfnis, sich zu setzen, geworden. Seit den Tagen, in denen die Pestilenz gewütet hatte, war seine Hakennase schmal wie eine Sichel. Seine Augen, die früher immer zu groß erschienen waren, lagen nun zumeist halb verborgen hinter den hängenden Lidern. Geduld war noch immer nicht seine Stärke, aber er war müde geworden, wofür die Mönche, die ihn noch anders erlebt hatten, täglich dem Herrn dankten.

Herbrand hatten die letzten Jahre einen Buckel beschert, und da er noch weiter an Gewicht verloren hatte, wirkte sein langer, dünner Hals nun noch gestreckter. Nie war er seinem Spitznamen gerechter geworden als jetzt. Seinen Traum, Kuno auf dem Stuhl des Abtes beerben zu können, hatte er längst begraben, ja, er glaubte nicht einmal mehr, dass er seinen Abt überleben würde. Jede noch so kleine Erkältung schwächte ihn derart, dass er für Tage das Bett hüten musste.

»Ungefähr zwanzig Fuß«, rief Bruder Anton, den der Abt zum Aufseher über die Grabungsarbeiten bestimmt hatte.

»Das reicht nicht«, sagte Kuno. »Grabt weiter.«

Herbrand spuckte einen zerbissenen Kürbiskern aus dem Fenster.

»Du sollst die Dinger runterschlucken und nicht ausspucken«, sagte Kuno.

»Das tu ich ja auch. Aber der hier war bitter.«

Herbrand litt seit Tagen an einem Blähbauch und Verstopfung. Bruder Maximilian, der, seit Bruder Paul vor zwei Jahren bei der großen Seuche das Zeitliche gesegnet hatte, die Krankenstation leitete, hatte ihm deswegen verordnet, täglich zwanzig Kürbiskerne zu kauen. Die erhoffte Linderung war bisher jedoch ausgeblieben.

»Bist du sicher, dass das die richtige Stelle ist?«, fragte Herbrand nach einer Weile.

»Völlig«, sagte Kuno. »Zwischen Küche und Refektorium hat es geheißen. Und genau da liegt der Garten.«

»Was sagt Bruder Ewald denn dazu, dass du ihm den Kräuter- und Gemüsegarten zerstörst?«

Ewald war der Koch der Abtei. An dem kleinen Garten hing sein ganzes Herz.

»Er sitzt im Keller und heult. Der Kerl will nicht begreifen, dass es um mehr geht als um Suppengrün.«

»Auf jeden Fall werden unsere Mahlzeiten in der nächsten Zeit erheblich fader ausfallen.«

»Dann soll er stärker salzen. Außerdem kann er das Grünzeug ja neu anbauen, sobald die Grube wieder zugeschüttet ist.«

Herbrand schob mit der Zunge den nächsten Kürbiskern zwischen die beiden ihm noch verbliebenen Backenzähne. Beim Zerbeißen knirschte es, als zertrete er eine Küchenschabe. Ein Geräusch, das Kuno einen Schauer über den Rücken jagte.

»Den Plan würde ich gern mal sehen«, sagte der Adlatus, als sein Mund wieder leer war.

»Hä?«

»Oder war es nur eine Beschreibung?«

»Wovon redest du?«

»Von dem Schatz«, sagte Herbrand und steckte sich einen weiteren Kern in den Mund. »Ist seine Lage in einem Grundrissplan des Klosters eingezeichnet?«

»Nein«, sagte Kuno. »Ich hatte eine Vision.«

Herbrand verschluckte den Kürbiskern und erlitt einen lebensbedrohlichen Hustenanfall. Er bellte und würgte, bis ihm die Tränen aus den Augen liefen.

»Eine Vision?«, keuchte er mit dem Schnupftuch vor dem Gesicht.

»Ja. Nenn es von mir aus eine Schau. Das, was Hildegard auch immer hat.«

»Wann hattest du diesen … Zustand?«

»Letzte Nacht. Eine göttliche Stimme erzählte mir von dem Schatz und wo er vergraben liegt. Ich habe mir jedes Wort gemerkt.«

»Woher willst du wissen, dass es die Stimme Gottes war?«

»Denkst du etwa, ich habe mit Satan gesprochen?«

»Nein, natürlich nicht«, erwiderte Herbrand wenig überzeugt.

»Na, also.«

Herbrand trocknete seine letzten Tränen. »Hat die Stimme dir auch gesagt, woraus der Schatz besteht?«

»Gold, Geschmeide, Münzen, was weiß ich. Eben alles, was die Mönche so vergraben haben, bevor die Wikinger kamen.«

»So lange soll der Schatz schon da unten liegen?«

»Allerdings. Hatto hat ihn vergeblich gesucht. Aber ich habe ihn gefunden.«

»Noch hast du ihn nicht. – Wer ist Hatto?«

»Hatto der Zweite.«

»Der Name sagt mir nichts.«

»Mein Gott, bist du ungebildet! Hatto war Erzbischof von Mainz. Anno 970 hat er das Kloster schließen und den Berg fünf Jahre lang nach dem Schatz umgraben lassen. Damals ist kein Stein auf dem anderen geblieben. Aber alle Müh war vergebens. Danach durften die Mönche zurückkehren.«

»Hatto hatte eben keine Vision.«

»Mach du dich nur lustig. Wenn ich heute Abend in einem Zuber voller Gold bade, wird dir das Lachen schon vergehen.«

Eine Zeit lang schwiegen sie und ergötzten sich am Anblick der schwitzenden Brüder.

Plötzlich fragte Herbrand:

»Was hat die Stimme eigentlich bezüglich des Fundortes genau gesagt?«

»Das hab ich dir doch erzählt.«

»Ich meine den genauen Wortlaut. Hat sie gesagt ›Grabe im Küchengarten deines Klosters vierzig Fuß tief, Kuno‹, oder wie hat sie sich ausgedrückt?«

»So ähnlich. Sie sagte: ›Einst erkor der Abt den Platz zwischen Küche und Refektorium zum Versteck. Grabe dort so tief, als wolltest du einen Brunnen anlegen.‹«

»Dachte ich es mir doch.«

»Was hast du dir gedacht? Ich habe es so wiedergegeben, wie die göttliche Stimme es mir kundtat.«

Herbrand streckte sich und stützte sich mit den Händen auf.

»Der Abt im neunten Jahrhundert kann unmöglich gewusst haben, wo beim Klosterneubau im Jahre 1108 Küche und Speisesaal errichtet werden würden«, sagte er. »Folgerichtig kann der Hinweis sich nur auf die ehemalige Klosteranlage beziehen.«

Kuno guckte, als habe ihm soeben eine Natter ihre Giftzähne ins Fleisch geschlagen.

»Wenn ich die alten Pläne richtig memoriere«, fuhr der Adlatus ungerührt fort, »steht an der angegebenen Stelle unsere Schmiede. Solltest du dir sicher sein, dass du vergangene Nacht eine Vision und nicht lediglich einen Traum hattest, wirst du sie abreißen lassen müssen.«

Wie versteinert trat Kuno vom Fenster zurück und ließ sich auf die erstbeste Sitzbank fallen. Seine Augen waren so lebendig wie die eines Geblendeten.

»Sag ihnen, sie sollen das vermaledeite Loch wieder zuschaufeln«, murmelte er.

*

Nach dem Komplet unternahmen sie noch einen Spaziergang, während die übrigen Brüder bereits auf ihren Strohmatratzen lagen. Himmel, Wolken und Sonnenuntergang präsentierten sich in einer Farbenpracht, die kein Maler nachahmen konnte. Die Luft war lau und voller Düfte. Der Weg führte sie zur Schmiede, wo Kuno ein paar Mal prüfend gegen die Mauer trat. Aber da wackelte nichts, schließlich war das Gebäude erst im letzten Jahr errichtet worden.

»Ich werde Volmar zurückbeordern«, sagte er plötzlich zu Herbrands größter Verblüffung.

»Warum?«

»Wir brauchen jede Hand. Der Konvent hat noch nicht wieder die Stärke der Zeit vor der Seuche erreicht.«

»Das ist doch Unfug. Was glaubst du, was man mit einem, der fünfzehn Jahre als Beichtvater unter Nonnen gelebt hat, noch anfangen kann? Volmar käme doch bei uns gar nicht mehr zurecht.«

»Trotzdem.«

»Also geht es dir in Wirklichkeit gar nicht um Volmar, sondern darum, Hildegard einen weiteren Schlag zu versetzen. Beim Allmächtigen, ich kann nicht begreifen, dass nach all den Jahren noch immer solch ein Hass in dir lodert. Willst du die Fehde mit der Seherin nicht endlich beilegen?«

Der kleine Abt wurde krebsrot.

»Beilegen? Niemals! Jawohl, Hass lodert in mir wie das Höllenfeuer, wenn ich daran denke, was aus dieser Abtei hätte werden können, wäre Hildegard mit ihren Töchtern hier geblieben. Wir wären eine wahre Wallfahrtsstätte geworden. Nun pilgert alle Welt zum Rupertsberg, und zu uns verirren sich bestenfalls diejenigen, die sehen wollen, wo Hildegard ihre ersten Jahre verbracht hat. Um Ruhm und Ehre hat mich dieses Weib mit ihrer Selbstsucht gebracht. Und dafür werde ich sie von ganzem Herzen hassen bis zu meinem letzten Atemzug.«

»Hass ist jedoch ein schlechter Ratgeber. Alle deine Versuche, Hildegard Schaden zuzufügen, haben letztendlich nichts gefruchtet. Im Gegenteil. Du hast eigentlich immer nur dir selbst geschadet. Und so wird es auch mit der Abberufung Volmars sein.«

»Du kannst das sehen, wie du willst. Jedenfalls wird er zurückbeordert, und damit Schluss. Gleich morgen wirst du zum Rupertsberg reiten und ihm das mitteilen.«

»Hildegard wird sich weigern, ihn gehen zu lassen.«

»Das kann sie nicht.«

»O doch. Laut Vertrag steht ihr einer unserer Mönche als Sekretär und geistlicher Beistand zu.«

»Dann werden wir ihr gleich morgen den Ersatzmann darbieten.«

»Hast du schon jemanden im Auge?«, fragte Herbrand erstaunt.

»Allerdings.«

Da jede weitere Einlassung unterblieb, sah der Adlatus sich genötigt, nachzuhaken. »Wen soll ich denn mitnehmen?«

»Niemanden.«

»Niemanden? – Das hieße ja … Das kannst du nicht machen!«

»Und wie ich kann«, sagte Kuno und reckte sein Kinn in die Höhe. »Ich bin der Abt.«

Herbrand musste erst einmal Spucke sammeln. »Das lasse ich nicht mit mir machen! Ich habe dir schon vor Jahren gesagt, dass ich Buch über deine Schandtaten geführt habe. Wenn ich damit zum Erzbischof gehe, dann … Was feixt du so? Glaubst du, ich würde meine Drohung nicht wahr machen?«

»Doch, doch. Die Frage ist nur, ob du das auch kannst.«

»Was willst du damit sagen?«

»Wann hast du das letzte Mal überprüft, ob sich dieses Buch noch an seinem Platz befindet?«

Herbrand wurde bleich. »Vergangene Woche. Weshalb?«

»Und du meinst, es liegt noch immer da?«

»Wieso nicht?«

»Vielleicht hat es ja ein Mäuslein gefressen.«

»Mäuslein?« Herbrand schwankte. Mit den Händen suchte er nach einem Halt. Vergeblich. Sie standen mitten auf dem Hof.

»Mäuslein«, bestätigte Kuno und schlug seine Zähne im Stakkato aufeinander. »Knabber, knabber, knabber. Davon gibt es hier viele. Zum Beispiel in der Nische hinter dem Schrein des heiligen Disibod.«

Herbrands Beine gaben nach, und er sank auf die Knie, ohne auf die herumliegenden Pferdeäpfel zu achten. Tränen kullerten über seine Wangen, als er Kuno flehentlich die Arme entgegenstreckte. »Sag, dass das nicht wahr ist!«

»Du erpresst mich nicht mehr«, sagte der Abt und klang auf einmal wieder so kaltherzig wie in seinen besten Tagen. »Ich habe alles verbrannt. – So, und nun hoch mit dir und hör auf zu flennen. Was soll Hildegard denken, wenn ihr neuer Sekretär mit verheulten Augen aufkreuzt?«

Kloster Rupertsberg

Freue dich mit mir, Herrin und Tochter des ewigen Königs!«, diktierte Hildegard. »Denn der Finger Gottes schreibt in dich hinein, damit du das Wort des Lebens kündest. – Bin ich dir zu schnell?«

»Nein, nein«, sagte Volmar. »Mich hat es nur an der Nasenspitze gejuckt.«

»Benetze sie mit kaltem Wasser. Dann lässt das Jucken nach.«

»Es wird auch so gehen, Meisterin. Sprich nur weiter.«

Sie saßen in Hildegards Amtsstube im Erdgeschoss des Westflügels, und beide Fenster standen angesichts des herrlichen Wetters weit offen. Ab und zu sah man den Schleier einer vorbeieilenden Nonne.

Der Brief, den Volmar in Hildegards Namen schrieb, war an Elisabeth von Schönau gerichtet.

Elisabeth war eine junge Benediktinerin, der Hildegard sich seelenverwandt fühlte, weil sie ebenfalls über eine seherische Gabe verfügte, auch wenn sie ihre Visionen im Gegensatz zur Äbtissin vom Rupertsberg nur im Zustand des Entrücktseins empfing. Ähnlich wie einst Hildegard fürchtete Elisabeth den Spott ihrer Mitmenschen, aber die Mater ermunterte sie, dieses einzigartige Geschenk anzunehmen und das Geschaute kundzutun.

»Ach, wenn ich dich nicht hätte«, sagte Hildegard nach Beendigung des Diktats. »Meine Finger sind oft so steif, dass ich die Feder unmöglich führen könnte.«

»Nun übertreibe nicht. Hättest du mich nicht, hättest du einen anderen.«

»Das hört sich an, als sei es dir gleichgültig, ob du hier oder anderswo lebtest.«

Volmar blickte sie erschrocken an. »So habe ich das nicht gemeint. Ich wollte nur nicht, dass du mich –«

»Schon gut, mein Bester«, sagte Hildegard und schmunzelte. »Ich weiß, was du damit zum Ausdruck bringen wolltest. Schaffst du noch einen Brief?«

»Wenn es sein muss auch ein Dutzend. An wen richtet er sich?«

Bevor Hildegard antworten konnte, klopfte es. Eine der Novizinnen meldete, Mönch Herbrand vom Disibodenberg warte im Vorraum und begehre, die Mutter Oberin zu sprechen. Hildegard ließ bitten.

Herbrand trat ein, und Volmar verließ den Raum. Die beiden Mönche hatten nur ein knappes Kopfnicken füreinander übrig. Der Äbtissin hingegen küsste der Adlatus huldvoll die Hand. Hildegard war erschüttert, wie schlecht Herbrand aussah. Sie bat ihn, Platz zu nehmen, und fragte nach seinem Anliegen.

»Ich bin dein neuer Sekretär«, sagte er und grinste wie ein Idiot.

»Hast du getrunken?«

Das Grinsen verschwand wie weggeblasen. »Ich wollte, dem wäre so, Meisterin. Aber leider ist das bitterer Ernst. Kuno beordert Volmar zurück und entsendet mich statt seiner.«

»Hat er jetzt völlig den Verstand verloren? Was verspricht er sich davon?«

»Zumindest ist er mich erst einmal los. Wir hatten in der letzten Zeit wiederholt Differenzen.«

»Die gibt es immer mal wieder. Meine Güte, ihr seid doch wie ein altes Ehepaar. Jeder von euch weiß genau, wie viele Haare dem anderen aus der Nase wachsen. Da trennt man sich doch nicht so mir nichts, dir nichts.«

»Das dachte ich auch«, jammerte Herbrand.

»Nein, nein«, sagte Hildegard. »Da steckt ganz etwas anderes dahinter. Mit seiner Anordnung will er mich treffen. Mir Volmar zu nehmen hieße, mir meinen rechten Arm zu nehmen. Damit wirft er mir nach all den Jahren erneut den Fehdehandschuh hin.«

»Nimmst du ihn auf?«

»Was bleibt mir übrig? Dieser Quälgeist lässt mir keine andere Wahl. Dabei bin ich des Streitens so müde. Dieser Mann hingegen scheint mit jeder Faser seines Körpers aus Hass zu bestehen.«

»Wenn es hart auf hart kommt, müssen wir uns Kunos Willen beugen. Das weißt du.«

»Ja«, sagte Hildegard gedehnt. »Die Frage ist nur, ob –«

Vor dem Fenster gab es ein Geräusch, als sei ein Sack Getreide umgefallen. Mit einem Kopfrucken zeigte Herbrand, dass auch er es vernommen hatte. Gemeinsam standen sie auf und sahen hinaus.

Auf den Pflastersteinen unter dem Fenster lag Volmar. Zweifellos hatte er gelauscht, und was er zu hören bekommen hatte, hatte ihm die Besinnung geraubt.

*

»Ich weiß nicht, was in mich gefahren ist«, sagte Volmar. »Ich wollte nicht lauschen, Mater. Das musst du mir glauben. Aber als ich am Fenster vorbeiging, hörte ich Herbrand sagen, er sei dein neuer Sekretär. Da konnte ich nicht anders. Ich schäme mich so.«

»Lass es gut sein«, sagte Hildegard. »Ich verzeihe dir.«

Hildegard hatte ihren Sekretär in den Krankensaal schaffen lassen. Dort rieb sie ihm Kampfer unter die Nase, was ihn schnell wieder zu sich brachte. Nun saß sie an seiner Seite und hielt seine Hand, während Herbrand am Fenstersims lehnte und mit düsterer Miene in den Hof starrte.

Volmar schluckte. »Stimmt es denn, was Herbrand gesagt hat?«

»Nun, wenn es allein nach Kunos Willen ginge, gewiss. Aber da haben auch andere noch ein Wörtchen mitzureden.«

»Warum tut er so etwas? Er weiß doch, dass es mir das Herz zerreißen würde, müsste ich dich und deine Töchter verlassen. Ihr seid mein Leben.«

»Ja, warum tut er das? Du hast gehört, welche Ansicht ich vertrete. Nun gilt es zu überlegen, wie wir seinen Plan vereiteln können.«

»Das Recht ist auf seiner Seite«, brummte Herbrand im Hintergrund.

»So einfach ist das nicht«, sagte Hildegard. »Der Sekretär, den Kuno für mich abstellt, muss gewissen Anforderungen genügen. Zum Beispiel muss er der Litterae ignotae mächtig sein, in denen ich meine Notizen abfasse.«

»Damit kann ich nicht dienen.«

»Eben. Volmar ist der einzige Mensch außer mir, der diese Schrift beherrscht. Was ihn gewissermaßen unersetzlich macht.«

»Damit wirst du Kuno nicht beeindrucken können.«

»Aber so verschaffen wir uns Zeit. Die nutzen wir, um Beschwerdebriefe zu schreiben. An Erzbischof Arnold, an Kaiser Friedrich und an Papst Anastasius. Sie alle haben mir ihre Hilfe angeboten, wann immer ich sie benötigen sollte. Nun haben sie die Gelegenheit, ihr Versprechen einzulösen.«

»Aber das wird dauern«, sagte Volmar und klang wie ein Klageweib. »Wochen, wenn nicht Monate.«

»Fürs Erste bist du hier sicher. Du bist krank, und wir müssen zunächst einmal klären, ob es sich bei deinem Zusammenbruch nicht um Fallsucht handelt. Herbrand wird derweil zum Disibodenberg zurückkehren und seinem Abt mitteilen, dass er als Sekretär nicht in Frage kommt, weil er den Anforderungen nicht genügt.«

»Irgendwann bin ich aber wieder gesund, und wenn bis dahin niemand ein Machtwort gesprochen hat, dann …« Volmar biss sich vor Verzagtheit auf die Lippen. »Ich darf gar nicht daran denken.«

»Selbst wenn du zu deinen Brüdern zurückkehren müsstest, es würde nicht für lange sein«, sagte Hildegard. »Schon vor der großen Seuche habe ich geschaut, dass Kunos Zeit auf Erden abgelaufen ist.«

»Aber er lebt!«

»Bisher haben sich die Weissagungen des hell strahlenden Lichts noch immer erfüllt, und das wird auch diesmal so sein. Manchmal dauert es eben ein bisschen länger.«

Interessiert hatte Herbrand sich genähert. »Habe ich dich richtig verstanden? Gott hat dir mitgeteilt, Kunos Abberufung sei beschlossene Sache?«

»Dein Abt ist bereits überfällig seit den Tagen, in denen meine Tochter Richardis von uns ging«, sagte Hildegard über die Schulter. »Du kannst im Gästehaus übernachten, Herbrand. Morgen reitest du dann zurück.«

Dann ließ sie Volmars Hand los und erhob sich.

»Und du schläfst dich nach dem Schrecken erst einmal aus. Morgen sehen wir weiter.«

»Jawohl, Mater«, sagte er und schloss die Augen. »Morgen sehen wir weiter.«

*

Volmar schreckte hoch, weil er dachte, er hätte die Glocke zu den Laudes gehört. Dem war jedoch nicht so. Zwar wurde die Dunkelheit durch einen Streifen am Horizont erhellt, aber wie ihm ein Blick aus dem Fenster bewies, im Westen. Die Sonne war also gerade mal untergegangen. Er konnte nur wenige Stunden geschlafen haben.

Er kehrte zurück zu seiner Pritsche, setzte sich und trank Wasser aus dem Becher, den ihm die Schwester auf den Beitisch gestellt hatte. Es tat ihm gut. Die Reste seines quälenden Traums begannen sich aufzulösen und schafften Raum für klare Gedanken.

Als er von Kunos Anordnung gehört hatte, war er derart in

Aufruhr geraten, dass er im ersten Augenblick an Selbstmord gedacht hatte. Lieber wollte er sterben, als auf den Disibodenberg zurückkehren zu müssen. Dann aber war ihm bewusst geworden, dass er sich damit um eine Ruhestätte in geweihter Erde bringen würde. Selbstmörder wurden nicht auf dem Friedhof beigesetzt, sondern auf irgendeinem Acker verscharrt, wo die Hunde sie ausgruben und ihre Knochen fraßen.

Nachdem er aus seiner Bewusstlosigkeit erwacht war, hatten ihn zunächst Hildegards zuversichtliche Worte beruhigt. Dafür hatten ihn dann im Schlaf umso bösere Vorahnungen heimgesucht. Die Bemühungen der Mater, ihn bei sich zu behalten, würden vergeblich sein. Kuno würde sich durchsetzen.

Das durfte nicht sein! Das musste er verhindern! Nur wie?

Außer Volmar lag noch ein weiterer Kranker in dem Saal. Waren seine gleichmäßigen Atemzüge bisher die einzigen Geräusche gewesen, so vernahm Volmar plötzlich eine Stimme.

Nur schwach, wie aus großer Ferne, aber dafür umso eindringlicher. Volmar sah sich nach allen Richtungen um, aber woher die Stimme kam, war nicht auszumachen. Mit jeder Silbe zog sie ihn stärker in ihren Bann. In einfachen Worten vermittelte die Stimme ihm eine Erkenntnis, die ihn wie ein Blitz aus heiterem Himmel traf.

Hatte das hell strahlende Licht der Mater nicht eingegeben, Kunos Zeit auf Erden sei bereits verstrichen? Und trotzdem lebte der Abt noch. Bei Gott, das konnte nur bedeuten, dass er erneut mit dem Leibhaftigen im Bunde war. Wie schon einmal, als er den Satan angefleht hatte, Richardis' Rückkehr zu verhindern, was schließlich auch gelungen war. Also kämpfte die Mater nicht nur gegen einen irdischen Widersacher, nein, sie hatte es außerdem mit dem Antichristen zu tun!

Welch eine Gegnerschaft!

Nun wechselte die Stimme in den Befehlston, und was sie Volmar befahl, war ungeheuerlich. Gleichzeitig aber war es auch – und das war das Aberwitzige daran – in höchstem Maße einleuchtend. Volmar schlug sich vor den Kopf. Warum war er eigentlich nicht von selbst darauf gekommen?

Ohne zu zögern, stand er auf, verließ den Saal und tat, was ihm befohlen worden war.

Hildegard wollte gerade zu ihrem morgendlichen Rundgang aufbrechen, als Agneta in ihre Amtsstube kam. Die junge Nonne machte ein Gesicht, als habe ihr jemand eine Rechenaufgabe gestellt, die sie nicht lösen konnte.

»Was gibt dir Rätsel auf, meine Tochter?«, fragte die Äbtissin.

»Volmar.«

»Volmar? Hat sich sein Zustand verschlechtert?«

»Das weiß ich nicht. Er ist verschwunden.«

»Was soll das heißen?«

»Er liegt nicht in seinem Krankenbett.«

Hildegard atmete auf. »Er wird zur Latrine gegangen sein. Oder er ist in seinem Amtszimmer, obgleich ich ihm gesagt habe, er solle sich schonen.«

Agneta schüttelte den Kopf. »Da ist er nicht. Ich habe an beiden Orten nachgesehen. Ich habe überall nachgesehen, wo er sein könnte. Er ist unauffindbar.«

»Warst du schon im Scriptorium? Und in der Küche?«

»Selbstverständlich. Es ist, als hätte er sich in Luft aufgelöst. Dabei habe ich dir noch nicht alles gesagt.«

»Soll ich mich lieber setzen?«

»Nein, es ist nicht schlimm, es ist nur seltsam. Seine Sandalen stehen noch vor dem Bett.«

»Das ist allerdings merkwürdig«, sagte die Mater und setzte sich nun doch. »Volmar läuft nie barfuß, er verabscheut das. Hast du auch einen Blick in seine Schlafkammer geworfen?«

»Gewiss doch. Das Bett ist unberührt.«

»Nun gut. Schick mir den Torwächter her. Ich will wissen, ob er etwas bemerkt hat.«

Als hätte der Wächter nur auf sein Stichwort gewartet, stand er im Rahmen und klopfte ans Türblatt. Da er von allen nur Wächter genannt wurde, wusste kaum einer, dass er eigentlich Randolf hieß. Manche nannten ihn auch den Buckligen, weil er von Geburt an verwachsen war. Ihm war es gleich, solange er ein Dach über dem Kopf und ausreichend zu essen hatte.

»Das muss Gedankenübertragung gewesen sein«, sagte Hildegard, während Agneta den Mund nicht mehr zubekam.

»Wie?«, fragte Randolf.

»Nichts. Was führt dich zu mir?«

Vor Verlegenheit rieb er sich die Nase. »Irgendwer hat die weiße Stute gestohlen. Aber es muss einer von hier gewesen sein.«

»Jemand aus dem Kloster? Was veranlasst dich zu der Annahme?«

»Gegen Mitternacht war ich mal kurz auf dem Lokus. Als ich zurückkam, stand das Tor offen. Zuerst dachte ich, ich hätte es nicht richtig verriegelt, und der Wind hätte es aufgedrückt. Aber als ich heute Morgen sah, dass die Stute fehlte, wurde mir klar, was da gelaufen ist.«

»Volmar«, sagte Agneta. »Wieso reitet er mitten in der Nacht davon? Noch dazu ohne Sandalen?«

Hildegard war sogleich in Sorge, Volmar könnte aus Furcht

vor der Abberufung geflohen sein. Andererseits entsprach ein solches Verhalten gar nicht seiner Natur.

»Volmar hat den Gaul gestohlen?«, fragte Randolf. »Unser Volmar? Verdammich, von ihm hätte ich das am wenigsten erwartet.«

»Hier wird nicht geflucht!«, schimpfte Hildegard. »Außerdem ist noch gar nichts erwiesen.«

Unerwartet tauchte Clementias Kopf neben dem des Buckligen auf. »Nur herein«, sagte Hildegard. »Es ist noch Platz.«

Clementia schob sich zwischen Agneta und Randolf hindurch.

»Ich muss dich kurz sprechen«, sagte sie. »Unter vier Augen.«

Hildegard entließ die anderen und bot ihrer Schwester einen Stuhl an, aber Clementia zog es vor, stehen zu bleiben. Sie verschränkte die Hände unter ihrem mächtigen Busen und atmete einmal tief durch.

»Es ist etwas Unangenehmes passiert«, sagte sie. »Ich habe einen Einbruch entdeckt.«

»Was für ein Tag«, sagte Hildegard. »Heute kommt aber auch alles zusammen. Wo ist eingebrochen worden?«

»Im Keller. In den Raum, in dem der Destillationsapparat steht.«

Hildegard merkte, wie ihre Gesichtszüge gefroren. »Wurde etwas gestohlen?«

»Nur eine kleine Amphore mit Aqua destillata. Der Schaden an der Tür wiegt schwerer.«

»Wenn du dich da nur nicht irrst«, sagte Hildegard und fühlte sich auf einmal völlig kraftlos. Nicht einmal ihren Arm hätte sie heben können.

»Was hast du, Schwester? Hätte ich gewusst, dass die Nachricht dich dermaßen mitnimmt, hätte ich dir nichts davon gesagt.«

Die Meisterin schloss die Augen und lehnte ihren Kopf gegen das Nackenpolster des Stuhls. Deutlich sah sie vor ihrem geistigen Auge, was geschehen war und noch geschehen würde.

Und es gab nichts, aber auch gar nichts, was sie dagegen tun konnte.

Kloster Disibodenberg

Der Tag begann mit einem Sonnenaufgang von solcher Schönheit, dass Volmar anhielt, aus dem Sattel stieg und ein Gebet sprach. Wie Lichtfinger tasteten sich die ersten Strahlen durch das Geäst und machten aus Tautropfen Diamanten und aus Spinnennetzen feinste Spitze. Die Reinheit und Würzigkeit der Luft machte schlichtes Atmen zu einem betörenden Genuss. Noch nie hatte Volmar sich seinem Schöpfer so nahe gefühlt wie in diesem Augenblick.

Es war der Tag des Johannes, der 24. Juni 1155. An diesem Tag würde Abt Kuno vom Disibodenberg seinen sechzigsten Geburtstag begehen.

Auf dem Weg den Berg hinauf wunderte Volmar sich über die eigenartige Stille. Kein Geräusch drang vom Kloster durch den Wald. Dabei herrschte um diese Zeit sonst lebhaftes Treiben. Allein die Werkstätten machten einen Lärm wie eine mittelgroße Stadt. Da wurde für gewöhnlich gemahlen, gehämmert, genagelt und gesägt, die Töpferscheiben jaulten, und außerdem kam einem sonst der eine oder andere talwärts eilende Mönch entgegen. Hätte Volmar nicht gewusst, dass sich hinter den Bäumen ein Kloster verbarg, er hätte es niemals vermutet. Ihm kam es vor, als reite er auf einen Friedhof zu.

Selbst als er unmittelbar vor der Pforte hielt, war nichts zu hören. Nicht einmal ein Vogel zwitscherte. Eine Lautlosigkeit, die ihm zunehmend unheimlicher wurde. Als die Stute plötzlich schnaubte, wäre Volmar vor Schreck beinahe aus dem Sattel gefallen.

Er stieg ab und legte ein Ohr an den Torflügel. Nichts. Wenn da etwas zu hören war, dann ein Holzwurm, aber kein von Menschen verursachtes Geräusch. Bang fragte er sich, ob alle tot waren. Der Gedanke war zwar absurd, aber eine vernünftigere Erklärung für diese Grabesstille wollte ihm nicht einfallen.

Gerade als Volmar seine Hand nach der Glockenschnur ausstrecken wollte, knarrte das Tor. Stückchen für Stückchen öffnete es sich, bis ein Auge, ein Nasenflügel und der halbe Mund eines Mönchs sichtbar wurden. An der tiefen Narbe, die sich von der Nasenwurzel zum Mundwinkel zog, erkannte Volmar ihn. Es war Gotthilf, mit dem er sich ganz gut verstand.

Bevor Volmar einen Ton sagen konnte, machte Gotthilf: »Pst!«

»Was ist los?«, flüsterte Volmar. »Habt ihr ein gemeinschaftliches Schweigegelübde abgelegt?«

»Ich hab jetzt nicht die Zeit, dir das zu erklären«, sagte Gotthilf ebenso leise. »Wenn du willst, kannst du hereinkommen. Aber lass dein Pferd draußen.«

Volmar ergriff rasch sein Bündel, in dem auch die Amphore steckte, und schlüpfte durch die Pforte, die Gotthilf umgehend wieder schloss. Nachdem er auch noch den Riegel vorgelegt hatte, nahm er Volmar am Arm und führte ihn die Friedhofsmauer entlang zum Wirtschaftshof, wo sie hinter zwei Fässern in Deckung gingen. Volmar setzte erneut an und wollte fragen, was das Ganze zu bedeuten habe, aber Gotthilf legte den Zeigefinger auf die Lippen.

»Das wirst du schon sehen«, hauchte er.

Da ihm in der Hocke die Beine einschliefen, kniete Volmar sich hin. In der Haltung war es auch einfacher, einen Blick über den Rand des Fasses zu werfen. Und plötzlich entdeckte er sie.

Die einen hatten sich hinter Strohballen verborgen, die anderen hinter Stapeln von Schnittholz. Wieder andere duckten sich auf der Ladefläche eines vierrädrigen Wagens. Zwei weitere machte Volmar im Schutz der Marienkapelle aus. Es sah aus, als erwarteten die Brüder die Rückkehr der Normannen.

Auf einmal knarrte eine Tür. Volmar wusste zunächst nicht, wo, denn mit den Geräuschen auf dem Disibodenberg war er nicht mehr vertraut. Dann aber erkannte er, dass es sich um den Eingang zur Sakristei handelte. An Stelle der Mordbrenner aus dem hohen Norden trat ein kleinwüchsiger Mann heraus. Keine Frage, es war Kuno.

Krachend fiel die Tür ins Schloss, und Kuno blickte sich um, entdeckte aber niemanden.

»Ja, gibt's denn das?«, hörte Volmar ihn sagen. »Wo seid ihr denn alle?«

Eilig lief der Abt bis zur Ecke der Abteikirche, aber auch dort war niemand zu sehen. Also kam er wieder zurück und stellte sich mitten auf den Hof. Volmar sah, wie er die Fäuste ballte und Luft holte. Gleich würde er brüllen.

»Seid ihr denn alle verrückt geworden? Wird hier nicht mehr gearbeitet?« Da jede Antwort ausblieb, legte Kuno noch einmal an Lautstärke zu. »Wo auch immer ihr steckt, kommt heraus! Sonst setzt es was!«

In dem Augenblick ertönte ein Pfiff, und alle Brüder sprangen aus ihren Verstecken. Musik von Psalter, Harfe und Flöten setzte ein, und ein vielstimmiger Lobgesang hob an. Einige Brüder warfen Blumen, die sie umgehängten Weidenkörben entnahmen. Von irgendwo kam ein Hund und bellte. Alle strebten auf Kuno zu und gingen – achtungsvollen Abstand wahrend – im Kreis um ihn herum. Der kleine Abt war völlig verdattert.

Die heitere Stimmung wurde durch den Hund jäh zunichte gemacht. Er schlich sich von hinten an Kuno heran und zerrte knurrend an dessen Kutte. Kuno verscheuchte ihn, aber der Köter kam wieder und versuchte diesmal, dem Abt ans Bein zu pinkeln. Dafür verpasste Kuno ihm einen Tritt, dass er mitten zwischen die im Kreis gehenden Brüder flog. Das brachte die Musiker aus dem Takt, die Sänger verstolperten ihren Text, und auf einmal stand der ganze Reigen still.

Verlegen, von einem Fuß auf den anderen tretend, stand die Brüderschaft herum, bis unter dem Gemurmel der Menge Bruder Arno, der dickste von allen, nach vorne drängte. Er überreichte Kuno ein kleines Buch mit Illustrationen biblischer Szenen, die die Mönche in ihrer freien Zeit angefertigt hatten. Der Abt wirkte gerührt und nahm die Glückwünsche der Brüder an, die einer nach dem anderen seine Hand küssten. Die bereits gratuliert hatten, fanden sich zu Grüppchen und tuschelten.

»Habt vielen Dank«, sagte Kuno, dann klatschte er in die Hände. »So, und nun – husch, husch! – an eure Arbeit. Versucht, die versäumte Zeit nachzuholen.«

Die Menge zerstreute sich mit hängenden Köpfen, und erst da bemerkte der Abt Volmar, der als Einziger stehen geblieben war. Überraschung spiegelte sich in seinem Gesicht, aber auch Genugtuung.

»Dein Ruf erreichte mich, mein Vater, und ich bin ihm gefolgt«, sagte Volmar mit einer leichten Verbeugung.

»Folgsame Söhne lobe ich mir«, entgegnete der Abt dem

gerade mal fünf Jahre Jüngeren. »Komm mit in meine Amtsstube. Ich habe mit dir zu reden.«

*

»Auch einen Becher Wein?«, fragte Kuno mit schräg gelegtem Kopf.

»Du weißt doch, dass ich seit damals weder Wein noch Bier anrühre«, sagte Volmar. »Gegen einen Becher Wasser hätte ich allerdings nichts einzuwenden. Die Straßen sind staubig.«

Kunos Amtsstube sah noch genauso aus, wie Volmar sie in Erinnerung hatte. Nichts hatte sich verändert, kein Möbel war verrückt worden, nur das Kruzifix neben der Tür hing schief. Selbst die beiden Krüge, der schlanke für Wein, der bauchige für Wasser, waren noch dieselben. Volmar fragte sich, wann er den Raum das letzte Mal betreten hatte.

»Mit deinem Eintreffen habe ich, ehrlich gesagt, nicht so bald gerechnet«, sagte Kuno, nachdem beide einen Schluck genommen hatten. »Ich hatte erwartet, die verehrte Meisterin Hildegard würde sich gegen meine Anordnung sperren.«

»Keinen Augenblick. Nachdem Herbrand deine Gründe erläutert hatte, hatte sie vollstes Verständnis für deine Maßnahme. Ich natürlich auch. Und, nebenbei gesagt, fühle ich mich sehr geehrt.«

»So?« Kunos Brauen bogen sich aufwärts, während seine Mundwinkel absackten. »Ich dachte, du ... Ist dir der Abschied denn gar nicht schwer gefallen?«

»O doch, natürlich. Nach all den Jahren ist das doch verständlich. Andererseits reizt mich natürlich die neue Aufgabe. Nie hätte ich gedacht, dass du ausgerechnet mich dafür auswählen würdest.«

Kuno beschlich das dumpfe Gefühl, dass da ein wie auch immer geartetes Missverständnis im Raume stand.

»Mich würde interessieren, was Herbrand euch erzählt hat«, sagte er. »Könntest du das sinngemäß wiederholen?«

»Er hat nur das wiedergegeben, was du ihm aufgetragen hast.«

»Eben daran habe ich so meine Zweifel. In letzter Zeit hatte Herbrand nämlich des Öfteren –«, Kuno machte mit dem Zeigefinger eine kreisende Bewegung neben der Schläfe, »– gewisse Schwierigkeiten.«

Volmar ließ die Schultern hängen. »Dann war dein Ruf an mich also ein Irrtum?«

»Natürlich nicht! Ich habe dir doch schon gesagt, dass ich froh bin, dich zu sehen, verflixt noch mal. Fängst du jetzt auch schon so an? Es geht nur um die Begründung, die Herbrand abgegeben hat. Also, was hat er Hildegard erzählt?«

Volmar räusperte sich und schlug die Augen nieder. »Zu unser aller Betroffenheit äußerte er, dass du mit deinem baldigen Ableben rechnest, zuvor aber noch die Nachfolge im Amt des Vorstehers regeln möchtest.«

Kuno machte ein Gesicht, als sei ihm eine Ratte unter die Kutte gekrochen und rase nun sein Bein hinauf.

»Dieser Wahnsinnige!«, keuchte er. »Wie kommt er dazu, so etwas zu erzählen? Er muss den Verstand verloren haben!«

»Das dachte ich zunächst auch«, sagte Volmar. »Aber schnell wurde ich eines Besseren belehrt. Denn kaum, dass er uns diese betrübliche Mitteilung gemacht hatte, hatte die verehrte Mater eine Vision.«

»Eine ihrer Schauen? Etwa mich betreffend?«

»Allerdings. Durch sie als Sprachrohr bestätigte das hell strahlende Licht, was Herbrand zuvor geäußert hatte.«

»Das ist doch völliger Unsinn! Wer glaubt denn an … Wann?«

»Wann was?«

»Wann ich vor den Allmächtigen treten soll.«

Volmar schlug die Augen nieder. »Noch heute.«

Kuno griff sich an die Kehle und streckte die Zunge heraus. Es sah aus, als erwürge er sich selbst. Und tatsächlich schwollen die Adern an seinen Schläfen bedrohlich an.

»Gleichzeitig ließ der Lichtherrliche durch die Mater verkünden, es bestehe eine Möglichkeit, dieses Ereignis um Tage, wenn nicht Wochen hinauszuschieben«, beeilte Volmar sich zu sagen. »Vermutlich, damit du mich als deinen Nachfolger in aller Ruhe –«

»Was für eine Möglichkeit?«, fiel ihm Kuno ins Wort. »Was hat sie gesagt?«

»Die Mater spricht nur aus, was ER ihr eingibt«, korrigierte Volmar. »Also hat nicht sie es gesagt, sondern –«

»Schluss mit dieser Haarspalterei! Das ist doch völlig gleich. Ich will nur eines wissen: Was muss ich tun?«

Volmar bückte sich zu seinem Bündel, das er neben dem Stuhlbein abgelegt hatte, und entnahm ihm die entwendete Amphore, ein schlichtes, tönernes Gefäß von knapp einem Fuß Höhe. Behutsam stellte er sie auf den Tisch.

»Diese Amphore enthält ein besonders reines, geweihtes Wasser von großer Heilkraft. Wenn du täglich einen vollen Becher davon trinkst, kannst du das Unvermeidbare hinauszögern.«

»Und wenn nicht?«

»Geht es noch heute mit dir zu Ende.«

Trotz aller Panik äugte Kuno misstrauisch. »Stimmt das auch wirklich? Kannst du das beschwören?«

»Wäre ich sonst durch die Nacht geritten, um noch rechtzeitig hier einzutreffen?«, fragte Volmar und bot dem Abt seine Handflächen dar.

Einen Augenblick zögerte Kuno. Dann griff er nach der Amphore, entkorkte sie und füllte seinen Becher. Bevor er ihn an die Lippen setzte, schnupperte er an der Flüssigkeit.

»Es riecht wie gewöhnliches Wasser«, sagte er. »Nach nichts.«

»In Aussehen, Geruch und Geschmack gibt es keinen Unterschied«, sagte Volmar. »Sein Geheimnis liegt in der Reinheit.«

»Ist es wirklich geweiht?«

»Sogar vom Erzbischof.«

»Nun denn«, sagte Kuno, nippte und verkostete das Wasser mit leisem Schmatzen. »Schmeckt annehmbar. Kein Unterschied zu dem, das bei uns aus der Zisterne kommt. Und das soll helfen?«

»Du musst den Becher leeren.«

»Auf einmal?«

Volmar nickte. »So hieß es.«

Kuno hob den Becher, als trinke er Volmar zu, und setzte ihn an. Schluck für Schluck rann das Aqua destillata durch seinen Schlund. Nur ein paar Tropfen gingen daneben und liefen ihm übers Kinn, das er mit dem Ärmel seiner Kutte abwischte.

»Was starrst du mich so an?«, fragte er, nachdem er den Becher abgesetzt hatte. »Hab ich etwas falsch gemacht?«

»Im Gegenteil«, sagte Volmar, erhob sich und nahm die Amphore wieder an sich.

»Was soll das? Wieso packst du sie wieder ein? Ich denke, ich soll jeden Tag …«

Kuno stockte der Atem. Binnen eines Wimpernschlages hatte sich Volmars gutmütiges Gesicht in eine hassverzerrte Fratze verwandelt.

»Na, spürst du schon, wie der Tod seine eiskalten Finger nach dir ausstreckt?«, spie der vermeintlich heimgekehrte Sohn aus.

»Tod? Was für ein Tod?«

»Du hast soeben einen Becher reinsten Giftes getrunken und

wirst diese Stunde nicht überleben. Und diesmal wird dir auch dein Pakt mit dem Satan nichts nützen. Denn Gott selbst hat schon vor langem beschlossen, dass deine Zeit abgelaufen ist!«

Kuno versuchte, sich aus seinem Sessel hochzustemmen, aber seine Arme waren völlig kraftlos. Keuchend rang er nach Luft und zerrte am Halsausschnitt seiner Kutte.

»Du Schwein!«, japste er. »Dafür wirst du in der Hölle –«

»O nein, du wirst in die Hölle fahren!«, schrie Volmar. »Noch heute! Hinab zu deinem Bundesgenossen, um für alle Ewigkeiten am Spieß zu braten!«

Dicke Schweißtropfen perlten auf Kunos Stirn. Er riss den Mund auf und wollte schreien, aber er brachte nur ein Röcheln zu Stande. Zitternd hob er den rechten Arm und griff sich an die Brust. Ein Stöhnen entwich seinem Mund, und wie von einer unsichtbaren Hand bewegt, bäumte er sich auf. Dann brachen seine Augen, und er sackte in sich zusammen. Mit einem kaum wahrnehmbaren Seufzer hauchte er sein Leben aus.

Angesichts des Todes bekreuzigte Volmar sich. Dann verstaute er die Amphore in seinem Bündel, setzte die Brüder von Kunos plötzlichem Ableben in Kenntnis und verließ den Disibodenberg unbehelligt noch vor Mittag.

Dass er die ganze Zeit barfuß gewesen war, war niemandem aufgefallen.

Kloster Rupertsberg

Den ganzen Tag und die halbe Nacht kniete Hildegard nun schon vor dem Altar der Abteikirche und betete. Nicht weil sie glaubte, das Entsetzliche dadurch verhindern zu können. Nein, seit Stunden flehte sie Gott einzig um Gnade für Volmars Seele an.

Sie hatte keinen Zweifel, welche Todsünde er beging.

Ihre Beine waren taub, wie abgestorben, und ihre Knie und ihr Rücken schmerzten. Aber sie war gewillt, so lange auszuharren, bis der Verlorene heimkehrte. Nun richtete sie ihr Flehen an die Mutter Gottes.

»Heilige Maria, Mutter Gottes, gebenedeit bist du unter den Weibern und gebenedeit ist die Frucht deines –«

Die Eingangstür knarrte. Erst beim Öffnen, dann beim Schließen. Dann schnappte der Riegel zurück, was sich vom Altar aus kaum lauter ausnahm, als lande eine Münze in einem wohlgefüllten Opferstock.

Schritte näherten sich. Müde, schleppend und mit dem Schmatzen nackter Füße. Ohne sich umzusehen, wusste Hildegard, wer da das Mittelschiff heraufkam. Rasch dankte sie Maria, dass er wenigstens zurückgekehrt war.

Mit knackenden Gelenken sank Volmar an ihrer Seite auf die Knie, senkte den Kopf und bekreuzigte sich. Er rief Gott an, ein Recht, das er durch seine Tat eigentlich verwirkt hatte. Oder hatte er die bereits erhobene Hand im letzten Augenblick doch noch zurückgezogen? Für einen Augenblick keimte Hoffnung in Hildegard.

Volmar schlug erneut das Kreuz und murmelte »Amen«. Dann erhob er sich stöhnend und mühselig und schritt davon, wie er gekommen war. Diesmal drehte Hildegard sich um. Volmar hatte eine Blutspur von der Tür bis zum Altar gezogen.

Und auf der ging er wieder zurück.

*

»Rohes Fleisch«, sagte Hildegard. »Nichts als rohes Fleisch. Man könnte meinen, du wärst den ganzen Weg zu Fuß gegangen.«

»Nur das letzte Drittel des Rückwegs bin ich gelaufen«, sagte Volmar. »Das Pferd lahmte. Ich hätte unendlich weiterlaufen können. Ich war überhaupt nicht müde. Ich fühlte mich wie auf einer Wallfahrt.«

Er lag auf der Pritsche im Behandlungsraum. Die Hände hatte er unter dem Kopf verschränkt und beobachtete, wie Hildegard seine zerschundenen Füße versorgte.

Zuerst reinigte die Mater die Fußsohlen, die eine einzige offene Wunde waren, mit Kamillenwasser. Eingetretene Steinchen entfernte sie mit einem spitzen Messer. Dann trug sie eine dünne Schicht Wundsalbe auf, um die Füße zu guter Letzt mit einem besonderen Verbandsstoff zu umwickeln, der aus feinstem Hanfgarn gewirkt war. Während der ganzen Prozedur verzog Volmar keine Miene.

»Du hast dich also wie ein Geißler regelrecht in Ekstase gelaufen.« Hildegards Verachtung für diese neue Bewegung war nicht zu überhören. »Das einzig Gute daran ist, dass du so keine Schmerzen empfindest. Das Fatale, dass du unter anderen Umständen so lange weitergelaufen wärst, bis dein Herz versagt hätte. Ekstase macht blind, taub und gefühllos.« Hildegard legte den bandagierten Fuß ab. »Du hast Kuno getötet, nicht wahr?«

Der unvermittelte Themenwechsel überraschte Volmar in keiner Weise.

»Ich war das Werkzeug Gottes«, sagte er und lächelte heiter. »Ich habe seinen Willen erfüllt.«

Die Mater schob Volmars Beine ein Stück zur Seite und setzte sich auf den Rand der Pritsche.

»ER hat sogar zu mir gesprochen«, sagte Volmar. »In allen Einzelheiten hat ER mir gesagt, was ich tun sollte.«

Hildegard runzelte die Stirn. »Du hast eine Stimme gehört?«

»Ja, die des Herrn.«

»Hast du auch das hell strahlende Licht gesehen?«

»Nein«, sagte Volmar. »Gesehen habe ich nichts. Ich habe nur seine Stimme gehört.«

»Weißt du noch, wie die Anweisungen lauteten, die die Stimme dir gab?«, fragte sie leise.

Volmar stützte sich mit den Ellbogen auf.

»Zunächst einmal klärte die Stimme mich auf, dass Kuno erneut mit dem Leibhaftigen im Bunde stand. Denn nur durch diesen Pakt war es möglich, dass er trotz der anders lautenden Weissagung noch am Leben war. Ich schämte mich beinahe, dass ich nicht von selbst darauf gekommen war, so einleuchtend war das. Schließlich hatte Kuno den Satan ja schon einmal um Beistand angefleht.«

»Sprichst du von Richardis' Tod?«

»Ja.«

»Dafür gab es nie einen Beweis«, sagte Hildegard und hielt einen Augenblick inne, weil sie meinte, Schritte auf der Treppe vernommen zu haben. »Das einzige Mal, als ich Kuno in der Zeit danach getroffen habe – anlässlich der Beisetzung von Erzbischof Heinrich –, habe ich ihn ohne Umschweife auf dieses Gerücht angesprochen. Er hat heftig bestritten, in diesem Zusammenhang auch nur den Namen des Leibhaftigen in den Mund genommen zu haben.«

»Das hätte wohl jeder getan. Außerdem frage ich mich, wenn die Behauptungen Herbrands aus der Luft gegriffen waren, warum hat Kuno ihm nicht den Mund gestopft?«

»Das Verhältnis der beiden war schon immer eigenartig. Kuno hat Herbrand Dinge nachgesehen, für die er jeden anderen des Klosters verwiesen hätte. Man konnte beinahe den Eindruck gewinnen, Herbrand habe etwas gegen seinen Abt in der Hand, so dreist trat er bisweilen auf.«

»Ist er wieder abgereist?«

»Nein. Er bat, noch bleiben zu dürfen. Es geht ihm nicht besonders.«

»Dann sollten wir ihn danach fragen«, sagte Volmar.

»Später – vielleicht. Berichte erst, wie es weiterging.«

Nüchtern und leidenschaftslos, als gebe er Erlebnisse Dritter wieder, erzählte Volmar, was sich auf dem Disibodenberg zugetragen hatte.

Nicht einmal die Schilderung von Kunos Todeskampf wühlte ihn auf. Hildegard war erschüttert über so viel Gleichmut, bis sie sich ins Gedächtnis rief, dass Volmar sich ja keines Unrechts bewusst sein konnte.

Er glaubte, im Auftrag des Allmächtigen gehandelt zu haben.

Plötzlich gab es im ersten Stock ein lautes Gepolter.

Schritte und Stimmen waren zu vernehmen, wenn auch im Erdgeschoss nicht zu verstehen war, was geredet wurde. Dann kamen die Schritte mit erheblichem Lärm die Treppe herunter. Die Tür flog auf, und Herbrand wurde höchst unsanft in den Raum gestoßen. Wer derjenige war, der ihn geschubst hatte, konnten Hildegard und Volmar erst erkennen, als der Adlatus einen Schritt zur Seite trat.

Es war Clementia.

*

»Der Lauscher an der Wand hört seine eigene Schand'«, sagte Clementia. »Nur, dass dieser hier am Boden gehorcht hat.«

»Wo hast du ihn entdeckt?«, fragte Hildegard. »Im Krankensaal?«

»Ich ging ein paar Schritte über den Hof, weil ich wegen der Schwüle nicht schlafen konnte. Und wen sehe ich da vom Gästehaus zur Krankenstation schleichen? Ihn hier.« Clementia drückte Herbrand auf den Hocker neben der Tür zum Aderlassraum. Besonders schuldbewusst sah der Adlatus allerdings nicht aus. »Ich bin ihm in den ersten Stock gefolgt, wo er unter eines der Betten gekrochen ist. Zweifellos wollte er euch belauschen.«

»Kann man denn dort oben überhaupt verstehen, was hier unten gesprochen wird?«

»Wo er lag, ist ein Astloch im Boden. Durch das kann man fast den ganzen Raum überblicken. Ich habe es selbst versucht. Ich denke, wenn man sein Ohr daran legt, versteht man auch, was hier geredet wird.«

Hildegard wandte sich an Herbrand. »Was hast du gehört?«

»Nichts«, sagte er. »Ihr habt zu leise gesprochen. Außerdem hat Clementia mich ja gleich gepackt und rausgezogen.«

»Gibt es einen Grund für dein ungebührliches Verhalten?«

Der Adlatus zuckte gleichgültig die Achseln. »Ich habe vom Fenster meiner Kammer aus gesehen, dass Volmar wieder da ist. Da war ich verständlicherweise neugierig, was er vom Disibodenberg zu berichten hatte.«

Die Mater stutzte. »Wieso vom Disibodenberg? Wie kommst du darauf, dass er dort war?«

»Es wurde doch hier im Kloster von früh bis spät über nichts anderes gesprochen.«

»Mitnichten. Es war lediglich bekannt, dass Volmar das Kloster verlassen hatte. Mit welchem Ziel, wusste außer Clementia und mir niemand.«

»Dann ... Dann habe ich es mir eben selbst zusammengereimt.«

»Du scheinst über eine beachtliche Kombinationsgabe zu verfügen, mein lieber Herbrand. Aber du hast natürlich Recht. Volmar war tatsächlich in eurem Heimatkloster. Und er hat gute Neuigkeiten mitgebracht: Abt Kuno wird uns morgen besuchen, um alle noch strittigen Fragen zu klären.«

Herbrand machte ein Gesicht, als hätte er eine Hummel verschluckt. »Kuno? Ich dachte, er sei …«

»Ja?«

»Nichts.«

»Dachtest du, er sei tot?«

»Tot? Warum sollte ich denken, er sei tot?«

»Woher wusstest du, dass da oben ein Astloch ist?«

»Wie?«

»Du hast verstanden, was ich gesagt habe, oder nicht?«

»Ja, aber …«

»Clementia, zeig mir bitte, unter welches Bett Herbrand gekrochen ist.« Und an den Adlatus gewandt sagte sie: »In der Zwischenzeit rührst du dich nicht von der Stelle.«

Die beiden Ordensfrauen verließen den Raum und waren keine zehn Wimpernschläge später wieder zurück.

»Es handelt sich um das Bett, in dem in der vergangenen Nacht Volmar lag«, verkündete die Mater. »Nun wollen wir etwas anderes versuchen. Steh auf, Herbrand.«

Hildegard schob einen Hocker an die Stelle, über der sich in der Zimmerdecke das Astloch befand. »Rauf mit dir. Ich will sehen, ob du mit deinem Kopf bis an die Decke reichst.«

»Der Hocker wackelt zu sehr«, sagte Herbrand. »Man muss den …«

»Ja? Vielleicht den Stuhl nehmen? So, wie du es letzte Nacht getan hast?«

Herbrand tapste heran und sank auf dem Hocker zusammen. »Du hast wirklich das Zweite Gesicht.«

»Das hat mit Gesichten nichts zu tun«, sagte Hildegard. »Ich habe nur eins und eins zusammengezählt.«

»Ich verstehe überhaupt nichts«, sagte Volmar, der noch immer auf der Pritsche saß. »Was hat Herbrand getan?«

Hildegard ging zu ihm und ergriff seine Hand. »Es war Herbrands Stimme, die dir befohlen hat, Kuno zu töten.«

»O nein!«

»Also ist mein Plan doch aufgegangen«, sagte Herbrand und nickte selbstgefällig, wofür Clementia ihm eine Ohrfeige verpasste, dass er mitsamt dem Hocker umstürzte.

»Nicht, Clementia«, sagte Hildegard, während sie Volmars Kopf an ihrer Brust barg.

»Ich bin kein Werkzeug Gottes«, wimmerte der Sekretär, von Weinkrämpfen geschüttelt. »Ich bin ein ganz gewöhnlicher Mörder! Ein Mörder! Ein Mörder!«

»Beruhige dich.« Hildegard strich ihm übers Haar wie einem Kind. »Was geschehen ist, war nicht deine Schuld. Herbrand hat deine Redlichkeit und dein Gottvertrauen ausgenutzt.«

»Aber ich habe Kuno vergiftet! Ich! Ich! Dafür werde ich in der Hölle schmoren.«

Zwischenzeitlich hatte Clementia die Amphore aus Volmars Bündel genommen und wog sie in den Händen.

»Die ist ja noch fast voll«, sagte sie. »Wie viel hat Kuno davon getrunken?«

»Einen ganzen Becher«, schluchzte Volmar.

Clementia lachte spitz auf, was in der Situation wie blanker Hohn klang.

»Was soll das?«, fragte Volmar entrüstet, während Hildegard den Kopf über das seltsame Benehmen ihrer Schwester schüttelte. Auch Herbrand, der noch immer auf dem Boden saß und seine brennende Wange hielt, schaute auf.

»Wirklich einen ganzen Becher?«

Spott schwang in Clementias Frage mit. Während die anderen sich irritierte Blicke zuwarfen, öffnete die Cellarin die Amphore, nahm einen der zinnernen Becher vom Regal und schenkte randvoll ein.

»Einen Becher wie diesen hier?«, fragte sie.

Volmar begriff zwar nicht, was das sollte, nickte aber.

»Dann passt mal auf.«

Mit einem kurzen Nicken, wie um sich selbst Mut zuzusprechen, setzte Clementia den Becher an die Lippen und leerte ihn mit einem Zug.

Hildegard entfuhr ein »Allmächtiger!«, während Volmar die Augen verdrehte und die Besinnung verlor.

*

»Hört endlich auf, mich so anzustarren«, sagte Clementia. »Das ist ja grauenhaft. Ich kriege weder schwarze Flecken im Gesicht, noch verfaule ich bei lebendigem Leib. Und tot umfallen werde ich schon gar nicht. An einem Becher Aqua destillata stirbt man nicht.«

»Aber Fido ...«, sagte Hildegard.

»Ich vermute, dass das Verhältnis der getrunkenen Menge zum Gewicht des Körpers entscheidend ist. Nach dem, was wir wissen, hat Fido in jener Nacht eine ganze Schüssel leer gesoffen. Außerdem hatte er bestenfalls ein Fünftel des Gewichtes eines durchschnittlichen Menschen.«

»Dann verstehe ich nicht, woran Kuno gestorben ist«, sagte Volmar, dessen Ohnmacht nur von kurzer Dauer gewesen war. Vorsichtshalber ruhte er aber noch immer mit hochgelegten Beinen auf der Pritsche. »Sicher war er kleinwüchsig und leichtgewichtig, aber gemäß deiner Theorie hätte ein Becher Wasser auch ihn nicht umbringen dürfen.«

»Woran auch immer er gestorben ist, daran jedenfalls nicht.«

»Die Anzeichen, die Volmar geschildert hat, treffen ebenso gut auf einen Herzschlag zu«, sagte Hildegard und wandte sich an ihren Sekretär. »Jedenfalls brauchst du dir nicht länger Vorwürfe zu machen, Kuno ermordet zu haben.«

»O doch«, sagte Volmar und klang beleidigt, als wolle man ihm einen Verdienst absprechen. »An meiner Schuld ändert das gar nichts. Immerhin hatte ich den Vorsatz, ihn zu töten, und tot ist er. Auch wenn sich nun herausstellt, dass er nur ein Opfer der Aufregung wurde, die ich ihm bereitet habe.«

»Schluss damit!«, sagte Clementia und zeigte auf den Adlatus, der noch immer auf seinem Schemel kauerte. »Dort sitzt der Übeltäter. Dieser heimtückische Ränkeschmied. Wobei er uns noch immer nichts über seine Beweggründe gesagt hat.«

»Kuno war ein Schwein«, sagte Herbrand mit einer Verachtung, als spreche er über Judas Ischarioth. »Er hat die Brüder schlechter behandelt als das Vieh. Unter jedem Kerkermeister hätten wir besser gelebt.«

»Spiel dich nicht so auf, Herbrand«, sagte Hildegard. »Wenn man dich hört, könnte man meinen, du hättest Kunos Ermordung deinen Mitbrüdern zuliebe betrieben. Dabei habt ihr, du und dein Abt, die meisten Schandtaten doch gemeinsam ausgeheckt. Solange du eine Möglichkeit gesehen hast, sein Nachfolger zu werden, hast du mit ihm an einem Strang gezogen. Nein, nein, Herbrand, du kannst dir keinen Tyrannenmord zugute halten. Deine Triebfeder war Rache, weil Kuno dich fallen ließ.«

Der Angesprochene reckte das Kinn vor. »Ich bereue nichts!«

»Das habe ich auch nicht erwartet. Deine Unbelehrbarkeit wird dir nur nichts nützen, wenn du dich dereinst vor dem Schöpfer zu verantworten hast.«

»Davor fürchte ich mich nicht, denn ich habe gegen niemanden die Hand erhoben.«

»Aber du hast die Arglosigkeit deines Bruders ausgenutzt.

Am Tag des Jüngsten Gerichts wirst du als Anstifter zur Rechenschaft gezogen werden.«

Clementia bemerkte, dass die Kerze heruntergebrannt war. Vorsorglich nahm sie eine neue aus dem Regal und entzündete sie an der alten.

»Letztendlich bleiben nur zwei Fragen, die noch zu beantworten sind«, sagte Hildegard, während sie ihre Schwester beobachtete. »Woher wusste Herbrand von der Existenz des Aqua destillata? Und woher wusstest du, Clementia, dass es nur in größeren Mengen giftig ist?«

Clementia verscheuchte einen Nachtfalter, der in der Flamme der Kerze die Feuerfestigkeit seiner Flügel testen wollte, und seufzte. »Beide Fragen hängen unmittelbar miteinander zusammen, und ich bin gern bereit, sie dir zu beantworten. Allerdings ist das, was ich zu sagen habe, nur für deine Ohren bestimmt.«

»Du fürchtest wohl, ich könnte gewisse Dinge ans Licht bringen, die du lieber im Dunkeln lassen möchtest, wie?«, geiferte Herbrand.

»Nein«, sagte Clementia bestimmt, aber auch würdevoll. »Ich besitze durchaus den Mut, meiner Schwester zu gestehen, dass ich die Verräterin war. Die, die all die Jahre Spitzeldienste für Kuno und für dich geleistet hat.«

*

»Warum nur?«, fragte Hildegard erschüttert.

Clementia zögerte lange mit ihrer Antwort.

»Ich fühlte mich vernachlässigt«, sagte sie schließlich.

Sie waren in Hildegards Amtsstube gewechselt, während Volmar und Herbrand sich in ihre Kammern zurückgezogen hatten. Den Adlatus hatte die Äbtissin aufgefordert, das Kloster bei Sonnenaufgang zu verlassen.

»Von mir?«

»Von dir. Von unseren Eltern. Ich bin nie geliebt worden.«

»Das ist nicht wahr.«

»Doch. Vielleicht lag es daran, dass ich immer robust und einfach war. Ich war nie krank und hatte auch sonst keine Schwierigkeiten. Um mich brauchte man sich nicht zu kümmern. Du hingegen, das Nesthäkchen, hast von Geburt an gekränkelt. Mir haben unsere Eltern nicht ein Quäntchen der Aufmerksamkeit gewidmet, die sie dir geschenkt haben.«

»Haben die anderen das auch so gesehen? Schließlich waren wir zu zehnt.«

»Das weiß ich nicht. Ich habe nie mit ihnen darüber gesprochen.«

»Das muss sich aber doch spätestens geändert haben, als ich als Achtjährige in die Klause eingetreten bin.«

»Im Gegenteil. Du warst zwar körperlich nicht mehr anwesend, dennoch wurde fast nur über dich gesprochen. Ich habe mich dann beizeiten ebenfalls für ein Leben im Kloster entschieden. Aber auch da musste ich erkennen, dass du wieder einmal bevorzugt wurdest. Diesmal von Gott.«

»Weil ich die Visionen habe?«

»Ja. Aber nicht der damit verbundene Ruhm und das Ansehen sind es. Es ist die Nähe zu Gott, die ich dir neide. Zu dir spricht er, zu mir schweigt er.«

»Ich hatte doch als Kind bereits diese mystische Veranlagung.«

»Zum Schrecken unserer Kinderfrau, ich weiß.«

Zum ersten Mal, seit sie sich zusammengesetzt hatten, lächelte Clementia.

Hildegard wäre am liebsten aufgesprungen und hätte ihre Schwester in den Arm genommen, so nah fühlte sie sich ihr auf einmal. Aber sie spürte auch, dass ein solcher Zuneigungsbeweis zu diesem Zeitpunkt irritierend gewesen wäre, denn Clementia hatte ihr noch lange nicht alles gesagt, was sie auf dem Herzen hatte.

Die Miene der vier Jahre Älteren verfinsterte sich wieder. »Als ich erkannte, dass ich trotz aller Anstrengungen nie so innig mit Gott werden würde wie du, habe ich verstärkt deine Nähe gesucht. Ich hoffte, mit deiner Hilfe an eurer einzigartigen Beziehung teilhaben zu können. Nur war der Platz an deiner Seite bereits besetzt.«

»Du spielst auf Richardis an.«

»Ja. Durch sie war mir der Zugang zu dir versperrt. Sie wusste, dass sie deine Lieblingstochter war, und verstand es, diese Begünstigung zu verteidigen.«

»Aber du hast immer zum inneren Kreis gehört. Du warst und bist eine meiner engsten Vertrauten.«

»Gewiss, aber du hast es gerade selbst bestätigt: Ich bin nur eine unter mehreren. Dabei wäre ich gern eine besondere Vertraute gewesen.«

»Bei Gott, ich wusste nicht, dass dir daran lag.«

»Wie gern hätte ich dir zum Beispiel bei der Niederschrift von ›Scivias‹ geholfen. Aber wieder hast du andere stärker ins Vertrauen gezogen. Richardis und Volmar waren diejenigen, die deine Visionen zu Pergament bringen durften.« Ein Lächeln huschte über Clementias Gesicht. »Dann kam der Tag der offiziellen Anerkennung deiner Sehergabe, und ich war stolz auf dich wie nie zuvor. Ich weiß noch, wie wir alle zusammensaßen, Volmar, Hiltrudis, Richardis, du und ich, und beschlossen haben, den Heiligen Vater um die Genehmigung zur Klostergründung zu bitten. Und auf einmal hast du alle außer Richardis hinausgeschickt. Ihr allein hast du den Brief diktiert. In diesem Augenblick wurde mir endgültig klar, wo ich stand. Noch am gleichen Tag beging ich das erste Mal Verrat.«

Clementia drehte den Kopf zum Fenster. Stockfinster war

die Nacht, Wolken waren aufgezogen und verdeckten Mond und Sterne. Das einzige Licht, das draußen zu leuchten schien, war das Spiegelbild der Kerze.

»Auf einmal fühlte ich mich mächtig«, fuhr sie nach einer Weile fort. »Endlich hatte etwas, das ich tat, Bedeutung.«

»Du hast versucht, den Bau dieses Klosters zu verhindern. Wäre dir das gelungen, hättest du damit nicht nur mich, sondern auch deine Mitschwestern getroffen.«

»An die Folgen meines Tuns hab ich zu der Zeit nicht gedacht. Ich genoss es einfach, gebraucht zu werden. Das blieb so, bis Richardis uns verließ. Obwohl ich mit den Vorgängen, die zu eurem Zerwürfnis und ihrem Wechsel nach Bassum führten, nichts zu tun hatte, wurde mir da zum ersten Mal bewusst, wie schändlich ich mich verhielt. Vielleicht weil ich sah, wie du littst.«

»Von da an hast du nichts mehr nach außen getragen?«

»Einmal ist mir etwas herausgerutscht. Es war die Geschichte, weswegen dir die Meisterin Tengswich den harschen Brief geschrieben hat. Aber Verrat geübt habe ich nur noch ein einziges Mal.«

»Als Richardis zurückkommen wollte«, stellte Hildegard fest.

»Richtig. Obgleich es nicht ihr Wunsch war, der mich dazu veranlasste.«

»Dann war es meine Einwilligung.«

»Nein, auch sie war es nicht.« Clementia suchte Hildegards Blick. »Erinnerst du dich noch an unser Gespräch, das wir an jenem Nachmittag vor der Nikolauskapelle geführt haben?«

»An jedes Wort. Damals hast du mir die Augen geöffnet, wie sehr die Schwestern unter meinem besonderen Verhältnis zu Richardis gelitten haben.«

»Weißt du auch noch, was du unmittelbar bevor der Torwächter den Brief aus Bassum brachte, gesagt hast?«

Hildegard schüttelte den Kopf. »Nein.«

»Du sagtest: ›Ich werde mich bei euch allen entschuldigen. Noch heute Abend.‹ Aber dann kam Richardis' Brief, und alles andere war vergessen. All dein Sehnen, Hoffen und Bangen richtete sich nur noch auf deine Lieblingstochter. Deine Bitte um Verzeihung bist du den Schwestern bis heute schuldig. – Das war übrigens der Abend, an dem ich herausfand, dass ein Becher Aqua destillata nicht genügt, um zu sterben.«

»Allmächtiger! Hattest du etwa vor, dir das Leben zu nehmen?«

Wieder blickte Clementia zum Fenster. Nichts hatte sich geändert. Nur das Kerzenlicht spiegelte sich einen Finger breit tiefer.

»Ich fühlte mich so schmutzig, nachdem ich die Nachricht an Herbrand geschrieben hatte«, sagte sie. »Ich hasste mich dafür, erneut Verrat geübt zu haben. Andererseits wollte ich Richardis' Rückkehr um jeden Preis verhindern, weil ich wusste, dass sie diesmal zu einer Zerreißprobe für den Konvent geworden wäre.«

»Du hättest dich umsonst getötet. Tags darauf ist Richardis entschlafen.«

»So etwas hätte man dann wohl Ironie des Schicksals genannt.« Clementia atmete tief durch. »Wenn du es wünschst, werde ich das Kloster noch heute Nacht verlassen. Solltest du mir erlauben, unverdienterweise zu bleiben, werde ich ab sofort jenes Gelübde einhalten, das ich am Tag nach der missglückten Selbsttötung abgelegt habe.«

»Wie lautet dein Gelübde?«

Clementia hob den Kopf und reckte das Kinn vor. Eine Haltung, die ihr einen geradezu heroischen Zug verlieh.

»Ich habe gelobt, ab dem Tag, an dem ich dir die Wahrheit gesagt haben würde, für den Rest meiner Zeit zu schweigen.«

Hildegard schloss die Augen. Was Clementia von ihr verlangte, war unmenschlich. Wie auch immer sie sich entscheiden würde, auf die eine wie die andere Weise würde sie ihre Schwester endgültig verlieren. So vermochte sie nur stumm zu nicken, während ihr die Tränen unter den geschlossenen Lidern hervorquollen.

Kloster Rupertsberg – November 1177

Hat Clementia wirklich nie wieder ein Wort gesprochen?«, fragte Wibert.

»Nie wieder, bis zu ihrem Tod«, sagte Hildegard. »Neun lange Jahre. Aber in dieser Zeit hat sie ihren Frieden gefunden. Und ich habe den meinen mit ihr gemacht. So hatte ich sie zwar in gewisser Weise verloren, gleichzeitig aber auch gewonnen, denn wir waren uns gefühlsmäßig nie so nah wie in diesen Jahren.«

Wibert überflog seine Notizen. »Wie ist Volmar damit fertig geworden, als ›Mörder‹ benutzt worden zu sein? Er hat dir ja noch bis vor vier Jahren als Sekretär gedient.«

»Seine Schuldgefühle waren wie eine Wunde, die schlecht heilt. Es hat sehr lange gedauert, aber schließlich hat er sich damit abgefunden, betrogen worden zu sein. Auf seinem Sterbebett fing er noch einmal an, sich Vorwürfe zu machen, aber ich konnte ihn mit dem Hinweis trösten, Gott hätte ihn wohl kaum so alt werden lassen, wenn er ihm ernstlich zürnen würde.«

»Was im Umkehrschluss bedeutet, Sünder sterben früh.«

»Mein Trost ist kein Lehrsatz, der einer eingehenden Überprüfung standhält. Es ging mir darum, Volmar den Abschied leichter zu machen. Und das ist mir gelungen.«

Wibert war gerührt und musste blinzeln.

»Bleibt noch Herbrands Schicksal«, sagte er, nachdem er sich geräuspert hatte. »Ach, da sehe ich, du hast mir noch nicht erzählt, woher er von dem destillierten Wasser wusste.«

»Von Clementia«, sagte Hildegard. »Sie hatte ihm von unserer ›Erfindung‹ berichtet. Ihm erschien die Sache anfangs wohl ohne Bedeutung, aber im entscheidenden Augenblick hat er sich daran erinnert.«

»Hattest du keine Sorge, dass Herbrand nach seiner Rückkehr auf den Disibodenberg Volmar bei den Brüdern anschwärzen würde?«

»Natürlich, und Volmar erst recht. Aber dazu ist es ja dank einer glücklichen Fügung nicht gekommen.«

Wibert machte ein erstauntes Gesicht. »Verzeih, wenn ich dir nicht ganz folgen kann. Von welcher Fügung sprichst du?«

»Davon, dass Herbrand sein Heimatkloster mit den Füßen voran erreicht hat. Er ist auf dem Weg von hier zum Disibodenberg an einem Schlangenbiss gestorben.«

»Ernsthaft? Das musst du mir genau erzählen.«

»Am Morgen, nachdem ich ihn überführt hatte, ist er in Begleitung zweier Mönche aus Schönau in Richtung Heimat aufgebrochen. Unterwegs haben die drei eine Rast eingelegt. Dabei hat Herbrand sich auf eine Ringelnatter gesetzt, die sich in der Sonne wärmte.«

»Ringelnatter?«

»Eine Natrix natrix.«

»Die ist doch ungiftig!«

»Herbrand muss sie für eine Vipera berus gehalten haben, die hier häufig vorkommt.«

»Aber woran ist er gestorben? Doch nicht an Gift.«

»Woran ist Kuno gestorben?«

Wibert schwankte zwischen Fassungslosigkeit und Faszination.

»Die Wege des Herrn sind wirklich unergründlich«, sagte er schließlich ehrfürchtig. »Schöner hätte die Strafe für Herbrand gar nicht ausfallen können.«

»Unter diesem Gesichtspunkt habe ich seinen Tod bisher noch nicht betrachtet«, sagte Hildegard, und wer mit den Nuancen ihrer Stimmlage vertraut war, konnte durchaus einen tadelnden Unterton heraushören. »Außerdem neigen wir Menschen für meinen Geschmack viel zu häufig dazu, Gott für Ereignisse verantwortlich zu machen, die wir uns selbst zuzuschreiben haben.«

»Dann müsste sich dein Verhältnis zu den Mönchen ja eigentlich verbessert haben«, sagte Wibert, dem Hildegards kleine Rüge keineswegs entgangen war, der sie aber geflissentlich überging. »Jetzt, wo die Widersacher von der Bühne abgetreten waren.«

»Der Konvent wählte Helenger, einen blutarmen Wertebewahrer zu Kunos Nachfolger. Er und ich hatten in etwa so viel Gemeinsamkeiten wie Fisch und Huhn. Aber wir haben einander ertragen und uns nicht bekämpft. – Doch, das Leben ist seit Kunos Dahinscheiden um ein Mehrfaches leichter geworden.«

Da es nun um den seiner Meinung nach entscheidenden Punkt nach all den Gesprächen ging, setzte Wibert sich gerade.

»Du hast dich selbst als schuldig am Tod eines weiteren Menschen bezeichnet«, sagte er. »Bei allem Respekt, vermochte ich schon beim Tod des Grafen keine Schuld deinerseits auszumachen, so kann ich deine Einschätzung in diesem Fall erst recht nicht nachvollziehen.«

»Nein? Dann hast du nicht richtig zugehört.«

»Stört es dich, wenn ich sage, dass du mir damit Unrecht tust?«

Hildegard musste ob dieser kruden Formulierung lachen. »O Wibert, du bist wahrlich ein Schelm.« Dann wurde sie wieder ernst. »Wir hatten einmal darüber gesprochen, dass ich durchaus mit meinen Visionen hätte Missbrauch treiben können.«

»Was du bestritten hast. Du räumtest lediglich ein, Geträumtes könnte dir unter Umständen wie Geschautes vorgekommen sein.«

»Was Kuno betrifft, bin ich mir heute sicher, dass ich mich schlichtweg geirrt habe. Das hell strahlende Licht wollte mich trösten, indem es mir sagte, auch Kunos Zeit sei nicht unbegrenzt, was ich so ausgelegt habe, als stünde sein Ende unmittelbar bevor.« Hildegard zupfte ihre Ärmel gerade. »Aber ob es nun eine Fehldeutung, Wunschdenken oder ein Traum war, ist nicht ausschlaggebend. Meine Sünde war meine Geschwätzigkeit. Was der Lichtherrliche mir über Kuno verkündete, war in diesem Fall ausschließlich für mich bestimmt. Ich aber habe das – und dann auch noch falsch – weitergegeben, ohne die Folgen zu bedenken.«

Sie sah Wibert in die Augen. »Ist dir nun klar, wer die Verantwortung dafür trägt, nicht nur, dass Abt Kuno starb, sondern dass Volmar bereit war, die Todsünde schlechthin zu begehen?«

Wibert fröstelte auf einmal, aber er sagte kein Wort.

»Ich, nur ich allein! Die Posaune Gottes! Mit meinem leichtfertigen Gerede von der Schau, in der der Lichtherrliche mir Kunos baldiges Ableben angekündigt hatte, habe ich die Saat der Untat gesät! Der arme Volmar war nur der fruchtbare Boden, in dem die Saat aufgegangen ist. Er war sich dabei keines Unrechts bewusst, da er ja nur vollstreckte, was nach seiner Meinung Gottes erklärter Wille war.«

»Es konnte doch niemand ahnen, dass daraus ein Mord erwachsen würde«, wagte Wibert einzuwenden.

Mit einer Handbewegung wischte Hildegard Wiberts Bemerkung fort. »So leicht kann ich das nicht abtun. Ich hätte es wissen müssen! Ich bin ja nichts weiter als ein Sprachrohr Gottes. Es ist allgemein bekannt, dass das, was ich im Zustand der Schau äußere, die Worte des Lichtherrlichen sind und keineswegs meine eigenen Ansichten. Also betrachtet ein jeder, was ich in diesem Zustand kundtue, als göttlich, misst ihm mehr Gewicht als päpstlichen oder kaiserlichen Verlautbarungen bei. Das verleiht mir eine ungeheure Macht, macht mich aber auch für alle daraus entspringenden Folgen verantwortlich. Eine Macht, der ich nicht würdig war.«

Es blieb lange still. Schließlich schüttelte Wibert den Kopf.

»Dann hätten wir also drei Mörder«, sagte er. »Volmar, der tötete, Herbrand, der ihn dazu anstiftete, und du, die du der Tat unabsichtlich den Nährboden bereitetest. Das sind für mein Rechtsempfinden zwei zu viel.«

»Erfolge haben oft viele Väter. Untaten auch.«

»Wäre der Fall vor ein weltliches Gericht gekommen, wäre einzig Volmar abgeurteilt worden.«

»Da siehst du, wie unvollkommen die Menschen sind. Volmar war von uns dreien der Unschuldigste.«

»Worüber Gott befinden wird, nicht du. Zu deinem eigenen Besten, wie ich hinzufügen möchte.«

Hildegard lächelte fast dankbar. »Meine Geschichte endet hier. Sieh zu, dass du dies alles zu Pergament bringst und in meine Vita einfügst. Hast du schon begonnen, deine Aufzeichnungen auszuformulieren?«

»Es geht schleppend voran, da ich zur Niederschrift die Litterae ignotae verwende.«

»Wozu soll das gut sein?«

»Damit niemand vor der Zeit erfährt, was da geschrieben steht.«

»Vergiss nicht, den Text rechtzeitig zu übertragen«, sagte

Hildegard, zog sich an ihrer Krücke hoch und trat ans Fenster. »Sonst wäre mein Geständnis vergeblich gewesen.«

Was Wibert darauf sagte, entging ihr, denn sie war gefesselt von dem, was sich vor dem Fenster abspielte.

In großen, langsam herabschwebenden Flocken fiel der erste Schnee ihres vorletzten Winters.

ENDE

GLOSSAR

Adlatus – Gehilfe
Albe – weißes liturgisches Gewand
Alea iacta est – Die Würfel sind gefallen.
Amphore – bauchiges, enghalsiges Gefäß mit zwei Henkeln
Annus horribilis – Jahr des Schreckens
Canis curvatus – krummer Hund
Carpe diem – Nutze den Tag.
Circulus vitiosus – Teufelskreis
Dalmatika – liturgisches Obergewand
Darre – Vorrichtung zum Trocknen von Malz, Getreide, Obst etc.
Dormentbau – Gebäude, in dem sich das Dormitorium befindet
Dormitorium – Schlafsaal der Mönche/Nonnen
Eli, Eli, lama asabthani? (hebr.) – Mein Gott, mein Gott, warum hast du mich verlassen?
Gutta cavat lapidem – Der Tropfen höhlt den Stein.
Herrgottsgäste – bedürftige Laien, die kostenfrei im Kloster leben
Homo sum; humani nil a me alienum puto – Ich bin ein Mensch; nichts Menschliches ist mir fremd.
Humerale – unter der Albe getragenes liturgisches Schultertuch
Hypokaustum – Heizraum
Kasel – seidenes Messgewand, das über den anderen Gewändern getragen wird
Katechismus – Lehrbuch für den christlichen Glaubensunterricht
Kodex – Buch (im Gegensatz zur [Schrift-]Rolle)
Komplet – siehe Kanonische Stundengebete

Konzil – Versammlung von Bischöfen und anderen hohen Klerikern zum Zwecke der Erörterung und Entscheidung theologischer und kirchlicher Fragen
Lapsus calami – Schreibfehler
Laudes – siehe Kanonische Stundengebete
Liber Scivias – die mystische Glaubenslehre der Hildegard von Bingen; ihre erste große Visionsschrift
Liber Vitae Meritorum – das »Buch der Lebensverdienste«; zweite große Visionsschrift der Hildegard von Bingen
Lingua ignota – von Hildegard von Bingen erdachte, etwa tausend Wörter umfassende und nur aus Substantiven bestehende Geheimsprache
Litterae ignotae – von Hildegard von Bingen entwickelte, aus dreiundzwanzig eigenwilligen Charakteren bestehende Schrift, die sich bis auf die fehlenden Buchstaben *j*, *v* und *y* an unser Alphabet anlehnt.
Manipel – am linken Unterarm getragenes, besticktes Band des Messgewandes
Mater – Mutter
Matutin – siehe Kanonische Stundengebete
Mea culpa – meine Schuld
Medicus – Heilkundler, Arzt
Necessarium – Abort
Non – siehe Kanonische Stundengebete
Novize – jemand, der im Kloster eine Vorbereitungszeit verbringt, bevor er die Gelübde ablegt
Nulla mora interposita – ohne jeden Verzug
Pallium – Schulterbinde des Ornats
Plenus venter non studet libenter – Voller Bauch studiert nicht gern.
Pontifex maximus – der Oberste Priester (Papst)
Prim – siehe Kanonische Stundengebete
Prior – Vorsteher eines Mönchsklosters

Profess – das Ablegen des Ordensgelübdes
Prophetissa teutonica – die deutsche Weissagerin
Quandoque bonus dormitat Homerus – Zuweilen schläft sogar der gute Homer.
Refektorium – Speisestube
Romanus vicit sedendo – Der Römer siegt im Sitzen.
Scivias – Wisse die Wege. Abkürzung von »Scivias Domini« = »Wisse die Wege des Herrn«, vgl. *Liber Scivias*
Scriptorium – Schreibsaal
Sext – siehe Kanonische Stundengebete
Stola – langer, schmaler mit Ornamenten versehener Stoffstreifen, der um Schultern und Arme gelegt wird
Subito! (ital.) – Plötzlich!
Synode – beratende, beschließende und gesetzgebende Versammlung von Bischöfen in einem Konzil
Te Deum Laudamus! – Dich, Gott, loben wir!
Terz – siehe Kanonische Stundengebete
Tiara – dreifache Krone des Papstes
Ultima Ratio Divina – Das letzte Mittel Gottes
Vesper – siehe Kanonische Stundengebete
Veto! – Ich verbiete!
Vipera berus – Kreuzotter
Vita – Lebensbeschreibung
Vomunt ut edant, edunt ut vomant – Sie übergeben sich, damit sie essen können; sie essen, damit sie sich übergeben können.

Kanonische Stundengebete:
Matutin – Nachtgottesdienst (frühmorgens zwischen 2 Uhr 30 und 3 Uhr)
Laudes – Morgenlob (zwischen 5 und 6 Uhr, sodass der Gottesdienst bei Anbruch der Helligkeit endet)

Prim – Erste Stunde (gegen 7 Uhr 30, kurz bevor es hell wird)
Terz – Dritte Stunde (gegen 9 Uhr)
Sext – Sechste Stunde (12 Uhr mittags)
Non – Neunte Stunde (zwischen 14 und 15 Uhr)
Vesper – Abendgottesdienst (gegen 16 Uhr 30, bei Einbruch der Dämmerung)
Komplet – Nachtgebet (gegen 18 Uhr, um 19 Uhr hatten die Nonnen und Mönche zu schlafen)